도살자들

도살자들

유시 아들레르 올센 장편소설 | 김성훈 옮김

살림

세 명의 우아하고 강한 여인들
안네, 레네, 샤를로테에게 바칩니다.

또 한 번의 총성이 나무들 위로 울려 퍼졌다.

몰이꾼들의 외침이 더 분명해졌다. 맥박 소리가 천둥처럼 고막을 두드리고, 격하게 폐 속을 헤집고 들어오는 공기 때문에 폐가 아파 온다.

'달려, 달려야 해. 넘어지면 안 돼. 넘어지면 끝이다. 빌어먹을, 손은 왜 안 풀려? 이런, 달려. 달려. ……쉿! 소리를 들키면 안 된다. 들었나? 그런 거야? 정말 여기서 이렇게 죽는 건가?'

나뭇가지들이 뺨을 때리며 얼굴에 빨간 핏자국을 길게 남겼고, 피는 땀과 뒤범벅되었다.

사내들의 고함 소리가 이제 주변을 온통 둘러쌌다. 그 순간 죽음의 공포가 나를 사로잡았다.

또 다시 몇 번의 총성이 울리고, 석궁 화살 하나가 찬 공기를 가르며 가까이 휙 지나가는 바람에 땀이 비 오듯 쏟아졌다. 땀 때문에 속옷이 마치 압박붕대처럼 몸에 찰싹 달라붙었다.

'이제 1, 2분 후엔 잡히겠지. 등 뒤로 묶인 손은 대체 왜 말을 안 들

어? 무슨 테이프가 이렇게 질겨?'

겁먹은 새들이 갑자기 날개를 치며 나무 위로 날아올랐다. 빽빽하게 늘어선 가문비나무 너머로 춤추듯 아른거리던 그림자들이 더욱 선명해졌다. 이제 100미터도 떨어지지 않은 것 같다. 모든 것이 더 또렷해졌다. 그들의 목소리, 그리고 피를 갈망하는 사냥꾼들의 굶주림.

저놈들이 나를 어떻게 할까? 총 한 방, 화살 한 방, 그것으로 끝인가, 그런가?

아냐, 그걸로 만족할 놈들이 아니다. 그렇게 인정 많은 놈들이 아니야. 그놈들답지 않아. 저들에겐 소총이 있고, 피 묻은 칼이 있어. 석궁이 얼마나 쓸 만한 물건인지도 보여 주지 않았나.

'어디 숨지? 숨을 데가 있기는 한가? 살아서 돌아갈 수 있을까? 살 수 있을까?'

나는 숲 바닥을 앞뒤로 살피며 뒤졌다. 하지만 눈이 테이프로 거의 가려져 있어서 쉽지 않았다. 내 두 다리는 비틀거리며 힘겨운 도망을 계속했다.

'이제 나도 저놈들의 덫에 걸리는 것이 어떤 느낌인지 알게 되겠군. 저놈들은 나라고 예외는 아니겠지. 그 재미로 사는 놈들이니까. 저놈들이 그 재미를 봐야 이 상황도 끝이 난다.'

심장이 하도 망치질하는 통에 가슴이 아파온다.

1

살얼음 위를 걷듯 조심스러운 발걸음으로 그녀는 보행자 거리 스트 뢰에를 따라 걷고 있었다. 지저분한 초록색 숄로 얼굴을 반쯤 가린 채 밝게 조명이 켜진 가게 유리 앞을 미끄러지듯 지나가면서, 그녀는 두 눈을 부릅뜨고 거리를 샅샅이 훑었다. 여기서는 내 정체를 들키지 않고 다른 사람들의 정체를 알아볼 수 있어야 한다. 그래야 내 안의 악마들과 평화롭게 지낼 수 있다. 나머지는 서둘러 내 앞을 지나쳐 가는 저들이 알아서 할 일이다. 나를 해코지하려는 빌어먹을 놈들, 무심한 눈길마저 나를 피하는 저놈들 하기에 달렸다.

키미는 슬쩍 고개를 들어 가로등을 올려다보았다. 가로등이 베스테르브로가데(Versterbrogade: 덴마크어에서 지명 뒤에 붙은 '가데gade'는 포장도로를 의미함—옮긴이) 거리를 가로지르며 얼음장처럼 차가운 빛을 뿌리고 있었다. 코로 숨을 들이쉬어 보았다. 머지않아 밤이 추워지겠다. 겨울용 은신처를 마련할 때가 되었어.

티볼리 가든에서 한기에 잔뜩 웅크린 사람들이 쏟아져 나왔고, 그녀는 건널목 옆 사람들 틈에 뒤섞여 중앙역 쪽을 바라보고 있었다. 그때 바로 옆에 트위드 재킷을 입고 서 있는 여자가 눈에 들어왔다. 그 여자가 곁눈질로 키미를 보며 코를 찡그리더니 옆으로 살짝 비켜섰다. 그저 한 뼘도 못 미치는 거리에 불과했지만, 키미의 심기를 건드리기에는 충분한 거리였다.

'진정해, 키미.'

분노에 휩싸이려 하자, 그녀의 머릿속에서 경고 신호가 번쩍였다.

키미의 시선이 여자의 몸을 훑어 내려가다 다리에서 멈추었다. 스타킹은 번들거렸고, 하이힐이 발목을 꽉 조이고 있었다. 키미의 입가에 속을 알 수 없는 미소가 번졌다. 한 번만 냅다 걷어차면 저 굽은 그대로 두 동강이야. 여자는 나자빠질 테고, 제아무리 크리스찬 라크르와 드레스라 해도 젖은 길가에서 자빠지면 더러워지지 않고 배기겠어? 그럼 다음부터는 사람을 함부로 깔보지 못 할 거다.

키미는 여자의 얼굴을 똑바로 쳐다보았다. 아이라이너를 짙게 그린 눈, 파우더를 바른 코, 한 올 한 올 꼼꼼하게 매만진 헤어스타일. 게다가 표정은 뻣뻣하고 오만하기 이를 데 없었다. 그래, 너 같은 유형의 인간들은 내가 제일 잘 알지. 키미 또한 한때는 그런 여자였다. 상류층 꽁무니나 졸졸 쫓아다니면서 겉으로는 고상한 척 뻐기지만 사실은 완전 빈 수레에 속 빈 강정. 그때를 돌이켜 보면 소위 친구라는 년들도 다 저런 부류였고, 계모도 마찬가지였다.

키미는 그런 인간들이 끔찍하게 싫었다.

키미의 머릿속에서 목소리가 속삭였다.

'본때를 보여 줘. 그냥 보내지 말라고. 네가 어떤 사람인지 보여 주란 말이야. 어서!'

키미는 도로 반대편에 무리 지어 있는 까무잡잡한 사내아이들을 바라보았다. 두리번거리는 저 눈들만 없었어도 47번 버스가 획 하고 지나갈 때 밀어 버렸을 텐데. 키미의 머릿속으로 그 장면이 생생하게 펼쳐졌다. 버스가 지나간 뒤로 남겨질 핏자국은 얼마나 멋질까? 저 시건방진 여자의 뭉개진 몸뚱이를 보면서 사람들은 또 얼마나 충격을 받을까? 나는 또 속으로 얼마나 통쾌하겠어?

하지만 키미는 여자를 밀지 않았다. 사람들이 몰린 곳에는 언제나 지켜보는 눈이 있기 마련이다. 게다가 내면에서 그녀를 막아서는 무언가가 있었다. 아주 머나먼 과거로부터 울려 나오는 두려운 무언가가……

키미는 소매를 들어 얼굴에 대고 코로 깊숙이 숨을 들이마셔 보았다. 저 여자가 괜히 그런 것은 아니었군. 옷에서 냄새가 지독했다.

파란불이 들어오자 키미는 바퀴가 휘어져 덜커덕거리는 여행 가방을 뒤로 끌며 건널목을 건넜다. 이 여행 가방도 이번이 마지막 여행이다. 낡아빠진 누더기들을 내던질 때가 되었으니 말이다.

이제 허물을 벗을 시간이 되었다.

기차역 중앙에는 그날의 일간지 머리기사 표제가 실린 현수막이 갈 길 바쁜 사람들과 맹인들의 발걸음을 가로막으며 매점 앞에 걸려 있었다. 도시를 가로질러 오는 동안 키미도 이 포스터 사진을 몇 번 봤다. 그리고 그 얼굴을 볼 때마다 역겨움이 밀려왔다.

"돼지 같은 새끼."

그 앞을 지나면서도 거들떠보지 않고 쭉 앞만 바라보며 키미가 중얼거렸다. 그러다 그녀도 고개를 돌려 일간지 「베를링스케 티엔데」의 현수막에 걸린 얼굴을 힐끗 보았다.

저 인간은 면상만 봐도 몸서리쳐진다.

홍보사진 밑에는 이렇게 적혀있었다.

'디틀레우 프람, 120억 크로네를 주고 폴란드의 개인병원을 사들이다.'

키미는 타일 바닥에 침을 한 번 뱉고서 떨리는 몸이 진정되기를 기다렸다. 키미는 디틀레우 프람을 증오했다. 그와 토르스텐과 울릭을 모두 증오했다. 하지만 언젠가는 그들도 죗값을 치르게 되리라. 언젠가는 내 손으로 그들을 손볼 날이 올 것이다. 반드시.

키미가 웃음을 터트리는 바람에 지나가던 한 사람이 덩달아 웃었다. 다른 사람의 머릿속이 어떻게 돌아가는지 안다고 생각하는 순진한 멍청이가 또 하나 있군.

그 순간, 갑자기 키미가 걸음을 멈추었다.

조금 앞쪽으로 랫-티네가 늘 머무는 자리에 서 있었다. 살짝 흔들거리며 웅크리고 서서 눈꺼풀을 내리간 채 지저분한 한쪽 손을 앞으로 내밀고 있었다. 개미떼처럼 몰려드는 사람들 중에 그래도 누구 하나는 10크로네 동전 한 닢쯤 흘리고 가지 않을까 하는 얼빠진 생각에 저러는 것이다. 마약 중독자가 아니고서야 몇 시간이고 저렇게 서 있을 수는 없다. 불쌍한 년.

키미는 랫-티네 몰래 곧장 레벤틀로스가데로 이어지는 계단통로로 가려했지만, 들키고 말았다.

"언니! 키미 언니, 기다려! 기다리라니까, 젠장!"

코 한 번 훌쩍거릴 찰나의 순간에 랫-티네가 용케 정신을 차리고 키미를 알아봤지만, 키미는 대답하지 않았다. 랫-티네는 트인 공간에서는 머리 돌아가는 것이 영 신통치 않았다. 자기 벤치로 찾아가 앉아야 그나마 머리가 제대로 돌아갔다.

하지만 키미가 그래도 참아 줄 만한 사람은 세상에서 딱 한 사람 랫-티네밖에 없었다.

그날은 거리를 휩쓸고 지나는 바람이 웬일인가 싶을 정도로 차서, 사람들은 서둘러 집으로 돌아가 버렸다. 그 바람에 기차역의 이스테드가데 입구 옆 택시 대기 줄에는 검정색 벤츠 택시 다섯 대가 시동만 걸어 놓고 속절없이 손님을 기다리고 있었다. 키미는 자기가 필요할 때 택시가 적어도 한 대는 남아 있겠다는 생각이 들었다. 그녀의 관심사는 그것밖에 없었다.

키미는 여행 가방을 질질 끌며 거리를 건너 지하에 있는 태국 가게로 내려갔다. 그리고 그 창가 옆에 가방을 두었다. 여기에 가방을 두었다가 도둑맞은 적은 딱 한 번밖에 없었다. 키미는 이런 날씨에는 그런 일이 절대로 없을 거란 생각이 들었다. 아무리 도둑이라도 이런 칼바람을 맞으며 나와 있지는 않을 테지. 어쨌거나 상관없다. 어차피 그 여행 가방 안에는 값나가는 것도 없으니까.

기차역 중앙 출입구에서 기다리니 십 분 만에 먹잇감이 날아들었다. 밍크 코트에, 8호 사이즈보다 살짝 클 듯 말 듯한 나긋나긋한 몸이 기막히게 예쁜 여자가 고무바퀴가 달린 여행 가방과 함께 택시에서 내렸다. 예전에는 늘 10호 사이즈를 입는 여자를 찾아다녔지만 그것도 옛날 얘기다. 노숙하는 사람치고 살이 찌는 경우는 없다.

여자가 출입문 정면의 승차권 판매기에 정신이 팔려 있는 동안 키미는 그 여자의 여행 가방을 훔친 다음, 서둘러 뒷문으로 빠져나와 레벤틀로스가데의 택시 대기 줄로 내려갔다.

훈련은 완벽을 낳는 법.

키미는 훔친 여행 가방을 맨 앞 택시 트렁크에 실은 다음 기사에게 멀지 않은 곳이니 가자고 했다.

키미는 코트 주머니에서 두둑하게 묶은 100크로네 지폐 다발을 꺼내 내밀었다.

"내 말대로만 하면 몇백 더 드리죠."

기사의 의심스러운 눈초리와 벌름거리는 코를 무시하며 키미가 말했다.

한 시간 정도 후면 두 사람은 키미의 낡은 여행 가방을 챙기러 되돌아올 것이다. 그때쯤이면 키미는 새로운 옷과 다른 여성의 향기로 갈아입고 있을 것이다.

그때쯤이면 택시 기사의 콧구멍은 분명 완전히 다른 이유로 벌름거리고 있으리라.

2

디틀레우 프람은 아주 잘생긴 사내였다. 본인도 그걸 알았다. 비행기의 비즈니스 클래스를 탈 때는 람보르기니를 신 나게 밟아 부유층이 모여 사는 룽스테드 교외의 집까지 달리는 얘기만 꺼내도 솔깃해서 넘어오는 여자가 부지기수였다.

이번에는 부드러운 머리카락을 목 뒤로 단정하게 모으고 앉아 있는 한 여자에게 눈길이 꽂혔다. 두껍고 검은 뿔테 안경이 쉽게 다가가기 어려운 여자라는 인상을 주었다.

그 점이 오히려 그를 흥분시켰다.

어떻게든 말을 붙여 보려고 했지만, 운이 따르질 않았다. 표지에 역광을 배경으로 원자로가 서 있는 「이코노미스트」지를 건네 보기도 했지만 그 여자는 귀찮다는 듯 손을 저어 사양했다. 그리고 여자 앞으로 마실 것을 하나 주문해 보았지만, 마시기는커녕 입에도 대지 않았다.

슈테틴에서 출발한 비행기가 카스트루프 국제공항에 내릴 때까지 귀한 90분이 이렇게 별다른 소득도 없이 날아가고 말았다.

이런 일이 있고 나면 그는 공격적으로 변한다.

그는 3번 터미널의 유리벽 복도를 향해 걷다가 무빙워크에 이르러 먹잇감을 발견했다. 한 노인이 불편한 걸음으로 같은 방향으로 걷고 있었다.

디틀레우는 속도를 올려, 무빙워크에 한 발을 올려놓는 노인을 따라잡았다. 디틀레우의 머릿속에 장면이 생생하게 펼쳐졌다. 발만 살짝 걸어 주면 저 갈비씨 노인네는 유리벽에 세게 머리를 박고 넘어질 테고, 다시 일어서려고 버둥대다 보면 얼굴 옆쪽을 무빙워크에 홀라당 다 밀어 버리겠지.

마음만 먹었다면 그는 상상을 그대로 실천에 옮겼을 것이다. 그런 인간이니까.

그나 패거리의 다른 친구들도 그렇게 자란 사람들이었다. 이것은 그리 기운 나는 일도 아니지만 그렇다고 부끄러운 일도 아니었다. 만일 그가 상상을 정말 행동으로 옮겼다면, 어찌 보면 다 그 빌어먹을 여자의 잘못이었다. 그냥 순순히 집으로 따라오면 좋았잖아. 한 시간도 안 돼서 침대에서 같이 뒹굴고 있었을 텐데.

다 그년 때문이야.

백미러로 스트란묄렌 호텔이 보이고 눈앞에 바다가 눈부시게 펼쳐지는데 핸드폰이 울렸다.

"좋았어."

그가 핸드폰에 뜬 이름을 보며 말했다. 울릭이었다.

"며칠 전에 그년을 봤다는 사람이 있어. 베른슈토프스가데 중앙역 밖에 있는 보행자 건널목에서 봤대."

울릭이 말했다.

디틀레우가 엠피스리 플레이어를 껐다.

15

"좋아. 정확히 언제?"

"지난주 월요일. 그러니까 9월 10일 밤 9시 정도."

"그래서 어떻게 했는데?"

"토르스텐하고 내가 둘러보기는 했는데 못 찾았어."

"토르스텐이 같이 있었다고?"

"어. 그런데 그놈은 너도 알잖아, 하여간 인생에 도움이 안 돼."

"일은 누구한테 맡겼는데?"

"올베크."

"좋아. 어때 보였대?"

"듣기로는 멀쩡하게 차려입었다는군. 예전보다는 좀 말랐고. 그런데 냄새가 지독하대."

"냄새?"

"어. 땀내, 오줌내 범벅으로."

디틀레우가 고개를 끄덕였다. 키미가 제일 끔찍한 부분이 이런 점이다. 몇 달이고 몇 년이고 흔적 없이 사라져 버릴 수 있을 뿐 아니라, 그 정체를 도통 알아볼 수가 없다. 투명인간처럼 보이지 않다가 어느 날 갑자기 불쑥 튀어나온다. 키미는 이들의 삶에서 가장 위협적인 요소였다. 사실 이들을 진짜로 위험에 빠뜨릴 수 있는 존재는 키미밖에 없었다.

"이번에는 정말 꼭 잡아야 돼. 울릭, 내 말 알아듣지?"

"내가 전화를 왜 했겠냐?"

3

경찰 본부 지하의 불 꺼진 특별 수사반 Q 사무실 바깥에 서 있으니, 칼 뫼르크는 휴가도, 여름도 드디어 끝이라는 생각이 확 밀려들었다. 형광등 스위치를 켜고 책상 위를 보니 두둑하게 쌓인 사건 파일들이 눈에 들어온다. 그냥 문을 도로 닫고 뒤돌아서 확 나가 버릴까? 이 빌어먹을 사무실에 다시 처박혀 있을 생각을 하니 끔찍하다. 이 와중에 아사드는 웬만한 골목을 가로막고도 남을 만큼 큰 글라디올러스 다발을 심어 놨다. 정말 도움이 안 된다.

"어서 오십쇼, 수사관님!"

뒤에서 목소리가 들렸다.

칼은 고개를 돌려 생기 있게 반짝이는 아사드의 눈을 똑바로 쳐다보았다. 그의 성긴 검은 머리카락이 마치 팔 벌려 환영인사를 하듯 사방으로 뻗쳐 있었다. 아사드는 당장이라도 또 다른 사건에 뛰어들려는 기세였다. 하여간 나란 놈, 일복 하나는 타고났지.

아사드가 칼의 멍한 표정을 보며 말했다.

"수사관님, 방금 휴가를 마치고 온 사람 얼굴은 절대 아니네요."

칼이 고개를 저었다.

"그런가?"

그 사이에 3층은 완전히 딴 세상이 되어 있었다. 경찰 개혁은 무슨, 살인 사건 전담반 반장 사무실로 가려면 머지않아 내비게이션이라도 하나 장만해야 할 판이다. 겨우 3주 자리를 비웠을 뿐인데 나를 무슨 외계인 보듯 꼬나보는 낯선 얼굴만 벌써 다섯 명이다.

이 인간들은 대체 누구래?

"칼, 좋은 소식이 있네."

살인 사건 전담반 마르쿠스 야콥센 반장의 새 사무실에 도착해 벽을 훑어보는데 마르쿠스가 말을 꺼냈다. 창백한 초록색 벽을 보니 렌 데이튼의 스릴러물에 나오는, 수술실과 위기통제센터 사이의 십자 복도가 떠올랐다. 고개를 어디로 돌려 봐도 눈깔 빠진 누렇게 뜬 얼굴 사진이 그를 아래로 내려다보고 있었고, 지도며, 도표며, 개인 일정표 등이 정신없이 알록달록하게 벽을 장식하고 있었다. 보고 있자니 효율적이다 못해 우울해질 지경이다.

"좋은 소식이라는데 왜 저한테는 끔찍한 소식이라고 들릴까요?"

칼은 이렇게 대답하며 마르쿠스 반장 맞은편 의자에 털썩 앉았다.

"얼마 있다가 노르웨이에서 자네를 찾는 손님이 오지 않나."

칼은 무거운 눈꺼풀을 들어올려 그를 쳐다보았다.

"오슬로 경찰국에서 특별 수사반 Q를 시찰하려고 대표단 다섯 명이 온다네. 다음 주 금요일 오전 10시. 잊어버린 건 아니겠지?"

마르쿠스가 찡긋 윙크하며 웃었다.

"자네를 무척 만나고 싶다는 말을 꼭 전해 달라더군."

세상에 날 보고 싶다는 사람도 다 있군.

"손님도 찾아오고 하니 자네 수사반에 인력을 보강했네. 이름은 로 즈야."

그 말에 칼은 앉은 자리에서 저절로 등이 펴졌다.

칼은 찌푸린 이마를 어떻게든 펴 보려고 애쓰며 살인 사건 전담반 반 장 사무실 문밖에 나와 섰다. 나쁜 소식은 떼로 다닌다더니, 지금이 딱 그 꼴이다. 업무 복귀한 지 딱 오 분 만에 들은 소리가 신참의 선생 노릇 하라는 소리라니. 방문객들을 병아리 떼처럼 꽁무니에 매달고 다니면서 관광가이드 노릇 하란 소리는 또 어떻고. 차라리 생각을 말자.

"우리 수사반에 들어온다는 그 신참은 어디 있습니까?"

칼은 프런트 데스크 뒤에 앉아 있는 쇠렌센 여사에게 물었다.

저 쭈글탱이 할망구는 키보드에서 얼굴을 들 생각도 않는군.

이렇게 하면 누가 왔는지 알아볼까 싶어 칼은 가볍게 책상을 노크했다.

그때 누군가 그의 뒤에서 어깨를 두드리며 말했다.

"로즈, 칼 뫼르크 수사관님이 마침 여기 계시네."

뒤돌아보니 깜짝 놀랄 정도로 비슷한 두 얼굴이 보였다. 검정 염색 약을 누가 발명했는지는 몰라도 이걸 보면 보람을 느낄 것만 같았다. 두 사람 모두 흑단처럼 시커멓게 염색해서 바짝 쳐올린 머리에, 새까만 눈 에, 칙칙하고 어두운 옷을 입고 있었다. 너무 닮아서 오싹한 기분이 들 정도였다.

"뭐야! 어떻게 된 건가, 리스?"

비서실에서 제일 능력 있는 비서인 리스가 한때는 우아한 금발이었 던 머리를 손으로 쓸어 넘기며 살짝 미소를 지었다.

"예쁘지 않나요?"

칼은 천천히 고개를 끄덕였다.

그러고는 빌딩처럼 굽 높은 하이힐을 신고 서 있는 또 다른 여성에게로 눈길을 옮겼다. 그 여자는 칼에게 어느 누구의 콧대라도 꺾어 놓을 듯한 미소를 보냈다. 다시 한 번 리스에게로 눈길을 돌리니 두 사람이 정말 충격적일 정도로 닮았다는 생각이 들었다. 대체 누가 누굴 따라한 것일까.

"이쪽은 로즈라고 해요. 온 지 몇 주밖에 안 됐는데 유머 감각이 좋아서 비서실 분위기를 확 띄워 놨어요. 이 친구 유머는 아주 전염성이 강하다니까요. 이젠 수사관님한테 맡길 테니 잘 부탁해요."

칼은 단단히 벼르고 마르쿠스의 사무실로 쳐들어갔다. 하지만 이십 분도 채 지나지 않아서 자기가 승산 없는 게임을 하고 있음을 깨달았다. 발령을 기껏 일주일 뒤로 미루는 것으로 만족해야 했고, 그 후로는 그 여자를 특별 수사반 Q의 일원으로 받아들일 수밖에 없었다. 원래 칼의 사무실 바로 옆방은 차량 출입 저지용 스파이크나, 범행 현장에서 사람들의 출입을 통제하는 장비들을 보관하는 비품실이었지만, 마르쿠스 말로는 이미 그 방을 싹 비우고 사무용 가구도 들여놓았다고 한다. 로즈 크누센은 이제 특별 수사반 Q의 새로운 동료가 되었고, 발령 취소는 물 건너갔다.

마르쿠스의 속셈을 알 길은 없지만, 어쨌거나 칼은 맘에 들지 않았다.

"로즈는 경찰학교에서는 최고 점수를 받았는데 운전시험에서는 떨어졌다네. 지금 내가 하는 말은 자네가 재능이 아무리 뛰어나다고는 해도 이젠 지칠 때가 되지 않았나 해서 하는 말이네."

마르쿠스는 두툼한 궐련상자를 벌써 열다섯 바퀴째 돌리며 얘기했다.

"하여간 로즈가 현장에서 일하기에는 좀 약해 보이는 것도 사실이긴 해. 하지만 어떻게든 경찰에 들어오겠다고 마음을 단단히 먹은 터라서 경찰 비서 쪽으로 방향을 틀었다네. 그래서 지난해에는 스테이션 시티에 있었고, 지난 몇 주 동안에는 쇠렌센 여사를 대신해서 근무했지. 물론 지금은 쇠렌센 여사가 다시 업무에 복귀했고."

"그럼 왜 다시 스테이션 시티로 보내지 않는 겁니까?"

"왜냐고? 뭐, 내부적으로 좀 시끄러운 일이 있어서. 우리와 관련된 일은 아니네."

"알겠습니다."

시끄러운 일이라니, 왠지 불길한 느낌이 들었다.

"어쨌거나 칼, 이젠 자네도 어엿한 비서를 두게 된 것 아닌가. 로즈는 아주 뛰어난 사람일세."

하여간 마르쿠스 반장 말로는 누구 하나 안 뛰어난 사람이 없다.

"사람은 아주 괜찮아 보이던데요."

특별 수사반 Q의 사무실 형광등 아래서 아사드가 칼의 기분을 맞추려 애쓰며 말했다.

"한 가지 알아 둘 게 있는데, 그 여자가 스테이션 시티에서 좀 시끄러운 일이 있었다고 해. 별로 좋은 상황이 아니지."

"시끄러운 일이요? 어떤 일인데요?"

"거기까진 나도 모르겠네."

아사드도 고개 한 번 끄덕이고 넘어갔다. 그리고 컵에 부어 놓은 민트 향의 음료를 들이켰다.

"수사관님, 드릴 말씀이 있는데요. 수사관님이 휴가 가 있는 동안 검토해 보라고 주신 사건 파일들 있잖습니까? 사실 제대로 읽어 보지 못했어요. 여기저기 다 찾아보고, 설마 싶은 곳까지 다 뒤져 봤는데 경찰개혁한답시고 그 난리 중에 파일이 어디 갔는지 사라져 버렸네요."

칼은 눈을 치켜떴다. 사라져? 진짜? 하여간 잘됐군. 그래도 오늘 좋은 일이 하나는 생기네.

"네, 감쪽같이 사라졌습니다. 하지만 그러니까, 서류철 더미를 조금 뒤져 보다가 이걸 찾아냈어요. 아주 재미있습니다."

아사드가 옅은 초록색 사건 파일을 건네고는 기둥처럼 꼼짝 않고 서 있었다. 무언가 기대하는 표정이다.

"내가 이거 읽는 내내 그렇게 서 있으려고?"

"네."

아사드가 이렇게 말하며 컵을 칼의 책상 위에 올려놓았다.

칼이 볼 한 가득 바람을 집어넣었다가 천천히 내뱉으며 파일을 열었다.

아주 오래된 사건이었다. 정확히는 1987년 여름의 일이다. 그해에 그는 한 친구와 함께 기차를 잡아타고 코펜하겐 축제에 가서, 리듬만 흘러나오면 골반을 주체하지 못 하던 빨강머리 여자에게 삼바를 배웠다. 그리고 로센보그 성 정원 뒤편 덤불에서 담요 한 장 깔아 놓고 그 여자와 함께 보낸 저녁은 정말이지 황홀했다. 그가 스무 살 남짓했을 때의 얘기다.

1987년 여름, 참 꿈같은 시절이었지. 그해 여름 그는 바일레에서 안토니가데 경찰서로 발령 받았다.

살인은 축제가 끝나고 8주나 10주 후에 일어난 것이 틀림없다. 그 빨강머리가 그 삼바 몸뚱이를 이 시골뜨기에게 내던지기로 마음먹었던 때와 시기가 얼추 비슷하다. 그렇지. 정확히는 내가 코펜하겐의 좁은 골목들로 처음 야간 순찰을 나가던 시기다. 사실 이 사건에 대한 기억이 전혀 없다는 것이 오히려 이상한 일이었다. 분명 관심을 끌만한 괴상한 사건이었는데 말이다.

열일곱 살짜리 여자아이와 열여덟 살짜리 사내아이, 두 오누이가 뢰르비 근처 뒤베쇠와 그리 멀지 않은 여름 별장에서 곤죽이 되도록 맞아 죽은 채 발견되었다. 여자아이의 몸은 심하게 멍이 들어 있었고, 맞는 동안에 끔찍하게 고통 받았음이 틀림없다. 방어하려다 생긴 상처들이 그 증거다.

문서를 쭉 훑어보았다. 성폭행의 흔적도 없고, 훔쳐간 것도 없다.

칼은 부검 보고서를 한 번 더 읽고, 신문 스크랩들을 대충 넘기며 살펴보았다. 기사는 몇 개 되지 않았지만 표제 크기는 한껏 키워져 있었다.

'맞아서 사망.'

「베를링스케 티엔데」는 이렇게 적고서, 전통 있는 고상한 신문치고 평소와는 달리 시신의 상태를 자세하게 설명하고 있었다.

두 시신은 거실 난롯가 옆에서 발견되었다. 여자아이는 비키니를 입고 있었고, 남자아이는 벌거벗은 상태였으며 손에는 반쯤 남은 코냑 병을 쥐고 있었다. 사내아이는 머리 뒤쪽을 무언가 뭉툭한 물체로 한 대 가격 당해서 죽었다. 나중에 이 물체는 플륀데르쇠와 뒤베쇠 사이 어딘가의 헤더 꽃 무더기에서 발견된 장도리로 확인되었다.

살해 동기는 알려지지 않았지만, 플륀데르쇠 근처 여름 별장에 머물던 젊은 기숙학교 학생들이 바로 수사선상에 올랐다. 이 학생들은 동네 나이트클럽에서 몇 번 다른 사람들과 작은 충돌이 있었고, 그 과정에서 몇몇 지역 주민이 심하게 다치기도 했다.

"용의자가 누구인지 나온 부분까지 읽으셨습니까?"

칼은 고개 숙여 읽다 말고 눈썹을 추어올려 아사드를 쳐다보았다. 하지만 이것으로 충분히 대답이 됐을 법도 한데, 아사드는 순순히 물러나지 않았다.

"당연히 거기까지는 읽으셨겠죠. 보고서에 따르면 용의자들의 아버지들이 모두 돈을 많이 번 사람들이랍니다. 그 뭐냐, 황금의 80년대라고, 그때 돈 긁어모은 사람들이 꽤 있지 않습니까?"

칼은 고개를 끄덕였다. 그는 이제 막 보고서의 그 부분을 읽었다.

그래, 아사드가 제대로 짚었다. 그들의 아버지들은 지금까지도 잘 알려져 있는 인물들이었다.

칼은 용의자들의 이름을 몇 번 훑어보았다. 이름만 봐도 이마에 식은 땀이 났다. 그 아버지들만 떼돈을 벌어 유명해진 것이 아니었기 때문이다. 몇 년 후에는 그 자식들도 역시 유명해졌다. 날 때부터 은수저를 입에 물고 나온 사람들이 지금은 금 수저를 물고 있는 격이었다. 수많은 상류층 전용 개인병원을 세운 디틀레우 프람, 국제적으로 인정받는 디자이너인 토르스텐 플로린, 그리고 주식시장 분석가인 울릭 뒤벨 옌센 등이다. 모두 덴마크 최상류층 사람들이다. 지금은 이 세상 사람이 아닌 선박계의 거물 크리스티안 울프도 마찬가지다. 패거리 중 마지막 두 인물은 처지가 달랐다. 키르스텐-마리 라센은 마찬가지로 그런 호화 계층 출신이지만 지금 그녀가 어디 있는지는 아무도 모른다. 두 오누이를 살해했다고 자백해서 투옥 중인 비아르네 퇴게르센은 재력이 고만고만한 집 출신이었다.

칼은 다 읽은 파일을 책상 위로 던졌다.

"그런데 이 사건이 어쩌다 우리한테 내려왔는지 모르겠습니다."

아사드가 말했다. 그는 보통 이 시점에 웃어 버리는데, 오늘은 그러지 않았다.

칼은 고개를 저었다.

"그러게. 영문을 모르겠군. 범죄를 저질러서 감옥에 있는 사람이 있어. 죄를 자백했고, 종신형을 받아서 지금은 감방에 들어가 있지. 사실 감방에 제 발로 들어간 거 아닌가. 의심할 게 뭐 있나? 사건 종료!"

칼이 파일을 내리치며 말했다.

"한 가지가 좀……."

아사드가 입술을 깨물었다.

"비아르네가 9년이 지난 후에야 자수했어요."

"그게 뭐 어때서? 어쨌거나 자수한 것은 사실인데. 살인을 저질렀을 때는 겨우 열여덟 살이었네. 아마 철들면서 깨달았나 보지. 양심의 가책은 시간이 지나도 절대로 바래지 않는단 말일세."

"바래다니요?"

칼은 한숨을 내쉬었다.

"그래, 바랜다고. 시들다, 사라지다, 뭐 이런 뜻이지. 양심의 가책은 시간이 흘렀다고 해서 사라지지 않네, 아사드. 오히려 그 반대야."

아사드는 무언가 떨떠름한 표정이었다.

"이 사건은 뉘쾨빙 셸란하고 홀베크 쪽 경찰에서 합동으로 수사했어요. 그리고 기동수사대도 참여했고요. 그런데 셋 중 어디서 이걸 보냈는지 감이 안 온다는 말입니다. 수사관님은 아시겠어요?"

칼의 눈길이 파일 겉표지로 내려갔다.

"아니, 어디라고 안 나와 있군. 그것 참 이상한데."

그 세 군데 중 한 곳에서 보낸 것이 아니라면 대체 누가? 그리고 사건이 확실하게 종결된 것이라면, 그걸 굳이 다시 꺼내서 재조사할 이유는 또 뭔가?

"혹시 이것하고 뭔가 관련이 있을까요?"

아사드가 물었다. 그가 파일을 뒤적이다가 국세청 문서를 하나 찾아 칼에게 건넸다. 문서 위에는 '연례 보고서'라고 적혀 있었다. 이 보고서는 브리들뢰셸릴레 주립교도소가 있는 알베르트스룬 자치주에 거주하는 비아르네 퇴게르센에 대한 것이었다. 두 오누이를 죽인 바로 그자다.

"보세요."

아사드가 주식 수입란에 나온 어마어마한 액수를 가리켰다.

"어떻게 생각하세요?"

"그래도 돈이 좀 있는 집안 출신이었나 보군. 감방에 있었으니 주식으로 돈 불릴 시간도 충분했던 것 같고. 그나저나 정말 제대로 불렸나 보네. 이게 뭐 어떻다는 건가?"

"아셔야 할 게 있어요. 이자는 돈 많은 집안 출신이 아니에요. 그 기숙학교 패거리 중에 장학금 받아서 학교 다닌 사람은 이 친구 밖에 없어요. 보시면 아시겠지만 나머지 패거리하고는 굉장히 달라요. 한번 보세요."

아사드가 페이지를 뒤로 넘겼다.

칼은 한 손으로 턱을 괴었다.

그것은 휴가가 드디어 끝났음을 알리는 신호였다.

4

1986년 가을

여섯 명이 각자 아주 다르기는 했지만, 이 5학년(우리나라 나이로 중학
교 고학년 정도에 해당—옮긴이) 학생들에게도 공통점이 있었다. 수업이 끝
나면 이들은 숲이나 오솔길에서 만나 마리화나 파이프를 함께 물었다.
비가 바가지로 퍼붓듯 오는 날도 예외는 아니었다. 이들은 필요한 물품
들을 속이 빈 나뭇등걸 속에 보관했다. 물품은 비아르네가 확실히 챙겼
다. 담배 마는 종이, 성냥, 은박지, 그리고 네스트베드의 광장에서 돈 주
고 살 수 있는 것 중 제일 좋은 마리화나 등. 이 아이들은 떼로 모여 연
기를 몇 모금씩 빠르게 빨아들이면서도 중간 중간마다 잊지 않고 신선
한 공기를 함께 들이마셨다. 약에 너무 취해 동공이 풀릴까 봐 조심하는
것이다. 동공이 풀리면 들키기 쉽다.

이 아이들은 약에 취하는 것이 목적이 아니었다. 교사들의 통제를 벗
어나 자기 멋대로 행동하면서 그들의 권위를 비웃는 것, 이것이 그들의

목적이었다. 기숙학교 바로 옆에서 마리화나를 피우는 것이 딱 그런 짓이었다.

그래서 그들은 마리화나를 돌려 피우는 동안 선생들에게 할 수만 있다면 하고 싶은 끔찍한 짓거리들을 서로 경쟁하듯 상상하며 선생들을 조롱했다.

가을 대부분을 그렇게 보내다가 어느 날인가는 크리스티안과 토르스텐이 냄새 때문에 마리화나 핀 것을 거의 들킬 뻔했다. 마늘을 열 쪽이나 먹었는데도 냄새가 사라지질 않았던 것이다. 그 후로는 피우는 것 말고 먹는 것으로 바꾸기로 했다. 먹으면 냄새가 남지 않으니까.

일이 본격적으로 터진 것은 그 후 얼마 지나지 않아서였다. 약을 하다 들킨 곳은 냇가 근처 덤불 옆이었다. 그들은 나무 이파리에서 떨어지는 서리 녹은 물을 맞아가면서 공중에 붕 뜬 것처럼 약에 취해 멍청한 짓들을 하고 있었다.

그때 어린 하급생 하나가 덤불 뒤에서 갑자기 나타나 그들을 빤히 쳐다보았다. 이 쪼끄만 금발머리 꼬마는 하여간 무엇이든 나서기 좋아하는 재수 없는 놈이었다. 무슨 도덕군자인 것처럼 착각하고 다니는 이 짜증나는 놈이 생물시간에 자랑할 딱정벌레를 채집하러 어슬렁거리고 있던 것이다.

하지만 이 꼬마가 발견한 것은 딱정벌레가 아니라 빈 나뭇등걸 속에 약을 다시 쑤셔 넣기 바쁜 크리스티안, 키미의 셔츠 안을 손으로 더듬고 있는 디틀레우, 그리고 그것을 보며 옆에서 병신처럼 낄낄대고 웃고 있는 토르스텐, 울릭, 비아르네였다. 키미도 역시 미친년처럼 웃고 있었다. 이 짓거리는 그들이 그때까지 저질렀던 일 중에서 제일 재미있는 것이었다.

"교장 선생님한테 다 이를 거야!"

꼬마가 소리를 질렀다. 하지만 상급생들의 웃음소리가 순식간에 잦아든 것을 눈치챘을 때는 이미 너무 늦어버린 상황이었다. 이 꼬마는 남들을 놀리고 도망치는 데는 이골이 났고, 몸도 가벼워서 약에 절은 상급생들보다 빨리 달리는 것은 사실 어려운 일도 아니었을 테지만, 덩굴이 너무 빽빽하게 자라 있었고, 패거리의 입장에서 보면 이 꼬마가 내뱉은 협박은 도무지 그대로 보내 줄 수 없는 성질의 것이었다.

만약 그런 일이 실제로 생기면 가장 난처한 것은 비아르네였다. 그래서 꼬마를 잡고 나서 크리스티안이 앞에 내세운 사람도 비아르네였고, 제일 처음 꼬마에게 주먹을 날린 사람도 비아르네였다.

꼬마가 소리쳤다.

"우리 아빠가 맘만 먹으면 너희 아빠 사업 다 망하는 거 몰라? 그러니까 꺼져, 비아르네, 이 똥 덩어리야! 끝장내고 싶어? 날 보내 줘, 이 바보야!"

그들은 순간 망설였다. 이 꼬마 놈 때문에 그 같은 반 친구들 중에 인생 꼬인 놈이 여럿이다. 이놈의 아빠, 삼촌, 큰누나 모두 이 학교 출신이었고, 학교에 정기적으로 기부금을 내고 있었다. 비아르네의 장학금도 이런 기부금에서 나오는 것이다.

그러자 크리스티안이 앞으로 나섰다. 그는 돈 걱정 따위는 없었으니까.

"입만 닥치고 있겠다고 하면 이만 크로네를 주지."

그는 진심이었다.

"이만 크로네? 우리 아빠한테 전화 한 통만 하면 그거 두 배는 줄 거다."

꼬마가 비웃으며 크리스티안의 얼굴에 침을 뱉었다.

"이 빌어먹을 새끼가!"

크리스티안이 주먹을 날렸다.

"입만 뻥긋해 봐. 그날로 제삿날이니까."

꼬마가 뒤로 넘어지며 나무에 등을 찧었고, 갈비뼈 부러지는 소리가 들렸다.

잠시 동안 꼬마는 고통으로 숨을 헐떡거리며 그 자리에 누워 있었지만, 반항적인 눈길은 여전히 수그러들지 않았다. 그때 디틀레우가 앞으로 나섰다.

"당장 네 목을 조를 수도 있어. 그게 뭐 어렵겠냐? 아니면 머리를 개울물 속에 아예 처박아 버릴 수도 있지. 그게 싫으면 이만 크로네 받고 얌전히 입 닥치고 있어. 지금 돌아가서 그냥 넘어져서 다쳤다고 하면 다 믿을 거야. 어떻게 할래, 이 꼬마 새끼야?"

꼬마는 대답이 없었다.

디틀레우는 꼬마 앞으로 다가가 내려다보며 신기한 듯 그 얼굴을 살폈다. 이 어린놈의 반응이 그에게 흥미를 불러일으켰다. 마치 당장 때릴 것처럼 갑자기 손을 들어올렸는데도 꼬마가 아무런 반응이 없자, 디틀레우는 꼬마의 머리를 세게 후려쳤다. 그러자 꼬마는 겁을 먹고 울음을 터트릴 듯 얼굴이 일그러졌고, 디틀레우는 웃으며 다시 꼬마를 후려쳤다. 굉장한 기분이 들었다.

나중에 디틀레우는 패거리에게 그 꼬마를 때리던 순간 생애 처음으로 진정한 희열을 느꼈다고 말했다.

"나도."

울릭은 충격을 먹은 아이 앞으로 씩 웃으며 발을 끌며 나왔다. 그는 패거리 중 덩치가 제일 컸고, 단단히 움켜쥔 주먹으로 꼬마의 뺨에 흉한 자국을 남겼다.

키미는 살짝 말려 보았지만, 덤불 속 새들이 모두 날아오를 정도로 크게 터져 나온 패거리의 웃음소리에 묻히고 말았다.

그들은 꼬마를 학교에 데려다 놓고, 구급차가 꼬마를 데려가는 것을 지켜보았다. 꼬마가 고자질할까 봐 걱정하는 사람도 있었지만, 꼬마는 절대 고자질하지 않았다. 사실은 아예 학교로 돌아오질 않았다. 소문을 듣자하니 아버지가 그 애를 다시 홍콩으로 데려갔다는 말도 있었지만, 사실이 아닐지도 모른다.

며칠 후에 패거리는 숲 속에서 개 한 마리를 때려죽였다.

그렇게 그들은 되돌아올 수 없는 다리를 건넜다.

5

세 개의 파노라마 유리창 위쪽 벽에 '카라카스'라는 글자가 새겨져 있었다. 이 저택은 커피 무역으로 얻은 막대한 수익으로 지어진 건물이었다.

디틀레우 프람은 이 건물의 잠재력을 한눈에 알아봤다. 여기저기 기둥들이 서 있고, 빙하의 얼음같이 맑고 옅은 청록색 유리벽이 공중에 펼쳐져 있으며, 일렬로 줄지어선 물받이 그릇들이 졸졸졸 물을 흘려보내고, 초현대적인 조각상들이 늘어선 잘 손질된 잔디밭이 해협을 향해 뻗어 있었다. 모든 조건이 룽스테드 해안에 최신 개인병원을 세우기에는 최적이었다. 이 병원은 치과와 성형수술 전문이었다. 원래의 계획은 이것이 아니었지만 이 병원 덕분에 디틀레우는 물론 그가 데리고 온 인도와 동유럽의 의사들은 믿기 힘들 정도로 막대한 수익을 올리고 있었다.

아버지가 1980년대에 주식투자와 적대적 기업인수를 통해 축적한 막대한 재산을 형과 두 여동생이 상속 받아간 이후로 디틀레우는 돈을 아주 약게 굴렸다. 이제 그의 제국은 병원 열여섯 곳으로 몸집이 커졌고, 새로운 병원 네 곳이 설계 단계에 있었다. 그는 북유럽 전체의 가습과 얼굴 성형수술에서 나오는 수익금의 15퍼센트를 긁어모으겠다는 야심찬 포부를 세우고 순조롭게 나아가고 있었다. 슈바르츠발트(Schwarzwald: '검은 숲'으로 알려진 독일 남서부의 산림지대—옮긴이) 위쪽으로 돈 좀 있다는 여자들 중에 자연의 변덕을 디틀레우 프람의 수술대 위에서 뜯어고치지 않은 여자는 찾아보기가 힘들었다.

한마디로 늘어진 팔자인 것이다.

그의 유일한 걱정거리는 키미였다. 벌써 11년째 마음 한구석에 그년을 무슨 흔적처럼 달고 살았으니 이젠 지긋지긋하다.

그가 책상 위에 살짝 삐딱하게 놓여 있던 몽블랑 만년필을 가지런히 놓고, 브라이틀링 시계를 다시 쳐다보았다.

시간은 충분했다. 울베크는 20분 후에야 올 테고, 울릭은 그보다 5분 늦게 도착할 것이다. 혹시 토르스텐도 올지 모르지만, 그야 모를 일이지.

디틀레우는 자리에서 일어나 흑단으로 장식된 복도를 따라 병동과 수술실을 지나쳐갔다. 그는 지나치는 동안 만나는 모든 사람에게 상냥한 얼굴로 인사했다. 그가 거칠 게 없는 최상위 서열의 사람임을 모르는 사람은 없다. 그는 여닫이문을 밀고 제일 아래층 주방으로 들어갔다. 이곳은 해협 위로 시리게 펼쳐진 파란 창공이 한눈에 들어오는 곳이다.

그는 주방장의 손을 잡고 악수하며 그가 얼굴을 붉힐 정도로 칭찬했다. 그리고 주방 보조들의 어깨를 토닥인 다음 세탁실로 들어가 사라졌다.

이미 여러 차례 계산기를 두드려 본 터라서 디틀레우도 침대보 빨래는 베렌드센 세탁서비스에 맡기는 것이 더 싸고 신속한 방법이라는 것을 잘 알고 있었다. 하지만 자체적인 세탁시설을 군이 마련한 것은 다른 이유였다. 물론 편리하기도 하지만, 세탁소에 고용한 여섯 명의 필리핀 여자에게 접근하기도 쉽기 때문이다. 그깟 돈이 무슨 문제겠는가?

디틀레우는 까무잡잡한 피부의 젊은 여자들이 자신을 보고 흠칫 놀라는 모습을 눈치챘다. 늘 그렇듯이, 그런 모습은 그를 즐겁게 했다. 그는 제일 가까운 데 있는 여자의 팔을 움켜쥐고 리넨 수납실로 끌고 들어 갔다. 여자는 겁먹은 모습이었지만 이미 겪어 본 일이다. 이 여자는 엉덩이도 제일 작고 가슴도 절벽이었지만 경험은 제일 많았다. 마닐라의 매음굴에서 워낙 혹독하게 단련된지라 디틀레우가 무슨 짓을 하든 그때와 비교하면 아무것도 아니었다.

디틀레우가 아무 말을 하지 않아도 여자는 그의 바지를 내리고 물건을 움켜쥐었다. 그리고 여자가 한손으로는 그의 배를, 다른 손과 입으로 그를 애무하는 동안 디틀레우는 여자의 어깨와 팔에 주먹을 날렸다.

하지만 이것만으로는 부족하다. 그의 물건을 오르가즘으로 채우려면 다른 방법이 필요했다.

주먹을 날리는 동안 아드레날린이 빠른 속도로 솟구쳤고, 이렇게 몇 분이 지나자 그의 물건도 터질듯 차올랐다.

그는 한발 뒤로 물러서서 머리채를 잡고 여자를 들어올려 혀를 여자의 입속에 깊숙이 디밀어 넣었다. 그리고 속옷을 아래로 홱 끌어내리고 손가락 두 개를 질 속에 쑤셔 넣었다. 여자를 바닥에 엎드리게 하고 거칠게 삽입할 즈음에는 벌써 두 사람 다 지칠 대로 지쳐 있었다.

디틀레우는 옷을 매만지고 여자의 입속에 1,000크로네 지폐 한 장을 쑤셔 넣은 다음, 모두에게 친근하게 인사를 건네며 세탁실을 나왔다. 여자들은 안도하는 듯했지만, 사실 안도할 상황이 아니었다. 디틀레우는 그 후로 꼬박 일주일 동안을 카라카스 클리닉에 머물 예정이기 때문이다. 여자들은 누가 자기 윗사람인지 뼈저리게 느끼게 될 것이다.

그날 아침 사립 탐정 올베크의 몰골은 디틀레우의 반짝거리는 사무실과 대비되어 정말이지 말이 아니었다. 행색만 봐도 이 뼈만 앙상한 사내가 코펜하겐의 길가에서 밤을 꼬박 샌 것이 너무도 분명했다. 하기야 그러라고 돈을 주는 것이 아닌가?

"어떻게 됐나, 올베크?"

울린이 디틀레우 옆에서 회의 탁자 아래로 발을 쭉 뻗으며 퉁명스럽게 말했다.

"키르스텐-마리 라센의 실종 사건에 대해서 뭐 새로운 소식이라도 있나?"

이 인간은 올베크와 말할 때는 항상 저따위로 시작한단 말이야. 디틀레우가 파노라마 유리창 너머로 넘실대는 어두운 회색 파도를 짜증난 눈길로 바라보며 생각했다.

디틀레우는 제발 이 모든 것이 어떻게든 빨리 끝나서 키미 때문에 매일 가슴 졸이는 상황과도 하루 빨리 작별하기를 바랐다. 잡기만 하면 이 세상에서 흔적도 없이 영영 사라지게 해 주지. 어떻게 해서든 그년을 잡고 말겠다.

올베크는 목을 위로 길게 빼며 밀려나오는 하품을 참았다.

"중앙역 열쇠공이 키미를 몇 번 본 적이 있답니다. 여행 가방을 끌고 다닌대요. 마지막으로 봤을 때는 격자무늬 치마를 입고 있었답니다. 티볼리 근처에 사는 여자가 봤을 때 입고 있던 것과 같은 옷입니다. 하지만 제가 알기로는 키미가 기차역에 규칙적으로 나타나지는 않습니다. 사실 그 여자는 뭐 하나 규칙적인 부분이 없어요. 경비, 경찰, 노숙자, 가게 점원, 하여간 역 주변 사람들한테는 빼놓지 않고 물어봤습니다만 그 여자를 안다는 사람이 더러 있기는 해도 그 여자가 어디 살고, 또 누구인지 아는 사람은 아무도 없습니다."

"감시조를 꾸려서 그년이 다시 나타날 때까지 기차역을 밤낮으로 지켜보게 하란 말이야."

울릭이 자리에서 일어났다. 울릭은 덩치 좋은 사내였지만 키미 얘기만 나오면 작아 보였다. 우리 중에 그년을 진지하게 좋아했던 놈은 아마 저 인간밖에 없지. 자기만 그년을 못 따먹어서 아직도 깨나 속이 쓰린 게지. 천 번도 넘게 했던 이런 생각을 떠올리며 디틀레우는 속으로 웃었다.

"24시간 감시요? 그렇게 하려면 기둥뿌리 하나는 뽑아야 할 걸요?"

올베크가 말했다. 그는 우스꽝스럽게 생긴 작은 숄더백에서 당장 휴대용 계산기를 꺼내려 했지만, 거기까지 미치지 못 했다.

"그만!"

디틀레우가 소리를 질렀다. 그는 뭐라도 집어던지려다가 의자에 다시 등을 대고 앉았다.

"돈에 대해서 내 앞에서 지껄이지 마. 무슨 말인지 알겠나? 우리가 지금 무슨 얘기를 하려고 여기 모인 거냐? 고작 몇 십만 크로네 얘기? 우리가 여기 앉아서 네 쥐꼬리만 한 시급을 얘기하고 있는 동안에도 울릭, 토르스텐, 나 이렇게 세 사람이 얼마나 벌었는지 알기나 해?"

그런 뒤에 그는 결국 만년필을 집어 들어 올베크를 향해 던졌다. 눈을 맞추려고 했던 것이지만, 결국 빗나갔다.

올베크가 삐쩍 마른 몸뚱이로 문을 닫고 나간 후에 울릭이 몽블랑 만년필을 집어서 주머니에 넣었다.

"주운 사람이 임자지."

그가 웃으며 말했다.

디틀레우는 말이 없었다. 두 번 다시 그딴 짓은 하지 않는 것이 좋을 거다, 울릭.

"토르스텐한테는 오늘 연락 없었냐?"

디틀레우가 말했다.

이 말에 울릭의 얼굴에서 생기가 가셨다.

"있었어. 오늘 아침에 그리브스코우에 있는 시골 저택에 갔어."

"그놈은 뭐야? 여기 일은 될 대로 되라 이건가?"

울릭이 어깨를 으쓱했다. 어깨가 그 어느 때보다도 우람하게 보였다. 프와그라를 전문으로 하는 요리사를 고용한 덕에 생긴 일이다.

"지금 그놈 상태가 별로 안 좋잖아, 디틀레우."

"좋아. 그럼 우리끼리 알아서 해야겠군. 그렇지?"

디틀레우가 이를 악물었다. 토르스텐도 결국 언젠가는 완전히 무너지고 말 것이다. 그럼 그도 키미만큼이나 위험한 존재가 될 것이다.

디틀레우는 자기의 표정을 살피는 울릭의 시선을 느꼈다.

"토르스텐한테는 아무 짓도 안 할 거지? 그렇지, 디틀레우?"

"물론이지, 이 친구야. 토르스텐한테는 아무 짓 안 해."

잠시 두 사람은 고개를 낮추고 맹수처럼 지긋이 서로를 노려보았다. 끈질김으로 승부를 걸면 자기가 결코 울릭 뒤벨 옌센을 이길 수 없음을 디틀레우도 잘 알고 있었다. 주식시장 분석회사를 창립한 것은 울릭의 아버지였지만, 회사의 영향력을 이만큼 키워 놓은 사람은 울릭이었다. 울릭은 뭐 하나 끈덕지게 물고 늘어지면 기어코 이뤄 내고 말았다. 그리고 필요하다면 수단과 방법을 가리지 않았다.

"좋아, 울릭. 일단은 올베크한테 맡겨 두고 어떻게 되는지 지켜보자고. 우리는 우리 할 일이나 하고."

침묵을 깨고 디틀레우가 말을 꺼냈다.

울릭의 표정이 확 달라졌다.

"꿩 사냥 일정 잡혔어?"

그가 아이처럼 들뜬 표정으로 물었다.

"어. 벤트 크룸이 팀을 다 불러 모았어. 목요일 아침 여섯 시에 트라네케르 호텔에서 만나. 이 지역 멍청이들도 몇 명 초대해야 하는데, 그놈들 초대하는 건 이번이 마지막이야."

울릭이 웃었다.

"사냥 갈 계획이었군. 내 그럴 줄 알았지."

디틀레우가 고개를 끄덕였다.

"맞아. 깜짝 놀라게 될 테니 기대하라고."

울릭의 턱 근육이 실룩거렸다. 생각만으로도 흥분됐다. 흥분을 잘하고 참을성 없음, 이것이 그의 본질이었다.

"어때, 울릭? 나랑 같이 내려가서 세탁실에 있는 필리핀 년들이 뭐하고 있는지 보고 올까?"

울릭이 고개를 들어 눈살을 찌푸렸다. 이 표정은 때로는 긍정이고, 때로는 부정이다. 도무지 종잡을 수가 없다. 그의 마음속에는 서로 모순되는 수많은 충동이 늘 동시에 자리 잡았다.

6·

"리스, 이 사건 파일이 어떻게 내 책상에 올라왔는지 혹시 아나?"

리스가 요즘 유행하는 헝클어진 스타일의 머리를 매만지며 칼의 파일을 슬쩍 쳐다보았다. 얼굴을 찌푸리는 것을 보니 모르는 모양이다.

칼은 그 파일을 쇠렌센 여사에게 내밀었다.

"그럼 여사님은 아십니까?"

쇠렌센 여사가 첫 장을 살펴보는 데는 5초가 걸렸다.

"유감이지만 모르겠네."

쇠렌센 여사가 의기양양한 눈빛으로 대답했다. 쇠렌센 여사는 칼이 끙끙대는 꼴이 보기 좋았다. 그런 순간들이 여사에게는 가장 즐거운 시간이었다.

부반장 라르스 비외른도 모르긴 마찬가지고, 수사반 형사들도 누구하나 아는 사람이 없었다. 파일이 내 방에 제 발로 걸어 들어왔나?

"제가 홀베크 경찰서에 전화를 해 봤는데요, 자기들이 알고 있는 한 그 파일은 문서 보관소의 있어야 할 곳에 고이 모셔져 있답니다. 시간 나면 한번 확인은 해 보겠대요."

아사드가 코딱지만 한 자기 사무실에서 소리쳤다.

칼이 다리를 들어 책상 가운데 발을 걸치며 말했다.

"뉘쾨빙 셸란에선 뭐라고 하나?"

"잠깐만요, 전화해 볼게요."

전화번호를 누르면서 아사드는 축 처지는 고향 노래 몇 소절을 휘파람으로 불었다. 혹시 곡을 거꾸로 분 것은 아닌가 싶다.

'차라리 불지를 말지.'

칼은 벽에 있는 게시판을 살펴보았다. 네 신문 헤드라인이 모두 한목소리였다.

'메레테 륑고르 사건, 전문가의 손길을 빌어 해결되다. 특별한 사건들을 처리하기 위해 신설되어 칼 뫼르크가 이끌고 있는 특별 수사반 Q가 크나큰 성공을 거두고 있어……'

대략 이러했다.

그는 피곤에 절은 자신의 손을 바라보았다. 기력 없는 손은 두께가 2센티미터가 넘고 출처가 불분명한 이 빌어먹을 파일을 들고 있기도 벅 찼다. 지금 이 순간만큼은 '성공'이라는 단어가 공허하게 느껴졌다. 그는 한숨을 한번 크게 내쉬고서 계속해서 파일을 읽었다. 두 젊은이가 아주 잔인하게 살해당했다. 용의자는 유명한 집안 출신의 몇몇 아이들이었고, 9년 후에 그 아이들 중 하나가 갑자기 자신의 죄를 자백하고 감방에 들어갔다. 비아르네 퇴게르센이다. 이자는 패거리 중에서 유일하게 부유한 집안 출신이 아니었고, 석방될 날이 3년도 채 남지 않았다. 이 친구도 마찬가지로 겁나게 돈 많은 부자가 되었다. 감방에 있는 동안 주식시장에서 큰돈을 벌었기 때문이다. 감방에 들어간 사람도 이런 투자활동이 허용되나? 참 무서운 세상이로군.

그는 심문보고서를 모두 훑어본 후 비아르네 퇴게르센 소송 사건 서류들을 세 번씩이나 검토했다. 살인자는 희생자와 안면이 있는 사이는 아니었던 것 같다. 유죄 판결을 받은 가해자로서 그들을 몇 번 만난 적이 있노라 주장했지만, 그것을 입증할 만한 증거가 없었다. 보고서에 따르면 오히려 그 반대일 가능성이 컸다.

칼은 파일 표지를 다시 흘낏 보았다. '홀베크 경찰서'라고 쓰여 있다. 왜 '뉘쾨빙 경찰서'가 아닐까? 기동수사대가 왜 뉘쾨빙 경찰서와 함께 수사하지 않은 거지? 뉘쾨빙 경찰서 형사 중에 이 사건과 밀접하게 관련된 사람이 있었나? 그것으로 설명이 되려나? 아니면 그냥 뉘쾨빙 경찰서가 무능해서?

"어이, 아사드! 뉘쾨빙 경찰서에 전화해서 거기 사람 중에 희생자하고 알고 지내던 사람이 있는지 물어보게!"

칼은 환하게 불이 켜진 복도 너머로 아사드에게 소리쳤다.

하지만 아사드의 사무실에서는 아무런 대답이 없고, 그저 전화기에 대고 중얼거리는 소리만 들렸다.

칼은 자리에서 일어나 복도를 가로질러갔다.

"아사드, 뉘쾨빙 경찰서에 전화해서……."

아사드가 손짓으로 칼을 멈췄다. 아사드는 이미 바쁜 몸이었다.

"네…… 네…… 네……."

그리고 또 다시 똑같은 '네네' 소리가 이어졌다.

칼은 한숨을 내쉬고 사무실을 둘러보았다. 아사드의 책상 선반에 못 보던 사진 액자가 보였다. 나이 든 두 여성이 함께 찍은 사진이 다른 가족사진들과 나란히 놓여 있었다. 한 사람은 콧수염의 흔적이 보였고, 다른 한 여성은 살짝 뚱뚱했으며, 머리가 워낙 무성해서 마치 스쿠터 헬멧을 쓴 것 같았다. 아마도 아사드의 이모들인가 보다.

아사드가 전화를 끊자 칼이 손으로 사진을 가리켰다.

"하마에 계시는 이모님들이세요. 머리카락이 있는 분은 지금은 돌아가셨고요."

칼은 고개를 끄덕였다. 모습을 보니 안 돌아가셨다면 그게 더 이상할 뻔 했다.

"뉘쾨빙에서는 뭐라 하든가?"

"거기서도 파일을 안 보냈대요. 그도 그럴 것이, 애초부터 그 파일을 가지고 있지 않았다는군요."

"알았네. 그것 참 이상하군. 서류를 보면 뉘쾨빙, 홀베크, 기동수사대가 모두 함께 조사한 것으로 나오는데 말이야."

"아닙니다. 뉘쾨빙에서 사인 규명을 맡았다가 사건을 다른 곳으로 넘겼다고 하네요."

"그래? 그거 좀 이상하지 않나? 뉘쾨빙 사람들 중에 희생자들하고 개인적으로 알고 지내던 사람이 있었던 건가?"

"맞기도 하고, 틀리기도 합니다."

"그건 무슨 소리야?"

"그 두 희생자가 거기 형사의 아들하고 딸이었어요."

아사드가 방금 적어 놓은 메모를 가리켰다.

"이름은 헤닝 외르겐센입니다."

칼은 잔인하게 맞아 죽은 여자아이의 사진을 떠올렸다. 형사가 돼서 자기 자식이 살해된 것을 아는 것만큼 잔인한 악몽이 또 있을까?

"끔찍하군. 사건이 다른 경찰서로 넘어간 이유는 그것으로 설명이 되네. 아무래도 이 사건의 배후에는 무언가 개인적인 동기가 있는 것 같군. 그런데 아까 맞기도 하고, 틀리기도 하다는 건 도대체 무슨 소린가?"

아사드가 앉은 자리에서 등을 의자에 기댔다.

"이제 그 경찰서에는 그 아이들과 관련된 사람이 아무도 없으니까요. 시체가 발견된 후에 그 형사는 곧장 뉘쾨빙 셸란의 경찰서로 차를 몰고 갔다고 합니다. 프런트 사람하고 인사한 다음에 곧장 무기고로 내려가서 이렇게 권총을 대고 방아쇠를 당겼대요."

아사드가 짧고 굵은 두 손가락을 관자놀이에 가져다 댔다.

덴마크의 경찰 개혁은 아주 이상한 결과물들을 쏟아냈다. 행정 구역의 이름이 바뀌고 간판이 교체되고 문서 보관소들이 자리를 옮겼다. 대부분의 경찰 인력들은 이 광란의 와중에서 자신의 발판을 어디에 마련해야 할지 혼란스러워 했다. 그래서 수많은 사람이 조기퇴직이라는 제도를 통해 정신없이 돌아가는 회전목마 같은 경찰조직에서 발을 뗄 기회를 잡았다.

옛날만 해도 경찰 자리에서 은퇴한다는 것은 한가로운 공원 산책 따위와는 거리가 있었다. 그렇게 몸을 막 굴리며 일하다 은퇴하고 나면 평균 잔여 수명이 겨우 두 자릿수를 채우기도 빠듯했다. 이보다 상황이 안 좋은 직업은 기자밖에 없었는데, 이것은 아마도 직장생활을 하는 동안 그들의 뱃속을 거쳐 간 알코올의 양이 남달랐기 때문일 것이다. 괜히 죽는 것은 아닐 테니까.

칼은 연금수급자가 되어서 기분 좋은 생일상 한 번 제대로 받아 보지도 못 하고 세상을 뜬 경찰들을 알았다. 이 험악한 세상은 햇병아리 신참들에게 맡겨놓고 말이다. 하지만 고맙게도 상황이 변하고 있었다. 이제는 경찰들도 느긋하게 세상 구경을 하고 싶어 하고, 손자가 자라 대학에 들어가는 모습도 보고 싶어 한다. 그 결과 많은 사람이 경찰 조직을 떠났다. 배불뚝이가 되어 두 사람 앞에서 고개를 끄덕이고 있는 클라에

43

스 토마센도 그런 경우였다. 그는 뉘쾨빙 셸란 경찰서에서 근무하다 은퇴했다. 그는 경찰 딱지 붙이고 35년 살았으면 할 만큼 했다고 말했었다. 클라에스는 요즘 들어 마누라가 더 예뻐 보인다고 했다. 아내에 대한 얘기가 나와 좀 거슬리긴 했지만, 칼도 그 말이 무슨 뜻인지는 안다. 물론 법적으로 말하자면 그에겐 아직 아내가 있다. 하지만 아내가 그를 떠난 지도 벌써 몇 년이 흘렀고, 아내를 다시 데려가겠다고 고집을 피우면 수염을 뾰족하게 말아 올린 아내의 땅딸보 애인들이 틀림없이 들고 일어설 것이다.

물론 절대로 그럴 일은 없겠지만.

"전망이 정말 좋네요."

아사드가 말했다. 집을 둘러보며 감명을 받은 아사드는 이중창 너머로 클라에스 토마센의 잘 가꾸어진 정원과 그 너머 스텐뢰세의 마을을 감싸고 있는 들판을 물끄러미 바라보았다.

"시간을 내주셔서 감사합니다, 토마센 씨. 헤닝 외르겐센 씨를 아는 경찰이 많지 않아서 말이죠."

칼이 말했다.

클라에스의 얼굴에서 미소가 사라졌다.

"누구든 기댈 수 있는 최고의 친구이자 동료였지. 같은 동네에 살았었네. 그것도 우리가 그곳을 떠나온 이유 중 하나야. 그 일이 있은 후 그 친구의 아내가 우리 때문이라며 정신 나간 행동을 해서 거기서 살고 싶은 마음이 싹 가셨으니까. 안 좋은 기억이 너무 많아."

"헤닝 외르겐센 씨는 그 여름 별장에서 발견된 희생자가 누군지 마음의 준비가 안 된 상태로 현장에 갔던 거죠?"

토마센이 고개를 저었다.

"한 이웃이 별장에 들렀다가 죽은 아이들을 발견하고 우리한테 신고

했네. 그 신고를 받은 사람이 바로 나였지. 외르겐센은 그날 비번이었어. 그런데 아이들을 데려가려고 차를 몰고 와 보니 온통 경찰차 천지였던 거지. 다음 날부터 졸업반으로 올라가는 아이들이었는데."

"외르겐센 씨가 도착했을 때 거기에 계셨습니까?"

"그럼. 범죄 현장 전담반 사람들하고 수사반장과 같이 있었네."

그가 다시 고개를 저었다.

"그 사람도 이제 이 세상 사람이 아니야. 자동차 사고였지."

아사드는 메모지를 꺼내 적었다. 아사드가 칼을 대신해서 모든 일을 다 처리할 날도 머지않은 것 같다. 칼은 그날이 목이 빠지게 기다려졌다.

"별장에서 어떤 것을 보셨나요? 그냥 대략적인 얘기만 해 주셔도 좋습니다."

그가 물었다.

"문이며 창이며 다 활짝 열려 있었네. 발자국도 몇 개 있었고. 신발은 보지 못 했고 모래를 발견했는데, 나중에 추적해 보니 용의자들 중 한 사람의 부모네 집 테라스에서 나온 것이더군. 그런 다음 거실로 들어갔는데 바닥에서 시체 두 구를 발견했지."

그가 커피 탁자 옆 소파에 앉으며 두 사람에게도 같이 와 앉으라고 손짓했다.

"여자아이 시신은 정말 다시는 기억하고 싶지 않을 정도로 끔찍했네. 아마 사진을 봤으면 내 말이 무슨 뜻인지 알 걸세. 내가 알고 지냈던 아이라 더 그랬고."

토마센의 아내가 커피를 따랐다. 아사드는 사양했지만, 그녀는 무시하고 계속 따랐다.

토마센이 계속 말했다.

"그렇게 두들겨 맞은 시신은 내 평생 본 적이 없었지. 아주 작고 마른 아이였는데 말이야. 그 아이가 어떻게 그렇게 오래 살아 있었는지도 정말 이해가 안 되네."

"그게 무슨 말씀인가요?"

"부검해 보니 범인들이 떠난 후에도 아마 한 시간 정도는 더 살아 있었다네. 간에서 터진 피가 복강에 쌓이다가 결국 내출혈이 너무 심해져서 못 견디고 죽은 거지."

"희생자를 살려두고 가다니 범인들이 아주 위험한 짓을 했군요."

"그렇진 않네. 설사 살아남았다 해도 뇌손상이 워낙 심해서 수사에는 전혀 도움이 안 됐을 테니까. 그건 안 봐도 뻔한 사실이었지."

이 생각을 하며 토마센은 고개를 돌려 들판을 바라보았다. 칼은 토마센의 기분을 이해했다. 머릿속을 맴도는 장면들이 차라리 세상 너머로 눈길을 돌리고 싶게 만들었을 테니까.

"살인자들도 그걸 알았을까요?"

"그렇다고 봐야지. 이마 뼈 한 가운데를 그렇게 부숴서 열어놨으니 설마 하는 마음도 들지 않았을 거네. 평범한 상처가 아니었어. 속이 훤히 다 들여다보였으니까."

"남자아이는 어땠습니까?"

"여자아이 옆에 누워 있었네. 놀라긴 했지만 평화로운 표정이었어. 참 착한 아이였는데. 보기도 여러 번 봤지, 집에서도 보고 역에서도 보고 그랬으니까. 나중에 크면 아빠처럼 경찰이 되겠다던 아이였는데."

토마센의 눈길이 칼을 향했다. 이 바닥에서 닳고 닳은 경찰관한테서 저런 슬픔에 찬 눈빛을 보는 것은 정말 드문 일이었다.

"그러고 나서는 아버지가 도착해서 모든 상황을 직접 보게 됐고요?"

"불행하게도 그렇네."

그가 고개를 저었다.

"그 친구는 시신을 자기가 직접 안고 가려고 했지. 그가 범죄 현장을 온통 밟고 다니고 있어서, 아마 그때 망가진 증거들도 꽤 됐을 걸세. 결국 강제로 별장에서 끌어낼 수밖에 없었지. 지금 와서 제일 후회되는 일이 바로 그것이지만."

"그러고 나서 사건을 홀베크 경찰서로 넘기셨고요?"

"아니, 그쪽에서 가져갔네."

그가 아내에게 고개를 끄덕였다. 이제 탁자 위에는 모든 것이 충분히 차려져있었다.

"비스킷 좀 들겠나?"

이렇게 물었지만, 속으로는 우리가 사양하고 그냥 떠나기를 바라는 마음인 것 같았다.

"그럼 이 사건을 저희에게 넘겨준 분이 토마센 씨이신가요?"

"아니, 그건 아닐세."

토마센이 커피를 홀짝거리며 아사드의 메모지를 흘끗 보았다.

"하지만 지금이라도 이 사건을 재조사하게 돼서 사실 기쁘네. 안 그래도 디틀레우 프람, 토르스텐 플로린, 그리고 증권 중개하는 그놈, 그 세 놈을 텔레비전에서 볼 때마다 기분이 완전히 잡쳤었는데."

"범인이 누구인지 심증이 확실하신 것 같군요."

"그렇다네."

"유죄 판결을 받은 비아르네 퇴게르센에 대해서는 어떻게 생각하십니까?"

토마센의 발은 커피 탁자 아래 마룻바닥 위에서 원을 그리고 있었지만, 얼굴엔 동요가 없었다.

"빌어먹을 부잣집 애송이놈들, 그들 모두 거기 같이 있었네. 내 장담하지. 디틀레우 프람, 토르스텐 플로린, 증권 중개인, 그리고 그놈들이 끼고 다니던 계집애 말일세. 빌어먹을 비아르네 퇴게르센도 분명 거기 있었을 거야. 다 한통속이니까. 그리고 패거리 중 여섯 번째인 크리스티안 울프도 마찬가지고. 그놈도 심장마비 같은 것으로 죽은 게 아니네. 내 추측으로는 그놈이 뭔가에 겁을 집어먹으니까 나머지가 달려들어 없애 버린 게지. 그것 역시 살인 사건일세."

"제가 알기로 크리스티안 울프는 사냥에서 사고로 죽었다고 하던데요? 보고서에 보니 자기가 실수로 넓적다리를 쏴서 출혈과다로 사망했다고 나와 있습니다. 근처에 다른 사냥꾼은 없었고요."

칼이 말했다.

"다 개소리지. 살인이라니까."

"그럴 만한 근거라도 있으신가요?"

아사드가 토마센을 바라보며 커피 탁자로 몸을 기울여 비스킷을 집었다.

클라에스 토마센은 어깨를 으쓱했다. 형사의 직감이란 소리다. 아사드를 보며 네가 그게 무엇인지나 아느냐고 생각하고 있을 것이다.

아사드가 말을 이었다.

"뢰르비 살인 사건에 대해서 저희가 눈여겨볼 만한 것을 알고 계신 것은 더 없으신가요? 다른 데서 구하기 어려운 정보 같은 것은요?"

클라에스 토마센이 아사드 쪽으로 비스킷 접시를 밀었다.

"별다른 것은 없는 것 같군."

"그럼 누구를 찾아가 보면 될까요?"

아사드가 비스킷 접시를 되밀었다.

"여기서 한발 더 나아가려면 누구에게 도움을 구하면 될까요? 도와줄 사람을 찾지 못 하면 이 사건은 이대로 서류더미 속에 묻히고 맙니다."

어디서 저런 소신 있는 발언이?

"헤닝의 아내 마르타 외르겐센의 연락처를 아네. 살인 사건이 일어나고, 남편이 자살한 후로 몇 달 동안은 수사관들을 꽤 힘들게 했었지. 마르타를 만나 보게."

7

철길 위로 드리운 불빛이 안개 속에서 음침한 분위기를 자아냈다. 반대편 머리 위로 거미줄처럼 얽힌 전선들 너머에는 노란색 우편 배달차들이 몇 시간째 부산하게 움직이고 있었다. 사람들은 출근하느라 바빴고, 키미의 집을 뒤흔들며 지나는 전철들은 승객으로 만원이었다.

평범한 하루의 시작일 수도 있었건만, 그녀 안에는 이미 악마들이 풀려나와 있었다. 이 악마들은 고열과 함께 찾아오는 환영과도 같았다. 불길하고 말도 듣지 않는 반갑지 않은 존재.

키미는 잠시 무릎을 꿇고 앉아 목소리들을 잠재워 달라고 기도해 보았지만, 언제나처럼 오늘도 역시 신들에겐 노는 날이다. 그래서 키미는 간이침대 옆에 보관해 둔 위스키를 꺼내 한입 길게 들이켰다.

위스키 반병 정도가 내장을 태우듯 훑고 들어가자 키미는 여행 가방을 놓고 가기로 마음먹었다. 어차피 지금도 짊어지고 다닐 것이 너무 많다. 증오와 혐오, 그리고 분노까지.

1번은 토르스텐 플로린이다. 크리스티안 울프가 죽은 후로 줄곧 그랬다.

그녀는 자주 이런 생각을 했다.

키미는 유명 인사들을 다루는 잡지에서 토르스텐의 여우같은 얼굴을 보았다. 새로 보수해서 상까지 받은, 오래된 자유무역항 안에 있는 인디 아카이의 패션하우스 유리 궁전 앞에서 자랑스럽게 포즈를 잡은 모습이었다. 그래, 거기서 놈에게 현실을 맛보게 해 주리라.

키미는 허리가 쑤셔 금방이라도 부서질 것 같은 침대에서 천천히 기어 나왔다. 겨드랑이 냄새를 맡아 보았다. 아직 냄새가 코를 쏠 정도는 아니어서 DGI 시티 시립수영장에서 목욕하는 것은 미뤄도 되겠다.

키미는 무릎을 문지르고 침대 밑을 손으로 더듬어 작은 나무상자를 꺼내 뚜껑을 열었다.

"우리 아기, 잘 잤니?"

키미가 손가락으로 작은 머리를 쓰다듬으며 물었다.

키미는 매일 생각했다.

'털은 어쩜 이렇게 부드럽고, 속눈썹은 또 어쩜 이렇게 길까?'

그리고 그 작고 귀여운 것을 바라보며 따뜻하게 미소를 지은 후에 조심스럽게 뚜껑을 닫아 다시 원래 자리에 두었다. 늘 그렇듯 이 순간이 하루 중 가장 기분 좋은 순간이었다.

키미는 옷더미를 뒤져 제일 따뜻한 타이츠를 골랐다. 타르지(방부재· 방수재로 건축에 사용되는 종이—역자주) 아래로 흰곰팡이가 핀 것은 경고다. 이번 가을은 날씨를 종잡을 수가 없었다.

준비를 마친 후 키미는 벽돌집 문을 조심스레 열고 철길을 내다보았다. 사실상 거의 하루 종일 문 앞을 지나다니는 전철들과 키미 사이의 거리는 채 2미터도 되지 않았다.

아무도 보는 사람이 없었다.

키미는 미끄러지듯 빠져나와 문을 잠그고 코트 단추를 잠갔다. 그리고 기술자들이 거의 확인하러 오지 않는 철회색 변압기 주변으로 스무 계단을 걷고, 다시 아스팔트길을 걸어 인게르슬레우스가데로 이어지는 철문을 열었다.

예전에는 역사까지 오려면 뒤뷀스브로 역에서 이곳까지 울타리를 따라 철길 자갈밭을 쭉 걸어와야 했다. 그리고 그것도 밤에 걸어야 했다. 그렇지 않으면 들키기 때문이다. 이때만 해도 이 철문을 여는 열쇠가 가장 큰 소원이었다. 겨우 서너 시간 자고 나면 다시 이 작은집을 비워야 했기 때문이다. 한 번이라도 발각되는 날에는 쫓겨나 다시 돌아오지 못할 것을 그녀도 알았다. 그렇게 밤을 친구삼아 다니다가 어느 날 아침 그 문에 매달린 '뢰그스트루프 철문제작공장' 간판을 발견했다.

키미는 공장에 전화를 걸어 자기를 덴마크국립철도공사 보급 담당 릴뤼 카르스텐센이라고 소개하고 철문에서 열쇠수리공을 만나기로 약속을 잡았다. 만나러 가는 날에는 새로 다린 파란색 바지 정장을 입고 나갔다. 행색만 놓고 보면 중간 관리직 국가공무원이라고 해도 통했을 것이다. 키미는 열쇠 두 벌을 만들게 하고, 청구서를 받아 현금으로 지급했다. 그리고 그 후로는 철문을 마음 내키는 대로 드나들 수 있게 되었다. 본인이 조심해야 할 부분은 조심하고, 악마들만 자기를 건들지 않으면 모든 것이 괜찮을 것이다.

외스테르포르트로 가는 버스 위에서 키미는 혼자 무언가를 계속 중얼거렸고, 사람들은 그런 키미를 쳐다보았다.

'그만해, 키미.'

하지만 말려 봐도 주둥이가 말을 듣지 않았다.

가끔씩 키미는 자기가 하는 말을 마치 딴사람이 하는 말인 듯 듣고 있을 때가 있었다. 오늘이 그런 날이다. 키미가 작은 여자아이를 보고 웃자 아이는 찌푸린 얼굴로 대답을 대신했다.

분명 그것은 특히나 나빴을 것이다.

수많은 눈동자가 자기를 쏘아보자 키미는 몇 정거장 전에 버스에서 내렸다. 버스는 이게 마지막이다. 키미는 스스로 다짐했다. 버스에선 사람들 사이가 너무 빽빽해. 전철이 훨씬 나아.

"훨 낫네."

스토레 콩엔스가데를 따라 걸으며 키미가 큰소리로 말했다. 거리에는 사람이 거의 없었고, 자동차도, 키미의 머리 뒤에서 속삭이는 목소리도 거의 없었다.

키미는 점심시간이 막 지난 후에 인디아카이의 건물에 도착했다. 브랜드네이션에서 키미는 입구가 탁 트인 텅 빈 주차장을 발견했다. 안내판을 보니 거기도 토르스텐 플로린의 땅이었다.

키미가 핸드백을 열어 안을 들여다보았다. 팰리스 시네마 극장 로비에서 거울 보느라 정신 팔린 여자한테서 훔쳐온 핸드백이다.

의료보험 카드를 보니 그 골빈 여자의 이름은 리세-마야 페테르손이었다. 그런데 이건 웬 수류탄? 이 여자 분명 점집에서 무슨 이상한 소리를 들었나 보다. 키미는 수류탄을 밀어내고 기가 막히게 맛있는 피터 잭슨 담배를 한 개비 꺼냈다. 담뱃갑에는 이렇게 적혀 있었다.

'흡연은 심장질환을 일으킵니다.'

키미는 불을 붙이며 큰소리로 웃은 후, 폐 속 깊숙이 연기를 빨아들였다. 기숙학교에서 쫓겨난 후로 담배를 입에 달고 다녔지만 심장은 아직도 문제없이 잘만 뛴다. 내가 죽어도 심장마비로 죽을 일은 없을 거다. 내가 죽을 일은 따로 있지. 그건 내가 잘 알아.

두어 시간 쯤 지나고 나니 담배 한 갑을 다 피웠다. 담배꽁초가 판석 바닥에 어지럽게 널려 있었다. 키미는 뽐내듯 걸으며 브랜드네이션의 유리문을 드나드는 젊은 여자들 중 하나를 붙잡았다.

"혹시 토르스텐 플로린이 언제 오는지 알아요?"

키미가 물었지만 돌아온 대답은 침묵과 못마땅한 눈빛뿐이었다.

"언제 오는지 아느냐고요."

키미가 여자의 팔을 세게 끌어당기며 더욱 힘주어 물었다.

"이거 놔!"

여자가 양손으로 키미의 팔을 비틀며 소리쳤다.

키미의 눈이 찌푸려졌다. 키미는 자기 몸에 손대는 인간들이 싫었다. 대답을 하지 않는 인간들이 싫었다. 그리고 그 인간들의 눈빛이 싫었다. 단 한 번의 유연한 동작으로 키미는 여자의 팔을 등 뒤로 비틀어 놓았다.

여자는 인형처럼 바닥에 주저앉았고, 그걸 보니 기분이 좋았지만, 기분이 나쁘기도 했다. 키미도 사람이 이렇게 행동하면 안 된다는 것을 알았기 때문이다.

키미는 충격을 먹은 여자 위로 몸을 숙이면서 말했다.

"다시 한 번 묻겠는데, 토르스텐 플로린이 언제 오는지 알아?"

여자가 말을 더듬으면서 모른다는 말만 세 번 반복하자 키미는 발길을 돌렸다. 당분간 여기 다시 오기는 글렀군.

키미는 스켈베크가데에 있는 제이콥 풀하우스 바깥쪽의 다 허물어져 가는 콘크리트 모퉁이에서 랫-티네와 우연히 마주쳤다. 랫-티네는 이미 번진 지 오래된 화장을 하고 '제철 버섯'이라고 쓰인 간판 아래 비닐봉지를 들고 서 있었다. 랫-티네의 첫 오럴섹스 손님 몇 명은 선명하게 그려진 눈썹에 붉게 볼터치가 된 얼굴로 대접 받았겠지만, 나머지 손님들은 망가진 화장발로 만족해야 할 거다. 이제 랫-티네가 발랐던 립스틱은 모두 얼룩졌고, 얼굴 화장이 번진 것을 보니 얼굴에 묻은 정액을 옷소매로 닦아낸 것이 틀림없었다. 랫-티네의 고객들은 콘돔을 쓰지 않는다. 랫-티네가 콘돔 사용을 요구할 수 있는 처지에서 멀어진 지는 이미 오래됐다. 사실 지금은 무엇 하나 요구할 수 있는 처지가 전혀 아니었다.

"어머, 키미 언니. 얼굴 보니까 진짜 반갑다."

랫-티네가 학 다리처럼 얇은 다리로 버티고 서서 키미를 향해 휘청거리며 코를 훌쩍였다.

"보고 싶었잖아."

그녀는 방금 피워 문 담배를 흔들며 말했다.

"언니, 중앙역에서 언니에 대해 묻고 다니는 사람들이 있던데, 그거 알고 있었어?"

랫-티네는 키미의 팔을 붙잡고 이르사 카페 길 건너편 벤치로 호위하듯 데려갔다.

"그런데 그동안 진짜 어디 있었어? 보고 싶었는데."

랫-티네가 비닐봉지에서 병맥주 두 개를 더듬어 꺼내며 말했다.

랫-티네가 병을 따는 동안 키미는 피스케토르브 쇼핑센터를 바라보았다.

"내 얘기를 누가 묻는데?"

키미가 병맥주를 랫-티네 쪽으로 다시 밀며 말했다. 맥주는 프롤레타리아나 먹는 술이다. 키미는 자라면서 그렇게 배웠다.

"몇 놈 안 돼."

랫-티네가 남은 술병을 벤치 아래로 내려놓았다. 랫-티네는 이 자리에 앉는 것을 좋아한다. 키미도 알고 있었다. 이곳에 앉을 때 랫-티네는 가장 큰 편안함을 느꼈다. 한 손에는 맥주를 들고, 주머니에는 돈 몇 푼

들어 있고, 누렇게 뜬 손가락 사이에 막 피워 문 담배 한 개비 쥐고 이 벤치에 앉아 있을 때가 랫-티네의 가장 행복한 순간이다.

"다 말해 봐, 랫-티네."

"좋아, 언니. 언니도 알다시피 내 기억력이 좀 가물가물하지만. 이 고물 대가리가 요즘엔 더 말을 안 들어."

랫-티네가 자기 머리를 토닥거렸다.

"하여간 난 아무 말도 안 했어. 면상 한 번 못 본 사람이라고 했지."

랫-티네가 머리를 흔들며 웃었다.

"그 인간이 언니 사진을 보여 주더라. 언니 예전엔 한 미모 했던데!"

랫-티네가 담배를 길게 한 모금 빨아들였다.

"한때는 나도 예뻤지. 진짜 나 예쁘다던 사람도 있었어. 이름이……."

랫-티네가 허공을 바라보았다. 역시나 그 이름도 머리에서 지워지고 없었다.

키미는 고개를 끄덕였다.

"나에 대해서 물어본 사람이 한 명이 아니야?"

랫-티네가 고개를 끄덕이더니 맥주를 또 한 번 들이켰다.

"두 사람이었어. 같은 시간은 아니었고, 한 사람은 밤에 왔어. 역 문 닫기 바로 전에. 그러면 아마 새벽 4시쯤이었겠지? 맞나?"

키미는 어깨를 으쓱했다. 이제 두 사람인 것을 알았으니 시간은 중요한 문제가 아니다.

"얼마야?"

키미 앞에 선 남자에게서 질문이 날아들었다. 하지만 키미는 대답하지 않았다. 이건 랫-티네가 챙겨야 할 영업이다.

"오럴 한 판 하는 데 얼마냐고."

남자가 다시 물었다.

랫-티네가 키미의 옆구리를 툭 쳤다.

"언니, 언니한테 묻는 소리야."

랫-티네가 이제 세상사에는 관심 없다는 듯 말했다. 그녀는 이미 오늘 필요한 돈을 다 벌었다.

키미가 고개를 들어 보니 평범하게 생긴 남자 하나가 손을 코트 주머니에 넣고, 얼굴에는 한가득 딱한 표정을 하고 서 있었다.

"꺼져."

키미가 잡아먹을 듯한 눈빛으로 쏘아보며 말했다.

"한 대 갈기기 전에 당장 꺼지라고."

남자가 흠칫 놀라며 뒤로 한발 물러섰다. 그리고 마치 그 위협만으로도 충분히 만족스럽다는 듯 삐딱하게 웃음을 지었다.

"오백 주지. 대신 먼저 입 좀 헹궈. 내 거시기에 끈적거리는 침을 묻히고 싶지는 않으니까. 알겠어?"

남자가 주머니에서 지폐를 꺼내 흔들어 보였다. 키미의 머릿속 목소리가 소리를 높였다.

'뭐해?'

한 목소리가 속삭였다.

'본때를 보여 달라잖아.'

또 다른 목소리가 속삭였다. 키미는 벤치 아래에 있던 맥주병을 움켜쥐어 입으로 가져갔고, 남자는 그 모습을 내려다보고 있었다.

키미가 입에 머금은 맥주를 남자의 눈을 향해 힘껏 뱉자, 그가 뒤로 휘청거렸다. 충격이 얼굴에 고스란히 묻어났다. 남자가 자신의 코트를 내려다보더니 몹시 화난 얼굴로 키미를 노려보았다. 이제 이 사내도 그냥 두면 위험한 존재다. 스켈베크가데는 폭행 사건이 드문 곳이 아니었다. 저기 다음 모퉁이에서 무가지 신문을 나눠 주고 있는 타밀 사람이 여기서 일어나는 일을 말리러 굳이 달려올 리도 없다.

키미는 일어서서 맥주병으로 남자의 머리를 후려쳤다. 깨진 유리 조각이 길 건너 우체통까지 날아갔다. 남자의 귀에서 피가 삼각주처럼 퍼지며 흘러내려 코트 깃을 타고 바닥으로 떨어졌다. 자기를 겨냥하고 있는 깨진 유리병을 보며 남자는 분명 머릿속이 복잡했을 것이다. 이 꼴을 아내한테, 자식들한테, 동료들한테 뭐라고 설명하지? 그는 중앙역 쪽으로 달리기 시작했다. 아마 의사한테 상처도 보여야 하고, 멀쩡한 꼴로 돌아가려면 코트도 새로 하나 마련해야 한다는 생각이 퍼뜩 들었을 것이다.

"더러운 새끼, 저놈 예전에도 본 적이 있어."

길바닥에 뿌려진 맥주 자국을 바라보는 키미 옆에서 랫-티네가 코를 홀짝거리며 말했다.

"제길, 아까운 맥주만 버렸네. 맥주 사러 마트에 또 가야 되잖아. 저 멍청이는 왜 하필 우리가 여기 앉아 있을 때 왔대? 한창 좋았는데 말이야."

남자가 길 너머로 사라지자 키미도 맥주병을 쥐고 있던 손의 긴장을 풀었고, 잔뜩 힘이 들어가 있던 눈길도 누그러졌다. 그리고 바지 주머니를 뒤져 새미 가죽으로 된 목걸이 지갑을 꺼내 열었다. 매우 최근 것인 신문기사 스크랩이 나왔다. 키미는 패거리들이 어떤 얼굴을 하고 다니는지 놓치지 않으려고 사진을 가끔씩 새로운 것으로 교체했다. 키미가 스크랩을 펴서 랫-티네의 얼굴에 들이댔다.

"나에 대해 물어보는 남자들 중에 혹시 이 사람 있었어?"

키미가 신문기사 사진을 손가락으로 짚으며 말했다. 사진 밑에는 이렇게 적혀 있었다.

'주식시장 분석회사 UDJ의 이사 울릭 뒤벨 옌셴이 보수적인 두뇌집단과의 협력을 거부했다.'

울릭은 어느새 거인이 되어 있었다. 말 그대로 몸도 거인이었고, 비유적인 의미로도 거인이었다.

랫-티네가 희고 푸른 담배 연기 너머로 신문기사 스크랩을 자세히 살펴보고는 고개를 저었다.

"저렇게 뚱뚱하지는 않았어."

"그럼 이 사람은?"

외스테르 파리마그스가데의 한 쓰레기통에서 발견한 여성잡지에서 오려낸 스크랩이었다. 긴 머리와 반짝거리는 피부를 보면 토르스텐 플로린은 동성애자 같은 인상을 풍기지만, 그렇지는 않다. 그건 키미가 장담할 수 있다.

"이 인간은 텔레비전에서 본 적이 있어. TV 덴마크였나 뭐였나, 패션 쪽에서 일한다는 것 같던데. 맞지?"

"이 남자였어, 랫-티네?"

랫-티네가 무슨 농담이라도 들은 것처럼 낄낄거렸다. 그럼 토르스텐도 아니군.

디틀레우 프람도 역시 아니라는 소리를 듣고서 키미는 스크랩을 다시 지갑에 집어넣은 후 도로 바지 주머니에 넣었다.

"그 남자들이 나에 대해서 뭐래?"

"그냥 언니를 찾는다고만 하던데?"

"만약 나중에 그 사람들 찾으러 가면 알아볼 수 있겠어?"

랫-티네가 어깨를 으쓱했다.

"매일 찾아오는 건 아니야, 언니."

키미는 입술을 물어뜯었다. 이제부터는 신중해야 한다. 놈들이 가까워졌다.

"그 사람들이 다시 보이면 말해 줘. 알았어? 어떻게 생겼는지 자세하게 봐 두었다가 기억나는 대로 적어 봐."

키미는 다 헤져서 올이 드러난 청바지 아래로 칼날처럼 튀어나온 랫-티네의 무릎 위에 손을 얹었다.

"새로 정보가 생기면 저기 노란색 간판 아래 붙여 놔."

키미가 '자동차 렌탈-할인'이라고 적힌 간판을 가리켰다.

랫-티네가 기침을 하며 고개를 끄덕였다.

"확실한 정보를 줄 때마다 너희 쥐한테 쓸 돈으로 1,000크로네씩 줄게, 랫-티네. 어때? 그 돈이면 우리도 새로 사 줄 수 있잖아. 아직 아파트에서 키우고 있지?"

키미는 랫-티네가 자기를 보고 있지 않다는 확신이 들 때까지 5분 동안 배스트 텔로우 정제공장 앞의 주차 알림판 옆에 서 있었다.

키미가 어디 사는지는 아무도 몰랐고, 그녀도 그렇게 유지하고 싶었다.

철문을 향해 경사진 길을 건너며 키미는 피부 밑이 따끔거리고 두통이 왔다. 그와 함께 분노와 불만도 같이 느껴졌다. 그녀 안의 악마들은 두통을 싫어했다.

좁은 침대에 앉아 위스키 병을 손에 들고 희미한 빛을 통해 작은 방을 물끄러미 바라보고 있으니 평온한 느낌이 밀려왔다. 이곳이야말로 진짜 그녀의 세상이었다. 안전하다고 느낄 수 있고 필요한 게 모두 갖추어진 곳. 그녀의 가장 귀한 보물이 들어 있는 침대 밑 나무상자, 문 안쪽에 붙어 있는 아이들의 노는 모습이 그려진 포스터, 외풍을 막기 위해 벽에 붙여 놓은 어린 여자아이의 사진과 신문지들, 옷 무더기, 바닥의 요강, 뒤쪽에 모아 놓은 신문 꾸러미, 배터리 두 개로 작동하는 작은 형광등, 그리고 선반 위에 놓인 여벌의 신발 한 짝. 이것들만 있으면 키미는 자기가 즐거워하는 일을 얼마든지 할 수 있었다. 그리고 무언가 새로운 것이 필요하다면 돈도 충분했다.

술기운이 돌기 시작하자 키미는 희죽거리며 헐거워진 벽돌 세 개를 빼서 그 뒤의 공간들을 살펴보았다. 키미는 집에 돌아오면 거의 항상 이 공간들을 확인했고, 신용카드와 마지막 현금인출기 영수증이 있는 벽돌 뒤쪽을 제일 먼저 살폈다. 그리고 그다음에는 현금을 보관한 공간을 확인했다.

키미는 매일 얼마나 남았는지 계산했다. 11년 동안 그녀는 길거리에서 살았고, 아직도 1,344,000크로네가 남아 있었다. 지금처럼 계속 산다면 이 돈을 다 쓰지도 못 하고 죽을 것이다. 옷 등을 포함해서 일상생활에 필요한 것들은 거의 다 도둑질로 마련했다. 먹는 양도 많지 않았고, 국민의 건강을 생각해 주시는 정부 덕분에 술은 거의 똥값이다. 이제는 반값이면 코가 삐뚤어지도록 술을 마실 수 있다. 덴마크처럼 살기 좋은 나라가 또 있을까? 키미가 콧방귀를 뀌며 핸드백에서 수류탄을 꺼내 세 번째 벽돌 뒤에 다른 것들과 함께 넣어 두었다. 그러고 나서 조심스럽게 벽돌을 제자리에 되돌려 놓았다. 워낙 감쪽같아서 벽돌 사이 틈이 거의 보이지 않았다.

갑자기 아무런 경고도 없이 불안이 찾아들었다. 드문 일이었다. 보통은 어떤 머릿속 이미지들이 먼저 경고 신호를 보낸다. 때리려고 치켜든 손, 때로는 훼손된 피투성이 시신, 때로는 걱정 없던 아주 먼 옛날의 순간들이 언뜻언뜻 보일 때도 있었다. 결국에는 깨지고 만, 귓가에 속삭여 주었던 약속들. 하지만 이번에는 목소리들로부터 그 어떤 경고도 없었다.

키미는 몸을 부들부들 떨기 시작했다. 골반에서 시작된 경련이 속을 죄어 왔다. 눈물과 마찬가지로 구토도 피해가기 힘든 부작용이다. 예전에 한번 감정의 고통을 술로 지워 보려고 한 적이 있었지만, 고통만 더욱 커질 뿐이었다.

이럴 땐 그저 시간이 흘러 어둠이 되돌아올 때까지 몇 시간이고 마냥 기다리는 수밖에 없다.

머리가 다시 맑아지자 키미는 자리에서 일어나 뒤뵐스브로 역으로 갔다. 그리고 엘리베이터를 타고 내려가 3번 플랫폼 끝으로 가서 전철이 올 때까지 기다렸다. 그녀는 플랫폼 가장자리에서 팔을 벌리고 소리쳤다.

"이번엔 곱게 못 넘어간다, 이 개자식들아."

그리고 이후의 일은 목소리들이 결정하게 내버려 두었다.

8

칼은 자기 사무실에 들어가 의자에 앉자마자 책상 위에 떡하니 놓인 투명 플라스틱 서류철을 발견했다.

'이건 또 무슨 얼어 죽을.'

이렇게 생각하며 칼이 아사드를 불렀다.

아사드가 문 앞에 오자 칼이 서류철을 가리켰다.

"이거 어디서 왔는지 아나?"

아사드가 고개를 저었다.

"만지지 말게, 알았나? 지문이 남았을지도 모르니까."

두 사람은 서류철 앞장을 물끄러미 쳐다보았다.

'기숙학교 패거리들의 폭행 사건들.'

레이저 프린터로 출력된 제목이 보였다.

그 밑으로는 폭행 사건의 목록이 시간, 장소, 희생자 이름과 함께 나와 있었다. 이 폭행 사건들은 오랜 기간에 걸쳐 저질러진 것 같았다. 그 시작이 무려 1992년까지 거슬러 올라갔다. 뉘보르 근처 바닷가에서 일어난 젊은 여자 폭행 사건, 백주 대낮에 축구경기장에서 일어난 쌍둥이 형제 폭행 사건, 랑엘란 섬에서 일어난 부부 실종사건. 기록된 사건이 적어도 20건 정도였다. 1980년대 당시에는 학생들이 스무 살이 되도록 학교에 남는 경우는 흔치 않았는데. 그렇다면 뒤쪽에 나온 폭행 사건들은 졸업하고 난 다음에 자행된 것이 틀림없다.

"누가 파일을 여기에 가져다 놓는지 알아내야겠네, 아사드. 범죄 현장 전담반을 불러. 이 경찰서 사람들 중 누군가 이 짓을 하고 있다면 지문 검색만 하면 그냥 나오겠지."

"제가 들어올 때 지문 채취 같은 거 안 하던데요."

아사드가 거의 실망에 가까운 표정을 지었다.

칼이 고개를 설레설레 저었다. 아니, 그걸 왜 안 해? 아사드를 고용한 과정을 보면 대충 넘어간 부분이 어디 한두 가지일까 싶지만, 여기 하나 더 있군.

"뢰르비 희생자들의 엄마 주소를 찾아오게, 아사드. 지난 일 이 년 동안 몇 번 이사를 다녀서 분명 티스빌데 주민등록부에 나온 주소에는 살지 않을 걸세. 좀 창조적으로 생각하게, 아사드. 알겠나? 그 사람 옛날 이웃들한테 전화해 보게. 전화번호 거기 있으니까. 그 사람들이 뭐 좀 알지도 모르지."

칼이 방금 주머니에서 꺼낸 쪽지뭉치를 가리켰다. 그리고는 공책을 꺼내 해야 할 일들의 목록을 작성했다.

사건이 새롭게 펼쳐지고 있다. 냄새가 나.

"칼, 솔직히 말해 이미 확실히 종결된 사건을 가지고 시간낭비하지 말자고."

살인 사건 전담반 반장 마르쿠스 야콥센이 책상 위에 놓인 쪽지를 뒤적이며 고개를 저었다. 불과 8일 만에 소름끼치는 사건이 벌써 네 건이나 새로 발생했다. 게다가 휴직 신청이 들어온 것만 세 건에, 병가를 낸 사람도 두 명이다. 그중 한 사람은 아마도 아예 일을 그만두지 싶다. 칼은 살인 사건 전담반 반장의 머릿속이 뻔히 들여다보였다. 도대체 어느 사건에서 누굴 빼와야 하나? 하지만 그건 그가 고민할 문제지, 내가 고민할 문제가 아니다. 다행이지. 그게 어디냐.

"그런 거 말고 노르웨이에서 오는 방문객들이나 신경 쓰게, 칼. 그 사람들도 귀가 있어서 메레테 륑고르 사건에서 자네가 어떻게 했는지 다 안다고. 그래서 자네가 사건들을 어떻게 체계를 잡고 또 사건 처리의 우선순위는 어떻게 정하는지 알고 싶어 하네. 그 사람들도 차라리 덮어두고 싶은 오래된 사건들이 분명 한 무더기로 있지 않겠나? 사무실 좀 깨끗이 청소하고 덴마크 경찰 업무가 구체적으로 어떻게 이루어지는지 보여 주는 거나 신경 쓰라고. 그래야 그 사람들이 뭐라도 좀 건져서 나중에 법무부 장관을 만나면 할 말이 있을 것 아닌가?"

칼은 고개를 떨구었다. 방문객들이 허풍쟁이 법무부 장관을 만나 커피나 마시면서 내 특별 수사반에 대해서 이러쿵저러쿵 수다를 떤다고? 이거 참 기운 빠지는군.

"내 책상에 사건 파일들을 가져다 놓는 사람이 누구인지 알아야겠습니다, 반장님. 그다음 일은 그때 가서 생각하죠."

"좋아, 칼. 알아서 하게. 하지만 자네가 뢰르비 사건을 다시 맡을 생각이면 우리는 거기에 대해서는 완전히 발을 빼겠네. 지금은 인력을 한시간 빼 주기도 빠듯하다고."

"걱정 붙들어 매십시오."

칼이 자리에서 일어나며 말했다.

마르쿠스가 인터폰에 몸을 숙여 말했다.

"리스, 잠깐 좀 들어와 봐. 내 일정표가 안 보여."

칼의 눈동자가 바닥을 훑었다. 바닥에 반장의 일정표가 떨어져 있었다. 십중팔구 책상에서 떨어졌겠지.

칼이 발끝으로 일정표를 보이지 않게 책상 서랍장 밑으로 슬쩍 밀어넣었다. 이러면 혹시 노르웨이 방문객 건도 같이 흐지부지되지 않을까?

칼은 자기 앞을 천천히 지나가는 리스를 애정 어린 눈빛으로 쳐다보았다. 저렇게 변신하기 전이 훨씬 예뻤는데. 아니지, 무슨 소리야, 이 친구야. 그런다고 사람이 어디 가나? 리스는 그래도 리스야.

리스의 책상 너머에서 로즈 크누센과 마리아나 해구처럼 깊이 패인 그녀의 보조개가 이렇게 말하고 있는 듯했다.

'특별 수사반 Q에 합류할 날만 손꼽아 기다리고 있어요.'

그는 보조개 인사에 화답하지 않았다. 하기야 그에게 화답해 줄 보조개가 있기나 한가.

지하로 내려가보니 아사드가 오후 기도를 마치고 준비하고 있었다. 그는 치수가 넉넉한 큰 재킷을 입고, 작은 가죽 서류가방을 겨드랑이에 끼고 있었다.

"살해된 오누이네 엄마가 로스킬데에 있는 오랜 친구네 집에 산다고 합니다."

아사드는 이렇게 말하며 액셀을 좀 밟으면 30분 안으로 갈 수 있는 거리라고 덧붙였다.

"그런데 호른베크에서도 전화가 왔어요, 수사관님. 별로 좋은 소식은 아니에요."

칼은 하르뒤의 모습을 머릿속에 떠올렸다. 2미터가 넘는 몸을 꼼짝도 하지 못 한 채 얼굴을 해협으로 향하고 시즌 마지막 뱃놀이를 즐기는 사람들을 바라보고 있는 모습을.

"뭐라던가?"

칼이 물었다. 끔찍한 기분이 들었다. 옛 동료를 찾아간 지도 벌써 한 달이 넘었다.

아사드가 대답했다.

"자주 운대요. 진정시키려고 약도 많이 주는데 그래도 계속 울기만 한다네요."

파산바이 끝에 뚝 떨어져 있는 평범하기 이를 데 없는 집이었다. 동판에는 '옌스-아르놀과 위베테 라르센'이라고 이름이 새겨져 있고, 그 아래 작은 판지 명판에 고딕체로 '마르타 외르겐센'이라는 이름이 적혀 있었다.

하늘을 나는 마법의 가루처럼 산들거리고, 은퇴할 나이를 꽤 넘긴 것 같은 가냘픈 여성이 문에서 두 사람을 반겨 주었다. 곱게 나이든 할머니를 보니 칼의 입가에도 살짝 미소가 번졌다.

"마르타는 나랑 산다우. 내 남편이 죽은 이후로는 쭉 여기서 살았지. 그런데 친구가 오늘 별로 상태가 좋질 않네."

그녀가 복도에서 속삭였다.

"의사 말로는 지금 진행 속도가 아주 빠르다네."

두 사람이 집안으로 들어가려는데 마르타의 기침 소리가 들렸다. 마르타가 푹 꺼진 눈으로 두 사람을 바라보며 앉았다. 그녀 앞에는 약병이 다양하게 놓여 있었다.

"누구요?"

마르타가 떨리는 손으로 담뱃재를 털며 물었다.

아사드는 색이 바랜 양털 담요와 창가 화분에서 시들어 떨어진 이파리들이 덮인 의자에 편안하게 자리를 잡고 앉았다. 그는 망설이지 않고 손을 뻗어 마르타 외르겐센의 손을 잡았다.

"지금 기분이 어떠신지 압니다. 어머니가 똑같이 고생하시는 것을 지켜봤으니까요. 많이 힘드시겠어요."

칼의 어머니라면 손을 뺄 것이다. 하지만 마르타 외르겐센은 그러지 않았다.

'저런 건 또 어디서 배웠나?'

이 상황에서 자기는 뭘 해야 할지 몰라 고민하며 칼은 생각했다.

"간병인이 오려면 시간이 남았으니까 차나 한 잔씩 들어요."

위베테 라르센이 여전히 미소를 잃지 않은 얼굴로 말했다. 그리고 아사드가 방문 이유를 설명하자 마르타가 조용히 흐느껴 울기 시작했다.

그들은 차를 마시고 케이크를 먹으며 마르타가 마음을 진정시키기를 기다렸다.

"내 남편은 경찰이었지."

드디어 마르타가 입을 열었다.

"알고 있습니다, 외르겐센 부인."

칼이 마르타에게 처음 꺼낸 말이었다.

"남편 옛날 동료 중 한 사람이 나에게 사건 파일의 복사본을 줬네."

"그렇군요. 혹시 그 사람이 클라에스 토마센 씨입니까?"

"아니, 그 사람은 아니야."

그녀가 콜록거리며 말했다. 담배를 한 대 깊게 들이마시자 발작처럼 터져 나오던 기침이 가라앉았다.

"다른 사람이지. 사람들이 아르네라고 부르던데. 하지만 지금은 죽은 사람이야. 그 사람이 서류철에 자료를 모두 모았지."

"그 자료를 좀 볼 수 있을까요, 외르겐센 부인?"

마르타가 거의 투명하다시피한 손을 머리로 올렸다. 입술이 떨렸다.

"유감이지만 지금은 나한테 없어."

마르타가 눈을 찌푸렸다. 두통이 밀려오는 듯했다.

"마지막으로 빌려 준 사람이 누군지 기억이 안 나. 그 서류철을 본 사람이 꽤 많은데."

"혹시 이건가요?"

칼이 옅은 초록색 서류철을 마르타에게 건넸다.

마르타가 고개를 저었다.

"아니, 그건 회색이었어. 두텁기도 훨씬 두터웠고, 한 손으로 잡을 수도 없었지."

"다른 자료는 없습니까? 혹시 저희한테 주실 만한 거라도……."

마르타가 위베테를 흘끗 쳐다보았다.

"이 사람들한테 말해 줘도 될까, 위베테?"

"글쎄, 나도 정말 모르겠어. 그래야 되나?"

병든 여인의 푹 꺼진 파란 눈동자가 창가 위에 놓인 녹슨 물뿌리개와 작은 아시시 성 프란체스코 석상 사이에 있는 두 아이의 사진에 고정되었다.

"저 애들을 봐, 위베테. 저 애들이 무슨 잘못을 했다고……."

마르타의 눈가가 젖어들었다.

"불쌍한 내 새끼들, 우리 저 애들을 위해서 뭔가 할 수 있을까?"

위베테가 탁자 위에 민트 초콜릿 상자를 내려놓았다.

"할 수 있을 거야."

위베테는 한숨을 내쉬고는 방구석으로 갔다. 그곳에는 구겨진 낡은 신문지들과 재활용 골판지 상자들이 쌓여 있었다. 그것은 마치 부족이나 결핍이란 말이 일상용어였던 지난 시절이 묻혀 있는 무덤처럼 보였다.

"여기 있네."

위베테가 뚜껑 높이까지 가득 채워진 상자를 하나 꺼내며 말했다.

"지난 십 년 동안 마르타와 내가 파일에 신문기사들을 스크랩해서 모아 두었지. 내 남편이 죽고 나서는 우리 둘만 남았어. 그래서 살림에 도움이 될까 해서 폐지를 모으다보니……."

아사드가 상자를 받아서 열어 보았다.

위베테가 말을 이었다.

"해결되지 않은 폭행 사건하고 꿩 사냥꾼들에 대한 기사들이라오."

"꿩 사냥꾼이요?"

칼이 말했다.

"맞아, 그럼 그런 사람들을 달리 뭐라고 부르겠나?"

위베테가 예가 될 만한 기사를 찾으려고 상자 안을 뒤졌다.

맞군. 꿩 사냥꾼이라니, 정말 딱 맞아떨어지는 표현이다. 한 주간지의 커다란 홍보용 사진을 보니 왕족 두 명, 쓰레기 같은 부르주아 몇 명, 그리고 울릭 뒤벨 엔센, 디틀레우 프람, 토르스텐 플로린이 각각 한손에는 산탄총을 한 자루씩 들고, 한 발은 죽은 꿩과 자고새 수십 마리를 딛고 의기양양하게 서 있었다.

"윽."

아사드가 소리쳤다. 이 부분에 대해서는 별로 할 말이 더 없었다.

두 사람은 마르타 외르게센의 마음속 동요를 눈치챘지만, 그것이 어디로 향한 것인지는 알 수 없었다.

갑자기 마르타가 소리를 질렀다.

"가만두지 않겠어! 다 죽여 버릴 거야! 하나도 남김없이 싹 다! 저놈들이야, 저놈들이 내 애들을 때려 죽이고, 내 남편까지 죽였어! 절대로 지옥에 나 혼자 가진 않아, 절대로!"

마르타가 일어나려고 했지만, 몸무게를 가누지 못 하고 앞으로 넘어지며 이마를 탁자 모서리에 찧었다. 하지만 정작 본인은 머리를 찧은 것도 모르는 듯했다.

"저놈들도 죽어야 돼."

마르타가 탁자보에 뺨을 댄 채 씩씩거렸다. 그러더니 갑자기 팔을 휘두르며 찻잔들을 넘어뜨렸다.

"진정해, 진정해, 마르타."

위베테가 숨을 헐떡이는 마르타를 다시 베개에 눕히며 말했다.

마르타가 호흡을 가라앉히고 다시 얌전히 앉아 담배를 피워 물자, 위베테는 두 사람을 식당이 있는 옆방으로 안내했다. 위베테는 친구의 행동을 사과하며 지금은 뇌종양이 너무 커져서 언제 어떻게 반응할지 알기가 어렵다고 했다. 예전에는 저렇지 않았다면서.

그게 무슨 미안해할 일이라고.

"한 남자가 찾아와서 마르타에게 리스베테와 잘 알고 지내던 사이라고 했지."

위베테가 거의 지워지다시피 한 눈썹을 살짝 치켜떴다.

"리스베테는 마르타네 딸이라오. 그 아들은 쇠렌이고. 그건 알고 있지?"

아사드와 칼이 고개를 끄덕였다.

"잘은 모르지만 아마도 리스베테의 그 지인이 아직 그 파일을 갖고 있을 거야."

위베테가 집을 물끄러미 바라보았다.

"듣자하니 그 남자가 마르타한테 언젠가는 파일을 되돌려 주겠다고 분명히 약속했대."

위베테가 니무도 슬픈 눈길로 두 사람을 바라보았다. 애처로워 안아

주고 싶은 마음이 들 정도였다.

"그 사람이 너무 늦기 전에 약속을 지킬 수 있을지 걱정이네."

"사건 파일을 가져간 사람이 누군지 혹시 이름을 기억하시나요?"

아사드가 물었다.

"미안하지만 나는 몰라. 마르타가 그 파일을 건넬 때 난 옆에 없었거든. 마르타 기억력도 예전 같지 않고."

위베테가 머리 옆쪽을 토닥거리며 말했다.

"암이란 게 그렇지."

"그 사람이 혹시 경찰이었는지는 모르십니까?"

칼이 덧붙여 물었다.

"그렇지는 않은 것 같던데. 그래도 혹시 모르지. 난 잘 모르겠어."

"그 사람이 이것은 왜 같이 가져가지 않았나요?"

아사드가 겨드랑이에 낀 신문 스크랩 상자를 가리키며 물었다.

"아, 그건 그냥 마르타가 하고 싶어 해서 한 일이야. 이미 자수한 사람이 있다면서, 그렇지? 내가 신문기사 스크랩을 도와준 것은 그저 마르타한테 마음의 위안이 될까 봐 그런 거야. 사건 파일을 빌려간 사람도 아마 그게 특별히 중요하다고 생각하진 않았나 보네. 사실 대부분은 뭐 중요하지 않은 기사들일 테고."

두 사람은 마르타의 여름 별장 열쇠에 대해 위베테에게 설명을 들었고, 살인이 일어나기 전후의 상황에 대해서도 물어보았지만 위베테가 더 보태 줄 말은 없었다. 그녀의 말처럼, 벌써 이십 년 전에 일어났던 일이다. 게다가 그런 일을 기억하고 싶어 하는 사람은 없다.

간병인이 도착하자 두 사람은 인사를 하고 자리를 떴다.

하르뒤는 아들 사진을 늘 침대 탁자 위에 두었다. 이 사진은 요로에

튜브를 끼운 채 기름기로 떡이 진 머리를 하고 누워 있는 이 사람이 그래도 한때는 호흡기와 24시간 켜놓은 텔레비전, 그리고 바삐 움직이는 간호사들 덕에 연명하는 삶이 아닌 다른 삶을 살았던 사람이었음을 말해 주는 유일한 힌트였다.

"여기 그 빌어먹을 궁둥짝 좀 붙이고 앉아."

하르뒤가 말했다. 그의 눈은 호른베크 척추손상 클리닉의 1,000미터 상공 어딘가에 있는 가상의 한 점에 고정되어 있었다. 이곳은 360도로 시야가 탁 트인 곳이다. 이 높이에서 떨어지면 그 누구도 다시는 깨어나지 못 할 것이다.

칼은 적당한 변명거리를 찾으려고 머리를 쥐어짜다가 포기했다. 대신 그는 사진 액자를 집어 들며 이렇게 말했다.

"듣자하니 마스가 대학에 들어갔다며?"

"그건 또 어디서 들었냐? 벌써 내 마누라 따먹고 다니냐?"

그가 눈 한 번 깜빡하지 않고 물었다.

"미친놈, 말을 꼭 그따위로 해야 직성이 풀리냐? 그러니까 그 누구냐…… 그러니까…… 젠장, 본부에서 누구한테 들었는데……."

"그 시리아 친구는 어디 갔어? 어디 사막 한가운데 파묻고 왔나?"

칼은 하르뒤를 안다. 이런 말들은 다 인사 겸 농담으로 하는 소리다.

"그냥 툭 까놓고 말해, 하르뒤. 나 이제 여기 왔잖아, 응?"

칼이 깊게 한숨을 내뱉었다.

"앞으론 자주 올게, 이 친구야. 휴가 갔다 오느라 뜸했다. 좀 봐주라."

"거기 탁자 위에 있는 가위 보여?"

"보여."

"항상 그 자리에 있어. 거즈 자를 때 쓰지. 그리고 거기 그 테이프는 내 탐침하고 주사기 고정할 때 쓰고. 아주 뾰족하지, 안 그래?"

칼이 그것들을 바라보았다.

"그러네."

"칼, 그것 좀 집어서 내 경동맥 좀 찔러 주면 안 될까? 그럼 무척 행복하겠구만."

하르뒤가 잠깐 웃다가 갑자기 멈췄다.

"팔이 실룩거렸어, 칼. 어깨 근육 바로 밑인 거 같은데."

칼이 얼굴을 찡그렸다. 그러니까 팔이 좀 실룩거렸다 이거지. 불쌍한 놈. 정말 그랬으면 얼마나 좋겠냐마는.

"긁어줘? 가려워서 그래?"

담요를 살짝 걷어 내며 칼은 환자복을 조금 내리고 긁어 주어야 하는지, 그냥 그 위로 긁어 주어야 하는지 고민했다.

"야, 이 멍청한 놈아. 내 말 몰라? 팔이 꿈틀했다니까! 보여?"

칼이 하르뒤의 환자복을 내렸다. 하르뒤는 언제나 멋지게 보려고 외모도 손질하고, 피부도 보기 좋게 태우고 다녔다. 하지만 지금은 수척해지기도 했거니와, 푸른 정맥이 그대로 드러난 피부가 구더기처럼 하얗다.

칼이 하르뒤의 팔을 만져 보았다. 근육이 하나도 남아 있지 않았다. 그냥 말랑말랑한 소고기 덩어리 같다. 팔이 실룩거리는 모습도 전혀 보이지 않았다.

"촉감이 느껴지는 점이 하나 있어, 칼. 가위 가져와서 살갗을 차례로 찔러 봐. 너무 빨리 하지는 말고. 느낌이 오면 말해 줄게."

불쌍한 친구는 목 아래로는 완전히 마비되었다. 그저 한쪽 어깨에 살짝 남아 있는 촉감이 전부다. 나머지는 모두 지푸라기라도 붙잡으려는 부질없는 희망에 불과하다.

하지만 칼은 하르뒤가 해 달라는 대로 해 주었다. 하르뒤의 팔꿈치에서 시작해서 아래로, 그다음엔 위로 빠뜨리지 않고 모든 부위를 차근차근 자극해 보았다. 하르뒤의 겨드랑이 뒤쪽 근처에 다다르자 하르뒤가 헉하고 숨을 내쉬었다.

"거기야, 칼. 거기 볼펜으로 표시 좀 해 둬."

칼은 그렇게 했다. 친구라는 게 뭔가.

"다시 한 번 해 봐. 시험해도 좋아. 그 점에 도착하면 정확히 맞출 테니까. 이번엔 눈 감고 있을게."

칼이 그 점에 다시 도착하자. 하르뒤가 씩하고 웃었다. 어쩌면 찡그린 것일지도.

"거기다."

그가 소리쳤다. 정말 믿지 못 할 일이다. 전율이 일었다.

"간호사한테 말하지 마, 칼."

칼이 이마를 찌푸렸다.

"뭐라고? 왜? 이렇게 좋은 소식이 또 어디 있다고. 실낱같은 희망이라도 있다는 얘기잖아. 그럼 의료진에서도 뭔가 조치를 할 테고."

"그 점 크기를 키우려고. 팔 한쪽은 되돌려 놓고 싶다고. 알겠어?"

그제야 하르뒤는 처음으로 옛 동료의 얼굴을 바라보았다.

"내 팔을 내가 어디에 쓰든 남이야 알 바 아니잖아, 안 그래?"

칼이 고개를 끄덕였다. 하르뒤의 기분만 좋아진다면야 무엇인들 어떠랴. 자기 손으로 가위를 들어서 목을 찌르는 것. 이것이 그의 삶에 남은 유일한 꿈인 것 같았다.

문제는 하르뒤의 팔에 남은, 감각이 살아 있는 이 조그만 점이 계속 거기에 있었느냐 하는 것이다. 하지만 그렇게 믿게 놔두는 게 더 낫다. 하르뒤의 경우에는 그렇든 안 그렇든 별로 차이가 없으니까.

칼은 하르뒤의 환자복을 정리해 주고 담요도 턱까지 끌어올려 주었다.

"하르뒤, 너 그 여자 심리상담사 계속 봐?"

칼은 모나 입센의 매력적인 몸매를 상상했다. 그 모습이 그나마 그에게는 영혼의 위안이었다.

"어."

"그래? 주로 무슨 얘기해?"

대답 중에 자기 이름도 어디서 한 번쯤 튀어나오기를 기대하면서 칼이 물었다.

"아마게르에서 있었던 총격 사건을 계속 들쑤시는데, 난 도무지 그게 다 무슨 소용인지 모르겠단 말씀이야. 하여간 그 여자는 올 때마다 그 총격 사건에 제일 흥미가 당기나 봐."

"그런가 보군."

"칼, 너 그거 아냐?"

"뭐?"

"그 여자 때문에 나도 모르게 자꾸 생각난다 말씀이지. 사실 생각해 봐야 대체 무슨 소용이냐 마는, 그래도 의문이 머리에서 떠나지 않아."

"무슨 의문 말이냐?"

하르뒤가 칼의 눈을 똑바로 쳐다보았다. 마치 용의자를 심문할 때의 눈빛이었다. 혐의를 두는 눈빛도 아니지만, 그렇다고 그 반대도 아니다. 그저 무언가 동요하는 눈빛이었다.

"너하고 나, 그리고 안케르, 이렇게 세 명이 그 헛간에 다시 간 건 그 남자가 살해당하고 적어도 열흘은 지나서였잖아. 그렇지?"

"그렇지."

"그 범인들이 자기 흔적을 지울 시간은 충분했다고. 충분한 게 뭐야, 아주 넘쳤지. 그런데 왜 안 했지? 대체 뭘 기다린 거야? 집에 불만 질러도 다 끝나는 거 아냐. 시체 빼돌리고 불 지르면 그걸로 게임 끝이라고."

"그게 이상했던 거로군. 내가 생각해도 이상하긴 해."

"그런데 우리가 거기 있을 때 그놈들이 왜 그 집으로 되돌아왔지?"

"그래, 그게 또 궁금했던 거로군."

"궁금하냐고? 칼, 그거 아냐? 난 별로 궁금하지 않아. 이젠 더 이상 궁금하지 않다고."

그가 헛기침을 하려 했지만 잘되지 않았다.

"안케르가 지금 살아 있었으면 할 말이 많았을 텐데 말이야."

하르뒤가 말을 이었다.

"무슨 소리야?"

요 몇 주 동안 칼은 안케르를 생각해 본 적도 없었다. 무너져 가는 집에서 제일 친한 동료가 눈앞에서 총에 맞아 죽는 것을 직접 목격한 지 겨우 여덟 달이 지났다. 그런데도 그는 이미 칼의 의식 속에서 지워지고 있었던 것이다. 자기가 같은 일을 당하면 사람들의 머릿속에 얼마나 오래 기억될까 문득 궁금해졌다.

"칼, 그 집에서 누군가 우리를 기다리고 있었던 거야. 거기서 일어난 일은 그것 말고는 달리 설명이 안 돼. 평상시의 수사와는 달랐단 말이지. 우리 중 누군가 한 사람 연루되어 있었어. 나는 아니었고. 그럼 칼, 너냐?"

9

디틀레우 프람이 조수석 창문을 열어 머리를 내밀고 트라네케르 호텔의 노란 건물 정면에 주차되어 있던 여섯 대의 사륜구동 차량에 신호를 보냈다.

숲에 도착하니 태양은 지평선에 갓 걸쳐 흔들리고 있었고, 몰이꾼들은 생울타리로 만든 사냥터 경계 뒤로 사라졌다. 어떻게 준비하는지는 다들 알고 있었기 때문에 몇 분 후 코트를 단추까지 채워 입고, 총신을 열어젖힌 채 디틀레우 옆에 섰다. 사냥개를 데리고 나온 사람도 몇몇 보였다.

언제나처럼 제일 마지막으로 준비를 마치고 나온 사람은 토르스텐 플로린이었다. 그가 오늘을 위해 특별하게 조합해 입은 패션은 격자무늬 니커보커스(무릎 근처에서 졸라매게 되어있는 품이 넓고 느슨한 바지—옮긴이)에 몸에 꼭 맞춰 입은 사냥코트였다. 저런 옷차림이면 그대로 정식 무도회에 나가도 되겠다.

디틀레우가 마지막 순간에 한 사륜구동 차 뒤에서 뛰쳐나온 사냥개

한 마리를 경계하는 눈빛으로 바라보았다. 그리고 모인 사람들의 얼굴을 훑어보았다. 그중 한 사람, 분명 그가 초대하지 않은 사람이 보였다.

디틀레우가 벤트 크룸 쪽으로 몸을 기울였다.

"저 여자는 누가 초대했어요, 크룸?"

디틀레우가 목소리를 낮춰 물었다. 디틀레우 프람, 토르스텐 플로린, 울릭 뒤벨 옌센의 변호사인 벤트 크룸은 사냥 모임을 주선하는 역할도 맡고 있었다. 크룸은 아주 다재다능해서 벌써 몇 년 째 세 사람의 급한 불을 꺼 주는 소방수 노릇을 하고 있었고, 지금은 세 사람이 계좌로 매달 꼬박꼬박 입금해 주는 막대한 돈에 전적으로 의지하고 있었다.

크룸이 속삭이듯 대답했다.

"자네 와이프가 초대했어, 디틀레우. 리산 히오르트라는 여자인데, 자네 와이프가 저 여자한테 남편하고 같이 와도 좋다고 했다고. 저 여자가 남편보다 총 솜씨가 더 나아. 그냥 알고 있으라고."

총 솜씨가 나아? 젠장, 그게 무슨 상관이야. 디틀레우의 사냥에 여자가 끼면 안 되는 이유를 대라면 한두 가지가 아니다. 크룸이 그걸 모르는 것도 아니고. 텔마, 이년이 어디 지 맘대로.

디틀레우가 히오르트의 어깨에 손을 올리며 말했다.

"미안하지만 자네 아내는 오늘 같이 못 가."

말썽이 생길 것을 뻔히 알았지만 디틀레우는 히오르트에게 차 열쇠를 아내에게 주라고 했다.

"자네 아내가 직접 차를 몰고 호텔까지 갈 수 있겠지? 내가 미리 그쪽에 전화해서 사람이 가니까 대기하고 있으라고 하지. 저 말 안 듣는 강아지도 같이 데려가라고 하고. 오늘 사냥은 아주 특별한 거란 말이야. 히오르트, 그걸 알아야지."

다른 사람들 중 몇몇이 마치 이 문제에 할 말이 있다는 듯 중재하려

나섰다. 제대로 모양을 갖춘 재산도 없이 조상에게 돈만 물려받은 멍청이들이다. 하지만 저 빌어먹을 사냥개가 어떤 놈인지는 모르고 있을 것이다.

디틀레우는 부츠 끝으로 땅을 차며 다시 반복해 말했다.

"여자는 안 돼요. 잘 가요, 리산."

디틀레우가 참가자들에게 오렌지색 목도리를 나누어 주다 리산 히오르트는 그냥 지나쳤다.

"저 강아지도 잊지 말고 데려가시고."

눈길을 피하면서 이 말을 건넨 것이 전부였다. 디틀레우가 이들 때문에 자기의 규칙을 바꾸는 일은 절대로 없을 것이다. 이것은 그냥 평범한 사냥이 아니다.

"디틀레우, 아내가 같이 못 간다면 나도 가지 않겠어."

히오르트가 따지려 들었다. 다 낡아빠진 무어랜드 코트나 걸치고 있는 이 한심한 작자 같으니. 그전에도 나한테 대들었다가 괜히 내 심기를 건드려 놓지 않았나? 나하고의 관계가 사업에 도움이 되는 걸 모르는 모양이지? 내가 화강암 거래처를 중국으로 바꿔 버리니까 거의 파산 지경까지 가지 않았었어? 진짜 나한테 또 한 번 당해 보고 싶은 거야? 물론 디틀레우는 맘만 먹으면 얼마든지 그를 엿 먹일 수 있다.

"자네가 알아서 결정할 문제고."

디틀레우는 부부에게 등을 돌리고 서서 다른 사람들을 쳐다보며 말했다.

"여기 있는 사람들 모두 규칙을 알 겁니다. 오늘 여러분이 경험하게 될 것은 다른 사람이 끼어들 일이 아닙니다. 무슨 말인지 아시죠?"

디틀레우가 기대했던 대로 사람들이 고개를 끄덕였다.

"암놈과 수놈들로 꿩하고 자고새를 이백 마리 풀어놨습니다. 모두 충분히 즐기고도 남을 겁니다."

디틀레우가 씩 웃었다.

"암놈은 허가기간보다 좀 빠른 감이 있지만, 뭐 누가 신경이나 쓴답니까?"

디틀레우가 지역 사냥클럽에서 나온 사람들을 돌아보았다. 그들은 분명 입 다물고 있을 것이다. 그 사람들은 모두 어떤 식으로든 디틀레우를 위해 일하는 사람들이었다.

"암놈이니, 수놈이니 귀찮게 따질 필요 없죠. 뭐가 되었든 잡으면 그만이지. 그리고 오늘은 여러분을 위해서 아주 흥미로운 사냥감을 따로 준비했습니다. 무엇인지는 말씀 안 드릴 테니, 직접 확인해 보십시오."

디틀레우가 몸을 돌려 울릭에게서 제비뽑기 다발을 받아드는 동안 사람들이 들뜬 얼굴로 그의 움직임을 하나하나 눈으로 쫓았다.

"어떻게 하는지는 다들 아시죠? 여러분들 중 짧은 막대를 뽑은 운 좋은 두 분에겐 산탄총 대신 소총을 지급합니다. 소총은 새 사냥은 못 하지만, 대신 오늘의 특별사냥감을 집에 가져갈 수 있는 기회를 얻습니다. 자, 준비되셨습니까?"

몇 사람이 담배를 바닥에 버리고 발로 밟아 껐다. 모두들 사냥을 준비하는 각자의 방식이 있었다.

디틀레우가 미소를 지었다. 이것이 지배층이란 자들의 참모습이다. 자비를 모르고 이기적이며 고지식한.

"네, 일반적으로 오늘의 사냥감은 소총을 뽑은 두 사람이 나눠 갖습니다만, 그건 전적으로 사냥감을 쓰러뜨린 사람의 맘입니다. 만일 울릭이 잡으면 어떻게 될지는 여러분 모두 아시죠?"

울릭만 빼고 다 웃었다. 주식이든 여자든 야생으로 풀어놓은 멧돼지든, 울릭은 자기가 잡은 것을 다른 사람과 나누지 않았다. 울릭이 어떤 사람인지 모두들 잘 알고 있었다.

디틀레우는 몸을 숙여 소총 상자 두 개를 집어 들었다.

"자, 보십시오."

그가 소총을 꺼내 아침 햇살 아래 내놓으며 말했다.

"제가 우리의 오랜 친구 자우어 클래식을 다시 가져왔습니다. 여러분들도 이 놀라운 물건을 경험해 보시라고 말이죠."

그가 자우어 엘레강스 라이플 소총을 머리 위로 들어올렸다.

"아주 길이 잘든 놈들이고, 가지고 다니기도 아주 편합니다. 기대하셔도 좋습니다!"

디틀레우가 히오르트 부부 사이에 오가는 격한 말싸움을 무시한 채 제비뽑기 다발을 사람들 앞으로 내밀었고, 당첨된 사람들에게 소총을 지급했다.

그 둘 중에 토르스텐도 있었다. 그는 무언가 불안해 보였지만, 그것이 사냥 때문이 아님을 디틀레우는 알고 있었다. 이건 나중에 꼭 다시 한번 얘기하고 넘어가야 할 문제였다.

"토르스텐은 전에도 당첨된 적이 있지만, 삭센홀트는 처음이군요. 그럼 당연히 축하해 줘야죠."

디틀레우는 그 젊은이에게 고개를 끄덕이며 다른 사람들과 함께 그 젊은이를 향해 휴대용 술병을 치켜들어 축하했다. 스카프 넥타이와 머릿기름을 바른 헤어스타일을 보니 삭센홀트는 영락없는 기숙학교 학생 같았다. 아마 죽는 날까지 저모양일 것이다.

"두 사람만 오늘의 특별사냥감에 총을 쏠 수 있습니다. 그러니 두 사람은 책임지고 반드시 그 사냥감을 제대로 쓰러뜨려야 합니다. 사냥감이 완전히 움직이지 않을 때까지 계속 총을 쏘아야 한다는 거 잊지 말아요. 그리고 누구든 그놈을 쓰러뜨리는 사람한테 상이 돌아간다는 것도 잊지 말고…….”

그가 한발 뒤로 물러나 코트 안쪽 주머니에서 봉투를 하나 꺼냈다.

“베를린에 있는 방 세 개 딸린 멋진 아파트 증서입니다. 템펠호프 공항 활주로가 내려다보이는 아파트죠. 하지만 걱정 마세요. 공항은 이제 곧 사라질 것이고, 창가 바로 아래로 부두가 생길 예정입니다.”

사내들이 박수치기 시작하자 디틀레우는 미소를 지었다. 그의 아내는 이 빌어먹을 아파트를 사자고 몇 달 동안이나 그를 성가시게 졸랐다. 하지만 사 놓고 한 번이라도 간 적이 있던가? 젠장, 한 번도 없다. 그 빌어먹을 애인놈하고도 가지 않더군. 지금이야말로 혹처럼 성가신 이 아파트를 떼고 갈 기회다.

“아내는 돌아가기로 했어, 디틀레우. 하지만 개는 내가 데리고 가야겠어.”

그의 뒤에서 목소리가 들렸다. 디틀레우가 돌아서서 히오르트의 고집스런 얼굴을 정면으로 쳐다보았다. 분명 이거라도 고집을 피워서 자존심을 살려 보겠다는 뜻이다.

디틀레우가 어깨너머로 토르스텐과 잠깐 눈을 마주쳤다. 감히 디틀레우 프람을 거역할 사람은 없었다. 그가 누군가에게 개를 데리고 가지 말라고 했는데 데려가겠다면 거역의 대가를 치러야 한다.

“그 개를 꼭 데려가야겠단 말이지. 그럼 좋아, 히오르트.”

빤히 쳐다보고 있는 히오르트 아내의 눈길을 외면하며 디틀레우가 말했다.

저년하고 싸우기는 싫다. 이것은 전적으로 나와 텔마 사이의 문제니까.

언덕 꼭대기의 빈터에 도착하니 덤불에서 풍기던 사람의 냄새가 잦아들었다. 50미터 아래로는 안개에 뒤덮인 작은 수풀이 있었고, 그 너머로는 잡목이 빽빽한 숲까지 쭉 이어져 마치 그들 앞에 드넓은 바다가 펼쳐져 있는 것 같았다. 멋진 광경이었다.

"모두들 조금 더 넓게 퍼지세요."

디틀레우가 말했다. 사람들이 각자 7, 8미터 정도 거리를 두자 그가 만족스러운 듯 고개를 끄덕였다.

숲 속 몰이꾼들의 소리가 아직 충분히 크게 들리지 않았다. 그저 풀어놓은 꿩들 중 몇 마리만 위로 날아올랐다가 다시 덤불 속으로 미끄러지듯 활주해 들어갔다. 디틀레우 근처의 사냥꾼들은 발소리를 죽이고 걸었지만 잔뜩 기대에 부풀어 있었다. 이들 중 일부는 아침 안개 속에서 만나는 이 재미에 완전히 중독되어 있었다. 방아쇠를 만지고 나면 며칠이 만족스러웠다. 수백만 크로네씩 벌어들이는 사람들이지만, 이들은 사냥할 때 비로소 살아 있는 느낌이 들었다.

흥분으로 얼굴이 창백해진 젊은 삭센홀트는 디틀레우의 옆에서 걸었다. 한때는 이 사냥 모임에 정기적으로 참가했었던 그의 아버지도 그랬었다. 그 아들은 덤불을 뒤로 하고 숲을 몇 백 미터 앞에 둔 채 수풀에 눈길을 고정하고 조심스럽게 걸었다. 총 한 방만 제대로 쏘면 부모의 간섭에서 벗어난 밀회장소를 포상으로 받을 수 있다는 생각이 그의 머리를 온통 채우고 있었다.

디틀레우가 손을 들자 모두들 멈췄다. 히오르트의 사냥개가 흥분해서 징징대며 주변을 빙빙 돌았고, 그 얼간이 주인은 그저 조용하라고 쉿 소리만 해대고 있었다. 딱 예상했던 대로다.

그 순간 첫 사냥감이 날개를 퍼덕이며 수풀에서 날아올랐다. 총소리가 일제히 울려 퍼졌고, 죽은 새가 툭 하고 떨어지는 소리가 그 뒤를 이었다. 히오르트의 개는 이제 더 이상 말을 듣지 않았다. 히오르트 옆에 있던 남자가 자기 하운드에게 '물어 와!'라고 소리쳤는데, 히오르트의 개가 혓바닥을 늘어뜨리고 뛰어나갔다. 그 바람에 수백 마리의 새가 한꺼번에 날아올랐고, 광란의 사냥 파티가 이어졌다. 총소리와 덤불에서 울려 나오는 메아리 때문에 귀가 멀 지경이었다.

이것이 바로 디틀레우가 사랑하는 것들이다. 끊임없는 총성, 끊임없는 살육, 하늘로 퍼덕이며 날아오르다 불꽃놀이처럼 터져 먼지가 돼 버리는 몸뚱이들. 하늘에서 이슬비처럼 천천히 떨어지는 새의 시체들. 1초라도 빨리 총알을 재장전하기 위해 마음이 급한 사내들의 얼굴. 디틀레우는 삭센홀트가 산탄총을 가지고 온 다른 사람들이 신 나게 총을 쏘는 동안 자기는 총을 쏠 일이 없어서 실망하고 있는 것을 눈치챘다. 디틀레우의 눈길이 수풀에서 숲 가장자리로, 그리고 다시 평지를 가로질러 덤불이 우거진 땅으로 옮겨갔다. 저 친구의 사냥감이 어디서 뛰쳐나올까? 모를 일이다. 피에 대한 갈증이 커질수록 소총을 쥐고 있는 사냥꾼의 손에도 더욱 힘이 들어갔다.

히오르트의 개가 갑자기 다른 개에게 달려들어 목을 무는 바람에 그 개는 물었던 사냥감을 놓치고 낑낑대며 물러났다. 그 장면을 히오르트만 빼고 모두 목격했다. 히오르트는 아직 사냥감을 한 마리도 맞추지 못한 탓에 정신없이 계속해서 총을 장전해서 쏘고, 또 장전해서 쏘고 있었다.

히오르트의 하운드가 세 번째 새를 물어 나르고 다시 다른 개를 물려고 하자, 디틀레우가 토르스텐를 보며 고갯짓을 했다. 토르스텐도 이미 보고 있었다. 사냥개에게 있어서 근육, 본능, 형편없는 훈련, 이 세 가지는 최악의 조합이다.

모든 것이 디틀레우의 예상대로 일어났다. 상황을 파악한 다른 개들이 더 이상은 히오르트의 개가 빈터에 떨어지는 새들을 물고 가게 놔두지 않자, 그 개는 떨어진 새를 찾아 숲 속으로 사라졌다.

디틀레우가 소총을 든 두 사람에게 외쳤다.

"이제 정신 바짝 차려요. 베를린에 있는 풀 옵션 아파트가 달려 있다는 것을 명심하고."

그가 웃으며 생울타리에서 새로 날아오른 새떼를 향해 두 발을 쐈다.

"최고의 사격에는 큰 상이 돌아갑니다."

그 순간 히오르트의 하운드가 또 다른 새를 물고 어두운 덤불에서 뛰쳐나왔다. 그리고 그 개가 빈터에 미처 도달하기 전에 토르스텐의 소총에서 나온 총알 한 발이 그 개를 쓰러뜨렸다. 무슨 일이 일어났는지 본 사람은 디틀레우와 토르스텐밖에 없었을 것이다. 그 총성에 대한 사냥꾼들의 반응은 삭센홀트의 숨넘어가는 소리와 그 뒤에 히오르트부터 시작해서 이구동성으로 터져 나온 웃음소리뿐이었다. 그들은 삭센홀트의 소총이 빗나간 것이라고 생각했다.

하지만 이제 곧 히오르트가 자기 개 이마에 뚫린 구멍을 발견하면 저 웃음소리는 뚝 그치고, 저 인간도 교훈을 배우겠지. 디틀레우가 훈련이 안 된 개를 사냥에 데려오지 말라고 말했다면, 데려가지 않는 게 정답이다.

디틀레우는 수풀 뒤 잡목에서 무언가 새로운 소리가 들려오던 순간에 크룸이 고개를 절레절레 흔들던 것을 보았다. 그렇다면 그도 토르스텐이 개를 죽이는 장면을 목격했음이 틀림없다.

"목표물을 분명히 확인하기 전에는 쏘면 안 됩니다. 아셨죠?"

디틀레우가 옆에 있던 사람들에게 조용히 말했다.

"몰이꾼들이 수풀 뒤쪽으로는 모두 막고 있으니까 사냥감은 저기 덤불에서 튀어나올 겁니다."

디틀레우가 우뚝 솟은 노간주나무 몇 그루를 가리켰다.

"땅 위 1미터 정도 위로 목표물의 몸통을 직접 겨냥하세요. 그렇게 하면 빗맞아도 총알이 땅바닥을 치는 일은 없을 겁니다."

"저건 뭐죠?"

삭센홀트가 갑자기 흔들리기 시작한 웃자란 나무들을 고갯짓으로 가리키며 속삭였다. 잔가지들이 부서지는 소리가 처음에는 희미하게, 그리고 그다음에는 더 크게 들려왔고, 그 뒤로 몰이꾼들의 외침소리가 차츰 높아졌다.

그 순간, 그것이 뛰쳐나왔다.

삭센홀트와 토르스텐의 총이 동시에 불을 뿜자 그 검은 그림자가 한쪽으로 조금 휘청하더니 다시 꼴사납게 앞으로 껑충껑충 뛰어나왔다. 빈터로 나오자 그 동물이 드디어 정체를 드러냈다. 사람들의 환호성이 터져 나오는 가운데 삭센홀트와 토르스텐이 다시 소총을 조준했다.

"잠깐!"

디틀레우가 소리쳤다. 타조는 자리에 서서 당황한 모습으로 주변을 둘러보고 있었다. 100미터 정도 떨어진 거리였다. 디틀레우가 말했다.

"이번에는 머리를 쏴. 한 번에 한 발 씩. 삭센홀트, 자네가 먼저 쏴."

사냥꾼들이 꼼짝 않고 서서 지켜보는 동안 삭센홀트가 숨을 멈추고 소총을 들어 방아쇠를 당겼다. 총알은 조금 낮게 날아가 박혔고, 타조의 목이 찢겨나가면서 머리가 뒤쪽으로 날아가 버렸다. 하지만 사람들은 함성소리로 사격의 성공을 인정했다. 토르스텐도 마찬가지였다. 하기야 그에게 방 세 개 딸린 베를린 아파트가 무슨 소용이겠는가?

디틀레우가 미소를 지었다. 그는 타조가 바닥에 바로 주저앉을 줄 알았지만, 타조는 머리도 없이 몇 초 동안 주위를 뛰어다니다 울퉁불퉁한 곳에 걸려 자빠졌다. 그리고 자빠진 상태에서 순간적으로 경련이 일었다가 목이 바닥으로 힘없이 쳐졌다. 그래도 전반적으로는 볼만한 구경거리였다.

"아싸!"

삭센홀트가 신음소리처럼 기쁨의 탄성을 내질렀고, 사냥꾼들은 남은 꿩들을 향해 몇 번 더 일제히 사격을 가했다.

"내가 타조를 쐈어, 저 빌어먹을 타조를. 오늘밤엔 빅터 바에 가서 진하게 술 한 잔하고 여자하고 한바탕 뒹굴어야겠군."

세 사람은 호텔에서 만나 디틀레우가 주문해 둔 술을 따라 마셨다. 토르스텐은 분명 술 한 잔 걸칠 필요가 있어 보였다.

"뭐가 문제냐, 토르스텐? 너 완전 지랄 같더라."

울릭이 예거마이스터를 한입에 털어 삼키며 말했다.

"상을 못 타서 열 받았냐? 너 예전에도 타조 쏴 본 적 있잖아."

토르스텐이 잔을 몇 번 흔들었다.

"키미 때문에. 상황이 지금 아주 심각하다고."

그렇게 말하며 토르스텐이 한 잔 들이켰다.

울릭이 한 잔을 더 따라 준 다음에 그와 건배했다.

"올베크한테 맡겨 놨으니까 금방 잡을 거야. 쫄 거 없다고, 토르스텐."

토르스텐 플로린이 주머니에서 성냥갑을 꺼내 탁자 위에 있는 초에 불을 붙였다. 그가 입버릇처럼 말하듯, 불꽃이 없는 초만큼 슬픈 것도 없다.

"키미가 거적때기가 입고 돌아다니는 그 병신 같은 사립 탐정놈한테 '나 잡아가쇼' 하고 기다리고 있을 것 같냐? 그 탐정놈은 키미 못 잡아, 울릭. 키미가 누구야! 너도 그년이 어떤 년인지 알잖아. 그년은 못 잡아. 그럼 우리한테 무슨 끔찍한 일이 생길지 몰라. 내 말 알겠어?"

디틀레우가 잔을 내려놓으며 호텔 지붕을 쳐다보았다.

"그래서 하고 싶은 말이 뭐야?"

디틀레우는 토르스텐이 저런 식으로 나올 땐 정말 꼴도 보기 싫었다.

"그년이 어제 우리 패션하우스 앞에서 우리 모델 하나를 공격했어. 바닥에 담배꽁초가 열여덟 개나 널려 있더군. 그 앞에서 몇 시간 정도 기다렸단 얘기야. 누굴 기다렸겠냐?"

"공격이라니?"

울릭이 걱정스러운 표정이 되었다.

토르스텐이 고개를 저었다.

"진정해, 울릭. 그렇게 심각한 건 아니니까. 주먹질 한 번 한 거야. 경찰은 안 불렀어. 모델한테는 크라쿠프 다녀오라고 일주일 휴가 주고 왕복 비행기 표 두 장 끊어 줬어."

"키미가 확실해?"

"어. 키미 옛날 사진을 보여 줬어."

"확실하대?"

"그렇다니까."

토르스텐은 이제 짜증난 듯 보였다.

"키미가 경찰에게 체포되도록 놔둘 순 없잖아."

울릭이 말했다.

"그걸 말이라고 하냐? 하지만 그렇다고 우리한테 접근하는 걸 그냥 손 놓고 보고만 있을 수도 없지. 그런데 그게 가능하겠어? 그년은 맘만 먹으면 무슨 짓이든 할 거라고."

"그년 아직 돈이 남은 것 같아?"

울릭이 물었다. 그때 종업원이 와서 뭐 필요한 것이 없는지 확인하려 했다.

아직 이른 시간이라 여전히 졸려 보이는 종업원에게 디틀레우가 고개를 끄덕이며 말했다.

"필요한 건 다 있으니 가 봐요. 고마워요."

종업원이 인사하고 방을 나갈 때까지 그들은 입을 다물고 있었다.

"야, 울릭. 그때 그년이 얼마나 빼갔는지 기억 안 나? 거의 이백만 크로네야. 길바닥에서 노숙하면서 썼으면 얼마나 썼겠냐?"

토르스텐이 울릭을 보며 비웃듯 말했다.

"돈 하나도 안 썼겠지. 그렇다면 키미는 뭐든 살 수 있을 만큼 돈을 갖고 있단 얘기야. 심지어 무기까지도. 도심에 죽치고 있다 보면 아예 골라가며 살 수 있겠지."

울릭의 거대한 체구가 안절부절못하기 시작했다.

"올베크네 팀을 보강해 줘야 하는 거 아닐까?"

10

"누구를 바꿔달라고요? 아사드 형사보조요? 형사보조라고 하셨습니까?"

칼이 수화기를 물끄러미 바라보았다. 형사보조라고? 승진도 이런 초고속 승진이 따로 없군.

칼이 아사드 방으로 전화를 돌리자, 곧이어 아사드 책상에서 전화벨 울리는 소리가 들렸다.

"여보세요?"

골방 사무실에서 아사드가 전화를 받았다.

칼이 눈썹을 치켜뜨며 고개를 저었다. 형사보조는 개뿔. 저 인간이 어디 감히.

"홀베크 경찰서에서 온 전화인데, 뢰르비 살인 사건 파일을 아침 내내 찾아봤답니다."

아사드가 보조개 위에 난 수염 밑둥을 긁으며 칼의 문간에 서 있었다. 두 사람은 이제 이틀째 파일들을 조사하고 있는데, 아사드는 벌써 지쳐서 진이 빠진 표정이었다.

"그러니까 그쪽에서 뭐라는지 아세요? 파일이 없답니다. 바람과 함께 사라져 버렸대요."

칼이 한숨을 내쉬었다.

"그럼 누군가 가져갔다고 치자고, 응? 내가 궁금한 것은 혹시 그 사람이 마르타 외르겐센에게 살인 사건 보고서가 담긴 회색 서류철을 건넨 그 아르네란 사람이냐는 걸세. 서류철 색깔을 기억하냐고 물어봤나? 회색이었는지 물어봤나?"

아사드가 고개를 저었다.

"좋아, 뭐 중요한 건 아닐세. 마르타 씨 말로는 그 서류철을 가져간 사람이 벌써 이 세상 사람이 아니라니, 어차피 뭘 물어볼 수도 없잖나."

칼이 눈을 찌푸렸다.

"그보다는 자네가 솔직하게 대답해줬으면 싶은 게 하나 있네, 아사드. 도대체 언제 형사보조로 승진한 건가? 경찰직을 사칭하면서 돌아다니는 거면 이거 심각하게 생각해야 할 걸세. 이 점에 대해서는 형사법이 가차 없는 거 모르나? 몇 조인지 말해 줄까? 형법 131조야. 여차하면 감방에서 6개월 썩는다고."

이 말에 아사드가 기가 막힌다는 듯 머리를 뒤로 젖혔다.

"형사보조라고요?"

아사드가 이렇게 말하며 잠시 숨을 멈추었다. 아사드는 자신의 결백을 주장하듯 양손을 들어 가슴에 올렸다. 덴마크 군인들이 아프가니스탄 고문 사건에 간접적으로 참여했다는 주장이 언론에서 흘러나왔을 때 수상이 보여 준 반응 이후로 사람이 이렇게 분개하는 모습은 처음 본다.

아사드가 말했다.

"그런 건 생각도 안 해 봤습니다. 오히려 그 반대면 반대였지. 저는 지금까지 '형사보조의 보조'라고 분명히 말하고 다녔습니다. 사람들이 제대로 귀담아 듣지 않은 거죠. 그게 어디 제 잘못입니까?"

아사드가 손을 옆으로 내리며 말했다.

형사보조의 보조라고? 맙소사! 이런 일로도 스트레스를 다 받는군.

"정확히는 '형사보조 부경정'이라고 해야지. 더 정확하게 하려면 '경찰보조 부경정'이라고 해야 하고. 하지만 뭐 자네가 굳이 그런 호칭을 써야겠다면 나는 상관없네. 하지만 발음을 아주 또박또박 말하라고. 알겠나? 주차장 가서 똥차나 꺼내오게. 뢰르비로 갈 거니까."

여름 별장은 소나무 숲 한가운데에 있었다. 그동안 세월의 흐름이 별장을 천천히 갉아 먹고 있었다. 유리창의 상태로 보아 살인 사건 이후로 이곳에 머문 사람이 없었던 것 같았다. 저물어가는 햇살 사이로 먼지 낀 넓은 유리창 표면이 드러났다. 우울한 풍경이었다.

두 사람은 근처 다른 별장들 사이로 나 있는 자동차 바퀴자국을 바라보았다. 물론 9월말이나 되었으니 몇 킬로미터 주변으로는 사람 그림자 하나 얼씬하지 않았다.

아사드가 손으로 빛을 가리며 제일 큰 유리창 너머로 별장 안을 들여다보려고 했지만 소용없는 짓이었다.

"이리 와 보게, 아사드. 열쇠가 여기 뒤 어디쯤에 걸려 있다고 했네."

칼이 별장 뒤쪽으로 가서 처마 밑을 올려다보았다. 열쇠는 부엌 유리창 바로 위 녹슨 못에 걸려 있었다. 마르타 외르겐센의 친구 위베테가 있을 거라던 그 자리 그대로였다. 누구나 볼 수 있는 자리이건만 20년 동안이나 그대로 있었다. 하긴 누가 저 열쇠를 가져가겠나? 누가 이 집에 들어가려고 하겠나? 눈이 멀지 않고서야 아무리 빈집털이범이라도 이 집에 무엇 하나 가져갈 것이 없을 거라는 생각이 절로 들었을 테지.

집안 꼴만 봐도 그냥 되돌아가는 게 낫다고 생각했을 것이다.

칼은 손을 뻗어 열쇠를 손에 넣은 후 문을 열었다. 낡은 열쇠인데도 너무 쉽게 돌아가고, 문도 너무 쉽게 열려서 놀랐다.

칼은 문 안쪽으로 고개를 디밀었다. 안에서 지나간 날의 악취가 풍겼다. 퀴퀴한 곰팡이 냄새, 버려진 냄새. 노인네들의 침실에서 나는 그런 냄새였다.

칼은 입구 벽을 손으로 더듬어 전등 스위치를 찾아냈지만, 전기가 들어오지 않았다.

"여기요."

아사드가 할로겐 손전등 빛을 칼의 얼굴에 흔들며 말했다.

"그거 치우게, 아사드. 필요 없어."

하지만 아사드는 이미 과거의 공간 속으로 한걸음 들어가 있었고, 유행이 지난 색상의 나무 침대와 전통식 파랑색 법랑 그릇 위로 손전등 빛이 춤추듯 어지러이 움직였다.

별장 안이 완전히 어두운 것은 아니었다. 약한 햇빛이 침침하게나마 먼지 낀 유리창을 뚫고 들어와서 방안을 오래된 흑백영화의 밤 장면처럼 비추었다. 돌로 만든 커다란 벽난로, 나무로 된 넓은 마룻바닥을 십자로 가로지른 스위스산 바닥 깔개, 그리고 트리비알 퍼슈트 보드게임 (Trivial Pursuits: 다양한 질문에 대답하며 즐기는 보드게임. 게임판, 파이 모양의 게임통, 질문 카드, 상자, 게임통에 채워 넣는 쐐기, 주사위로 구성되어 있다. 질문은 여섯 가지 항목으로 나뉘어 있으며 항목마다 색깔이 지정되어 있다. 파이 게임통은 둥근 모양이고 여섯 구획으로 나뉘어 있어 특정 항목의 질문에 제대로 대답한 경우에는 그 구획에 쐐기를 채워 넣는다—옮긴이)이 아직 바닥에 놓여 있었다.

"보고서에 나온 그대로네요."

아사드가 보드게임 상자를 손으로 두드리며 말했다. 한때는 짙은 남색이었을 게임판이 지금은 검은색이었다. 게임판 자체나 아직 그 위에 올라가 있는 파이 모양의 게임통들은 그다지 더럽지 않았다. 몸싸움이 있는 동안 파이 게임통들이 판에서 떨어져 나오기는 했지만, 그리 크게 움직이지는 않은 것 같다. 분홍색 파이 게임통에는 쐐기가 네 개 채워져 있었고, 갈색 파이 게임통에는 쐐기가 없었다. 칼은 분홍색 파이 게임통이 여자아이의 것이라고 추측했다. 이것이 사실이라면 그날 여자아이는 남자아이보다 분명 정신이 더 말짱했었다는 뜻이다. 남자아이가 아마도 코냑을 너무 많이 마셨던 게지. 부검 결과도 그렇게 나와 있다.

"이게 1987년부터 여기 있었다는 얘기네요. 이 게임이 정말 그렇게 오래됐나요? 못 믿겠는데요."

"시리아까지 가려니 몇 년 더 걸렸나 보군. 그런데 시리아에서 살 수 있기는 한가?"

아사드는 입을 다물었다. 칼은 질문 카드로 가득 찬 두 상자를 바라보았다. 각각의 상자 앞에는 카드가 하나씩 놓여 있었다. 두 오누이가 생전에 마지막으로 대답했던 질문이다. 생각하면 참 슬퍼졌다.

칼의 눈동자가 마룻바닥을 정처 없이 헤맸다.

살인의 흔적들이 아직도 뚜렷하게 남아 있었다. 여자아이가 발견된 곳에는 짙은 얼룩져 있었다. 게임판에 남아 있는 검은 점들과 마찬가지로 그 얼룩도 피가 분명했다. 범죄 현장 전담반에서 지문 주변으로 동그라미를 그려 놓은 것이 몇 개 보였지만, 함께 적어 놓은 숫자는 바래서 보이지 않았다. 그리고 과학수사팀이 사용했던 파우더는 거의 알아보기 힘들었다. 당연한 일이다.

"이 사람들 아무것도 못 찾았군."

칼은 혼잣말을 했다.

"네?"

"오누이나 그 아빠, 엄마 지문 말고 다른 지문은 전혀 못 찾았다고."

칼은 다시 게임판을 보았다.

"이 게임이 아직 여기 있는 게 이상하군. 범죄 현장 전담반에서 더 자세히 조사하려고 가져갔을 줄 알았는데."

"그러게요."

아사드가 이마를 손가락으로 두드리며 고개를 끄덕였다.

"마침 말씀 잘하셨습니다. 이제 기억나네요. 그러고 보니 이 게임판은 비아르네 퇴게르센을 기소할 때 제출됐어요. 이 게임판을 그 사람들이 가져갔다는 얘기죠."

두 사람은 게임판을 바라보았다.

그럼 여기 있는 건 뭐야?

칼은 얼굴을 찌푸리며 주머니에서 휴대폰을 꺼내 본부에 전화했다.

리스는 그다지 반가워하는 목소리가 아니었다.

"칼 수사관님, 저희는 이제 수사관님 휘하가 아니라고 분명하게 통지받았거든요. 여기가 얼마나 바쁜지 알기나 하세요? 경찰개혁 얘기 못 들으셨어요? 게다가 로즈까지 빼가셨으면서."

그렇게 도움 되는 사람이면 뺏기지 말고 간수를 잘 할 것이지.

"잠깐만, 리스. 나일세, 칼! 너무 까칠하게 굴지 말자고."

"이젠 부하도 하나 더 생겼으니, 그 친구한테 직접 말씀해 보시지 그러세요? 잠깐 기다리세요……."

칼은 혼란스러운 표정으로 휴대폰을 물끄러미 쳐다보다, 척 들으면 알아차릴 목소리가 흘러나오자 전화기를 다시 귀에 댔다.

"어떻게 도와드릴까요, 수사관님?"

칼이 다시 이마를 찌푸렸다.

"아니, 이게 누구야? 로즈 크누센?"

이 허스키한 웃음소리라니. 이 웃음소리를 듣고 앞날이 걱정되지 않을 사람이 있을까?

칼은 로즈에게 파란색 트리비알 게임이 뢰르비 살인 사건에서 수집한 다른 증거물하고 같이 있는지 확인해 보라고 했다. 아니, 어디서 알아봐야 하는지는 나도 몰라. 그렇지, 보관하고 있을 가능성이 있는 곳이야 어디 한두 군데인가. 누구한테 먼저 물어봐야 하냐고? 그것도 알아서 생각해 봐. 그렇다고 생각만 하고 앉아 있지는 말고.

"누구하고 통화했어요?"

아사드가 물었다.

"자네 경쟁자네, 아사드. 여차하면 자네 다시 초록색 고무장갑을 쓰고 대걸레로 바닥이나 닦는 신세가 될 수 있으니 조심하게나."

하지만 아사드는 이미 칼의 말은 듣지 않고 딴짓을 하고 있었다. 그는 쭈그리고 앉아 게임판에 튄 혈흔을 살펴보고 있었다.

"수사관님, 게임판에 피가 이것밖에 튀지 않은 게 이상하지 않아요? 바로 이 자리에서 맞아 죽었는데 말입니다."

이렇게 말하며 그가 옆 깔개에 묻은 혈흔을 가리켰다.

칼은 본부에서 보았던 범죄 현장 사진 속 시신을 떠올렸다.

"그렇지, 아주 정확한 지적이군."

여자아이는 수없이 두들겨 맞았고, 그 과정에서 피를 엄청 많이 흘렸는데도 게임판에는 피가 거의 묻지 않았다. 빌어먹을. 사건 파일을 가져와서 범죄 현장과 사진을 비교해 봤어야 하는데. 이러고도 형사라고, 쪽팔린 줄 알아야지.

"제가 기억하기로는 사진 속 게임판에 피가 아주 많이 묻어 있었던 것 같은데요."

아사드가 게임판 가운데 있는 육각형 마크를 가리키며 말했다.

칼은 아사드 옆에 무릎을 꿇고 앉아 게임판 밑으로 손가락을 넣어 조심스럽게 들어올렸다. 아니나 다를까, 게임판은 원래 자리에서 조금 움직여 있었다. 게임판으로 덮여 있던 마룻바닥에도 2, 3센티미터 정도 핏자국이 흩뿌려져 있었던 것이다. 이것은 자연의 법칙으로는 설명이 안된다.

"이것은 원래 있던 게임판이 아니군, 아사드."

"제가 보기에도 그렇네요."

칼은 조심스럽게 게임판을 도로 바닥에 내려놓고 상자와 그 둘레에 있는 희미한 지문채취용 파우더 윤곽을 흘끗 바라보았다. 20년 전에는 반짝거리던 상자다. 지금 보니 그 파우더는 그냥 가루라 해도 될 판이었다. 저게 밀가루인지 백연가루인지 알게 뭔가?

"누가 이 게임을 여기에 다시 가져다 놓았는지 궁금하네요, 수사관님. 게임 방법은 아세요?"

아사드가 물었다.

칼은 대답이 없었다.

칼은 천정 바로 아래로 방을 빙 둘러싸고 있는 선반들을 바라보고 있었다. 그곳에 놓인 니켈 에펠탑 모형과 백랍 뚜껑이 달린 바이에른산 맥주잔을 보니, 외국여행을 다닐 때마다 기념으로 저런 물건들을 꼭 사가지고 들어오던 시절이 떠올랐다. 그런 기념품들이 어림잡아 적어도 백 개는 되려나? 이것을 보면 이 가족은 분명 캠핑카를 가지고 있었고, 이탈리아와 오스트리아 국경의 브레너 고개와 하르젠의 야생 숲에도 익히 다녀 본 것이 틀림없었다. 칼은 짙은 향수에 젖어들고는 했던 자신의 아버지를 떠올렸다.

"수사관님, 뭘 찾아요?"

칼은 고개를 저었다.

"나도 모르겠네. 하지만 무언가가 내게 자세히 살펴보라고 얘기하는 것 같은 기분이 자꾸 드는군. 거기 창문 좀 열어 보게, 아사드. 너무 어두워."

칼은 자리에서 일어나 가슴주머니에 넣어둔 담뱃갑을 꺼내며 마룻바닥을 다시 한 번 전체적으로 살펴보았다. 그리고 아사드는 빽빽한 창틀을 쾅쾅 두드렸다.

시신들이 사라지고 없고 누군가가 게임판에 손을 댔다는 점만 빼면 모든 것은 원래의 모습 그대로 남아 있는 듯했다.

담배에 불을 붙이는데 핸드폰이 울렸다. 로즈였다.

로즈는 게임판이 홀베크 문서보관소에 있다고 했다. 사건 파일은 사라졌는데, 증거물은 그대로라니.

그래도 이 여자 완전히 구제불능은 아니로군.

"한 번만 더 전화해 보게."

칼이 폐 깊숙이 담배 연기를 빨아들이며 말했다.

"다시 전화해서 트리비알 퍼슈트 파이 게임통하고 쐐기에 대해서 물어보게."

"쐐기요?"

"어, 그 왜 정답을 맞히면 받는 쪼끄만 거 말일세. 삼각형으로 생겨서 파이 게임통에 끼워 넣는 거. 그냥 홀베크 경찰서에 전화해서 어느 쐐기가 어느 파이 게임통에 들어 있는지만 물어보게나. 뭐가 어디에 들었는지가 중요하네. 파이 게임통 별로 따로따로."

"파이 게임통은 또 뭐예요?"

"그 왜 바퀴살 모양으로 6등분돼서, 삼각형 쐐기가 들어가게 만들어놓은 통 말일세. 트리비알 퍼슈트 게임을 모르나?"

로즈가 그 불길한 웃음을 다시 한 번 터트렸다.

"트리비알 퍼슈트요? 요즘에 그 게임을 그렇게 부르는 사람이 어디 있어요? 노친네들이나 그렇게 부르지."

이렇게 말하며 로즈는 전화를 끊었다.

아무래도 이 여자하고 친해지기는 글렀군.

칼은 가슴을 진정시키려고 또 한 번 담배 연기를 빨아들였다. 로즈를 리스하고 맞바꿀 수만 있다면 얼마나 좋을까? 리스였다면 싫은 기색 없이 나한테 맞춰 줬을 텐데. 펑크 머리를 했어도 리스가 지하실로 내려오기만 하면 지하실 분위기가 미학적으로 확 살아날 텐데. 이모 사진이 뭐냐, 이모 사진이.

그 순간 나무가 쪼개지고 유리가 와장창 깨지는 소리가 들리더니 아사드 입에서 모국어가 몇 마디 튀어나왔다. 분명 오후 기도 소리는 아니다. 하지만 박살난 유리창의 효과는 아주 놀라웠다. 햇빛이 쏟아져 들어와 틈이란 틈을 모두 밝혀 준 것이다. 그동안 이 집에서는 거미 혼자 왕노릇은 다 한 것 같았다. 거미줄이 장식처럼 천정에 매달려 있고, 선반 위의 기념품들은 먼지가 워낙 두텁게 덮여 있어 모두 한 색깔로 보였다.

칼과 아사드는 보고서에서 읽었던 사건을 되짚어 보았다.

이른 오후에 누군가 열린 부엌문으로 들어와 망치를 휘둘렀고, 그 한 번의 망치질로 사내아이가 죽었다. 그리고 이 망치는 나중에 몇 백 미터 떨어진 곳에서 발견되었다. 사내아이는 분명 뭘 느낄 겨를도 없이 죽었을 것이다. 검시관의 보고서에도 그렇고, 부검 결과를 봐도 사내아이는 현장에서 즉사한 것으로 결론이 났다. 코냑 병을 단단히 움켜쥐고 있었던 것이 그것을 입증한다.

여자아이는 달아나려고 했었지만, 범인들이 여자아이를 먼저 붙잡았다. 그러고 나서 여자아이는 죽을 때까지 맞았다. 깔개에 짙은 얼룩이 있는 바로 그 자리다. 그 자리에서 희생자의 뇌 조직, 침, 소변, 혈액 잔해도 발견되었다.

수사관들은 살인자들이 사내아이를 욕보일 목적으로 수영복을 벗겼다고 추측했다. 수영복은 발견되지 않았지만 두 오누이가 여자아이는 비키니를 입고, 사내아이는 벌거벗은 채 트리비얼 퍼슈트 게임을 하고 있었다는 것은 말이 안 된다. 둘이 근친상간의 관계였다는 것은 결코 생각할 수 없는 부분이었다. 둘 모두 이성친구가 따로 있었고, 사이좋게 지내고 있었다.

오누이의 이성친구들은 살인이 일어나기 전날 밤을 이 별장에서 함께 지냈지만, 아침에는 등교하기 위해 차를 몰고 홀베크로 돌아갔다. 이 둘은 용의자가 될 수 없었다. 알리바이가 확실했기 때문이다. 더군다나 이 살인 사건으로 인해 두 사람도 망가질 대로 망가졌다.

칼의 핸드폰이 다시 울렸다. 칼이 디스플레이에 뜬 번호를 보고 다시 한 번 담배 연기를 깊숙이 빨아들이며 마음을 다졌다.

"그래, 로즈. 어떻게 됐나?"

"사람들이 파이 게임통하고 쐐기에 대해 물어보니까 되게 이상하게 생각했어요."

"그래서?"

"뭐, 그 사람들도 별 수 있나요. 확인해 줘야지, 안 그래요?"

"그리고?"

"분홍색 파이 게임통에는 쐐기가 네 개 끼워져 있대요. 노랑, 분홍, 초록, 파랑이요."

칼은 파이 게임통을 내려다보았다. 바닥에 있는 것과 똑같다.

"파랑, 노랑, 초록, 오렌지색 파이 게임통은 쓰지 않았대요. 그것들은 나머지 쐐기들하고 상자 안에 들어 있대요. 쐐기 없이 비어 있고요."

"좋아, 갈색 파이 게임통은 어떤가?"

"갈색 파이 게임통에는 갈색하고 분홍색 쐐기가 들어 있었어요. 여보세요? 제 말 듣고 계세요?"

칼은 대답이 없었다. 그는 게임판 위에 놓인 빈 갈색 파이 게임통을 바라보고 있었다. 이것 참 이상한 일이 아닌가.

"고마워, 로즈. 아주 잘했네."

칼이 말했다.

"새로운 거라도 있어요, 수사관님? 로즈가 뭐래요?"

아사드가 말했다.

"갈색 파이 게임통에는 갈색하고 분홍색 쐐기가 들어 있어야 돼, 아사드. 그런데 비어 있네."

두 사람이 함께 갈색 파이 게임통을 바라보았다.

"그럼 사라진 쐐기 두 개를 찾아봐야 하는 것 아닌가요?"

아사드가 말했다. 아사드가 허리를 숙여 벽 쪽으로 밀어 놓은 참나무 의자 아래를 살펴보았다.

칼은 또 한 번 담배 연기를 폐 속 깊숙이 빨아들였다. 도대체 원래의 트리비알 퍼슈트 게임을 이것으로 바꿔 놓은 이유가 뭐지? 분명 무언가 이상하다. 그렇게 시간이 많이 흘렀는데, 잠긴 부엌문은 어째서 그렇게 부드럽게 열리고? 그렇게 따지자면 애초에 이 사건은 어쩌다 내 지하실 책상 위로 굴러들어온 거지? 도대체 누가 그런 짓을 하는 걸까?

아사드가 말했다.

"별장에서 크리스마스 파티를 한 적이 있었군요. 그땐 분명 굉장히 추웠을 텐데요."

아사드가 의자 밑 깊숙한 곳에서 종이로 만든 크리스마스 파티용 하트를 꺼냈다.

칼은 고개를 끄덕였다. 그래도 지금처럼 추웠을까? 이 집은 곳곳에 과거의 비극이 스며들어 있었다. 그 후로 여기서 살아남은 사람이 누가 있나? 뇌종양으로 머지않아 죽게 될 늙은 여인, 그 한 사람밖에 없다.

칼은 침실로 들어가는 양판문으로 눈길을 돌렸다.

'아빠 방, 엄마 방, 그리고 아이들 방. 빨리 세 보자. 하나, 둘, 셋.'

칼은 하나씩 방안을 들여다보았다. 예상대로 평범한 소나무 침대에 격자무늬 식탁보를 닮은 자투리천이 씌워진 작은 침실용 탁자가 있었다. 여자아이의 방은 듀란듀란과 웸의 사진이 붙어 있고, 사내아이의 방은 착 달라붙는 검정 가죽옷을 입은 수지 쿼트로의 사진이 붙어 있었다. 이런 사진들이 있는 침실에서 미래는 분명 무한한 가능성으로 밝게 빛나고 있었으리라. 하지만 칼 뒤쪽에 있는 거실에서 그 미래는 잔인하게 찢겨 나가고 말았다. 칼은 지금 인생의 회전축, 그 바로 위에 서 있는 것이다.

그가 서 있는 문턱은 희망이 현실의 벽에 부딪힌 곳이었다.

"찬장에 술이 그대로 있어요, 수사관님."

아사드가 부엌에서 소리쳤다. 어쨌거나 집안에 빈집털이범이 든 적은 없었다는 얘기로군.

밖으로 나와 집을 바라보고 있으려니 칼은 이상하게 불편한 느낌이 들었다. 이번 사건은 마치 수은을 움켜쥐려는 것 같다. 만지자니 독이 오를까 두렵고, 막상 움켜쥐려 하면 움켜쥘 수도 없는, 마치 액체도 아니고 고체도 아닌 것을 움켜쥐려 발버둥치는 것 같았다. 사건 이후로 이미 긴 세월이 흘렀고, 제 발로 자수한 사내가 있고, 학생시절에 만들어진 그 패거리는 지금 상류층에서 활보하고 다닌다.

이제 아사드하고 내가 뭘 어떡하라고? 굳이 이 사건을 계속 조사해야 할 이유는 또 뭔가? 칼은 아사드를 향해 돌아서며 스스로에게 물어보았다.

"아사드, 일단 이 사건은 잠시 보류해야 할 것 같네. 이제 그만 가지."

칼은 자신의 결심을 강조하려는 듯, 모래 위로 나 있는 풀을 차며 주머니에서 자동차 열쇠를 꺼냈다. 하지만 아사드는 칼을 따라가지 않았다. 그는 그저 자리에 서서 마치 자신이 성스러운 곳으로 들어가는 길을 열어 놓았다는 듯 박살난 거실 유리창을 바라보고 있었다.

"글쎄요, 수사관님. 전 모르겠습니다. 그러니까, 희생자들을 위해 무엇하나라도 할 수 있는 사람은 이제 우리 둘밖에 없습니다. 모르시겠어요?"

'희생자들을 위해 무엇 하나라도 한다라……'

아사드는 마치 그의 중동의 영혼 내면 어딘가에 과거와 이어진 생명의 끈을 가지고 있는 것처럼 말했다.

칼은 고개를 끄덕였다.

"아무튼 여기서는 더 찾아볼 것이 없네. 도로 쪽으로 나가 보자고."

칼은 담배를 또 한 대 물었다. 담배 연기를 빨아들이는 중간 중간 들이마시는 신선한 공기처럼 기분 좋은 것도 없었다.

두 사람은 초가을 냄새를 머금은 부드러운 미풍을 거슬러 몇 분을 걷다가 한 여름 별장과 마주쳤다. 안에서 소리가 나는 것을 보니 이 마지막 은퇴자는 아직 겨울용 토담집으로 물러나지 않은 것 같았다.

"맞아, 이제 여기 남은 사람이 많지는 않지. 하지만 아직 금요일이라 그런 거요."

별장 뒤에서 마주친 혈색 좋은 노인이 말했다. 그는 허리띠를 가슴 높이까지 끌어올려 차고 있었다.

"내일 다시 와 봐요. 토요일, 일요일에는 이 주변이 아주 사람들로 넘쳐나니까. 앞으로 못 해도 한 달간은 그럴 거요."

그러다 노인이 칼의 경찰 배지를 보더니 별안간 말문이 터지기 시작했다. 일장 연설을 하듯 장황하게 별의별 이야기가 다 쏟아져 나왔다. 절

104

도사건 이야기, 익사한 독일인들 이야기, 비(Vig) 근처에서 돌아다니는 폭주족 이야기 등.

'이 노인네는 로빈슨 크루소처럼 여기에 혼자 갇혀 있기라도 했나. 무슨 할 말이 이리 많아?'

칼은 생각했다.

그 순간 아사드가 노인의 팔을 움켜잡으며 말했다.

"그러니까, 베그 헤그네트 도로 옆에 있는 집에서 두 아이를 살해한 장본인이 바로 선생님입니까?"

이 노인도 결국은 늙은이였다. 그는 숨을 들이쉬다 중간에 멈춰 버린 것 같았다. 눈도 깜박이지 않았고, 눈빛은 마치 죽은 사람 같았다. 파랗게 질린 입술이 저절로 벌어졌고, 심지어 손을 가슴으로 모으지도 못했다. 노인이 뒤로 넘어지려는 순간, 칼이 재빨리 뛰어들어 노인을 붙잡았다.

"하느님, 맙소사! 아사드, 돌았나? 이게 도대체 무슨 짓이야?"

이 말을 끝으로 칼은 말없이 노인의 벨트와 옷깃을 느슨하게 풀었다.

십 분이 흐르고서야 노인의 의식이 되돌아왔다. 부엌에서 달려온 노인의 아내는 그 십 분 동안 말도 한마디 내뱉지 못 했다. 정말 기나긴 십 분이었다.

의식을 차리고도 정신이 없는 노인을 보며 칼이 말했다.

"제 동료를 부디 용서하십시오. 이라크-덴마크 경찰교환 프로그램으로 여기 온 사람인데, 여기 말이 '아' 다르고 '어' 다른 걸 아직 잘 모릅니다. 가끔은 우리 두 사람이 일하는 방식이 너무 안 맞을 때가 있어요."

아사드는 말이 없었다. 아마도 칼의 말에 심기가 불편해진 것 같았다.

"그 사건이라면 내 기억하지."

아내가 몇 번 몸을 주물러 준 후 3분 정도 심호흡으로 호흡을 가다듬고 난 다음, 노인이 결국 입을 열었다.

"끔찍한 일이었지. 누구한테 그 사건에 대해서 물어볼 생각이면, 발데마르 플로린한테 물어봐요. 여기 플뤼데르쉬바이에 사니까. 오른쪽으로 50미터만 더 가 봐요. 집을 못 보고 지나칠 일은 없을 거요."

"수사관님, 이라크 경찰 얘기는 왜 꺼냈습니까?"

아사드가 돌을 하나 집어 물에 던지며 물었다.

칼은 아사드의 말을 무시하며 언덕 위로 우뚝 솟은 발데마르 플로린의 집을 물끄러미 바라보았다. 1980년대 당시만 해도 저 방갈로는 주간지 단골소재였다. 저곳은 호화계층의 제트족들이 찾아와 가식을 내려놓고 놀다 가는 곳이었다. 무엇이든 허용되는 전설적인 파티였다. 플로린의 파티를 따라하려는 자는 누구든 평생의 철천지원수를 두게 될 거라는 소문이 돌기도 했다.

발데마르 플로린은 타협을 모르는 사람이었다. 그는 합법과 불법 사이에서 늘 아슬아슬하게 줄타기를 했지만, 무슨 이유인지 단 한 번도 체포된 적이 없었다. 하지만 직장 내 젊은 여성들의 권리와 성희롱 문제로 몇 번 합의를 한 적은 있었다. 하지만 거기까지다. 일단 사업문제로 넘어오면 그는 팔방미인이었다. 건축, 무기, 비상식량 등을 거래하거나 갑자기 로테르담 석유시장에 뛰어들기도 하는 등 못 하는 것이 없었다.

하지만 이것도 이젠 모두 지난 일이었다. 그의 아내 비아테가 자살하자 발데마르 플로린은 부와 미인들을 한꺼번에 잃었다. 하루하루가 지날수록 뢰르비와 베드베크에 있는 그의 집은 누구도 찾지 않는 요새로 변해갔다. 그가 아주 어린 여자한테 빠져서 헤매는 통에 아내가 자살이라는 막다른 골목으로 내몰린 것을 온 세상이 다 알았다. 그들의 세상에서조차 그런 행동은 용납될 수 없는 것이었다.

"왜 그랬어요, 수사관님?"

아사드가 다시 물었다.

"이라크 경찰 얘기는 왜 꺼낸 겁니까?"

칼은 체구 작은 아사드를 바라보았다. 갈색 피부 밑으로 그의 뺨이 붉게 달아올라 있었다. 화가 난 탓인지, 스칸세하게에서 불어오는 바람 탓인지는 분명치 않았다.

"아사드, 그런 질문으로 사람을 협박해서 뭐하자는 건가? 하지 않은 게 분명한 일을 가지고 그렇게 노인네한테 윽박지르면 어쩌자는 소리냐고? 그래서 좋을 게 뭔데?"

"수사관님도 지금까지 그러지 않으셨습니까?"

"좋아, 거기까지. 이제 그만하자고, 알았나?"

"그리고 그 이라크 경찰 얘기는 어떻게 된 겁니까?"

"잊어버려, 아사드. 난 벌써 다 잊었네."

하지만 발데마르 플로린의 거실로 안내받아 들어갔을 때 칼은 자기 뒤통수에 꽂히는 아사드의 눈길을 느낄 수 있었다. 칼은 이 일을 마음 한 편에 담아 두었다.

발데마르 플로린은 파노라마 유리창 앞에 앉아 있었다. 그 유리창 너머로는 플륀데르쇠바이 전체는 물론이고 헤셀뢰 만까지 시야가 끝없이 뻗어 있었다. 그의 뒤로는 네 개의 이중 유리문이 사암 테라스를 향해 열려 있었고, 정원 한가운데에는 말라붙은 사막의 저수지처럼 수영장이 자리 잡고 있었다. 이곳은 한때 사람들의 발걸음이 끊이지 않는 분주한 곳이었다. 심지어는 왕족이 찾기도 했었다.

플로린은 조용히 책을 읽고 있었다. 다리는 발 받침대에 올라가 있고, 장작 난로에는 불이 지펴져 있고, 대리석 탁자에는 위스키 한 잔이 놓여 있었다. 한마디로 아주 고요한 장면이었다. 책에서 찢겨 나와 울 카 펫 위에 널려 있는 숱한 종이들만 제외한다면 말이다.

칼이 몇 번 헛기침을 해 보았지만, 이 늙은 금융업자는 책에서 눈을 떼지 않았다. 그리고 읽던 페이지를 마저 읽고 찢어서 바닥에 내던진 후 에야 두 사람에게로 고개를 돌렸다.

"이렇게 해 놔야 어디까지 읽었는지 알 수 있거든."

그가 말했다.

"뉘시더라?"

아사드가 눈썹을 떨며 칼을 쳐다보았다. 아사드는 언어가 완전히 익 숙하지 않아서 아직도 가끔씩은 바로 이해되지 않는 말들이 있었다.

칼이 경찰 배지를 보여 주자 발데마르 플로린의 얼굴에서 웃음기가 가셨다. 칼이 자기와 아사드를 코펜하겐 경찰서 소속이라고 밝히고 찾 아온 이유를 설명하자, 발데마르 플로린은 두 사람에게 나가라고 했다.

그는 이제 일흔다섯이 되었지만, 아직도 마른 족제비처럼 교활하고 오만한 자였고, 톡 쏘는 듯한 말투도 여전했다. 하지만 그의 밝은 눈동자 뒤로는 언제 터져 나올지 모르는 짜증이 도사리고 있었다. 살짝만 건드 리면 그것은 걷잡을 수 없이 터져 나올 것이다.

"연락도 없이 불쑥 찾아와서 죄송합니다, 플로린 선생님. 불편하셨다 면 물러가겠습니다. 선생님은 제가 무척 존경하는 분이신데, 존경하는 분의 말씀이라면 당연히 따라야지요. 혹시 괜찮으시다면 내일이라도 일 찍 찾아뵐 수 있을까요?"

단단히 무장한 플로린의 갑옷 뒤 어딘가에서 반응의 기미가 살짝 엿 보였다. 칼은 방금 모든 사람이 갈구하는 것을 플로린에게 주었다. 아 첨? 선물공세? 다 소용없다. 사람들이 진정으로 갈구하는 것은 딱 하나 다. 바로 존경. 경찰학교에 있을 때 칼의 교수님이 이렇게 말했다. 동료들을 존경하라, 그럼 그들은 춤이라도 출 것이다. 정말 맞는 말이다.

"나는 칭찬 몇 마디에 넘어가는 사람이 아니네."

플로린이 말했다. 이미 넘어갔는데?

"5분 정도만 시간을 내주실 수 있겠습니까, 플로린 선생님?"

"무슨 일이오?"

"선생님께서는 1987년에 있었던 외르겐센 오누이 살해사건에서 비아르네 퇴게르센이 단독으로 범행을 저질렀다고 믿으십니까? 다르게 주장하는 사람이 있어서요. 선생님의 아드님은 용의자가 아닙니다만, 그 동료들 중 몇 명은 용의선상에 올라갈 수도 있을 듯합니다."

당장이라도 욕이 튀어나올 것처럼 한쪽 콧구멍이 벌름거렸지만, 대신 플로린은 책의 나머지 부분을 탁자 위로 던졌다.

"헬렌, 위스키 한 잔 더 가져와."

플로린이 어깨너머로 소리쳤다. 그리고는 두 사람에겐 권하지도 않고 이집트 담배에 불을 붙였다.

"아니, 누가, 누가 그런 소리를 하나?"

그의 목소리에서 이상한 경계심이 묻어났다.

"죄송하지만 그건 말씀드릴 수가 없습니다. 하지만 비아르네 퇴르겐센이 혼자가 아니었다는 것은 꽤 분명해졌습니다."

"아, 그 별 볼 일 없는 놈."

경멸하는 듯한 목소리였지만, 더 자세히는 얘기하지 않았다.

스무 살쯤 되어 보이는 여자가 검정색 유니폼에 하얀 앞치마를 두르고 들어왔다. 그 여자는 마치 매일 하는 일이라는 듯이 위스키와 물을 따랐다. 칼과 아사드는 아는 척도 하지 않았다.

여자는 미끄러지듯 플로린 뒤로 돌아가며 그의 성긴 머리카락을 손으로 쓰다듬었다. 훈련이 잘 된 여자였다.

플로린이 위스키를 홀짝이며 말했다.

"솔직히 말해서 돕고야 싶지만, 그게 어디 하루 이틀 지난 일인가. 그 사건은 그냥 그대로 두는 것이 낫지 싶은데."

칼은 굽히지 않았다.

"플로린 선생님, 아드님의 친구들하고도 알고 지내셨습니까?"

삐딱한 미소가 플로린의 얼굴 위로 번졌다.

"이봐, 젊은 양반. 잘 모르나 본데, 이래봬도 그때 난 꽤 바쁜 사람이었네. 그런 애들까지 알고 지낼 여유가 있었겠나. 그냥 토르스텐이 기숙학교에서 만난 애들이라는 정도밖에 몰랐지."

"그 친구들이 용의자라고 해서 놀라지는 않으셨습니까? 그러니까 제 말은, 그 사람들 모두 아주 훌륭한 젊은이들이잖습니까, 그렇죠? 모두들 좋은 집안 출신이니까요."

"그게 놀랄 일인지는 나도 잘 모르겠고."

플로린이 눈을 가늘게 뜨며 안경테 너머로 칼을 바라보았다. 지금까지 볼꼴 못 볼꼴 다 보며 살아온 눈이다. 그중에는 칼 뫼르크보다 훨씬 더한 골칫거리도 숱하게 있었으리라.

플로린이 안경을 고쳐 썼다.

"1987년 수사 당시에 몇 명이 좀 튀기는 했지."

그가 말했다.

"무슨 말씀이신지요?"

"그 애들이 심문을 받을 때 나하고 내 변호사가 홀베크 경찰서에 같이 입회했었네. 조사기간 동안에는 내 변호사가 그 여섯 아이의 법정대리인으로 뛰었으니까."

"벤트 크룸 말씀이시군요. 맞죠?"

아사드가 물었지만, 발데마르 플로린은 그를 똑바로 쳐다보기만 했다.

칼은 아사드를 보며 고개를 끄덕였다. 빙고!

"튄다고 말씀하셨는데, 심문과정에서 그 튀었다는 사람이 누구였습니까?"

"나 말고 벤트 크룸한테 물어보는 게 나을 것 같군. 그자를 안다고 하니. 듣기로는 그 사람 아직도 기억력이 말짱하다고 하니까."

"그래요? 누가 그러던가요?"

"그 사람 아직도 내 아들 변호사로 일하지. 디틀레우 프람과 울릭의 변호사이기도 하고."

"플로린 선생님, 아까 말씀하시기로는 아드님의 친구들을 잘 모른다고 하셨는데, 아직도 디틀레우 프람과 울릭의 이름을 기억하시는군요. 그걸 보면 그 사람들을 잘 모른다고 생각하기가 좀 힘든데요."

플로린이 퉁명스럽게 고개를 끄덕였다.

"그 애들 아비를 아니까 아는 거지."

"그럼 크리스티안 울프와 키르스텐-마리 라센의 아버지도 아셨습니까?"

"아는 둥 마는 둥 했지."

"그럼 비아르네 퇴르겐센은요?"

"별 볼 일 없는 놈을 알아서 뭐해? 그쪽은 몰라."

"그 사람 질란드 섬 북부에 목재적하장을 갖고 있습니다."

아사드가 끼어들었다.

칼이 고개를 끄덕였다. 사실 칼도 기억하고 있는 내용이었다.

발데마르 플로린이 채광창을 통해 수정처럼 맑은 하늘을 바라보며 말했다.

"이봐, 크리스티안 울프는 죽었네. 그렇지? 키미는 사라져서 몇 년 간 행방불명이고. 아들 말로는 가방 하나 들고 코펜하겐 거리를 떠돈다고 하더군. 비아르네 퇴르겐센은 감옥에 있고. 도대체 무슨 얘기를 하자는 건가?"

"키미라고요? 키르스텐-마리 라센을 말씀하시는 겁니까? 그렇게 부르나 보죠?"

플로린은 대답하지 않았다. 그저 위스키를 한 모금 홀싹거리고는 다시 책으로 손을 뻗었다. 이렇게 플로린을 알현하는 시간이 끝났다.

집을 나오면서 보니 베란다 창으로 플로린의 모습이 보였다. 그는 학대받은 가엾은 책을 탁자 위에 내던지고는 전화기로 손을 뻗었다. 무척 화가 난 듯했다. 변호사에게 우리가 나타날 거라고 경고하려는 전화일 수도 있고, 경비업체에 전화해서 우리 같은 손님은 아예 문 앞에서 돌려보낼 수 있는 경보시스템을 파는지 확인해 보려는 전화일 수도 있었다.

"저 사람 다 알고 있어요, 수사관님."

아사드가 말했다.

"어쩌면. 저런 부류의 인간들은 도대체 속마음을 알 수가 있어야 말이지. 평생 말조심하라고 교육받고 자란 사람들이니까. 키미가 노숙한다는 거 알고 있었나?"

"몰랐습니다. 사건 파일에 그런 얘기는 없었어요."

"그 여자를 찾아봐야겠군."

"네, 하지만 다른 사람들부터 먼저 만나서 얘기해 봐야 하지 않을까요?"

"그럴지도 모르지."

칼의 시선이 수면 위를 가로질렀다. 물론 그들을 모두 만나서 얘기해 보는 것이 맞다.

"하지만 키미 같은 여자가 돈 많은 자기 가족에게 등을 돌리고 노숙자 생활을 할 때는 다 이유가 있겠지. 그런 부류의 사람들은 대단히 깊은 상처를 안고 있는 경우가 많네. 그런 경우라면 찔러볼 만한 가치가 충분히 있다고, 아사드. 그래서 그 여자를 찾아봐야 해."

여름 별장 옆에 세워 둔 차에 도착하자, 아사드가 잠시 생각에 잠겼다.

"수사관님, 아무래도 트리비알 게임에 대한 부분은 이해가 잘 안 돼요."

'역시, 머리 좋은 사람들끼리는 통하는 게 있다니까.'

칼은 이렇게 생각하며 말했다.

"가서 별장을 다시 뒤져보자고, 아사드. 안 그래도 그 얘기를 막 꺼내려던 참이었네. 어쨌거나 게임은 가져가서 지문을 검색해 봐야겠어."

이번에는 모든 것을 샅샅이 조사했다. 별채, 잡초가 웃자란 뒷마당, 휘발유통이 있는 창고까지 모두 뒤졌다.

하지만 다 뒤져보고 거실로 돌아올 때까지도 별로 건진 것이 없었다.

아사드가 다시 무릎을 꿇고 앉아 갈색 파이 게임통에서 빠져나온 쐐기 두 개를 찾는 동안 칼은 기념품이 놓인 선반과 가구들을 살펴보았다.

결국 칼의 관심은 파이 게임통과 트리비알 퍼슈트 게임판으로 되돌아왔다.

게임판 중앙 육각형 위에 놓인 파이 게임통을 다시 한 번 살펴봐야 하는 것은 분명했다. 무언가 큰 그림이 잡힐 듯 말듯 아른거렸다. 한 파이 게임통에는 있어야 할 쐐기들이 그대로 정확히 있지만, 다른 파이 게임통에는 있어야 할 두 개가 사라지고 보이지 않았다. 분홍색 쐐기와 갈색 쐐기.

그때 무언가 칼의 머리를 스쳤다.

"여기 크리스마스 파티용 하트가 또 있네요."

아사드가 깔개 구석 밑에서 하트를 꺼내며 중얼거렸다.

하지만 칼은 아무 말도 하지 않았다. 칼은 천천히 허리를 숙여 카드 상자 앞에 놓인 카드 두 장을 집었다. 두 카드에는 각각 여섯 개의 질문이 있었고, 각각의 질문에는 쐐기의 색깔과 일치하는 색깔이 표시되어 있었다.

지금 이 순간 그는 갈색과 분홍색 질문만 눈에 들어왔다.

칼은 카드들을 뒤집어 답을 보았다.

그가 한숨을 크게 한 번 내쉬었다. 무언가 한 발 나아간 기분이 들었다.

"이거야. 찾았네, 아사드."

칼은 최대한 조용히, 그리고 침착하게 말했다.

"이것 좀 보게."

아사드는 크리스마스 파티용 하트를 손에 든 채 일어나서 칼의 어깨 너머로 카드를 유심히 보았다.

"뭔데요?"

"분홍색 쐐기하고 갈색 쐐기가 사라졌지, 그렇지?"

그는 카드 하나를 아사드에게 건넨 후에 다시 나머지 카드를 건넸다.

"이 카드에 분홍색 질문의 답이 뭐라고 적혀 있는지 보고, 그다음에는 이 카드에서 갈색 질문의 답이 뭐라고 적혀 있는지 보게. 뭐라고 적혀 있나?"

"한 카드에는 '아르네 야콥센'이라고 적혀 있고, 다른 카드에는 '요한 야콥센'이라고 적혀 있네요."

두 사람은 잠시 서로를 바라보았다.

"아르네? 홀베크 경찰서에서 사건 파일을 가져다 마르타 외르겐센에게 주었다는 그 경찰관 이름하고 같잖아요? 그 사람 성이 뭐였지? 기억나세요?"

아사드의 눈썹이 추켜올라갔다. 그는 가슴주머니에서 공책을 꺼내 마르타 외르겐센과 대화할 때 적은 내용을 찾아 뒤적거렸다.

아사드가 알아듣지 못 할 말을 몇 마디 중얼거리더니 눈을 들어 칼을 바라보았다.

"없네요. 마르타가 성은 얘기하지 않았어요."

아사드가 아랍말로 몇 마디 더 중얼거리다가 게임을 내려다보았다.

"아르네 야콥센이 경찰관이면, 다른 사람은 누구래요?"

칼은 핸드폰을 꺼내 홀베크 경찰서로 전화했다.

"아르네 야콥센이라고요?"

당직 경찰관이 말했다. 아니지, 좀 더 나이가 있는 동료들하고 통화해 보는 것이 낫겠다. 전화를 돌리는 데 시간이 좀 걸렸다.

그 후로 겨우 3분이나 지났을까?

칼은 탁 하고 핸드폰을 닫았다.

11

남자 나이 마흔이 되는 날이면 흔히 일어나는 일이 있다. 아니면 남자가 처음으로 백만장자가 되는 날, 아니면 적어도 자기 아버지가 은퇴해서 십자말풀이나 하는 인생을 시작하는 날이면 보통 일어나는 일이다. 그런 날이 오면 대부분의 남자들은 잘난 척 뻐기는 권위적인 아버지로부터 마침내 자유로워진다는 것이 무엇인지, 아버지의 고압적인 말투와 노려보는 눈길에서 해방된다는 것이 무엇인지 깨닫게 된다.

하지만 토르스텐 플로린에게는 해당사항 없는 일이었다.

그는 아버지보다 돈도 더 많았고, 자기와는 달리 무엇 하나 변변한 것을 이룬 것이 없는 네 명의 동생들과도 거리를 두고 살았다. 그는 텔레비전에도 출연했고, 아버지보다 신문에 이름도 훨씬 자주 올렸다. 덴마크 사람치고 그를 모르는 사람은 없었다. 그는 사람들에게 존경받았고, 특히 그의 아버지가 갈망해 마지않던 여자들에게는 추앙받고 있었다.

하지만 전화기로 들려오는 아버지의 목소리는 여전히 그에게 악몽이었다. 아버지의 목소리만 들으면 그는 사람들의 멸시를 받고 다니면서 성격만 까다로운 열등아가 된 기분이었다. 아버지의 전화를 받으면 웬일인지 가슴이 콩알만 해지고, 수화기라도 내던져야 그런 기분이 사라질 것만 같았다.

하지만 토르스텐은 절대로 수화기를 함부로 내려놓지 않았다. 아버지와 통화할 때만큼은 결코 그런 짓을 할 수 없었다.

토르스텐은 아버지와 이렇게 대화를 하고나면 아무리 짧은 대화라고 해도 치밀어 오르는 분노와 절망을 다스리기가 거의 불가능했다.

"그게 맏이의 운명이다."

기숙학교에서 그래도 딱 한 명 제대로 된 선생이다 싶었던 사람이 이렇게 말한 적이 있었다. 이런 말을 했다는 이유로 토르스텐은 그 선생을 싫어했다. 그의 말대로 이것이 운명이라면 남자가 바꿀 수 있는 것은 도대체 무엇이란 말인가? 이 질문이 하루하루 그의 머릿속을 채웠었다. 그리고 울릭과 크리스티안도 마찬가지였다.

아버지를 죽도록 증오한다는 공통분모가 세 사람을 하나로 묶었다. 무고한 희생자들을 곤죽이 되도록 패는 일을 도왔을 때나, 선생님의 전령 비둘기의 목을 비틀었을 때나, 어른이 되어서는 자기가 디자인한 타의추종을 불허하는 패션 컬렉션을 보고 두려움에 질린 경쟁자의 눈동자를 바라볼 때나 토르스텐의 생각은 결국 자신의 아버지를 향하고 있었다.

"개새끼!"

아버지가 전화를 끊자 토르스텐이 몸을 부들부들 떨며 말했다.

"개새끼."

그가 벽에 걸린 졸업장과 수많은 머리 박제들을 보며 씩씩댔다. 옆방에 디자이너들, 주요 구매자들, 그리고 회사의 우수 고객과 경쟁자들이 모여 있지만 않았더라면 토르스텐은 큰소리로 분노를 쏟아 냈을 것이다. 대신 그는 회사 창립 5주년 기념선물로 받은 골동품 잣대를 쥐고 샤무아(솟과의 포유동물)의 머리 박제를 후려쳤다.

"개새끼, 개새끼, 개새끼!"

그가 소리죽여 거칠게 욕하며 작은 샤무아 머리 박제를 계속 난도질했다.

목 뒤가 땀으로 축축해진 것을 느끼자 그는 하던 짓을 멈추고 머리를 맑게 하려고 애썼다. 그의 마음속을 가득 채운 아버지의 목소리와 이야기는 그냥 이렇게 화풀이 한 번으로 풀릴 성질의 것이 아니었다.

토르스텐은 고개를 들어 바라보았다. 숲과 정원이 만나는 곳에 배고픈 까마귀 몇 마리가 돌아다니고 있었다. 그놈들은 예전에 그의 분노를 샀던 다른 까마귀들의 시체를 쪼며 즐겁게 깍깍대고 있었다.

'빌어먹을 까마귀들.'

그는 이제 자신이 점점 차분해지는 것을 느꼈다. 토르스텐은 벽 고리에 걸어 두었던 활을 꺼내들고, 책상 뒤 화살집에서 화살을 몇 개 꺼낸 후 테라스 문을 열고 나가 새를 향해 쏘았다.

새들의 시끄러운 소리가 잦아들 무렵, 그의 머릿속에서 불타오르던 분노도 가라앉았다. 이 방법은 늘 효과가 있었다.

토르스텐은 잔디밭을 가로질러 가서 새에 박혀 있던 화살을 뺀 후 시체들을 다른 시체들이 있는 숲 속으로 차 넣었다. 그리고 사무실로 돌아가 손님들이 끊임없이 지껄이는 소리를 엿듣다가, 활은 다시 벽 고리에 걸고 화살은 화살집에 던져두었다. 그리고 그제야 전화기를 들어 디틀레우에게 전화를 했다.

"경찰이 뢰르비에 나타나서 아버지하고 얘기했대."

디틀레우가 전화를 받자마자 토르스텐이 말을 꺼냈다.

수화기 저편에서 잠시 침묵이 흘렀다.

"알았어."

디틀레우가 마지막 음절을 강조하며 대답했다.

"원하는 게 뭐래?"

토르스텐이 숨을 깊게 들이쉬었다.

"뒤베쇠에 살던 오누이에 대해 알고 싶어 하더래. 특별한 내용은 없었고. 그 늙은 꼰대가 제대로 이해한 건지는 모르겠지만, 누군가 경찰과 접촉해서 비아르네의 유죄에 대해 의심을 품게 만들었나 봐."

"키미야?"

"그건 나도 몰라, 디틀레우. 지금 생각해 보니 그런 얘기는 없었던 것 같아."

"비아르네한테 조심하라고 해. 알았어? 지금 당장. 다른 얘기는 없고?"

"아버지가 경찰더러 크룸을 만나 보라고 했대."

수화기 저편에서 디틀레우다운 웃음소리가 들렸다. 얼음장처럼 차가운 웃음소리.

"크룸? 그 인간들이 크룸한테 뭐 얻을 게 있겠어?"

"당연히 없지. 하여간 어떤 식으로든 수사가 시작된 것은 분명해. 그것만으로도 상황이 만만치 않다고."

"홀베크 경찰서에서 온 놈들인가?"

디틀레우가 물었다.

"그런 것 같지는 않아. 꼰대 생각으로는 코펜하겐 살인 사건 전담반에서 나온 것 같다던데."

"빌어먹을, 아버지가 그놈들 이름을 알아?"

"아니. 그 시건방진 인간이 어디 남의 이름 따위 주워듣겠냐? 크룸이 알아내겠지."

"아니다, 내가 올베크한테 전화해 볼게. 올베크가 경찰 본부에 아는 사람이 몇 명 있어."

통화가 끝난 후 토르스텐은 잠시 멍하니 허공을 쳐다보았다. 호흡이 차츰 깊어졌다. 그의 머릿속으로 이미지들이 스며들었다. 살려달라고 애원하며 비명을 지르던 겁에 질린 사람들의 얼굴들, 피의 기억, 그리고 그 모습을 보며 소리 내어 웃던 패거리 친구들의 기억, 그 후 모두 모여 그 일에 대해 얘기하던 기억, 매일 밤 패거리들을 한자리로 끌어모았던 크리스티안의 사진첩에 대한 기억, 취하도록 피워대고, 암페타민(일종의 흥분제—옮긴이)에 절어서 살던 시간들에 대한 기억. 이런 순간이면 토르스텐은 그 모든 기억이 떠올랐고, 그런 기억을 즐기면서도 한편으로는 그러는 자신을 혐오했다.

그는 눈을 크게 뜨고 다시 현실로 돌아왔다. 보통은 몇 분 정도면 피 속으로 솟구쳐 흐르던 광기 어린 분노도 가라앉았다. 하지만 성적인 흥분은 항상 남아 있었다.

그가 사타구니로 손을 가져갔다. 물건이 다시 딱딱해져 있었다.

제기랄! 왜 이 느낌은 조절이 안 되지? 왜 늘 이 모양이야?

그는 옆에 있는 스위트룸의 문을 잠갔다. 그 방에는 덴마크 패션계의 남녀 거물들이 절반 정도 모여 있었고, 그들의 목소리가 여기까지 들렸다.

토르스텐이 숨을 짧게 들이마신 후에 천천히 무릎을 꿇고 앉았다.

그리고 두 손을 모은 후에 고개를 앞으로 숙였다. 때로는 이렇게 해야 할 것만 같은 기분이 들었다. 그가 두세 번 정도 나직이 속삭였다.

"하늘에 계신 하나님 아버지, 저를 용서하소서. 저도 저를 어찌할 수가 없나이다."

12

디틀레우 프람은 서둘러 올베크에게 상황을 알렸다. 매일 밤늦게 일한다는 둥, 사람이 부족하다는 둥 지껄이는 멍청이의 불만은 그냥 무시했다. 우리한테 꼬박꼬박 돈 잘 챙겨가는 주제에 아가리 닥치고 얌전히 일이나 하는 것이 좋을 텐데.

전화를 끊고 디틀레우는 의자를 돌려 회의 탁자에 둘러앉은 믿음직한 동료들에게 즐거운 표정으로 고개를 끄덕였다.

그가 영어로 말했다.

"미안합니다. 어디 나갔다 하면 집을 못 찾아오시는 늙은 이모님 때문에 문제가 좀 생겨서요. 계절이 계절인지라 해가 지기 전에는 꼭 이모를 찾아야 할 상황이라서."

사람들이 그의 말뜻을 이해하고 상냥하게 미소를 지었다. 가족이 먼저지. 그들도 역시 가족이 있었기에 이 자리에 있는 것이 아니던가.

"브리핑에 참여해 주셔서 감사합니다."

그가 활짝 웃었다.

"이 팀이 정말로 이렇게 눈앞에 현실로 나타나다니 기쁘기 그지없습니다. 북유럽 최고의 의사들이 한자리에 모인 것 아닙니까? 여기서 뭘 더 바랄 수 있을까요?"

그가 책상 위로 손바닥을 내리쳤다.

"자, 시작해 봅시다. 그럼 스타니슬라우 선생부터 시작하죠."

성형외과 과장인 스타니슬라우가 고개를 끄덕이고 머리 위에 있는 프로젝터 스위치를 켰다. 프로젝터 화면에는 얼굴에 선이 그려진 남자가 나타났다.

"여기, 여기, 그리고 여기를 절개할 예정입니다."

스타니슬라우가 말했다. 그가 예전에 해 본 수술이었다. 루마니아에서 다섯 번, 그리고 우크라이나에서 두 번. 한 사례를 제외하면 모든 임상사례에서 안면신경의 감각이 놀라울 정도로 빨리 회복되었다. 시술방법 또한 대단히 간단했다. 그는 이제 일반적인 절개량의 절반 수준으로도 주름 제거 수술을 할 수 있게 되었다고 주장했다.

스타니슬라우가 말했다.

"이곳을 주목해 주시기 바랍니다. 구레나룻 바로 위쪽입니다. 이곳의 피부를 삼각형으로 절개해서 제거한 후에 피부를 당겨서 몇 바늘만 봉합해 주면 시술이 끝납니다. 아주 간단하지요."

그 순간 디틀레우의 병원장이 끼어들었다.

"이 수술방법에 대한 논문을 학술지에 제출해 놓았습니다."

그가 미국 학술지 한 권과 유럽 학술지 세 권을 꺼내 들었다. 일류 학술지들은 아니었지만, 그래도 충분히 훌륭한 학술지들이었다.

"크리스마스 전에 발표될 예정입니다. 이 시술방법은 '스타니슬라우 안면교정술'로 부르기로 했습니다."

디틀레우가 고개를 끄덕였다. 여기에는 막대한 돈이 얽혀 있다. 이들은 영리한 사람들이고, 둘째가라면 서러워할 칼잡이 의사들이다. 이들은 자기네 나라 의사 열 명의 급여와 맞먹는 돈을 혼자 벌고 있다. 그렇다고 죄책감을 느끼지는 않는다. 그런 면에서 보면 이 자리에 있는 사람들은 모두 똑같은 입장이기 때문이다. 디틀레우는 이 의사들을 착취해서 돈을 벌고, 의사들은 나머지 모두를 착취해서 돈을 번다. 극히 이로운 위계질서임에 틀림없다. 그 위계질서의 정점에 있는 디틀레우에게는 특히나 이로운 위계질서였다. 그리고 지금 그는 당장 머릿속으로 계산기를 두드려 보고 있었다. 일곱 번 시술에서 한 번 실패라, 이것은 도저히 받아들일 수 없는 시술방법이다. 디틀레우는 불필요한 위험을 감수하지 않았다. 기숙학교 시절에 배운 습관이다. 지랄 같은 상황이 닥칠 것이 뻔히 보이는데 당연히 피해 가야지. 그래서 그는 이 프로젝트는 아예 폐기하고 병원장도 자를 생각이었다. 나한테 허락도 받지 않고 논문을 제출하다니. 그가 토르스텐의 전화에 온통 마음이 가 있는 것도 그것과 같은 이유 때문이었다.

디틀레우 뒤에서 인터폰이 울렸다. 그가 뒤로 몸을 구부려 단추를 눌렀다.

"무슨 일이야, 비르기테?"

"사모님께서 그리로 가신대요."

디틀레우가 다른 사람들을 둘러보았다. 비서 야단치는 일은 나중으로 미뤄야겠군. 어차피 논문발표를 중단시키라는 말도 해야 하니, 그때 가서…….

"텔마한테 거기 그냥 있으라고 해. 내가 그리로 갈 테니까. 여기 회의 다 끝났어."

병원에서 저택까지는 유리로 만든 산책로가 풍경들 사이로 100미터 정도 구불구불 이어져 있어서, 발에 흙을 묻히지 않아도 정원을 가로지르며 바다와 너도밤나무 숲의 풍경을 즐길 수 있었다. 이것은 루이지애나 현대미술관에서 얻은 아이디어였다. 다만 그의 집 벽에는 미술품이 걸려 있지 않았다.

텔마는 한바탕 일을 치를 준비가 되어 있었다. 디틀레우가 남들에게 보여 주기 싫어하는 딱 그런 종류의 일이었다. 텔마의 눈에 분노가 가득했다.

"리산 히오르트하고 얘기했어."

텔마가 날카롭게 쏘아붙였다.

"그 얘기 언제 나오나 했지. 그나저나 지금 여동생하고 올보르에 있어야 하는 거 아냐?"

"나 올보르에 안 갔어. 고텐부르크에 있었어. 여동생하고 가지도 않았고. 리산 말이 당신이 리산네 개를 쏘았다며?"

"뭐라고, 내가? 분명히 말해 두겠는데, 그건 사고였다고. 그 개가 말을 안 듣고 사냥감 속으로 뛰어간 거야. 내가 분명 히오르트한테 경고했어. 하여간 고텐부르크에서는 도대체 뭐했어?"

"개를 쏜 사람은 토르스텐이었지."

"그래, 토르스텐이야. 그 친구도 아주 미안해한다고. 리산한테 새로 강아지 한 마리 사줘? 결국 그 얘기지? 자, 그럼 이제 얘기해 봐. 고텐부르크에서 뭐했어?"

텔마의 이마에 그늘이 졌다. 어지간히 열 받지 않고서는 텔마의 얼굴에 이런 주름이 생기기 어렵다. 텔마의 얼굴은 터무니없이 팽팽했다. 다섯 번이나 주름 제거 수술을 한 결과다. 그래도 텔마의 수술은 성공적이었다.

"그 머저리 삭센홀트한테 내 베를린 아파트를 넘겨줬다며? 그건 내

아파트야. 내 거라고, 디틀레우!"

텔마가 디틀레우에게 손가락질하며 말했다.

"이제 당신, 사냥은 다한 줄 알아. 알겠어?"

디틀레우가 텔마에게 다가갔다. 그녀를 뒤로 물러서게 하는 방법은 이것밖에 없었다.

"아파트를 한 번이라도 써 본 적 있어? 말해 봐. 애인도 한 번 못 데려가 봤잖아. 안 그래?"

디틀레우가 피식 웃었다.

"이젠 늙다리라고 젊은 친구가 같이 안 놀아 주나 보지, 응?"

텔마가 고개를 들었다. 이제 이 정도의 모욕은 모욕도 아니다.

"자기가 무슨 말을 지껄이는지도 모르시는군? 내가 고텐부르크에서 누구하고 있었는지 모르는 것을 보니 이번에는 나한테 올베크 붙여놓는 걸 깜빡하셨나 봐? 내 말 맞지?"

텔마가 이렇게 말하며 웃었다.

생각지도 않았던 질문에 디틀레우가 그 자리에 멈춰섰다.

"아주 비싼 이혼이 될 거야, 디틀레우. 당신이 이상한 짓하며 돌아다니는 거 다 알아. 변호사들이 끼어들기 시작하면 당신 기둥뿌리 흔들어 놓을 그런 일들! 당신이 울릭이랑 다른 패거리 친구들하고 하고 다니는 그 삐딱한 짓거리들! 내가 언제까지 맨입으로 그 비밀을 지켜 줄 줄 알고?"

디틀레우가 씩 웃었다. 허풍떨기는.

"당신이 지금 무슨 생각하는지 내가 모를 것 같아, 디틀레우? 내가 감히 그렇게 못 할 것 같지? 당신 버리고 내가 어딜 가겠냐고 생각하지? 틀렸어, 디틀레우. 내 마음 당신한테서 멀어진 지 오래됐어. 나 당신 신경 안 써. 신경 안 쓸 테니까 감방에서 한번 썩어 보라고. 감방 가면 세탁실 노리개들도 없이 지내야 하는데 불쌍해서 어쩌나. 그렇게 살 수나 있겠어?"

디틀레우가 텔마의 목을 노려보았다. 얼마나 세게 때려야 할지, 어디를 때려야 할지 그는 너무도 잘 알고 있다.

텔마가 고양이 같은 육감으로 그 눈빛의 의미를 눈치챘다. 그녀가 뒤로 물러섰다.

때리려면 뒤에서 때렸어야 했다. 세상에 천하무적은 없으니까.

"미친놈. 넌 미쳤어, 디틀레우. 그래, 미친놈인 건 처음부터 알았지. 그래도 옛날에는 재미있게 미쳤었는데 이젠 아니야."

"그럼 변호사를 알아보든가."

텔마가 웃음을 지었다. 헤롯왕에게 세례요한의 머리를 접시에 담아 올 것을 요구하던 살로메의 미소였다.

"그래서? 벤트 크룸하고 얼굴 맞대고 싸우라고? 어림없어, 디틀레우. 내 계획은 따로 있지. 난 적당한 기회만 기다리면 돼."

"지금 나 협박하는 거야?"

텔마의 머리카락이 헤어밴드 밖으로 삐져나왔다. 그녀가 고개를 뒤로 젖혀 목덜미를 그대로 드러낸 채 머리를 만졌다. 겁나지 않는다는 얘기다. 그녀가 디틀레우를 조롱하고 있다.

"내가 당신을 협박한다고?"

텔마의 눈동자에 불꽃이 이글거렸다.

"아니야. 난 준비되면 짐 싸서 떠날 거야. 내가 찾아낸 남자가 날 기다리고 있거든. 아주 원숙한 남자야. 누군지 감도 안 오지? 착각하지 마, 당신보다 나이 많은 사람이야. 내 입맛은 내가 알아. 젖비린내로는 만족이 안 되더라고."

"오호라, 그러셨어? 그래서 그 남자가 누군데?"

텔마가 도도한 미소를 흘렸다.

"프랑크 헬몬. 놀랍지, 안 그래?"

디틀레우의 머릿속에서 몇 가지 생각들이 서로 부딪히고 있었다.

키미, 경찰, 텔마, 그리고 이제는 프랑크 헬몬까지.

'발을 담그려면 신중하게 생각해, 디틀레우.'

그는 스스로에게 말했다. 아래로 내려가서 오늘 저녁 세탁실 근무는 어느 필리핀 아가씨가 하고 있는지 보고 올까 하는 생각도 잠깐 들었다.

새로운 증오심이 구름처럼 그의 머리 위를 뒤덮고 있었다. 프랑크 헬몬이란 말이지.

이 무슨 쪽팔린! 그런 뚱보 지역 정치인 따위가. 최하층 계급이 아닌가, 쥐뿔도 없는 놈.

디틀레우는 주소록을 뒤져 헬몬의 주소를 찾아냈다. 사실 주소는 이미 알고 있었다. 주소만 봐도 알 수 있듯이 헬몬은 겸손한 사람이 절대로 아니었다. 어쨌거나 그는 그런 작자다. 세상 사람이 다 안다. 그자는 자기네 병신 같은 정당에 투표하는 일은 꿈도 꾸지 않을 사람들이 사는 동네에서 자기가 감당하지도 못 할 으리으리한 저택에 살고 있었다.

디틀레우는 서재로 가서 두꺼운 책을 하나 꺼내 펼쳤다. 속이 비어 있는 책이었다. 작은 코카인 봉지가 간신히 들어갈 만한 공간이었다.

첫 번째 들이마신 코카인 한 줄에 그의 머릿속에서 일그러진 표정으로 그를 바라보던 텔마의 모습이 흐려졌다. 두 번째 들이마신 코카인 한 줄에는 어깨가 저절로 펴지면서 눈길이 전화기로 향했다. 그는 자신의 사전에 '모험'이라는 단어가 없다는 사실을 망각했다. 그냥 그놈을 끝내버리고 싶었다. 지금 당장 못 할 게 뭐야? 울릭하고 하면 돼. 밤이 어두워지면.

"너희 집에서 영화감상이나 할까?"

울릭이 수화기를 들자마자 디틀레우는 이렇게 물었다. 수화기 저편에서 만족에 겨운 깊은 숨소리가 들려왔다.

"정말이야?"

울릭이 물었다.

"혼자 있냐?"

"어, 그런데 디틀레우, 너 지금 진담이냐?"

그는 이미 흥분하고 있었다.

아주 끝내주는 저녁이 되겠군.

그들은 이 영화를 셀 수 없을 만큼 여러 번 봤다. 이 영화가 없었다면 그들의 인생도 달라졌으리라.

그들이 〈시계태엽 오렌지〉를 처음 본 것은 2학년이 시작될 무렵 기숙학교에서였다. 새로 들어온 선생 하나가 학교의 문화다양성 정책을 잘못 이해하고 반 아이들에게 그 영화와 〈이프〉라는 또 다른 영화를 보여 주었다. 〈이프〉라는 영화는 영국 기숙학교에서 일어난 반란에 대한 영화였다. 크게 보면 1960년대 영국 영화니까 영국적 전통을 계승하던 학교에서 상영하기 적합하다고 생각한 것이었다. 하지만 영화가 재미있기는 했지만 학교당국은 철저한 조사 끝에 완전히 판단착오라는 결정을 내렸고, 결국 새로 온 선생은 그렇게 짧은 교직생활을 마감했다.

하지만 그로 인한 폐해는 이미 일어난 상태였다. 키미, 그리고 반 학생들 중에 제일 늦게 들어온 크리스티안 울프가 그 영화의 메시지를 아무런 거리낌 없이 받아들인 것이다. 이 메시지를 통해 그들은 해방과 복수의 새로운 가능성을 발견했다.

크리스티안이 앞장섰다. 그는 다른 학생들보다 두 살이나 많았고, 선생 말은 전혀 듣지 않는 완전 망나니였기 때문에 반 아이들이 모두 우러러봤다. 그는 학교 정책 따위는 무시하고 항상 현금을 주머니 가득 넣고 다녔다. 그는 늘 눈을 번득이며 학생들을 살폈고, 결국 신중하게 살핀 끝에 디틀레우, 비아르네, 울릭, 토르스텐을 자기네 갱단 멤버로 뽑았다. 이들은 여러 가지 면에서 비슷했다. 아웃사이더였고, 학교나 권위적인 인간들이라면 치를 떨었다. 그렇다. 그들을 하나로 뭉쳐 놓은 것은 이 분노와 〈시계태엽 오렌지〉였다.

그들은 이 영화의 비디오를 찾아내 크리스티안과 울릭의 방에서 은밀하게 보고 또 보았다. 그리고 이렇게 영화에 홀딱 빠진 나머지, 그들은 협정을 맺었다. 그들은 영화 속 갱단처럼 되기로 했다. 주변에 대해서는 신경 쓰지 않기, 끊임없이 재미만을 추구하기, 어떻게든 법을 어길 방법을 찾아내기, 앞날은 걱정하지 않기, 무엇이든 인정사정 보지 않기 등.

약을 하다 들켜서 남자아이를 공격하던 날, 갑자기 이 모든 것이 동시에 실현되었다. 평소에 무엇이든 극적으로 꾸미는 재주가 있는 토르스텐이 마스크와 장갑을 쓰자고 제안한 것은 나중의 일이었다.

디틀레우와 울릭이 액셀을 힘껏 밟으며 프레덴스보르를 출발했다. 몇 줄 들이마신 코카인이 핏속을 휘저었다. 짙은 선글라스, 긴 싸구려 트렌치코트, 모자와 장갑, 차갑고 냉철한 머리. 익명이라는 은폐 아래 신나게 하루 저녁을 보내는 데 필요한 일회용 장비들이다.

"우리가 찾는 놈이 누구야?"

힐레뢰드 마을 광장에 있는 JFK 카페의 노란 건물 앞에 서자 울릭이 물었다.

"기다려 봐, 금방 보여."

디틀레우가 소란스러운 금요일 손님들이 모인 카페 안쪽으로 문을 열며 말했다. 곳곳마다 사람들이 시끄럽게 자리 잡고 앉아 있었다. 재즈와 편안한 만남을 좋아하는 사람에게는 그리 나쁘지 않은 장소다. 하지만 디틀레우는 둘 다 싫어했다.

뒤쪽으로 헬몬이 보였다. 그는 한가득 번들거리는 얼굴을 하고 술집 상들리에 아래 서서 별 볼 일 없는 또 다른 지역 정치인과 열심히 손짓 발짓을 섞어가며 얘기하고 있었다. 이 공공장소에서 그 둘은 자기들만의 보잘것없는 사회개혁운동을 벌이느라 정신이 없는 모습이었다.

디틀레우가 조심스럽게 울릭에게 그를 가리켰다.

"저 작자가 자리에서 일어나려면 시간이 좀 걸릴 거야. 우리도 술이나 한 잔 하면서 기다리자고."

이렇게 말하며 그는 좀 떨어진 자리로 향했다.

하지만 울릭은 그 자리에 그대로 서서 짙은 선글라스 뒤로 약기운에 풀린 눈동자를 굴리며 먹잇감을 살피고 있었다. 눈앞에 있는 먹잇감이 분명 크게 만족스러운 듯했다. 턱 근육이 벌써부터 실룩거린다.

디틀레우는 울릭을 너무 잘 알았다.

안개 낀 포근한 저녁이었다. 프랑크 헬몬은 카페에서 나온 후에도 함께 온 사람과 오랫동안 얘기를 나누었고, 마침내 각자의 길로 헤어졌다. 프랑크가 비틀거리며 헬싱외르스가데를 따라 앞서서 걸었고, 두 사람은 15미터 정도 떨어져 뒤를 밟았다. 여기서 경찰서까지 거리가 멀어야 200미터 정도에 불과하다는 것을 그들도 잘 알고 있었다. 이것은 울릭을 더욱 욕망에 헐떡이게 만들었다.

울릭이 속삭였다.

"저 골목에 갈 때까지만 기다리자. 왼쪽에 중고품 가게가 있어. 이렇게 늦은 시간에는 그 골목길을 싸돌아다니는 인간이 없다고."

저 멀리로 안개 드리운 길을 거니는 노인 부부 한 쌍이 보였다. 어깨를 늘어트린 채 길 끝을 향하고 있었다. 저 노인네들, 잠자리에 들 시간도 훨씬 지났건만.

디틀레우는 그 노인네들이 털끝만큼도 걱정되지 않았다. 코카인의 효과란 그런 것이다. 그 노인 부부를 빼면 거리엔 사람 코빼기도 보이지 않았고, 모든 조건이 완벽했다. 길거리는 말라 있었다. 습기를 머금은 미풍이 가게 앞쪽과 세 사람을 휘감았다. 이제 이 세 사람은 세심하게 조직되고 철저하게 훈련된 의식 행사에서 각자 자신의 역할을 맡게 될 것이다.

프랑크 헬몬을 몇 미터 차이로 따라붙자, 울릭이 디틀레우에게 마스크를 건넸다. 그리고 프랑크를 완전히 따라잡았을 무렵에는 라텍스 고무마스크가 이미 얼굴을 덮고 있었다. 그곳이 축제가 열리고 있는 곳이었다면 두 사람을 바라보는 사람들의 얼굴에 미소가 번졌을 것이다. 울릭의 큰 골판지 상자에는 이런 마스크들이 들어 있었다. 그의 말마따나 뭐라도 모아 놓은 것이 있어야 고를 여지도 생기는 법이다. 이번에는 모델 번호 20027과 20048을 골랐다. 이것들은 인터넷으로 살 수도 있지만, 울릭은 매번 외국에서 사왔다. 그래서 추적이 불가능하다. 이제 여기에는 얼굴에 인생의 깊은 골이 패인 두 늙은이만이 존재한다. 이 얼굴은 진짜 얼굴처럼 보였고, 그 안에 숨겨진 얼굴과는 완전히 딴판이었다.

늘 그렇듯이 제일 먼저 주먹을 날린 사람은 디틀레우였다. 두 사람의 희생물이 나지막한 헉 소리와 함께 옆으로 살짝 비틀거리며 쓰러졌다. 그러자 울릭이 그를 움켜쥐고 골목으로 끌고 들어갔다.

여기에서 울릭은 첫 번째 주먹을 날렸다. 이마에 정면으로 세 대를 갈기고, 한 대는 목을 갈겼다. 힘을 조절하기에 따라서는 지금쯤이면 의식을 잃는 경우가 많다. 하지만 이번에는 그렇게 강하게 때리지 않았다.

디틀레우의 지시가 있었기 때문이다.

두 사람은 다리를 벌리고 축 늘어진 사내의 몸뚱이를 골목을 따라 끌고 갔다. 10미터 정도 떨어진 성의 호수에 다다르자 두 사람은 그 남자를 다시 두들겨 팼다. 몸에 날아드는 주먹이 처음에는 가볍다가, 점점 더 거칠어졌다. 마비된 듯 꼼짝하지 않던 남자가 죽을지도 모를 상황에 빠져 있음을 깨닫자 그의 입에서 알아듣기 어려운 작은 소리가 흘러나오기 시작했다. 사실 아무 말도 할 필요는 없었다. 그들의 희생자들은 굳이 말할 필요가 없었다. 이미 눈빛이 모든 것을 말하기 때문이다.

이 시점에서 디틀레우의 몸은 고동치며 흘러나오는 따뜻한 온기로 벅차올랐다. 그래, 바로 이거야. 온몸을 휘감는 이 짜릿한 열기. 너무 어려서 세상 모든 것이 여전히 상냥하게만 보이던 시절, 집 정원에서 햇빛을 받으며 앉아 있던 그 순간의 온기 같은. 이 시점에 도달할 때마다 디틀레우는 스스로 자제해야 했다. 자칫 희생자를 죽일 수 있기 때문이다.

하지만 울릭은 달랐다. 죽음은 그의 관심사가 아니었다. 그가 이끌리는 것은 힘과 무기력 사이에 존재하는 공백이었다. 그리고 그들의 눈앞의 먹잇감은 자신이 바로 지금 그 공백 속에 놓여 있음을 깨달았다.

울릭이 꼼짝도 않는 남자의 몸뚱이 위에 올라타 마스크 너머로 그 눈동자를 뚫어지게 쳐다보았다. 그리고 주머니에서 커터를 꺼냈다. 손이 커서 칼이 거의 주먹 속에 묻혔다. 잠시 그는 마치 디틀레우의 지시를 따를지, 아니면 강도를 한 단계 더 올릴지 또 다른 자신과 의논하는 것처럼 보였다. 마스크 너머로 울릭과 디틀레우의 눈동자가 부딪쳤다.

'나도 지금 저놈처럼 또라이로 보이려나?'

디틀레우는 생각했다.

울릭은 칼을 남자의 목에 들이댔다. 그리고 칼등을 남자의 동맥 위로 천천히 문질렀다. 남자의 숨이 거칠어지기 시작하자, 울릭의 칼끝이 남자의 코를 따라, 그리고 다시 사시나무 떨듯 떨고 있는 눈꺼풀 위를 가로지르며 춤을 추었다.

쥐를 갖고 노는 고양이도 저렇게는 안 한다. 먹잇감은 탈출의 기회마저 엿보지 않았다. 이미 모든 것을 운명에 맡기고 체념한 상태다.

드디어 디틀레우가 조용히 울릭을 보며 고개를 끄덕이고 눈길을 남자의 다리로 옮겼다. 잠시 후 울릭이 그의 얼굴을 칼로 긋는 순간, 사내의 다리가 공포로 움찔거리는 모습을 보게 될 것이다.

지금이다. 사내의 다리가 경련으로 뒤틀렸다. 이 경이로운 경련이야말로 희생자의 무기력함이 그 어느 때보다도 강력하게 드러나는 순간이다. 디틀레우의 삶에서 이처럼 짜릿한 것은 없었다.

그는 자갈 위로 떨어지는 피를 바라보았다. 하지만 프란크는 찍소리 한 번 내지 않았다. 그는 디틀레우가 부여해 준 자신의 역할을 받아들였다.

두 사람은 신음소리를 내는 그를 호숫가에 버려두었다. 그들은 훌륭히 잘해냈다. 저자는 몸뚱이는 살아남겠지만 영혼은 죽을 것이다. 감히 다시 거리로 나와 걸을 수 있기까지는 몇 년이 걸릴지 모른다.

이제 두 하이드는 집으로 돌아갈 수 있다. 지킬 박사들이 다시 등장할 때가 되었다.

룽스테드의 집으로 돌아왔을 때는 밤이 이미 절반이나 훌쩍 지난 상태였고, 머리도 비교적 맑아져 있었다. 그와 울릭은 몸을 씻은 후에 모자, 장갑, 코트, 선글라스를 불 속으로 던지고, 커터는 정원 한편의 돌 밑에 숨겼다. 그러고는 토르스텐에게 전화해 그날 저녁에 있었던 일들에 대해 말을 맞췄다. 토르스텐은 당연히 화를 내며 지금이 때가 어느 때인데 그따위 짓을 하느냐고 따졌다. 토르스텐의 말이 옳다는 것은 두 사람도 알고 있었다. 하지만 디틀레우는 토르스텐에게 사과할 필요도 없었고, 말을 맞추자고 매달릴 필요도 없었다. 그들 모두 한 배를 타고 있다는 것을 토르스텐도 안다. 한 사람이 쓰러지면 나머지도 다 쓰러진다. 아주 간단하다. 경찰이 달라붙었을 때 알리바이가 준비되었느냐의 문제일 뿐이다.

그 이유만으로도 토르스텐은 두 사람이 꾸민 이야기에 입을 맞출 수밖에 없었다. 디틀레우와 울릭은 저녁 꽤 늦은 시간에 힐레뢰드의 JFK 카페에서 만났다. 그리고 거기서 맥주를 한 잔 마신 다음에 아일스트루프에 있는 토르스텐의 집으로 향했고, 11시쯤, 그러니까 폭행 사건이 일어나기 30분 전쯤에 도착했다. 이것이 그들이 꾸민 알리바이의 기본 뼈대였다. 이 알리바이를 누가 부정할 수 있을까? 없다. 누군가 술집에서 두 사람을 봤을지도 모른다. 하지만 누가 언제, 어디에, 얼마나 있다가 사라졌는지 기억할 사람이 있을까? 그다음은 토르스텐의 집에서 옛 친구 세 사람이 모여 밤 늦도록 코냑을 마셨다. 별다른 얘기를 한 것은 아니고, 그저 지난 일들을 얘기하면서 말이다. 그냥 친구들이 함께 모여서 보낸 기분 좋은 금요일 밤이었다. 이것으로 끝이다. 이 알리바이만 끝까지 고수하면 된다.

복도에 들어선 디틀레우는 집안 전체가 불이 꺼져 있고, 텔마도 자기 방으로 돌아간 것을 확인하고 만족했다. 그리고 그는 난롯가 옆에 서서 브랜디 세 잔을 차례로 들이켰다. 술기운이 돌자 더없이 달콤했던 복수를 하느라 달아올랐던 마음도 제자리로 돌아왔고 정신도 다시 되돌아오는 것 같았다.

그는 캐비아 통조림을 하나 따려고 세라믹 타일로 된 부엌 바닥을 가로질러갔다. 프랑크 헬몬의 겁에 질린 얼굴을 다시 떠올리며 캐비아를 맛볼 생각이었다. 이 타일 바닥은 가정부의 아킬레스건이었다. 텔마가 이곳의 청소 상태를 점검하고 나면 어김없이 잔소리로 이어진다. 가정부가 아무리 열심히 청소한들 텔마를 만족시킬 수는 없었다. 하기야 세상 어느 누가 그럴 수 있을까?

따라서 이건 무언가 분명히 잘못된 것이다. 그런 부엌 바닥에 발자국이라니. 체크무늬 부엌 바닥에 찍힌 발자국들은 그리 크지는 않았지만 아이의 발자국도 아니었다. 먼지 자국도 있었다.

디틀레우는 입술을 굳게 다물고 온통 신경이 곤두선 채로 잠시 서 있었다. 하지만 아무런 기척도 없었다. 냄새도 없다. 소리도 없다. 그는 조용히 칼꽂이로 다가가 제일 큰 일제 부엌칼을 빼들었다. 회 뜰 때 쓴다는 예리한 칼이다. 누구든 이 칼날에 걸리는 놈은 억세게 재수 없는 놈이 되리라.

디틀레우는 조심스럽게 이중문을 지나 실내정원으로 들어갔다. 들어가자마자 유리창 쪽에서 불어오는 외풍이 느껴졌다. 하지만 창은 모두 닫혀 있다. 그 순간 유리창 하나에 구멍이 뚫린 것이 보였다. 작은 구멍이었지만 분명 구멍이다.

실내정원의 바닥을 전체적으로 훑어보았다. 발자국이 더 어지럽게 나 있었다. 유리 조각들이 중구난방으로 퍼져있는 것을 보니 좀도둑의 짓이 틀림없다. 경보가 울리지 않았나? 그럼 분명 텔마가 잠자리에 들기 전에 일어난 일이로군.

갑자기 등줄기로 식은땀이 흘렀다.

다시 복도로 돌아오다 그는 칼꽂이에서 칼을 하나 더 빼들었다. 양손에서 느껴지는 칼 손잡이의 감촉이 그에게 안도감을 주었다. 그가 두려워하는 것은 강한 공격이 아니라 갑작스러운 공격이다. 그래서 양손에 든 칼을 위로 치켜들고 한걸음씩 옮길 때마다 어깨너머로 주위를 살폈다.

그러고서 계단을 올라가 텔마의 침실 방문 앞에 섰다.

문 아래로 불빛이 얇은 띠처럼 새어나오고 있었다.

누군가가 안에서 나를 기다리고 있단 말이야?

칼을 더 세게 움켜쥐며 디틀레우가 조심스럽게 문을 안쪽으로 밀었다. 침대 한가운데 텔마가 앉아 있었다. 침실용 가운을 입고, 아주 생생한 모습이었다. 눈은 분노를 담아 더욱 커져 있었다.

"이젠 나까지 죽이시려고? 그래서 오셨어?"

텔마가 말했다. 표정에서 혐오감이 가득 묻어났다.

그리고 텔마가 이불 밑에서 권총을 꺼내 그를 겨눴다.

디틀레우가 멈춰서서 칼을 내려놓았다. 권총 때문이 아니다. 텔마의 그 차가운 목소리, 그 때문이었다.

디틀레우는 텔마를 잘 안다. 다른 사람의 말이었다면 농담으로 넘길 수 있다. 하지만 텔마는 농담하는 여자가 아니다. 그녀에게 유머 감각이라고는 없다. 그는 꼼짝도 하지 않고 그대로 섰다.

"무슨 일이야?"

권총을 살피며 디틀레우가 말했다. 진짜 총인 것 같다. 그 누구라도 쓰러뜨릴 만큼 큰 총이다.

"아래에서 보니까 집에 사람이 침입한 흔적이 있던데. 하지만 이젠 아무도 없어. 그 총 내려놔도 돼."

핏속을 헤집고 다니는 코카인의 후유증이 느껴졌다. 아드레날린과 코카인은 너무나 훌륭한 조합이었지만, 지금은 아니다.

"도대체 그 총은 어디서 났어? 착하지, 이제 내 말 들어. 그 총 내려놔, 텔마. 무슨 일인지 나한테 말해 보라고."

하지만 텔마는 꼼짝도 하지 않았다.

침대에 있는 텔마의 모습이 섹시해 보였다. 요 몇 년 동안 보았던 모습 중 최고로 섹시했다.

디틀레우가 텔마에게 가까이 다가서려 하였지만, 텔마가 권총을 더 세게 움켜쥐는 것을 보며 멈췄다.

"디틀레우, 당신이 프란크를 공격했어. 그래, 그냥 놔둘 수가 없었겠지. 그렇지? 이 괴물아."

젠장, 어떻게 알았지? 어떻게 이렇게 빨리?

"무슨 소리야?"

디틀레우가 텔마의 눈길을 붙잡아두려 애쓰며 말했다.

"그이는 살아남을 거야. 당신한테는 별로 반가운 소식이 아니지, 디틀레우. 무슨 소리인지 알 거야."

디틀레우가 그녀에게서 눈길을 떼 바닥에 떨어진 칼들을 힐끗 보았다. 칼을 내려놓는 게 아닌데.

"도대체 무슨 소린지 모르겠네. 난 오늘 밤 토르스텐 집에 있다가 왔어. 전화해서 물어봐."

"오늘 저녁에 당신하고 울릭을 힐레뢰드 JFK에서 본 사람이 있어. 그거면 얘기 다 끝난 거야. 무슨 말인지 알겠어?"

예전 같았으면 디틀레우는 방어기제가 발동해서 자기도 모르게 거짓말을 했겠지만, 지금은 그렇지 않았다. 텔마는 이미 그를 자기가 원하는 구석으로 몰아넣었다.

"맞아, 토르스텐 집에 가기 전에 잠깐 들렀어. 그게 뭐?"

디틀레우가 눈도 깜짝 않고 말했다.

"그런 역겨운 소리는 더 이상 듣고 싶지도 않아. 이리 와, 디틀레우. 여기에 서명해. 안 그럼 죽여 버릴 거야."

텔마가 침대 발치에 놓인 서류 몇 장을 가리켰다. 그리고 방아쇠를 당겨 디틀레우 뒤쪽 벽에 큰 구멍을 파 놓았다. 디틀레우는 돌아서서 구멍의 크기를 가늠해 보았다. 남자 머리만한 크기의 구멍이다.

디틀레우의 시선이 재빨리 서류 앞장을 훑었다. 그대로 받아들이기에는 너무 고약한 조건이었다. 이 서류에 서명하면 맹수처럼 으르렁거리며 서로의 주변을 빙빙 돌며 살아온 12년에 대한 대가로 텔마는 매년 꼬박 3천5백만 크로네씩을 챙기게 된다.

"이 서류에만 서명하면 신고하지 않을게, 디틀레우. 그러니 빨리 서명해."

"텔마, 날 신고하면 너도 아무것도 못 챙겨. 그건 생각 안 해 봤나? 감방에 가 있는 동안 내 빌어먹을 사업들은 다 쪽박 찰 거라고. 몰라?"

"서명하게 될 걸? 내가 이 바닥을 모를 줄 알아?"

텔마의 비웃음소리가 방안에 울렸다.

"일이 그렇게 빠르게 진행되지 않을 거라는 것은 당신도 나만큼 잘 알 텐데. 걱정 붙들어 매. 당신이 파산하기 전에 나도 내 몫의 전리품은 충분히 챙길 수 있을 테니까. 그렇게 많은 돈은 아니겠지만, 그 정도면 충분하지. 하지만 난 당신을 알아, 디틀레우. 당신이 얼마나 현실적인 인간인데. 꼴 보기 싫은 아내를 정상적인 방법으로 내쫓을 방법이 있는데 당신이 뭐하러 사업 말아먹고 감방에 들어가 있겠어? 당신은 서명할 수밖에 없어. 그리고 내일 프랑크를 당신 병원에 입원시켜, 알겠어? 한 달 내로 원상 복귀시켜 놔. 아니, 원래보다 더 낫게!"

디틀레우가 고개를 저었다. 저년도 늘 악마 같은 년이었지. 유유상종이라더니, 어머니 말씀이 틀린 게 없군.

"그 권총은 어디서 났어, 텔마?"

디틀레우가 서류를 집어 들어 종이 두 장에 서명을 휘갈기며 조용히 물었다.

"무슨 일이 있었던 거야?"

텔마는 서류를 빤히 쳐다보며 자기 손에 넘어오기를 기다렸다가 대답했다.

"당신이 오늘 여기 없었던 것이 참 유감이야, 디틀레우. 그럼 굳이 이런 서명을 받을 필요도 없었을 텐데 말이지."

"아, 그러셔? 그건 또 왜 그런가?"

"거지꼴을 한 지저분한 여자 하나가 유리창을 부수고 이 총으로 날 위협하더군."

텔마가 총을 흔들어 보였다.

"디틀레우, 당신을 내놓으라던데?"

텔마가 웃었다. 가운 끈 한쪽이 어깨에서 흘러내렸다.

"그래서 다음에 다시 찾아오면 그땐 내가 기꺼이 현관문을 활짝 열어 주겠다고 했지. 수고스럽게 유리창 깨고 들어올 필요 없이 하고 싶은 거 다 하라고 말이야."

한기가 디틀레우의 피부를 서늘하게 휘감았다.

키미, 네가 드디어!

"그 여자가 이 권총을 주면서 내가 무슨 아기라도 되는 것처럼 볼까지 쓰다듬더라. 그러고는 뭐라고 중얼거리더니 정문으로 나갔어."

텔마가 다시 웃음을 터트렸다.

"너무 실망할 거 없어, 디틀레우. 당신 여자 친구가 다시 날 잡아서 찾아오겠대. 그 말 꼭 전해 달라던데!"

13

살인 사건 전담반 반장 마르쿠스 야콥센은 손으로 이마를 문질렀다. 이렇게 한 주를 시작하다니 참 고약하군. 방금 건네받은 휴직계가 나흘 동안 벌써 네 번째 휴직계였다. 제일 능력 있는 조사반에서 두 사람이 병가를 내기 무섭게 도심 한가운데서 또다시 짐승 같은 폭행 사건이 일어났다. 한 여성이 얼굴을 못 알아볼 정도로 두들겨 맞은 후에 쓰레기 컨테이너에 버려진 것이다. 폭행 사건들이 날로 험악해지고 있었고, 당연히 신문, 대중, 경찰서장 등 모든 사람들이 즉각적인 조처를 요구하고 나섰다. 그 피해자 여성이 죽기라도 하는 날에는 여기저기서 난리가 날 기세다. 올해는 살인 사건 수가 신기록을 세웠다. 살인 사건 통계가 이렇게 높게 나온 경우를 찾아보려면 적어도 십 년은 거슬러 올라가야 할 판이었고, 경찰을 떠나는 경찰관의 수도 너무 많았기 때문에 간부들은 시도 때도 없이 회의를 소집하기 바빴다.

그것만으로도 엎친 데 덮친 꼴이었는데, 이제는 바크마저 휴직계를 들고 왔다. 하고 많은 사람 중에 왜 하필 바크? 오, 하느님. 제발.

옛날에는 바크를 데리고 나가 같이 담배를 물고 마당을 걸으며 몇 마디 얘기하면 바로 그 자리에서 문제가 해결됐었다. 하지만 그것도 이젠 옛날 얘기다. 이제 마르쿠스에게는 그럴 힘이 없다. 쉽게 말해서 자기 부하들한테 뭐 생색낼 게 없었다. 봉급은 쥐꼬리만 하지, 근무시간은 지랄 같지, 부하들이 지쳐 나가떨어지는 것도 당연했고, 만족한 일처리를 기대하기는 사실상 불가능해졌다. 이제 그저 담배 한 대 같이 피는 것으로는 불만을 달래기가 힘들어졌다. 정말 상황이 엿 같다.

"정치인들 좀 찔러봐요, 마르쿠스 반장님."

부반장 라르스 비외른이 말했다. 복도에서는 짐꾼들이 사무실 집기들을 나르며 바쁘게 내부를 정리하고 있었다. 경찰개혁이 요구하는 대로 모든 것이 체계적이고 효율적으로 돌아가고 있는 것처럼 보이게 하려는 방편이지만, 겉치레 눈속임에 불과하다.

마르쿠스는 눈을 치켜뜨고, 지난 몇 달간 라르스 비외른의 얼굴을 도배하고 있던 것과 똑같은 체념의 미소로 그를 바라보았다.

"그래서 자네는 나한테 휴직계 언제 내려고, 라르스? 자네는 그래도 아직은 남들보다 젊은 편 아닌가? 다른 일자리를 알아볼 생각은 안 해봤어? 자네 마누라도 자네를 집에 좀 더 붙들어 놓고 싶어 할 텐데?"

"어림없는 말씀 마세요, 반장님. 지금 제 자리보다 더 탐나는 자리는 반장님 자리밖에 없습니다."

라르스가 하도 건조하고 사무적으로 대답해서 왠지 섬뜩했다.

마르쿠스는 고개를 끄덕였다.

"알았네, 하지만 좀 기다려야 할 거야. 정년 채우기 전에는 자리 비워 줄 생각이 없으니까. 그건 내 스타일이 아니지."

"경찰서장님한테 말 좀 꺼내 보세요, 반장님. 정치인들한테 압력 좀 넣어서 근무 환경 좀 바꿔 달라고 하세요. 어지간해야 말이죠."

노크 소리가 났다. 마르쿠스가 뭐라고 대답도 하기 전에 칼 뫼르크가 벌써 사무실로 반쯤 들어와 있었다. 저 인간은 한 번이라도 좀 기본을 지키면 어디가 덧나나?

"지금은 안 되네, 칼."

이렇게 말은 했지만, 칼이 자기가 듣고 싶은 것만 듣는다는 것을 그도 모르는 바 아니다.

"잠깐이면 됩니다."

칼은 라르스 비외른에게 하는 둥 마는 둥 목례를 했다.

"제가 맡은 사건에 대한 겁니다."

"뢰르비 살인 사건? 지난밤에 스토레 카니케스트레데 한가운데서 여자를 패서 다 죽여 놓은 놈이 누군지만 말해 주면 나도 자네 얘기를 들어주지. 그게 아니면 그냥 자네가 다 알아서 해. 뢰르비 사건을 내가 어떻게 생각하는지는 자네도 알잖나? 다 끝난 사건이야. 아직 범인을 못 찾은 다른 사건이나 찾아보라고."

"이 경찰서에 있는 누군가가 이 사건과 관련 있습니다."

마르쿠스 야콥센 반장이 체념한 듯 고개를 떨구었다.

"알았네, 알았어. 누군데?"

"아르네 야콥센이라는 이름의 형사가 10년 전에 홀베크 경찰서에서 사건 파일을 가져갔습니다. 이쯤 되면 뭔가 감이 오지 않으세요?"

"하, 그 사람 성 한번 좋네. 하지만 분명히 말해 두겠는데, 난 그 사건하고 아무 관련도 없어."

"그 사람이 이 사건에 개인적으로 얽혀 있습니다. 그 점은 분명합니다. 그 사람의 아들이 살해된 여자아이의 남자친구였습니다."

"그래서?"

"그리고 그 아들이 지금 이 경찰서에서 일하고 있습니다. 그 사람을 데려가서 심문해 볼 생각입니다. 그렇게 알고 계시라고요."

"그게 누군데?"

"요한입니다."

"요한? 사환인 요한 야콥센 말이야? 자네 지금 나하고 장난해?"

"잠깐만, 칼."

라르스 비외른이 끼어들었다.

"민간고용인을 데려가서 뭐 좀 물어보는 걸 가지고 심문이라고 표현하면 곤란하지. 일이 껄끄러워지기라도 하면 노동조합을 상대해야 하는 사람은 바로 나라고."

마르쿠스가 보니 둘이 한판 붙을 기세다.

"둘 다 그만해."

마르쿠스가 칼을 돌아보았다.

"그래서 도대체 뭐가 어떻다는 거야?"

"전직 경찰관이 사건 자료를 홀베크 경찰서에서 빼간 것 말고 또 뭐가 있냐는 말씀이시죠?"

칼은 등을 꼿꼿이 펴며 말했다.

"이 사건을 제 책상에 올려놓은 사람이 바로 요한입니다. 더군다나 범죄 현장에 침입해서 일부러 자기를 찾아오도록 단서까지 남겨 놓고요. 그 사람 분명 사건 관련 자료들을 한 보따리는 가지고 있을 겁니다. 마르쿠스 반장님, 세상 천지에 이 사건에 대해 요한만큼 많이 알고 있는 사람은 없다 이겁니다."

"맙소사, 칼. 그 사건은 20년도 넘은 사건이라고. 자네 제발 그 케케묵은 사건은 지하실에서 조용히 끝내고 오면 안 되겠나? 그것 말고 간단하게 처리할 수 있는 사건들도 쌔고 쌨잖아?"

"맞습니다, 아주 오래된 사건이죠. 그리고 반장님 분부대로 금요일에 노르웨이에서 찾아오는 얼간이들 앞에서 발표할 사건도 바로 이겁니다. 안 까먹으셨죠? 반장님, 부탁입니다. 요한에게 딱 십 분, 더도 말고 딱 십 분만 제 사무실에 들르라고 해 주십시오."

"그게 내 맘대로 되나?"

"그건 또 무슨 말씀이십니까?"

"내가 알기로 요한은 지금 병가 중일세."

마르쿠스가 안경 너머로 칼을 바라보았다. 이 인간이 이게 무슨 말인지 이해해야 하는데.

"집까지 찾아가서 만나면 안 된다는 소리야. 알아듣겠나? 그 친구 주말에 신경쇠약이 도졌다네. 더 이상 문제가 생기면 우리 입장이 곤란해."

"자네 책상에 사건 파일을 올려놓은 사람이 요한이라고 어떻게 그렇게 확신해?"

라르스 비외른이 물었다.

"거기서 지문이라도 찾아냈나?"

"아뇨, 오늘 분석 결과를 받았는데, 아무런 지문도 없었다고 합니다. 그냥 감이죠. 요한이라니까요. 오늘 오후까지 요한이 복귀 안 하면 제가 직접 찾아가 보겠습니다. 그 후로는 뭐라고 하셔도 상관 않겠습니다."

14

요한 야콥센은 베스테르브로가데의 조합원 아파트에서 살고 있었다. 이 아파트는 이제는 문 닫은 기계음악 박물관과 블랙호스 극장 맞은편에 자리 잡고 있었다. 사실 그가 살고 있는 곳은 1990년에 건물을 무단 점유하고 있던 무정부주의자들과 경찰 사이에서 결정적인 전투가 벌어졌던 바로 그 장소다. 칼은 그때를 무척 생생히 기억한다. 전투경찰 복장을 하고서 자기 또래의 남자와 여자들을 얼마나 많이 두들겨 팼던가?

그 좋은 시절의 기억들 중 가히 좋았었다고 말하기는 어려운 기억이다.

새 인터폰에 있는 초인종을 몇 번이나 누르고 나서야 요한 야콥센이 나와 두 사람을 안으로 들였다.

"이렇게 빨리 오실 줄은 몰랐네요."

두 사람을 거실로 안내하면서 요한이 부드럽게 말을 꺼냈다. 거실에 들어서니 타일로 된 낡은 극장 지붕과 근처 호텔이 보였다.

거실은 넓었지만 그다지 보기 좋은 모습은 아니었다. 꽤 오랫동안 집 안에 여자의 손길이 닿지 않았고, 잔소리하는 사람조차 없었던 것이 분

145

명했다. 음식이 말라붙은 접시들이 부엌 조리대에 한 무더기 쌓여 있고, 콜라병들이 바닥에 널브러져 있었다. 돼지우리처럼 먼지투성이에 기름투성이였다.

"집안 꼴이 엉망이라 죄송합니다."

그가 소파와 커피 탁자에 널린 지저분한 옷들을 치우며 말했다.

"한 달 전쯤에 아내가 집을 나갔어요."

그는 얼굴을 신경질적으로 실룩거리며 찡그렸다. 안 그래도 경찰서에서 여러 번 보았던 표정이다. 마치 바람에 날아온 모래가 눈에 들어가지 않게 가까스로 막아내고 있는 모습 같았다.

칼은 고개를 저었다. 아내 일은 참 안됐군. 그게 어떤 기분인지 안다.

"우리가 여기 왜 왔는지는 알지?"

요한은 고개를 끄덕였다.

"그럼 뢰르비 사건 파일을 내 책상 위에 올려놓은 사람이 본인이라는 걸 순순히 인정하는 건가, 요한?"

그는 다시 고개를 끄덕였다.

"그러니까 그냥 파일을 우리한테 넘기면 간단하게 끝났을 일을⋯⋯."

아사드가 아랫입술을 삐죽 내밀며 말했다. 군인모자만 씌워 놓으면 영락없이 야세르 아라파트(전 팔레스타인 해방기구 의장)의 모습이다.

"그럼 과연 사건을 맡았을까요?"

칼은 고개를 저었다. 그랬을 리가 없지. 종결된 지 20년 된 사건을? 천만에. 이 친구가 그 점은 정확히 짚었군.

"그 파일이 어디서 났는지 저한테 물어보기나 했을까요? 제가 이 사건에 왜 관심이 있는지 물어보기나 했을까요? 군이 시간을 내서 이 사건에 흥미를 가지려고 했을까요? 칼 수사관님 책상에 다른 사건 파일들이 무더기로 쌓여 있는 것, 저도 봤습니다."

칼은 고개를 끄덕였다.

"좋아, 그래서 별장에 트리비알 퍼슈트 게임 상자를 단서로 꾸며 놨군. 그건 이해가 됐네. 하지만 그런 식으로 하면 사실 상당히 위험을 감수하는 거잖나. 안 그런가? 우리가 그 게임의 단서를 알아채지 못 했으면 어떡할 뻔했나? 카드에 적힌 이름을 발견하지 못 했으면?"

그는 어깨를 으쓱했다.

"어쨌거나 지금 이렇게 찾아오셨잖아요."

"나는 이해가 잘 안 돼."

아사드는 베스테르브로가데와 마주한 창가 앞에 앉았다. 뒤에서 쏟아지는 햇빛 때문에 그의 얼굴이 완전히 검게 보였다.

"비아르네 퇴르겐센이 자기가 한 짓이라고 자수했는데도 만족을 못 했단 말이야?"

"판결 내릴 때 법원에 계셨다면 마찬가지로 만족하지 못 했을 겁니다. 모든 게 이미 다 결정되어 있었어요."

"그야 당연한 거 아냐. 자수해 들어갔는데 그게 이상할 게 뭐 있어?"

아사드가 말했다.

"요한, 이 사건에서 뭐 특이한 사항이라도 찾아냈나?"

칼이 중간에 끼어들었다.

요한은 칼의 눈길을 피해 창밖을 바라보았다. 회색 하늘이 내면의 폭풍을 진정시켜 주기라도 하는 듯이.

그가 말했다.

"그놈들은 내내 웃고 있었어요. 한 놈도 빠짐없이 전부요. 퇴르겐센, 변호사, 그리고 방청석에 앉아 있던 그 시건방진 세 놈까지 모두 다요."

"토르스텐 플로린, 디틀레우 프람, 울릭 뒤벨 옌센, 그 세 사람 말하는 건가?"

떨리는 입술을 진정시키려고 매만지며 그가 고개를 끄덕였다.

"모두들 웃으며 앉아 있었다고 했는데, 사건 조사에 달려들 근거로는 너무 빈약한 것 아닌가?"

"그렇죠. 하지만 이젠 그때보다 아는 것이 더 많아졌으니까요."

"자네 부친인 아르네 야콥센 씨가 사건을 조사했나?"

칼이 물었다.

"네."

"그때 자네는 어디 있었지?"

"홀베크 공과대학에 다니고 있었어요."

"홀베크? 희생자들을 알고 있었어?"

"네."

그가 거의 들리지 않는 목소리로 말했다.

"그럼 쇠렌도 알고?"

그가 고개를 끄덕였다.

"네, 조금은요. 하지만 리스베트만큼 잘 알지는 못 했어요."

"내 말 잘 들어, 요한."

아사드가 갑자기 끼어들었다.

"네 얼굴을 보면 답이 딱 나와. 리스베트가 더 이상 너를 사랑하지 않는다고 말했지? 내 말이 틀렸나, 요한? 리스베트가 더 이상 너를 원하지 않은 거지?"

아사드는 눈썹을 찌푸렸다.

"그리고 더 이상 그녀를 소유할 수 없게 되니까, 너는 여자를 죽였어. 그리고 이제 너는 우리가 그 사건을 밝혀내서 너를 체포해 주기를 원하는 거야. 그럼 자살하지 않아도 되니까. 내 말 맞지?"

요한이 빠르게 몇 번 눈을 깜박이더니 얼굴이 굳어졌다.

"칼 수사관님, 저 사람 여기 꼭 있어야 합니까?"

그는 침착한 목소리로 물었다.

칼은 고개를 절레절레 저었다. 불행하게도 아사드의 뜬금없는 폭발은 이제 습관이 되어 가고 있었다.

"다른 방에 좀 들어가 있게, 아사드. 딱 오 분만."

칼은 요한 옆에 있는 문을 가리켰다.

이 말에 요한이 용수철 인형처럼 벌떡 일어났다. 사람의 두려움을 알려 주는 단서는 많다. 칼은 그런 단서를 대부분 잘 알고 있다.

그래서 칼의 눈길은 자연히 잠긴 방문으로 향했다.

"아니, 거기는 안 돼요. 청소를 하나도 안 했어요."

요한이 문 앞을 가로막으면서 말했다.

"식당에 가서 잠깐 앉아 계세요. 아니면 주방에 가서 커피를 드시거나요. 방금 내린 커피가 있어요."

하지만 아사드도 요한의 반응을 눈치채기는 마찬가지였다.

"미안하지만 난 커피보다는 차를 좋아해서."

이렇게 말하며 아사드는 요한 뒤편으로 비집고 들어가 문을 활짝 열어젖혔다.

문 뒤로는 천정 높은 방이 또 하나 이어져 있었다. 한쪽 벽으로 탁자가 일렬로 놓여 있고, 그 위에 파일과 서류더미가 쌓여 있었다. 하지만 가장 흥미로운 것은 벽에 걸린 얼굴이었다. 그 얼굴은 비애에 찬 눈빛으로 그들을 내려다보고 있었다. 높이가 1미터쯤 되는 젊은 여성의 사진 복사본인데, 뢰르비에서 살해된 그 여자아이였다. 리스베트 외르겐센. 구름 한 점 없는 하늘을 배경으로 헝클어진 머리를 하고, 얼굴에 선명한 그늘이 짙게 드리운 여름 사진이었다. 사진의 크기도 크기지만, 사진의 위치가 유별나게 툭 튀어나와 있어서 눈을 보지 않았다면 몰라볼 뻔했다. 이제야 누군지 알겠다.

칼과 아사드가 방으로 들어가 보니 이 방은 요한의 성지라는 것을 분명히 느낄 수 있었다. 이 방에는 온통 리스베트에 관한 것밖에 없었다. 한쪽 벽 옆으로는 살인에 대한 기사 스크랩이 붙어 있고, 그 옆에 신선한 꽃들이 함께 놓여 있었다. 또 다른 벽에는 그 여자아이의 사진들이 장식되어 있었고, 편지와 엽서 몇 장, 그리고 심지어 블라우스도 붙어 있었다. 행복한 순간과 잔인한 순간들이 나란히 어깨와 어깨를 맞대고 있었다.

요한은 아무 말도 하지 않았다. 그저 여자아이의 사진 복사본 앞에 서서 하염없이 그 눈 속으로 빠져들고 있었다.

"왜 이 방을 보여 주지 않으려고 했나, 요한?"

칼이 말했다.

그는 어깨를 으쓱했고, 칼은 이해했다. 이곳은 너무 사적이고 은밀한 공간이다. 그의 영혼, 삶, 깨져버린 꿈. 이 모든 것들이 완전히 발가벗은 채 벽에 걸려 있었다.

"그날 밤에 여자하고 깨졌지?"

아사드가 다시 요한을 물고 늘어졌다.

"솔직히 털어놔 봐, 요한. 그러니까, 그게 신상에 좋아."

요한은 고개를 돌려 아사드를 노려보았다.

"딱 한 가지만 말씀드리죠. 제가 세상에서 가장 사랑했던 여자가 무참하게 살해됐습니다. 그리고 그 범인들은 지금 사회 최상류층 자리에 올라가서 우리를 내려다보며 웃고 있죠. 비아르네 퇴르겐센처럼 별 볼일 없는 놈이 그 대가를 대신해서 치르고 있는 이유는 딱 하납니다. 바로 돈이죠. 빳빳한 현금으로 들어올 더러운 배신의 돈 말입니다. 결국 핵심은 그거예요."

"그리고 이제는 끝장을 보겠다는 건가?"

칼이 말했다.

"그런데 왜 하필 지금?"

"이제 다시 혼자가 됐잖아요. 다른 것은 아무것도 생각할 수 없어요. 보면 모르시겠어요?"

그의 청혼에 리스베트가 고개를 끄덕인 날, 요한 야콥센은 갓 스무 살의 나이였다. 두 사람의 아빠는 친구였고, 두 집안은 자주 왕래하던 사이였다. 자기의 기억이 닿는 한, 요한은 한순간도 리스베트를 사랑하지 않은 적이 없었다.

그날 밤 리스베트의 오빠가 옆방에서 여자 친구와 사랑을 나누는 동안 요한은 리스베트와 함께 있었다.

두 사람은 진지한 얘기를 나누었다. 그리고 사랑을 나누었다. 이것이 결국 두 사람에게는 이별의 몸짓이 되고 말았다. 새벽에 요한은 기쁨의 눈물을 흘리며 떠났고, 같은 날 리스베트는 죽은 채 발견되었다. 불과 열 시간 만에 요한은 기쁨의 절정에서 사랑의 깊은 열병을 지나 지옥의 나락으로 곤두박질쳤다. 요한은 그날 밤과 그다음 날 오후의 기억에서 결코 헤어나지 못 했다. 그는 새로운 여자를 만나 결혼하고 애도 둘이나 낳았지만, 그의 머릿속에는 리스베트밖에 없었다.

요한의 아버지가 임종의 자리에서 자기가 사건 파일을 훔쳐서 리스베트의 엄마에게 주었다고 말하자, 요한은 바로 다음 날 차를 몰고 리스베트의 엄마를 찾아가 서류철을 가져왔다.

그때부터 이 서류들은 그의 가장 소중한 재산이 되었고, 그날부터 리스베트는 그의 삶을 더 가득 채우게 되었다.

결국 리스베트는 요한의 삶을 너무 많이 채우고 말았고, 결국 요한의 아내는 그를 떠났다.

"너무 많이 채웠다는 게 무슨 말이야?"

아사드가 물었다.

"리스베트 얘기를 입에 달고 살고, 밤낮으로 리스베트 생각만 했어요. 사건에 대한 스크랩이며 보고서들이며, 온통 리스베트에 관한 것밖에 없었죠. 리스베트에 관한 것을 뭐라도 붙들고 읽지 않으면 도무지 살 수가 없었으니까요."

"그리고 이제는 거기서 벗어나고 싶고? 그래서 우리를 여기에 끌어들인 건가?"

칼이 물었다.

"네."

"그럼 자네가 우리한테 줄 수 있는 건 뭔가? 이거 전부?"

칼은 서류더미 위로 팔을 펼쳐 보였다.

요한은 고개를 끄덕였다.

"그걸 전부 읽고 나면 그 기숙학교 패거리들이 범인이란 게 보이실 겁니다."

"자네가 다른 폭행 사건에 대한 목록도 우리한테 넘겼잖나. 그건 벌써 다 읽었네. 그걸 말하는 건가?"

"그건 일부에 불과해요. 여기 전체 목록이 있어요."

요한은 탁자 위로 몸을 숙여 신문기사 스크랩 더미를 들어, 밑에서 종이 한 장을 꺼냈다.

"여기서 시작해요. 뢰르비 사건 전이죠. 이 남자아이도 같은 기숙학교에 들어갔어요. 이 기사에 그렇게 나와 있어요."

그는 일간지 「폴리티켄」의 1987년 6월 15일자 신문 한 페이지를 가리켰다. 기사 제목은 이러했다.

'벨라호이의 비극. 19세 남학생, 10미터 다이빙대에서 추락해 사망.'

그는 여러 사건들을 훑어 내려갔다. 칼이 특별 수사반 Q로 전달되었던 목록에서 보았던 사건들도 여럿 보였다. 사건과 사건 사이에는 석 달 내지 넉 달 정도의 간격이 있었고, 그중 두 건은 결국 피해자의 사망으로 이어졌다.

아사드가 말했다.

"그러니까 이것들이 그냥 단순한 사고일 수도 있는 거 아냐. 기숙학교 애들하고 무슨 상관인데? 사건들이 서로 연관성이 있는 것도 아니고, 증거라도 있어?"

"증거를 찾는 일은 그쪽에서 할 일이죠."

아사드는 멸시하듯 고개를 저었다.

"솔직한 얘기로 여기는 뭐하나 건질 게 없어. 내가 보기엔 자네 그 사건 때문에 그냥 머리가 좀 어떻게 된 것뿐이야. 그 점은 나도 딱하게 생각하는데, 그럼 정신과 의사를 만나 봐야지. 우리한테 이런 뜬구름 잡기를 시킬 것이 아니라 경찰 본부에 가서 모나 입센을 만나 봐야 하는 거 아냐?"

차를 몰고 경찰 본부로 돌아오는 길에 칼과 아사드는 입을 다물고 각자의 생각에 빠져 있었다. 이 사건으로 두 사람의 머리가 풀가동되고 있었다.

"차나 한 잔씩 마시지, 아사드."

지하로 내려온 칼이 요한 야콥센의 서류가 든 봉투를 구석에 밀어 넣으며 말했다.

"설탕을 너무 많이 넣지 말게, 알았지?"

칼은 다리를 책상 위에 얹고, 2번 뉴스 채널을 틀었다. 머리에 쥐가 나기 전에 좀 쉬자. 오늘은 여기까지.

하지만 5분 만에 상황이 달라졌다.

전화벨이 울리자마자 칼은 수화기를 들었다. 그리고 살인 사건 전담반 반장이 어두운 목소리로 내뱉은 말을 듣고는 눈이 뒤집히는 것 같았다.

"경찰서장님의 얘기가 있었네, 칼. 서장님은 자네가 이 사건을 깊이 파고들어야 할 이유를 모르겠대."

처음에는 칼도 항의의 표시를 해 보았지만, 마르쿠스 야콥센이 그것 말고 다른 이유에 대해서는 언급이 없자 뒷목으로 열이 확 뻗쳤다.

"이렇게 묻지 않습니까? 대체 왜냐고요?"

"그냥 그런 줄 알아. 우선순위를 잘 조정해서 종결이 안 된 사건에만 집중하고, 종결된 나머지 사건들은 문서보관소 캐비닛에 치워 두라고."

"우선순위를 어떻게 정하든 그건 제 소관이 아닙니까?"

"그건 경찰서장님이 별 말 없을 때 얘기지."

그렇게 통화는 끝났다.

"설탕을 적게 넣은 맛있는 박하차 대령이오."

통화가 끝나자 아사드가 이렇게 말하며 들어와 칼에게 차를 건넸다. 세상에, 시럽 한 바가지를 쏟아붓기라도 했나? 티스푼을 컵에 꽂으면 그대로 서 있을 것 같다.

칼은 혀를 델 정도로 뜨겁고, 털끝이 곤두설 정도로 달달한 차를 받아들어 한입에 쭉 들이켰다. 제기랄, 이 찐득거리는 시럽덩어리에 내 입맛이 길들여지다니.

"그렇게 부루퉁하실 것 없어요, 수사관님. 요한이 업무에 복귀할 때까지 몇 주 정도 사건을 덮어 두자고요. 그러니까 그다음엔 그놈한테 매일 조용히 압박을 가하는 겁니다. 그럼 조만간 다 털어놓을 수밖에 없어요. 두고 보라고요."

"털어놓긴 뭘 털어놓나, 아사드? 대체 무슨 소리를 하는 건가?"

"그날 밤 리스베트 외르겐센이 요한에게 이젠 더 이상 사랑하지 않는다고 말했어요. 아마도 다른 남자가 생겼다고 했겠죠. 그래서 요한이 그날 아침에 돌아와 둘 다 죽인 겁니다. 아마 조금 더 파고들면 리스베트의 오빠하고 요한 사이에도 뭔가 지저분한 일이 있었을 겁니다. 그래서 완전히 꼭지가 돌아버린 거죠."

"이 사건은 잊게. 이 사건에서 손 떼라고 하시네. 게다가 난 자네 말을 눈곱만큼도 안 믿어. 너무 꼬였잖나."

"꼬았다고요?"

"그래, 이 사건이 무슨 꽈배기인가? 그렇게 빙빙 꼬아 놓게. 요한이 그런 짓을 했다면 벌써 백 년 전에 맛이 갔을 걸세."

"머리가 맛이 간 사람이면 얘기가 다르죠."

아사드는 머리카락이 벗겨진 정수리를 손가락으로 두드렸다.

"머리가 맛이 간 사람은 트리비알 퍼슈트 카드 같은 단서를 남기지 않는다네. 세상에 어떤 범죄자가 증거를 경찰 앞에 떡하니 던져 놓고 '나 잡아가쇼' 그러겠나? 어쨌거나 내 말 못 들었나? 사건에서 손 떼게 생겼다니까."

아사드는 무심하게 벽에 걸린 평면텔레비전을 바라보았다. 스토레 카니케스트레데에서 있었던 폭행 사건에 대한 뉴스가 나오고 있었다.

"못 들었습니다. 듣고 싶지도 않고요. 그런데 누가 사건에서 손 떼라고 했다고요?"

로즈가 이쪽으로 오고 있었다. 보이진 않았지만 냄새로 알 수 있었다. 갑자기 로즈가 사무용품과 크리스마스 장식이 그려진 빵 봉투를 한가득 품에 안고 눈앞에 섰다. 양쪽 모두 이건 너무 이른 거 아닌가?

"똑똑!"

로즈가 머리로 문틀을 두 번 두드리며 말했다.

"기사 등장이오, 짜잔! 아주 맛있는 패스트리가 왔어요!"

칼과 아사드는 서로를 바라보았다. 한쪽은 얼굴에 짜증이 한가득, 다른 한쪽은 눈 속에 반짝이는 크리스마스 전등이 한가득이다.

아사드가 말했다.

"어서 와요, 로즈. 특별 수사반 Q에 온 것을 환영합니다. 제가 로즈 씨를 위해 다 준비해 놨어요. 기대해도 좋아요."

이 배신자!

아사드에게 이끌려 옆방으로 움직이는 로즈의 눈빛이 칼에게 이렇게 말하는 듯했다.

'절대로 나를 못 쫓아낼 걸요?'

하긴 손바닥도 마주쳐야 소리가 나지. 칼은 배신자 때문에 패스트리 한 조각에 팔린 기분이 들었다.

칼은 구석에 밀어 둔 비닐봉지를 바라보더니 서랍에서 종이를 한 장 꺼냈다.

그리고 이렇게 적었다.

용의자:

비아르네 퇴르겐센?

기숙학교 패거리 다른 멤버들 중 하나나 그 이상?

요한 야콥센?

묻지마 살인?

기숙사 패거리와 연결된 다른 사람?

이 건질 것 없는 빈약한 결과를 보니 한심한 생각이 들어 얼굴이 찌푸려졌다. 마르쿠스 반장이 들쑤셔 놓지만 않았어도 아마 그가 알아서 이 종이를 문서파쇄기에 집어넣었으리라. 하지만 마르쿠스는 칼을 그냥 내버려 두지 않았다. 그가 직접 나서서 칼에게 사건에서 손을 떼라고 지시했다. 그렇다면 손을 뗄 수가 없다.

칼이 꼬마였을 때 아버지는 잔소리가 많았다. 아버지가 칼에게 목초지에 쟁기질을 하지 말라고 분명하게 지시했는데도, 그러면 칼은 목초지에 쟁기질을 했다. 아버지가 군대에 들어갈 생각은 하지도 말라고 해서 칼은 군대에 입대했다. 아버지는 여자문제도 참견하려 들었다. 그래서 이 농부네 딸과 저 농부네 딸은 별 볼 일 없으니 눈길 주지 말라고 하면, 칼은 죽어라고 그 여자들의 꽁무니를 쫓아다녔다. 이것이 칼의 방식이었고, 또 늘 그래왔다. 누구도 그를 대신해서 결정을 내릴 수는 없다. 사실 이것 때문에 오히려 칼을 조종하기는 무척 쉬웠다. 물론 칼도 그것을 알고 있다. 문제는 경찰서장도 그것을 알고 저러는 건가 하는 점이다. 설마 그랬을 리는 없다.

하지만 대체 이게 무슨 일이란 말인가? 내가 이 사건에 발을 담근 것을 경찰서장이 어떻게 알았지? 이것을 아는 사람이 몇이나 된다고?

칼은 모든 가능성을 생각해 보았다. 마르쿠스 야콥센 반장, 라르스 비외른 부반장, 아사드, 홀베크 경찰서 사람들, 발데마르 플로린, 여름 별장에서 만난 노인, 희생자의 엄마…….

잠시 그의 눈이 허공을 응시했다. 그래, 이 사람들은 알지. 그리고 열심히 머리를 굴려서 생각해 보면 이 사람들 말고도 아는 사람이 어디 한둘이겠나.

이 시점에서는 다른 사람도 얼마든지 브레이크를 걸 수 있다. 플로린, 뒤벨 옌센, 프람 같은 이름이 살인 사건 수사와 얽히기 시작하는 순간 그는 살얼음판에 올라선 것이나 다름없었다.

칼은 고개를 저었다. 사람들의 간판이나 경찰서장을 끼고도는 사람이 누구인지 따위는 신경 쓰지 않는다. 일단 움직이기 시작했으니 누구도 우리를 막지 못 할 것이다.

칼은 고개를 들었다. 복도 건너편 로즈의 사무실에서 안 들리던 소리들이 들려왔다. 폭발하듯 터져 나오는 로즈의 저 걸쭉하고 독특한 웃음소리에다 아사드의 저 숨넘어가는 소리라니. 계속 저랬다가는 누가 들으면 둘이서 무슨 열변이라도 토하는 줄 알겠다.

그는 담뱃갑을 탁 쳐서 담배를 꺼내고 불을 붙였다. 그리고 종이를 휘감아 도는 연기를 물끄러미 바라보다 이렇게 써 내려갔다.

과제:

외국에서 동시에 비슷한 살인 사건이 있었나? 스웨덴? 독일?

옛날 수사반에서 지금까지 현역으로 활동하고 있는 사람은 누군가?

비아르네 퇴르겐센: 브리들뢰셀릴레 주립교도소

벨라호이 수영장에서 기숙학교 패거리와 함께 일어났던 사고는 우연인가?

기숙학교 패거리 중에서 누구하고 얘기해 볼 수 있을까?

벤트 크룸 변호사!

토르스텐 플로린, 디틀레우 프람, 울릭 뒤벨 옌센: 요즘 사건들하고 얽힌 것이 있나? 그자들 밑에서 일하는 사람 중에 그들을 신고한 사람이 있을까? 심리 프로파일은?

키르스텐-마리 라센이라고도 불리는 키미에 대해 알아볼 것. 얘기를 나눌 만한 가까운 친척이라도?

크리스티안 울프가 사망했을 때의 정황에 대해 조사!

칼은 종이를 펜으로 몇 번 두드리다 다시 써 내려갔다.

하르뒤.
저 빌어먹을 로즈는 여기서 쫓아낼 것.
모나 입센하고 찐하게 한 판.

마지막 줄을 보니 칼은 마치 화장실 벽에 여자아이들의 이름을 낙서하며 시시덕거리는 짓궂은 사춘기 소년이 된 듯한 기분이 들었다. 그녀의 풍만한 엉덩이와 출렁이는 가슴을 상상할 때마다 내 불알 두 쪽이 얼마나 탱탱해지는지 그녀도 알까? 그는 두 번 정도 심호흡을 한 후에 서랍에서 지우개를 꺼내 마지막 두 줄을 지우기 시작했다.

"칼 뫼르크 수사관님, 제가 방해했나요?"

문에서 목소리가 들렸다. 칼의 피를 끓게 하는 동시에 얼음장처럼 얼어붙게 하는 목소리다. 칼의 척수가 자신의 하부 구조물들에게 다섯 가지 명령을 보냈다. 지우개 감춰, 마지막 줄 가려, 담배 꺼, 멍청한 표정 짓지 말고, 입도 다물고!

"제가 수사관님을 방해했어요?"

칼의 흔들리는 눈동자가 그녀의 눈동자를 똑바로 쳐다보자 그녀가 말했다.

갈색 눈동자는 여전하다. 모나 입센이 돌아왔다. 칼은 죽을 듯이 무서웠다.

"모나가 뭐래요?"

로즈가 실없이 웃으며 물었다. 자기하고 무슨 상관이라고.

칼이 현실로 돌아오려고 애쓰는 동안 로즈가 커스터드가 듬뿍 들어간 패스트리를 천천히 씹으며 문간에 서 있었다.

"뭐 때문에 왔대요?"

아사드가 한입 가득 오물거리며 물었다. 저렇게 적은 양의 커스터드가 저렇게 많은 수염 밑동에 묻은 건 처음 본다.

"나중에 밀해 주지."

두근거리는 심장이 뿜어 올린 피로 붉게 달아오른 뺨을 로즈가 눈치채지 못 하기를 바라며 칼이 로즈를 바라보았다.

"새 사무실은 맘에 드나?"

"어머, 세상에. 수사관님께서 그런 것까지 다 염려해 주시다니, 고마우셔라. 햇빛 싫어하고 벽에 색깔 들어가는 거 싫어하고 주변에 친절한 사람 있는 거 싫어하는 사람한테는 아주 완벽한 곳이네요."

로즈가 팔꿈치로 아사드를 툭 쳤다.

"농담인 거 알죠, 아사드? 아사드 씨는 좋아요."

얼씨구. 둘이 아주 사랑이 넘치는 파트너가 되겠군.

칼은 자리에서 일어나 용의자 목록과 과제 목록을 화이트보드에 열심히 갈겨썼다.

그러고 나서 특별 수사반에 새로 임명된 천재 비서를 향해 돌아섰다. 벌써 할 일이 너무 많은 것 같다고? 더 빡세게 돌려서 마가린 공장 골판지 포장일이 차라리 천국이다 싶게 만들어 주마.

"지금 우리가 진행하고 있는 사건은 얽힌 사람이 많아서 좀 복잡하네."

다람쥐처럼 앞니로 조금씩 패스트리를 뜯어먹고 있는 로즈를 바라보며 칼이 말했다.

"자세한 내용은 아사드가 좀 있다 브리핑해 줄 걸세. 그 설명을 들은 다음에 이 비닐봉지에 들어 있는 서류들을 시기 순서대로 정리하고, 책상 위에 있는 이 서류들하고 짝을 맞춰 놓게. 그다음엔 전부 다 두 벌씩 복사해서 두 사람이 하나씩 가지고 있게. 여기 이 서류철은 빼고. 그건 됐다 나중에 쓸 거니까."

칼은 요한 야콥센과 마르타 외르겐센의 회색 서류철을 한쪽으로 밀어 놨다.

"그리고 그게 끝나면 여기 이 항목과 관련된 내용들을 찾을 수 있는 데까지 샅샅이 조사하게."

칼은 화이트보드에 적은 수영장 다이빙대 사고에 대한 줄을 가리켰다.

"바쁘니까 서둘러서 깔끔하게 정리해 놓으라고. 빨간 비닐봉지에서 제일 위에 있는 요약 종이에 사고 날짜가 나와 있을 걸세. 뢰르비 살인 사건 있기 전 1987년 여름에 있었던 일이야. 6월 며칠인가 그래."

이정도면 로즈 입에서 앓는 소리가 튀어나올 줄 알았다. 싫은 소리라도 한마디 나오기만 해 봐. 바로 일거리 몇 개 더 얹어 줄 테니까. 하지만 로즈는 놀라울 정도로 침착한 얼굴이었다. 일말의 동요도 없이 로즈는 그저 태연히 남은 패스트리를 바라보다가 입으로 밀어 넣었다. 저 입이면 못 삼킬 것이 없을 것 같다.

칼은 아사드를 돌아봤다.

"며칠 정도 지하실에서 탈출하는 건 어떤가?"

"하르뒤 형사님하고 관련 있는 건가요?"

"아니, 키미를 찾아보게. 지금쯤이면 이 패거리 멤버들에 대해서 우리도 뭔가 그림을 잡기 시작해야 되네. 난 다른 사람들을 알아볼 테니까."

아사드가 큰 그림을 그려보려고 머리를 굴리는 듯했다. 자기는 코펜하겐 길바닥에서 여자 노숙자를 추적한답시고 이리 뛰고 저리 뛰는 동안, 칼 수사관님은 돈 많은 사람들하고 아늑한 자리에 늘어져 앉아 커피나 코냑 잔을 기울이고 있겠군. 하여간 칼의 생각과 크게 다른 그림은 아니다.

아사드가 말했다.

"전 이해가 안 되네요, 수사관님. 우리 이 수사 계속하는 겁니까? 손 떼라고 했다면서요?"

칼은 이마를 찡그렸다. 아사드 저 인간, 초 치지 말고 입 좀 닥치고 있을 것이지.

그래도 혹시 알아? 로즈가 내 말을 잘 들을지. 어쨌거나 이 여자는 대관절 어쩌다 여기까지 내려온 거야? 내가 보내 달라고 한 적도 없는데.

"좋아, 아사드가 말을 꺼냈으니 말인데, 경찰서장님한테서 이 사건에서 손 떼라는 얘기가 있었다네. 그게 자네한테 문제가 되겠나?

로즈가 어깨를 으쓱했다.

"전 상관없어요. 하지만 그 대신 다음번 패스트리는 수사관님이 사셔야 해요."

로즈가 비닐봉지를 들어 올리며 말했다.

아사드는 칼에게 지시사항을 전달받은 뒤 슬쩍 빠져나왔다. 아사드는 하루에 두 번씩 칼의 핸드폰으로 전화해서 키미에 대한 발견 내용을 보고해야 한다. 아사드가 해야 할 일을 칼이 목록으로 만들어 주었다. 그중에는 주민등록부를 확인하는 일, 시티 스테이션 순찰 경찰들, 시청 사회복지과 사람들, 힐레뢰드가테에 있는 적십자 노숙자용 쉼터 직원들, 그리고 다른 지역에 있는 몇몇 사람들을 만나 얘기를 나눠 보는 일 등이 포함되어 있었다. 아직 초짜에 불과한 사람에게 배정된 업무치고는 상당히 부담스러운 양이다. 게다가 키미의 행적에 대해서는 발데마르 플로린한테 들은 것이 고작이지 않은가. 발데마르 플로린의 얘기로는 키미가 여행 가방 하나 들고 코펜하겐 중심가를 돌아다닌다고 한다. 그리고 몇 년 동안 그랬다고 한다. 그자의 말을 믿을 수 있다고 쳐도, 뭐 하나 구체적인 것이 없었다. 패거리들의 명성을 생각하면 심지어 그녀가 살아 있는지도 의심스러운 판이었다.

칼은 옅은 초록색 서류철을 열어 키르스텐-마리 라센의 주민등록번호를 적었다. 그리고 복도를 지나 로즈가 있는 곳으로 갔다. 로즈는 짜증을 내면서도 힘이 넘치는 모습으로 벌써 산더미 같은 서류들을 복사기에 연신 돌리고 있었다.

"종이들을 분류하려면 여기 복도에 책상들 좀 들여놔야겠어요."

로즈가 고개도 들지 않고 말했다.

"그래? 생각해둔 책상이라도 있나?"

칼은 로즈에게 주민등록번호를 건네며 삐딱한 미소로 말했다.

"그 여자의 신상자료들을 모두 찾아 놓게. 마지막 거주지, 병원 출입 기록, 복지수당 수령 기록, 교육 기록, 그리고 부모가 살아 있으면 부모들 거주지도 알아보고. 복사하는 일은 있다가 하고, 그거 먼저 빨리 알아보게나. 급하니까. 하나도 빼먹으면 안 되네."

로즈가 일어서자 하이힐을 신은 키가 쭉 펴졌다. 그의 목에 직접 와 닿는 로즈의 시선이 그다지 기분 좋게 느껴지지는 않았다.

"책상 주문 목록은 십 분 내로 책상 위에 가져다 놓을 게요."

로즈가 건조하게 말했다.

"몰링벡크 카탈로그에서 고를게요. 거기에 높이 조절이 가능한 책상이 있는데 하나에 5,000에서 6,000크로네 정도 하는 것 같더라고요."

칼은 반쯤 정신 나간 상태로 카트에 물품들을 쓸어 담았다. 그의 머릿속에는 모나 입센의 모습이 빙글빙글 돌고 있었다. 결혼반지는 끼지 않았어. 칼이 제일 먼저 눈길이 갔던 부분이다. 그 여자가 나를 쳐다보는데 입이 어찌나 바싹바싹 타들어가던지. 칼이 여자와 함께 자 본 지가 얼마나 되었는지 말해 주는 또 하나의 신호였다.

제기랄.

칼은 자기가 지금 어디 있나 싶어 주위를 둘러보았다. 크빅클뢰 슈퍼마켓은 워낙 넓은 곳인 데다, 예전에 화장지가 놓여 있던 자리에 지금은 화장품이 있었기 때문이다. 그 주변을 서성대는 사람들 모두 하나같이 두리번거리고 있었다. 이럴 땐 정말 돌아버릴 것 같다.

보행자 쇼핑 거리 끝에서는 낡은 직물가게들의 철거 공사가 거의 마무리 단계에 있었다. 알레뢰드는 더 이상 영세 상인들에 의해 운영되는 소규모 가게가 모인 예스러운 마을이 아니었기 때문에 어찌 되든 칼은 신경 쓰지 않았다. 모나 입센을 가질 수 없다면 교회를 밀든, 그 위에 슈퍼마켓을 또 하나 짓든 알 바 아니다.

"칼, 도대체 뭘 사온 거예요?"

칼의 집에 세 들어 사는 모르텐 홀란이 칼의 장바구니를 풀며 말했다. 이 친구도 힘든 하루를 보냈다고 한다. 대학에서 정치학 강의 두 시간, 그리고 비디오 대여점에서 세 시간. 그래, 잘도 힘든 하루를 보냈구나. 어련하실까.

"칠리 콘 카르네를 만드려고."

칼은 모르텐의 반응을 무시하며 말했다. 차라리 콩과 고기라도 사왔으면 말이 되는 핑계였으련만.

식탁 머리에 서서 머리를 긁적이는 모르텐을 뒤로 하고 칼은 이층으로 올라갔다. 이층에서는 노스탤지어 르네상스라도 일으키려는 듯 쿵쾅거리는 음악 소리가 예스페르의 방문을 날려 버릴 듯 울려대고 있었다.

예스페르는 레드 제플린의 음악을 귀청이 떨어질 정도로 크게 틀어 놓고 닌텐도 게임에 빠져 적들을 소탕하고 있었고, 그의 좀비 여자 친구는 침대에 앉아 소통의 갈망을 문자에 실어 세상으로 보내고 있었다.

칼은 한숨이 절로 나왔다. 내가 브뢴데르슬레우의 다락방 침실에서 벨린다와 함께 있을 때는 얼마나 도발적이었던가. 빌어먹을 전자공학 만세.

칼은 자기 방으로 들어가 멍하니 침대를 바라보았다. 만약 모르텐에 게서 20분 내로 저녁 먹으러 내려오라는 소리가 없으면, 아무래도 침대가 나를 케이오 한판승으로 이기지 않을까?

그는 머리 뒤로 두 손을 깍지 끼고 누워 천정을 바라보며 벌거벗고 이불 속에 누운 모나 입센을 상상했다. 어서 빨리 정신 차려야지, 이러다 불알 두 쪽이 아주 쭈그러들 지경이다. 모나 입센을 붙잡든가 보데가로 몇 번 낚시라도 다녀오든가 해야지, 안 그랬다가는 아프가니스탄 파견 헌병대에 입대 신청하는 것이 차라리 낫겠다.

마을 전체에 다 무너져 가는 집들이 즐비한데, 시끄러운 갱스터랩이 예스페르의 방 벽을 타고 천둥소리처럼 울려 퍼졌다. 이러다 집 무너지겠군. 가서 뭐라도 한마디 해 줘야 하나, 아니면 그냥 귀를 틀어막고 참아야 하나?

칼은 베개로 머리를 막고 그 자리에 계속 누워 있었다. 하르뒤 생각이 난 것은 그 때문이었을까.

꼼짝하지 못 하는 하르뒤, 가려워도 이마 한 번 긁을 수 없는 하르뒤, 생각 말고는 아무것도 하지 못 하는 하르뒤. 내가 그의 처지였다면 벌써 미쳐도 단단히 미쳤을 것이다.

그는 벽에 걸린 사진을 바라보았다. 하르뒤, 안케르, 칼, 세 사람이 서로 어깨동무를 하고 찍은 사진이다.

'정말 끝내주는 삼총사였는데.'

칼은 생각했다. 지난번 찾아갔을 때 하르뒤는 대체 왜 그런 생각을 했을까? 아마게르 건물 안에서 누군가 그들을 기다리고 있었다니, 대체 무슨 뜻으로 한 말이지?

칼은 안케르의 얼굴을 자세히 뜯어보았다. 셋 중에 키는 제일 작지만, 눈빛만큼은 가장 강렬했다. 죽은 지 거의 일 년의 삼분의 이가 지났건만, 칼은 여전히 그 눈빛을 분명하게 볼 수 있었다. 하르뷔는 정말로 나니 안케르가 그를 죽인 사람들과 관련이 있다고 생각하는 것일까?

칼은 고개를 저었다. 믿기 힘든 얘기다. 그의 눈길이 비가와 함께 찍은 사진 액자로 넘어갔다. 비가가 아직은 손가락으로 칼의 배꼽을 누르며 장난치기를 좋아하던 시절의 사진이다. 그리고 다시 눈길은 브륀데르슬레우의 농장 사진으로 옮겨갔다. 그리고 마지막으로 칼이 처음 가두행진용 유니폼을 입고 돌아오던 날 비가가 찍어준 사진으로 눈길이 갔다.

그는 눈을 가늘게 뜨고 사진을 유심히 바라보았다. 걸려있는 사진 한쪽 구석이 어둡게 보였다. 분명 원래는 이렇지 않았다.

예스페르가 틀어 놓은 새로운 광란의 음악소리가 벽 반대편에서 울려 퍼지는 가운데 칼은 베개를 내려놓고 일어나 천천히 사진 가까이 다가섰다. 처음에는 이 얼룩무늬가 그냥 그림자인 줄 알았는데, 더 가까이 다가가서 보니 그 실체가 보였다.

이런 신선한 핏자국을 놓치고 지나치기는 힘들다. 그 피가 벽을 타고 가늘게 흘러내린 모습이 이제야 눈에 들어왔다. 그전에는 이걸 왜 못 봤지? 그리고 도대체 이게 여기 왜 있어?

칼은 모르텐을 소리쳐 부르고, 다시 옆방으로 가 텔레비전 앞에서 정신을 놓고 있는 예스페르를 끌고 방으로 돌아와 피의 흔적을 보여 주었다. 모르텐은 역겹다는 표정, 예스페르는 화난 표정으로 칼을 바라보았다.

아뇨. 모르텐은 이 역겨운 핏자국에 대해서는 아무것도 아는 것이 없었다.

또 아뇨, 빌어먹을. 예스페르도 아무 것도 몰랐다. 예스페르의 여자 친구도 마찬가지였다. 과연 이런 경우를 여자 친구라고 부를 수 있을지는 의문이었지만. 내가 이상한 건가?

칼은 다시 핏자국을 보며 고개를 끄덕였다.

적당한 장비만 갖추고 있다면 집으로 침입해 칼의 눈길이 자주 머무는 물건을 찾아서 동물의 피를 살짝 바르고 사라지는 것은 기껏해야 3분 정도면 끝낼 수 있다. 마그놀리반겐, 아니, 사실상 뢰네홀트파르켄 전체가 아침 8시부터 오후 4시까지 거의 사람이 없는 사막이나 마찬가지인 곳이니 사람의 눈길을 피할 수 있는 3분을 찾아내기는 식은 죽 먹기 아니었을까?

이런 허튼짓으로 내가 수사를 포기할 줄 알았다면, 정말 믿기 힘들 정도로 멍청한 놈들이다.

이 짓을 한 놈도 어디까지 관련되어 있는지는 몰라도 어쨌거나 유죄인 것은 분명하다.

15

술을 마시고난 다음이 아니고는 키미가 좋은 꿈을 꿀 수 있는 날이 없었다. 이것이 그녀가 술을 마시는 이유 중 하나였다.

위스키를 크게 두 잔 정도 들이키지 않은 날에 따라올 결과는 분명했다. 머릿속에서 속삭이는 목소리들과 함께 몇 시간을 졸고 난 후에는, 문에 걸린 노는 아이들 사진을 바라보던 눈길이 떨어지고, 결국 어두운 악몽 속으로 미끄러지듯 빠져들었다. 잠이 들면 머릿속에 그 빌어먹을 이미지들이 언제나 상영 준비를 마치고 있었다. 엄마의 부드러운 머리카락, 그리고 눈에 띄지 않게 집구석에 숨어들어 가려 애쓰는 꼬마 여자아이의 돌처럼 굳은 얼굴에 대한 기억들. 끔찍한 순간들. 그녀를 그냥 떠나버린 엄마에 대한 빛바랜 짧은 기억. 그리고 그 뒤를 이어 나타난 여자의 차갑기 이를 데 없던 포옹.

그리고 꿈은 보통 그녀가 부르주아들의 만족을 모르는 기대와 거짓 친절에 환멸을 느끼고 등을 돌렸던 시점에서 정점을 이루었고, 키미는 이마 한가득 식은땀에 젖은 채 한기에 몸을 떨며 꿈에서 깨었다. 그녀는 그 모든 것을 잊고 싶었다. 그 시절과 또 그 이후의 시절들까지 모두.

그 전날 밤에는 진득하게 한 잔 걸친 터라 아침이 비교적 편안했다. 키미는 감기, 기침, 머리가 깨질 듯한 두통 따위는 얼마든지 감당할 수 있었다. 그녀의 생각과 목소리가 얌전히 있기만 한다면 말이다.

키미는 기지개를 펴고 침대 밑에 손을 넣어 골판지 상자를 꺼냈다. 이것은 키미의 식료품 저장실이었고, 절차는 무척 간단했다. 상자 오른쪽에 있는 음식을 제일 먼저 먹는다. 오른쪽이 비면 상자를 180도 돌린다. 그리고 다시 상자 오른쪽 음식을 먹는다. 그리고 빈 왼편은 알디에서 가져온 새 음식으로 채운다. 언제나 늘 같은 과정이었고, 상자 안의 음식을 이삼일 이상 놔두는 법은 없었다. 음식이 상할 수 있기 때문이다. 특히 태양이 지붕을 뜨겁게 달구는 때는 더더욱 그렇다.

키미는 맛도 모른 채 요구르트를 한입에 털어 넣었다. 키미에게 음식은 끼닛거리 외의 다른 의미를 잃은 지 오래였다.

키미가 음식상자를 다시 침대 밑으로 밀어 넣고, 다시 손을 더듬어 나무상자를 꺼냈다. 키미가 잠시 그것을 어루만지다 속삭였다.

"엄마는 이제 시내로 나가 봐야 해. 우리 예쁜이, 금방 올게."

겨드랑이 냄새를 맡아보니 샤워할 때가 되었다. 한때는 주로 중앙역에서 샤워했지만 이제는 아니다. 랫-티네에게 자기를 찾는 사내들이 있다는 경고를 받은 후로는 그곳을 찾지 않았다. 거기에 어쩔 수 없이 다시 돌아가야 할 일이 생긴다면 특별히 조심할 필요가 있었다.

키미는 숟가락을 빤 후에 플라스틱 컵을 발아래 쓰레기봉투에 버리며 다음엔 뭘 할까 생각했다.

전날 밤에는 디틀레우의 집에 찾아갔었다. 모자이크처럼 반짝이는 집안 유리창들을 한 시간 동안 바라보며 스트란바이엔 바깥쪽에서 기다리다 머릿속 목소리가 파란불을 켜자 안으로 들어갔다. 우아한 집이었지만 병원처럼 차갑고 감정을 찾아볼 수 없는 집이었다. 디틀레우를 꼭 닮은 집이다. 하긴 그놈한테 달리 뭘 기대하겠나. 유리창을 깨고 들어가 주위를 자세히 살피고 있는데 갑자기 침실 가운을 입은 여자가 나타났다. 키미가 권총을 꺼내들자 여자의 눈동자가 불안으로 크게 동요했지만, 키미의 목표가 남편인 것을 알고는 불안했던 표정이 이내 가라앉았다.

그래서 키미는 여자에게 권총을 주며 원하는 대로 맘껏 사용하라고 말했다. 여자는 잠시 권총을 내려다보고, 손으로 무게를 느껴보며 미소를 지었다. 여자는 권총을 어디에 쓸지 알고 있는 듯했다. 머릿속 목소리가 예측했던 그대로다.

키미는 가벼워진 발걸음으로 다시 도시를 향해 걸었다. 그녀는 이제 모두에게 메시지가 분명하게 전달되었을 거라고 확신했다. 내가 너희를 쫓고 있다. 누구든 어디를 가도 안전하다 느끼지 못 하리라. 내가 너희들을 모두 꿰뚫어보고 있으니까.

키미의 생각이 맞다면 그들은 자기를 추적하기 위해 거리에 사람들을 더 많이 풀어놓았을 것이다. 그 생각이 키미를 즐겁게 했다. 사람을 더 많이 풀었다는 것은 그들이 그만큼 겁을 먹었다는 확실한 증거니까.

다른 것은 아예 생각조차 할 수도 없을 정도로 생지옥을 만들어 주마.

키미가 다른 여자들과 함께 샤워하면서 가장 끔찍한 것은 그들의 눈길이 아니었다. 등과 배에 있는 긴 흉터를 호기심으로 바라보는 어린 여자아이들의 눈길도 아니었다. 엄마와 딸이 무언가를 함께 하며 즐거워하는 모습도 아니었다. 바깥 수영장에서 들려오는 속편한 잡담과 웃음소리도 아니었다.

생기로 빛나는 여자들의 몸, 그것이 가장 끔찍했다. 어루만져줄 이가 있는 손가락 위의 금반지, 아기에게 젖을 먹일 젖가슴, 새로운 생명의 탄생을 기다리는 부른 배. 이런 장면을 보면 머릿속의 목소리들이 꿈틀댔다.

그래서 키미는 아무에게도 눈길을 주지 않고 황급히 옷을 벗어 탈의실 옷장 위에 쌓아 놓고, 새 옷이 담긴 비닐봉지를 바닥에 내려놓았다. 모든 과정을 신속하게 해야 한다. 그래야 시선이 저절로 주변을 더듬기 전에 사라질 수 있다.

아직 스스로를 통제할 수 있을 때 모두 마쳐야 한다.

그래서 20분도 채 되지 않아 키미는 코트를 입고, 머리는 위로 묶어 올리고, 피부에는 익숙하지 않은 고급 향수를 뿌린 채 티에트겐스 다리 위에서 중앙역 안쪽으로 사라지는 선로 건너편을 지켜보고 있었다. 이렇게 차려입은 것은 참 오랜만의 일이었고, 이런 차림새가 눈곱만큼도 마음에 들지 않았다. 지금 이 순간, 키미는 자기가 거부하는 모든 것을 그대로 빼다박은 모습을 하고 있었다. 하지만 지금은 어쩔 수 없다. 그녀는 천천히 플랫폼으로 내려갔다가 에스컬레이터를 타고 올라가 다른 여자들처럼 중앙 홀 안쪽을 여기저기 돌아다닐 것이다. 처음 돌아다녀 보고 별문제가 없으면 패스트푸드점 한쪽 구석에 앉아 커피를 마시며 가끔씩 시계를 쳐다보고 있을 것이다. 어딘가에 가려고 기차 시간을 기다리는 여느 사람들과 다를 것 없는 모습이다. 날씬한 몸매에 예쁘게 그려진 눈썹이 선글라스 위로 드러난 여자.

그저 자기가 인생에서 원하는 것이 무엇인지 아는 또 한 사람의 여자.

한 시간 정도 앉아 있는데 랫-티네가 키미 앞을 어기적어기적 지나가는 것이 보였다. 고개는 옆으로 삐딱하게 기울어졌고, 눈은 반 미터 앞쪽의 허공을 물끄러미 바라보고 있었다. 야윌 대로 야윈 이 여자는 모든 것에게 대상이 없는 메마른 미소를 지었다. 헤로인 주사를 맞은 지 얼마 안 된 것이 틀림없다. 랫-티네가 이렇게 연약하고 존재감이 없어 보인 적은 없었다. 하지만 키미는 움직이지 않았고, 랫-티네가 맥도날드 뒤쪽 어딘가로 사라지는 것을 그저 지켜보기만 했다.

이렇게 오랫동안 주위를 세심하게 살피다 보니 벽에 기대고 선 마른 남자 하나가 가벼운 코트를 걸친 다른 두 남자와 얘기하는 것이 눈에 들어왔다. 남자 셋이 모여 있는 것이 특별한 일은 아니다. 키미가 이들에 관심을 가진 이유는 따로 있다. 세 남자가 대화를 나누면서도 서로를 바라보지 않고, 계속해서 홀을 여기저기 훔쳐보고 있었기 때문이었다. 거기에 덧붙여, 그들이 모두 거의 똑같은 옷을 입고 있다는 사실이 그녀의 경고등을 깜박이게 만들었다.

키미는 천천히 일어나 코에 걸친 선글라스를 고쳐 쓰고, 큼직큼직한 하이힐 걸음으로 그 남자들을 향해 똑바로 걸어갔다. 가까이 다가가보니 모두 마흔 살 정도 되어 보였다. 입가에 새겨진 깊은 주름살이 고단했던 그들의 삶을 보여 주었다. 저 주름살은 꼭두새벽부터 창백한 사무실 형광등 아래서 책상 위로 흘러 들어오는 서류더미를 처리하는 회사원한테 생기는 주름살이 아니다. 아니지. 저 주름살들은 바람과 온갖 궂은 날씨, 그리고 끝나지 않을 것 같은 지루한 임무들이 새겨 놓은 것들이다. 이들은 무작정 기다리며 무언가를 지켜보라고 고용된 사람들이다.

키미가 몇 미터 앞까지 다가서자 세 남자 모두 동시에 그녀를 쳐다보았다. 키미는 미소만 띠고 치아는 보여 주지 않았다. 그렇게 키미가 옆으로 지나가자 침묵이 그 세 남자를 하나로 묶는 것이 느껴졌다. 키미가 살짝 멀어지자 세 사람이 다시 이야기를 나누기 시작했다. 키미는 멈춰서서 지갑을 뒤졌다. 가만히 엿들어 보니 세 남자 중 한 사람을 '킴'이라고 불렀다. 물론 저 이름은 'K'로 시작하는 이름이겠지.

세 남자는 시간과 장소들에 대해 얘기를 나누고 있었고, 키미에게는 눈곱만큼도 관심이 없었다. 키미가 이 주변을 맘 놓고 돌아다녀도 된다는 뜻이다. 키미가 꾸민 모습은 그 남자들이 찾고 있는 여자의 프로필과는 생판 다른 모습이었다. 다른 게 당연했다.

키미는 머릿속에서 속삭이는 목소리들과 함께 홀을 돌아다녔고, 반대편 매점에서 여성잡지를 산 후 출발했던 곳으로 돌아왔다. 남자는 한 명만 남아 있었다. 그 남자는 벽돌 벽에 기대어 분명 아주 길게 기다릴 준비를 하고 있었다. 그 남자의 동작은 한결같이 느렸고, 오직 눈동자만 바쁘게 움직였다. 이자들은 토르스텐, 울릭, 디틀레우 같은 놈들에게 어울릴 딱 그런 유형의 인간이다. 노비 근성에 절은 인간들, 차갑기 이를 데 없는 심장을 가진 인간들, 돈을 위해서라면 못 할 것이 없는 인간들.

이들이 하는 일은 직업 목록에도 올라 있지 않다.

그 남자를 바라보고 있으니 키미는 자기가 파괴하고 싶은 자들에게 더 가까워진 기분이 들었다. 머릿속 목소리들이 서로 엇갈리는 소리를 내자 키미의 내면이 흥분으로 차오르기 시작했다.

"그만."

키미는 시선을 떨구며 속삭였다. 그 소리에 옆 탁자에 앉은 남자가 밥을 먹다 말고 고개를 들어 키미가 대체 누구한테 화를 낸 것인지 어리둥절해했다.

저 남자야 내가 알 바 아니고.

'그만해.'

이렇게 생각하고 있는데, 대문자로 크게 적힌 타블로이드 신문기사 표제가 눈에 들어왔다.

'결혼생활의 활력을 유지하자(KEEP YOUR MARRIAGE ALIVE)!'

하지만 키미 눈에는 'K'라는 글자만 들어왔다.

곡선형의 글꼴로 인쇄된 커다란 대문자 'K'. 또 'K'다.

6학년 학생들은 그를 그냥 'K'라고 불렀지만, 그의 진짜 이름은 '카레'였다. 졸업반 학생 중에 누구를 차기 학생회장으로 뽑을지 결정하는 투표에서 카레는 5학년 학생들의 표를 쏴다 긁어모으다시피 했다. 그는 신적인 존재였고, 여학생들의 기숙사 침실 수다에 오르내리는 단골손님이었다. 하지만 결국 그를 차지한 여학생은 키미였다. 무도회에서 춤이 세 바퀴 돌고난 후에 키미 차례가 왔다. 그리고 카레는 그때까지 그 누구의 손길도 닿지 않은 부위에서 키미의 손길을 느꼈다. 키미는 자신의 몸과 남자아이들의 몸을 아주 잘 알고 있었다. 모두 크리스티안 덕분이다.

카레는 마치 덫에 걸린 것처럼 키미의 손아귀에서 꼼짝하지 못 했다.

그날 이후 사람들 사이에서는 인기 많은 학생회장의 성적이 어떻게 그렇게 미끄러지듯 곤두박질치며, 또 그렇게 똑똑하고 집중력 좋은 학생이 어떻게 그렇게 갑자기 망가질 수 있는지에 대한 소문이 돌기 시작했다. 그리고 키미는 그것을 즐겼다. 이것은 모두 키미의 작품이었다. 그녀가 한 모범생을 뿌리부터 뒤흔든 것이다. 몸뚱이 하나로 말이다.

카레는 모든 것이 준비된 학생이었다. 그의 미래는 그의 실체를 결코 알지 못 한 부모에 의해 이미 오래전에 결정되어 있었다. 문제는 어떻게 하면 아들이 샛길로 빠지지 않고 실수 없이 가문의 영광을 드높일까 하는 것이었다.

그 부모에게 삶의 의미란 가문을 명예를 높이고 성공을 거두는 것밖에 없었다. 그것만 이룰 수 있다면 무엇을 희생하든 문제가 아니었다.

물론, 그들도 생각만 그랬는지 모르지만.

그 이유만으로 카레는 키미의 첫 번째 목표가 되었다. 카레가 믿는 모든 것이 키미를 역겹게 만들었다. 우등상 받기, 새 사냥대회에서 일등

하기, 달리기 경주에서 제일 빨리 달리기, 축제 행사에서 멋지게 연설하기. 키미는 이 모든 것을 지워 버리고 싶었다. 키미는 카레를 둘러싼 껍질을 벗겨 그 아래 숨겨진 본모습을 보고 싶었다.

그리고 카레와의 관계를 끝낸 다음에는 더 도전적인 먹잇감을 찾아다녔다. 먹잇감은 널려 있었다. 키미는 그 무엇도, 그 누구도 두렵지 않았다.

키미가 잡지 너머로 기웃거릴 일은 별로 없었다. 벽 옆에 서 있는 남자가 떠나면 키미는 보고 있지 않아도 감으로 느낄 것이다. 거리에서 십일 년 넘게 살다보면 직감이 날카로워진다.

한 시간 후에 이 직감이 깨어나는 순간이 찾아왔다. 또 다른 한 사내가 정처 없이 홀 주변을 돌아다니고 있었다. 마치 걸음은 자동모드로 맞춰두고 주변을 둘러보는 일에만 집중하고 있는 것 같았다. 핸드백이나 늘어진 코트 주머니를 찾아다니는 소매치기는 아니다. 손을 내밀어 푼돈을 구걸하면서 사람들 정신을 딴 데로 돌리는 소매치기 바람잡이도 아니다. 그런 인간들은 내가 잘 알지. 저 사내는 그런 부류가 아니다.

키는 작지만 다부진 체격에 허름한 옷을 걸친 사내였다. 헐렁한 코트에 큰 주머니들. 옷을 마치 뱀가죽처럼 몸에 두르고 있어 부랑자처럼 보이기도 하지만 그것도 아니다. 키미는 그런 유형의 사람들을 잘 안다. 인생을 포기한 버림받은 자들은 다른 사람을 쳐다보지 않는다. 그들이 눈길을 두는 곳은 따로 있다. 쓰레기통, 자기 앞의 땅바닥, 혹시나 빈병이 있을까 해서 건물 구석, 혹은 어쩌다 눈에 들어온 가게 유리진열대나 패스트푸드점에 걸린 '이번 주의 특별할인 메뉴'에 가 있을 때도 있다. 이런 사람들은 절대로 사람의 얼굴을 자세히 쳐다보는 법이 없고, 숯검정 같은 눈썹 밑으로 눈동자 굴리기 바쁜 이 사람처럼 행동하지 않는다. 게다가 이 사내는 터키 사람이나 이란 사람처럼 피부가 까무잡잡하다. 터키 사람이나 이란 사람이 먼 이국땅까지 찾아와 노숙자로 코펜하겐의 거리를 누비고 다닐 이유가 있겠나?

키미가 지켜보고 있으려니 그 사내가 벽에 기대고 서 있던 남자 앞을 지났다. 어떤 식으로든 두 사람이 아는 척할 줄 알았는데 그러지 않았다.

키미는 그 자리에 앉아 머릿속 목소리들에게 제발 상관 말고 얌전히 있으라고 애원하며 잡지 너머로 상황을 지켜보았다. 그렇게 앉아 있는데 그 키 작은 사내가 처음의 장소로 되돌아왔다. 돌아오는 길에도 두 사내는 서로 아는 척하지 않았다.

키미는 조용히 일어나 의자를 조심스럽게 탁자 밑으로 밀어 넣고 그 땅딸막하고 까무잡잡한 사내를 거리를 두고 따라갔다.

그 사내는 느릿느릿 걸었다. 가끔씩 홀을 빠져나가 이스테드가데를 굽어보며 살피기도 했지만, 역 공사현장 근처 계단에 있는 키미의 눈을 벗어날 정도로 멀어지는 일은 절대로 없었다.

이 사내가 누군가를 찾고 있는 것은 분명했다. 그 누군가가 바로 키미일 수도 있다. 그래서 키미는 후미진 구석이나 간판 뒤 그늘 속에 머물렀다.

그 사내가 역 우체국 근처에 열 번째로 찾아와 주위를 둘러보다가 갑자기 돌아서서 키미를 똑바로 쳐다보았다. 미처 예상하지 못 했던 상황이다. 키미는 발걸음을 돌려 택시 대기 줄로 향했다. 택시를 잡아서 이곳을 빨리 떠날 생각이었다. 그 사내도 이것을 막아서지는 않을 것이다.

하지만 키미가 예상하지 못 한 상황이 또 다시 일어났다. 랫-티네가 바로 뒤에 서 있었던 것이다.

"키미 언니!"

생기를 잃은 눈으로 랫-티네가 목소리 높여 키미를 불렀다.

"언닌 줄 알았어. 이야, 언니 오늘 진짜 짱이다. 무슨 날이야?"

    진짜 키미인지 알아보겠다는 듯 랫-티네가 키미를 향해 팔을 뻗었지만, 키미는 랫-티네가 뻗은 팔을 허공에 그대로 둔 채 재빨리 비켜섰다.

    키미의 뒤로 그 사내의 뛰는 발소리가 들려왔다.

16

밤사이 전화벨이 세 번이나 울렸지만, 칼이 수화기를 들 때마다 전화 연결이 끊어졌다.

아침 식탁에서 예스페르와 모르텐에게 집에 뭔가 이상한 낌새가 없었는지 물었지만 잠에 취한 눈길만이 대답으로 되돌아왔다.

"혹시 어제 창문이나 현관문 닫는 거 깜빡했니?"

칼은 다시 물어보았다. 어떻게든 이 잠에 취한 대가리들 속으로 파고들 방법이 있을 것이다.

예스페르가 어깨를 으쓱했다. 이렇게 이른 시간에 이놈한테서 대답을 기대하느니 차라리 로또 일등 당첨을 바라는 게 더 낫지. 모르텐은 그래도 무언가 대답하는 척이라도 했다.

칼은 집 주위를 돌며 확인했지만 비정상적인 부분은 아무것도 찾지 못 했다. 앞문 열쇠에 긁힌 흔적 같은 것도 없고, 유리창도 모두 제자리에 있었다. 한 놈인지 여러 놈인지 모르겠지만 침입자는 분명 이 방면으로는 뭘 좀 아는 놈이다.

십 분 정도 살펴본 후에 칼은 회색 콘크리트 건물 사이에 주차되어 있던 경찰차에 올라탔다. 그런데 그 순간 휘발유 냄새가 났다.

"이런 빌어먹을!"

그가 소리쳤다. 그는 차문을 열고 총알처럼 뛰어나와 바닥에서 몇 바퀴를 구른 후에 승합차 뒤로 몸을 숨겼다. 이제 창문들을 날려 버릴 만큼 강력한 폭발의 섬광이 마그놀리반겐을 밝히리라.

"칼, 거기서 뭐해?"

차분한 목소리가 들려왔다. 고개를 돌려보니 바비큐 친구 켄이다. 쌀쌀한 아침에 얇은 티셔츠 하나만 걸치고 나왔는데도 따뜻해 보였다.

"켄, 거기 꼼짝 말고 있어."

뢰네홀트파르켄을 바라보며 칼이 말했다. 꿈틀거리는 켄의 눈썹을 제외하면 어디에도 움직임이 보이지 않았다. 내가 자동차에 다시 접근하면 리모컨으로 폭파장치를 가동시킬지도 모르지. 시동 걸 때의 점화 스파크로 폭발할지도 모르고.

"누가 내 차를 건드려 놨어."

마침내 칼이 옥상과 수백 개의 건물 유리창에서 눈길을 거두어 친구를 바라보며 말했다.

잠시 범죄 현장 전담반을 부를까 했지만, 이내 그 생각은 접었다. 나를 겁주려는 놈이 누군지는 몰라도 지문이나 다른 단서를 남기지는 않는 놈이다. 그 사실을 그냥 인정하고 전철을 이용하는 것이 낫겠다.

사냥꾼? 사냥감? 지금 당장은 모두 상대적인 개념에 불과하다.

사무실에 들어가 겉옷을 미처 벗기도 전에 짙게 그린 눈썹에 진회색 속눈썹을 붙인 로즈가 사무실 문 앞에 섰다.

"경찰 기술반이 알레뢰드에 가 있는데 수사관님 차에 특별히 이상한 점은 보이지 않는대요. 휘발유 공급관이 헐거워져서 기름이 좀 샌다나? 웃기지 않아요?"

로즈가 체념하듯 천천히 눈을 감았다. 칼은 무시했다. 체면 구겨지는군.

"수사관님께서 이것저것 많이 시키셨는데, 그 얘기를 지금 할까요? 아니면 수사관님 머리에서 휘발유 냄새가 빠질 때까지 좀 기다렸다 할까요?"

칼은 담배에 불을 붙이며 자리에 앉았다.

"시작해 보게."

칼이 말했다. 그저 기술반이 그의 차를 본부로 가지고 올 정도의 눈치는 있기를 바랄 뿐이다.

"벨라호이 수영장 사고부터 시작할게요. 그 사건에 대해서는 드릴 말씀이 그다지 많지 않아요. 그 사고의 사망자는 19세였고, 이름은 카레 브루노였어요."

로즈가 보조개 가득 팬 얼굴로 칼을 내려다보았다.

"카레라니! 아, 진짜!"

로즈는 무언가를 참고 있었다. 아마도 웃음을 참고 있을 것이다.

"수영을 무척 잘했고, 전반적으로 못 하는 운동이 없었대요. 부모는 이스탄불에 살았지만 할아버지, 할머니가 벨라호이 실외수영장 근처에 있는 엠드러프에 살았대요. 보통 할 일 없는 주말에는 할아버지네 집에 머물렀다고 해요."

로즈가 서류를 넘기며 말했다.

"보고서에서는 사고였고, 카레 브루노의 실수 때문이었다고 되어 있어요. 10미터 다이빙대에서 한눈 판 것은 별로 현명한 짓이 아니죠."

로즈가 펜을 머리카락 사이에 끼워 넣었지만, 오래 버티지 못 하고 떨어졌다.

"그날 아침에 비가 왔대요. 그래서 으스대면서 사람들한테 뭐 좀 보여 주려다 젖은 바닥에 미끄러졌겠구나 싶었는데, 알고 보니 혼자 있었대요. 무슨 일이 일어났는지 정확히 본 사람도 없었고요. 그러다 나중에야 목이 180도 돌아간 채 타일 바닥에 누워 있는 것이 발견되었어요."

칼이 입을 열어 질문을 하려는 순간 로즈가 말을 자르고 들어왔다.

"그리고, 맞아요. 카레는 키르스텐-마리 라센하고 다른 기숙학교 패거리들이랑 같은 학교에 다녔어요. 카레는 6학년이었는데, 나머지 사람들은 5학년이었어요. 그 학교를 나온 사람하고는 아직 얘기를 못 해 봤는데, 그건 나중에 할게요."

로즈가 콘크리트 블록에 날아와 박힌 총알처럼 갑자기 말을 끝냈다. 저 스타일에는 빨리 익숙해져야 할 것 같다.

"좋아. 그 내용은 좀 있다가 다시 검토해 보기로 하고, 키미에 대한 조사는 어떻게 됐나?"

"수사관님은 정말 이 여자가 패거리에서 중요한 인물이라고 믿으시나 봐요. 왜요?"

'또 시비군. 침착하자, 침착.'

칼이 생각했다.

대신 그는 이렇게 물었다.

"그 패거리에서 여자가 총 몇 명인가? 그리고 패거리 중에 그 이후로 사라진 사람이 몇이나 돼? 딱 한 명이지. 아마 자신의 현재 처지를 바꾸기 원하는 사람도 아마 그 여자겠지. 그러니 그 여자한테 특별히 관심이 갈 수밖에. 키미가 아직 살아 있다면 수많은 정보를 얻을 열쇠가 될지도 모른다고. 그럴 가능성을 생각해 보는 게 당연하지 않나?"

"누가 그 여자가 자기 처지를 바꾸고 싶어 한대요? 집 줄 테니까 다시 들어가서 살라고 떠밀어도 안 가겠다는 노숙자들 많아요. 생각하시는 게 그게 맞는지는 모르겠지만."

저 주둥이를 저대로 두었다간 내가 제명에 못 죽지.

"다시 한 번 묻겠는데, 키미에 대해서 알아낸 게 있나?"

"수사관님, 그전에 말씀드릴 게 있어요. 여기 의자 하나 사주세요. 아사드나 제가 보고서 읽을 때 좀 앉아서 하게요. 수사관님도 그렇게 거기 문간에 축 늘어지게 앉으면 허리가 아파질 걸요."

'그러니 딴 데 가서 늘어져라?'

담배 연기를 깊숙이 들이마시며 칼은 생각했다.

"물론 자네가 카탈로그에서 적당한 놈으로 하나 봐 뒀겠지?"

칼의 대답이었다.

로즈는 대답이 없었다. 그래서 칼은 내일 아침이면 그 자리에 의자가 하나 들어와 있을 거라는 뜻으로 이해했다.

"공공기록에는 키르스텐-마리 라센의 대한 내용이 많지 않아요. 어쨌거나 실업수당을 받은 적은 한 번도 없어요. 5학년 때 기숙학교에서 퇴학당하고 나중에 스위스로 가서 교육을 계속 받기는 했는데, 그 부분에 대해서는 알아낸 것이 없어요. 제가 조사한 주소들 중 마지막 주소는 브뢴스호이 아르네방엔에 있는 비아르네 퇴르겐센의 집이에요. 그 집에서 언제 나왔는지는 모르지만 퇴르겐센이 자수하기 얼마 전이 아니었을까 싶네요. 그렇게 따지면 1996년 9월쯤이에요. 그전인 1992년에서 1995년까지는 오르르프 키르케바이에 있는 계모네 집으로 주소가 되어 있었어요."

"그 계모라는 여자 이름하고 주소 알아 놓게, 알았나?"

칼이 말을 마치기도 전에 로즈가 노란 메모지 한 장을 건넸다.

계모의 이름은 카산드라였다. 카산드라 라센. 칼은 〈카산드라 크로싱〉이라는 영화 제목은 들어 봤지만, 사람 이름으로는 처음 들어 봤다.

"키미의 아버지는 어때? 아직 살아 있나?"

"네, 윌리 K. 라센이고 소프트웨어 부분 개척자예요. 지금은 새 아내하고 새로 얻은 자식 둘과 같이 몬테카를로에 살아요. 조사한 내용이 제 책상 위 어딘가에 있어요. 남자 출생년도가 1930년도 즈음이라니까, 그 사람이 아직 남자 구실을 제대로 하고 있거나 아니면 새 아내가 밖에서 좀 노는 여자거나, 둘 중 하나겠죠."

로즈가 얼굴을 4/5정도 뒤덮는 미소를 지으며 특유의 걸쭉한 웃음소리를 냈다. 저 웃음소리 때문에 언젠가는 내가 평정심을 잃는 날이 오겠군.

로즈가 웃음을 멈추고 말을 이어갔다.

"키르스텐-마리 라센이 우리가 정상적으로 확인해 본 쉼터에서 잔 적은 없는 것 같아요. 하지만 세무 신고가 되지 않는 방 같은 것을 빌려서 자고 있을 가능성은 있죠. 제 언니가 그런 식으로 근근이 살거든요. 하숙생을 한꺼번에 네 명이나 들이고 산다니까요. 멍청이 같은 남편한테 버림받고 아이 셋하고 고양이 네 마리 키우고 살려면 어떻게든 벌어야지, 별 수 있겠어요?"

"사소한 개인적인 문제들까지 나한테 굳이 보고할 필요는 없네, 로즈. 혹시 잊어버렸나 싶어서 하는 소리인데, 나는 법을 수호하는 사람이지 남의 사생활 뒤치다꺼리하는 사람이 아니라고."

로즈가 손을 들어 손바닥을 내보였다.

'세상에, 언제부터 공사구분이 그렇게 엄격하셨을까?'

그녀의 표정이 이렇게 말하는 듯했다.

"키르스텐-마리 라센이 1996년 여름에 비스페비에르 종합병원에 입원했던 기록은 있고 임상기록 차트는 없어요. 그 병원에서는 당장 어제 일어난 일에 대한 정보를 얻으려고 해도 문서보관소를 한참 뒤져야 한대요. 키미가 병원에 입원한 날짜하고 사라진 날짜만 알아냈어요."

"병원에서 사라졌다고? 치료받다가?"

"저도 그 부분은 아는 게 없어요. 다만 어쨌거나 키미가 의사의 지시를 어기고 떠났다는 기록은 남아 있어요."

"병원에는 얼마나 입원했었는데?"

"9일인가 10일인가 그래요."

로즈가 작은 노란색 메모지들을 넘겼다.

"여기 있네요. 1996년 7월 24일부터 8월 2일까지."

"8월 2일 말인가?"

"네, 왜요?"

"뢰르비 살인 사건이 일어난 날짜잖나. 살인 사건이 있고나서 딱 9년이 지났을 때로군."

이 말에 로즈의 입술이 뿌루퉁해졌다. 자기는 이 우연의 일치를 알아차리지 못 해 짜증난 것이 틀림없다.

"무슨 과에 입원했었나, 정신과?"

"아니요. 산부인과였어요."

칼은 책상 가장자리를 손가락으로 두드리며 말했다.

"좋아, 병원 차트를 가져오게. 직접 그 병원에서 가서 기록을 가져와. 필요하면 자료 찾는 것도 도와주고."

로즈가 초고속으로 짧게 고개를 까딱했다.

"옛날 신문들은 어떤가? 검색해 봤나?"

"네, 내용이 별로 없어요. 법정절차는 1987년에 끝났어요. 비아르네 뢰르겐센이 체포되었을 때 키미의 이름은 언급되지 않았고요."

칼은 깊은 한숨을 내쉬었다. 왜 이제야 생각났을까? 기숙학교 패거리들 중에서 뢰르비 사건과 관련해서 공식적으로 이름이 언급되었던 사람은 한 명도 없다. 누구도 이 사건으로 이름을 더럽히지 않았고, 따라서 누구 하나 이들을 보며 눈살을 찌푸릴 사람도 없었기 때문에 그들은 조용히 사회 최상류층까지 올라갔다. 범행을 저지르지 않았다 해도 그들이 이 사건에 이름을 올리지 않으려고 애쓴 것은 어찌 보면 당연한 일이었다.

하지만 그렇다면 그들은 대체 왜 그런 아마추어적이고 받아들이기 힘든 방식으로 나를 겁주려 했을까? 이 사건을 수사하는 사람이 나인 줄 알았다면 차라리 그냥 나한테 찾아와서 직접 설명할 것이지. 그 외의 다른 모든 행동은 나의 의심과 반감을 불러일으킬 뿐이다.

"키미는 1996년에 사라졌는데 언론에 실종자 고시가 뜨지 않았나?"

"실종신고가 안 됐어요. 경찰에서도 실종자 처리를 하지 않았고요. 그냥 사라진 거예요. 가족도 아무런 조치를 하지 않았어요."

칼은 고개를 끄덕였다. 콩가루 집안이 따로 없군.

"그러니까 간단히 말해서 신문에는 키미에 대한 얘기가 없다는 거로군. 경축행사 같은 데는 어때? 그런 데 간 적은 없나? 배경이 그런 사람들은 그런 거 잘하잖나."

"모르겠는데요."

"그럼 그것도 좀 알아봐 주게. 타블로이드 신문에서 일하는 사람들한테 좀 물어봐. 「가십」지 사람들한테도 한번 물어보고. 그 사람들 문서보관소에는 없는 사람이 없다네. 사진에 딸린 설명 같은 것도 다 찾아보고."

로즈가 칼을 빤히 쳐다보았다. 이제 칼에게는 기대를 접을 마음의 준비가 되어 있다는 표정이었다.

"아무래도 병원 기록를 찾아보려면 시간이 꽤 걸릴 것 같아요. 어느 쪽부터 시작할까요?"

"비스페비에르 종합병원부터. 그렇다고 타블로이드 신문 쪽 일을 까먹으면 안 되네. 키미 같은 부류의 사람들은 그치들이 물어뜯기 좋아하는 먹잇감이라고. 키미의 주민등록 정보는 알아봤나?"

로즈가 칼에게 종이를 건넸다. 새로운 내용은 없었다. 우간다에서 태어났고 형제는 없다. 어린 시절에는 영국, 미국, 덴마크 사이를 2년마다 번갈아가며 이사했다. 일곱 살 때 부모가 이혼했고, 이상하게도 양육권이 아비지에게 넘어갔다. 그리고 태이난 날은 크리스마스 이브였다.

"수사관님, 두 가지 더 물어보실 줄 알았는데 묻질 않으시니 제가 다 민망하네요."

칼은 눈을 들어 로즈를 쳐다보았다. 이 각도에서 보니 로즈가 꼭 디즈니 영화 〈101마리 달마시안〉에서 달마시안들을 납치하기 바로 전의 크루엘라 드빌을 살짝 통통하게 부풀려 놓은 모습같다. 반대편 책상머리에 의자를 들여놓는 것도 나쁘지 않은 생각이다. 그럼 로즈를 이렇게 꼴사납게 올려 볼 필요도 없을 테니.

"뭐가 민망한가?"

칼이 물었다. 어차피 대답에는 관심도 없었다.

"책상에 대해서 안 물어보셨잖아요. 저기 복도에 나와 있는 책상 포장상자를 보셨을 텐데. 진작 도착했는데 상자에 들어 있어서 조립을 해야 돼요. 아무래도 아사드한테 도와달라고 해야 할까 봐요."

"그럼 되겠군. 아사드가 조립법을 아는지는 모르겠지만. 하지만 보다시피 지금 아사드가 여기 없네. 생쥐를 찾으러 현장에 나갔거든."

"흠, 그럼 수사관님께서 좀 도와주시죠?"

칼은 천천히 고개를 저었다. 아니, 이 여자가! 책상을 같이 조립하자고? 제정신이야?

"그럼 내가 물어보지 않은 또 하나는 뭔가? 이거 어디 겁나서 물어봐도 될까 싶기는 하지만."

로즈는 마치 귀찮아서 대답하기 싫다는 표정이었다.

"그보다 먼저 알아 두실 게 있는데요. 수사관님께서 같이 책상을 조립해 줄 생각이 없으시면, 저도 수사관님께서 지시하신 그 서류뭉치 복사해 드릴 마음이 없어요. 오는 정이 있어야 가는 정이 있죠."

칼은 침을 삼켰다. 내가 일주일 내로 저 여자를 쫓아내고 만다. 여기서 나가서 금요일에 방문하는 그 빌어먹을 얼간이들 시중이나 들게 하든지. 그렇지, 그게 좋겠네.

"뭐, 어쨌거나 나머지 하나를 말씀드리자면 세무서에 연락해 봤어요. 그쪽에서 말하길 키르스텐-마리 라센이 1993년에서 1996년까지 직장에서 일한 적이 있대요.

칼은 담배를 빨다 말고 물었다.

"그래? 어디서?"

"두 곳은 지금은 사라지고 없고요, 세 번째만 남아 있어요. 제일 오래 일한 곳이기도 하고요. 애완동물 가게예요."

"애완동물 가게? 애완동물 가게에서 손님 기다리는 일을 했단 말인가?"

"저야 모르죠. 그쪽에 물어보세요. 지금도 계속 같은 주소에 있어요. 아마게르 외르베크가데 62번지예요. 가게 이름은 '노틸러스 트레이딩 A/S'예요."

칼은 가게 이름을 적었다. 이 건은 조금 뒤로 미뤄야겠군.

로즈가 찡그린 이마로 칼에게 고개 숙여 인사했다.

"네, 이게 다예요."

로즈가 칼에게 목례했다.

"그런데 너무 고마워하실 필요는 없어요, 수사관님."

17

"마르쿠스 반장님, 제 수사를 누가 중단시켰는지 좀 알아야겠습니다."

살인 사건 전담반 반장 마르쿠스가 다초점 렌즈 너머로 칼을 빤히 쳐다보았다. 물론 그는 칼의 질문 따위는 아랑곳하지 않았다.

"그리고 이것과 관련해서 반장님께서 아셔야 할 게 있습니다. 제 집에 초대 받지 않은 손님이 왔었습니다. 이걸 좀 보세요."

칼은 가두행진용 유니폼을 입은 자기 사진을 꺼내 핏자국을 가리켰다.

"제 침실에 걸려 있던 액자입니다. 지난밤에 보니까 생긴 지 얼마 안된 핏자국이에요."

마르쿠스 반장은 몸을 뒤로 살짝 젖히며 액자를 자세히 들여다보았다. 하지만 무엇이 보이건 그리 신경 쓰는 눈치가 아니었다.

"칼, 이게 뭐라고 생각하는 건가?"

잠시 말이 없다가 마르쿠스가 물었다.

"누군가 나를 겁주려는 거 아닙니까? 그게 아니면 뭐겠어요?"

"이 바닥에서 구르는 경찰치고 자기한테 앙심 품은 사람 한둘쯤 달고 살지 않는 사람이 있나? 이게 자네가 지금 다루는 사건과 관련이 있다고 생각할 이유가 뭔가? 친구나 가족일 수도 있잖나. 그중에 짓궂은 장난 좋아하는 사람은 없나?"

칼은 헛웃음을 지었다. 하여간 말은 그럴듯해.

"지난밤에 전화를 세 통 받았습니다. 그런데 수화기를 들면 벌써 통화가 끊겨 있어요. 이게 무슨 의미겠습니까?"

"알았어! 그래서 나보고 어떡하라고?"

"제 수사를 중단시키려는 사람이 누구인지만 말씀해 주세요. 제가 경찰서장님한테 직접 전화할까요?"

"경찰서장님은 오후에 여기 올 거야. 뭐라고 하시는지 보자고."

"그 말 믿어도 됩니까?"

"보면 알겠지."

살인 사건 전담반 반장 사무실을 나오는 칼의 문 닫는 소리가 평소보다 더 요란했다. 그때 바크의 힘없이 창백한 얼굴이 정면으로 눈에 들어왔다. 언제나 그의 몸에 살갗처럼 달라붙어 있던 검정 가죽코트가 지금은 무심히 어깨 위에 걸쳐져 있었다.

'살다보니 별일 다 보는군.'

칼은 생각했다.

"바크, 어떻게 된 거야? 듣자하니 여길 떠난다던데. 어디서 돈벼락이라도 맞았나?"

바크는 잠시 그대로 서 있었다. 마치 두 사람이 함께 일했던 세월을 모두 수지 타산해서 마이너스로 끝나는지 플러스로 끝나는지 계산해 보는 듯했다. 그리고는 고개를 살짝 돌려 말했다.

"너도 이 바닥 잘 알잖아. 잘나가는 경찰이 되든지, 가정에 충실한 남편이 되든지, 둘 중 하나는 포기해야 하는 거."

칼은 그의 어깨라도 한번 두드려 줄까 싶었다가 대신 손을 내밀어 악수를 청했다.

"그럼 오늘이 마지막이로군! 행운을 빈다. 가족하고 행복하게 살고. 네가 진짜 밥맛이긴 하다만, 그래도 그거 아냐? 휴직했다가 혹시나 다시 돌아올 사람 중에 그래도 네가 최악은 아니다."

피곤한 바크의 얼굴이 이번엔 놀란 표정으로 칼을 보았다. 아니, 놀랐다기보다는 압도되었다는 표현이 적당할 것이다. 뵈르게 바크의 미묘한 감정 표현은 해석이 참 난해했다.

"너도 나한테 싸가지는 별로였지."

바크가 악수를 나누며 말했다.

"그래도 너 정도면 그리 후진 놈은 아니었어."

두 사람 사이에서 이 정도의 대화는 충격적일 정도로 화려한 칭찬의 말잔치였다.

칼은 돌아서며 리스를 보고 고개를 끄덕여 인사했다. 리스는 서류더미와 함께 안내 데스크 뒤에 서 있었다. 적어도 지하실 바닥에서 로즈가 조립한 책상 위에 올라갈 날을 기다리고 있는 서류뭉치만큼 많은 서류였다.

"칼!"

살인 사건 전담반 반장 사무실 문손잡이에 손을 얹은 채 바크가 칼을 불렀다.

"아마 마르쿠스 반장이 자네 수사를 막았다고 생각하나 본데, 아니야. 라르스 비외른 부반장이야."

그가 집게손가락을 입에 가져다대며 말했다.

"나한테 들은 거 아니다, 알았지?"

칼은 부반장의 사무실을 흘끗 바라보았다. 평소와 마찬가지로 블라인드가 내려져 있었지만, 문은 열려 있었다.

"3시에 돌아올 거야. 경찰서장님하고 미팅이 있어. 내가 알기로는 그래."

이것이 바크가 칼에게 건넨 마지막 말이었다.

지하실로 내려가 보니 로즈 크누센이 복도에 무릎을 꿇고 있었다. 얼음판 위에서 미끄러진 커다란 북극곰 모양으로 다리를 양옆으로 벌리고, 양쪽 팔꿈치를 펼쳐진 골판지 위에 대고 엎드리고 있었다. 로즈 주위로 책상다리, 금속 받침대, 볼트용 렌치와 여러 가지 도구들이 널려 있었다. 코 밑으로는 조립 설명서들이 뒤죽박죽 섞여 있었다.

로즈가 주문한 높이 조절 책상은 네 개였다. 저렇게 낑낑대는데 부디 책상 네 개 모두 무사하게 완성되기를.

"로즈, 지금쯤 비스페비에르 병원에 가 있어야 하는 거 아닌가?"

로즈는 고개도 들지 않고 칼의 사무실 문을 손가락으로 가리켰다.

"책상 위에 올려놨어요."

이렇게 말하고 로즈는 다시 조립방법 설명 그림 속을 헤매었다.

비스페비에르 병원에서 팩스 세 장을 보내왔다. 그리고 아니나 다를까, 정말 칼의 책상 위에 올려져 있었다. 정확히 그가 원했던 내용이었다. 키르스텐-마리 라센. 1996년 7월 24일부터 8월 2일까지 입원. 절반은 라틴어로 적혀 있었지만, 의미는 쉽게 알아볼 수 있었다.

"당장 이리로 와 보게, 로즈."

그가 복도 쪽으로 소리쳤다.

복도 바닥에서 한바탕 짜증의 욕지거리가 흘러나오기는 했지만, 로즈는 시키는 대로 했다.

"왜요?"

로즈가 말했다. 마스카라가 엉망이 된 얼굴 위로 땀방울이 구슬구슬 뒤범벅되어 있었다.

"병원에서 차트를 찾았군."

로즈는 고개를 끄덕였다.

"읽어 봤나?"

로즈가 다시 고개를 끄덕였다.

"키미는 임신 중이었고, 계단에서 심하게 넘어진 후에 하혈 때문에 입원했었군. 치료도 잘 받고, 회복도 잘된 것 같았는데 결국은 유산했고. 안 보이던 새로운 상처의 흔적이 있었네. 그것도 읽었나?"

"네."

"애 아빠나 친척에 대한 내용은 아무것도 없군."

"병원 말로는, 갖고 있는 내용은 그게 전부래요.

"알았네."

칼은 다시 파일을 뒤적거렸다.

"입원했을 때가 임신 4개월이었단 말이지. 며칠 후에 의사는 유산의 위험은 넘겼다고 생각했는데, 입원 9일째 되는 날 어쨌거나 유산했고. 그 후에 다시 검사해 보니 복부에 가격 당해서 생긴 새로운 타박상이 발견됐고, 키미는 침대에서 떨어져 생겼다고 설명했군."

칼은 손을 더듬어 담배를 찾았다.

"이 말을 어떻게 믿나."

로즈가 몇 걸음 뒤로 물러서며 눈을 찡그리고 한 손으로 빠르게 부채질을 했다. 오호라, 담배 연기는 질색인가 보군. 그거 잘됐네. 이렇게 하면 저 여자가 가까이 올 일은 없겠군.

"경찰기록은 없어요. 하기야 사건으로 처리되었으면 우리가 알아도 벌써 알고 있었겠죠."

"자궁소파술 같은 것을 했는지 여부는 안 나와 있네. 하지만 이건 무슨 뜻인가?"

칼은 차트 아래쪽 몇 줄을 가리켰다.

"'유산'이라는 뜻인가?"

"전화해 봤어요. 유산하면서 태반이 전부 빠져나오지 않았다는 뜻이래요."

"임신 4개월이면 태반 크기가 얼마나 돼?"

로즈는 어깨를 으쓱했다. 하긴 비즈니스 실무 과정에서 이런 부분까지 가르쳐 주지는 않겠지.

"키미는 자궁소파술을 받은 적이 없고?"

"없어요."

"내가 알기로는 그럼 치명적인데. 복강 감염은 그냥 웃고 넘길 문제가 아니야. 게다가 복부 가격으로 상처도 입었다며. 분명 심각한 상태였을 텐데."

"그래서 의사가 퇴원시키지 않으려고 했어요."

로즈가 책상 위를 가리켰다.

"저기 메모 남겨 놓은 거 보셨어요?"

작은 노란색의 접착 메모지였다. 책상 위에 이렇게 코딱지만한 걸 붙여 놓으면 대체 어떻게 알아보라는 거야? 차라리 건초더미에서 바늘을 찾지.

'아사드한테 전화.'

이렇게 적혀 있었다.

"반 시간쯤 전에 전화 왔었어요. 키미를 본 것 같대요."

칼의 뱃속이 요동쳤다.

"어디서?"

"중앙역에서요. 전화 한번 해 보세요."

칼은 옷걸이에서 코트를 집어 내렸다.

"역이 겨우 400미터 거리야. 가 봐야겠어!"

거리에 나가 보니 사람들이 반팔을 입고 돌아다니고 있었다. 그림자가 갑자기 길고 선명해졌고, 모두들 남들보다 더 크게 웃으려고 애쓰는 것 같았다. 9월말인데 기온이 20도를 넘는다. 대체 뭐가 좋다고 저렇게 웃고 다니는 거야? 차라리 고개를 들어 오존층을 바라보며 겁을 먹을 일이지. 칼은 코트를 벗어 어깨 위로 걸쳤다. 다음엔 1월에 샌들 신고 다니는 사람이 보이겠군. 빌어먹을 온실효과 만세.

칼은 핸드폰을 꺼내 아사드의 단축번호를 눌렀지만 배터리가 나갔다. 불과 며칠 사이에 벌써 두 번째다. 이런 빌어먹을 배터리 같으니라고.

그는 중앙역으로 들어가 사람들을 훑어보았다. 이렇게 찾아서는 도저히 가능성이 없다. 여행 가방이 넘실대는 역 안을 재빨리 둘러보았지만 역시나 소용없었다.

'젠장.'

이렇게 생각하며 칼은 레벤틀로스가데 출입구 근처에 있는 역 경찰서로 향했다.

지금 전화를 해서 로즈에게 아사드의 전화번호를 물어봐야 하는데, 로즈의 걸걸한 비웃음소리가 벌써 귓가에 들려온다.

칼은 경찰서 프런트 데스크 뒤에 앉아 있는 경찰이 자기를 못 알아봐서 배지를 꺼내 보여 주었다.

"안녕하시오. 칼 뫼르크라고 합니다. 핸드폰이 배터리가 나가서 그런데, 전화 좀 쓸 수 있을까요?"

경찰 하나가 언니를 잃고 헤매다 온 어린 여자아이를 달래려고 애쓰며 책상 뒤 낡은 전화기를 가리켰다. 오래 전에는 칼도 순찰을 돌면서 아이들을 달래기도 했었다. 그때를 생각하니 슬프다.

막 다이얼을 돌리려는데 블라인드 틈으로 아사드가 보였다. 공중화 장실로 가는 계단통 옆에 서 있었다. 배낭을 둘러맨 들뜬 고등학생 무리에 반쯤 가려 있었다. 덜떨어진 코트를 입고 주위를 둘러보고 있는 행색이 그다지 좋아 보이지는 않았다.

"전화 잘 썼습니다."

칼은 이렇게 말하고 수화기를 내려놓았다.

경찰서를 나와 아사드와 5, 6미터 정도로 가까워지자 칼은 그를 소리쳐 부르려고 했다. 하지만 그 순간 누군가 아사드 뒤에서 불쑥 튀어나와 아사드의 어깨를 붙잡았다. 까무잡잡한 피부에 서른 살 쯤 되어 보였고, 그다지 우호적으로 보이지는 않았다. 그 사내가 아사드를 홱 돌려 세우더니 욕을 퍼붓기 시작했다. 칼은 그 사내가 뭐라는지 알 수 없었지만, 아사드의 표정을 보니 한 가지는 분명했다. 두 사람이 분명 친구 사이는 아니다.

학생 무리에 섞여 있는 두 여학생이 화난 얼굴로 두 사람을 쳐다보았다.

'인간쓰레기들!'

그 여학생들의 오만한 얼굴이 이렇게 얘기하고 있는 듯했다.

사내가 아사드에게 주먹을 날리려는 순간, 아사드가 믿기 어려울 정도로 정확하고 힘 있는 주먹으로 되받아쳐 남자를 그 자리에 꼼짝없이 얼어붙게 만들었다. 학교 선생들이 싸움을 말리러 나설지 말지 의논하는 동안 그 사내는 잠시 비틀거리며 서 있었다.

하지만 아사드는 신경 쓰지 않았고, 사내를 거칠게 붙잡아 꽉 움켜쥐었다. 그 사내가 다시 소리를 지르기 시작했다.

그러자 학생과 교사들이 그 자리에서 멀찌감치 비켜섰고, 아사드는 칼을 보았다. 아사드는 즉각적으로 사내를 밀치더니 꺼지라는 손짓을 했다. 역 플랫폼으로 이어지는 계단에 도착한 사내의 모습이 칼의 눈에 들어왔다. 칼날처럼 날카롭게 기른 구레나룻에 번들거리는 머리카락, 증오로 이글거리는 눈빛을 가진 잘생긴 사내였다. 두 번 다시 보고 싶은 유형의 사람은 아니다.

"뭔가? 방금 누구야?"

칼이 물었다.

아사드는 어깨를 으쓱했다.

"죄송합니다, 수사관님. 그냥 병신 같은 놈이에요."

아사드의 눈동자가 주변을 어지러이 돌아다녔다. 칼 어깨너머에 있는 경찰서 쪽을 향했다가, 학생들을 향했다가, 다시 칼을 향했다가, 다시 그 너머로. 지하실에서 박하차를 타 주던 그 아사드가 아니다. 완전히 다른 사람이었다. 무언가 원한이 맺힌 사람의 모습.

"대체 무슨 영문인지는 나중에 준비되면 얘기 한 번 듣자고. 알았나?"

"아무것도 아닙니다. 그냥 이웃사람이에요."

아사드가 이렇게 말하며 웃었다. 이게 과연 웃는 얼굴인지 확신은 서지 않지만, 하여간 거의 웃는 얼굴이었다.

"그나저나 제 메시지는 받았어요? 수사관님 핸드폰 배터리가 완전히 나간 거 같던데, 맞죠?"

칼은 고개를 끄덕였다.

"본 사람이 키미인 줄은 어떻게 알았나?"

"한 약쟁이 창녀가 이름을 부르더라고요."

"키미는 지금 어디 있는데?"

"모르겠습니다. 택시를 타고 튀었어요."

"빌어먹을. 아사드, 그래서 안 쫓아갔나?"

"쫓아갔지요. 저도 택시 타고 바로 뒤로 따라붙었습니다. 그런데 가스베르크스바이에 도착하니까 택시가 코너를 돌자마자 서더라고요. 가 보니 이미 사라지고 없는 겁니다. 그러니까 딱 1초 늦었는데, 흔적도 없이 사라졌더군요."

절반의 성공, 절반의 실패로군.

"택시기사를 붙잡고 물어보니 그 여자가 500크로네를 주더래요. 뒷자리에 뛰어들더니 이렇게 소리지르더랍니다. '가스베르크스바이, 빨리! 있는 돈은 다 줄 테니까!'"

500미터 가는 데 500크로네라. 정말 죽기 살기였군.

"물론 여자를 찾아 나섰습니다. 가게마다 들러서 뭐 본 것 없나 물어보고, 집 초인종들도 눌러서 물어보고요."

"택시기사 전화번호는 받아 놨지?"

"네."

"불러다가 심문 좀 해 보자고. 뭔가 수상한 냄새가 나."

아사드가 고개를 끄덕였다.

"그 약쟁이 창녀가 누군지 압니다. 주소가 있어요."

아사드가 칼에게 쪽지를 건넸다.

"10분 전에 이 경찰서에서 받았습니다. 이름은 티네 카를센입니다. 가멜 콩에바이에서 셋방살이를 해요."

"잘했네, 아사드. 그런데 경찰들이 이런 정보를 자네한테 줘? 본인을 뭐라고 소개했는데?"

"경찰 본부에서 받은 신분증을 보여 줬죠."

"그런다고 그런 정보를 줄 리가 있나? 자넨 민간고용인이잖나."

"어쨌거나 받아 냈어요. 그런데 수사관님, 이렇게 자꾸 저를 현장으로 보낼 생각이면 저한테도 배지 하나 만들어 줘야 하는 거 아닙니까?

"아사드, 미안하지만 그건 내 역량 밖일세."

칼은 고개를 저었다.

"역 경찰서 사람들이 티네 그 여자를 안다고 했잖아. 체포된 적이 있나?"

"아, 네. 아주 많이요. 그 여자한테는 질렸더라고요. 보통 역 중앙출입문 근처에서 돈을 구걸하며 다닌대요."

칼은 테아테르파사젠에 기대고 서 있는 노란 건물을 올려다보았다. 4층까지는 방이 여러 개 딸린 집들이 자리 잡고 있고, 제일 위층에는 단칸방들이 모여 있었다. 티네 카를센이 어디 사는지 추측하기는 어렵지 않았다.

낡아서 올이 다 드러난 파란색 실내복을 입은 무뚝뚝한 사내가 5층으로 들어서는 문을 열어 주었다.

"티네 카를센? 따라와요."

그 사내가 칼을 데리고 계단을 올라 문이 네다섯 개 정도 줄지어 있는 복도로 안내했다. 사내가 회색 수염을 긁으며 방문 하나를 가리켰다.

"경찰이 여기서 어슬렁대는 거 사실 별로 안 좋아하는데. 그 여자가 무슨 짓 했어요?"

칼은 떫은 미소를 지으며 눈살을 찌푸렸다. 이런 엿 같은 코딱지만한 방을 빌려주면서 돈을 받아먹는다 이거지.

"유명한 사건의 중요한 목격자라서요. 이 여자한테 필요한 것들을 잘 지원해 주셨으면 합니다. 무슨 말인지 아시죠?"

남자가 잡고 있던 수염을 놓았다. 알아들었나? 남자는 칼의 말귀를 하나도 못 알아듣고 있었다. 알아들었든, 말든.

칼이 한참이나 문을 두드린 후에야 여자가 문을 열었다. 여자의 얼굴이 말이 아니었다. 방으로 들어서니 톡 쏘는 고약한 냄새가 났다. 청소하지 않은 애완동물 우리에서 나는 냄새다. 칼은 의붓아들 예스페르의 어린 시절을 똑똑히 기억하고 있다. 예스페르의 햄스터는 밤낮을 가리지 않고 짝짓기를 해댔다. 얼마 지나지 않아 햄스터의 숫자는 네 배로 불어났고, 아들이 햄스터에 흥미를 잃고, 햄스터들이 서로 잡아먹기 시작하지 않았더라면 얼마나 더 불어났을지 모른다. 칼이 나머지 햄스터를 어린이집에 기증하기 전 몇 달 동안은 그 역한 냄새가 집안 공기를 가득 메우고 있었다.

"기니피그를 키우는군요."

칼이 그 작은 꼬마 괴물을 향해 허리를 숙이며 말했다.

"라소예요. 완전 얌전한 애예요. 꺼낼 테니까 손으로 잡아 보실래요?"

칼은 웃어 보려고 애썼다. 잡아 보라고? 꼬리에 털도 없는 쥐새끼를? 차라리 저놈의 사료를 대신 먹지.

그 순간 칼은 티네에게 경찰 배지를 보여 줘야겠다고 마음먹었다.

티네는 무심하게 배지를 보더니 흔들거리며 탁자로 갔다. 그리고 능숙한 손놀림으로 주사기와 은박지를 조심스럽게 잡지 밑으로 밀어 넣었다. 아마도 헤로인?

"키미 씨를 안다던데?"

혈관에 약 바늘을 꽂은 채로, 아니면 가게에서 좀도둑질을 하다가, 아니면 거리에서 손님을 받다가 체포되었다면 아마 이 여자는 눈 하나 깜짝하지 않았을 것이다. 하지만 이 질문에는 펄쩍 뛰었다.

칼은 지붕창으로 가서 성 요르겐 호수를 둘러싸고 있는 나무들을 내려다보았다. 이제 곧 이파리를 떨구고 벌거벗게 될 나무들이다. 이 약쟁이는 그래도 전망 하나는 끝내주는 집에 사는군.

"티네 양한테는 키미 씨가 제일 친한 친구 아닙니까? 둘이 아주 가깝다고 들었는데.”

칼은 유리창 쪽으로 몸을 바짝 기울여 물가를 따라 난 오솔길을 내려
다보았다. 정상적인 삶을 살고 있었다면 지금 저 사람들처럼 이 여자도
일주일에 몇 번씩 호숫가를 조깅하며 살고 있을 텐데.

그의 눈이 가멜 콩에바이의 버스정류장을 살폈다. 밝은색 코트를 입
은 한 남자가 건물을 쳐다보며 서 있었다. 칼은 경찰에 오랫동안 몸담고
있으면서 저 남자를 종종 보았다. 핀 올베크. 흥신소를 차려 놓고 안토니
가데 경찰서에서 죽치고 살면서 정보라도 좀 빼 볼까 해서 칼과 동료들
에게 빌붙어 다니던 삐쩍 마른 유령처럼 생긴 사내다. 저자를 마지막으로
본 지가 적어도 5년은 지난 것 같은데 여전히 꼬락서니가 말이 아니군.

“저기 밝은색 코트를 입고 있는 남자 압니까? 저 사람 전에 본 적 있
어요?”

칼이 물었다.

티네가 창가로 걸어나와 깊이 한숨을 내쉬고 그 사내에게 초점을 맞
춰 보려고 했다.

“중앙역에서 같은 코트를 입고 있는 남자를 본 적은 있어요. 그런데
너무 멀어서 누군지는 못 알아보겠네요.”

칼은 약 기운에 풀린 여자의 동공을 들여다보았다. 거리가 문제가 아
니라 약발이 문제로군. 이 상태로는 저 남자를 얼굴 앞에 들이대도 못
알아보겠어.

“역에서 봤다는 그 남자 말입니다. 그 남자는 누굽니까?”

티네가 창가에서 나오다가 비틀거려 탁자에 부딪히는 바람에 칼이
부축해 줘야 했다.

“지금은 별로 말할 기분이 아니네요.”

티네는 코를 훌쩍거렸다.

"키미 언니가 무슨 짓을 했나요?"

칼은 티네를 팔걸이 의자 침대로 데려가 얇은 매트리스 위에 조심스럽게 앉혔다.

'접근을 다르게 해 보자.'

칼은 방안을 둘러보며 생각했다. 10평방미터 정도 되는 방안에는 인간적인 따뜻함을 느낄 만한 것이 하나도 없었다. 쥐 우리와 구석에 쌓아올린 옷더미를 제외하면 방안에 별다른 물건이 보이지 않았다. 탁자 위에 끈적거리는 잡지 몇 권, 맥주가 새어나온 비닐봉지, 침대와 거친 모직 담요, 싱크대와 낡은 냉장고, 그리고 그 위에는 지저분한 비누통, 세탁한 지 오래된 듯한 타월, 넘어진 샴푸통, 그리고 머리핀 몇 개. 벽과 창틀에는 아무것도 붙어 있지 않았다.

칼은 티네를 내려다보았다.

"지금 머리를 기르는 중인가 본데, 길면 예쁠 것 같소."

티네가 본능적으로 손을 뒷머리로 가져갔다. 칼이 옳았다. 머리핀은 괜히 있는 게 아니지.

"지금처럼 어깨 높이로 길러도 예쁘긴 한데, 그거보다 더 길게 하면 아주 예쁠 거 같군요. 머릿결이 아주 곱고요."

티네는 웃지는 않았지만 굳은 표정 뒤로는 잠깐이나마 기쁨 같은 것이 스치듯 지나갔다.

"기니피그를 한번 만져 보고는 싶은데 내가 설치류에 알레르기가 있어서 말이죠. 많이 아쉽네요. 그래서 우리 집 새끼 고양이도 못 만집니다. 어디서 그렇게 쥐 털을 묻히고 다니는지."

이제 넘어왔군.

"제가 사랑하는 쥐예요. 이름은 라소예요."

티네가 치아를 드러내며 웃었다. 한때는 반듯하고 새하얀 치아였으리라.

"가끔은 키미라고 부를 때도 있어요. 언니한테 말은 안 했지만. 제 별명이 랫-티네(Rat-Tine)인 것도 다 저 쥐(rat) 때문이에요. 정말 귀엽지 않아요? 얘 덕분에 별명까지 생겨서 더 예뻐 보이는 거 같아요."

칼은 애써 동감을 표시했다.

"키미 씨는 뭐 잘못한 거 없어요, 티네 양. 우리가 키미 씨를 찾는 건 키미 씨를 보고 싶어 하는 사람이 있어서 그런 겁니다."

티네가 뺨 안쪽으로 혀를 굴렸다.

"언니가 어디 사는지는 저도 몰라요. 이름을 말하고 가세요. 나중에 보면 전해 줄게요."

칼은 고개를 끄덕였다. 경찰하고 오랫동안 씨름하다 보니 이 여자는 조심스러움이 철저히 몸에 배어 있다. 약에 완전히 절어 있는데도 경계심을 푸는 일이 없다. 대단히 인상적이기는 하지만, 적어도 그만큼 짜증이 나는 것도 사실이다. 이 여자가 키미에게 너무 많은 것을 알려 주면 분명 사건 해결에 도움이 되지 않을 터. 그럼 키미는 영원히 사라져 버릴지도 모른다. 11년이라는 세월을 길바닥에서 살아남았고, 아사드의 추적까지 따돌린 것을 보면 그 여자가 그럴 능력은 충분하다는 것이 입증된 셈이다.

"좋습니다. 솔직히 말씀드리죠. 키미 씨의 아버지가 아주 위독합니다. 키미 씨한테 경찰이 찾는다는 소리를 했다가는 아마 키미 씨 아버지가 딸의 얼굴을 두 번 다시 못 볼 가능성이 커요. 그렇게 된다면 얼마나 딱한 일이겠습니까? 그냥 이 전화번호로 전화해 달라고만 전해 줘요. 아버지가 아프다는 얘기나 경찰 얘기는 하지 말고. 그냥 전화만 해 보라고요."

칼은 자기 전화번호를 적어서 티네에게 건넸다. 빨리 가서 배터리를 충전해야 한다.

"누구냐고 물어보면 뭐라고 해요?"

"그냥 모른다고 하면 됩니다. 아주 좋은 일이라고 했다고만 하세요."

티네의 눈꺼풀이 천천히 닫혔다. 가는 무릎 위에 놓인 손에도 힘이 풀렸다.

"내 말 들었나요, 티네 양?"

티네가 눈을 감은 채 고개를 끄덕였다.

"네."

"좋습니다. 그럼 난 가 보지요. 그나저나 중앙역에서 키미 씨를 찾는 사람이 있던데, 혹시 누군지 압니까?"

티네는 고개도 들지 않고 그를 쳐다보았다.

"그냥 몇 사람이 나한테 키미 언니를 아느냐고 물어봤어요. 그 사람도 언니를 아빠하고 연결해 주고 싶은가 보죠. 안 그래요?"

가멜 콩에바이로 내려온 칼은 뒤로 가서 올베크를 붙잡았다.

"어이, 상습범. 햇빛 쬐려고 나오셨나?"

칼이 주먹을 올베크의 어깨 위에 무겁게 올려놓으며 말했다.

"여기서 뭐해, 이 친구야. 참 오랜만이야. 그렇지?"

올베크의 눈이 반짝거렸지만, 사람을 알아보고 기뻐하는 눈빛은 아니었다.

"버스 기다려요."

올베크가 고개를 돌리며 말했다.

"아, 그러셔?"

칼은 올베크를 쳐다보았다. 이상한 반응이로군. 왜 거짓말을 해? 그냥 이렇게 말하면 될 거 아냐?

'임무수행 중입니다. 미행하는 사람이 있어요.'

어차피 그걸로 먹고 사는 놈인 걸 내가 몰라? 무슨 혐의가 있는 것도 아니고. 누구 의뢰를 받아 일하는지 말할 의무도 없는데.

뭔가 구리군. 냄새가 나. 자기가 하는 일이 내 일과 얽혀 있다는 게 분명한 말이로군.

버스를 기다린다고? 이런 멍청한 놈.

"일 때문에 여기저기 빨빨거리면서 깨나 돌아다니는가 보지? 그럼 혹시 어제 알레뢰드까지 와서 내 사진 망쳐 놓고 간 사람이 너는 아니지? 뭐야, 혹시 너냐?"

올베크가 차분히 몸을 돌려 칼을 마주보았다. 이자는 주먹질을 하든 발길질을 하든 꿈쩍하지 않는 유형의 사람이다. 칼이 아는 사람 중에 태어날 때부터 전두엽이 덜 발달되어 화를 못 내는 사람이 있다. 뇌에 감정과 스트레스를 통제하는 비슷한 부위가 있다면, 아마도 올베크는 그 부분이 텅 비어 있을 것이다.

칼은 다시 한 번 다그쳤다. 그래서 안 될 거 없잖아?

"여기서 뭐하냐니까? 말해봐, 올베크. 지금 여기 있을 게 아니라 알레뢰드에 있는 내 집에 들어가서 침대 기둥에 나치문양이라도 그리고 있어야 하는 거 아냐? 우리 둘이 지금 하고 있는 일이 같은 선 탔잖아, 안 그래?"

올베크의 얼굴 표정을 보니 고분고분 말을 들을 표정이 아닌 듯하다.

"아직도 그 삐딱한 말투는 여전하십니다그려. 진짜 무슨 말을 하는 건지 하나도 못 알아듣겠다고요."

"네놈이 왜 여기 서서 5층을 쳐다보고 있겠어? 혹시나 키미 라센이 티네 카를센 집에 인사라도 하러 들리지 않을까 해서 그런 거 아냐? 맞잖아. 중앙역에서 키미에 대해서 이것저것 캐묻고 다니는 놈이 너지? 아냐?"

칼이 올베크에게 얼굴을 들이댔다.

"저기 위에 있는 티네하고 키미가 얽혀 있는 걸 오늘에야 드디어 알아내셨군. 그렇지?"

삐쩍 마른 올베크의 턱 근육이 피부 아래서 꿈틀거렸다.

"도대체 누구 얘기를 지껄이시는지 모르겠지만, 난 그저 어느 아빠하고 엄마가 자기 아들이 여기 2층에서 통일교 추종자들하고 무슨 짓을 하고 있는지 알고 싶어 해서 와 있다고요."

칼은 고개를 끄덕였다. 하여간 혓바닥 하나는 타고났어. 필요하면 둘러댈 얘기는 얼마든 지어낼 놈이다.

"네가 요즘에 받아 놓은 사업영수증 뒤져 보면 네가 누구 밑에서 일하는지 다 나와. 자네 고용주 중에 누군가가 키미 찾는 일에 관심이 있는 게 아닌가 싶단 말씀이야. 아무래도 내 생각엔 그런 것 같거든. 그런데 도대체 왜 찾는 건지는 나도 모르겠단 말이지. 어때? 그냥 불을래? 아니면 내가 직접 가서 영수증 뒤져서 들이대야 불을래?"

"와서 영수증을 뒤져 보시든지, 지랄을 하시든지 맘대로 하세요. 영장 챙겨 오는 거나 잊지 마시고."

"올베크, 이 친구야."

칼이 올베크의 등짝을 하도 세게 치는 바람에 그의 어깨뼈끼리 부딪혔다.

"널 고용한 사람한테 가서 전해. 나는 괴롭히면 괴롭힐수록 더 독하게 물고 늘어지는 놈이라고 말이야. 나 독종이야. 너 나 알잖아?"

올베크는 가빠지는 호흡을 참고 있지만, 칼이 시야에서 사라지자마자 게거품을 물 것이 분명하다.

"형사님이 제정신이 아니신 건 충분히 알아들었으니까 이제 그만 가던 길 가시죠."

칼은 고개를 끄덕였다. 의문의 여지없이 이 나라에서 가장 작은 수사반의 수사관이라는 단점이 바로 이것이다. 인력만 더 많았다면 이 인간한테 제일 찰거머리 같은 놈으로 두 놈을 붙여 놓을 텐데. 이 갈비씨의 뒤를 밟으면 분명 건질 것이 있을 텐데 말이야. 하지만 누굴 시켜? 로즈?

"연락이 갈 거야."

이렇게 말하고 칼은 진로를 바꾸어 보드로프스바이를 따라 걸어갔다. 그리고 올베크의 시야에서 벗어나자마자 교차로를 따라 눈썹이 휘날리게 달려 코단 빌딩을 지나 다시 베르네담스바이 근처 가멜 콩에바이로 돌아왔다. 숨을 참고 몇 번 껑충껑충 뛰니 길가 반대편에 때맞춰 도착했다. 올베크가 호수 옆에 서서 휴대폰으로 전화하고 있었다.

웬만해서는 심란한 표정을 짓는 놈이 아니지만, 분명 행복한 얼굴은 아니었다.

18

주식시장 분석가로 일하는 동안 울릭은 많은 투자자를 자기네 업계의 그 누구보다도 부자로 만들어 주었다. 그리고 그 핵심 단어는 바로 '정보, 정보, 그리고 또 정보'였다. 이 분야에서 부는 우연이나 행운을 통해 만들어지는 것이 아니었다. 행운은 분명 아니다.

사업계에서 울릭만큼 연줄이 많은 사람은 없었고, 그가 줄을 대지 못하는 언론 매체는 없었다. 그는 자신감 넘치고 신중했으며, 상장회사를 상상 가능한 모든 수단을 동원해서 철저히 조사하고 난 다음에야 그 주식의 수익성을 최종적으로 판단했다. 가끔은 너무 철저했기 때문에 회사 측에서 그에게 알고 있는 내용들을 제발 잊어달라고 요청이 들어오는 경우도 있었다. 곤경에 처한 사람들, 혹은 난처한 상황에서 빠져나오기 위해 도움이 필요한 사람의 지인의 지인 등과 계속 얽히면서 친분관계가 마치 물속의 잔물결처럼 퍼져 나가다 보니 결국 그의 인맥은 사회의 가장 큰 기반을 떠받치고 있는 바다 전체를 뒤덮을 지경에 이르렀다.

이로 인해 일부 저개발국에서는 울릭을 극도로 위험한 인물로 취급했고, 그의 목을 노리는 곳도 있었다. 하지만 여기서는 아니었다. 작은 덴마크 시장은 시스템이 워낙 교묘해서 내가 누군가에 대해 뒤가 구린 부분을 알고 있다면, 그 사람도 마찬가지로 나에 대해서 그만큼 알고 있었다. 그런 내용들이 입막음되지 않으면 한 사람의 공격은 재빨리 또 다른 사람들의 공격으로 이어졌다. 이런 아주 이상하고 실용적인 원칙이 자리 잡은 덕분에 모두 다른 사람들에 대해서는 말을 아꼈다. 심지어 부정한 일을 바로 눈앞에서 들킨 경우에도 그랬다.

내부자거래로 6년을 감방에서 썩고 싶지도 않고, 자기 밥그릇을 제 발로 걷어찰 사람도 없었기 때문이다.

서서히 자라나는 자신의 돈 나무 위로 울릭은 정치계에서 소위 '네트워크'라고 부르는 거미줄을 쳐 놓았다. 사실 이 단어는 놀랍고도 역설적인 단어다. 이 네트워크가 원래의 의도대로 기능을 하려면 사람들을 붙잡는 일보다는 걸러내는 일을 더 잘해야 하기 때문이다.

그리고 울릭은 이 네트워크로 사람 걸러내는 일을 놀라울 정도로 잘했다. 신문에서나 보는 그런 종류의 사람들, 사람들의 존경을 한 몸에 받는 사람들, 상류층 중에서도 최상류층의 사람들. 이들은 모두 태생부터 그렇게 자라온 사람들이었고, 지금은 하찮은 밑바닥 인간들과 뒤섞일 필요가 없는 제일 높은 계층을 향해 솟구쳐 날아오르고 있었다.

그가 함께 사냥을 다니는 사람들이 바로 이런 사람들이었다. 그가 프리메이슨 본부에서 사이좋게 나란히 걷는 사람들. 끼리끼리 뭉치는 것이 얼마나 중요한 일인지를 아는 사람들.

따라서 울릭은 기숙학교 패거리의 바퀴를 구르게 하는 핵심적인 톱니바퀴였다. 그는 모든 사람을 알고 지내는 사교적인 사람이었고, 그의 뒤로는 어린 시절 친구인 디틀레우 프람과 토르스텐 플로린이 버티고 있었다. 이 세 사람은 이상하게 짝지어지기는 했지만 대단히 강력한 삼

인조였고, 초대받을 만한 자리에는 빠짐없이 초대되었다.

오늘 오후 이들은 영화계와 왕족에 연줄이 닿아 있는 도심 갤러리 축하연에서 참가해 벌써 신 나게 떠들고 있었다. 이 행사는 가두행진용 유니폼, 메달, 기사 훈장 등을 만드는 회사 건물에서 열리는 호화로운 야간 파티로 끝을 맺게 될 것이다. 현악 앙상블이 파티에 참가한 사람들을 브람스의 세계로 이끌고 샴페인과 자화자찬이 흘러넘치는 가운데, 이 모임에 초대받지 못 한 아랫사람들이 쓴 훌륭한 연설이 이 이벤트의 절정을 이루었다.

"울릭, 요즘 내 귀에 들리는 소리가 있는데 그게 사실인가?"

옆에 있던 장관이 술기운에 흐려진 눈동자로 술잔을 게슴츠레 바라보며 물었다.

"올여름 사냥에서 토르스텐이 석궁 한 발로 말 두 마리를 한꺼번에 쓰러트렸다던데, 그게 진짜인가? 야외 사냥터에서 그렇게 아주 간단하게?"

장관이 다시 길쭉한 술잔에 술을 따르려했다.

울릭은 손을 뻗어 장관을 도왔다.

"귀에 들리는 얘기들을 다 믿지는 마십시오. 그나저나 언제 시간 되시면 저희하고 같이 사냥이나 가시죠? 그게 사실인지 아닌지는 직접 오셔서 보시면 될 것 아니겠습니까?"

장관은 고개를 끄덕였다. 장관이 듣고 싶어 했던 바로 그 얘기다. 장관도 사냥에 빠져들게 될 것이다. 울릭은 이런 눈치가 빨랐다. 그의 그물에 중요한 인물이 또 하나 걸려들었다.

그러고 나서 울릭은 저녁 내내 그의 관심을 사려고 애쓰고 있는 한 만찬 손님에게로 돌아섰다.

"오늘 무척 아름다워 보이네요, 이사벨."

울릭이 그녀의 팔에 손을 얹으며 말했다. 한 시간 후면 이사벨은 자기가 무엇에 걸려들었는지 알게 되리라.

　디틀레우가 울릭에게 시킨 일이었다. 이들이 아무 때나 입질을 해대는 것은 아니지만, 이번만큼은 확실한 건수였다. 이사벨은 무엇이든 하라는 대로 할 것이다. 그녀는 무슨 일이든 조금씩은 다 해 보고 싶어 하는 것 같았다. 물론 그 과정에서 눈물을 찍어낼 일도 있겠지만, 몇 년 동안이나 지루했었고, 만족을 느껴보지 못 했다는 사실은 분명 플러스 요인이다. 어쩌면 이사벨은 토르스텐이 그녀의 몸을 다루는 방식을 못 견디고 있을지도 모른다. 하지만 다른 한편으로 생각해 보면, 토르스텐의 그런 방식 때문에 오히려 여자들이 그를 떠나지 못 한다는 증거도 보아온 터였다. 토르스텐은 여자의 욕망을 누구보다도 잘 이해하고 있었다. 어쨌거나 이사벨은 비밀을 지킬 것이다. 설사 강간을 당한다 해도 이사벨이 시끄럽게 떠벌리고 다닐 일은 없다. 아무리 자기 앞에서는 발기불능인 남편이라 한들, 그 남편이 주무르는 수백만 크로네에 접근할 권한을 잃을 위험을 감수할 이유가 무엇인가?

　울릭이 실크 소매 위로 이사벨의 팔뚝을 쓰다듬었다. 뜨거운 피가 흐르는 여자가 입고 있는 이 차가운 옷감의 감촉. 울릭은 이 느낌이 너무 좋았다.

　울릭이 건너편 테이블에 앉아 있는 디틀레우를 보며 고개를 끄덕였다. 이것으로 신호가 전달되었어야 하지만, 한 사내가 디틀레우의 옆에 서서 그의 관심을 빼앗고 있었다. 그 사내가 디틀레우의 귀에 무언가 속삭이고 있었다. 디틀레우는 연어 무스를 포크 가득 찍어든 채 다른 것들은 모두 무시하고 앉아 있었다. 디틀레우의 눈은 멍하니 허공을 응시하고 있었고, 이마의 주름에 점차 골이 깊어지고 있었다. 울릭이 이 신호의 의미를 알아채지 못 할 리 없다.

　죄송하다는 말과 함께 일어선 울릭이 토르스텐의 옆을 지나며 그의 어깨를 툭 쳤다.

졸지에 남자들에게 버림받은 이사벨은 다음 기회를 기다려야 하는 처지가 되었다.

울릭은 토르스텐이 자신의 만찬 손님에게 양해를 구하는 소리를 들었다. 이제 곧 토르스텐은 그 여자의 손에 키스를 하고 일어설 것이다. 토르스텐 플로린 같은 사내에게 딱 어울리는 행동이다. 여자들에게 옷을 입히는 이성애자라면 마땅히 그 여자들을 벗기는 법도 제일 잘 알고 있으리라.

세 사람이 로비에서 만났다.

"너한테 얘기하던 그 사람 누구야?"

울릭이 물었다.

디틀레우의 손이 가만있지 못 하고 나비넥타이를 만지작거렸다. 그는 자기가 들은 말의 충격에서 아직 완전히 헤어나지 못 하고 있었다.

"카라카스에서 보낸 사람이야. 프란크 헬몬이 간호사 몇몇한테 자기를 공격한 사람이 우리라고 말했대."

울릭이 끔찍하게 싫어하는 상황이 되고 말았다. 디틀레우 이 인간, 상황을 자기가 완벽하게 통제하고 있다고 장담할 땐 언제고? 텔마도 이혼하고 성형수술만 매끄럽게 진행되면 자기나 헬몬 모두 입 닥치고 있겠다고 약속했잖아?

"젠장!"

토르스텐이 폭발했다.

디틀레우가 두 사람을 차례로 바라보았다.

"헬몬은 아직 마취가 덜 깼어. 아무도 그 인간 말은 안 믿을 거야."

그가 바닥을 바라보았다.

"그건 별 문제 없을 거야. 그런데 다른 문제가 있어. 내 사람 하나가 올베크한테 전화를 받았어. 우리 셋 다 휴대폰이 꺼져 있었나 봐."

디틀레우가 울릭에게 쪽지를 건넸고, 토르스텐은 울릭의 어깨너머로 쪽지를 읽었다.

울릭이 말했다.

"마지막 부분이 이해가 안 되네. 이게 무슨 말이야?"

"울릭, 가만 보면 너 가끔은 진짜 멍청하다니까."

토르스텐이 경멸하듯 울릭을 쳐다보았다. 울릭은 그런 눈길이 싫었다.

"키미가 나타났어."

디틀레우가 말을 잘랐다.

"토르스텐, 너한테는 말 안했는데, 오늘 중앙역에서 키미를 봤대. 올베크의 사람 중 하나가 한 약쟁이 여자가 그년 이름을 부르는 걸 들었대. 뒷모습밖에 못 봤지만, 그날 일찍 봤던 여자래. 아주 비싼 옷에 잘 꾸미고 있었나 봐. 한 시간에서 한 시간 반 정도 카페에 앉아 있길래 그냥 기차를 기다리나 보다 했다는군. 올베크가 자기 사람들한테 지시사항을 전달하는 동안에 그 옆을 지나가기도 했어."

"빌어먹을! 제기랄!"

토르스텐의 입에서 욕이 튀어나왔다.

이 마지막 부분은 울릭도 듣지 못했던 얘기다. 좋은 소식은 아니었다. 우리가 키미를 쫓고 있는 것을 키미도 눈치챘을지 모른다.

젠장. 당연히 눈치챘겠지. 다른 사람도 아니고 키미인데.

"또 다시 우리한테서 멀리 도망가겠군. 빌어먹을."

울릭이 말했다.

굳이 말하지 않아도 모두 아는 얘기다.

토르스텐의 여우같은 길쭉한 얼굴이 더 가늘어졌다.

"올베크가 그 약쟁이 사는 곳을 안대?"

디틀레우가 고개를 끄덕였다.

"그 여자는 올베크가 알아서 하겠지?"

"그렇기는 한데, 문제는 너무 늦지 않았느냐 하는 거야. 경찰이 그 여자한테 벌써 다녀갔대."

울릭이 자기 목 뒤를 주물렀다. 아무래도 디틀레우의 말이 맞는 것 같다.

"쪽지 마지막 줄은 여전히 이해가 안 되는데? 이 사건을 수사하는 사람이 누군지는 몰라도 키미가 사는 곳을 안다는 말 아니야?"

디틀레우가 고개를 저었다.

"올베크가 그 형사를 잘 알아. 만약 그 형사가 키미가 사는 곳을 알아냈다면 그 약쟁이를 경찰 본부로 데려갔을 거래. 물론 나중에라도 그럴 수는 있겠지. 우리도 그럴 가능성은 생각해 둬야 해. 그런데 그 윗줄을 봐, 울릭. 그게 무슨 뜻인 것 같아?"

"칼 뫼르크가 우릴 쫓고 있다는 소리네. 우리도 알고 있던 거잖아?"

"다시 읽어 봐, 울릭. 올베크가 이렇게 적었어. '제가 한 짓을 칼 뫼르크가 눈치챘습니다. 그가 우리를 쫓고 있습니다.'"

"이게 뭐 어때서?"

"칼 뫼르크가 올베크, 우리, 그리고 키미, 그리고 그 오래된 사건을 큰 그림으로 엮기 시작했어. 왜 그렇지, 울릭? 그자가 어떻게 올베크에 대해서 알고 있느냐고? 너 우리 모르게 무슨 짓을 한 거 아냐? 너 어제 올베크하고 얘기했었잖아. 대체 뭐라고 했는데?"

"누가 우리를 방해하려고 하면 늘 하는 거 있잖아. 그 경찰한테 경고 좀 해 주라고 했지."

"젠장, 망했군."

토르스텐이 중얼거렸다.

"그 얘긴 대체 언제 꺼낼 생각이었어?"

울릭이 디틀레우를 바라보았다. 프랑크 헬몬을 공격한 이후로 울릭은 붕붕 뜬 기분을 도무지 주체할 수 없었다. 울릭은 천하무적이 된 기분으로 다음 날 일하러 나갔다. 죽을 듯이 겁을 먹고 피를 흘리던 헬몬의 모습이 그에게는 마치 생명의 영약 같았다. 그날따라 주식거래며, 시장지표 모두 그의 뜻대로 움직였다. 그를 막을 것은 아무것도 없어 보였다. 멍청한 경찰 하나가 사건을 파고든다지만 그가 별로 걱정하는 사건도 아니었고, 그날은 그 형사조차 자기를 막을 수는 없을 것 같은 기분이 들었다.

"그냥 올베크한테 살짝 겁만 주라고 했지. 그 형사가 뜨끔할 만한 곳에 경고를 한두 개 흘려 놓으라고만 했어."

토르스텐이 뒤돌아서서 로비를 가로지르는 대리석 계단 건너편을 응시했다. 지금의 상황이 그의 마음속을 어지럽게 휘젓고 있었다.

울릭이 헛기침을 하고서 일어난 일을 설명했다. 별 것 없었어. 전화몇 번 건 것과, 사진 위에 닭 피 약간 묻혀 놓은 거. 아이티 섬의 부두 의식이야. 그의 말대로다. 별 것 아니다.

나머지 두 사람이 울릭을 똑바로 쳐다보았다.

"울릭, 당장 가서 비스뷔를 데려와."

디틀레우가 이를 악물며 말했다.

"그 사람 여기 와 있어?"

"장관들 중 절반이 여기 와 있어. 너 이 새끼, 정신 똑바로 안 차릴래?"

법무부에서 부장으로 일하는 비스뷔는 오랫동안 더 나은 자리를 쫓고 있었다. 자격 요건은 충분했지만 거기서 더 올라가기를 기대할 수는 없는 상황이었다. 그리고 잘 다져진 길을 따라 최고의 변호사가 될 수 있는 길은 이미 오래전에 박차고 나왔기 때문에 고등법원 판사직을 확보할 기회도 제 발로 차버린 지 오래다. 그래서 지금 그는 나이와 비리에 발목을 잡히기 전에 새로 챙겨 먹을 떡고물은 없을까 해서 여기저기 기웃거리고 있었다.

그는 디틀레우의 형수의 오빠였다. 사냥에서 디틀레우를 만났을 때 두 사람은 합의를 보았다. 비스뷔가 몇 가지 편의를 봐주는 대신 벤트크룸이 은퇴하면 그 변호사 자리를 물려받기로 말이다. 간판으로는 썩 맘에 드는 자리가 아니었지만 일하는 시간은 짧고, 그에 비해서 버는 돈은 무척 짭짤하다는 장점이 있었다.

비스뷔는 몇몇 경우에서 그들에게 아주 쓸모 있는 사람임을 스스로 입증해냈다. 비스뷔는 아주 훌륭한 선택이었다.

"다시 도움이 필요하게 됐어요."

울릭이 그를 로비로 데리고 오자 디틀레우가 입을 열었다.

부장은 마치 샹들리에에 눈이 달리고 벽지에 귀가 달리기라도 한듯 슬쩍 주위를 둘러보았다.

"지금 여기서 얘기하자고요?"

그가 말했다.

"칼 뫼르크가 그 사건을 계속 수사하고 있어요. 수사를 멈춰야 합니다. 무슨 말인지 아시죠?"

디틀레우가 말했다.

비스뷔가 로비를 둘러보며 가리비 휘장이 그려진 짙은 파란색 넥타이를 만지작거렸다. 가리비 휘장은 기숙학교의 문장이었다.

"내가 할 수 있는 일은 했어요. 이제 다른 사람 이름으로 지시를 더 내리진 못 해요. 장관님이 이상하게 생각한단 말입니다. 지금의 상태로만 두면 그냥 어쩌다 실수한 것으로 보일 거예요."

"경찰서장을 꼭 거쳐야 합니까?"

그가 고개를 끄덕였다.

"간접적으로라도 거치긴 거쳐야 돼요. 저는 이 사건에 대해서는 더이상 할 수 있는 게 없어요."

"지금 하신 말씀이 부슨 뜻인지는 아시죠?"

디틀레우가 물었다.

비스뷔가 입술을 깨물었다. 그의 얼굴을 보니 울릭은 비스뷔가 나머지 인생을 어떻게 계획하고 있는지가 뻔히 보였다. 마누라가 바라는 게 많아진 거지. 시간적 여유, 여행, 사람들이 꿈꾸는 그 모든 것들.

비스뷔가 말했다.

"어쩌면 칼 뫼르크를 정직시킬 수 있을지도 모르겠습니다. 그래도 길게는 못 해요. 메레테 륑고르 사건을 해결한 후로는 그 사람을 주무르기가 쉽지 않아요. 하지만 그 사람 몇 달 전에 일어났던 총격 사건으로 정신적 충격을 크게 받았었습니다. 그 정신적 충격이 다시 도졌다고 핑계를 댈 수는 있을 겁니다. 적어도 서류상으로는요. 그쪽으로 알아볼게요."

"올베크한테 공갈폭행으로 고소하라고 할 수 있는데, 그걸 써먹을 수는 없겠어요?"

비스뷔가 고개를 끄덕였다.

"공갈폭행이요? 그거 괜찮군요. 하지만 그럼 목격자가 있어야 돼요."

19

"그저께 제 집에 침입한 놈은 분명 올베크입니다. 확실하다니까요, 마르쿠스 반장님. 영장 발부를 재가하는 건 반장님 몫 아닙니까? 아님 제가 해요?"

칼이 말했다.

마르쿠스는 스토레 카니케스트레데에서 폭행당한 피투성이 여자의 사진에서 눈을 떼지 않았다. 아무리 봐도 정말 끔찍한 모습이다. 주먹질이 얼굴에 파란 멍 자국들을 길게 남겨 놓았고, 눈 주변은 끔찍하게 부어 있었다.

"이번 영장 요청은 아무래도 뢰르비 사건과 연관되어 있는 것 같은데. 그렇지, 칼?"

"올베크를 고용한 사람이 누구인지 알고 싶어서입니다. 그것밖에 없어요."

"그 사건은 더 이상 수사 안 하지? 우리 그 얘기는 끝낸 것으로 아는데."

우리? 일인칭 복수대명사? 저 사람이 지금 '우리'라고 했나? 일인칭

단수대명사는 모르는 모양이지? 떠들기는 혼자 다 떠들어 놓고, '우리'는 무슨 개뿔.

칼은 한숨을 깊이 쉬었다.

"아, 물론 그래서 제가 여기 온 것 아닙니까? 올베크를 고용한 사람이 뢰르비 사건의 용의자들과 동일인물인 것으로 밝혀졌다면 어떡하시겠습니까? 반장님도 뭔가 냄새가 나지 않나요?"

마르쿠스가 다초점 렌즈 안경을 탁자 위에 내려놓으며 말했다.

"내 말 잘 듣게, 칼. 우선 자네는 경찰서장님의 명령을 따라야 돼. 그 사건은 종결됐네. 자넨 미종결 사건 담당이잖나? 그다음, 제발 여기까지 쳐들어와서 그 멍청한 얘기 좀 그만 해. 토르스텐, 디틀레우, 그리고 그 주식시장 분석가 같은 사람들이 만의 하나, 다시 한 번 강조하지만 만의 하나 누군가를 사립 탐정으로 고용한다고 쳐. 하지만 그런 사람들이 올베크 같은 인간을 정상적인 경로를 통해서 고용할 정도로 멍청하다고 생각해? 알아들었으면 나가 봐. 몇 시간 있다가 경찰서장님 만나기로 했네."

"어제 만나신 줄 알았는데요."

"어제도 만나고, 오늘도 만나. 이제 나가라고, 칼."

"뭐야, 이거? 칼 수사관님! 여기 와서 이것 좀 보세요."

아사드가 자기 사무실에서 소리쳤다.

칼은 의자에서 무겁게 일어섰다. 아사드가 돌아온 후로 그에게서 특별한 점은 보이지 않았지만, 칼의 머릿속엔 아직도 그 장면이 생생했다. 중앙역에서 아사드에게 소리를 지르던 그 사내의 차가운 눈빛. 오랜 세월 동안 쌓인 증오 없이는 나오기 힘든 표정이었다. 내가 이 바닥에서 구른 게 몇 년인데. 아사드, 이 인간이 귀신을 속일 것이지, 어디 감히 나를 속이려고? 뭐, 아무 일도 아니라고?

칼은 해변에 쓸려온 고래시체처럼 널브러진, 로즈의 조립하다 만 책상들 사이를 헤집으며 걸었다. 당장 치우라고 해야겠군. 누가 아래에 내려왔다가 이 잡동사니에 걸려 넘어지기라도 하는 날에는 그 책임을 내가 옴팡 뒤집어쓸지도 모른다.

가보니 아사드의 입이 귀에 걸려 있었다.

"뭔데? 뭔가?"

칼이 물었다.

"사진입니다. 사진을 하나 건졌어요."

"사진?"

아사드가 백스페이스키를 누르자 화면에 사진이 하나 떴다. 초점도 맞지 않고 정면사진도 아니었지만 사진 속의 인물은 분명 키미 라센이었다. 칼이 본 것은 키미의 옛날 사진밖에 없었지만, 사진 속 인물이 키미란 것은 한눈에 알아볼 수 있었다. 바로 키미의 현재 모습이다. 40세쯤 되어 보이는 여성이 고개를 돌려 옆을 흘끗 바라보는 모습이었다. 옆얼굴 프로필이 아주 뚜렷하게 나왔다. 오똑 선 콧날에 도톰한 아랫입술, 여윈 뺨의 짙은 화장 밑으로 분명하게 드러나는 잔주름들. 이 사진을 바탕으로 살짝만 손보면 옛날 사진을 나이에 맞게 조작해서 지금의 얼굴을 알아낼 수 있겠다. 고생으로 살짝 찌들기는 했지만 여전히 매력적인 여자였다. 포토샵 만질 줄 아는 사람만 있으면 쓸모 있는 좋은 자료가 나오겠는 걸.

다만 조사를 시작할 수 있게 해 줄 적법한 근거가 필요했다. 어쩌면 가족 중에 누군가를 설득해서 수사를 요청하게 할 수도 있다. 이 점도 한번 확인해 봐야겠군.

아사드가 설명했다.

"오늘 핸드폰을 새로 사서 옛날 핸드폰에 이 사진이 들어 있는지도 모르고 있었습니다. 어제 키미가 도망갈 때 제가 멋모르고 버튼을 눌렀나 봅니다. 뭐, 일종의 반사작용이죠. 지난밤에 컴퓨터 화면에 띄워 보려고 했었는데, 그땐 제가 뭔가 잘못했는지 안 나오더라고요."

그럴 수도 있나?

"어때요, 수사관님. 정말 끝내주지 않습니까?"

"로즈!"

칼은 복도로 고개를 돌리며 소리쳤다.

"지금 여기에 없어요. 비게르슬레우 알레에 나갔습니다."

"비게르슬레우 알레?"

칼이 고개를 저었다.

"거긴 뭐하러?"

"타블로이드 잡지 쪽에서 키미와 관련된 자료를 가지고 있는지 조사해 보라고 하셨다면서요?"

칼은 사진 액자 속에 든 아사드의 시무룩해 보이는 늙은 이모들을 흘끗 보았다. 이제 곧 아사드도 이 이모들 꼴이 되겠지.

"로즈가 돌아오면 이 사진을 주게. 그리고 로즈한테 사람들을 시켜서 우리가 갖고 있는 옛날 사진들로 이 사진을 한번 만져 보라고 해. 사진 잘 찍었네, 아사드. 아주 잘했어."

칼은 아사드의 어깨를 두드렸다. 아사드가 칭찬에 보답한답시고 입 안에서 우물거리는 피스타치오를 꺼내 먹어 보라고 내밀지는 않기를 바랐다.

"한 시간 반 후에 브리들뢰셸릴레 주립교도소에 약속 잡아 놨네. 이제 슬슬 출발해 볼까?"

벌써 에곤 올센 바이다. 감옥으로 이어지는 도로에 새로 붙은 이름이다. 칼은 아사드가 불편해하는 것을 분명하게 알 수 있었다. 그가 땀을 흘리거나 무언가 주저하는 모습을 보여서가 아니다. 다만 그는 평소와 달리 말이 없어졌고, 정문 타워가 마치 자기를 짓밟으려 기다리고 있기라도 한 것처럼 그 타워를 멍하니 바라보고 있었다.

칼의 느낌은 달랐다. 그에게 있어서 브리들뢰셸릴레 교도소는 이 나라에서 제일 썩어빠진 놈들을 처넣을 수 있는 편리한 서랍 같은 존재였다. 거의 250명에 이르는 이곳 수감자들이 복역하고 있는 형기를 모두 합하면 2,000년이 넘는다. 인생과 에너지를 철저하게 낭비하는 곳, 이곳은 그런 곳이다. 이런 데서 썩고 싶어 하는 사람은 절대로 없겠지만, 여기 있는 인간들은 대부분 그래도 싼 인간들이다. 그것이 여전히 칼의 확고한 신념이었다.

"오른쪽으로 가야 되네."

교도소에 도착해서 형식적인 절차를 거친 후에 칼이 말했다.

아사드는 내내 한마디도 하지 않았다. 그리고 누가 시키지도 않았는데 주머니에 든 물건들을 다 꺼냈다. 교도관들의 지시사항을 거의 자동적으로 따르고 있었다. 이곳의 절차를 잘 알고 있는 듯했다.

칼은 뜰을 가로질러 '방문객'이란 간판이 있는 회색 빌딩을 가리켰다.

비아르네 퇴르겐센이 거기서 기다리고 있었다. 분명 이렇게 저렇게 빠져나갈 전략으로 완전히 무장하고 있으리라. 이삼 년 후면 그는 자유의 몸이다. 문제에 말려들고 싶지 않을 것이다. 떨어지는 낙엽도 조심할 때니까.

이 사내는 칼이 생각했던 것보다 좋아 보였다. 감방에서 11년을 보내고 나면 보통은 피폐해지기 마련이다. 입가에는 씁쓸한 표정의 잔주름이 자글거리고 눈은 초점을 잃고, 자신이 아무 짝에도 쓸모없는 인간이라는 자괴감이 몸의 자세에 그대로 반영되기 마련이다. 하지만 지금 칼의 눈앞에 앉은 사내의 눈은 맑았다. 물론 몸은 깡마르고 경계하는 눈빛도 역력했지만, 그럼에도 불구하고 표정은 대단히 낙관적이었다.

사내가 일어서서 칼에게 손을 내밀었다. 어떤 질문도, 어떤 설명도 없다. 분명 누군가가 미리 언지를 준 것이다. 칼은 이런 점들을 놓치지 않았다.

"형사 칼 뫼르크라고 합니다."

칼이 말했다.

"이 자리 때문에 저는 한 시간에 10크로네를 손해 봅니다. 부디 그만한 가치가 있는 시간이었으면 좋겠네요."

사내가 삐딱하게 웃으며 대답했다.

그는 아사드에게는 인사하지 않았다. 그도 그럴 것이 아사드가 그럴 기회를 만들지 않았다. 아사드는 그냥 의자를 뒤로 빼서 탁자와 살짝 거리를 두고 앉았다.

"교도소 작업장에서 시간을 보내나 보죠?"

칼이 시계를 바라보았다. 11시 15분 전. 맞다, 한참 일할 시간이다.

"무슨 일인가요?"

비아르네가 살짝 꾸물거리듯 자리에 앉으며 물었다. 이것 또한 숨길 수 없는 신호다. 조금 초조해하고 있군. 좋아.

"저는 다른 수감자들하고는 별로 어울리질 않아요."

묻지도 않았는데 그가 말을 이어갔다.

"그래서 별로 드릴 정보가 없네요. 혹시 그것 때문에 오셨나 해서. 정보가 좀 있었으면 여기서 좀 빨리 빼달라고 협상이라도 해 볼 텐데 말입니다."

칼이 저자세로 나오는지 찔러보려는 듯 그가 씩 하고 웃었다.

"20년 전에 젊은이 두 사람을 살해했죠, 비아르네. 자백을 한 부분이니 그 부분을 새삼 다시 얘기를 꺼낼 필요는 없겠고. 하지만 행방불명이 된 사람이 있어서 그 사람에 대해서 좀 물어볼까 해서 왔습니다."

비아르네가 눈썹을 치켜뜨며 고개를 끄덕였다. 약간의 호의와 약간의 놀란 기색이 잘 섞인 표정이다.

"키미에 대한 겁니다. 둘이 아주 친한 친구였다고 하던데."

"그랬죠. 기숙학교에 같이 다녔고. 사귄 적도 있으니까요."

그가 미소를 지었다.

"아주 죽여주는 여자였는데."

11년 동안 섹스 한 번 못 해 보고 살았으면 어느 여자가 안 죽여줄까? 교도관 말이 비아르네 퇴르겐센은 그동안 한 명도 방문객이 없었다고 한다. 단 한 명도. 누가 비아르네를 찾아온 경우는 이번이 처음이었다.

"그럼 처음부터 되짚어 보죠. 괜찮죠?"

비아르네가 잠시 아래를 보며 어깨를 으쓱했다. 물론 안 괜찮겠지.

"키미가 기숙학교에서 왜 퇴학 당했습니까? 기억납니까?"

비아르네가 고개를 뒤로 젖혀 천정을 바라보았다.

"선생 하나하고 사귀었든가 그래요. 학칙으로 금지된 일이었으니까요."

"그래서 그 뒤로는 어떻게 됐습니까?"

"1년 동안 네스트베드에 아파트를 세냈어요. 그리고 술집에서 일했죠."

그가 소리 내어 웃었다.

"가족들은 꿈에도 몰랐어요. 계속 학교를 다니는 줄만 알았죠. 하지만 물론 가족들한테도 결국은 꼬리를 밟혔습니다."

"그리고 스위스에 있는 기숙학교로 간 겁니까?"

"네, 거기 4년인가 5년 정도 있었죠. 기숙학교만 다닌 건 아니고, 대학도 거기서 다녔어요. 그 빌어먹을 대학 이름이 뭐더라?"

그가 고개를 저었다.

"그냥 넘어가죠. 이름이 기억이 안 나네요. 어쨌거나 수의학과 공부를 하고 있었어요. 아, 기억났다. 베른이네요, 베른대학교."

"그럼 불어도 굉장히 잘했겠군요?"

"아니요, 독일이요. 그 애 말이 독일어로 강의한다고 했어요."

"학교 공부는 다 마쳤습니까?"

"다 마치진 못 했죠. 정확한 이유는 모르겠지만 그만둬야 할 이유가 있었나보죠."

칼은 아사드를 흘낏 보았다. 아사드는 들은 내용들을 공책에 적고 있었다.

"그래서요? 그다음엔 어디서 살았습니까?"

"집으로 갔습니다. 잠시 오르러프에서 부모하고 같이 살았습니다. 그러니까 아빠하고 새엄마하고요. 그다음엔 우리 집에 들어와서 같이 살았고."

"애완동물 가게에서 일했다고 알고 있는데, 교육 수준에 비하면 수준이 너무 낮은 직장이 아니었을까요?"

"안 될 거 있나요? 공부를 다 마치고 수의사가 된 것도 아닌데."

"비아르네 씨도 생계를 꾸려야 했을 텐데, 무슨 일을 하셨습니까?"

"아버지의 목재적하장에서 일했어요. 그거 다 보고서에 있을 텐데요."

"보고서에 보면 1995년에 적하장을 상속 받았고, 그 후 얼마 되지 않아 그 적하장이 화재로 소실되었다고 되어 있는데. 그 후로는 실직 상태였을 테고. 맞죠?"

이자가 그 화재를 마음 아파했을까?

"사랑받지 못 한 아이는 여러 얼굴을 갖고 있다고 하지 않습니까?"

칼이 말했다. 지금은 의회에 들어가 손가락이나 배배 꼬며 앉아 있는 그의 옛 동료 쿠르트 옌센이 늘 하던 소리다.

"그건 순전 헛소리입니다."

비아르네가 항의했다.

"내가 그 불을 질렀다는 혐의를 받은 적도 없어요. 그리고 불을 질러서 얻을 게 뭔데요? 아버지 사업체는 보험도 안 들었는데."

'불이 나자마자 그걸 제일 먼저 확인해 봤겠지.'

칼은 생각했다.

칼은 잠시 벽을 물끄러미 바라보며 앉아 있었다. 그는 이전에도 이 방에 수없이 많이 앉아 보았다. 이 벽은 지금까지 수많은 거짓말을 들으며 살아왔다. 아무도 믿지 않는 그 수많은 과장된 이야기들과 호언장담들을 말이다.

"키미는 부모님하고 어떻게 지냈습니까? 혹시 아시나요?"

칼이 물었다.

비아르네 퇴르겐센은 기지개를 폈다. 벌써 많이 침착해진 모습이다. 이제 한담이 시작되었다. 대화 주제는 이제 비아르네에 대한 것이 아니었고, 비아르네는 그것이 좋았다. 안전하다고 느낀 것이다.

비아르네가 말했다.

"끔찍했죠. 키미네 부모는 정말 밥맛이었어요. 아빠라는 사람은 집에 붙어 있을 때가 없었고, 아빠하고 결혼한 그 갈보는 아주 개 같은 년이었고요."

"무슨 뜻입니까?"

"아시잖아요. 남자 돈에 환장해서 달려드는 꽃뱀 같은 여자 말입니다."

비아르네가 자기가 한 말을 음미하는 듯했다. 그의 세계에서는 잘 쓰지 않는 표현이다.

"싸우기도 했나요?"

"네, 키미 말로는 아주 지랄같이 싸웠다고 하더군요."

"당신이 십대 두 명을 살해하는 동안 키미는 뭘 하고 있었습니까?"

대화 주제가 갑자기 뒤로 거슬러 올라가자 비아르네의 시선이 칼의 셔츠 칼라에 그대로 얼어붙었다. 비아르네에게 전극을 붙여 놓았다면 틀림없이 셰기판 바늘들이 갑자기 미친 듯 널뛰었을 것이다.

비아르네는 대답할 생각이 없다는 듯 잠시 침묵 속에 앉아 있었다. 그러다 입을 열었다.

"키미는 토르스텐 아버지의 여름 별장에서 다른 애들하고 같이 있었어요. 그건 왜 물어보십니까?"

"당신이 거기로 돌아갔을 때 다른 사람들이 이상한 낌새를 알아채지 못 하던가요? 옷에 분명히 피가 묻어 있었을 텐데."

칼은 이 마지막 질문을 던진 것을 바로 후회했다. 이렇게 다짜고짜 묻는 것이 아니었는데. 이제 심문은 제자리를 맴돌 것이다. 비아르네는 이렇게 말하겠지. 친구들한테는 자동차에 치인 개를 구하려다 이렇게 되었다고 말했다고. 보고서에 나온 내용 그대로 말이다. 제기랄.

"키미가 그렇게 피투성이인 모습이 멋지다고 생각하던가요?"

비아르네가 칼의 질문에 대답하기도 전에 구석에 앉아 있던 아사드가 물었다.

비아르네 퇴르겐센은 혼란스러운 표정으로 아사드를 바라보았다. 비난하듯 노려보리라 예상했지만, 이렇게 노골적이고 적나라한 눈빛이 나올 줄 몰랐다. 아사드가 정곡을 찔렀다는 얘기다. 굳이 비아르네의 대답을 기다릴 필요가 없었다. 대답하든 안 하든 키미가 그 피투성이인 모습이 멋지다고 생각했음을 이제 두 사람은 분명히 알 수 있었다. 나중에 작은 동물들의 생명을 구하는 일에 헌신하고 싶어 했던 사람에게는 참으로 어울리지 않는 태도로군.

칼은 아사드를 보며 살짝 고개를 끄덕였다. 비아르네에게 그의 반응을 눈치챈 것을 보여 주려고 일부러 한 행동이기도 했다. 지나치게 강한 반응이었고, 또 잘못 계산된 반응이었다고 말이다.

"멋지다 생각했다고요? 그렇진 않은 것 같은데요."

비아르네가 상황을 수습하려 애쓰며 말했다.

"하지만 키미가 같이 살자고 들어왔다면서요. 1995년이었지, 아마? 아사드, 맞나?"

칼은 계속해서 말을 이었다.

아사드가 구석에서 고개를 끄덕거렸다.

"네, 1995년이죠. 9월 29일이요. 한동안 만나고 있었으니까요. 아주 죽여주는 여자였죠."

아까 했던 얘기다.

"왜 하필 그 정확한 날짜까지 기억하고 있습니까? 아주 오래전 일인데."

비아르네가 손을 펴며 말했다.

"네, 오래됐죠. 그런데 그 이후로 제 삶이 어떻게 됐습니까? 저에게는 여기 오기 전에 마지막으로 일어난 일 중 하나라 이겁니다."

"그렇군요."

칼은 친절해 보이려고 애썼다. 그리고는 다시 얼굴 표정을 바꾸며 말했다.

"당신이 키미가 임신했던 아이의 아빠입니까?"

비아르네가 시계를 흘깃 바라보았다. 하얀 얼굴이 살짝 빨갛게 상기되었다. 한 시간이 그에겐 영원처럼 느껴지는 듯했다.

"저야 모르죠."

칼은 벌컥 화를 내 볼까 싶었지만 참았다. 때와 장소가 아니다.

"모른다고 하셨는데, 그게 무슨 뜻이죠? 같이 살 때 키미가 당신 말고 다른 남자도 만나고 있었습니까?"

비아르네가 고개를 한쪽으로 기울였다.

"물론 아닙니다."

"그럼 키미를 임신시킨 사람은 당신이었겠군요?"

"키미는 절 떠났어요. 그렇잖아요? 그년이 누구하고 몸을 섞었는지 제가 어떻게 압니까?"

"저희들이 판단하기로 키미는 임신 18주쯤에 유산했습니다. 그럼 같이 살고 있었을 때 임신된 것 아닙니까?"

비아르네가 휘청거리며 자리에서 일어나더니 의자를 돌려서 앉았다. 이것은 수감자가 감옥에 들어가 배우는 배짱부리는 태도들 중 하나였다. 건물 가운데를 무심한 듯 한가롭게 거닐기, 태평하게 팔을 흔들며 관심 없는 티내기, 자신만만한 태도로 양 입술 사이에 담배를 느슨하게 걸쳐 물기, 그리고 이렇게 의자를 돌려 팔을 등받이 위에 걸치고 다리를 벌리고 앉아 질문을 받는 행동 같은 것이 모두 그런 행동들이었다. 이 자세는 대충 이런 의미다.

'헛소리 작작 늘어놔 봐라. 난 신경 쓰지 않는다. 아무리 지랄해도 나한테서 얻어 갈 것은 아무것도 없다, 이 돼지 같은 경찰 놈아.'

"아비가 누구든 그게 무슨 상관이랍니까? 결국 아이는 뒈졌잖아요."

비아르네가 말했다.

십중팔구 비아르네는 그 아이가 자기 아이가 아니란 것을 알고 있다.

"그리고 키미는 사라졌고요?"

"네, 병원에서 나가 버렸어요, 멍청한 년."

"그렇게 행동하는 게 키미다운 일이었나요?"

비아르네가 어깨를 으쓱했다.

228

"제가 어떻게 압니까? 키미는 그전에 유산해 본 적이 없었어요. 제가 아는 한에서는."

"그래서 비아르네 씨는 키미를 찾아 나섰습니까?"

구석에서 아사드의 목소리가 들려왔다.

비아르네는 남의 일에 참견 말라는 듯 아사드를 노려보았다.

"그랬나요?"

칼이 물었다.

"그때가 우리 헤어진 지 좀 되었을 때죠. 그래서 뭐, 아니요. 찾아 나서지는 않았어요."

"왜 헤어진 겁니까?"

"그냥 그렇게 됐어요. 일이 잘 안 풀려서."

"키미가 바람을 피웠나요?"

비아르네가 다시 한 번 시계를 흘끗 보았다. 아까 확인한 후로 겨우 1분이 지났다.

"바람을 피운 쪽이 왜 꼭 키미라고 생각하죠?"

이렇게 말하며 비아르네는 목 스트레칭 운동을 몇 번 했다.

5분 정도 두 사람의 관계에 대해 이것저것 얘기를 나누었지만 아무것도 건지지 못 했다. 비아르네는 미꾸라지처럼 잘 빠져나갔다.

그동안 아사드는 천천히 의자를 가까이 붙여 앉고 있었다. 질문을 던질 때마다 아사드는 조금씩 앞으로 나왔고, 결국은 거의 책상 옆으로 바싹 다가섰다. 의도가 뻔히 보인다. 일부러 비아르네를 짜증나게 만들고 있는 것이다.

"보아하니 주식시장에서 행운이 좀 따랐나 보군요. 세금명세서를 보니까 아주 부자던데. 맞죠?"

비아르네가 잘난 척 입술을 말았다. 그가 좋아하는 얘기다.

"뭐, 나쁘지는 않았죠."

그가 말했다.

"종자돈은 누가 줬습니까?"

"세금명세서 보면 다 나와 있어요."

"지난 11년 동안 내가 그 세금명세서를 일일이 다 챙기고 다닌 건 아니니까 직접 한번 말씀해 보시죠."

"빌렸습니다."

"능력자로군요. 감방에 갇혀 있는 상태에서도 돈을 빌리다니. 분명 빌려준 돈 떼어먹히지 않을까 겁먹을 필요 없는 사람이었겠군요. 혹시 이 교도소에 있는 조폭 두목한테 빌리셨나요?"

"토르스텐 플로린한테 빌렸어요."

'빙고!'

칼은 생각했다. 지금 이 순간 아사드의 얼굴은 어떤 표정일까 너무 궁금해졌다. 하지만 칼은 비아르네에게 시선을 그대로 고정시켰다.

"오호라, 그럼 두 사람이 여전히 친구였다는 소리로군요. 당신이 그동안 비밀을 숨겨 왔는데도 말이죠. 그러니까 실제로 그 아이들을 죽인 건 당신이었는데도 강력한 용의자로 지목 받고 맘고생한 사람은 토르스텐 아니었습니까? 이거야말로 진정한 우정이라고 하지 않을 수 없겠네요. 아니면 혹시 토르스텐이 당신한테 신세진 게 있어서는 아니고요?"

비아르네 퇴르겐센은 이 질문이 결국 어떤 결론으로 이어질지 깨닫고 침묵으로 빠져들었다.

"그러니까 주식에 대해서 좀 아나 봐요?"

아사드가 의자를 탁자에 바짝 붙여 앉으며 말했다. 어느새 마치 뱀처럼 미끄러지듯 그 자리까지 다가와 앉아 있었다.

비아르네가 어깨를 으쓱했다.

"뭐, 좀 압니다."

"벌써 천오백만 크로네로 불었던데……."

아사드는 꿈꾸는 듯한 표정을 지었다.

"지금도 한참 불어나고 있고. 도대체 방법이 뭔가요? 팁 좀 알려 주면 안 될까요?"

"비아르네, 시장상황은 어떻게 따라잡는 겁니까?"

칼이 덧붙여 말했다.

"바깥소식을 접할 통로가 제한되어 있지 않습니까? 그 반대도 그렇고."

"신문을 읽고 편지도 주고받아요."

"그럼 매입 후 보유전략을 쓰나보군요. 그렇죠? 아니면 TA-7 전략을 쓰시나? 맞아요?"

아사드가 차분히 물었다.

칼은 천천히 고개를 돌려 아사드를 바라보았다. TA-7라니, 이건 또 무슨 뚱딴지같은 소리야? 그런 용어가 어디 있어?

비아르네가 삐딱하게 미소를 지었다.

"전 덴마크 KFX 주식과 제 감을 믿고 갑니다. 그럼 크게 잘못될 일이 없어요."

그가 다시 미소를 지었다.

"전 기다릴 시간이야 얼마든지 있으니까요."

아사드가 말했다.

"그럼 비아르네 퇴르겐센 씨, 제 조카에게 조언 좀 해 주세요. 이놈은 종잣돈 오만 크로네로 시작했는데, 3년이 지나도록 여전히 오만 크로네예요. 당신을 만나면 아주 좋아할 것 같네요."

"조카더러 주식은 집어치우라고 하세요."

비아르네가 짜증난 듯 얘기하며 다시 칼을 보았다.

"키미 얘기하러 온 거 아닙니까? 제 주식거래하고 키미가 무슨 상관인데요?"

"그렇긴 한데, 딱 한 가지만 더 물어볼게요. 조카가 걱정돼서요."

아사드가 끈질기게 달라붙었다.

"그런포스 주식 어때요? KFX에서 그래도 좀 괜찮은 편인가요?"

"뭐, 그런대로 쓸 만하죠."

"그렇군요, 감사합니다. 그러니까 그런포스는 KFX에 상장이 안 돼서 거래가 전혀 없는 것으로 알았는데, 뭐, 당신이 더 잘 알겠죠. 전문가니까."

'딱 걸렸군.'

칼은 보란 듯 자기에게 윙크하는 아사드를 보며 생각했다. 지금 비아르네 퇴르겐센이 어떤 기분일지는 쉽게 상상할 수 있었다. 그를 대신해서 주식투자를 해 주는 사람은 울릭 뒤벨 옌센이다. 의심의 여지가 없다. 퇴르겐센은 주식에 대해서는 개뿔도 모르지만, 감옥에서 나간 후에 먹고 살 수 있는 충분한 돈이 필요했다. 분명 모종의 거래가 있었던 게지.

이 정도면 충분하다. 더 물어볼 것도 없다.

"보고 싶어 할 것 같아서 사진을 한 장 가져왔습니다."

칼은 이렇게 말하며 사진을 책상 위에 올려놓았다. 흐릿했던 초점이 손을 봐서 지금은 칼날처럼 날카로웠다.

두 사람 모두 비아르네의 표정을 살폈다. 물론 두 사람은 어떤 호기심어린 표정을 예상했었다. 그 옛날의 열정이 오랜 세월이 흐른 뒤에 어떤 모습으로 남아 있을지 바라보는 순간은 언제나 특별하다. 하지만 비아르네의 반응은 두 사람의 예상을 빗나갔다. 비아르네는 덴마크 최악의 범죄자들 사이에서 살아온 사람이다. 수감자들 사이의 서열 다툼, 동성 간의 강간, 폭행, 협박, 갈취, 비인간적인 대우 등 온갖 가증스러운 일에 둘러싸여 지낸 타락의 11년 세월이었다. 그 모든 것을 겪고도 또래보다 5년은 젊어 보일 정도로 잘 살아온 사람의 얼굴이 지금은 잿빛으로 변했다. 비아르네의 눈은 키미의 얼굴에서 벽으로, 그리고 벽에서 다시 키미의 얼굴로 계속 왔다 갔다 했다. 마치 처형 장면을 지켜보러 온 사람의 눈동자 같았다. 사람이 죽는 모습을 보고 싶지는 않지만, 차마 그 광경의 유혹을 거부하지 못 하는 갈등의 눈동자. 저 끔찍한 내면의 갈등은 대체 정체가 무엇일까? 그것을 이해할 수만 있다면 칼은 간이든 쓸개든 다 내놓을 수 있을 것 같았다.

"키미를 보고 별로 반가운 눈치는 아니군요. 아주 예쁜데."

칼이 말했다.

"그렇죠?"

비아르네가 천천히 고개를 끄덕였다. 그의 목울대가 위로 미끄러져 올라갔다가 내려오는 것이 보였다.

"그냥 기분이 이상해서요."

그가 말했다.

비아르네가 슬픈 듯 미소를 지으려 했다. 아니다. 저것은 슬픔이 아니다.

"어디에 있는지도 모른다면서 사진은 어떻게 찍으셨습니까?"

질문만 놓고 보면 충분히 말이 되는 질문이었지만, 그의 손이 떨리고 있다. 말도 느려졌다. 눈동자가 다시 요동치기 시작했다.

두렵구나. 그래, 바로 그거다.

간단히 말해, 비아르네는 키미가 죽도록 무서운 것이다.

"살인 사건 전담반 반장님에게로 가 보세요."

칼과 아사드가 경찰 본부에 도착해서 창구 앞을 지나는데 당직 경찰이 말했다.

"경찰서장님도 계세요."

그가 덧붙였다.

칼은 계단을 한 걸음씩 오르며 어떻게 자기의 논리를 펼쳐 나갈지 머리를 굴렸다. 이번에는 절대로 밀리지 않을 생각이다. 경찰서장이 어떤 여자인지는 세상이 다 안다. 평범하기 그지없는 변호사 노릇하다 어쩌다 우연히 판사의 길로 접어든 것 말고 그 여자가 이룬 게 대체 뭔가?

"어머."

프런트 데스크 뒤에서 쇠렌센 여사가 신이 난 듯 중얼거렸다. 내 저 '어머' 소리를 언젠가는 꼭 그대로 되갚아 주리라.

"잘 왔네, 칼. 지금 막 한창 얘기하던 중인데."

마르쿠스 반장이 빈자리를 가리키며 말했다.

"알겠지만 상황이 그리 좋지 않아"

마르쿠스 반장의 과장이 너무 심한 것 아닌가 하는 생각에 칼은 얼굴을 찌푸렸다. 그는 경찰서장에게 목례를 했다. 경찰서장이 훈장을 잔뜩 달고 앉아 라르스 비외른과 차 한 주전자를 놓고 나눠 마시고 있었다.

"우리가 이 자리에 왜 모였는지는 자네도 알고 있겠지."

마르쿠스 반장이 말했다.

"오늘 아침에 만났을 때 자네가 이 얘기를 직접 꺼내지 않았다는 게 조금 놀랍군."

"그게 무슨 말입니까? 제가 뢰르비 사건을 계속 수사 중인 거 말씀입니까? 저한테 시킨 일이 바로 그런 일 아닙니까? 제가 손대고 싶은 사건을 맘대로 고르라면서요? 처음부터 제가 다 알아서 운영하기로 되어있던 거 아닙니까?"

"젠장, 칼. 남자답게 굴어. 초점 흐리지 말고."

라르스 비외른이 경찰서장에게 꿀리지 않으려는 듯 의자에 앉아 마른 몸을 곧게 세우며 말했다.

"핀 올베크 얘기야. 홍신소 사립 탐정 올베크. 자네가 어제 가멜 콩에 바이에서 두들겨 팼다며. 여기 올베크의 변호사가 사건을 자세하게 기술한 서류가 있으니까 자네가 직접 읽고 상황 파악해 봐."

사건이라니? 이건 무슨 귀신 씻나락 까먹는 소리인가? 칼은 서류를 들어 흘끗 보았다. 올베크 이 인간이 무슨 꿍꿍이를. 서류에는 칼이 올베크를 폭행했다고 버젓이 적혀 있었다. 아니, 이 사람들 진짜 이 말도 안 되는 얘기를 믿어?

"쉴룬트 앤드 비르크순."

칼은 편지지에 인쇄된 발신자 이름을 읽었다. 상류층이라고 겉만 멀쩡했지 완전 날강도에 사기꾼 같은 놈들. 그 병신이 뻥치는 소리를 아주 그럴듯하게 때 빼고 광 내놓으셨군.

시간은 아주 그럴듯하게 설정되어 있었다. 칼이 버스 정류장에서 올베크를 놀라게 했던 정확히 그 시간이다. 두 사람 사이의 대화 내용은 비교적 정확하게 옮겨져 있었다. 하지만 등 한 번 살짝 친 것이 올베크의 얼굴에 여러 번 세게 주먹을 날리고, 옷을 찢어 놓은 것으로 바뀌어 있었다. 부상당한 모습을 찍은 사진도 함께 있었다. 그 꼬락서니가 가히 좋아보이지는 않았다.

"이 얼뜨기는 디틀레우, 울릭, 토르스텐한테 돈 받고 일하는 놈입니다. 저를 이 사건에서 손 떼게 하려고 누군가를 시켜서 두들겨 팬 겁니다. 뻔히 보이는 수작 아닙니까?"

"자네 입장에서는 그런 생각이 드는 것도 당연하겠지, 칼. 하지만 이 것을 짚고 넘어가지 않을 수는 없네. 근무 중 일어난 폭행 사건에 대한 보고가 들어오면 어떤 절차를 거쳐야 하는지는 자네도 알잖아."

경찰서장이 칼을 바라보며 말했다. 그녀가 그 위치까지 오르는 데 도움을 주었던 바로 그 눈빛이다. 그 위치에 올라야 보이는 것이 분명 있을 것이다. 칼도 그 눈빛에 잠시 무기력해지고 말았다.

"자네를 정직시키지는 않겠어, 칼."

경찰서장이 말을 계속 이었다.

"자네는 전에도 누구를 폭행한 적은 없잖아. 그렇지? 하지만 올해 초에 자네는 충격적이고도 슬픈 일을 당했지. 아마 그게 자네가 생각하는 것보다 자네한테 큰 영향을 미쳤을 거야. 우리가 무심하다 생각하지 말았으면하네."

칼은 입꼬리 한쪽이 처지며 미소를 띠었다. 내가 누구를 폭행한 적이 없다고 본인 입으로 직접 말했다. 믿어 주니 다행이군.

마르쿠스 반장이 배려의 눈빛으로 그를 바라보았다.

"당연히 이 일에 대해서는 수사가 이루어질 걸세. 그리고 그 수사기간 동안 차라리 이 기회를 살려서 자네를 집중적으로 치료 받게 할 생각일세. 그래야 지난 몇 달 간 자네가 겪었던 일들을 잘 정리하고 넘어갈수 있을 테니까. 이 기간 동안에는 여기서 행정업무 외에는 아무것도 하면 안 되네. 원하는 곳은 어디든 다닐 수 있지만 당연히 그 기간 동안 경찰 배지하고 권총은 반납하게. 이 점은 나도 유감이로군."

마르쿠스 반장이 손을 내밀었다. 정직이다. 이게 정직이 아니고 뭐란 말인가.

"권총은 무기고에 있습니다."

칼은 배지를 건네며 말했다. 이게 없으면 내가 하고 싶은 걸 하나도 못 할 줄 알고? 그게 아니란 것은 이 사람들도 알 텐데. 하지만 어쩌면 이들이 내게 원하는 것이 바로 그것인지도 모른다. 무모하게 어리석은 행동을 하고 나서는 것. 직무유기로 걸리는 것. 그건가? 내가 멍청한 짓을 저지르게 유도해서 나를 쫓아내려고 하는 건가?

"올베크의 변호사 팀 비르크순하고는 알고 지내는 사이야."

경찰서장이 말했다.

"내가 가서 그 사람한테 자네가 더 이상 그 사건을 수사하지 않는다고 설명하지, 칼. 그걸로 만족할 거야. 그 사람도 자기 의뢰인의 도발적인 성향을 모르는 게 아니니까. 이 사건을 법정으로 끌고 가 봐야 좋아할 사람은 아무도 없어. 그리고 자네가 명령을 따르는 것을 아무래도 힘들어하는 것 같던데, 그 문제도 같이 해결되지. 그렇지 않은가?"

경찰서장이 손가락으로 칼을 가리켰다.

"이번에는 반드시 명령을 따라야 할 거야, 칼. 그리고 앞으로도 쭉 그렇고. 분명히 말해 두지만 이제 지휘계통이 흔들리는 꼴은 더 이상 용납하지 않겠네. 내 말 이해하지? 뢰르비 사건은 종결됐어. 그리고 자네한테는 다른 사건을 조사하라고 분명히 말했어. 이렇게 분명하게 말했는데, 또 몇 번이나 더 말해야 알아들을 건가?"

칼은 고개를 끄덕이고 창밖을 흘끗 보았다. 그는 이런 엿 같은 설명이 싫었다. 세 사람 다 조용히 지금 당장 눈앞에서 꺼졌으면 좋겠다.

"이 수사를 왜 멈춰야 하는지 진짜 이유를 묻는 게 뭐가 잘못됐습니까?"

칼이 물었다.

"누구 명령입니까? 정치인들인가요? 무슨 근거로요? 이 나라는 모든 사람이 법 앞에 평등하다는 원칙이 통하는 나라로 압니다. 이 원칙은 범죄혐의를 받고 있는 사람에게도 똑같이 적용되는 것으로 아는데요. 제가 잘못 알고 있습니까?"

세 사람 모두 종교재판의 재판장이라도 되는 듯 근엄한 눈빛으로 칼을 바라보았다.

이 사람들 다음엔 어떻게 나올까? 나를 항구에 던져 놓고 내가 적그리스도처럼 물에 둥둥 떠다니는지 보려나?

"칼 수사관님, 제가 준비한 걸 보면 좋아서 까무러칠 걸요?"

로즈가 흥분해서 말했다. 칼은 지하실 복도를 살펴보았다. 어쨌거나 높이 조절 책상을 조립했다는 얘기는 아니로군.

"왜? 사직서라도 준비했나?"

칼은 사무실 의자에 앉으며 건조한 목소리로 말했다.

그 말에 로즈의 마스카라가 더 무거워 보이는 것 같았다.

"수사관님 사무실에 들어올 의자 두 개가 도착했어요."

로즈가 말했다. 칼이 책상 반대편을 보았다. 도대체 어떻게 저 좁은 공간에 의자가 하나도 아니고 둘이 들어간다는 거야?

"알았네. 그리고 또 뭐?"

"「가십」지하고 「여성생활」지에서 사진을 몇 장 찾았어요."

단조롭고 차분한 목소리였지만, 스크랩 내려놓는 소리가 평소보다 더 거칠게 들렸다.

칼은 흥미없다는 듯 스크랩을 흘끗 보았다. 사건 조사 권한을 뺏겼는데 이따위 스크랩이 다 무슨 소용이야? 사실 칼은 지금 로즈한테 이 너저분한 문서들을 다 싸서 어디 구석에 처박아 놓고, 순진한 놈 하나 살살 구슬려 등 두드려 주면서 저 빌어먹을 책상조립이나 시키라고 말하고 있어야 옳다.

하지만 칼은 잡지기사를 집어 들었다.

한 기사는 키미의 어린 시절에 나온 기사였다. 「여성생활」에 라센 가족의 일상을 소개하는 기사가 실려 있었다. 기사 제목은 이렇다.

'가정의 평화 없이는 성공도 없다.'

이 제목은 윌리 K. 라센의 아름다운 아내 카산드라 라센에게 바치는

찬가였다. 하지만 사진은 그와 달랐다. 아빠는 발목으로 가면서 가늘어지는 회색 정장을 입고 있었고, 계모 카산드라는 과감한 색상의 옷을 입고 1970년대 말에 유행했던 짙은 화장을 하고 있었다. 말쑥하게 차려입은 30대 중반의 사람들이었다. 자신감 넘치고 근엄한 얼굴이다. 어린 키르스텐-마리가 두 사람 사이에 끼어 서 있다는 사실을 두 사람은 조금도 인식하지 못 하고 있는 것 같았다. 하지만 키미는 분명히 그 영향을 받고 있었다. 겁을 먹은 커다란 눈동자의 이 소녀는 몸은 거기 있으되, 영혼은 거기 있지 않았다.

그리고 17년 후에 찍은 「가십」지의 사진에서 키미는 완전히 다른 모습이 되어 있었다.

1996년 1월에 찍은 사진이었다. 그녀가 사라진 바로 그해다. 코펜하겐 중심가 술집거리 어딘가에서 찍은 사진이다. 일렉트릭 코너 밖인 것 같기도 하고, 소메르스코 카페인 것 같기도 하고, 빅토르 카페 같기도 하다. 키미는 기분이 좋아 보였다. 몸에 달라붙는 청바지를 입고 깃털목도리를 한 채 잔뜩 취해 있었다. 길가에 눈이 쌓여 있는데도 가슴골을 훤히 드러냈다. 그녀는 얼굴이 꽁꽁 언 채 상류층 사람들에게 둘러싸여 열광적인 환호를 받고 있었고, 그 속엔 커다란 오버코트를 입은 크리스티안 울프와 디틀레우 프람도 있었다. 사진에는 우아한 설명도 달려 있었다.

'제트족이 드디어 나섰다. 주현절 전야제 파티에서 여왕이 탄생했다. 덴마크 최고의 신랑감인 29세의 크리스티안 울프가 마침내 평생의 동반자를 만난 것인가?'

"「가십」지 사람들 엄청나게 친절해요."

로즈가 덧붙였다.

"아마 기사를 더 찾아 줄 것 같아요."

칼은 살짝 고개를 끄덕였다. 「가십」지의 그 하이에나 같은 놈들이 친절하다고? 이 여자 정말 순진하구만.

"로즈, 복도에 널브러진 책상은 오늘이나 내일 중으로 다 조립해 놓게. 알겠나? 이 사건과 관련해서 자료 찾은 것이 더 있으면 그 책상 위에 올려놓고. 필요하다 싶으면 내가 직접 여기로 가져오겠네. 무슨 말인지 알겠지?"

로즈의 표정으로 보아하건데, 무슨 말인지 모르는 듯 싶다.

"마르쿠스 반장님 사무실에서 무슨 일 있었어요?"

문에서 아사드의 목소리가 들려왔다.

"무슨 일이냐고? 정직 먹었네. 그런데 여기 지하실에 엉덩이는 붙이고 있으라네. 그러니까 이 사건과 관련해서 나한테 하고 싶은 말이 있으면 쪽지에 적어서 문 바로 바깥 책상 위에 올려놓게. 거기에 대해서 나한테 말을 하면 안 돼. 그럼 나 옷 벗고 집에 가야하니까. 그리고 아사드, 로즈가 책상 조립하는 것 좀 도와줘."

칼은 복도를 가리켰다.

"그리고 정신 바짝 차리고 있게. 내가 이 사건에 대해 자네한테 할 말이 있거나, 지시 내릴 것이 있으면 여기에 적을 테니까."

칼은 종이를 향해 손짓했다.

"난 여기서는 행정업무만 할 수 있네. 그렇게 알고 있으라고."

"아주 엿 같네요."

아사드가 말했다. 이렇게 딱 맞는 표현이 또 어디 있을까?

"그게 다가 아닐세. 나더러 치료를 받으래. 그래서 아마 사무실 비우는 시간도 많을 거야. 이번에는 나한테 어떤 명청이를 붙여 놓는지 어디 두고 봐야지."

"그래요, 두고 보죠."

복도에서 생각지도 않았던 목소리가 들려왔다.

칼은 문 쪽을 돌아보며 불안한 마음이 들었다.

물론 그 목소리는 모나 입센이었다. 호랑이도 제 말하면 온다더니, 자기 얘기만 나오면 내가 방심하고 있는 순간에 어김없이 등장한다.

"칼 수사관님, 이번에는 치료기간을 아주 넉넉하게 잡고 가 보죠."

그녀가 아사드 옆으로 비집고 들어오며 말했다.

모나 입센이 그에게 손을 내밀어 악수를 청했다. 칼은 그 손을 놓기 싫었다.

따뜻하고, 매끄럽고, 결혼반지를 끼지 않은 그 손을.

20

전에 얘기했던 대로 티네는 스켈베크가데에 있는 렌터카 대리점의 칙칙한 간판 뒤에 쪽지를 남겨 두었다. 검정 패널의 바닥 나사 바로 위에 붙어 있었다. 습기 때문에 글자들이 이미 번져 있었다.

학교도 다니지 않은 티네가 크고 삐뚤삐뚤한 글자로 그 작은 메모지위에 글을 적으려니 공간이 많이 부족했을 테지만, 키미는 악필을 해독하는 데는 이골이 나 있었다.

안녕. 어제 우리 집에 칼 뫼르크라는 경찰이 와써써. 그리고 길에서

도 언니를 찬는 사람이 하나 더 이써써. 중앙역에서 언니 차떤 사람.

그 사람은 누군지 몰라. 조심해. 벤치에서 봐. T. K.

키미는 몇 차례 쪽지를 읽어 내려가면서 마지막 'K'에 눈이 갈 때마다 철길 건널목 차단기라도 만난 듯 멈추었다. 그 글자는 키미의 망막에그대로 얼어붙어 새겨졌다. 이 'K'는 대체 어디서 온 거야?

경찰의 이름은 칼이었다. 'C'로 시작하는 칼이다. 소리는 같은 글자지만, 'K'보다는 낫다. 이자는 무섭지 않다.

키미는 간판 아래 오랫동안 주차 되었던 레드와인색 닛산 자동차에 기대었다. 티네의 쪽지 때문에 감당하기 힘든 피로감이 몰려왔다. 마치 악마들이 자신의 내면을 돌아다니며 생명을 빨아먹고 있는 것 같았다.

'집에서 나오지 말아야겠어. 그럼 날 잡지 못 하겠지.'

키미는 생각했다.

하지만 잡히지 않을 거라고 어떻게 확신할 수 있을까? 티네가 나를 찾아다니는 사람들과 얘기한 것 같다. 사람들이 티네에게 이것저것 물어보고 있다. 티네만이 알고 있는 나에 대한 이야기들을. 적지 않은 내용이다. 그렇다면 티네는 이제 그냥 랫-티네가 아니다. 그녀 자체로 위험한 존재가 되었다. 이젠 티네도 키미에게는 위험요소다.

'나에 대한 얘기를 아무한테도 하면 안 되는데. 1,000크로네 갖다줄 때 잘 알아듣게 얘기해야지.'

키미는 생각했다.

본능적으로 고개를 돌리는 순간, 옅은 파란색 나일론 조끼를 입고 무가지 신문을 나눠 주는 사내가 키미의 눈에 들어왔다.

'나를 감시하려고 누가 심어 놓았나? 그럴 수도 있을까?'

키미는 궁금해졌다. 이제 그들은 티네가 사는 곳을 안다. 어쩌면 티네가 자기와 접촉한다는 사실도 알고 있을지 모른다. 티네가 쪽지를 붙이러 렌터카 대리점에 갈 때 미행한 사람이 없다고 어떻게 확신할 수 있을까? 티네를 쫓는 사람들이 그 쪽지를 읽지 말라는 법이 어디 있나?

키미는 정신을 차리려 애썼다. 그들이 쪽지를 봤다면 떼지 않았을까? 당연히 떼어냈겠지. 아니지. 꼭 그러란 법 있나?

키미가 다시 신문을 나눠주는 사내를 쳐다보았다. 바쁘다고 싸가지

없게 구는 사람들한테 신문 나눠 주는 구질구질한 일을 하면서 근근이 살아가고 있을 저 검은 피부의 사내가 잔돈 몇 푼이라도 더 들어올 구석이 생긴다면 마다할 이유는 없었을 것이다. 결국 그 사람은 키미가 인게르슬레우스가테와 철길을 따라가는 모습만 지켜보면 될 테니까. 그 사람이 뒤뵐스브로 역으로 내려가는 계단통으로 조금만 더 가까이 오면 그건 어려운 일도 아니다. 키미를 감시하기에는 거기만큼 좋은 곳이 없다. 그 높은 곳에 서 있으면 남자는 키미가 어디를 통해 어디까지 가는지 훤히 볼 수 있을 것이다. 철문을 통해 집까지 가는 거리는 기껏해야 500미터에 불과하다. 기껏해야 500미터.

키미는 모직코트를 더 단단히 여미며 윗입술을 깨물었다.

그리고 그 사내에게 다가갔다.

"이거 받아요."

키미가 만오천 크로네 지폐를 건네며 말했다.

"이젠 집에 갈 수 있겠죠?"

사내의 눈이 휘둥그레졌다. 이렇게 크고 하얀 눈동자는 초기 유성영화에서 말고는 본 적이 없다. 뙤약볕 밑에서 다른 흑인들과 섞여 살아가던 삶에 돈을 건네는 이 앙상한 손은 다름 아닌 꿈의 실현인 듯했다. 그에게 이 돈은 아파트 월세나 작은 가게의 보증금이 될 수도 있고, 집으로 돌아갈 표가 될 수도 있다.

"오늘은 수요일이에요. 사장한테 전화해서 다음 달까지는 못 나간다고 전화해요. 내 말 알아듣겠어요?"

도시와 엥하베 공원 위로 내려앉은 안개가 그녀를 감싸 취한 듯 몽롱하게 만들었다. 주변의 것들이 하얀 안개 속으로 사라지고 있었다. 콩엔스 맥주공장의 키 큰 유리창들이 제일 먼저 사라졌다. 그다음에는 그 앞의 건물들이 사라졌고, 공원 한쪽 끝의 정자, 그리고 마지막으로 분수대가 사라졌다. 가을 향기를 머금은 눅눅한 공기다.

"그놈들 모두 죽여야 돼."

머릿속에서 목소리가 말했다.

오늘 아침 키미는 벽 속 빈 공간 중 하나를 열어서 수류탄들을 꺼내 보았다. 키미는 이 사악한 장치들을 자세히 살펴보고, 모든 것을 분명하게 이해했다. 놈들은 따로따로 죽여야 한다. 한 번에 한 명씩. 그래야 남은 놈들이 공포와 후회로 피가 마를 시간을 충분히 벌 수 있다.

키미는 얼음처럼 차가운 손을 코트주머니에 찔러 넣으며 속으로 웃었다. 그놈들이 이미 그녀를 무서워하고 있음은 증명되었다. 이제 그놈들은 나를 찾기 위해 물불을 가리지 않을 것이다. 그리고 점점 가까워지고 있다. 나를 찾을 수만 있다면 무엇이든 아끼지 않을 것이다. 겁쟁이들이니까.

키미는 갑자기 웃음을 멈추었다. 이 마지막 부분은 충분히 생각하지 못 했던 부분이다.

그놈들은 겁쟁이다. 사실이지. 그리고 겁쟁이들은 기다리지 않는다. 시간을 주면 그놈들은 목숨을 부지하려고 도망갈 것이다.

"한꺼번에 모두 죽여야 해."

키미는 큰소리로 말했다.

"방법을 찾아야 해. 아니면 숨어 버릴 테니까."

자기가 그렇게 할 수 있다는 것을 키미도 알고 있었지만, 내면의 목소리들이 요구하는 바는 달랐다. 목소리들은 정말이지 고집스러웠다. 사람을 아주 미치게 만들 정도로.

키미는 공원 벤치에서 일어나 주변에 몰려든 갈매기들을 걷어찼다.

어디로 가지?

'밀레, 꼬맹이 밀레.'

키미 내면의 주문이 쉴 새 없이 흘러나왔다. 오늘은 일진 사나운 날이다. 생각해야 할 일이 너무도 많았다.

키미는 고개를 숙여 신발에 이슬로 맺힌 안개를 보며 다시 한 번 티네의 쪽지 끝에 나온 글자를 생각했다.

'T. K.'

'K'가 대체 어디서 튀어나온 거지?

5학년 시험을 치르기 전의 짧은 방학이 다가오고 있었다. 키미가 카레 브루노를 차 버린 지 얼마 지나지 않았을 때였다. 키미는 카레 브루노에게 머리나 성격이나 그가 얼마나 별 볼 일 없는 사람인지를 각인시켜 망가뜨린 후에 차 버렸다.

그 후로 며칠간 크리스티안이 키미를 놀리기 시작했다.

"키미, 넌 그럴 배짱은 없는 년이야."

크리스티안은 아침에 모일 때마다 키미에게 이렇게 속삭였다.

그리고 매일 나머지 패거리들이 키미를 둘러싸면 크리스티안은 키미의 옆구리를 찌르고 어깨를 두드리며 이렇게 말했다.

"키미, 네가 무슨 배짱이 있어서 감히 그런 짓을 하겠냐!"

하지만 키미는 했다. 패거리도 그녀가 그렇게 하리라는 것을 알고 있었다. 그들은 키미의 행동을 유심히 살폈고, 수업시간 동안에는 키미를 계속 부추겼다. 수업시간이면 일렬로 늘어선 의자들 사이에서 키미는 다리를 벌리고 치마를 위로 살짝 걷어올리고 앉았다. 그리고 선생님 책상을 향해 걸어갈 때는 보란 듯 뺨 양쪽으로 한껏 보조개를 만들었다. 속이 비치는 블라우스를 입었고, 목소리에는 교태를 담았다. 그렇게 2주가 흐른 후에 드디어 키미는 선생의 몸을 달아오르게 하는 데 성공했다.

학교에서 거의 모든 사람이 좋아하는 유일한 선생이었는데, 몸이 달아올라 어찌나 안달하는지 웃길 지경이었다.

그 선생은 제일 최근에 들어온 선생이었다. 얼굴은 동안이지만, 진짜 남자였다. 소문에는 코펜하겐대학교에 다니면서 그해 최종 평가시험에서 덴마크 최고점수를 받았다고 한다. 하지만 그는 전형적인 기숙학교 선생 스타일은 아니었다. 아니, 전혀 그렇지 못 했다. 그는 학교 바깥 사회에 대한 이야기를 미묘한 어감을 살려 자세히 설명하곤 했다. 그리고 학생들에게 폭넓은 문헌을 읽게 했다.

키미는 그 선생을 찾아가 시험공부를 개인교습 해 달라고 했다. 첫 시간이 끝나기도 전에 이미 이 게임은 선생에게는 승산 없는 게임으로 기울고 있었다. 얇은 옷 사이로 속속들이 드러나는 키미의 부드러운 곡선을 보며 선생 입에서 끙끙 앓는 소리가 절로 나왔다.

선생의 이름은 클라우스였다. 그는 이 이름이 월트디즈니를 너무 좋아했던 아버지의 잘못된 판단 덕에 얻은 이름이라고 늘 애써 설명했다.

누구도 감히 그의 별명인 클라우스 크리케를 함부로 부르지 않았다. 그 별명은 〈도널드 덕〉에 등장하는 호레이스 호스칼라(월트디즈니 애니메이션에 등장하는 말 캐릭터—옮긴이)의 덴마크 버전이었기 때문이다. 하지만 키미는 그의 내면에 잠들어 있던 종마의 본성을 이끌어내는 데 성공했다. 세 번째 교습시간이 지난 후부터 그는 더 이상 교습시간을 기록하지 않았다. 그는 이미 옷은 반쯤 벗고 방열기는 최대로 틀어 놓은 상태에서 키미를 자기 아파트로 불러들였다. 그는 키미를 집으로 끌어들인 후 주체 못 할 키스 세례를 퍼부었고, 손으로는 쉼 없이 그녀의 맨살을 더듬었다. 머리를 하얗게 태워 버린 지칠 줄 모르는 욕정에 사로잡힌 그는 타인의 쫑긋 선 귀나 질투어린 시선 따위는 아랑곳하지 않았다. 학칙이나 규제 따위도 이미 잊은 지 오래였다.

키미는 교장에게 선생이 강요했다고 말할 생각이었다. 키미는 일이 어떻게 끝을 맺을지, 그리고 상황을 다시 자기 손아귀에 움켜쥘 수 있을지 궁금했다.

하지만 일은 생각대로 풀리지 않았다.

교장은 두 사람을 동시에 사무실로 불러들여, 비서가 지켜보는 가운데 두 사람을 말없이 불편하게 대기실에 나란히 앉아 있게 두었다.

그날 이후로 클라우스와 키미는 서로 두 번 다시 말을 꺼내지 않았다. 그 후에 선생에게 일어난 일은 키미가 알 바 아니었다.

교장은 키미에게 코펜하겐으로 가는 버스가 한 시간 반 후에 출발하니 짐을 싸라고 했다. 이제 키미는 귀찮게 교복을 입을 필요가 없었다. 사실은 교장이 키미에게 교복을 입지 말라고 했다. 그렇다면 지금부터는 퇴학 당한 것이라고 생각해도 무방하리라.

키미는 붉게 달아오른 교장의 뺨을 잠시 바라보다 그와 눈을 마주쳤다.

"그 사람이 나를 강간했다고 하면 믿지 않으시겠죠? 하지만 타블로이드 신문에서도 그렇게 생각해 주려나? 어떤 스캔들이 실릴지 상상이 가세요? '어디어디 기숙학교에서 선생이 어린 학생을 강간하다.' 이런 기사가 나는 꼴을 보고 싶으신 건가요?"

키미는 교장이 받아들이기 힘든 모욕적인 말투로 질질 끌며 말했다.

키미는 한 가지 간단한 조건만 들어 주면 입을 다물겠다고 했다. 네, 이 학교 나갑니다. 당장에 짐 싸서 학교를 떠날게요. 전 상관없어요. 다만 이 사실을 집에 알리지만 말아요. 그것이 키미가 내건 조건이었다.

교장은 학생이 수업도 받지 않는데 수업료를 받는 것은 옳은 일이 아니라며 고개를 저었다. 그래서 키미는 무례하게도 교장 선생의 책상 제일 가까운 곳에 있는 책에서 한쪽 구석 종이를 찢어내어 무언가를 그 위에 적었다.

"여기 제 계좌번호가 있어요. 그 돈은 제 계좌로 입금하세요."

교장은 후회스러운 듯 한숨을 내쉬었다. 수십 년 동안 쌓아올린 교사의 권위는 이 종이 조각과 함께 허망하게 사라지고 말았다.

안개 속에서 눈길을 드니 키미는 평온함이 밀려오는 것을 느꼈다. 저기 운동장에서 들려오는 아이들의 명랑하고 즐거운 비명소리가 그녀를 재촉했다.

넓은 운동장에는 작은 아이 두 명과 여자 보모 한 사람밖에 없었다. 아이들은 가을의 침묵에 젖어든 정글짐 사이에서 술래잡기를 하며 부산하게 움직이고 있었다.

키미는 안개를 가르며 아이들에게 다가가 조용히 여자아이를 바라보았다. 여자아이는 손에 무언가를 들고 있었고, 사내아이는 그것을 갖고 싶어 했다.

키미도 한때는 저런 여자아이가 있었다.

키미는 보모가 자기를 어떤 눈으로 쳐다보는지 느껴졌다. 키미가 지저분한 옷에 헝클어진 머리를 하고 덤불 사이에서 나타나는 순간 그 여자의 머릿속에서 경고의 종소리가 울렸을 것이다.

"어제만 해도 이 꼴이 아니었거든! 보지도 못 했으면서."

키미가 그 여자에게 소리 질렀다.

어제 중앙역에서 입고 있던 옷을 입고 나타났으면 사정이 달랐을 것이다. 모든 것이 달라졌으리라. 어쩌면 저 여자가 나에게 먼저 말을 걸어왔을지도 모를 일이다.

내 말에 귀를 기울였을지도 모르고.

하지만 여자는 키미의 말에 귀 기울이지 않았다. 여자는 앞으로 뛰어

나와 키미가 아이들에게 접근하지 못 하도록 팔을 벌려 단호히 막아섰다. 여자가 아이들에게 당장 이리로 오라고 했지만, 아이들은 오려고 하지 않았다. 이 여자는 이 나이 때 개구쟁이들이 말을 안 듣는 것도 모르나? 이 생각에 키미는 즐거워졌다.

그래서 키미는 턱을 내밀며 여자의 얼굴에 대고 비웃었다.

"어서 이리 오라니까!"

여자가 아이들을 향해 히스테리를 부리며 소리 질렀다. 여자의 눈길은 마치 쓰레기를 보듯 키미를 바라보고 있었다.

곱게 있을 키미가 아니다. 키미가 한발 앞으로 나가 그 여자에게 주먹을 날렸다. 키미는 이 여자가 자기를 무슨 괴물 취급하게 놔두지는 않을 것이다.

바닥에 쓰러진 여자가 고함을 질렀다. 나 건드리지 않는 게 좋아, 전화 한 통이면 네 버르장머리 고치러 올 사람 많아.

그러자 키미가 다시 여자를 걷어찼다. 한 번, 그리고 다시 한 번. 그러자 여자도 조용해졌다.

"꼬마야, 이리 온. 네 손에 든 게 뭐야? 보여 주면 안 돼?"

키미는 아이를 구슬렸다.

"손에 든 거 막대기야?"

하지만 아이들은 손가락을 뻣뻣하게 앞으로 뻗은 채 보모를 찾으며 제자리에 꼼짝없이 얼어붙었다.

키미는 아이들에게 더 가까이 다가섰다. 이 여자아이는 우는 모습도 무척 예뻤다. 긴 머릿결이 아주 예쁘다. 꼬맹이 밀레의 머리카락과 같은 갈색이다.

"이리 와 봐, 꼬마야. 와서 손에 뭘 들고 있는지 좀 보여 줘."

키미가 조심스럽게 다가서며 다시 말했다.

뒤에서 씩씩대는 소리가 들렸다. 키미가 돌아섰지만 여자가 사력을 다해 목에 내려친 일격을 피하지는 못 했다.

키미는 얼굴부터 자갈밭 위로 쓰러졌고 그다음에는 복부를 갈림길 표지석에 찧었다.

그동안 보모는 말없이 키미를 지나 한 팔에 하나씩 아이들을 들어올렸다. 베스테레브로에서 몸이나 파는 창녀 주제에 어디 감히. 저 꽉 끼는 바지에 기름기로 떡이 진 머리카락하고는.

키미가 고개를 들어 우는 아이들의 얼굴을 바라보았다. 아이들은 여자의 팔에 들려 덤불 너머 공터로 사라졌다.

키미도 한때는 저런 귀여운 여자아이가 있었다. 지금은 관 속에 누워 침대 밑에서 참을성 있게 엄마를 기다리는.

우리는 이제 곧 만나게 되리라.

21

"이번 기회에 우리 둘이 완전히 툭 터놓고 얘기해 봤으면 좋겠네요. 지난번에는 그다지 만족스럽지 못 했어요. 그렇죠?"

모나 입센이 말했다.

칼은 모나 입센의 세상을 둘러보았다. 아름다운 자연 경관과 야자나무나 산 같은 것들이 그려진 대형 걸개그림, 햇살에 비친 밝은 색상들, 귀한 목재로 만들어진 의자 두 개, 성기게 자란 나무 화분. 믿기 힘들 정도로 깔끔하게 정돈된 공간이었다. 이 공간 속에는 우연히 끼어든 요소가 단 하나도 없었다. 정신집중을 방해할 만한 것이라고는 눈곱만큼도 없었다. 하지만 그럼에도 불구하고 마음을 열고 소파 위에 누워 있으니 거대한 장애물 하나가 칼의 정신집중을 계속 방해했다. 칼은 그저 저 여자의 옷을 어서 빨리 찢어 버리고 싶은 생각밖에 없었다.

"노력해 보죠."

칼은 모나 입센의 요청이라면 무엇이든 할 것이다. 어차피 지금은 바쁜 일도 없으니까.

"어제 사람을 폭행했네요. 이유가 무엇인지 말해줄 수 있나요?"

예상되었던 대로 칼은 부인했다. 그는 자신의 결백을 주장했다. 하지만 모나 입센은 그가 거짓말하고 있다는 듯 바라보았다.

"진척이 있으려면 아무래도 사건을 되짚어갈 수밖에 없겠네요. 좀 불편할 수도 있겠지만, 필요한 부분이에요."

"총격사건 말이군요."

칼이 말했다. 그는 숨 쉴 때마다 움직이는 그녀의 가슴이 간신히 보일 정도로만 실눈을 뜨고 있었다.

"수사관님은 1월에 아마게르 총격사건에 연루되었죠. 그전에 다루었던 얘기예요. 정확한 날짜 기억하세요?"

"1월 26일입니다."

무슨 좋은 날짜라도 된다는 듯 모나 입센이 고개를 끄덕였다.

"수사관님은 비교적 큰 부상 없이 간신히 빠져나왔지만, 동료 안케르 씨는 사망했고, 다른 한 사람은 현재 마비된 채로 병원에 누워 있어요. 이제 8개월이 지났는데 이런 상황에 어떻게 적응하고 계신가요?"

칼은 천정을 물끄러미 바라보았다. 어떻게 적응하고 있냐고? 정말 모르겠다. 그저 일어나서는 안 될 일이 일어났을 뿐이다.

"물론 그런 일이 일어난 것을 유감으로 생각하고 있습니다."

칼은 척추 클리닉에 누워 있는 하르뒤의 모습을 그려 보았다. 말없이 조용한 슬픈 눈동자, 죽은 듯 꼼짝도 않고 누워 있는 120킬로그램의 몸뚱이.

"그 일을 생각하면 속상하세요?"

"네, 속상합니다."

칼은 미소를 지으려고 노력했지만, 모나 입센은 차트를 내려다보고 있었다.

"하르뒤 씨가 말하길 세 사람을 쏜 자가 누군지는 몰라도 아마게르에서 세 사람을 기다리고 있었을 거라고 의심하던데, 수사관님한테도 그 얘기를 하던가요?"

칼은 그렇다고 대답했다.

"세 사람이 범죄 현장에 간다는 사실을 그자에게 흘린 사람이 수사관님 아니면 안케르 씨라고 생각한다는 얘기도 하던가요?"

"네."

"그 얘기를 들으니 어떤 생각이 들던가요?"

칼을 떠보는 소리다. 지금 이 순간 칼의 상상 속에서 모나 입센의 눈동자는 에로틱하게 반짝이고 있었다. 칼은 궁금해졌다. 그녀도 내가 무슨 생각을 하는지 알까? 그리고 이런 생각이 얼마나 그를 미친 듯이 흔들어 놓고 있는지도. 그는 정신을 집중할 수가 없었다.

"어쩌면 맞는 소리일지도 모르겠다는 생각이 들더군요."

칼이 대답했다.

"물론 수사관님은 아니로군요. 수사관님 얼굴을 보니 알겠어요. 제 말이 맞나요?"

내가 진짜로 정보를 흘렸다면 제 발이 저려서라도 펄쩍 뛰며 부정하리라는 것쯤은 쉽게 예상할 수 있다. 사람들을 다 바보로 아나? 사람 얼굴 읽는 게 정말 그렇게 자신 있어?

"당연히 저는 아닙니다."

"하지만 만약 안케르가 정보를 흘린 거라면, 안케르는 정말 인생이 끔찍하게 꼬였다고 밖에 할 말이 없겠네요. 안 그런가요?"

칼은 생각했다.

'내가 저 여자한테 환장해서 이 짓을 하고는 있지만, 그래도 질문이 질문 같아야 뭐라도 대답이 나오지, 정말 못 해 먹겠군.'

"네, 그렇죠."

칼은 자기 목소리가 마치 속삭이는 소리처럼 들렸다.

"하르뒤나 저나 그 가능성을 고려해야 할 겁니다. 지금은 그 역겨운 흥신소 사립 탐정놈의 거짓말에 놀아나고, 누군지 모를 실세가 수사를 가로막는 바람에 손발이 묶였지만, 이 상황만 끝나면 캐낼 수 있는 데까지 다 캐낼 겁니다."

"경찰 본부에서는 '못총 사건'이라고 부르더군요. 살해무기 때문에요. 희생자는 머리에 못을 맞았죠? 꼭 처형한 것처럼 보이던데."

"상황으로 보면 아마도 그럴 겁니다. 사건을 제대로 살펴보지는 못했습니다. 그 후로 그 사건에서는 손을 떼서. 관련사건도 있었죠. 뭐, 이미 알고 계시겠지만. 소뢰에서 두 젊은 사내가 같은 방식으로 살해당했습니다. 범인은 동일인물인 것으로 믿고 있습니다."

그녀는 고개를 끄덕였다. 물론 그녀도 알고 있는 내용이다.

"그 사건이 수사관님을 괴롭히고 있군요. 안 그런가요?"

"아니요, 그것 때문에 괴롭지는 않습니다."

"그럼 뭐 때문에 괴로우세요?"

칼은 가죽 소파 옆쪽을 움켜쥐었다. 드디어 기회가 왔다.

"제가 선생님께 한번 만나달라고 할 때마다 번번이 퇴짜를 놓으니 그것이 괴롭습니다. 그것 때문에 괴로워 죽겠소, 젠장."

칼은 들뜬 마음으로 모나 입센의 상담실을 나섰다. 그녀가 그를 질책하면서 의심과 비난이 가득 묻어나는 일련의 질문으로 그를 혹독하게 괴롭힌 것은 사실이었다. 소파에서 벌떡 일어나 제발 자기 말을 좀 믿으라고 화를 내고 싶은 생각이 굴뚝같을 때가 많았지만, 칼은 냉정을 유지하며 공손하게 모두 대답했다. 그리고 마침내 그 결과, 애정이 담긴 것은 아니었지만 난처한 웃음을 지으며 그녀는 심리상담 고객으로 만나는 관계가 마무리되면 나가서 함께 식사하는 것을 한번 생각해 보자고 약속했다.

어쩌면 그녀는 이렇게 애매하게 약속을 해 놓으면 어물쩍 넘어갈 수 있으리라 생각하는지도 모른다. 아마도 치료가 마무리가 안 돼서 안 만나 주나 보다 생각하면서 내가 세월아 네월아 기다릴 줄 알겠지. 하지만 내가 그렇게 멍청한 놈은 아니다. 그 약속을 반드시 지키게 만들 것이다.

칼은 이에게르스보르 알레와 샤를로테룬의 망가진 도심부를 바라보았다. 전철역까지 걸어서 5분, 그리고 전철에 오른 지 30분이면 그는 다시 경찰 본부 지하실 구석에 처박힌 높이 조절 사무실 의자에 멍청하게 앉아 있게 될 것이다. 새로운 희망이 샘솟는 오늘 같은 날에 어울리는 환경은 분명 아니다.

그는 무슨 일이라도 생겼으면 싶었지만, 경찰 본부에는 한마디로 아무런 거리가 없다.

린데고르스바이 초입에 도착하자 그는 거리를 둘러보았다. 이 길 끝에서부터는 시의 이름이 오르러프로 바뀌는 것을 그도 모르지 않았다. 이왕 여기까지 왔으니 거기까지 걸어가 보는 것도 나쁘지 않을 것 같다.

칼은 핸드폰을 꺼내 아사드의 단축번호를 누르며 자동적으로 배터리 막대에 눈길이 갔다. 방금 충전시키고 나왔는데 벌써 반으로 줄어 있다. 짜증난다.

아사드가 놀라며 전화를 받았다. 우리 이런 얘기해도 돼요?

"알 게 뭐야, 계속 수사 중이라고 떠벌리고 다니지만 않으면 그만이지. 내 말 잘 듣게. 기숙학교에 우리하고 얘기를 나눌 만한 사람이 있는지 조사 좀 해 보겠나? 그 큰 서류철 안에 낡은 졸업앨범이 있네. 그걸 보면 같은 반에 누가 있었는지 확인할 수 있을 거야. 아니면 1985년에서 1987년 사이에 그 학교에 근무했던 선생을 알아봐도 좋고."

"그건 이미 확인해 봤습니다."

아사드가 말했다. 그럼 그렇지. 아사드가 누구던가.

"이름을 몇 개 알아 두긴 했는데, 계속 알아볼게요."

"잘했네, 아사드. 그리고 전화를 로즈한테로 좀 돌려줘."

1분 정도가 지나자 로즈의 헐떡이는 목소리가 들려왔다.

"네!"

'수사관님' 소리가 안 나온다.

"보아하니 책상을 조립하고 있나 보군?"

"네!"

이 짧은 대답이 더 중요한 일을 하는 도중에 방해를 받아 생긴 불만, 비난, 냉담, 짜증 등을 표현하기 위한 것이었다면, 로즈 크누센의 말재간도 제법이다.

"키미 라센의 계모 주소가 필요해. 지난번에 쪽지로 받긴 했는데, 지금 갖고 있질 않아. 그냥 주소만 알려 주게, 알았나? 제발 귀찮게 질문 퍼붓지는 말고!"

그는 단스케 은행 바로 바깥에 서 있었다. 잘 차려입은 남자와 여자들이 참을성 있게 긴 줄에 서서 기다리고 있었다. 노동자 계급이 모여 사는 브뢴뷔나 토스트루프 같은 교외 지역에서 오늘 같은 임금지급일에 은행 앞에 줄 서 있는 모습과 똑같다. 그런 동네라면 차라리 이해가 된다. 하지만 샤를로테룬 같은 부자 동네에 사는 사람들이 대체 왜 이렇게 은행 앞에 줄을 서고 있담? 공과금 같은 것은 아랫사람을 시켜서 내면 안 되나? 이 사람들은 인터넷뱅킹도 할 줄 모르나? 아니면 내가 부자들의 습관에 대해 뭔가 모르는 부분이 있나? 혹시 베스테르브로의 부랑아들이 잔돈 몇 푼 생기면 담배와 맥주를 사는 것처럼, 부자들은 어차피 푼돈밖에 안 되는 월급으로는 은행에 와서 모두 주식을 구입하는 것인가?

'어차피 모두들 자기가 가진 것으로 자기가 할 수 있는 만큼 채우고 사는 것이지.'

칼은 생각했다. 그는 약국 건물 정면을 살피다가 건물 유리창에서 벤트 크룸의 간판을 보았다.

'대법원 법정변호사 벤트 크룸 사무실.'

대법원까지 들어갈 수 있다는 것은 분명 디틀레우, 울릭, 토르스텐 같은 고객에게 큰 도움이 될 부분이다.

칼은 한숨을 내쉬었다.

크룸의 사무실을 그냥 지나치자니 마치 참새가 방앗간을 그냥 지나가는 기분이다. 초인종을 누르고 사무실로 들어가 벤트 크룸과 인터뷰를 하면 10분 안으로 득달같이 경찰서장의 전화가 걸려올 것이고, 이것은 특별 수사반 Q와 칼 뫼르크도 그것으로 끝이라는 의미다.

칼은 잘릴 각오하고 쳐들어갈까, 적절한 기회가 찾아올 때까지 벤트 크룸과의 대면을 미룰까 갈등하며 잠시 서 있었다.

'아무래도 그냥 지나가는 게 낫지.'

생각은 이랬지만 정작 그의 손가락은 마치 자기 자신만의 자유의지를 가지고 있다는 듯 초인종을 지그시 누르고 있었다.

칼은 고개를 저으며 초인종에서 손가락을 뗐다. 예전부터 수천 번도 넘게 겪었던 상황이다. 어린 시절의 저주가 다시 한 번 그의 발목을 붙잡았다. 바로 '내가 할 일은 내가 결정한다.'라는 거다. 제기랄.

잠시 기다리라는 통명스럽고 걸걸한 여자 목소리가 들렸다. 잠시 기다리니 계단을 걷는 소리가 들리고, 유리문 너머로 한 여자가 눈에 들어왔다. 최신 유행의 옷가지에 유명 브랜드의 숄을 어깨에 두르고 있고, 촌스러운 모피코트를 걸치고 있었다. 비가가 나와 함께 살던 시절 내내 스

258

트뢰에 있는 비르게르 크리스텐센(덴마크의 명품 모피 브랜드—옮긴이) 앞을 지나칠 때마다 군침을 흘렸던 것과 아주 비슷한 제품이다. 비가에게 입혀 놓으면 아주 어울렸을 것 같다. 하지만 만약 그때 비가가 그 모피 코트를 샀더라면 지금쯤은 성깔 있는 화가 애인의 손에 갈기갈기 찢겨 그의 희한한 그림을 그릴 천조각으로 사용되는 슬픈 운명을 겪게 되었을 것이 분명하다.

여자가 문을 열고 눈부실 정도로 하얗게 미소를 지었다. 돈의 힘으로 만들어 낸 미소였다.

"정말 죄송하지만, 제가 지금 외출하려는 참이라서요. 제 남편은 목요일에는 여기 없어요. 다른 날로 약속을 잡으시는 게 좋을 것 같네요."

"아닙니다, 저는……."

칼은 본능적으로 경찰 배지를 꺼내려 주머니에 손을 넣었지만 주머니 속에는 보푸라기밖에 잡히지 않았다. 당황스러웠다. 배지가 있었다면 수사 때문에 찾아왔다고 말했을 것이다. 남편에게 형식적으로 몇 가지 물어볼 것이 있으니 괜찮으시다면 한두 시간 정도 자리를 비우게 될 것이고, 그리 오래 걸리지는 않을 것이라는 등등 말이다. 하지만 칼의 입에서는 다른 얘기가 튀어나왔다.

"남편께서 골프를 치러 나가셨나요?"

여자는 영문을 모르겠다는 표정으로 칼을 바라보았다.

"제가 알기로 제 남편은 골프를 치지 않는데요."

"좋습니다."

칼은 숨을 들이쉬었다.

"부인, 이런 말씀을 드리게 돼서 유감입니다만 저나 부인이나 속고 있는 겁니다. 부인의 남편과 제 아내가 바람을 피우고 있습니다. 그래서 도대체 어떤 사람인지 알고 싶었습니다."

자기가 불쑥 나타나 이 죄 없는 여인을 얼마나 고통스럽게 만들었는지 눈치챈 그는 버려진 사람처럼 비참하게 보이려고 애썼다.

"부디 저를 용서하십시오. 정말 죄송합니다."

칼은 이렇게 말하며 조심스럽게 여자의 팔에 손을 댔다.

"제가 나빴습니다. 다시 한 번 사과드립니다."

그리고 칼은 길가로 나와 오르러프로 향하는 사람들의 발걸음에 합류했다. 칼은 아사드의 돌발적인 행동이 자기한테 전염된 것을 보고 살짝 충격을 받았다. 아사드가 그럴 때마다 내가 나서서 나쁜 짓이라고 훈계하지 않았던가. 이것도 점잖게 표현하니까 나쁜 짓이지.

키미의 계모는 키르케바이에서 교회 건너편에 살고 있었다. 차고가 세 개, 계단 탑 두 개, 벽돌로 지은 정원 관리인의 오두막 하나, 수백 미터나 이어진 새로 회반죽을 바른 정원 벽, 150평에 이르는 대저택, 그리고 집 문간에 사용한 황동의 양이 덴마크 왕실 전용선에 사용한 양보다도 많아 보였다. 평범하다거나 아담하다는 표현과는 거리가 먼 집이다.

1층 유리문 뒤로 어른거리는 사람 그림자를 보자 칼은 기뻤다. 헛걸음은 아닌가 보군.

가정부는 지친 기색이었지만 가능한 한 카산드라 라센을 문까지 데리고 나오겠다고 했다.

'문까지 데리고 나온다.'라는 표현은 칼이 생각했던 것보다 상당히 적절한 표현이었다.

안쪽에서 큰소리로 싫다는 소리가 이어지더니 외마디 외침과 함께 조용해졌다.

"젊은 사내라고?"

이 여자는 한때는 잘나가서 남자들도 여럿 거느렸을 전형적인 상류층 퇴물 여자였다. 「여성생활」지에서 보았던 세련되고 날씬한 여자와는 한참 거리가 있었다. 30년에 가까운 세월이면 많은 변화가 일어날 수 있는 시간인데, 지금 보니 확실히 그랬다. 기모노를 입고 있었는데 하도 헐렁하게 입어서 겉으로 드러난 속옷이 마치 전체적인 옷차림새의 일부인 듯 보였다. 그녀는 칼의 남자다움을 한눈에 알아봤다. 나이는 들었어도 사내에 대한 그녀의 열정은 아직 식지 않은 듯했다.

"어서 들어오세요."

카산드라가 반기며 인사했다. 입에서 어제 마신 술냄새가 풍겼다. 꽤 좋은 술인가 보다. 몰트위스키를 마셨나 보군. 집안에 술냄새가 하도 진동해서 전문가가 왔다면 몇 년산인지도 맞힐 것 같다.

카산드라가 팔을 잡고, 아니, 더 정확하게 표현하자면 아예 착 달라붙어 칼을 안내해 1층 어느 곳으로 데려갔다. 그녀가 목소리를 낮추며 그곳을 '내 방'이라고 했다.

그녀가 칼에게 자기 안락의자 바로 옆 안락의자를 권했다. 그녀의 무거운 눈꺼풀과 그보다 더 무거운 가슴을 정면으로 마주하고 앉는 자리였다. 기억에 남을 장면이다.

여기서도 마찬가지로 그녀의 친절, 아니 관심도 칼이 방문의 목적을 설명하기 전까지만 유효했다.

"그러니까 키미에 대해 알고 싶다고요?"

카산드라가 이렇게 말하며 손을 가슴에 얹었다. 칼에게 '그 얘기를 꺼내면 미쳐 버릴지 모르니 나가라.'는 뜻을 비치기 위한 것이다.

그러자 칼의 촌뜨기 시절의 자아가 그를 장악했다.

"여기 오기 전에 이 집이 좋은 예의범절의 상징 같은 곳이라는 소리를 들었습니다. 찾아온 이유와 상관없이 모두를 잘 대해 주신다고요."

이 말은 효과가 없었다.

칼은 병을 들어 카산드라의 유리잔에 위스키를 따라 주었다. 이것이 그녀의 냉랭한 태도를 녹여 줄지 모른다.

"그 시건방진 년이 아직 살아 있기는 해요?"

그녀가 애정이라고는 전혀 찾아볼 수 없는 목소리로 물었다.

"네, 코펜하겐 거리에서 살고 있습니다. 사진이 있는데 보여 드릴까요?"

마치 칼이 개의 배설물을 코끝에 갖다대기라도 한 듯 그녀가 눈을 감으며 고개를 돌렸다. 맙소사! 키미의 사진 따위는 보지 않아도 전혀 상관없나 보군.

"키미와 친구들이 1987년도에 용의자로 지목되었을 때 여사님과 남편 분께서 어떻게 생각하셨는지 말씀해 주실 수 있을까요?"

다시 한 번 카산드라는 손을 가슴으로 들어 올렸다. 이번에는 아마도 생각을 정리하느라 그런 것 같다. 그러더니 그녀의 얼굴 표정이 바뀌면서 칼의 시선을 피했다. 상식의 힘과 위스키의 힘이 합쳐지고 있었다.

"사실 우리는 그 일에 그다지 관여하지 못 했어요. 여행 중이라."

갑자기 그녀가 고개를 돌렸다. 그녀가 평정심을 되찾는데 잠시 시간이 걸렸다.

"사람들 말마따나 여행이야말로 삶의 활력소죠. 남편하고 저는 멋진 친구들을 많이 만났어요. 세상은 참 아름다운 곳이에요. 그렇지 않나요? 가만있자, 성함이……?"

"뫼르크, 칼 뫼르크라고 합니다."

칼은 고개를 끄덕이며 말했다. 이렇게 무관심한 사람이 좋아하는 것을 알아내는 데는 그저 맞장구가 최고다.

"그렇죠, 지당하신 말씀입니다."

비가가 지역 예술가들한테 들락거리는 동안 은퇴한 노인네들과 함께 해변에서 일광욕을 했던 코스타 브라바 버스 여행을 제외하면 그가 코펜하겐 반경 600킬로미터를 벗어나 본 적이 없다는 것을 굳이 알릴 필요는 없었다.

"키미에 대한 혐의가 실체가 있는 얘기라고 생각하세요?"

카산드라의 입꼬리가 처졌다. 염려하는 것처럼 보이려고 하는군.

"그거 아세요? 키미는 아주 못된 년이에요. 겁도 없이 사람을 때리고 다니기도 했다니까요. 맞아요, 아주 어릴 때부터 그랬어요. 자기 뜻대로 되지 않으면 드럼 치는 것처럼 팔을 휘젓고 난리도 아니었어요. 이렇게요."

동작을 흉내 내려다 술이 여기저기 튀었다.

'아니, 정상적인 아이라면 당연한 거 아냐? 특히 저런 아빠, 엄마 밑에 있으면 더 그러겠구먼.'

칼은 생각했다.

"알겠습니다. 나이가 든 다음에도 그랬습니까?"

"아하, 끔찍했죠. 저를 뭐라고 불렀는지 아세요? 상상도 못 할 걸요?"

실제로 상상이 안 됐다.

"헤프기는 또 얼마나 헤펐는지."

"헤퍼요? 어떻게 헤펐다는 말씀입니까?"

카산드라가 손등에 있는 가늘고 파란 정맥을 문질렀다. 칼은 이 여자의 관절염이 손목까지 파먹고 들어갔다는 것을 그제야 알아챘다. 칼은 거의 비다시피 한 유리잔을 다시 바라보았다.

'통증을 가라앉히는 방법도 여러가지로군.'

칼은 생각했다.

"스위스에서 돌아온 다음에는 집에 이놈저놈 막 데려오더군요. 좋아요, 솔직히 말씀드리지요. 방문도 활짝 열어 놓고 아주 짐승처럼 그 짓을 합디다. 내가 잠 안 자고 집안을 돌아다니는 것을 뻔히 알면서도 말이죠."

그녀가 고개를 절레절레 저었다.

"혼자 있는 게 정말 쉽지 않았어요, 뫼르크 씨."

카산드라가 진심 어린 표정으로 칼을 바라보았다.

"그때는 키미 아빠 윌리가 이미 짐을 싸서 나가 버렸을 때거든요."

그녀가 한 모금 홀짝였다.

"내가 매달리기라도 했나, 바보같이······."

그녀는 와인색이 묻은 붉은 치아를 내보이며 다시 칼을 돌아보았다.

"뫼르크 씨도 혼자인가요?"

그녀가 어깨를 틀었다. 이 여자의 연애소설 속에는 노골적인 유혹이 담겨 있었다.

"네, 혼자 삽니다."

칼은 카산드라의 시선을 피하지 않고 맞받아치며 말했다. 그녀의 눈을 똑바로 쳐다보고 있으니 카산드라가 천천히 눈썹을 추켜올리며 또 한 모금 홀짝거렸다. 유리잔 너머로는 깜빡거리는 카산드라의 짧은 속눈썹만 보일 듯 말 듯했다. 이런 식으로 쳐다보는 사내의 눈길은 그녀도 무척 오랜만일 것이다.

"키미가 임신했던 것은 알고 계십니까?"

카산드라는 깊은 한숨을 쉬고 잠시 멍한 모습으로 있었다. 하지만 이마에는 수심이 가득했다. 마치 '임신'이라는 단어가 그녀를 고통스럽게 하는, 실패한 인간관계에 대한 기억 이상의 의미인 듯했다. 칼이 알고 있는 한 카산드라는 아이를 낳은 적이 한 번도 없었다.

"네."

카산드라는 차가운 눈빛으로 대답했다.

"알았죠, 화냥년 같으니라고. 그게 뭐 놀랄 일인가요?"

"그리고 어떻게 됐습니까?"

"당연히 돈을 원했죠."

"그래서 돈을 받아갔나요?"

"저한테는 어림없어요!"

추파를 던지던 카산드라의 표정이 혐오로 바뀌었다.

"하지만 그 애 아빠가 만 크로네를 주면서 그놈을 다시는 만나지 말라고 했어요."

"그리고 여사님은요? 여사님도 키미한테 들은 것이 있습니까?"

카산드라는 고개를 저었다. 그래서 다행이라는 눈빛이었다.

"아이 아빠는 누굽니까? 혹시 아십니까?"

"지 아비 목재적하장을 태워 먹었다는 그 별 볼 일 없는 놈이 아닌가 싶어요."

"비아르네 퇴르겐센 말씀이신가요? 살인 사건으로 유죄 판결을 받은 사람 말입니다."

"아마 그럴 거예요. 그놈은 이름도 가물가물해요."

"알겠습니다."

칼은 카산드라가 분명 거짓말하고 있다고 확신했다. 위스키를 먹었든 안 먹었든 그런 일을 그냥 쉽게 잊을 수는 없는 법이다.

"키미가 잠시 여기 살았었고, 여사님께서는 키미와 함께 있는 것이 쉽지 않았다고 하셨죠?"

카산드라는 믿기 어렵다는 표정으로 그를 바라보았다.

"그년이 들어오고 집안 꼴이 그 모양이 됐는데, 그걸 참고 버틸 수 있겠어요? 아니지요. 그때는 해안가에 사는 것을 더 좋아했어요."

"해안가요?"

" 푸엔히롤라(스페인의 지중해 휴양지—옮긴이)의 코스타 델 솔이요. 산책로 바로 위로 지붕 테라스가 사랑스럽게 펼쳐져 있는 곳이죠. 아주 즐거운 곳이에요. 푸엔히롤라가 어딘지는 아시죠, 뫼르크 씨?"

칼은 고개를 끄덕였다. 카산드라가 거기에 간 이유는 분명 관절염 때문이었을 것이다. 하지만 그게 아니라면 그곳은 환경에 적응하지 못 하고 말 못 할 비밀을 가진 부자들이 찾는 곳이었다. 차라리 그녀가 마르베야(스페인 남부의 휴양지―옮긴이)에 갔다면 더 잘 이해할 수 있었을 것이다. 그곳도 그녀가 분명 감당할 수 있는 곳일 텐데 말이다.

"집안에 아직 키미의 물건들이 남아 있습니까?"

칼이 물었다.

그 순간 카산드라의 내면에서 무언가가 무너져 내렸다. 그녀는 거기에 그저 멍하니 앉아 말없이 한가롭게 자기 속도에 맞추어 잔을 비웠다. 그리고 잔이 빌 무렵에는 그녀의 머리도 함께 비어 버렸다.

"아무래도 여사님이 이제 쉴 때가 되신 것 같네요."

뒤쪽에서 맴돌고 있던 가정부가 말했다.

칼은 손을 들어 가정부의 말을 잘랐다. 그는 의심을 품기 시작했다.

"라센 여사님, 키미의 방을 좀 둘러봐도 되겠습니까? 원래 모습 그대로 남아 있는 것으로 알고 있습니다만."

대충 한번 찔러본 말이다. 노련한 경찰이 '시도해 볼 만한 것'이라고 써 놓은 상자에 고이 모셔 놓을 만한 종류의 질문이다. 이런 질문은 늘 이렇게 끝난다.

"……한 것으로 알고 있습니다만."

궁지에 몰렸을 때는 이 말로 시작하면 늘 효과를 봤다.

가정부가 이 집의 여왕을 그녀의 호화로운 침대에 누이는 데는 2분 정도가 걸렸다. 칼은 집을 둘러보기 시작했다. 키미가 어린 시절을 여기서 보냈는지는 모르겠지만, 아이를 키우기에 적당한 집은 아니다. 집안에 아이가 들어가 놀 구석이 하나도 없다. 여기저기 자잘한 장식품들도 너무 많고, 일본 도자기와 중국 도자기들도 너무 많다. 여기서 팔 한 번 잘못 움직였다가는 어마어마한 보험금 청구서를 받아 들게 될 것이다. 집안 분위기 자체가 무척 불편하다. 칼이 보기에 이런 분위기는 오랫동안 변함없이 계속된 것 같았다. 한마디로 아이에게 이 집은 감옥 그 자체다.

"맞아요."

3층으로 함께 올라가면서 가정부가 말했다.

"물론 카산드라 여사님은 그냥 여기서 사는 것뿐이에요. 이 집은 사실 따님 소유로 되어 있거든요. 그래서 3층은 따님이 살던 때 그대로 남아 있어요."

그렇다면 카산드라 라센은 키미의 자비로움 덕택에 이 집에 살고 있는 것이다. 만약 키미가 상류사회로 다시 복귀한다면 카산드라가 이곳을 자신의 보금자리로 삼았던 일도 다 지난 얘기가 될 것이다. 이 무슨 운명의 뒤바뀜인가. 부자인 여자는 거리에서 살고, 가난한 여자는 상류사회의 호화로움을 누리며 살다니. 카산드라 라센이 마르베야가 아닌 푸엔히롤라에 머물렀던 이유도 이것이다. 자기 뜻이 아니었던 것이지.

"미리 말씀드리는데, 아주 난장판이에요."

가정부가 방문을 열며 말했다.

"그냥 이렇게 놔두기로 했어요. 이렇게 해야 따님이 다시 돌아와서 누구 허락 받고 남의 방에 함부로 손을 댔느냐고 따지지 못 할 테니까요. 아주 똑똑하게 잘 생각한 거죠."

칼은 붉은 카펫이 깔린 복도 끝에 서서 고개를 끄덕였다. 요즘 세상에 저렇게 앞뒤 안 가리고 충성하는 가정부를 어떻게 뽑았을까? 사투리도 쓰지 않는다.

"키미를 아십니까?"

"무슨 말씀을, 아니에요. 제가 1995년부터 여기서 일했을 것처럼 나이 들어 보이세요?"

가정부가 크게 웃었다.

하지만 사실 그렇게 보였다.

그곳은 사실상 별도로 독립된 아파트나 마찬가지였다. 방이 몇 개쯤 있으리라고는 예상했지만, 파리 카르티에라탱(파리 중심부에 위치한 대학로로 학생, 예술가들로 언제나 붐비는 구역—옮긴이)의 다락 아파트를 정말 이렇게 똑같이 복사해 놓은 곳일 줄은 생각하지 못 했다. 심지어는 프랑스식 발코니도 있었다. 경사진 벽에 설치된 작은 창유리는 지저분했지만, 다른 면에서는 상당히 매력적인 장소였다. 이곳을 난장판이라 생각하다니, 이 가정부가 예스페르의 방을 보면 놀라서 기절하겠군.

바닥에 지저분한 옷가지들이 널려 있었지만, 그것을 빼고는 아무것도 없었다. 책상 위에는 종이 한 장 올려 있지 않았고, 커피 탁자 위 텔레비전 앞에는 이곳에 한때 젊은 여자가 살았음을 암시해 줄 만한 물건 하나 놓여 있지 않았다

"이제 둘러보시면 되는데, 그래도 그전에 경찰 배지를 먼저 확인하고 싶네요. 그게 순서겠죠? 안 그런가요?"

가정부가 물었다.

칼은 고개를 끄덕이고 자기 주머니를 다 뒤졌다. 거참, 까다롭게 굴기는. 결국 칼은 주머니 속에 100년은 들어 있었던 것 같은 누더기 명함 한 장을 찾아냈다.

"죄송합니다. 배지를 경찰 본부에 두고 왔어요. 다시 한 번 사과드리죠. 제가 팀장이라 사무실에서 잘 나오지 않습니다. 대신 여기 명함이 있으니 확인해 보세요."

가정부는 전화번호와 주소를 읽고 마치 위조품 전문가라도 되는 것처럼 명함을 만져 보았다.

"잠시만요."

가정부는 이렇게 말하며 책상 위에 놓인 수화기를 집어 들었다.

가정부는 전화로 자신을 샤를로테 닐센이라고 소개하고서 칼 뫼르크라는 형사를 아는 사람이 있느냐고 물었다. 그리고 전화를 다른 데로 돌리는 동안 잠시 발을 바닥에 질질 끌었다.

그리고 누군가 전화를 받자 가정부는 다시 질문을 했고, 칼 뫼르크라는 사람이 어떻게 생겼는지 설명해 달라고 했다.

가정부는 칼을 훑어보며 잠깐 웃더니, 입술 한가득 웃음기를 담고 전화를 끊었다.

'도대체 뭐가 그렇게 웃겨서? 십중팔구 로즈하고 통화했나 보군.'

칼은 생각했다.

가정부는 웃은 이유를 설명하지 않고, 칼을 애깃거리가 없어 보이는 젊은 여자의 버려진 아파트에 대한 풀리지 않은 의문과 함께 남겨 놓고 방을 나갔다.

칼은 모든 것을 여러 번에 걸쳐 샅샅이 조사했다. 그리고 그동안 가정부도 그만큼 자주 문간에 나타났다. 가정부는 경비의 역할을 자처하고 나섰다. 그녀는 손등 위에 앉은 굶주린 모기를 바라보듯 칼을 감시하는 것이 자기의 역할이라고 믿었다. 하지만 모기는 물지 않았고, 칼은 방안을 어지럽히지도, 물건을 주머니에 슬쩍하지도 않았다.

보아하니 키미는 아주 서둘러 떠난 것 같았다. 그녀는 아파트를 아주 급하게, 하지만 철저한 방식으로 비우고 떠났다. 남들에게 보여 주고 싶지 않은 물건들은 틀림없이 자동차 진입로 자갈길 옆 쓰레기통에 버리고 갔을 것이다. 발코니에서 보이는 저 쓰레기통.

옷가지도 마찬가지였다. 침대 옆 의자 위에 작은 옷 무더기가 있었지만 속옷은 없었다. 방구석에 신발들이 흩어져 있었지만 더러운 양말은 없었다. 키미가 그냥 두고 가도 괜찮을 것은 무엇이고, 그대로 두고 가기엔 너무 사적인 것은 무엇인지 고민했던 흔적이 보였다. 그리고 그 사실이 이번 조사의 결과를 그대로 말해 주고 있었다. 사적인 것이 전혀 남아 있지 않았다.

벽 장식물을 보면 보통 그 사람의 태도나 취향 등을 알 수 있는데 그런 장식도 보이지 않았다. 작은 대리석 욕실에는 하다못해 칫솔 하나도 남아 있지 않았다. 상자를 열어 봐도 탐폰 같은 것도 들어 있지 않았고, 화장실 옆 휴지통에도 면봉 하나 찾아볼 수 없었다. 변기나 싱크대에도 눈곱만한 흔적조차 남아 있지 않았다.

키미가 자신의 성격이 드러날 만한 것을 집안에 거의 남겨 놓지 않았기 때문에 이곳이 한때 한 여자가 살았던 곳이라는 점을 빼고는 칼도 달리 알아낸 것이 없었다. 하지만 여기만 봐서는 키미가 부자동네 출신의 유행에 민감한 상류층 여성이었지만, 의외로 구세군 활동을 하는 여자였다고 해도 믿을 것 같았다.

칼은 침대보를 살짝 들어 올려 냄새를 맡아 보았다. 그리고 압지철을 들어 올려 혹시나 깜박하고 그 밑에 두고 간 쪽지가 없는지 보았다. 텅 빈 휴지통 바닥도 뒤져 보고, 부엌 서랍 뒤쪽도 살펴보고, 경사진 지붕 밑 빈 공간에 머리도 디밀어 보았다. 하지만 아무것도 없다.

"금방 어두워지겠네요."

가정부 샤를로테가 말했다. 이제 경찰놀이는 다른 데 가서 할 때가 되지 않았느냐는 소리로군.

"이 위에 다락이나 뭐 다른 건 없습니까? 여기서 안 보이는 출입문이나 계단 같은 거라도?"

칼은 희망 섞인 질문을 던져 보았다.

"아뇨, 이게 다예요."

칼은 위를 쳐다보았다. 좋아, 그럼 이 아파트 위에 다락은 없단 소리로군.

"한 번만 더 둘러보겠습니다."

칼이 말했다.

칼은 카펫을 일일이 다 들춰 보며 혹시나 헐거워진 마루장이 없나 보았다. 그리고 부엌 벽에 걸린 포스터들을 조심스럽게 뜯어내어 그 뒤로 빈 공간을 가려 놓지는 않았는지 살폈다. 가구와 옷장 바닥, 부엌 찬장 등을 두드려 보기도 했다. 하지만 아무것도 없었다.

칼은 자신이 한심하다는 듯 고개를 저었다. 하긴 거기에 대체 뭐가 있겠어?

칼은 아파트 문을 닫고 나와 층계참에 잠시 서 있었다. 한편으로는 거기에 뭔가 흥미로운 것이 없나 보기 위한 것이었고, 또 한편으로는 만약 그런 것이 없다면 자기가 무언가를 놓친 것이 아닐까 하는 짜증나는 기분을 지우기 위한 것이기도 했다.

그때 핸드폰이 울려 칼은 갑자기 현실로 되돌아왔다.

"마르쿠스 반장일세. 자네 왜 사무실에 없나? 그리고 지하실 꼴은 그게 뭔가? 복도에는 도대체 몇 개인지도 모를 책상들이 널브러져 있고, 사무실은 노란 종이 딱지로 뒤덮여 있고 말이야. 지금 어딘가, 칼? 내일 노르웨이에서 손님들 오는 거 까먹었나?"

"젠장!"

너무 크게 말했다. 까맣게 잊고 있어서 오히려 좋았는데.

"오케이?"

이 말이 수화기 저편에서 들려왔다. 살인 사건 전담반 반장의 오케이가 무슨 뜻인지 칼은 잘 알고 있다. 마르쿠스의 오케이는 사람들이 일반적으로 기대하는 그런 오케이가 아니다.

"지금 본부로 돌아가는 중입니다."

칼은 이렇게 말하며 시계를 들여다보았다. 벌써 4시가 지났다.

"지금? 아니야. 자네는 눈곱만큼도 신경 쓸 거 없어."

논의해 볼 가치도 없다는 말투다. 화난 목소리다.

"내일 찾아오는 손님은 내가 맡도록 하지. 자네의 그 난장판 지하실로는 절대로 데려가지 않을 테니까."

"그 사람들 몇 시에 온다고 했죠?"

"오전 10시. 하지만 자넨 신경 쓸 거 없대도, 칼. 내가 알아서 한다니까. 질문에 대비나 해 둬. 혹시나 자네한테 뭐 물어볼 수도 있으니까."

마르쿠스 야콥센이 전화를 끊은 후에도 칼은 잠시 핸드폰을 물끄러미 쳐다보았다. 방금 전까지만 해도 노르웨이 방문객들이야 오든 말든 칼은 신경 쓰지 않았다. 하지만 이제 그의 태도는 완전히 바뀌었다. 살인 사건 전담반 반장이 내 일을 대신 맡겠다고? 그럼 그렇게는 못 하지. 내가 할 일은 내가 정한다.

칼은 욕을 몇 마디 내뱉고서 인상적인 계단통 위로 난 채광창을 바라보았다. 아직은 해가 떠 있었고 햇살이 유리창 사이로 들어오고 있었다. 퇴근 시간이 다 되었지만, 칼은 집에 가고 싶은 마음이 전혀 없었다.

그는 헤스테스티엔을 지나 집으로 가서 모르텐이 만들어 놓은 식재료 혼합물을 섭취하고픈 마음의 준비가 되어 있지 않았다.

칼은 그림자가 유리창으로 날카롭게 꺾여 들어오는 것을 눈치채고 이마를 찡그렸다.

이 집과 비슷한 시기에 만들어진 다른 집들은 비탈진 지붕이 딸린 방의 창틀이 보통 30센티미터 정도 벽으로 들어가 있다. 하지만 이 집은 훨씬 더 깊이 들어가 있었다. 25센티미터 정도는 더 들어가 있는 듯했다. 추측해 보면 이것은 이 집이 나중에 추가로 단열시공을 했다는 뜻이었다.

칼이 목을 길게 빼고 바라보니 계단통 천정에서 비탈진 벽으로 이어지는 부위에 얇은 틈이 벌어진 것이 보였다. 그의 눈동자가 그 틈을 따라 층계참을 한 바퀴 빙 돈 다음 처음 시선이 갔던 곳으로 되돌아왔다. 그래, 비탈진 벽이 살짝 가라앉았군. 이 집은 처음 지었을 때 벽의 단열이 그리 신통치 않았던 것이 분명하다. 적어도 15센티미터 정도는 추가적으로 단열공사를 했고, 마감은 석고보드로 했다. 틈새를 퍼티로 부드럽게 마감하고 페인트칠을 솜씨 있게 해 놓았지만, 어느 정도 시간이 지나면 균열이 생길 수밖에 없다는 것은 상식이다.

칼은 다시 아파트 문을 열고 들어가 곧바로 외벽 쪽으로 갔다. 그리고 비탈진 벽의 표면을 모두 훑어보았다. 여기서도 마찬가지로 천정을 따라 균열이 있었다. 하지만 그것 말고는 별다른 특이사항이 보이지 않았다.

저곳 어딘가에 빈 공간이 있을 테지만, 그 안에 무언가를 숨기기는 불가능해 보인다. 어쨌거나 건물 안쪽에서 무언가를 숨기는 것은 절대 불가능하다.

칼은 그 말을 다시 혼자 중얼거렸다.

"건물 안쪽에서 숨기는 건 불가능하단 말이지!"

칼은 발코니 문을 보았다. 그는 손잡이를 잡고 문을 열어 밖으로 나갔다. 바깥쪽 발코니에는 비스듬히 경사진 지붕 타일들이 고풍스러운 풍경을 자아내고 있었다.

'아주 오래전이었다는 것을 생각해.'

칼은 스스로에게 속삭이며 타일들을 한 줄 한 줄 살펴보았다. 칼은 집의 북쪽에 있었다. 빗물에 섞인 영양분을 먹고 자란 이끼들이 지금은 마치 배경처럼 지붕을 거의 대부분 뒤덮고 있었다. 발코니 문 반대쪽 타일들을 보니 들쭉날쭉한 부분이 바로 눈에 띄었다.

지붕 타일들은 고르게 단단히 붙어 있었고, 여기도 마찬가지로 곳곳에 이끼가 끼어 있었다. 하지만 다른 점이 있다면, 맨 윗줄 지붕꼭대기로 이어지는 지점에 있는 타일들 중 하나가 다른 타일들과 살짝 어긋나 있다는 점이었다. 지붕의 타일들은 서로 걸쳐지게 되어 있었다. 그래서 각각의 타일은 나무 대들보에서 떨어지지 않게 하려고 아래쪽이 손잡이 형태로 살짝 튀어나와 있었다. 하지만 이 타일 하나는 그 손잡이 형태가 잘려나간 듯 곧 미끄러져 내릴 것 같아 보였고, 다른 타일 사이에서 대들보 위에 느슨하게 얹어져 있었다.

타일을 들어 올리자 별다른 어려움 없이 쉽게 떨어져 나갔다.

칼은 9월의 찬 공기를 깊숙이 들이마셨다.

무언가 특별한 일이 벌어지기 직전이라는 기분이 그의 온몸을 타고 퍼졌다. 하워드 카터(영국의 고고학자. 투탕카멘의 왕묘를 발굴했다—옮긴이)가 피라미드 묘실 문에 작은 구멍을 내고서 갑자기 자신이 투탕카멘의 무덤에 들어와 있다는 사실을 깨닫던 순간의 기분이 분명 이러했을 것이다. 지금 칼 앞에 있는 타일 밑 단열재료 속 텅 빈 공간에는 칠이 되어 있지 않은 신발 상자 크기의 금속 상자가 투명한 비닐에 쌓인 채 놓여 있었던 것이다.

갑자기 칼의 심장이 미친 듯이 두근거리기 시작했다. 칼은 가정부를 소리쳐 불렀다.

"저 상자 보입니까?"

가정부가 안으로 들어와 주저하며 허리를 굽혀 타일 밑을 바라보았다.

"상자가 있네요. 저게 뭐예요?"

"저도 무엇인지는 모르지만 아주머니는 제가 저것을 여기서 찾았다는 목격자가 되어 주셔야 합니다."

가정부는 뚱한 표정으로 칼을 바라보았다.

"좋아요. 저도 눈은 달려 있으니까요. 그 말씀이죠?"

칼은 핸드폰을 그 빈 공간 쪽으로 향하고 사진을 몇 장 찍어 가정부에게 보여 주었다.

"제가 방금 촬영한 것이 저 빈 공간이라는 데 동의하십니까?"

가정부가 짜증난 듯 손을 허리에 올렸다. 아무래도 가정부에게 더 이상 무언가를 요청하거나 물어보기는 곤란할 것 같다.

"이제 저 상자를 꺼내서 경찰 본부로 가져가겠습니다."

이번에는 질문이 아니라 확인이었다. 질문이었다면 아마도 가정부가 아래층으로 빨빨거리며 내려가 카산드라 라센을 깨웠을 것이고, 그럼 한바탕 난리가 났을 것이다.

잠시 그는 범죄 현장 전담반을 부를까도 생각했지만, 범죄 현장 보존용 비닐 테이프가 집을 칭칭 감고, 하얀 점프슈트를 입은 사람들이 집안 여기저기 돌아다니는 모습을 떠올리고 생각을 고쳐먹었다. 안 그래도 할 일이 많은 사람들이고, 칼도 그 사람들이 도착할 때까지 기다리고 있을 수가 없었다. 그럼 결론은 간단하다.

그래서 그는 장갑을 낀 후에 조심스럽게 상자를 꺼내고 타일을 원래 자리로 돌려놓았다. 그리고 상자를 실내로 가져와 탁자 위에 놓고, 비닐 포장을 벗겨낸 후에 뚜껑을 열었다. 이 모든 것이 우아한 동작으로 무의식중에 한 번에 이루어졌다.

제일 위에는 작은 테디 베어 인형이 있었다. 성냥갑보다 살짝 큰 크기다. 색이 아주 옅어서 거의 노란색이었고, 얼굴과 팔다리의 플러시 천이 닳아 있었다. 어쩌면 이 인형은 한때 키미의 가장 소중한 재산이나 유일한 친구였을지도 모른다. 어쩌면 다른 누군가의 인형인지도 모르고. 그다음으로 칼은 테디 베어 인형 밑에 있던 신문 몇 장을 꺼냈다. 구석을 보니 1995년 9월 29일자 「베를링스케 티엔데」라고 인쇄되어 있었다. 키미가 비아르네 퇴르겐센의 집으로 들어간 날짜와 같은 날짜다. 그것 말고는 달리 흥미로운 부분이 없었고, 그저 취업공고만 끝없이 이어져 있었다.

칼은 어린 시절의 생각이나 행동을 밝혀 줄 일기나 편지 같은 것을 기대하며 상자 안쪽을 들여다보았다. 하지만 클리어파일 내지로 쓰는 작은 비닐 주머니 여섯 개밖에 없었다. 우표를 수집하거나 영수증을 모아둘 때 사용하는 그런 것이었다. 칼은 금속 상자에서 그것들을 모두 들어냈다.

'이런 것들을 왜 그렇게 꽁꽁 숨겨 둔 거지?'

칼은 혼자서 생각했다. 그리고 바닥에 있는 비닐 주머니 두 개의 내용물을 보는 순간, 그 이유를 알았다.

"이런 빌어먹을!"

무심결에 칼의 입에서 욕이 튀어나왔다.

그 안에는 트리비알 퍼슈트 게임에서 나온 카드 두 장이 있었다. 주머니마다 카드 한 장씩.

5분 동안 심사숙고한 후에 칼은 메모수첩에 상자 속 나머지 내용물에 대한 비닐 주머니의 상대적 위치를 조심스럽게 적었다.

그리고서 한 번에 하나씩 그 내용물들을 면밀하고 신중하게 살폈다.

한 주머니에는 남자의 손목시계가 들어 있었고, 한 주머니에는 귀걸이, 또 다른 한 주머니에는 고무 밴드 비슷한 것이 들어 있었다. 그리고 마지막 주머니에는 손수건이 들어 있었다.

트리비알 퍼슈트 카드가 든 주머니 말고 추가로 네 개의 주머니가 있었다.

칼은 입술을 깨물었다.

총 여섯 개의 주머니라.

22

디틀레우는 카라카스로 올라가는 계단을 성큼성큼 네 걸음 만에 뛰어올라갔다.

"그 사람 어디 있어?"

그는 이렇게 소리치고 난 후 비서가 손가락으로 가리키는 방향으로 뛰어갔다.

프란크 헬몬은 병실에 혼자 누워 있었다. 두 번째 수술을 위해 금식하고 수술 준비를 마친 상태였다.

디틀레우가 병실에 들어섰을 때 그를 바라보는 헬몬의 눈빛에는 존경심이 담겨 있지 않았다.

'이상하군.'

디틀레우가 침대보에서 붕대를 감은 헬몬의 얼굴로 눈동자를 굴리며 생각했다.

'이 멍청이가 여기 누워 있으면서 나한테 존경심도 보이지 않는군. 그 꼴을 당하고도 배운 게 없어? 저를 이 꼴로 만든 게 누구고, 또 이렇

게 다시 꿰매 준 사람은 또 누군데?'

이 문제에 대해서는 모든 부분에서 합의했다. 헬몬의 얼굴에 생긴 수많은 깊은 자상을 모두 치료해 주고, 거기에 가볍게 주름 제거 수술도 해 주고, 목과 가슴의 피부도 팽팽하게 만들어 주기로 했다. 그리고 지방 흡입술까지. 모든 수술은 유능한 외과의들의 손으로 이루어질 것이다. 이런 것들은 그래도 디틀레우가 그에게 쉽게 제공할 수 있는 부분이다. 하지만 거기서 끝이 아니지 않은가. 마누라도 주지, 거기에 덤으로 재산까지 보태주지, 이 정도면 감사의 마음까지는 아니어도 최소한 합의사항에 대해 어느 정도는 겸허한 마음으로 받아들일 것을 요구하는 것은 욕심이 아니지 않은가?

하지만 합의는 지켜지지 않았다. 헬몬은 비밀을 발설했다. 지금쯤 몇몇 간호사들은 자기가 들은 말이 대체 무슨 소리인지, 누가 제정신이 아닌 건지 궁금해하고 있을 것이다.

환자가 마취약에 얼마나 취해 있었는지는 몰라도 직접 그 입에서 흘러나온 말이었기 때문이다.

"디틀레우 프람과 울릭 뒤벨 옌센, 그들이 나를 이렇게 만들었어."

그가 기어코 그 말을 꺼내고 말았다.

디틀레우는 귀찮게 자기소개 따위는 하지 않았다. 어쨌거나 저 사내는 잠자코 듣는 수밖에 다른 선택의 여지가 없으니까.

"마취한 사람을 들키지 않고 죽이는 게 얼마나 쉬운 일인지 아나?"

디틀레우가 물었다.

"아, 모르셨나보군. 어쨌거나 프랑크 헬몬 당신은 오늘 밤에 수술 받을 준비를 마쳤어. 그저 마취과 의사가 손을 떨지 않고 마취를 제대로 하기만을 바라야지. 결국 자기 일 제대로 하라고 그 사람들한테 월급 제때 제 때 챙겨 주는 거니까 말이야."

디틀레우가 헬몬을 향해 손가락을 뻗으며 말했다.

"이번 딱 한 번만 참겠어. 그래도 아직은 당신이 그 주둥이 얌전히 닥치고 우리가 합의한 내용을 지킬 뜻이 있는 것으로 이해하고 있거든? 안 그랬다가는 당신 몸속 장기들은 결국 당신보다 더 젊고 건강한 사람들에게 팔려갈 테니 그리 알라고. 그럼 당신도 별로 기분 좋지는 않겠지, 안 그래?"

디틀레우가 프란크의 팔에 고정되어 있는 링거 주사를 가볍게 두드렸다.

"난 원한 같은 거 가슴에 담아 두지 않아, 프란크. 그러니까 당신도 그러면 안 된다고. 내 말 이해하겠어?"

디틀레우가 헬몬의 침대를 힘껏 밀치며 나왔다. 이렇게 말해도 못 알아들으면 죽여 달라는 소리지.

밖으로 나오면서 디틀레우가 문을 하도 세게 닫는 바람에 지나가던 환자이동 담당자가 디틀레우가 돌아간 후에 문을 살펴보기도 했다.

그러고 나서 디틀레우는 곧장 세탁실로 내려갔다. 그는 헬몬의 존재만으로도 온몸에 끔찍한 느낌이 들었다. 이 느낌을 쫓아내려면 그저 말 몇 마디 내뱉는 것만으로는 부족하다.

최근에 새로 들어온 여자가 있었다. 오입질한 남자는 목이 달아난다는 민다나오 섬에서 온 여자다. 그 여자를 아직 제대로 안아보지 못 했다. 디틀레우는 이 여자를 볼 때마다 무척 만족스러웠다. 그가 딱 좋아하는 스타일이었기 때문이다. 눈에는 수줍음이 가득했고, 스스로 하찮은 존재라는 생각이 강하게 새겨진 여자였다. 여기에 언제든 자기 맘대로 할 수 있는 여자라는 사실이 덧붙여지자 그의 마음속에 불이 붙었다. 그 불이 어서 빨리 자기를 꺼달라고 애원하고 있다.

"헬몬드 건은 처리했어."

같은 날 뒤늦게 디틀레우가 말했다. 차 뒤에서 울릭이 만족한 모습으로 고개를 끄덕였다. 분명 안심하는 모습이었다.

디틀레우가 저 멀리 풍경을 물끄러미 바라보았다. 숲이 천천히 그들의 앞에서 모양을 잡아가고 있었다. 디틀레우에게 평온이 밀려들었다. 통제 불가능한 상황으로 빠져들 뻔했던 한 주였지만 그래도 이 정도면 대체적으로 성공적인 마무리다.

"그 경찰은 어떻게 됐어?"

울릭이 물었다.

"그것도 손 봐 놨어. 칼 뫼르크도 사건에서 손 떼게 만들었으니까."

두 사람은 토르스텐의 저택에 도착해 문에서 50미터 정도 떨어진 곳에 멈춰서 고개를 들어 카메라를 보았다. 10초 안으로 조금 앞에 있는 전나무 사이의 문이 미끄러지며 열릴 것이다.

안마당으로 차를 몰고 들어가면서 디틀레우가 토르스텐의 전화번호를 눌렀다.

"어디 있는 거야?"

그가 물었다.

"축사를 지나쳐서 차를 대. 나 지금 동물원에 있어."

"동물원에 있대."

그가 울릭에게 말했다. 울릭이 벌써부터 흥분하고 있는 것이 느껴졌다. 이것이 의식에서 가장 강렬한 부분이었고, 토르스텐이 가장 고대하는 부분이었다.

두 사람은 토르스텐 플로린이 반라의 패션모델들 사이에서 빨빨거리며 돌아다니는 모습은 많이 보았었다. 그리고 그가 집중적인 스포트라이트를 받으며 영향력 있는 사람들로부터 열띤 찬사를 받는 모습도 많이 보았다. 하지만 두 사람이 사냥에 앞서 동물원을 방문할 때처럼 토르스텐이 즐거워하는 모습을 다른 곳에서는 한 번도 본 적이 없다.

다음 사냥은 평일에 할 것이다. 아직 정확한 날짜는 잡지 않았지만 다음 주 초쯤이 될 것이다. 이번 사냥에서는 예전에 그날의 특별사냥감을 쏠 권리를 획득했던 사람들만 참가시키기로 했다. 그런 경험을 맛본 자만이, 그리고 그 사냥에서 물질적으로 이득을 챙겨 본 사람들만이 참가할 수 있다. 이들은 믿을 수 있는 사람들이다. 이들은 그들과 비슷비슷한 사람들이다.

울릭이 지프차를 주차하자 토르스텐이 고무 앞치마에 피를 잔뜩 묻힌 채 건물에서 나왔다.

"어서 와."

그가 희색만면한 얼굴로 말했다. 방금 동물 한 마리를 난도질한 모양이다.

복도가 지난번에 왔을 때보다 확장되어 있었다. 더 길고 밝아졌으며, 수많은 유리 칸막이가 달려 있었다. 라트비아와 불가리아에서 데려온 40명의 일꾼들에게 일을 맡겼다. 이제 두에홀트는 16년 전 그가 24세의 나이로 벌써 첫 백만 크로네를 벌었을 때 개인적으로 꿈꾸었던 집의 모양을 닮아가기 시작하고 있었다.

복도에는 동물이 들어 있는 우리가 백 개도 넘었고, 우리마다 모두 할로겐 등이 비추고 있었다.

아이에게는 토르스텐의 동물원을 구경하는 것이 일반 동물원에 가는 것보다 더 색다른 경험이 될 것이다. 그리고 어른에게는 동물복지에 대한 개념이 희박한 사람이라 하더라도 아주 충격적인 경험이 될 것이다.

"여기 좀 봐, 코도모 도마뱀이야."

토르스텐이 말했다.

토르스텐은 마치 한창 오르가즘의 한가운데 있는 것처럼 스스로 즐거워하고 있었다. 디틀레우는 왜 그런지 이해했다. 이렇게 위험한 동물이나 보호종은 흔히 보는 사냥감이 아니기 때문이다.

"지금은 위험하고 눈이 와서 행동이 굼떠지면 저놈을 삭센홀트네 땅으로 데려갈 생각이야. 거기는 사냥터가 한눈에 잘 들어오잖아. 이 악마 같은 놈이 숨는 데는 도가 튼 놈이라서 말이지. 상상이 가냐?"

"내가 듣기로는 저놈한테 물리면 지독한 감염에 걸린다던데. 물리지 않게 정신 바짝 차리고 정확하게 명중시켜야 돼."

디틀레우가 말했다.

두 사람은 토르스텐이 오한이라도 생긴 듯이 몸을 떠는 것을 보았다. 그래, 아주 훌륭한 사냥감으로 잘 사들였군. 어디서 이런 놈을 구했지?

"다음은 뭐야?"

울릭은 호기심에 차서 물었다.

토르스텐이 손을 펼쳐 보였다. 알고는 있지만 직접 맞춰 보라는 뜻이다.

"저쪽이야."

눈이 큰 작은 동물이 든 우리가 줄줄이 있는 곳을 가리키며 토르스텐이 말했다.

건물 안은 병원처럼 깨끗했다. 동물들의 내장을 모두 합치면 족히 몇 킬로미터는 될 듯하니 싸질러대는 양도 엄청날 테지만, 토르스텐의 일 잘하는 흑인 일꾼들 덕분에 복도에는 동물들의 오줌내와 똥내가 그리 심하지 않았다. 그의 집에는 소말리아에서 온 세 가족이 살고 있었다. 이들은 열심히 쓸고 먹이를 준비하고 먼지를 닦아내고 우리를 청소했지만, 손님이 올 때는 늘 사라졌다. 말이 새어 나가게 할 수는 없었기 때문이다.

마지막 줄에는 키 큰 우리 여섯 개가 나란히 있었다. 동물들의 윤곽이 우리 안쪽에 웅크려 있는 것이 보였다.

처음 두 개의 우리를 들여다보며 디틀레우는 미소를 지었다. 침팬지의 체격은 균형이 잘 잡혀 있었지만, 대단히 공격적인 눈을 하고 있었다. 옆 우리에 들어 있는 동물에게 훈련을 받은 덕분이었다. 옆 우리에는 야생 들개 한 마리가 다리 사이에 말아 넣은 꼬리를 흔들고, 이빨 사이로 침을 한가득 흘리며 서 있었다.

토르스텐은 정말 믿기 어려울 정도로 창조적이었다. 사회에서 용납하는 경계를 가볍게 넘어선다. 만약 동물보호협회 같은 곳에서 그의 세상을 흘끗 보기라도 하는 날에는 토르스텐은 감옥행과 몇 백만 크로네의 벌금을 면하기 어려울 것이다. 그가 이룩한 왕국도 하룻밤 사이에 무너져 내리고 만다. 돈 많고 자존심 센 여자들은 거리낌 없이 동물모피를 입고 다니지만, 침팬지를 야생 들개로 죽기 직전까지 겁을 준 다음에 열대 우림이 아니라 덴마크의 활엽수림에 풀어 놓고 목숨을 부지하기 위해 비명을 지르며 날뛰게 만든다고 하면, 그런 여자들도 고개를 돌릴 것이다.

나머지 우리 네 곳에는 좀 더 평범한 동물들이 들어 있었다. 그레이트데인(독일의 대형견. '커다란 덴마크 사람'이라는 뜻—옮긴이), 거대한 숫염소, 오소리, 여우. 여우를 제외한 나머지 동물들은 건초 위에 누워 마치 자신의 운명을 이해하고 있다는 듯한 눈빛으로 바깥에 선 세 사람을 쳐다보고 있었다. 여우는 그냥 몸을 떨며 구석에 서 있었다.

"'이건 뭐야?' 이렇게 생각하고 있겠지? 내가 설명해 주지."

토르스텐이 손을 앞치마 주머니에 넣고 그레이트데인을 고갯짓으로 가리켰다.

"보시다시피 저놈은 100년을 거슬러 올라가는 혈통 있는 놈이야. 저놈 사들이느라 돈께나 들었지. 이십만 크로네 줬으니까. 하지만 삐딱하게 기운 저 꼴사나운 눈을 보면 아무래도 저 흉측한 몰골의 유전자를 더 이상은 후대에 전하면 곤란하겠다는 생각이 들어서 말이야."

예상대로 울릭이 소리 내어 웃었다.

"너희들, 이 특별한 동물에 대해서도 알아 둬야 하지 않을까 싶다."

토르스텐이 그다음 우리를 고개로 가리켰다.

"내가 제일 좋아하는 영웅이 루돌프 샌드 변호사인 거 기억하지? 자기 사냥기록을 거의 65년 동안이나 지켜 낸 사람이야. 정말 말 그대로 전설적인 사냥꾼이었지."

그는 혼자 고개를 끄덕이고는 철장을 두드려 동물을 움직이게 만들었다. 동물이 고개를 낮추며 뿔로 위협했다.

"샌드는 정확하게 야생동물 53,276마리를 쓰러뜨렸어. 그리고 이런 뿔 달린 수놈은 그가 가장 중요하게 여긴 전리품이었고. 이놈은 코르크스크루 염소야. 파키스탄 마코르 염소로 더 많이 알려졌지. 샌드는 아프가니스탄 산악지대에서 거의 20년 동안 수컷 마코르 염소를 사냥했고, 125일 동안 끈질기게 추적한 끝에 마침내 괴물 같은 이 고대의 염소를 쓰러뜨리는 데 성공했어. 인터넷에 나오는 이야기니까 한번 찾아서 읽어 봐라. 강력하게 추천한다. 그를 따라갈 사냥꾼을 찾아보기가 쉽지 않을 거다."

"그럼 이놈이 그 마코르 염소란 말이냐?"

울릭의 미소는 그 자체로 살인적이었다.

토르스텐은 그 미소를 즐겼다.

"당연하지. 루돌프 샌드가 잡았던 놈보다 무게가 살짝 덜나가는 놈이야. 정확히 말하자면 2.5킬로그램. 정말 훌륭한 샘플 아니냐? 다 아프가니스탄에 연줄을 만들어 놓은 덕분이라고. 전쟁 만세!"

세 사람은 소리 내어 웃은 후에 오소리 우리로 갔다.

"이놈은 이 사유지 남쪽에서 오랫동안 살던 놈이야. 그런데 어느 날은 내가 쳐 놓은 덫에 너무 가까이 다가왔지. 그래서 이 작은 괴물 녀석은 나하고 개인적으로 친분이 있는 사이야. 그 점 알아 두라고."

'그러니까 우리는 건드릴 생각 하지 말라는 소리구만. 저놈은 언젠가 토르스텐이 직접 처리하겠군.'

디틀레우가 생각했다.

"그리고 마지막으로 이놈이 있어. 아주 끝내주는 여우지. 저놈이 왜 그렇게 특별한지 맞춰 봐."

세 사람은 부들부들 떨고 있는 여우를 한참동안 자세히 살펴보았다. 여우는 무척 겁을 먹고 있었지만 그럼에도 불구하고 울릭이 우리 문을 발로 찰 때까지 머리를 미동도 없이 고정시킨 채 세 사람을 정면으로 바라보며 서 있었다.

여우가 갑자기 달려들어 울릭의 부츠 발가락을 물었다. 울릭과 디틀레우 모두 깜짝 놀라 뒤로 물러섰다. 그제야 두 사람은 여우의 입 주변에 묻은 거품과 광기 어린 눈동자를 눈치챘다. 죽음이 이 동물을 자기 것이라며 데려갈 날이 머지않은 것이다.

"맙소사. 토르스텐 이 자식, 진짜 악마 같지 않냐? 요놈이구나, 맞지? 다음 주에 사냥할 놈. 광견병 말기 여우를 풀어 놓을 생각을 하다니."

토르스텐이 쾌활하게 웃는 바람에 디틀레우도 웃지 않을 수 없었다.

"숲을 속속들이 알고 있는 동물을 찾아냈군. 게다가 광견병까지. 네가 다른 사냥꾼들한테 말할 때까지 입이 근질거려서 어떻게 참냐? 토르스텐, 이 미친놈 같으니라고. 이 생각을 왜 진작 못 했지?"

이 말에 토르스텐도 함께 큰소리로 웃기 시작했고, 그 바람에 결국 복도는 겁을 먹고 감옥 가장 깊숙한 구석으로 파고드는 동물들의 부스럭거리는 소리, 씩씩거리는 소리가 가득 울려 퍼졌다.

"네 부츠 가죽이 두꺼운 것이라서 다행이다, 울릭."

디틀레우가 웃으며 울릭의 수제 가죽 부츠에 박힌 이빨자국을 가리켰다.

"안 그랬으면 힐레뢰드 병원으로 데려가야 할 뻔했어. 그럼 이걸 뭐라고 설명해? 참 난감했겠지."

"아직 보여 줄 게 한 가지 더 남았어."

토르스텐이 이렇게 말하며 두 사람을 복도 제일 밝은 곳으로 안내했다.

"자, 보라고!"

토르스텐이 건물 한편을 확장해서 만든 사격장을 가리켰다. 원통형의 터널이었고, 높이는 거의 2미터, 길이는 적어도 50미터 정도였다. 1미터 간격으로 거리가 정확히 표시되어있었고 과녁은 세 개가 있었다. 하나는 석궁이나 활을 위한 것, 하나는 소총을 위한 것, 그리고 마지막 하나는 구경이 더 큰 총을 위해 금속판을 덧댄 수집통이 같이 있었다.

그들은 터널 안쪽 벽도 자세히 살펴보았다. 대단하다. 방음벽의 두께가 적어도 40센티미터는 되어 보였다. 아마도 바깥에서 총소리를 들을 수 있는 존재가 있다면 그것은 박쥐밖에 없으리라.

"벽 전체에 공기분사기가 설치되어 있어. 그래서 사격 터널 안에서 그 어떤 풍향조건도 다 시뮬레이션 할 수 있다고."

그가 단추를 눌렀다.

"지금 나오는 바람은 석궁의 궤적을 2~3퍼센트 정도 틀어 놓는 효과가 있어. 저기에 표가 있으니까 참고해."

토르스텐은 벽에 설치된 작은 컴퓨터 스크린을 가리켰다.

"모든 종류의 무기와 풍향조건을 입력할 수 있다고."

그가 터널 안으로 들어갔다.

"하지만 먼저 바람이 실제 어떻게 느껴지는지 알아야겠지. 이 장치들을 싸들고 숲에 나갈 수는 없는 노릇이잖아. 안 그래?"

울릭은 토르스텐을 따라 들어갔다. 울릭의 머리카락은 두꺼워서 움직일 생각을 하지 않았다. 그런 면에서 보면 토르스텐의 머리카락은 풍향감지기로 써도 될 만큼 예민하게 움직였다.

"진짜 재미있는 부분은 지금부터야."

토르스텐은 말을 이어갔다.

"미친 여우를 숲에 풀어 놓기로 했잖아. 둘 다 봤다시피 아주 미친 듯이 공격적인 놈이지. 그래서 몰이꾼들은 모두 사타구니까지 가죽으로 무장할 거야."

그가 손짓으로 형태를 설명했다.

"하지만 우리 사냥꾼들은 보호 장비 없이 그대로 노출되지. 물론 광견병 백신은 준비해 둘 테니까 그 점은 걱정 말고. 하지만 이 여우가 눈 뒤집혀서 달려들어 물어뜯으면 그 상처만으로도 사람 죽이기에는 충분하다고. 넓적다리 동맥이 찢어진다고 생각해 봐! 그럼 어떻게 되는지는 너희들도 알지?"

"다른 사람들한테는 언제 말할 생각이야?"

울릭은 신이 나서 물었다.

"사냥을 시작하기 바로 전에. 하지만 친구들, 이제부터가 진짜야. 자, 이걸 보라고."

그는 건초 더미 뒤로 몸을 구부리더니 무기를 하나 꺼내들었다. 그의 수집품을 보자 디틀레우는 바로 흥분이 솟구쳤다. 조준경이 달린 석궁이다. 1989년 무기법 개혁 이후로 덴마크에서는 이유를 막론하고 소유가 금지된 물건이다. 하지만 이 물건은 조준도 일품이고, 파괴력을 놓고 보면 말 그대로 흉기 그 자체였다. 물론 제대로 사용할 줄 안다는 전제 하에 말이다. 이 무기는 재장전하는 데 시간이 너무 많이 걸리기 때문에,

목표물을 맞힐 수 있는 기회가 한 번밖에 없다. 이번 사냥은 알 수 없는 큰 위험이 많이 도사리고 있는 사냥이 될 것이다. 사실 이것이야말로 사냥 본연의 모습이 아니던가.

"'릴레이어 Y25'라는 제품이지. 엑스칼리버에서 이번 봄에 회사 창립 기념모델로 내놓은 제품이야. 딱 천 대하고 이 두 대만 생산되는 한정제품이지. 물건 중의 물건이야."

토르스텐은 숨겨 놓았던 석궁을 하나 더 꺼내 두 사람에게 각각 건넸다.

디틀레우가 팔을 뻗어서 석궁을 받아들었다. 무게가 거의 나가지 않았다.

"조각으로 다 해체해서 몰래 들여왔어. 부품을 각각 다 따로 보냈지. 운송 도중에 하나를 잃어버린 줄 알았는데, 그게 어제 나타났어."

토르스텐은 씩 웃었다.

"운송에만 딱 1년이 걸렸지. 보니까 어때?"

울릭이 줄을 튕겨보았다. 하프 같은 소리가 난다. 날카롭고도 맑은 음색이다.

"사용설명서를 보면 장력을 90킬로그램까지 감당할 수 있다고 하는데, 내 생각엔 그 이상인 것 같아. 2219번 화살을 사용하면 큰 짐승이라도 90미터 이내에서 쏜 화살을 맞고 살아남기 힘들다고. 이걸 봐."

토르스텐이 석궁을 쥐고 바닥에 발받침을 설치한 다음에 그 속에 발을 위치시켰다. 그리고 줄을 팽팽하게 힘껏 당겨 걸었다. 동작을 보니 한두 번 해 본 솜씨가 아니다. 토르스텐이 활 밑에 놓인 화살통에서 화살을 하나 꺼내 석궁에 걸었다. 이 모든 것이 조용하고 나긋나긋하게 하나의 동작 안에서 이루어졌다. 45미터 떨어진 과녁을 향해 뿜어낼 그 폭발적인 힘과는 너무나 대조적인 몸짓이었다.

두 사람은 토르스텐의 화살이 과녁에 명중할 것은 예상했지만, 화살이 그렇게 큰 원호를 그리며 허공을 가를 줄은 몰랐고, 또 화살이 과녁을 뚫고 들어가 아예 시야에서 사라져 버릴 줄은 생각도 못 했다.

"여우를 맞힐 때는 반드시 조금 높은 곳에서 아래로 쏘아야 돼. 그래야 화살이 여우의 몸을 뚫고 나와서 몰이꾼을 맞히는 일이 없을 테니까. 견갑골을 맞히지 않는 한은 틀림없이 뚫고 나오거든. 그렇다고 견갑골은 맞히는 것은 좋지 않아. 그 상처로는 안 죽으니까. 그럼 계속 길길이 날뛴다고."

토르스텐이 종이를 한 장 건넸다.

"여기 적힌 인터넷 주소로 들어가면 석궁을 조립하고 사용하는 법이 있어. 거기 나오는 동영상도 아주 자세하게 봐 두고."

디틀레우는 인터넷 주소를 살펴보았다.

"이걸 우리가 왜 봐?"

디틀레우가 물었다.

"제비뽑기에서 너희 둘이 뽑힐 거니까."

23

칼이 경찰 본부 지하실로 돌아와 보니 높이 조절 책상 하나가 흔들거리는 다리로 불안하게 버티고 있었다. 그 옆에는 로즈가 무릎을 꿇고 앉아 스크루 드라이버를 보며 욕을 퍼붓고 있었다.

'저 탱탱한 엉덩이 좀 보게.'

칼은 말없이 로즈에게 다가서며 생각했다.

곁눈질로 책상을 보니 아사드 특유의 글씨가 적힌 노란 메모쪽지가 적어도 20개는 붙어 있는 것 같다. 예감이 불길하다. 그중 다섯 개는 마르쿠스 야콥센 반장한테서 전화가 왔다는 쪽지였다. 칼은 그 쪽지들은 당장 구겨 버렸다. 그리고 나머지 쪽지들은 한데 모아서 끈적거리는 덩어리째 뒷주머니에 쑤셔 넣었다.

아사드의 골방 사무실 안쪽을 살짝 엿보니 기도용 깔개만 바닥에 깔려 있고 의자는 비어 있었다.

"이 친구 어디 갔나?"

칼이 로즈에게 물었다.

로즈가 대답 없이 그저 칼의 뒤쪽을 손가락으로 가리켰다.

칼이 자기 사무실을 들여다보니 아사드가 책상 위 서류더미에 발을 걸치고 앉아 있었다. 무언가를 열심히 읽으며 생각에 잠긴 듯 보였다. 헤드폰에서 윙윙대며 흘러나오는 정체불명의 음악 리듬에 맞추어 고개를 끼닥거리고 있었고, 김이 모락모락 올라오는 찻잔은 칼이 '항목 1: 가해자가 없는 사건'이라고 라벨을 붙여 놓은 서류더미에 놓여 있었다. 아주 안락하고 잘 정돈된 듯한 분위기였다.

"아사드, 지금 대체 뭐하는 건가?"

칼이 하도 퉁명스럽게 말하는 바람에 아사드는 깜짝 놀라 움찔했다. 그 바람에 파일 서류들이 날아오르고, 차가 책상 위로 쏟아졌다.

아사드가 허둥지둥 책상 위로 몸을 날려 소매로 차를 닦아냈다. 칼이 안심하라는 듯 아사드의 어깨에 손을 올리자 그제야 그의 놀란 표정이 사라지고 평소의 개구쟁이 같은 미소가 다시 자리 잡았다. 미안하다고, 하지만 어쩔 수 없었다고, 게다가 신 나는 뉴스거리가 있다는 의미가 담긴 표정이었다. 그제야 아사드는 헤드폰을 벗었다.

"죄송합니다, 수사관님. 여기가 제 자리가 아닌데. 하지만 제 사무실에 있으면, 그러니까 로즈 목소리가 계속 들려서 말이죠."

아사드가 엄지로 복도를 가리켰다. 복도에서는 로즈의 저주 섞인 욕설이 흘러나오고 있었다. 지하실 정화조 파이프에서는 건물 전체에서 내리는 화장실 물이 하루 종일 소리를 내며 빠져나가는데, 로즈의 욕설도 그 소리처럼 쉬지 않고 잘도 흘러나온다.

"내가 로즈 책상조립하는 거 도와주라고 했잖나, 아사드?"

아사드가 쉿 하고 두툼한 입술에 손가락을 가져다 댔다.

"자기가 혼자 하겠대요. 저도 도와주려고 했다고요."

"잠깐 이리로 와 보게, 로즈!"

칼이 차에 젖은 서류더미를 바닥 구석으로 치우며 소리쳤다.

로즈가 지긋지긋하다는 눈빛으로 두 사람 앞에 섰다. 얼마나 악에 받쳤길래 스크루 드라이버를 쥔 손가락 마디가 하얗게 보일 정도인가 싶다.

"십 분 줄 테니까 여기에 두 사람 앉을 의자가 들어갈 공간을 만들어놓게, 로즈."

칼이 말했다.

"그리고 아사드, 로즈가 의자 포장 벗기는 거 도와줘."

두 사람은 들뜬 얼굴로 학생들처럼 칼 앞에 앉았다. 의자는 괜찮아 보이는군. 그래도 나라면 의자 다리를 초록색 금속 다리로 고르진 않았을 텐데. 뭐, 저것도 내가 익숙해져야겠지.

칼은 두 사람에게 자신이 오르러프의 키미 집에서 찾아낸 것에 대해 얘기하고 그 금속 상자를 두 사람 앞 책상 위에 올렸다.

로즈는 별로 관심이 없는 듯 보였지만, 아사드는 마치 당장이라도 눈이 튀어나올 것 같았다.

"트리비알 퍼슈트 게임 카드에서 뢰르비 사건의 두 희생자 중 어느 한 사람의 지문이라도 찾아낸다면, 다른 소지품에서도 그와 비슷한 폭력사건에 얽힌 다른 희생자의 지문이 분명 나올 거야. 아니면 내 손에 장을 지져."

칼은 이렇게 말하고서 두 사람이 자기 말을 이해하는 눈치가 보일 때까지 잠시 기다렸다.

칼은 작은 테디 베어 인형과 여섯 개의 비닐 주머니를 차례로 책상 위에 늘어놓았다. 손수건, 손목시계, 귀걸이, 고무 밴드, 카드 두 장. 이들은 각각의 비닐 주머니 안에 들어 있었다.

"우와, 진짜 귀엽다."

로즈가 테디 베어에 시선을 고정하며 말했다.

'또 시작이군.'

칼은 생각했다.

"두 사람은 이 비닐 주머니들을 보면서 제일 먼저 눈에 띄는 게 뭔가?"

칼이 물었다.

"트리비알 퍼슈트 게임 카드가 든 비닐 주머니 두 개요."

로즈가 망설임 없이 대답했다. 딴 데 정신팔고 있는 줄 알았더니, 그래도 정신은 차리고 있었군.

"정확히 맞췄네. 잘했어, 로즈. 그럼 그 의미는?"

"논리적으로 따져 보자면 각각의 주머니는 한 사건이 아니라 한 사람을 나타내는 것으로 봐야겠군요."

아사드가 말했다.

"아니면 트리비알 퍼슈트 카드가 비닐 주머니 하나에 같이 들어가 있었을 테니까요. 그렇죠? 뢰르비 사건의 희생자가 두 명 아닙니까? 그래서 비닐 주머니 두 개에 들어가 있는 거죠."

아사드가 두 손을 웃는 얼굴처럼 활짝 펼쳐보였다.

"그러니까 비닐 주머니 한 개당 한 사람씩."

"바로 그걸세."

칼이 말했다. 정말 쓸 만한 친구란 말씀이야.

로즈가 손바닥을 모아 손으로 가져갔다. 알아들었다는 뜻이거나, 충격을 먹은 것이거나, 아니면 둘 다이거나. 로즈만이 알 일이다.

"그럼 지금 우리가 여섯 명의 살인 사건을 보고 있다는 말씀인가요?"

로즈가 물었다.

칼은 책상을 내리쳤다.

"여섯 명의 살인! 그래, 바로 그거야!"

칼이 소리 질렀다. 이제야 세 사람의 생각이 통했군.

로즈가 귀여운 테디 베어 인형을 다시 쳐다보았다. 인형은 왠지 다른 것들과는 어울리지 않았다. 이것을 어떻게 이해해야 할지는 쉽지 않을 듯하다.

"그래, 여기 있는 이 인형도 분명 그 자체로 어떤 중요한 의미가 있을 걸세. 다른 소지품하고는 다르게 보관되었으니까."

세 사람 모두 잠시 인형을 쳐다보았다.

"물론 이 소지품들이 모두 살인과 관련 있는지는 아직 몰라. 하지만 가능성은 충분하지."

칼은 책상을 가로질러 손을 뻗었다.

"아사드, 요한 야콥센이 준 목록 좀 주게. 자네 뒤쪽 보드에 걸려 있어."

칼은 두 사람이 같이 볼 수 있도록 책상 위에 목록을 올려놓았다. 그리고 요한이 나열해 놓은 스무 가지 사건을 가리켰다.

"이 사건들이 뢰르비 살인 사건과 관련이 있는지는 확실하지 않네. 사실 이 사건들끼리도 아무런 관련이 없을지도 모르지. 하지만 이 사건들을 체계적으로 조사해 보면 이 소지품들 중 하나와 연관되는 사건을 단 하나라도 찾을 수 있을지 모르네. 그리고 그거면 충분해. 우리는 그 기숙사 패거리가 관련됐을지 모르는 범죄 사건을 하나 더 찾으려는 것이니까. 그것만 찾아내면 우리가 방향을 제대로 잡았다는 얘기일세. 어떻게 생각하나, 로즈? 이 일을 자네한테 맡겨 볼까 하는데."

로즈는 손을 내리더니 갑자기 불편한 표정이 되었다.

"수사관님, 말씀이 너무 왔다 갔다 하시잖아요. 얼마 전에는 사무실 안에서는 수사에 대해서 말도 꺼내면 안 된다고 하더니, 이제는 갑자기 풀가동하라니요. 그리고 책상을 조립하라고 한 게 언젠데, 또 갑자기 조립하지 말라는 건 뭐예요? 대체 어느 장단에 춤을 춰야 돼요? 십 분 드릴 테니까 한번 대답해 보세요."

"잠깐만, 뭔가 오해하나 본데, 로즈. 책상조립은 당연히 자네가 해야 돼. 책상을 주문한 사람이 해야지, 그럼 누가 하나?"

"어쩜, 남자가 둘이나 있는데 여자 혼자 그 일을 하게 놔둘 수⋯⋯."

이 말에 아사드가 끼어들었다.

"아니지, 내가 도와주겠다고 했잖아요. 기억 안 나요?"

하지만 로즈는 계속 말을 이어갔다.

"칼 수사관님, 저 책상다리 다 금속이에요. 저거 붙잡고 씨름하다 보면 얼마나 아픈지 알기나 하세요? 계속 말썽을 부린단 말이에요."

"자네가 주문한 거 아닌가. 내일까지 무조건 복도에 세워 놓으라고, 다 조립해서! 내일 노르웨이에서 손님이 오는 거 잊었나?"

로즈는 칼에게서 입냄새라도 나는 것처럼 고개를 뒤로 젖혔다.

"이건 또 무슨 소리에요? 노르웨이에서 손님이라뇨?"

로즈가 주변을 둘러보았다.

"이 꼴로 노르웨이에서 온 손님을 어떻게 받아요? 완전 시골 철물점 꼬락서니인데. 아사드의 사무실을 보면 다들 기절할 걸요?"

"그러니까 어떻게 좀 해 보게, 로즈."

"지금 그걸 말이라고 하세요? 그것도 제가 하라고요? 제가 무슨 몸뚱이가 열 개라도 되는 줄 아세요? 아예 여기서 다 같이 밤을 꼴딱 새우자고 하시지 그래요?"

칼은 고개를 양옆으로 까딱거렸다. 물론 그것도 생각해 본 부분이기는 하다.

"그럴 것까지는 없고, 아침에 시작하면 되지 않나. 다섯 시까지 나오게."

칼이 대답했다.

"새벽 다섯 시요?"

이 말에 로즈는 거의 숨 넘어갈 지경이 되었다.

"세상에, 농담도 그런 농담 하지 마세요. 수사관님 머리 나사가 어디 하나 풀린 거 아니에요?"

로즈가 칼에게 따졌다. 칼은 스테이션 시티 누구한테 전화해야 이 골 칫덩어리를 어떻게 일주일 넘게 견뎠는지 알아볼 수 있을까 궁금해졌다.

"진정해요, 로즈."

아사드가 상황을 수습하려고 나섰다.

"사건에 진척이 있으니까, 그러니까 그러는 거 아니에요."

이 말에 로즈가 두 발로 벌떡 일어섰다.

"아사드, 불쑥 끼어들어서 말 끊지 말아요. 그리고 그놈의 '그러니까' 좀 그만해요. 그거 좀 빼고 말하라고요. 전화로 얘기할 땐 안 그러면서 지금은 왜 그래요?"

로즈는 다시 칼을 돌아보았다. 그리고 손으로 아사드를 가리키면서 말했다.

"책상조립은 아사드 시키세요. 아사드도 어떻게 하는지 알 거 아니에요. 나머진 제가 하죠. 그리고 저는 내일 새벽 다섯 시까지 못 와요. 우리 집 앞에 그렇게 일찍 다니는 버스가 없어요."

그러고 나서 로즈는 테디 베어 인형을 집어 들어 칼의 가슴주머니에 쑤셔 넣었다.

"그리고 이거. 이 인형의 주인이 누군지는 수사관님이 직접 알아보세요, 아시겠어요?"

로즈가 소리를 지르며 사무실을 나가자 아사드와 칼은 책상만 멍하니 바라보았다. 칼은 로즈를 보며 텔레비전 드라마에 나오는 살짝 맛이 간 페미니스트가 떠올랐다.

"이제 우린 그러니까……"

또 다시 튀어나온 '그러니까'에 아사드가 잠시 뜸을 들였다.

"그러니까, 이제 우리 공식적으로 사건을 다시 맡는 겁니까?"

"아니, 아직은 아닐세. 내일 두고 보자고."

칼은 노란 메모쪽지들을 내밀며 말했다.

"이것을 보니 자네 무척 바빴던 모양이군, 아사드. 기숙학교에서 얘기를 나눠 볼 사람을 찾았다는 말일 텐데, 누군가?"

"수사관님이 들어오실 때 사실 그 일을 하고 있었습니다."

아사드가 책상 너머로 몸을 구부려 낡은 기숙학교 동문회지에 나온 사진 두 장을 짚었다.

"학교에 전화해 봤는데, 키미나 다른 사람들에 대해서 얘기하고 싶다니까 다들 꺼리는 분위기더군요. 살인 사건과 관련된 부분을 싫어하는 것 같더라고요. 그러니까, 그 당시 살인 사건으로 수사가 들어온 것 때문에 디틀레우 프람, 울릭 뒤벨 옌센, 토르스텐 플로린, 크리스티안 울프를 모두 퇴학 시키는 것도 고려하지 않았었나 싶더군요."

아사드가 고개를 저었다.

"그러니까, 결국 학교에 전화해서 알아낸 것은 별로 없어요. 그러고 나니까 그럼 벨라호이에서 떨어져 죽은 학생과 같은 반이었던 사람을 찾아보자는 생각이 들더군요. 그 밖에도, 그러니까, 키미나 다른 패거리하고 같은 시기에 학교에 근무했던 선생님을 하나 찾은 것 같습니다. 그 사람은 우리하고 얘기하려고 할 것 같아요. 거기서 그렇게 오래 근무하지 않았거든요."

거의 저녁 8시였다. 칼이 척추 클리닉에 가보니 하르뒤의 침대가 비어 있었다.

칼은 하얀 가운을 입고 지나가는 사람을 아무나 붙잡고 물어보았다.

"여기 이 사람 어디 갔습니까?"

불길한 예감이 들었다.

"친척이세요?"

"네."

예전에 당한 일이 있어서 이렇게 얘기했다.

"하르뒤 헤닝센 환자는 폐에 물이 찼어요. 그래서 이쪽으로 옮겨왔습니다."

여자는 한쪽 문을 가리켰다. 거기에는 '중환자 치료실'이라는 간판이 붙어 있었다.

"말씀은 짧게 나누세요. 아주 피곤해하고 있으니까요."

여자가 말했다.

하르뒤의 상태가 악화되었다는 것은 의심의 여지가 없었다. 호흡기가 최대로 가동되고 있었고, 하르뒤는 반쯤 경사지게 세워진 침대에 누워 있었다. 상체는 탈의되었고, 팔은 담요 위에 올려져 있고, 산소마스크가 얼굴 대부분을 가렸고, 코에도 관이 삽입되어 있었다. 그리고 여기저기에 정맥주사와 진단장비들이 연결되어 있었다.

그는 눈을 뜨고 있었지만 너무 지쳐서 칼을 보고 웃을 힘도 없었다.

"좀 어때? 이 친구야."

칼은 조심스럽게 하르뒤의 팔에 손을 얹으며 말했다. 하르뒤가 그 손길을 느낄 수는 없겠지만, 어쨌거나.

"무슨 일이야? 폐에 물이 찼다던데."

하르뒤가 뭐라고 말을 꺼냈지만, 끊임없이 윙윙대는 기계 소리와 산소마스크가 목소리를 삼켜 버렸다. 칼은 몸을 더 바짝 붙이며 말했다.

"뭐라고?"

"위액이 폐로 들어갔대."

하르뒤가 힘없는 목소리로 얘기했다.

'맙소사, 끔찍하군.'

칼이 하르뒤의 마비된 팔을 움켜쥐며 생각했다.

"꼭 나아야 돼, 하르뒤. 알았어?"

"팔에 느낌이 더 넓어졌어. 가끔씩 불이 붙은 것처럼 화끈거려. 하지만 아무한테도 말은 안했어."

아무한테도 말하지 않은 이유를 칼은 알고 있다. 그리고 그 이유가 가슴 아팠다. 하르뒤가 바라는 것은 하나밖에 없다. 팔을 들어 올릴 수 있을 정도로 감각과 운동신경이 돌아와 거즈 가위를 집어서 자기 경동맥을 찌르는 것. 문제는 이것이다. 과연 그도 하르뒤의 희망을 함께 해 주어야 하느냐.

"문제가 생겼어, 하르뒤. 네 도움이 필요해."

칼은 의자를 끌어와 하르뒤 옆에 앉았다.

"네가 로스킬데 때부터 같이 근무해 봐서 라르스 비외른을 나보다 잘 알잖아. 어쩌면 내 특별 수사반에서 진짜로 일어나는 일이 뭔지 네가 말해 줄 수 있지 않을까 싶다."

칼은 수사가 어떻게 중단되었는지를 간략하게 설명하고, 바크는 라르스 비외른이 수사 중지에 부분적으로 관여 되었다고 생각하고 있다는 점도 설명했다. 그리고 경찰서장이 그 결정을 전적으로 지지하고 나섰다는 점도.

"내 경찰 배지도 가져갔어."

칼은 이 말로 설명을 마무리했다.

하르뒤는 누워서 천정을 보고 있었다. 만약 옛날의 그였다면 지금쯤 담배를 한 대 피워 물었으리라.

"라르스 비외른은 늘 짙은 파란색 넥타이만 매지, 그렇지?"

잠시 후 하르뒤가 입을 열었다, 입을 여는 것이 무척 힘들어 보였다.

칼은 눈을 감았다. 그렇다, 맞는 소리다. 그 넥타이는 라르스 비외른하고 떼려야 뗄 수 없는 사이다. 그리고 파란색이었다.

하르뒤가 기침을 하려 했지만, 마른기침만 나왔다. 물이 다 말라붙은 끓는 주전자 같은 소리가 났다,

"그 사람 그 기숙학교 출신이야, 칼."

하르뒤가 힘없이 말했다.

"그 넥타이에 작은 가리비 모양이 네 개 있어. 그게 그 학교 넥타이야."

칼은 말없이 앉아 있었다. 몇 년 전에 그 학교에서 일어난 강간사건 때문에 학교의 명성이 땅에 떨어졌다. 거기에 이 사건까지 겹치면 학교는 어떤 타격을 입을까?

맙소사, 라르스 비외른이 그 학교 학생이었다니. 만약 라르스 비외른이 이 모든 일에 적극적으로 개입하고 있다면, 학교의 추종자이자 옹호자로서 하는 짓인가? 아니면 뭐야? 한번 기숙학교 학생은 영원한 기숙학교 학생?

칼은 천천히 고개를 끄덕였다. 물론이지. 그럼 아주 간단한 문제다.

"좋았어, 하르뒤."

칼은 침대보를 두드리며 말했다.

"넌 진짜 천재야. 누가 거기까지 의심해 봤을까?"

칼은 오랜 동료의 머리카락을 쓰다듬었다. 머릿결은 눅눅하고 생명력이 느껴지지 않았다.

"너 나한테 화난 거 아니지, 칼?"

하르뒤가 마스크 너머로 말을 꺼냈다.

"그게 무슨 말이냐?"

"알잖아, 못총 사건 말이다. 내가 그 심리상담사한테 얘기한 것 때문

에."

"하르뒤, 그게 무슨 소리냐? 너 나으면 그 사건은 너하고 나 둘이 같이 해결하는 거다. 알았어? 이렇게 계속 누워 있다 보면 자꾸 이상한 생각이 드는 것도 무리가 아니지. 다 이해해, 하르뒤."

"이상한 생각이 아니야, 칼. 뭔가가 있어. 그리고 안케르에게 분명 뭔가가 있어. 점점 더 확신이 들어."

"때가 되면 그 문제는 우리 같이 해결하자고. 어때?"

하르뒤는 호흡기에 몸을 맡기고 잠시 말없이 있었다. 칼은 오르락내리락하는 하르뒤의 가슴만 바라볼 뿐, 달리 할 수 있는 것이 없었다.

"칼, 부탁 하나만 하자."

정적을 깨며 하르뒤가 얘기했다.

칼은 의자에서 뒤로 물러나 앉았다. 하르뒤를 방문할 때마다 제일 무서운 순간이 바로 지금이다. 죽을 수 있게 도와달라는 말. 다른 말로 하자면 안락사. 이런 부탁을 들을 때마다 기분이 너무 끔찍했다.

그 일을 해서 받을 벌이 무서운 것이 아니다. 도덕적인 문제 때문에 그러는 것도 아니다. 그냥 도저히 그렇게는 할 수가 없었다.

"안 돼, 하르뒤. 제발 그 얘기는 이제 그만하자. 그런 일은 상상도 안 해 봤다. 정말 미안하다만, 나 도무지 그 짓은 못 하겠다."

"칼, 그 얘기가 아니야."

말이 쉽게 나오지 않는 듯 그가 마른 입술을 축이며 말했다.

"나 너희 집에 좀 들어가자. 여기 있기 싫다."

가슴이 미어지는 침묵이 흘렀다. 칼은 마치 온몸이 얼어붙는 기분이었다. 말이 목구멍에 걸려 밖으로 넘어오질 않는다.

"생각해 봤는데 말이야."

하르뒤가 조용히 말을 이어갔다.

"너하고 같이 사는 그 친구 말이지, 그 친구가 나를 좀 돌봐 주면 안 될까?"

하르뒤의 절망적인 몸부림이 마치 단검이 되어 칼의 가슴을 찌르는 것만 같았다.

칼은 하르뒤가 눈치채지 못 하게 고개를 저으며 생각했다. 모르텐 홀란이 간호사 노릇을? 우리 집에서? 그 생각만으로도 칼은 울음이 나올 것 같았다.

"자택 요양하면 자네에게도 돈이 쏠쏠하게 들어올 거야. 내가 다 알아봤어. 간호사가 하루에 몇 번씩 찾아올 거고. 아주 간단해. 겁먹을 필요 없다니까."

칼은 바닥을 바라보았다.

"하르뒤, 우리 집은 이런 시설들을 들일 환경이 안 돼. 우리 집 별로 크지도 않잖아. 모르텐은 지하실에서 사는데, 그것도 사실 불법이라 문제고."

"나는 거실에 있으면 되잖아, 칼."

이제 하르뒤에게서 쉰 목소리가 났다. 마치 울지 않으려고 참는 소리 같다. 그냥 몸 상태가 그래서 나는 소리인지도 모르지만.

"너희 집 거실은 크잖아, 안 그래? 나한텐 그냥 한쪽 구석만 내주면 돼. 모르텐이 지하에 사는 것도 사람들한테 안 들키면 되잖아. 이층에 방이 세 개 아닌가? 눈가림으로 그 방 하나에 침대만 들여놓고, 지내기는 계속 지하실에서 지내게 하면 되잖아."

이놈이 나한테 애원을 하고 있다. 이 덩치 큰 놈이 이렇게 작아 보이다니.

"야, 하르뒤, 제발……."

칼은 말문이 막혔다. 병실 침대며 이 온갖 종류의 의료 장비들이 거실에 들어온다는 것은 생각만 해도 끔찍한 일이었다. 그렇게 되면 지금 남은 사람들마저 쪼개지고 말 것이다. 이제 집안에 남은 사람도 거의 없지 않은가. 모르텐은 다른 데로 이사를 가 버릴 것이고, 예스페르는 하루 종일 투덜댈 것이다. 하르뒤가 아무리 간절하다 해도 이것은 원칙적으로 도저히 불가능하다.

"너는 지금 상태가 너무 안 좋아, 하르뒤. 이렇게 나쁘지만 않았어도 어떻게든 생각이라도 해 보겠다만."

칼은 하르뒤가 자기를 이 마음의 고통에서 해방시켜 주기를 바라며 길게 말을 멈추어 보았지만, 하르뒤는 아무 말도 하지 않았다.

"우선은 감각을 좀 더 회복하자, 하르뒤. 좀 더 지켜보면서 어떻게 되는지 보자고."

칼은 친구의 눈이 천천히 감기는 것을 지켜보았다. 깨진 희망에 그의 마음속에 남아 있던 희미한 불씨마저 사그라졌다.

"조금만 더 지켜보자."

칼이 말했다.

지켜보기, 그것 말고 하르뒤가 할 수 있는 것이 있기나 한가.

살인 사건 전담반에 처음 들어왔던 파릇파릇했던 시절 이후로 칼이 오늘 아침처럼 일찍 출근한 것은 처음이었다. 금요일이었건만 힐레뢰드 고속도로를 몇몇 구간 거쳐 오는데 자동차를 구경하기가 힘들었다. 경찰 본부 차고에 도착하는 경찰들이 느린 동작으로 차문을 쾅 닫았다. 출근카드를 찍는 책상에서는 보온병에서 나는 커피 냄새가 났다. 시간은 충분하다.

지하실에 들어서는 순간, 한마디로 충격이었다. 복도에는 팔꿈치 높이로 적당하게 맞춰진 책상들이 특별 수사반 Q로 들어오는 사람들을 환영하는 것처럼 반듯반듯 놓여 있었다. 산더미 같은 서류들이 어떻게 분류되었는지는 몰라도 작은 무더기들로 체계적으로 나뉘어 정렬되어 있었다. 제대로 분류된 것 맞나? 벽에는 게시판 세 개가 나란히 걸려 있었고, 그 위에는 뢰르비 사건과 관련된 다양한 스크랩들이 붙어 있었다. 마지막 책상 위에는 아사드가 화려하게 장식된 작은 기도용 깔개 위에서 엄마 뱃속의 아기 같은 자세로 코를 골며 깊이 잠들어 있었다.

복도 더 깊숙이 들어가 보니 로즈의 사무실에서 소리가 흘러나오고 있었다. 바흐의 멜로디에 맞춰 제멋대로 부르는 휘파람 소리다. 이 정도면 바흐에 대한 고문이라고 해야 할 것 같다.

십 분 후에 로즈와 아사드는 김이 모락모락 나는 찻잔과 함께 칼의 사무실로 들어와 칼 앞에 앉았다. 이곳은 어제까지만 해도 칼이 분명 자기 사무실이라고 불렀던 곳이었건만 지금은 정말 이 방이 내 방인가 싶다.

로즈는 칼이 코트를 벗어 의자 등받이에 거는 모습을 지켜보았다.

"셔츠가 잘 어울리네요, 수사관님. 셔츠를 갈아입으면서 테디 베어도 잊지 않고 같이 챙겨 오셨네요. 잘하셨어요."

로즈가 불룩 솟아오른 칼의 가슴주머니를 가리키며 말했다.

칼은 고개를 끄덕였다. 이 행동의 의미는 다음과 같다. 두고 봐라, 내 기회를 봐서 너에 대해 잘 모르는 새로 생긴 부서로 반드시 쫓아내고 말 테니까.

"그러니까, 어떠세요? 수사관님."

아사드가 이렇게 말하며 흐트러진 모습이라고는 찾아보기 힘든 사무실 안을 손으로 크게 원을 그리며 가리켰다. 풍수지리를 좋아하는 사람들이라면 보고 기뻐할 만한 모습이었다. 마루를 포함해서 모든 것이 반듯하게 정리되어 있으니 말이다.

"요한이 어제부터 업무에 복귀했길래 내려와서 좀 도와달라고 했어요."

로즈가 말했다.

"결국 이 모든 일에 애초에 시동을 건 사람이 요한이잖아요."

칼은 억지로 미소를 지으며 그 안에 만족스러운 표정을 담아 보려고 애썼다. 기쁘지 않아서가 아니다. 그저 조금 압도되었을 뿐이다.

네 시간 후, 세 사람은 각자의 책상에 앉아 노르웨이 대표단이 도착하기를 기다렸다. 세 사람 모두 각자 맡은 임무가 있었다. 이들은 요한의 폭행 사건 리스트에 대해 논의했고, 트리비알 퍼슈트 카드 한 장에서 쉽게 찾아낸 지문 두 개가 살해된 쇠렌 외르겐센의 지문과 일치하고, 그보다는 보존상태가 떨어지는 또 다른 지문은 여동생의 것과 일치한다는 확인을 받았다. 이제 새로운 의문은 이러했다. 범행현장에서 이 카드를 가져온 사람은 누구인가? 만약 비아르네 퇴르겐센이 그랬다면 이 카드가 든 상자가 왜 오르러프의 키미네 집에서 발견되었는가? 만약 여름 별장에 비아르네 말고 다른 사람들도 같이 있었다면 이것은 선고 당시 법정에서 내렸던 사건 해석과는 그림이 근본적으로 달라진다.

흥분은 로즈 크누센의 사무실까지 퍼져나갔다. 이 사무실에서는 이제 바흐에 대한 학대는 멈추고 크리스티안 울프의 사망과 관련된 사실들을 캐내는 일에 로즈의 노력이 집중되고 있었다. 한편 아사드는 키미와 그 패거리들의 덴마크어 선생님이었던 'K. 예페센'이 지금 어디서 살고, 어디서 일하는지에 대한 단서를 찾아내기 위해 애쓰고 있었다.

노르웨이 사람들이 오기 전에 해야 할 일은 충분히 많았다.

10시 20분이 되도록 그 사람들이 나타나지 않자 칼은 그 의미를 이해했다.

"내가 가서 데려오지 않으면 여기로 안 내려올 모양이군."

칼은 이렇게 말하며 서류가방을 들고 자리에서 일어났다.

칼은 원형 건물의 돌계단을 따라 총총걸음으로 3층으로 올라갔다.

"사람들 이 안에 있나?"

칼은 피곤해 보이는 동료 두 사람을 보고 소리쳤다. 동료들은 아주 복잡한 문제를 해결하느라 머리를 싸매고 있었다. 그들이 고개를 끄덕였다.

구내식당에는 적어도 열다섯 명 정도의 사람이 자리 잡고 있었다. 살인 사건 전담반 반장 말고도 부반장 라르스 비외른, 노트북을 들고 있는 리스, 따분한 정장을 입고 있는 빠릿빠릿해 보이는 젊은 친구 두 사람. 이 두 젊은이는 법무부에서 온 사람 같았다. 그리고 알록달록하게 차려입은 다섯 사람이 거기 모인 나머지 사람들과는 달리 치아가 드러날 정도로 환한 미소를 지으며 공손하게 그를 맞이했다. 오호, 이 노르웨이 손님들한테 보너스 1점 추가!

"아이쿠, 칼 뫼르크 수사관 아닌가! 어디 있다 이제 왔나? 왜 안 보이나 했네!"

마르쿠스 반장이 소리쳤다. 속마음은 정반대다.

칼은 리스는 물론이고 모든 사람과 일일이 악수하며 인사하고, 노르웨이 사람들에게도 더할 나위 없이 분명하게 자신을 소개했다. 하지만 노르웨이 사람들이 하는 말을 정작 칼 자신은 단 한마디도 알아들을 수가 없었다.

"이제 곧 아래 사무실도 돌아보도록 할 텐데요."

칼은 자기를 노려보는 비외른의 눈빛을 무시하며 말했다.

"하지만 먼저 신설부서인 특별 수사반 Q의 팀장으로서 제 원칙들을 간단히 설명해 드리고 싶습니다."

그는 화이트보드 앞에 섰다. 화이트보드 위에 적힌 기호들을 보니 그

때까지 하고 있던 얘기들에 관한 것인가 보다. 칼이 말했다.

"여기 오신 손님들, 제가 하는 말을 이해하시겠습니까?"

노르웨이 사람들은 열심히 고개를 끄덕였다. 라르스 비외른의 짙은 파란색 넥타이가 칼의 눈에 들어왔다.

그리고 그다음 20분 동안 칼은 메레테 륑고르 사건 수사에 대해 전체적으로 설명했다. 얼굴 표정들을 보아하니 노르웨이 사람들도 여기에 대해서는 잘 알고 있는 듯했다. 그리고 그다음에는 현재 진행 중인 사건에 대한 간략한 설명으로 마무리했다.

법무부에서 온 친구들은 뒤에 설명한 사건이 익숙하지 않은 듯했다. 처음 들어 보는 소리일 거다.

칼은 마르쿠스 반장을 향해 돌아섰다.

"수사를 진행하다가 바로 어제 적어도 기숙학교 패거리 중 한 사람인 키미 라센이 이 범죄와 직접적으로나 간접적으로 연관되어 있다는 대단히 확실한 증거를 하나 확보하게 되었습니다."

칼은 어제 있었던 사건들을 대략 설명하고, 그 상자가 오르러프의 키미네 집에서 꺼낸 것임을 증언해 줄 확실한 목격자도 확보해 두었다고 힘주어 말했다. 라르스 비외른의 표정이 점점 더 어두워졌다.

"키미가 그 상자를 비아르네 퇴르겐센한테서 받아 놓은 것일 수도 있잖나. 같이 동거했었다며!"

마르쿠스 반장이 끼어들었다. 물론 그럴 수도 있다. 지하실에서 이미 그런 가능성에 대해서도 다 얘기를 마치고 온 터였다.

"가능한 얘기죠. 하지만 그런 것 같지는 않습니다. 이 신문의 날짜를 보십시오. 비아르네 퇴르겐센의 말에 따르면 키미가 같은 집에 들어와 살기 시작한 바로 그날 신문입니다. 제 생각에는 비아르네가 이것을 보기를 원치 않았기 때문에 키미가 여기에 접어서 숨겨 놓은 것 같습니다.

하지만 다른 설명도 가능하겠죠. 그저 키미 라센의 신변을 하루 빨리 확보해서 심문해 볼 수 있기만을 바랄 뿐입니다. 그래서 저희는 전국에 지명수배를 요청할 계획입니다. 그리고 코펜하겐 중앙역 주변을 모니터링하고 마약중독자인 티네, 그리고 특히 디틀레우 프람, 울릭 뒤벨 옌센, 토르스텐 플로린을 감시할 추가 인력 보강도 함께 요청할 생각이고요."

여기서 칼은 독기 어린 눈빛으로 라르스 비외른을 한 번 노려본 후에 노르웨이 사람들에게로 시선을 옮겼다.

"한때 뢰르비 살인 사건의 용의자로 지목되었던 이 학생들 중 세 사람은 지금 덴마크에서 아주 유명한 사람들이 되었습니다. 현재는 덴마크 상류사회에서 존경받는 시민으로 살고 있죠."

칼이 설명했다.

이제 살인 사건 전담반 반장 마르쿠스의 이마도 찡그려지기 시작했다.

"아시다시피."

칼은 노르웨이 사람들에게 직접 말하기 시작했다. 이 사람들은 마치 여섯 시간 동안 물 한 모금 마시지 못 하고 날아온 사람들처럼, 아니면 독일군이 노르웨이 침공 이후로 커피 원두를 구경도 못 해 본 사람들처럼 커피를 들이붓고 있었다.

"여러분도 오슬로에서 멋지게 활약하고 계시니 다들 아시는 얘기겠지만, 이런 우연한 행운 덕분에 해결이 묘연했던 범죄가 해결되거나 심지어는 범죄로 분류되지도 않았던 사건들이 범죄로 드러나는 경우가 적지 않습니다."

이때 노르웨이 사람 중 하나가 손을 들어 고저장단이 없는 단조로운 사투리로 질문을 던졌다. 칼은 몇 번 반복해서 들어 보았지만 질문을 이해할 수 없었다. 그때 연락담당관이 그를 구원하러 나섰다.

"트뢰네스 경정께서 뢰르비 살인 사건과 관련 가능성이 있는 사건들이 목록으로 작성되어 있는지 알고 싶어 하십니다."

통역이 날아들었다.

칼은 공손하게 고개를 숙였다. 아니, 기특하기도 하지. 저 사람은 이렇게 개떡같이 말하는데 어떻게 저렇게 찰떡같이 알아듣지?

칼은 서류가방에서 요한 야콥센의 목록을 뽑아 화이트보드에 붙였다.

"이 부분의 수사는 살인 사건 전담반 마르쿠스 반장님께서 도와주셨습니다."

칼은 마르쿠스에게 감사의 눈길을 보냈다. 이에 마르쿠스 반장은 주위 다른 사람들을 바라보며 공손한 미소로 답했다. 그러나 그와 동시에 그의 머리 위로는 의문부호가 모락모락 피어올랐다. 이게 무슨 소리?

"저희 살인 사건 전담반 반장님께서 한 민간고용인이 개인적으로 수사한 내용을 특별 수사반 Q에서 활용할 수 있게 도와주셨습니다. 마르쿠스 반장님과 그 휘하의 수사반처럼 훌륭한 동료들, 그리고 부서간의 경계를 넘나드는 긴밀한 협조가 없었다면 이렇게 단기간 내에 수사를 진행할 수는 없었을 것입니다. 우리가 이십 년도 넘은 이 사건에 관심을 갖기 시작한 지가 이제 겨우 두 주 밖에 지나지 않았다는 점을 명심해 주십시오. 다시 한 번 이 자리를 빌려 감사드립니다, 마르쿠스 반장님."

칼은 가상의 유리잔을 들어 마르쿠스 반장을 향해 건배했다. 조만간 이 모든 것이 부메랑이 되어 그에게 돌아올 것을 그도 잘 알고 있었다.

사람들의 주의를 칼의 안건에서 다른 곳으로 돌려보려는 시도가 여러 번 있었지만, 특히 그중에서도 라르스 비외른이 제일 열심이었지만, 노르웨이 사람들을 지하실로 끌고 내려가는 일은 식은 죽 먹기였다.

연락담당관은 노르웨이에서 온 형제들이 하는 말을 하나도 빠짐없이 칼에게 전달하려고 무던히도 애썼다. 이 사람들은 덴마크의 근검절약

정신이 존경스러운 듯했고, 자기들도 매일 예산 달라, 복리후생을 개선해 달라 요구만 늘어놓을 것이 아니라 그전에 먼저 이렇게 결과를 내놓아야 한다고 생각하는 듯했다. 여기 지하야 그렇지. 하지만 위층까지 둘러보고 나면 아마 생각이 달라질걸?

"나한테 계속 무언가 꼬치꼬치 물어보는 사람이 있는데, 난 한마디도 못 알아듣겠거든? 자네 노르웨이어 할 줄 아나?"

칼이 로즈에게 속삭였다. 한편 아사드는 덴마크 경찰청의 외국인 통합정책에 대한 칭찬을 입이 마르도록 늘어놓으면서 자기가 현재 하고 있는 일을 이해하기 쉽게 놀라운 솜씨로 설명하고 있었다.

칼이 지금까지 들어 본 것 중 가장 지적이고 매력 넘치는 노르웨이말로 로즈가 입을 열었다.

"여기에 저희 수사과정의 핵심이 담겨 있습니다."

그러고 나서 로즈는 아침 일찍 정리해 놓은 서류더미들을 사람들 앞에서 하나씩 검토해 나갔다.

정말 인정하기는 싫지만, 꽤나 인상적인 발표였다.

칼의 사무실에 도착하니, 큰 텔레비전 화면에서는 햇살이 찬란하게 빛나고 있는 호메콜론 스키 리조트(스키점프대가 있는 노르웨이 오슬로의 스키 리조트. 노르웨이 사람들의 스키 사랑은 각별하다—옮긴이)의 안내 비디오가 나오고 있었다. 아사드가 십 분 전에 폴리티켄의 책방 한구석에서 오슬로 관광 홍보 DVD를 사다가 틀어 놓은 것이었다. 노르웨이 방문객 중에 그 장면을 보며 가슴이 뭉클하지 않은 사람이 없었다. 한 시간 후면 점심만찬 자리에서 법무부 장관은 분명 치아를 번득이며 황홀한 미소를 짓게 될 것이다.

아까부터 계속 질문을 퍼부어 대던 노르웨이 사람이 아마도 그중에서는 제일 높은 사람 같은데, 그가 진심어린 말로 형제애를 언급하며 칼에게 오슬로를 꼭 방문해 달라고 초대했다. 만약 오슬로로 찾아오기 힘들다면 점심식사라도 꼭 같이 하자고 했다. 그리고 그마저도 시간이 없다면 다른 것은 몰라도 따뜻한 악수를 나눌 시간만큼은 내 달라고 했다. 그럴 시간은 있었다. 방금 서로 손을 마주 잡았으니까.

그들이 모두 물러간 후에 칼은 아주 잠깐이나마 따사로움과 감사의 마음으로, 아니, 그렇게 해석이 가능한 마음으로 아사드와 로즈, 두 사람을 바라보았다. 노르웨이 사람들의 특별 수사반 견학이 매끄럽게 마무리되어서가 아니다. 이제 곧 3층으로 불려가서 사건 브리핑을 계속하고, 경찰 배지를 돌려받을 수 있으리라 예상했기 때문이다. 경찰 배지를 돌려받는다는 것은 정직이 시작되기도 전에 끝난다는 뜻이다. 그리고 정직이 끝난다는 것은 그가 모나 입센에게 더 이상 상담치료를 받으러 갈 필요가 없다는 뜻이고, 상담치료를 받지 않아도 된다는 것은, 만세! 그녀와 저녁식사 데이트를 할 수 있다는 뜻이다! 그리고 저녁식사 데이트를 한다는 것은, 그 후론 무엇이든 가능하다는 얘기다.

칼은 아사드와 로즈에게 어떻게든 감사의 표현을 할 필요가 있었다. 그렇다고 그가 두 사람을 입에 침이 마르도록 칭찬하는 일 따위는 없을 것이다. 그에게 어울리는 일이 아니다. 하지만 고마움의 표현으로 오늘은 한 시간 일찍 퇴근해도 좋다는 약속쯤이야.

하지만 다음에 울린 전화벨이 그 계획을 바꾸어 놓았다.

아사드가 뢰도우레 고등학교에 메시지를 남겨 놓았는데, 그 학교 원로교사 중 한 사람한테서 연락이 온 것이다. 클라우스 예페센이라는 사람이었다.

그가 칼을 만나 보겠다고 했다. 그리고 1980년대 중반에 그 기숙학교에서 실제로 학생들을 가르쳤었다고 한다. 그는 그 당시를 잘 기억하고 있었다.

　그 사람의 인생에서 가히 좋은 기억이었다고는 할 수 없는 시간이었다.

24

키미는 엥하베 광장에서 가까운 뒤벨스가데의 한 건물 계단통 아래에 웅크리고 있는 티네를 찾아냈다. 아주 지저분하고 온몸이 멍투성이인 데다 헤로인 한 방에 목이 마른 상태였다. 거기 사는 한 부랑자의 말에 의하면 티네는 꼼짝도 않고 거의 하루 종일 거기에 처박혀 있었다고 한다.

티네는 계단통에서 가능한 한 제일 깊숙한 곳으로 물러나 앉아 있었다. 어둠으로 완전히 가려진 장소였다.

키미가 머리를 디미는 바람에 티네가 깜짝 놀라 휘청했다.

"깜짝이야. 키미 언니? 언니구나?"

티네가 안도한 얼굴로 외치며 키미의 품에 달려들었다.

"키미 언니, 그렇지 않아도 언니 엄청 보고 싶었어."

키미는 사시나무처럼 몸을 떨었다. 치아도 사정없이 딱딱 맞부딪히고 있었다.

"무슨 일이야?"

키미가 물었다.

"너 왜 여기 있어? 꼴이 이게 뭐야?"

키미가 부어오른 티네의 뺨을 어루만졌다.

"누가 때렸어?"

"내가 붙여 놓은 메시지 받았어? 응?"

티네가 포옹을 풀며 누렇게 뜬 핏발선 눈으로 키미를 바라보았다.

"어, 봤어. 잘했어, 티네."

"그럼 이제 나한테 1,000크로네 주는 거야?"

키미가 티네의 이마에 맺힌 땀을 닦아내며 고개를 끄덕였다. 하도 맞아서 얼굴이 말이 아니었다. 한쪽 눈은 거의 감겨 있었고, 입은 비뚤어져 있고, 여기저기 퍼렇게 피멍이 들어 있었다.

"늘 가던 곳에 이젠 가지 마, 언니."

티네는 몸을 진정시키려고 떨리는 팔을 가슴에 모았지만 효과가 없었다.

"그 남자들이 우리 집에 쳐들어왔었어. 상황이 안 좋았지. 나 이젠 집에 안 가, 여기 있을 거야."

키미가 무슨 일이 있었는지 다시 물어보려는데 정문이 삐걱거리며 열리는 소리가 들렸다. 한 세입자였다. 비닐봉투 속에서 땡그랑거리는 그날 하루의 전리품을 들고 집으로 돌아오는 길이었다. 최근에 그 지역을 접수했다는 패거리들 중 하나는 아니다. 양쪽 팔뚝에 집에서 한 지저분한 문신이 가득했다.

"여기서 뭐하는 거야?"

그 사내가 험악하게 말했다.

"당장 꺼져, 이 더러운 년들아!"

키미가 일어섰다.

"우리는 상관 말고 그냥 얌전히 집에나 들어가시지 그래?"

키미가 몇 발 앞으로 다가서며 말했다.

"안 그럼 어쩔 건데?"

사내가 비닐봉투를 발 사이에 내려놓으며 말했다.

"안 그럼 내가 아주 개 패듯이 패 줄 거니까."

사내는 분명 이런 말을 듣는 것이 즐거운 듯했다.

"이년이 아주 섹시한 소리만 골라서 하네. 저 구역질나는 약쟁이 데리고 여기서 어서 꺼지든지, 그게 싫으면 내 방으로 올라오든지 알아서하라고. 나하고 같이 올라가면 저 암퇘지 같은 년은 어디 가서 뒈지든 썩든 상관 안 할 테니까."

사내가 키미의 몸에 손을 대려는 순간 그의 축 처진 뱃살 위로 키미의 주먹이 날아가 꽂혔다. 그리고 키미의 주먹이 사내의 놀란 얼굴을 또한 번 일그러뜨렸다. 계단에서 우당탕탕 요란한 소리가 들렸다.

"으윽."

사내가 바닥에 이마를 처박고 끙끙거렸고, 키미는 다시 계단통으로돌아왔다.

"누가 왔던 거야? 남자들이라고 했잖아. 어디서 온 사람들인데?"

"중앙역에 있던 그 남자들. 내 집으로 쳐들어왔는데, 내가 언니에 대한 얘기를 안 하니까 막 패더라."

티네가 웃어 보려 했지만, 얼굴 왼쪽이 하도 부어서 웃을 수가 없었다. 티네는 무릎을 가슴으로 끌어안았다.

"그래서 여기로 온 거야, 나쁜 새끼들."

"누구 말하는 거야, 그 경찰?"

티네는 고개를 저었다.

"경찰? 무슨 소리야. 그 경찰은 아주 착했어. 그 사람은 아냐. 누군가

한테서 돈 받고 언니를 찾으러 다니는 그 빌어먹을 놈들이야. 언니도 그
놈들 조심해야 돼."

키미가 뼈만 앙상한 티네의 팔을 와락 움켜쥐며 말했다.

"그놈들이 너를 때렸단 말이지! 너 그놈들한테 뭐라고 했어? 기억나?"

"키미 언니, 제발, 응? 나 한 방만, 딱 한 방만 좀 맞게 해 줘. 응, 응?
나 이렇게 빌게."

"약속했던 대로 1,000크로네 줄게, 티네. 너 그놈들한테 나에 대해
얘기했어?"

"나 이제 겁나서 길거리에 못 나가. 언니가 나 대신 좀 구해 주면 안
돼? 부탁이야. 그리고 초콜릿 우유하고 담배도 좀. 그리고 맥주 몇 병하
고, 응?"

"알았어, 알았어. 구해 줄게. 이제 내가 묻는 거에 대답해 봐, 티네. 너
뭐라고 했어?"

"그거 먼저 구해 주면 안 돼?"

키미는 티네를 바라보았다. 티네는 자기가 무슨 일이 있었는지 말해
버리고 나면 키미가 약속했던 것을 주지 않을까 봐 겁을 먹고 있는 것이
분명했다.

"어서 말해 봐, 티네!"

"언니, 그럼 약속한 거다?"

두 사람은 서로를 바라보며 고개를 끄덕였다.

"좋아, 그놈들이 나를 때렸어. 하여간 계속 때렸어. 우리가 벤치에서
가끔씩 만난다고 했어. 그리고 언니가 인게르슬레우스가데에서 걷는 것
도 여러 번 보았다고 했고. 언니가 거기 어디쯤에서 사는 것 같다고 말
했어."

티네는 애원하듯 키미를 바라보았다.

"언니 진짜로 거기 사는 건 아니지? 그렇지, 언니?"

"다른 거 얘기한 거 있어?"

티네의 목소리가 잠기고, 몸의 떨림도 더 심해졌다.

"아니, 절대로 안 했어, 언니. 정말이야."

"그리고 그놈들은 돌아갔고?"

"어, 아마 다시 돌아올 거야. 하지만 이미 말한 거 말고 더 이상은 아무 말도 하지 않을게. 나도 정말 다른 건 몰라, 진짜야."

어둑어둑한 가운데 두 사람의 눈이 마주쳤다. 티네는 키미가 자기 말을 믿게 하려고 애쓰고 있었지만, 마지막 말은 잘못 꺼냈다.

그럼 더 아는 것이 있다는 얘기로군.

"나한테 더 말할 거 없어, 티네?"

금단증상이 이제 티네의 다리로 옮겨갔다. 웅크려 모은 두 다리가 바닥에서 쉴 새 없이 경련을 일으켰다.

"엥하베 공원. 언니가 거기 앉아서 아이들 노는 거 구경할 때가 있다는 거 정도는 알지. 그게 다야."

티네는 키미가 생각했던 것보다 자기에 대해서 보고 들은 것이 많았다. 티네의 활동 반경이 스켈베크가데, 혹은 역에서 가스베르크스바이까지 이어지는 이스테드가데 구간보다 더 넓다는 뜻이다. 어쩌면 그 근처에서 남자들을 상대로 오럴섹스를 해 주며 다녔을지도 모를 일이다. 덤불들이 많으니까.

"그리고 또 무슨 얘기했어, 티네?"

"언니, 제발, 응? 지금은 다 기억이 안 나. 지금은 약 생각밖에 안 난다고!"

"그럼 한 방 구해다주면 나에 대해서 더 기억할 수 있겠어?"

키미가 티네를 보며 웃었다.

"어, 어, 그럴 거 같아."

"내가 어디를 가고, 네가 나를 어디서 봤는지도? 내가 어떤 모습이었는지, 내가 어디서 물건을 사는지도? 내가 언제 길거리에 나가는지도? 내가 맥주를 좋아하지 않는 것도? 내가 스트뢰에서 유리창을 들여다보는 것도? 그리고 내가 늘 도시 안에 있다는 것도? 그런 것들이야?"

키미가 말을 거들어 주니 티네가 안도하는 것 같았다.

"그래, 그런 거. 그런 건 얘기 안 할게."

키미는 극도로 조심스럽게 움직였다. 이스테드가데는 구석진 곳이 여기저기 널려있다. 이 거리를 걸을 때는 아무리 살피며 걷는다 해도 10미터 앞에 누군가 숨어 있지 않다고 확신하기 어렵다.

이제 키미는 그들이 어떤 짓까지 할 수 있는지 안다. 분명 여러 사람을 풀어 그녀를 찾고 있을 것이다.

지금 이 순간이 새로운 원년이나 마찬가지인 이유였다. 다시 한 번 키미는 모든 것을 멈추고 새로운 길을 뚫어야 할 시점에 도달한 것이다.

키미의 삶에서 이런 일이 얼마나 여러 번 일어났던가? 다시 되돌릴 수 없는 변화라고 해야 하나? 커다란 해체라고 해야 하나?

'너희는 절대로 날 못 잡아.'

택시를 잡으며 키미는 생각했다.

"다네브로그스가데 모퉁이에 내려 주세요."

"다네브로그스가데?"

택시기사가 말했다. 그의 까무잡잡한 팔이 이미 택시 뒷문 손잡이에 가 있었다.

"내려요. 내가 미쳤어요? 고작 300미터 태우려고 손님 받게?"

그가 차문을 열며 말했다.

"여기 200크로네요. 귀찮게 미터 꺾을 필요 없잖아요."

효과가 있었다.

다네브로그스가데에 도착하자 키미는 서둘러 택시에서 내린 후 재빨리 레틀란스가데로 걸어갔다. 지켜보는 사람은 없는 것 같았다. 그다음에 키미는 리타우엔스 광장을 돌아서 가로질러 집 담벼락들을 따라 비스듬히 나가다 결국 이스테드가데에서 길 건너편 청과물가게를 정면으로 바라보고 섰다.

'몇 발자국만 뛰면 저기 도착한다.'

키미는 속으로 생각했다.

"어서 와요. 또 왔네요."

가게 주인이 말했다.

"마흐무드 안에 있어요?"

키미가 물었다.

커튼 뒤에서 마흐무드와 그 동생이 아랍 텔레비전 방송을 보고 있었다. 늘 똑같은 텔레비전 스튜디오, 늘 똑같은 재미없는 프로그램이다.

"어라? 수류탄 벌써 썼어요? 총은 쓸 만했죠?"

동생이 말했다.

"몰라, 다른 사람 줘 버려서. 새로 하나 더 필요해. 이번에는 소음기 달린 것으로. 그리고 헤로인 질 좋은 것으로 두 개쯤 구해오고. 말 그대로 진짜 좋은 걸로. 무슨 말인지 알지?"

"지금 당장이요? 제정신이에요? 자판기에 돈 넣고 단추 누르면 그냥 나오는 줄 아시나? 소음기라니! 그게 어떤 물건인지 알아요?"

키미는 바지에서 지폐다발을 꺼냈다. 이만 크로네가 넘는 돈이다.

"가게에서 딱 20분 기다리지. 그 후론 내 얼굴 두 번 다시 못 보는 줄 알아. 알았어?"

일 분 후에 텔레비전은 꺼지고 두 사내는 사라지고 없었다.

가게 주인이 의자를 내주며 시원한 거 뭘 마시겠냐고 물었다. 하지만 키미는 아무것도 마시고 싶지 않았다.

30분 정도가 지나자 한 사내가 도착했다. 분명 그 형제의 가족 중 한 사람일 것이다. 그 사내는 모험을 하려고 하지 않았다.

"이리로 들어와요. 들어와서 얘기합시다."

그가 지시했다.

"아까 그 둘한테 적어도 이만 크로네는 줬는데, 물건은 가져왔어요?"

"급하기는. 나는 댁을 모르잖아요. 손을 머리 위로 올려요."

사내가 말했다.

키미는 사내의 말대로 했다. 그리고 사내가 손으로 자기 종아리부터 넓적다리 안쪽을 지나 사타구니까지 더듬는 동안 그의 눈을 계속해서 바라보고 있었다. 사내의 손이 사타구니에서 잠시 멈칫했다. 그리고 다시 사내의 손은 거기서 더 위로 올라가 키미의 골반을 지나 등, 배, 그리고 가슴 접히는 곳을 지나 목과 머리카락까지 더듬어 올라갔다. 그리고 나서야 사내는 긴장을 살짝 풀고 다시 키미의 주머니와 옷가지들을 손으로 일일이 다 확인하고 나서 마지막으로 키미의 가슴 위에 손을 얹었다.

"칼리드라고 합니다. 깨끗하군요. 당신 몸에 마이크가 없는 것은 확인했어요. 그런데 몸매가 아주 끝내주네요."

키미의 크나큰 잠재성을 제일 먼저 알아차리고 몸매가 끝내준다고 말한 사람은 크리스티안 울프였다. 오솔길에서 학생을 폭행했던 사건이 일어나기 전이자, 학생회장을 유혹하기 전이었고, 또한 선생과의 추문으로 퇴학 당하기 전의 일이었다. 크리스티안은 키미가 어떤 아이인지 보려고 여기저기 확인해 보다가 키미가 자기의 기분을 별다른 어려움 없이 어마어마하고 노골적인 성적흥분으로 전환할 수 있다는 것을 알아챘다. 대부분의 사람들은 이런 기분을 실질적인 감정으로 발전시키는 데 상당한 시간이 필요하다.

그저 키미의 목을 쓰다듬으며 널 갖고 싶어 미치겠다는 말만 하고나면 깊은 프렌치키스나 열여섯, 열일곱 나이의 사내아이가 꿈꿀 수 있는 모든 성적인 욕구들을 해소할 수 있었다.

그리고 크리스티안은 키미와 섹스하고 싶을 땐 물어볼 필요가 없다는 것을 알게 되었다. 그냥 바로 시작하면 그만이었다.

토르스텐, 비아르네, 디틀레우 모두 머지않아 그 기술을 터득했다. 그 메시지를 알아차리지 못 한 사람은 울릭 뿐이었다. 울릭은 키미를 공손하고 정중하게 대했지만, 키미의 환심을 사야만 키미를 가질 수 있다고 믿었다. 그래서 울릭은 한번도 키미를 갖지 못 했다.

키미는 일이 어떻게 돌아가고 있는지 다 알고 있었다. 나중에 키미가 패거리 바깥의 남자들을 건드리기 시작했을 때 크리스티안이 얼마나 미친 듯이 격분했는지도 다 알았다.

어떤 여학생들은 크리스티안이 키미를 몰래 따라다니며 감시한다고 말했다.

그런 말에도 키미는 시큰둥했다.

일단 학생회장과 선생이 그림에서 사라지고, 네스트베드에 키미의 아파트가 마련되자, 다섯 사내아이들은 평일 5일을 온통 키미와 함께 지냈다. 의식은 이미 준비되어 있었다. 폭력적인 비디오를 보고, 마리화나를 피우고, 새로운 폭행을 계획하는 것이었다. 그리고 원칙상으로는 모두들 무관심한 가족의 품으로 돌아가는 것으로 되어 있는 주말이 오면 모두들 키미의 색 바랜 빨간색 마쯔다에 올라타고 어디까지 왔는지 모를 때까지 차를 몰고 달렸다. 그들은 무작정 달리다가 공원이나 숲을 만나면 장갑과 마스크를 쓰고 제일 처음 지나가는 사람을 붙잡았다. 성별이나 나이 따위는 중요하지 않았다.

힘깨나 쓸 것 같은 남자를 만난 경우에는 키미가 마스크를 벗고, 코트와 블라우스 단추를 모두 풀고, 장갑 낀 손을 가슴에 얹은 채 패거리들 앞에 서 있었다. 이런 상황과 마주하면 혼란스러워서 가던 길을 멈추지 않을 사람이 없었다.

얼마 후에 이들은 어떤 먹잇감이 알아서 입 닥치고 있을 유형이고, 어떤 먹잇감이 손을 봐서 입을 다물게 만들어야 하는 유형인지 가려낼 수 있는 안목이 생겼다.

티네는 마치 키미가 자기 목숨을 구했다는 표정으로 키미를 바라보았다.

"이거 질 좋은 거야, 언니?"

티네는 담배에 불을 붙이며 키미가 들고 있는 비닐봉투 속으로 손을 집어넣었다.

"죽인다."

혀로 맛본 후에 티네가 말했다. 키미는 봉투를 바라보았다.

"이거 3그램 맞지?"

키미는 고개를 끄덕였다.

"우선 경찰이 나에 대해서 뭘 물어봤는지 말해 봐."

"아, 그냥 가족에 대한 얘기였어, 언니. 다른 것은 없었고. 진짜야."

"내 가족? 무슨 소리야?"

"아빠가 아프다는 거 같던데. 자기가 경찰인 것을 알면 언니가 안 만나려고 할 거라던데. 하여간 아빠가 아프다는 말을 전하게 돼서 가슴이 아프다."

티네는 키미의 팔을 잡아 주려 했지만, 그러지 못 했다.

"아빠?"

그 단어만으로도 독을 한 방 맞은 것 같은 기분이 들었다.

"살아 있기는 하대? 말도 안 돼. 아직도 살아 있으면 그냥 콱 뒈지라 그래."

비닐봉투에 맥주병 들고 다니던 그 재수 없는 새끼가 아직도 있었으면 갈비뼈를 딱 두 대만 발로 후려차고 싶은 심정이다. 한 대는 아빠 몫으로, 그리고 또 한 대는 그냥 덤으로.

"경찰이 이 얘기는 하지 말라고 했는데, 해 버렸네. 미안해, 언니."

티네는 키미 손에 들린 비닐봉투를 갈망하듯 물끄러미 바라보았다.

"그 경찰 이름이 뭐랬지?"

"지금 당장은 기억이 안 나, 언니. 이름이 중요해? 내가 쪽지에 이름을 같이 안 적었나?"

"경찰인 건 어떻게 알았어?"

"경찰 배지를 봤어. 보여 달라고 했거든."

키미의 머릿속 목소리들이 속삭이기 시작했다. 키미에게 무엇을 믿어야 할지 말하고 있었다. 이제 곧 키미는 더 이상 그 누구의 말도, 그 무엇도 들리지 않게 될 것이다. 아빠가 아프니까 키미를 찾아내라고 경찰을 보냈다고? 염병할! 경찰 배지, 그걸 어떻게 믿어? 토르스텐이나 그 누구든 마음만 먹으면 그 정도는 쉽게 구할 수 있어.

"1,000크로네에 어떻게 3그램이나 구했어, 언니? 딴 거 뭐 섞은 건가? 아니지, 그럴 리가 없지. 난 정말 병신 같다니까!"

티네가 키미를 보며 애원하듯 미소를 지었다. 티네는 눈이 반쯤 감긴 채 뼈만 앙상한 모습으로 금단증상에 몸을 떨고 있었다.

그래서 키미는 미소로 답하고 티네에게 초콜릿 우유와 과자, 맥주,

헤로인 봉투, 물 한 병, 주사기를 건네주었다.

지금부터는 티네가 알아서 할 것이다.

키미는 땅거미가 질 때까지 기다렸다가 DGI 빌딩에서 철문까지 뛰어갔다. 키미는 앞으로 일어날 수밖에 없는 일을 알고 있었고, 그래서 화가 났다.

그 후로 몇 분 동안 키미는 빈 공간에 들어 있던 현금과 신용카드를 모두 꺼내고, 수류탄을 꺼내 두 개는 침대 위에 놓고, 하나는 가방 안에 넣었다,

그리고 꼭 필요한 물건들만 골라 짐을 꾸리고, 문과 벽에 붙어 있던 포스터를 떼서 짐 위에 얹어 놓았다. 그리고 마지막으로 침대 밑에서 상자를 꺼내 열었다.

작은 옷감꾸러미는 갈색으로 변해 있었고 거의 무게가 나가지 않았다. 키미가 위스키 병을 집어 들어 입으로 가져가, 병을 통째로 비웠다. 술을 마셨는데도 이번에는 목소리가 사라지지 않는다.

"알았어, 알았다고. 서두르고 있잖아."

이렇게 말하며 키미는 옷감꾸러미를 조심스럽게 여행 가방 위에 올려놓은 후에 담요를 그 위에 덮었다. 키미가 옷감을 몇 번 부드럽게 쓰다듬은 후에 가방 뚜껑을 닫았다.

키미는 여행 가방을 끌고 인게르슬레우스가데로 빠져나왔다. 이제 다시 돌아와서 이 가방만 챙겨가면 된다.

키미는 다시 문간으로 돌아와 섰다. 그녀는 자신의 삶에서 너무나 중요한 간주곡이었던 이 집을 기억 속에 새기려는 듯 집 내부를 둘러보았다.

"그동안 정말 고마웠어."

이렇게 말하며 키미는 손에 쥐고 있던 수류탄의 안전핀을 빼서 침대

위 다른 수류탄 옆으로 던지고 문 밖으로 빠져나왔다.

집이 폭발했을 때 키미는 이미 철문 밖으로 멀찌감치 떨어져 나와 있었다.

만약 그렇지 않았더라면 날아다니는 콘크리트 덩어리들과 함께 키미도 이 세상에 안녕을 고했을 것이다.

25

폭발음이 작은 쿵 소리가 마르쿠스 반장 사무실 유리창에 날아와 부 딪혔다.

마르쿠스와 칼은 서로를 바라보았다. 이건 누군가 성급히 쏘아올린 신년축하 불꽃놀이 소리가 아닌데.

"맙소사, 사람이 죽은 건 아니겠지?"

마르쿠스가 말했다.

아주 따뜻하고 인정 많은 양반이지만 이번에는 아무래도 희생자 걱 정보다는 혹시나 또 다시 인력손실이 생긴 건 아닌가 걱정이 먼저 들었 을 터였다.

마르쿠스는 다시 칼을 향해 돌아섰다.

"자네 말이야, 다시는 그런 짓 좀 하지 말게. 자네가 무슨 말을 하고 싶은 건지는 이해하겠는데, 다음엔 나한테 와서 보고를 먼저 하라고. 괜 히 애꿎게 나만 병신 만들지 말고. 알았나?"

칼은 고개를 끄덕였다. 지당하신 말씀. 그리고 칼은 마르쿠스 반장에게 라르스 비외른에 대해 의심스러운 부분을 얘기했다. 그가 사적인 동기로 칼의 수사를 방해하고 나섰을 가능성이 농후하다는 얘기.

"아무래도 불러서 얘기를 한번 들어 봐야 하지 않겠습니까, 네?"

마르쿠스 야콥센 반장의 입에서 한숨이 흘러나왔다.

어쩌면 이제 파티가 다 끝났다는 것을 그도 알고 있는 것인지 모르겠다. 아니, 어쩌면 요리조리 빠져나갈 수 있다고 생각하는 것인지도. 이유야 어쨌든 처음으로 비외른이 그가 매일 매고 다니던 넥타이를 하지 않고 나타났다.

살인 사건 전담반 반장 마르쿠스가 단도직입적으로 말했다.

"이번에는 자네가 법무부 장관님과 경찰서장님 사이에서 연락담당관을 한 것으로 아는데, 라르스. 이게 어떻게 된 일인지 우리가 나름의 해석을 내리기 전에 어디 한번 자네 입으로 직접 설명을 들어 볼까?"

비외른이 잠시 턱을 긁으며 앉아 있었다. 그는 직업군인 출신이고, 오점 하나 없는 최고의 이력을 가진 사람이었다. 나이도 한참 적령기였고, 코펜하겐대학에서 계속 교육과정을 밟고 있었다. 물론 전공은 법학. 행정능력 또한 뛰어나다. 인맥도 그물망처럼 뻗어 있고, 기본적 경찰업무에 대한 경험도 풍부하다. 그런데 이런 눈에 뻔히 보이는 어처구니없는 실수를 하고 지금 여기 앉아 있다니. 그는 자신의 업무에 정치적 논리를 끌어들였고, 동료의 뒤통수를 치고 원칙적으로는 자기와 아무런 관련도 없는 수사를 방해하는 것을 거들었다. 도대체 뭣 때문에? 졸업한 지 한참 된 모교와의 의리 때문에? 말 한마디만 삐끗하면 그는 그것으로 끝이다. 세 사람 모두 알고 있었다.

"그냥, 안 그래도 모자란 인력이 자꾸 쓸데없는 일로 새어 나가는 것 같아서……."

이렇게 말하고 그는 곧 후회했다.

"지금 그걸 말이라고 하나? 자네 더 그럴듯한 이유를 못 대면, 그걸로 끝장이야. 내 말 알아듣겠나?"

이렇게 말하는 것이 마르쿠스에게 얼마나 고통스러운 일인지 칼은 이해했다. 라르스 부반장이 칼에게는 짜증나는 존재일지 몰라도, 사실 마르쿠스 반장과 비외른 부반장은 아주 훌륭한 팀이었다.

비외른이 한숨을 내쉬었다.

"제가 다른 넥타이를 매고 온 것은 틀림없이 눈치채셨겠죠."

둘 다 고개를 끄덕였다.

"맞습니다, 저도 그 기숙학교를 나왔죠."

말하지 않아도 두 사람 모두 눈치챘을 것이다. 그리고 비외른도 숨길 수 없는 일임을 알고 있었다.

"몇 년 전에 저희 학교에서 일어난 강간사건 때문에 언론에 아주 부정적인 기사들이 많이 실렸었습니다. 그래서 학교측에서는 뢰르비 사건을 재조사하는 것이 꺼림칙할 수밖에 없었죠."

그것도 알고 있는 내용이다.

"그리고 디틀레우 프람의 형 헤르베르트가 제 같은 반 친구였습니다. 지금은 같은 학교 이사로 있죠."

애석하게도 이건 칼의 레이더에 포착되지 않았던 정보다.

"그 친구의 아내가 법무부에서 일하는 부장들 중 한 사람의 여동생입니다. 그리고 이 부장은 경찰개혁 진행 과정에서 경찰서장님하고 꽤 좋은 파트너 관계로 일했었죠."

'꼬이기도 참 많이 꼬였군.'

칼은 생각했다. 꼭 모르텐 코르크(덴마크의 유명 작가—옮긴이)의 낭만소설에 등장하는 얘기 같다. 이제 곧 모두가 한 시골 지주의 사생아였다는 막장 드라마가 드러나겠군.

"양쪽에서 압박을 받았습니다. 기숙학교 동문회에는 단결을 중요시하는 분위기가 있어서요. 그것이 제 실수였다는 점은 인정합니다. 하지만 저는 그 부장이 당연히 법무부 장관님이 시킨 일을 하는 줄 알았고, 그래서 제가 완전히 잘못하고 있는 것은 아닌 줄 알았죠. 법무부 장관님이 그 사건이 관심을 끄는 것을 원치 않는 줄 알았습니다. 그 사건에 관여된 사람들이 범죄가 일어났을 당시 아무런 고발도 당하지 않았었기 때문이기도 했고, 아, 물론 그 사람들이 보통 사람들이 아니라는 점도 있었습니다만. 그리고 또 이미 최종판결이 나서 형기도 거의 마무리된 지경이었기 때문이기도 했죠. 그래서 저는 그 당시 수사 과정에서 일어났던 절차상의 실수나 몰랐던 다른 잠재적 문제점들이 튀어나오는 것을 막으려고 그러는 줄만 알았습니다. 그때 제가 법무부 장관님께 왜 직접 확인해 보지 않았었는지는 저도 모를 일입니다만, 어제 점심만찬에 가 보니 법무부 장관님은 수사에 대해서 아무것도 모르고 계시더군요. 그러니까 불행하게도 법무부 장관님이 지시한 내용이 아니었다는 얘기였습니다. 그제야 알게 됐죠."

마르쿠스 반장이 고개를 끄덕였다. 이제 그는 힘든 결정을 내릴 마음의 준비가 되어 있었다.

"자네는 이 문제들에 대해서 나한테 일절 보고하지 않았네, 라르스. 그냥 경찰서장님이 특별 수사반 Q의 수사를 중지시키라는 명령을 내렸다고만 했지. 이제 보니 경찰서장님한테 칼이 올베크를 폭행했다는 잘못된 정보를 개인적으로 흘린 다음에 그런 명령을 내리도록 단독으로 일을 꾸민 사람이 자네였군. 그런데 경찰서장님한테는 도대체 뭐라고 한 건가? 사건을 재조사할 근거가 없다고 했나? 아니면 칼 뫼르크가 그냥 심심풀이로 그러는 거라고 했어?"

"경찰서장님 사무실에 제가 그 법무부 부장하고 같이 있었습니다. 경찰서장님한테 정보를 흘린 사람은 그 부장입니다."

"그 부장도 같은 기숙학교 동문이고?"

라르스는 고개를 끄덕였다. 고통스러운 표정이 얼굴에 묻어났다.

"그럼 실제로는 이게 다 디틀레우와 나머지 패거리들이 시작한 일일지도 모른다는 얘기야, 라르스. 그거 모르겠나? 디틀레우 프람의 형의 탄원에, 법무부 부장의 대단히 미심쩍은 로비까지!"

"네, 지금은 알고 있습니다."

마르쿠스 반장이 펜을 책상 위에 내던졌다. 분명히 크게 화가 나 있었다.

"이 시간부로 자네는 정직이야. 법무부 장관님한테 제출할 진술서를 써서 제출하게. 그 부장 이름 적는 거 잊지 말고!"

라르스 비외른이 이렇게 딱해 보였던 적이 없다. 평소에 칼이 그를 엉덩이에 난 종기처럼 생각하지 않았었더라면, 심지어 미안한 기분마저 들 뻔했다.

"제안드릴 것이 있습니다, 마르쿠스 반장님."

칼이 끼어들었다.

비외른의 눈에 살짝 생기가 돌았다. 두 사람은 매일 아옹다옹하면서도 결국에는 서로를 이해하는 면이 있었기 때문이다.

"정직 처분은 거두어들이는 게 어떻겠습니까? 한 사람이라도 일손이 아쉬운 상황 아닙니까? 이게 이슈화되면 말이 새어 나가기 시작할 겁니다. 그럼 저 기자 나부랭이들이 그냥 있겠습니까? 경찰서 앞마당에 진을 치고 서서 꽥꽥 소리 지르고 난리일 겁니다. 그것뿐만이 아니죠. 우리 수사 대상들도 더 신중해질 겁니다. 괜히 긁어 부스럼 만들 필요 없죠."

칼의 한마디 한마디에 비외른이 자리에 앉아 기계적으로 고개를 끄덕였다. 이 딱한 얼간이 같으니.

"비외른 부반장님이 이 사건을 같이 맡았으면 합니다. 며칠 동안 몇 가지 일만 좀 나서서 해 줬으면 하는데요. 조사, 감시, 탐문 수사 같은 것들이요. 지금 인력으로는 이 일들을 다 못 합니다. 그리고 이젠 같이 수사해야 할 거리가 생기지 않았습니까? 아시죠? 지금 조금만 수고하면 다른 살인 사건들도 같이 해결될지 모른다고요."

칼은 요한 야콥센이 작성한 폭행 사건 목록을 손가락으로 짚었다.

"감이 온다니까요, 반장님."

역구내에서 일어난 폭발사건으로 발생한 인명 손실은 없었지만, 2번 뉴스 채널에서는 짜증나게 헬기를 타고 상공을 날면서 마치 테러리스트 부대가 무력시위라도 했다는 듯이 야단법석을 떨고 있었다.

뉴스 앵커는 감추려고 애쓰고 있었지만 무척 흥분하고 있었다. 이들에게 최고의 뉴스란 걱정스러운 듯 엄숙하게 방송에 내보낼 수 있는 뉴스였다. 자극적이고 선정적인 기사거리라면 더 좋다. 그리고 역시나 이번에도 애꿎은 경찰들만 가시방석에 올랐다.

칼은 지하 사무실에서 텔레비전을 통해 중계를 보고 있었다. 나하고는 상관없는 일이니 얼마나 다행인가.

로즈가 사무실로 들어왔다.

"라르스 부반장님이 코펜하겐 경찰 조사팀을 가동시켰어요. 제가 그쪽에 키미 사진을 보냈어요. 아사드가 지금까지 조사해서 알아낸 정보들을 모두 넘겨주었고요. 티네 카를센도 찾는데요. 이 여자 이제 태풍의 눈에 들어온 셈이죠."

"그게 무슨 말이야?"

"경찰 조사팀이 스켈베크가데에 나가 있어요. 어딘지 아시죠? 티네

카를센이 보통 성매매하고 다니는 데가 거기 아닌가요?"

칼은 그가 정리한 쪽지와 지시사항들을 쳐다보며 고개를 끄덕였다.

해야 할 일의 목록은 끝도 없이 이어져 있는 것 같았다. 이 많은 일들을 어떻게 우선순위를 정해서 체계적으로 진행할 것인지 결정하는 것도 일이다.

"여기 자네가 맡을 임무가 있어, 로즈. 순서대로 마무리해 놔."

로즈가 종이를 받아서 크게 소리 내어 읽었다.

1. 1987년 뢰르비 사건 수사에 참여했던 경찰을 찾아낼 것. 홀베크 경찰서와 아르틸레리바이의 기동수사대와 접촉해 볼 것.
2. 패거리들의 반 친구들을 찾아낼 것. 목격자들로부터 그들의 행동에 대한 진술을 받아올 것.
3. 비스페비에르 종합병원에 다시 가 볼 것. 키미가 거기 있을 당시 산부인과 병동에서 일했던 의사나 간호사를 찾아낼 것.
4. 크리스티안 울프의 사망을 둘러싼 세부사항들을 조사할 것.
5. 베른대학교에 연락해서 키미에 대한 자료가 있으면 뽑아올 것.

오늘 내로 처리해 줘. 땡큐!

칼은 마지막에 남겨 놓은 말이 로즈에게 좀 위안이 되려나 싶었다. 하지만 천만의 말씀.

"맙소사! 오늘 아침에 다섯 시 반이 아니라 네 시에 출근했어야 했나 보네요."

로즈가 큰소리로 말했다.

"아니, 수사관님. 지금 제정신이에요? 우리더러 한 시간 일찍 퇴근해도 좋다고 할 땐 언제고요?"

"그랬지. 하지만 그건 몇 시간 전 얘기일세."

로즈는 손가락을 펼쳐 보였다가 다시 떨구었다.

"그래서요?"

"상황이 좀 달라졌네. 혹시 이번 주말에 뭐 할 일 있나?"

"뭐라고요?"

"이보게, 로즈. 자기 능력을 입증해 보일 좋은 기회라고. 진짜 수사작업이 어떻게 이루어지는지 배울 기회이기도 하고. 대신 이 사건 끝나고 나면 휴가는 넉넉하게 주겠네."

로즈가 콧방귀를 뀠다. 농담하시나? 이런 농담을 들을 거면 차라리 내가 농담을 하고 말지.

아사드가 사무실로 들어오는데 전화벨이 울렸다. 마르쿠스 반장이었다.

"공항에서 네 사람 빼 준다고 하지 않으셨습니까? 그런데 이젠 못 해 준다니요?"

칼이 씩씩댔다.

"아니, 지금 제가 제대로 들은 거 맞습니까?"

제대로 들은 거라고 한다.

"지금 진심이세요? 정말로 용의자 추적 도와줄 사람을 한 명도 못 붙여 준다고요? 만약 수사가 중단되지 않았다는 얘기가 새어 나가면, 디틀레우, 토르스텐, 울릭이 내일쯤 어디에 있을 것 같습니까? 그 인간들이 미쳤다고 여기 그냥 남아 있겠어요? 아마 브라질 정도로 내뺄 걸요? 제가 장담하죠."

칼은 한숨을 내쉬며 고개를 저었다.

"그 사람들이 연루되었다는 실질적인 증거가 없다는 것은 저도 잘 압니다. 하지만 정황상의 증거라는 게 있지 않습니까, 반장님. 그건 반장님도 동의하시잖아요."

통화가 끝난 후에 칼은 시선을 천정에 고정시킨 채 사무실에 앉아 있었다. 그리고 어린 시절 1975년 보이스카우트 잼버리가 열린 프레데릭스하운에서 배운 촌스러운 욕지거리들을 기억나는 대로 줄줄이 뱉어냈다.

"그러니까, 마르쿠스 반장님이 뭐래요?"

아사드가 물었다.

"그러니까, 도와줄 사람을 붙여 준대요?"

"뭐라고 했냐고? 우선 스토레 카니케스트레데 폭행 사건을 먼저 해결해야 인력수급에 숨통이 좀 트일 거라는군. 그다음엔 역구내에서 일어난 폭발사건도 통제해야 한다네."

칼은 한숨을 내쉬었다. 지금 나오는 건 한숨밖에 없었다.

"앉아 보게, 아사드. 요한이 준 목록이 정말 조사해 볼 가치가 있는 것인지 알아내야겠어."

칼은 화이트보드 쪽으로 몸을 기울여 옮겨 적기 시작했다.

1987. 6. 14: 카레 브루노, 기숙학교 학생. 10미터 높이 다이빙대에서 추락해 사망.

1987. 8. 2: 뢰르비 살인 사건.

1987. 9. 13: 뉘보르 해변 폭행 사건. 인근에 있던 다섯 명의 젊은 사내와 여자 하나. 피해 여성은 쇼크 상태에 빠짐. 한마디도 진술하지 않음.

1987. 11. 8: 축구경기장에서 쌍둥이 폭행 사건. 타레프노이에 도심에서 발생. 손가락 두 개 잘림. 심하게 두드려 맞음.

1988. 4. 24: 랑엘란에서 노부부 실종. 노부부가 가지고 있던 것으로

스무 가지 사건을 다 적고 나서 칼은 아사드를 바라보았다.

"공통분모가 뭘까? 뭐 같나, 아사드?"

"모두 일요일에 일어났군요."

"그 말이 나올 줄 알았지. 자네 확신하나?"

"그럼요!"

논리적으로 설득력 있는 소리였다. 당연히 그들은 일요일에 나설 수밖에 없었을 것이다. 기숙사 생활을 하는 처지라 평일에는 기회가 나지 않았을 것이 틀림없다. 기숙학교 생활이란 게 여간 엄격한 것이 아니니까.

"학교에 있는 동안 일요일에 공격하는 것이 습관으로 자리 잡았을 거야. 그리고 졸업하고 나서는 아예 그것을 의식의 일부로 받아들인 거지."

칼이 추측했다.

"네스트베드에서 범죄 현장들까지의 거리도 차로 두 시간 정도면 갈 수 있는 거리네요. 거리가 먼 유틀란드 같은 곳에서는 폭행 사건이 없었어요."

"그리고 또 뭐 알아차린 거 없나, 아사드?"

"1988년부터 1992년 사이에는 행방불명된 희생자가 없었네요."

"무슨 소리야?"

"말씀드린 그대로입니다. 그냥 폭행만 일어났다고요. 때리고 뭐 그런 거요. 사망자도 없었고, 행방불명도 없었어요."

칼은 목록을 자세히 살폈다. 경찰 본부에서 일하는 민간고용인이 작성한 목록이다. 그리고 이 사람은 개인적으로, 감정적으로 여기에 얽혀 있다. 그가 이 사건 목록을 입맛에 따라 선별적으로 작성하지 않았다고 어떻게 장담할 수 있겠나? 덴마크에서 한 해에 일어나는 폭행 사건만 수

천 건이 넘는다.

"가서 요한 좀 데리고 내려오게, 아사드."

칼이 말했다.

그동안 칼은 키미가 일했었다는 애완동물 가게에 연락해 볼 생각이었다. 키미의 프로파일을 작성하는 데 도움이 될 것이다. 그리고 키미의 꿈과 가치관에 대해서도 조금 알게 될지도 모른다. 어쩌면 내일 아침쯤에 직접 만나 보기로 약속을 잡을 수 있을지도. 그리고 저녁에는 뢰도우레 고등학교 선생님과 약속이 잡혀 있다. 같은 저녁에 동문회 파티가 잡혀 있다고 한다. '라사셉'이라는 파티였다. 9월의 마지막 토요일인 2007년 9월 29일이다. 저녁만찬과 춤이 어우러진 아주 안락한 파티가 될 것이라고 했다.

"요한은 오는 중입니다."

아사드는 이렇게 말하고 화이트보드에 적힌 목록에 대해 생각에 잠겼다.

"그 기간 동안에는 키미가 스위스에 있었네요."

잠시 후 아사드가 아주 조용한 목소리로 말했다.

"무슨 기간?"

"1988년에서 1992년까지요."

아사드가 혼자서 고개를 끄덕였다.

"키미가 스위스에 가 있는 동안에는 아무도 사라지거나 죽지 않았습니다. 이 목록에서는 아무도 그런 사람이 없네요. 그러니까, 어느 사건에서도 그런 사람이 없었다는 얘기죠."

요한은 상태가 좋아 보이지 않았다. 그는 한때 엄청난 크기의 방목장에서 신 나게 뛰어노는 송아지처럼 경찰 본부를 빨빨거리며 돌아다녔었다. 하지만 지금은 움직일 공간도, 더 자랄 공간도 없는 우리 안에 영원히 갇혀 버린 송아지 같은 모습이었다.

"요한, 아직도 그 심리상담사한테 상담 받으러 다니나?"

칼이 물었다. 그렇다고 했다.

"상담은 잘 받고 있어요. 그냥 몸이 좀 안 좋네요."

요한이 대답했다.

칼은 게시판에 붙여진 두 오누이의 사진을 물끄러미 바라보았다. 하긴, 저러는 것도 이상할 게 없지.

"여기 목록에 나온 사건들 말일세. 어떻게 선별한 건가?"

칼이 물었다.

"자네가 어떤 기준으로 분류한 것인지 우리가 알아야 할 것 같아서 말이야."

"1987년에서 1988년 사이에 일요일에 일어난 폭행 사건들을 모두 포함시키면서 시작했어요. 그리고 피해자가 직접 폭행 사건을 보고하지 않은 사건들하고, 네스트베드에서 반경 160킬로미터 안에서 일어난 사건으로요."

요한이 살짝 당혹스러운 표정으로 칼을 바라보았다. 요한에겐 모두의 의견이 백퍼센트 일치할 필요가 있었다.

"제 말을 들어 보세요. 저는 기숙학교 학생들에 관한 글들을 엄청나게 읽었어요. 기숙학교는 개인적인 요구사항이나 필요성 같은 것은 거들떠보지도 않는 곳이에요. 거기 학생들은 수업을 최우선으로 하고 의무만 따지는 빡빡한 일정에 갇혀 살아요. 일주일 내내 모든 일정이 다 미리 정해져 있죠. 기숙학교의 목표는 학생들에게 규율과 공동체 의식을 확립시키는 거예요. 그런 상황을 바탕으로 결론을 내려보니, 평일이나 일요일 아침식사 전, 그리고 일요일 저녁식사 후에 일어난 폭력사건은 조사해 볼 이유가 없겠더라고요. 간단히 말해 그 시간에는 패거리들이 다른 교내활동을 하고 있었다는 말이죠. 그래서 일요일, 그리고 아침식사 이후, 그리고 저녁식사 이전에 일어난 사건들만 선별했어요. 패거리들의 폭력이 일어날 수 있는 시간이 그때밖에 없으니까요."

"패거리들이 일요일 한낮에만 범죄를 저질렀다 이 말이지?"

"네, 그렇게 믿고 있어요."

"그리고 희생자를 찾아서 계획을 실천에 옮기려면 그 시간 동안 움직일 수 있는 최대 거리가 160킬로미터쯤 되었을 거라는 얘기고?"

"학기 중에는 그렇죠. 여름방학은 또 다른 얘기고요."

요한은 바닥으로 눈길을 떨구었다.

칼은 만세력을 확인해 보았다.

"하지만 뢰르비 살인 사건도 마찬가지로 일요일에 저질렀네. 이건 그냥 우연일까? 아니면 패거리의 트레이드마크 같은 걸까?"

요한은 슬픈 표정으로 대답했다.

"제 생각에는 우연인 것 같아요. 학기가 시작되기 바로 전이었잖아요. 어쩌면 여름방학 동안 충분히 재미를 못 봐서 그랬을지도요. 전 모르겠어요. 어쨌거나 그놈들 다 사이코들이에요."

그러고 나서 요한은 그 기간 이후에 일어난 사건들의 목록은 직관을 이용해서 작성했다고 설명했다. 저 목록이 부정확하다고 생각하진 않지만, 직관을 바탕으로 움직일 거면 차라리 내 직관을 믿는 것이 낫지. 그럼 당분간 수사는 키미가 스위스로 떠나기 전의 기간에만 집중하는 것이 낫겠군.

요한이 당직근무를 하러 돌아간 후에 칼은 잠시 앉아서 목록에 대해 생각하다가 뉘보르 경찰서에 전화를 걸었다. 거기 말로는 1987년에 축

구경기장에서 폭행당했던 쌍둥이 형제는 오래 전에 캐나다로 이민을 갔다고 한다. 거기 당직경찰이 80대 노인 같은 목소리로 들려준 바에 따르면 그 형제들은 상속받은 얼마 안 되는 돈으로 농기계 사업을 시작했다고 한다. 어쨌거나 뉘보르 경찰서에서 알고 있는 얘기는 이게 전부라고 했다. 그 형제들의 개인생활에 대해서는 잘 아는 사람이 없었다. 하긴 아주 오래전 일이었으니.

칼은 두 노부부가 랑엘란 섬에서 실종된 날짜를 바라보았다. 그리고 아사드가 신청해서 칼의 책상 위에 올려놓은 사건 파일을 훑어보았다. 그 노부부는 키엘에서 온 학교 선생님들이었다. 두 사람은 루드쾨빙으로 배를 몰고 와서 숙박하며 여행하다가 마지막으로 스토엔세에서 밤을 보냈다.

경찰 보고서에 따르면 이 두 사람은 사라진 날에 루드쾨빙 선착장에서 목격되었다고 한다. 그리고 그 후에 바다로 배를 몰고 나갔다가 침몰했을 가능성이 아주 농후했다. 하지만 같은 날에 린델세 코우에에서 두 사람을 봤다는 사람도 있었다. 그리고 그날 늦게 두 노부부의 배가 정박된 곳 근처 선착장에서 두 젊은 사내가 목격됐다. 목격자들은 그 두 사람이 아주 잘생긴 젊은이들이었다고 강조했다. 동네 촌뜨기들이 쓰고 다니는 모자 같은 것도 쓰지 않았고, 잘 다려진 셔츠에 단정한 헤어스타일을 하고 있었다는 것이다. 어떤 사람은 배를 타고 나간 사람은 배 주인이 아니라 이 젊은이들이었다고 주장하기도 했다. 하지만 모두 동네 사람들의 추측에 불과한 얘기들이었다.

보고서에는 린델세 코우에 근처 해변에서 발견된 소지품들에 대해서도 언급되어 있었다. 확실하지는 않지만 가족들은 그것이 실종된 노부부의 것일지도 모르겠다고 생각했다.

칼이 그 소지품 목록을 전체적으로 훑어본 것은 이번이 처음이었다.

눈에 띄는 상표가 없는 빈 보온병 하나, 숄, 양말 한 짝, 그리고 두 조각으로 이루어진 귀걸이 하나. 자수정이 들어간 은 귀걸이였다. 작은 은고리가 달린 것이었다. 귓불에 그냥 끼워서 거는 형태로, 잠그는 똑딱 장치는 없는 것이다.

귀걸이에 대한 설명은 자세하지 않았다. 남자 순경이 기록한 것이니 어련할까. 그런데 잠깐. 어째 이것은 마치 칼 앞에 놓인 작은 비닐 주머니 속에 든 귀걸이를 보면서 설명해 놓은 것처럼 들렸다. 트리비알 퍼슈트 카드 두 장 바로 옆에 놓인 귀걸이 말이다.

전율이 밀려오는 순간, 아사드가 들이닥쳤다. 마치 금광이라도 찾아낸 사람 같은 표정이었다.

아사드가 귀걸이 옆 주머니에 든 고무 밴드를 가리켰다.

"방금 알아냈는데요, 벨라호이 수영장에서 이런 종류의 고무 밴드를 사용했었다고 합니다. 수영장 입장시간 확인용으로 착용시켰대요."

칼은 정신을 차리려고 애썼다. 그는 아직도 자기 생각 속에 깊숙이 빠져 있었다.

지금 귀걸이에 대해서 소름끼칠 정도로 놀라운 발견을 했다. 이것만큼 중요한 발견이 또 어디 있다고 저리 호들갑이야?

"수영장마다 그런 고무 밴드는 다 사용했네, 아사드. 요즘에도 쓴다고."

"그렇죠."

아사드가 말했다.

"그러니까, 그거 아세요? 카레 브루노가 타일 위에 쓰러져 있는 것을 발견했을 당시에 당연히 차고 있어야 할 고무 밴드가 보이지 않았다고요."

26

"지금 프런트 데스크에서 기다리고 계십니다, 수사관님. 내려오시면 저도 여기 같이 있을까요?"

아사드가 말했다.

"아니야."

칼은 고개를 저었다. 아사드도 해야 할 일이 많다.

"그냥 커피나 좀 갖다 주게. 너무 진하게 타지는 말고. 부탁해."

한가한 토요일의 적막함 속에 아사드의 휘파람 소리가 들려오고, 심지어 정화조 파이프에 화장실 물 내려가는 소리도 절반 크기로 줄어든 가운데, 칼은 지금 바로 만나 볼 사람이 어떤 사람인지 알아보려고 명사 인명록을 재빨리 뒤져 보았다.

이 사람의 이름은 만프레드 슬로스였다. 40세. 사망한 학생회장 카레 브루노의 전 룸메이트. 졸업년도는 1987년. 황실 근위병, 예비군 중위, MBA, 33세 생일 이후로 다섯 개 회사에서 최고경영자로 활동. 여섯 군데 이사회의 이사로 임명되었고, 그중 하나는 국가소유 기관이었음.

몇몇 포르투갈 현대미술 전시회를 기획하고 후원하였음. 1994년에 아구스티나 페소아와 결혼. 포르투갈과 모잠비크에서 전직 덴마크 영사로 활동.

슬로스가 기사 작위를 받은 것도 놀랄 일이 아니었다.

"시간이 15분 정도밖에 없군요."

그가 악수를 하며 말을 꺼냈다. 슬로스는 의자에 다리를 꼬고 앉아 가을코트를 별 생각 없이 옆에 던져 놓았다. 그리고 무릎 쪽 옷감이 늘어나지 않게 바지 주름을 살짝 잡아 올렸다. 그가 기숙학교 환경에서 어떻게 지냈을지 쉽게 상상이 갔다. 오히려 모래밭에서 뒹굴며 노는 그의 어린 시절 모습을 상상하기가 훨씬 더 어려웠다.

그가 말했다.

"카레 브루노는 제일 친한 친구였습니다. 야외 대중수영장 같은 곳에 갈 친구가 아니었어요. 그래서 벨라호이에서 발견되었다는 말을 들었을 때는 정말 이상하다 싶었죠. 그런 곳은 별의별 사람들이 다 뒤섞이는 곳 아닙니까? 게다가 그 친구가 다이빙하는 것은 본 적이 없어요. 더군다나 10미터 다이빙대라니."

"사고라고 생각하지 않으시는군요."

"어떻게 그게 사고일 수 있겠습니까? 카레는 아주 똑똑한 친구였어요. 떨어지면 위험하다는 것을 알면서 그런 데서 어슬렁거릴 친구가 아닙니다."

"혹시 자살은 아니었을까요?"

"자살? 왜요? 우리는 그때 막 졸업한 상태였습니다. 카레 아버지가 그 친구한테 졸업선물로 뷰익 리갈 한정판을 사줬어요. 쿠페 모델인데, 아시죠?"

칼은 머뭇거리며 고개를 끄덕였다. 사실 그냥 자동차의 한 종류라는 것밖에 모르겠다. 그것만 알면 됐지.

"그 친구는 미국으로 법률공부를 하러 가기로 되어 있었어요. 하버드였던가? 그런 친구가 왜 그런 멍청한 짓을 한답니까? 말이 안 돼요."

"짝사랑에 빠져 아파한 것은 아니었을까요?"

칼은 조심스럽게 물었다.

"허! 그 친구가 맘만 먹으면 안 넘어올 여자가 없었어요."

"키미 라센이라고 기억하십니까?"

슬로스가 얼굴을 찡그렸다. 키미에 대한 기억이 유쾌하지는 않은가 보다.

"키미한테 차여서 속상해하지 않던가요?"

"속이 상하다 뿐입니까? 화가 나서 아주 눈이 뒤집혔었죠. 차이는 건 좋아하지 않았거든요. 하긴 그걸 누가 좋아하겠습니까?"

슬로스가 눈부신 하얀 치아를 드러내며 미소를 지었다. 그리고 이마에 드리운 머리카락을 쓸어 넘겼다. 살짝 염색해서 새로 자른 머리였다.

"그래서 카레 씨가 어떻게 하려고 하던가요?"

만프레드 슬로스가 코트에서 먼지 자국 몇 개를 털어내며 어깨를 으쓱했다.

"제가 오늘 여기까지 온 것은 우리 둘 다 그가 살해된 것으로 믿는다고 생각했기 때문입니다. 누군가 그를 다이빙대 아래로 밀었다는 거죠. 그게 아니면 형사님께서 왜 굳이 20년이나 지난 지금에 와서 저를 만나려고 하셨겠습니까? 제 말이 틀렸나요?"

"절대적으로 확신하지는 못 하고 있습니다만, 저희가 이 사건을 다시 조사하는 데는 당연히 그만한 이유가 있겠죠. 선생님께서는 누가 그를 밀었다고 생각하십니까?"

"전 모르겠습니다. 키미는 같은 반에 또라이 같은 친구들이 몇 명 있었죠. 키미 주변으로 아주 찰거머리처럼 붙어 다녔습니다. 키미가 그 친구들을 손바닥에 가지고 놀았어요. 가슴이 끝내줬으니까요. 가슴 예쁜 게 장땡 아닙니까, 안 그래요?"

그는 건조하게 피식 웃었다. 슬로스에게 어울리지 않는 웃음이다.

"혹시 카레 씨가 키미를 다시 자기 여자로 만들려고 하지는 않았나요?"

"그때 키미는 벌써 선생 하나하고 일을 벌이고 있었죠. 학생을 건들면 안 된다는 상식도 모르던 교외 출신 선생이었어요."

"그 선생님 이름을 기억하시나요?"

슬로스가 고개를 저었다.

"학교에 그다지 오래 남아 있던 사람이 아니라서. 제 기억으로는 덴마크어를 가르쳤던 거 같은데. 선생님이 아니었다면 눈에 잘 띄지도 않았을 사람이었어요. 이름이……."

그는 하던 말을 멈추고 손가락을 들어올렸다. 기억해내려고 집중하는 기색이 표정에 역력하게 묻어났다.

"기억났습니다. 클라우스, 클라우스입니다."

그의 딱한 별명이 떠올랐는지 슬로스가 코웃음을 쳤다.

"클라우스요? 클라우스 예페센 말씀입니까?"

슬로스가 고개를 들었다.

"맞아요, 예페센. 그랬던 것 같습니다."

그는 고개를 끄덕였다.

'이게 꿈이냐, 생시냐.'

칼은 생각했다. 오늘 저녁에 만나기로 한 그 사람 아닌가.

"커피는 거기 올려놓게, 아사드. 고마워."

슬로스가 삐딱하게 웃으며 말했다.

"솔직히 말씀드려서 여기 지하실 환경은 좀 초라하단 생각이 듭니다만, 적어도 일꾼들은 훈련이 참 잘 되어 있는 것 같군요."

그는 아까처럼 다시 건조하게 웃었다. 그 꼴을 보니 그가 모잠비크 원주민들을 어떻게 대했는지는 안 봐도 뻔하다.

슬로스가 커피를 한 모금 맛보았다. 표정을 보니 그 한 모금이 분명 마지막일 듯하다.

"좋습니다. 사실 카레는 그 여자애한테 계속 목을 매고 있었어요. 사실 그 여자한테 목을 맨 애가 한둘이 아니었어요. 그러다 키미가 퇴학당하고 나니 카레는 자연스레 키미를 혼자 독차지하고 싶어졌죠. 그때 키미는 네스트베드에 살고 있었고요."

"카레 씨가 어쩌다 벨라호이에서 사망했는지 이해가 안 됩니다."

"시험이 다 끝난 다음에 카레는 할아버지, 할머니네 집으로 들어갔습니다. 그전에도 그 집에 자주 머물렀었죠. 조부모님은 엠드러프에 살았어요. 아주 따뜻하고 좋은 분들이셨는데. 그땐 저도 거기 자주 놀러갔었습니다."

"카레의 부모님은 덴마크에 안 계셨나요?"

슬로스가 어깨를 으쓱했다. 만프레드 슬로스의 아이들도 틀림없이 기숙학교에 보냈을 것이다. 그래야 아이한테는 신경 끄고 자기 일에 집중할 수 있을 테니까. 빌어먹을.

"키미와 같이 어울려 다니는 사람 중에 그 수영장 근처에 사는 사람은 없었나요?"

슬로스의 시선이 칼 너머로 옮겨갔다. 이제 드디어 그도 칼의 사무실에서 풍기는 사안의 심각성을 눈치챘다. 오래된 사건들이 담긴 파일들, 게시판에 붙어 있는 사진들, 폭행 사건 희생자들의 명단, 그리고 그 제일 꼭대기에 있는 그의 친구 카레 브루노의 이름.

칼이 슬로스의 시선을 따라 고개를 돌려보니 그가 바라보는 것이 무엇인지 눈에 들어왔다.

'젠장.'

칼은 생각했다.

"저건 뭡니까?"

슬로스가 심각한 얼굴을 하고, 손가락으로 목록을 가리키며 물었다.

"아, 그건 이것하고 상관없는 겁니다. 파일들을 시간 순서대로 분류하고 있었거든요."

'이런 바보 같은 설명이 있나.'

칼은 생각했다. 그냥 책상 위에 파일로 정리하면 쉽게 처리될 일을 굳이 화이트보드에 적어가면서 정리할 인간이 어디 있다고.

하지만 만프레드 슬로스는 더 이상 묻지 않았다. 하긴 이 사람은 그런 단순노동을 직접 할 사람이 아니다. 이런 기초적 과정에 대해서 아는 것이 없으니 그런가보다 하겠지.

"아주 바쁘시겠네요."

그가 말했다.

칼이 팔을 펼쳐 보였다.

"그래서 선생님께서 제 질문에 가급적 정확하게 대답해 주시는 것이 정말 중요합니다."

"아까 뭘 물어보셨더라?"

"그 패거리 중에 벨라호이 근처에 사는 사람이 있었는지 물었습니다."

그는 바로 고개를 끄덕였다.

"있었죠. 크리스티안 울프가 그쪽에 살았습니다. 그 부모님이 아주 인상적이고 기능적인 집을 그 호수 옆에 가지고 있었죠. 크리스티안이 아버지를 회사에서 쫓아낸 다음에 그 집으로 이사해 들어갔습니다. 제 생각엔 크리스티안의 아내가 새 남편하고 아직 거기 살고 있을 거 같은데요."

슬로스로부터 추가적으로 얻어낸 정보는 더 없었다. 하지만 그 정도로도 성과가 나쁘지는 않았다.

"로즈!"

만프레드 슬로스의 구두 소리가 멀어지자 칼은 로즈를 불렀다.

"크리스티안 울프의 사망에 대해 알아낸 것 좀 말해 보게."

"어머머, 수사관님?"

로즈가 메모지로 자기 머리를 살짝 두드렸다.

"혹시 치매 걸리신 거 아니에요? 저한테 일을 다섯 가지 주셨는데, 수사관님이 직접 우선순위 정해 주신 것으로는 크리스티안 울프 건은 그중 네 번째거든요? 저보고 어쩌라고요?"

깜박했다.

"그럼 언제쯤 가능하겠나? 순서를 좀 바꿔서 하면 안 되나?"

로즈가 할 일 없이 소파에서 뒹구는 게으른 남편에게 소리 지르려는 아내처럼 허리 위로 손을 올렸다. 그리고는 갑자기 미소를 지었다.

"에라, 모르겠다. 더 이상은 시치미 못 떼겠네요."

로즈가 메모지를 뒤적거리기 시작했다.

"제가 수사관님이 정해 준 대로 할 줄 아셨어요? 당연히 크리스티안 울프 건부터 조사했죠. 그게 제일 쉬워 보였으니까요."

사망 당시 크리스티안 울프는 이제 겨우 서른 살이 되려던 참이었지만, 굉장한 부자였다. 선박회사를 창립한 것은 그의 아버지였지만, 크리스티안이 아버지보다 한 수 위였고, 결국 그는 아버지를 몰락시켰다. 사람들은 자업자득이라고 했다. 아버지는 그를 아무런 사랑 없이 길렀고, 상황이 다급하게 몰리자 결국 그 벌을 받은 것이다.

크리스티안은 돈이라면 서러울 것이 없는 신랑감이었다. 그래서 그가 6월에 백작과 결혼했을 때는 세간의 이목이 집중되었다. 이 백작은 바론 삭센홀트의 셋째 딸인 마리아 삭센홀트였다. 하지만 결혼생활의 행복은 3개월을 채 넘기지 못 했다. 1996년 9월 15일에 총기사고로 크리스티안이 사망하고 만 것이다.

모든 것이 너무도 무의미해 보였다. 신문보도가 끊임없이 쏟아져 나온 이유는 그 때문이었을 것이다. 그의 사망에 대한 기사는 코펜하겐 시청에 새로 생긴 버스 터미널에 대한 기사보다도 많았고, 그보다 몇 주 앞서 '뚜르 드 프랑스(세계에서 가장 유명한 장거리 자전거 경주—옮긴이)'에서 우승한 비아르네 리스의 기사만큼이나 많았다.

그날 아침 크리스티안은 아주 일찍 혼자서 롤란 섬에 있는 주말 별장에 갔다. 30분 후에는 나머지 사냥팀과 만나기로 되어 있었는데 2시간이 넘도록 그는 나타나지 않았고, 결국 한쪽 넓적다리에 심한 총상을 입고 죽은 채로 발견되었다. 총상으로 몸에서 피가 모두 빠져 나간 상태였다. 부검 보고서에서는 상당히 짧은 시간 안에 사망에 이르렀을 것으로 추정했다.

맞는 말이다. 칼도 예전에 그런 경우를 본 적이 있다.

수사관들은 그렇게 경험 많은 사냥꾼이 이런 끔찍한 일을 당했다는 데 경악했다. 하지만 많은 사냥 친구들의 증언에 의하면 크리스티안은 총의 잠금장치를 풀고 다니는 습관이 있었다고 한다. 그가 그린란드에서 북극곰 사냥을 하다가 추위로 손이 얼어 잠금장치를 못 푸는 바람에 사격 기회를 놓치고 난 다음부터 생긴 습관이라고 한다.

어쨌거나 그가 어떻게 자기 넓적다리를 쏘았는지는 살짝 의문이었지만, 그가 고랑에 걸려 넘어지면서 사고로 산탄총을 발사한 것으로 결론이 났다. 사고를 재구성해 보니 그것이 가능하다는 것이 증명되었다.

크리스티안의 젊은 아내가 이 사고를 크게 쟁점화하지 않은 것은 그때 이미 그녀가 결혼을 후회하고 있었기 때문이라는 얘기가 공공연하게 나돌았다. 결국 모든 점을 고려해 볼 때, 크리스티안은 아내보다 나이도 훨씬 많았고, 성격 차이도 크고, 사망으로 인해 아내가 받게 될 상속 액수도 상당했으니 말이다.

이 시골집은 호수 위로 돌출되어 있었다. 주변에는 이 정도로 가치 있는 부동산이 많지 않았다. 주변 부동산의 가치를 함께 동반상승 시키는 그런 종류의 집이었다.

부동산 시장이 제 기능을 발휘하지 못 하게 되기 전만 해도 사천만 크로네 정도는 나갔을 건물인 듯했다. 이제 이런 종류의 집은 아예 팔 수가 없게 되었다. 그래도 이 건물의 소유주는 분명 애초에 이런 경기침체가 찾아올 수밖에 없는 조건을 만들어놓은 정부에 투표했을 것이다. 하지만 그것도 다 말잔치에 불과하다. 과열경제 이후에 뒤따랐던 광란의 소비. 우리 주변에서 그 모습을 우려했던 사람이 있었던가?

모두 국민이 스스로 초래한 일이다.

문을 열어준 남자아이는 기껏해야 여덟 살이나 아홉 살 정도 되어 보였다. 아이는 코가 막혀서 빨갛게 변해 있었고, 실내복을 입고, 슬리퍼를 신고 있었다. 사업가들과 금융권의 거물들이 여러 세대에 걸쳐 모임을 가졌던 이 거대한 홀에서 만나리라고는 생각하지 못 한 뜻밖의 장면이었다.

"엄마가 모르는 사람은 들여보내지 말랬는데."

아이가 콧물풍선을 크게 부풀리며 간신히 말했다.

"엄마 집에 없어요. 룅뷔 갔어요."

"그럼 엄마한테 전화해서 경찰아저씨가 찾아왔다고 좀 전해 줄래?"

"경찰이요?"

꼬마가 칼을 의심스러운 눈초리로 쳐다보았다. 이럴 때 바크나 마르쿠스 반장의 검정 가죽코트 같은 것을 입고 왔으면 말발이 잘 통할 텐데.

"자, 이것 봐."

칼이 말했다.

"이게 아저씨 경찰 배지야. 엄마한테 아저씨가 집안에서 기다려도 되냐고 물어봐."

아이는 문을 쾅 닫았다.

30분가량 칼은 계단에 서서 사람들이 호수 반대편 산책길에서 조깅하는 모습을 지켜보았다. 사람들이 붉게 달아오른 뺨으로 팔을 힘차게 흔들며 짧고 빠른 보폭으로 뛰고 있었다. 토요일 아침이다. 복지국가의 시민들이 야외로 나와 마약 대신 운동을 한 방 맞고 있다.

"누구를 찾아오셨어요?"

한 여자가 차에서 내리며 물었다. 여자는 바짝 경계하고 있었다. 칼이 한 번만 삐끗 잘못 움직였다가는 쇼핑봉투를 바로 바닥에 내던지고 뒷문으로 달려갈 기세였다.

예전에 경험으로 배운 것이 있어서 칼은 바로 경찰 배지를 내보였다.

"특별 수사반 Q의 칼 뫼르크라고 합니다. 아드님이 전화하지 않았던가요?"

"제 아들은 아파서 침대에 누워 있어요."

여자의 눈에 염려의 빛이 스쳤다.

"아파 보이지 않던가요?"

이 개구쟁이 녀석, 결국 엄마한테 전화 안 했군.

칼은 다시 한 번 자기를 소개했고, 결국 여자는 주저하며 그를 집안으로 들였다.

"프레데리크!"

여자가 위층으로 소리쳤다.

"엄마가 소시지 사왔다."

여자는 무척 다정하고 꾸밈없는 사람 같아 보였다. 백작부인이라기에 예상했던 모습과는 딴판이다.

꼬마가 슬리퍼를 끌며 우당탕 계단을 내려오다가 홀에 칼이 서 있는 모습을 보더니 그대로 멈추었다. 콧물이 줄줄 흐르는 개구쟁이의 얼굴 위로 경찰아저씨가 하라는 대로 하지 않아 벌을 받게 될까 봐 무서워하는 표정이 곧바로 드리웠다. 꼬마는 자기가 저지른 일에 대한 책임을 받아들일 준비가 안 되어 있는 것 같았다.

칼은 괜찮다는 신호를 윙크에 실어 보냈다.

"너 진짜 아파서 침대에 누워 있었구나, 프레데리크?"

꼬마는 느릿느릿 고개를 끄덕이더니 소시지 핫도그를 쥐고 사라졌다. 눈에서 멀어지면 마음에서도 멀어진다 이거지? 똑똑한 녀석.

칼은 곧바로 본론으로 들어갔다.

"글쎄요, 제가 도움이 될지 모르겠네요."

여자가 친절하게 칼을 바라보며 말했다.

"크리스티안과 저는 사실 서로를 잘 몰라요. 그래서 그때 그 사람 머릿속에 무슨 생각이 들어 있었는지는 저도 잘 모르겠어요."

"그리고 재혼하셨고요, 백작부인?"

"아유, 너무 격식 차리실 거 없어요. 그냥 편하게 마리아라고 부르세요."

그녀가 웃었다.

"네. 크리스티안이 죽은 해에 지금 남편인 앤드류를 만났어요. 지금은 애가 셋이에요. 프레데리크, 수잔느, 키르스텐."

아주 평범한 이름들이다. 어쩌면 칼은 지배계층하면 떠오르는 그 사람들의 가치관에 대한 선입견을 다시 생각해 봐야 할지도 모르겠다.

"프레데리크가 맏이인가요?"

"아니요. 막내예요. 쌍둥이 여자애들이 있어요. 11살이죠."

칼이 질문하기도 전에 마리아가 선수를 쳐서 대답했다.

"네, 맞아요. 쌍둥이의 생부는 크리스티안이에요. 하지만 지금의 남편은 항상 자기 자식이라 생각하고 키웠어요. 이스트본에 제 인척이 사는데, 그 애들은 거기 근처에 있는 좋은 기숙여학교에 다녀요."

마리아가 부끄러워하지도 않고 편안하고 거리낌 없이 얘기를 꺼냈다. 어떻게 아이들을 그런 곳에 보낼 마음이 생기지? 겨우 11살밖에 안된 아이들인데 벌써 영국 후미진 동네로 보내서 가혹한 규율 속에서 살아가게 한단 말인가?

계층에 대한 선입견이 풀리나 했더니 다시 굳어진다. 칼은 그런 선입견이 담긴 눈길로 마리아를 쳐다보며 말했다.

"크리스티안과 결혼생활 하시는 도중에 그가 혹시 키르스텐–마리 라센에 대해 얘기하지 않던가요? 따님의 이름이 그 이름과 일치하는 것은 분명 우연일 겁니다만, 크리스티안이 그 여자와는 아주 잘 아는 사이였거든요. 보통은 그냥 키미라고 불렀습니다. 두 사람이 기숙학교를 같이 다녔고요. 그 이름이 마리아 씨에게도 어떤 의미가 있나요?"

마리아의 얼굴에 그늘이 드리웠다.

칼은 마리아가 무언가 얘기를 꺼내기를 기대하며 잠시 기다렸다. 하지만 그녀는 입을 열지 않았다.

"죄송합니다만, 제가 말실수라도 했습니까?"

칼이 말했다.

마리아가 손가락을 펼치며 손바닥을 내보였다.

"거기에 대해서는 말하고 싶지 않아요. 그 말밖에 하고 싶지 않네요."

그 말을 할 필요도 없었다. 얼굴 표정만 봐도 말할 기분이 아님을 알 수 있었다.

"크리스티안이 그 여자와 바람을 피웠다고 생각하십니까? 그래서 그런 건가요? 그 당시 부인이 임신 중이었는데도 말이죠."

"그 사람이 그 여자하고 무슨 짓을 했는지도 모르고, 알고 싶지도 않아요."

마리아는 팔짱을 끼고 섰다. 잠시 후면 칼에게 나가달라는 말이 떨어질 것이다.

"그 여자는 이제 노숙자입니다. 길거리에서 살아요."

그 정보도 마리아에게는 위안이 되지 않는 듯했다.

"크리스티안은 그 여자와 얘기하고 나면 어김없이 저를 때렸어요. 이제 만족하세요? 여기에 왜 오셨는지는 모르겠지만, 이제 그만 나가주셨으면 좋겠네요."

드디어 그 말이 나왔다.

"제가 여기 온 이유는 살인 사건을 수사하기 위해서입니다."

칼이 말했다.

반응은 즉각적이었다.

"제가 크리스티안을 죽인 거라고 생각하신다면, 다시 한 번 생각해 보시는 것이 낫겠네요. 사실 제가 그런 생각을 아예 안 해 본 것도 아니죠."

마리아가 고개를 저으며 창밖으로 호수를 바라보았다.

"크리스티안이 왜 때렸습니까? 사디스트였나요? 아니면 술을 마셔서?"

"그 사람이 사디스트였냐고요?"

마리아는 혹시나 아이가 갑자기 얼굴을 디밀지 않나 싶어 복도 쪽을 바라보았다.

"당연하죠. 그런 게 사디스트가 아니고 뭐겠어요?"

칼은 찬찬히 그곳을 살펴보고 나서 차에 다시 올라탔다. 그 당시 저 거대한 저택의 분위기는 한마디로 질식할 듯한 분위기였을 것이다. 마리아도 힘센 사디스트 남자가 스물두 살의 여린 여자에게 어떤 짓을 할 수 있는지 한 꺼풀 한 꺼풀씩 알게 되었을 테니 말이다. 신혼의 달콤함이 얼마나 빨리 일상의 악몽으로 변했을까? 처음에는 상스러운 말과 위협으로 시작했으리라. 그리고 차츰 수준이 올라갔을 것이다. 크리스티안은 폭행의 흔적을 남기지 않으려고 주의했다. 저녁에는 마리아가 자신의 집안 출신을 말해 주는 우아한 옷으로 갈아입어야 하기 때문이다. 크리스티안이 마리아를 선택한 이유는 바로 그것이었다. 그리고 그것이 유일한 이유였다.

크리스티안 울프. 마리아가 첫눈에 사랑에 빠졌고, 결국 나머지 평생 동안 잊기 위해 노력해야 하는 남자. 그 자신, 그의 행동, 그의 처신 방식과 그를 둘러싼 사람들. 이 모두가 마리아가 머릿속에서 지워야 할 것들이었다.

차 안에 들어가 칼은 휘발유 냄새가 나지 않나 코를 킁킁거렸다. 그리고 특별 수사반 Q에 전화했다.

"네."

아사드가 간단하게 대답했다.

'특별 수사반 Q입니다.'라든가, '경찰보조 부경정 아사드입니다.'라든가 하는 말도 없이 그냥 '네.'라니!

"전화를 받을 땐 소속과 관등성명을 밝혀야지, 아사드!"

칼이 말했다. 그도 역시 자기 신분을 소개하지 않고 바로 말이 튀어나왔다.

"아, 칼 수사관님! 로즈가 방금 저한테 자기 딕터폰(나중에 그 내용을 옮겨 적을 수 있도록 구술을 녹음하고 재생하는 기계—옮긴이)을 줬어요. 이거 아주 좋아 보이는데요? 그러니까, 로즈가 반장님하고 통화하고 싶대요."

큰 고함소리가 들리고, 복도를 울리는 큰 발자국 소리가 나더니 로즈가 전화를 받았다.

"비스페비에르에서 간호사를 찾았어요."

로즈는 건조하게 말했다.

"좋아, 아주 잘했네."

이 말에는 별다른 대꾸가 없다.

"아레쇠 근처 개인병원에서 일한대요."

로즈가 병원 주소를 알려 주며 말을 이었다.

"일단 이름을 찾아내고 나니까 추적은 간단하더라고요. 이 사람도 이름이 진짜 특이해요."

"어디서 찾았나?"

"당연히 비스페비에르 종합병원에서 찾았죠. 캐비닛을 꽉 채우고 있는 문서들을 샅샅이 뒤졌어요. 그 간호사는 키미가 입원했을 때 산부인과 병동에서 일했어요. 전화해 봤더니 그 사건을 잘 기억하고 있더라고요. 그 사람 말이, 그때 거기서 일했던 사람치고 키미를 기억하지 못 하는 사람은 없을 거래요."

'덴마크에서 가장 아름다운 병원.'

로즈가 웹사이트에서 인용한 말 그대로였다.

눈처럼 새하얀 병원건물을 보며 칼도 그 말에 동의하지 않을 수 없었다. 모든 것이 정말이지 꼼꼼하게 잘 관리되고 있었다. 가을이 벌써 이렇게 깊어졌는데도 잔디밭은 윔블던 테니스 대회를 치러도 될 만큼 깔끔하게 손질되어 있었다. 주변 환경 또한 입이 딱 벌어진다. 불과 몇 달 전에 왕실 부부도 이 광경을 즐기고 갔다고 한다.

프레덴스보르에 있는 그들의 왕궁도 여기만큼 아름답지는 않다.

수석간호사 이름가르트 더프너는 병원의 모습과는 정반대였다. 그녀는 항구에 정박하러 들어오는 큰 선박처럼 천천히 나와 미소로 칼을 맞이했다. 그녀가 지나가자 주변의 사람들이 조용히 뒤로 물러나며 길을 터주었다. 바가지를 엎어놓고 자른 듯한 머리카락은 앞머리가 살짝 이마에 드리워 있었고, 두 다리는 각목 같고, 신발은 바닥에 심하게 쿵쾅거렸다.

"칼 뫼르크 수사관님 맞으시죠?"

그녀가 씩 웃으며 마치 칼의 주머니 속 소지품을 다 털어내려는 듯 격렬하게 그와 악수했다.

다행스럽게도 그녀는 큰 몸집에 어울리는 큰 기억용량을 갖고 있었다. 경찰에겐 이런 사람이 이상향이다.

이 간호사는 비스페비에르에서 키미가 머물던 병실의 수간호사였고, 키미가 사라지던 날에는 비번이었지만, 그때 일어난 일이 워낙에 이상하고 비극적이었기 때문에 절대로 잊을 수가 없었노라고 했다.

"그 여자가 병원에 도착했을 때 보니까 아주 흠씬 두들겨 맞았더라고요. 그래서 아이를 살리기는 아무래도 어렵겠다 싶었죠. 그런데 어머머, 그 여자 잘 버티더라고요. 아이를 어찌나 간절하게 원하는지. 일주일 정도 입원하고 나니까 거의 회복돼서 퇴원시킬 준비를 하고 있었어요."

간호사가 입술을 깨물었다.

"그런데 어느 날 제가 야간근무를 마치고 아침이 됐는데, 그 여자가 갑자기 유산을 한 거예요. 상태도 심각했고요. 의사 말로는 그 여자가 스스로 유산시킨 것 같다고 했는데, 저는 정말 설마 싶더라고요. 그렇게 끔찍하게 아이를 낳고 싶어 했었는데. 어쨌거나 그 여자 복부에 퍼렇게 크게 타박상이 있었어요. 하여간 그게 다 어찌된 일인지는 하늘만 알겠죠.

여자들은 계획에 없던 아이를 혼자 키워야 할 상황이 되면 감정이 아주 복잡해지거든요."

"여자가 타박상을 일으키는 데 사용할 수 있는 것이 무엇이었을까요? 기억나세요?"

"병실에 있던 의자라고 하는 사람도 있었어요. 의자를 침대 위로 끌어올려서 그것으로 배를 쳤다는 거죠. 어쨌거나 의사들이 병실에 들어와서 그 여자가 의식을 잃고 있는 것을 발견했을 때 그 의자는 바닥에 엎어져있었어요. 태아는 피범벅이 돼서 그 여자 다리 사이에 있었고요."

칼은 그 장면을 상상해 보았다. 슬픈 장면이다.

"태아가 눈으로 보일 만큼 컸습니까?"

"그럼요. 18주 태아면 모양은 다 갖춰요. 길이도 13에서 15센티미터 정도 되고요."

"팔다리도 다 있고요?"

"있을 건 다 있어요. 폐가 아직 다 못 자라고, 눈도 그렇지만, 다른 건 거의 다 제대로 모양을 갖추죠."

"태아가 그 여자 다리 사이에 있었다고요?"

"네, 태아와 태반 모두 정상적으로 분만했어요."

"태반 얘기를 하셨는데, 태반은 뭐 비정상적인 것이 안 보였나요?"

"태반에 대한 것은 다들 기억하고 있어요. 그거하고 그 여자가 태아를 훔쳐갔다는 것 두 가지는 모르는 사람이 없죠. 제 동료들이 그 여자를 지혈해 주는 동안 태아를 시트 아래 두었어요. 그러다 잠깐 다른 일이 생겨 나갔다가 들어왔는데 환자하고 태아가 사라지고 없는 거예요. 반면에 태반은 그 자리에 그대로 있었고요. 그때 의사 한 사람이 태반이 찢어진 것을 눈치챘죠. 두 쪽으로 찢어져 있더라고요."

"유산 과정에서 그런 일이 일어날 수 있나요?"

"가끔씩 일어나기는 하는데, 아주 드물어요. 어쩌면 복부에 가해진 충격 때문에 그랬을 수도 있고. 어쨌거나 자궁소파술을 하지 않으면 아주 심각해질 수 있는 상황이었죠."

"감염 가능성을 말씀하시는 거죠?"

"네, 특히 과거에는 더 위험했죠. 아주 걱정스러운 상황이었어요."

"자궁소파술을 받지 않으면 어떻게 되는 겁니까?"

"한마디로 죽을 수도 있어요."

"알겠습니다. 일단 그 여자가 죽지 않았다는 것은 말씀드릴 수 있겠네요. 아직 살아 있습니다. 그리 좋은 상태는 아닙니다만. 지금은 노숙을 하거든요. 어쨌거나 살아 있어요."

간호사는 큰 손을 무릎 위로 포갰다.

"그 말을 들으니 좀 안심이 되네요. 하지만 거리에서 산다니 안타깝네요. 그런 일을 당하고 나면 아예 극복하지 못 하는 여자들이 많죠."

"아이를 잃은 정신적 외상 때문에 그 여자가 사회에 등을 돌렸을 수도 있다는 말씀인가요?"

"모르세요? 그런 상황에서는 어떤 일이든 가능해요. 그런 일들 종종 있어요. 정신착란 상태에 빠질 수도 있고, 자기가 죽일 년이라면서 아예 정신줄 놓는 여자도 꽤 많아요."

"사건에 대해 내가 간략하게 브리핑을 좀 할까 하는데. 시간 괜찮나?"

칼은 아사드와 로즈를 바라보았다. 이 두 사람도 하고 싶은 얘기가 많을 것이다. 잠깐만 기다리라고.

"우리의 상대는 결단력이 대단히 강한 젊은이 집단이야. 결단력이 강하다는 것은 이들이 마음먹은 것은 무엇이든 항상 실천에 옮긴다는 뜻이네. 모두 각자 독특한 개성을 가졌고, 남자 다섯 명, 핵심인물로 보이는 여자 한 명으로 구성됐지.

이 여자는 거침없고 자신만만하며 뛰어난 미모를 갖고 있고, 학교 최고 모범생인 카레 브루노와 짧은 연인 관계를 시작하지. 카레 브루노의 죽음에 패거리가 깊게 관여했을 거야. 키미 라센이 숨겨놓은 금속 상자에 있던 물건으로도 알 수 있지. 질투 때문에 일어난 것일 수도 있고, 실랑이를 벌이다 일어났을 수도 있고, 물론 단순한 사고일 가능성도 있네. 만약 우연히 일어난 일이라면 키미가 숨겨놓은 고무 밴드는 단순한 둘 사이의 기념품 같은 것일지도 몰라. 하여튼 고무 밴드로 인해 혐의가 제기되기는 하지만, 그 자체로는 유죄 여부를 판단할 수 있는 결정적인 단서는 되지 못 해.

키미가 학교를 떠난 후에도 패거리는 계속 붙어 다니지. 그리고 이 모임은 직접적이든 간접적이든 퇴르비의 두 젊은이의 살인이라는 결과를 낳게 돼. 이 두 희생자는 무작위로 선택되었을 거야. 9년이나 지난 후에 비아르네 퇴르겐센이 범행을 자백했지만, 아마도 하나나 그 이상의 다른 범죄를 숨기기 위한 것으로 생각되네. 이 과정에서 비아르네는 막대한 돈을 약속받은 것 같네. 그는 돈이 없는 집안 출신으로, 당시에 키미와의 동거관계도 청산된 상태였지. 따라서 이런 특수한 제안은 비아르네가 뿌리치기 힘든 해결책이었을 거야. 어쨌든 패거리의 누군가는 사건에 연루된 게 확실해. 키미의 상자에서 희생자의 지문이 있는 소지품이 발견됐으니까.

특별 수사반 Q를 이 사건으로 끌어들인 건 비아르네 퇴르겐센의 판결이 잘못됐다고 생각한 민간 시민의 의혹이었지. 여기서 짚고 가야 할 것은 요한 야콥센이 패거리가 연루되었을 폭행과 실종 사고 목록을 만들어 우리에게 제공했다는 거야. 게다가 이 목록을 통해 키미가 스위스에서 살았던 기간에는 살인이나 행방불명 같은 건 없고 물리적 폭력 사건만 있었음을 확인할 수 있었지. 이 목록이 추측 수준에 불과한 것은 인정하지만, 요한의 접근방식은 타당해 보여.

우리가 이 사건을 수사하는 것이 패거리의 주의를 끌게 되었지. 그들이 어떻게 알았는지 모르겠지만, 아마도 올베크를 통해서였을 거야. 지금은 수사를 가로막으려는 시도가 이루어지고 있고."

여기서 아사드가 손가락을 들었다.

"가로막아요? 그게 무슨 뜻인가요?"

"수사를 방해하려고 했다고, 아사드. '가로막다'는 '방해하다'라는 뜻이야. 이것은 이 사건이 그저 몇몇 부자들이 자신의 명성에 누가 될까 봐 걱정하는 일반적인 수준을 넘어서 그보다 큰 무언가가 얽혀 있음을 의미하네."

둘 다 고개를 끄덕였다.

"그 결과 나는 집에서, 차에서, 그리고 최근에는 직장에서 위협을 받았네. 이런 위협 뒤에는 이 패거리들이 있을 가능성이 농후해. 이들은 우리가 사건에서 손을 떼게 하려고 옛날 기숙학교 친구들을 이용하기도 했지만 현재 이 고리는 끊어진 상태야."

"그럼 우리도 신중하게 움직일 필요가 있겠네요."

로즈가 말했다.

"그렇지. 당분간은 평화롭게 수사할 수 있게 됐지만, 저들은 이 사실을 모르게 해야 돼. 키미가 처한 상황으로 봤을 때 키미를 심문하면 우리에게 큰 도움이 되리라 믿고 있으니까 특히나 조심해야 해. 키미를 조사하면 그 당시 패거리가 어디까지 관여했는지를 어느 정도 분명하게 알아낼 수 있을 걸세."

"수사관님, 그 여자는 아무것도 불지 않을 겁니다."

아사드가 끼어들었다.

"중앙역에서 저를 바라보는 눈초리가 장난이 아니었어요."

칼이 아랫입술을 내밀며 말했다.

"그래, 그래. 두고 보자고. 키미 라센은 아무래도 머리가 좀 어떻게 된 것 같아. 사실 정신이 말짱한 사람이 오르러프에 궁궐을 두고 길거리에 나앉지는 않겠지. 이상한 환경에서 유산한 것도 그렇고, 병원에 있는 동안 몇 번 폭행을 당했던 것으로 보이고 말이야. 이런 일들을 당하고 정상이면 사실 그게 이상한 거지."

칼은 담배를 하나 꺼낼까 했지만, 칠흑 같은 마스카라 아래로 로즈의 이글거리는 눈빛이 칼의 손을 뚫어져라 쳐다보고 있었다.

"우리는 패거리 중 한 사람인 크리스티안 울프가 키미 라센이 사라진 지 몇 주 후에 사망했다는 것도 알고 있네. 하지만 이 두 사건이 서로 관련이 있는지는 아직 몰라. 하지만 오늘 크리스티안의 미망인으로부터 크리스티안이 사디스트 경향이 있었다는 것을 알아냈지. 그리고 크리스티안이 키미 라센과 만나고 있었다는 암시도 있었고."

칼의 손가락이 이제 담배 갑을 움켜쥐었다. 오케이. 여기까지는 무사히 왔다.

"하지만 지금 가장 중요한 것은 패거리 중 하나나 그 이상의 사람이 뢰르비 살인 사건 말고도 다른 폭행 사건을 추가적으로 저질렀음을 알게 된 거야. 키미 라센이 숨겨놓은 소지품들은 적어도 네 건 정도의 폭행 살인 사건이 일어났음을 암시하고 있고, 나머지 두 비닐 주머니에 들어 있는 소지품도 그 외의 다른 폭행살인을 의심할 만한 정황을 암시하고 있어. 그래서 우린 이제 키미의 신변을 우선 확보한 다음에 다른 용의자들의 행동을 추적할 걸세. 그러고 나서 우리의 다른 임무들을 마무리하는 거지. 자, 이 브리핑에서 빠진 것 있나?"

이 말과 함께 칼은 담배에 불을 붙였다.

"아직 주머니에 테디 베어가 그대로 있네요."

로즈가 시선은 담배에 둔 채 말했다.

"맞아. 또 뭐 있나?"

두 사람은 고개를 저었다.

"좋아, 그럼 로즈부터 한번 말해 봐. 뭐 좀 알아냈나?"

로즈가 나선을 그리며 자기를 향해 꾸물꾸물 기어오는 담배 연기를 바라보았다. 이제 곧 손바닥으로 부채질을 할 것이다.

"그렇게 많지는 않아요. 그래도 양은 상당하네요."

"참 아리송한 말이로군. 한번 들어 보자고."

"클라에스 토마센 말고 수사에 관여했던 경찰을 딱 한 명 찾아냈어요. 한스 베르스트룀이라는 사람인데 그 당시 기동수사대 일원이었어요. 요즘에는 경찰 말고 다른 일을 하고 있고요. 어쨌거나 이 사람하고는 얘기가 불가능해요."

이제 로즈가 손으로 담배 연기를 부채질하기 시작했다.

"얘기가 불가능한 사람이 어디 있어요?"

아사드가 끼어들었다.

"로즈 씨가 멍청이라고 불러서 그냥 화가 나서 그런 거죠."

로즈가 따지고 들자 아사드는 활짝 웃었다.

"진짜예요, 로즈. 나한테도 들렸어요."

"손으로 수화기를 가리고 말했는데 어떻게 들어요? 그 사람은 못 들었다니까요. 어쨌거나 그 사람이 얘기하지 않으려고 하는 건 제 잘못이 아니에요. 지금은 특허로 부자가 된 사람이에요. 그리고 그 사람에 대해 다른 것도 알아냈어요."

로즈는 다시 눈을 깜박거리며 부채질을 시작했다.

"뭔데?"

"그 사람도 마찬가지로 기숙학교 출신이에요. 그 사람한테는 아무것도 건질 게 없어요."

칼은 눈을 감으며 코를 찡그렸다. 동문끼리 단결력을 보여 주는 것하고, 이렇게 의심스러울 정도로 짝짜꿍이 잘 맞는 것하고는 다른 얘기지. 하여간 골칫거리들이군.

"패거리의 옛날 반 친구들도 마찬가지예요. 우리하고 얘기하겠다고 나서는 사람이 없어요."

"몇 사람이나 접촉해 봤나? 그 사람들 아주 뿔뿔이 흩어져 있을 텐데. 여자들은 결혼하면서 성도 많이 바뀌었을 거 아닌가."

로즈가 아주 보란 듯이 부채질을 해대서 아사드는 로즈로부터 조금 더 떨어져 앉았다. 꼭 협박하는 것 같군.

"지구 반대편에 있어서 지금쯤 한참 꿈나라를 헤매고 있는 사람들 말고는 거의 다 연락해 봤어요. 지금은 그 정도면 충분하다고 생각해요. 다들 하나같이 입을 다물고 얘기를 안 해요. 그냥 그 패거리가 어땠는지 살짝 힌트를 흘린 사람만 하나 있었어요."

이번에는 로즈한테로 가는 담배 연기를 오히려 칼이 부채질로 물리치며 물었다.

"그래? 뭐라는데?"

"학칙을 왜곡해서 악용하고 다니는 골칫거리들이었대요. 학교 근처 숲이나 공원에서 마리화나도 피웠고요. 하지만 그 사람은 여전히 그 패거리가 그래도 괜찮은 사람들이라고 생각하는 것 같던데요? 그런데 수사관님, 회의할 때는 그 니코틴 덩어리 좀 안 피우면 안 돼요?"

드디어 터졌다! 그래도 열 모금 정도는 빨았으니, 이만하면 성공적이군.

"패거리의 누군가와 직접 얘기해 볼 수만 있다면 정말 좋을 텐데요,

수사관님."

아사드가 불쑥 끼어들었다.

"하지만 힘들겠죠?"

"우리가 그들 중 누군가와 접촉하면 사건이 우리 손아귀에서 통째로 빠져나갈 거야."

칼은 담배를 커피 잔에 비벼 껐다. 이것도 로즈를 짜증나게 만들었다.

"아직은 안 되네. 그들과 얘기하는 것은 시기상조야. 그 건은 어떤가, 아사드? 자네가 요한의 목록을 살펴본 것으로 아는데, 뭐라도 결론이 난 것이 있나?"

아사드는 짙은 눈썹을 치켜세웠다. 무언가 있다는 뜻이다. 뻔히 보인다. 그동안 그것을 혼자만 알고 있어서 분명 즐거웠었나 보다.

"수사관님 총애를 받는 아사드 씨, 빨리 불어요."

로즈가 칠흑 같은 속눈썹으로 그에게 윙크하며 말했다.

아사드는 삐딱한 미소를 지으며 자기 노트를 바라보았다.

"그러니까, 1987년 9월 13일에 뉘보르에서 폭행당한 그 여성을 찾아냈습니다. 그 여성의 이름은 그레테 소네고, 나이는 52세입니다. 직접 찾아가 보는 게 제일 낫겠다 싶어서 전화는 안 해 봤습니다. 여기 경찰 보고서가 있어요. 대부분 우리가 이미 알고 있는 내용입니다."

얼굴 표정을 보아하니 그 정도면 충분하다는 게지.

"그 여성은 당시 서른두 살이었습니다. 그 가을날에 해변에서 개를 산책시키고 있었습니다. 그런데 개가 줄을 풀고 스카에르벤이라는 어린이 당뇨병 치료센터로 뛰어가기 시작했어요. 그래서 이 여성도 개를 잡으려고 있는 힘을 다해서 뛰었습니다. 이걸 보면 아마도 개가 사람을 무는 버릇이 있었나 봐요. 그런데, 그러니까, 몇몇 젊은이들이 나타나서 그 여성보다 개를 먼저 붙잡았답니다. 그리고 개를 데리고 여성에게 접근했습니다. 전부해서 대여섯 명 정도였습니다. 그 이후로는 그 여성이 아무것도 기억을 못 해요."

"아이고!"

로즈가 말했다.

"기억도 못 할 정도면 정말 심하게 맞았나봐요."

'그렇지, 너무 맞아서 그랬거나, 아니면 다른 이유로 기억을 잃었거나.'

칼은 생각했다.

"아주 잔인한 폭행 사건이었습니다. 보고서를 보면 맨살에 채찍질을 당하고, 손가락 몇 개가 부러지고, 개는 여자 옆에서 죽어 있었대요. 발자국들이 아주 많았지만 전반적으로 도움이 되는 단서가 발견되지 않았습니다. 해안에 가까운 갈색 여름 별장 바깥 쪽 소메르뷔엔에 빨간 중형차가 주차되어있는 것을 보았다는 증언이 있어요."

아사드는 다시 공책을 내려다보았다.

"차는 거기에 몇 시간 정도 주차되어 있었다고 합니다. 폭행이 발생한 시간 즈음에 길을 따라 뛰어다니는 젊은이 몇 명을 보았다는 운전자들도 있었어요. 그 후로 물론 연락선 운항경로와 티켓 판매부분도 확인해 보았는데, 거기선 아무것도 안 나왔습니다."

아사드는 아쉽다는 듯 어깨를 으쓱했다. 마치 자기가 수사를 이끄는 사람이라도 되는 것처럼.

"그러니까, 그레테 소네는 오덴세에 있는 대학병원 정신과 병동에서 넉 달을 보낸 다음에 퇴원했고, 사건은 미결 상태로 보류되었습니다. 여기까지입니다."

그가 아름다운 미소를 번쩍거렸다.

칼은 두 손으로 머리를 감싸안았다.

"잘했네, 아사드. 잘했는데, 솔직히 말해서 지금 말한 그게 대체 뭐가 특별하다는 건가?"

다시 아사드가 어깨를 으쓱했다.

"그러니까, 제가 그 여성을 찾아냈다는 거죠. 그리고 그곳이 20분 거리에 있다는 것도요. 아직 가게 문 안 닫았을 걸요?"

'미시즈 킹사이즈'는 스트뢰에에서 60미터 정도 떨어진 중심가에 있었고, 특별한 목적이 있는 옷가게였다. 여기에 오면 아무리 뚱뚱한 여자라도 실크, 태피터나 다른 값비싼 옷감으로 몸에 착 달라붙는 맵시 있는 가운을 맞춰 입을 수 있었다.

이 부티크에서 정상적인 체형을 가진 사람은 그레테 소네 밖에 없었다. 살짝 윤을 낸 자연스러운 빨강머리를 한 그녀는 가게의 인상적인 배경과 대조되어 대단히 호리호리하고 우아해 보였다.

두 사람이 가게 안으로 들어가자 그레테는 잠시 멍했다가 살짝 놀라는 듯했다. 그녀는 이 가게에서 여장을 한 남성 동성애자나 어느 정도 몸집이 있는 여장남자는 많이 상대해 보았지만, 이런 평균 체격의 남자와 그와 함께 온, 키 작고 다부지지만 그렇다고 뚱뚱하지는 않은 조수는 그런 부류에 해당하지 않았기 때문이다.

"무슨 일로……?"

그녀가 시계를 쳐다보며 말했다.

"이제 문 닫을 시간이 거의 됐는데, 하지만 제가 도울 일이 있으면 시간을 좀 내 볼게요."

칼은 비싼 옷들이 걸려 있는 옷걸이 두 줄 사이에 자리를 잡고 섰다.

"괜찮으시다면 가게 문을 닫으실 때까지 저희가 기다리겠습니다. 그냥 한두 개 여쭤볼 것이 있어서요."

그레테는 칼이 내보인 경찰 배지를 보더니 마치 언제든 떠오르기만을 기다리는 과거가 있는 듯 심각한 표정이 됐다.

"그럼 지금 문을 닫죠, 뭐."

이렇게 말하며 그녀는 통통한 두 점원에게 다음 주 월요일에 해야 할 일들을 일러주고서, 주말 잘 보내라는 말과 함께 두 사람을 보냈다.

"제가 월요일에는 뭘 좀 사러 플렌스부르크에 가거든요. 그래서……."

그레테가 최악의 상황을 염려하며 미소를 지으려 했다.

"미리 전화를 드리지 못 해서 죄송합니다. 일이 아주 급하게 돌아가기도 했고, 그냥 간단하게 질문 몇 가지만 하면 되는 거라서요."

"동네에서 일어난 좀도둑질에 관한 거라면 저 아래 라르스 비외른스트레데에 있는 가게 주인들한테 물어보시는 게 나을 텐데요. 저보다는 그 사람들이 그쪽으로는 훨씬 잘 알고 있을 거예요."

말은 이렇게 했지만 그녀도 다른 문제 때문에 왔다는 것을 알고 있었다.

"제 말을 들어 보세요. 부인께서 20년 전에 겪은 폭행 사건이 정말 다시 떠올리기 싫은 일이라는 것은 알고 있습니다. 그리고 거기에 더 보탤 말도 없으시겠지요. 그러니까 저희가 묻는 몇 가지 질문에 '예'나 '아니오'로만 대답해 주시면 됩니다. 그 정도는 괜찮겠지요?"

그레테의 얼굴이 창백해졌지만, 두 발로 잘 버티고 서 있었다.

"그냥 고개를 끄덕이거나 가로저으셔도 됩니다."

그녀가 반응이 없자 칼이 말했다. 칼은 아사드를 바라보았다. 아사드는 이미 공책과 딕터폰을 꺼내고 있었다.

"폭행 사건이 있고 난 후에 부인께서는 아무것도 기억을 못 하셨습니다. 아직까지 그 상태 그대로인가요?"

짧지만 영원인 듯 길게 느껴지는 시간이 지난 후에 그녀가 고개를 끄덕였다. 아사드가 그 동작을 딕터폰에 속삭여 기록했다.

"저는 그 폭행 사건의 범인이 누구인지 알 것 같습니다. 질란드 섬에 있는 기숙학교 출신의 젊은이 여섯 명이죠. 공격한 사람이 여섯 명이었다는 것을 확인해 주실 수 있겠습니까, 그레테 부인?"

그녀는 반응이 없었다.

"남자 다섯 명에 여자 한 명, 18세에서 20세 사이, 잘 차려 입음. 저희가 생각하고 있는 부분은 이렇습니다. 그 여자의 사진을 보여드리죠."

칼은 그레테에게 1996년 「가십」지에 나온 사진 복사본을 보여 주었다. 키미 라센이 크리스티안과 디틀레우와 함께 카페 앞에 서 있는 사진이다.

"그 후로 몇 년이 지나서 찍은 사진입니다. 옷차림은 조금 다르겠지만……."

칼은 그레테 소네를 살펴보았다. 그녀는 사진에 전혀 관심을 쏟지 않고 있었다. 그냥 사진을 물끄러미 바라보고만 있을 뿐, 그녀의 눈은 코펜하겐의 유흥가 밤거리에서 술을 진탕 먹고 취해 있는 젊은 제트족들 사이에서 갈피를 못 잡고 전전하고 있었다.

"전 아무것도 기억이 안 나고, 기억하고 싶지도 않아요."

마침내 그녀가 침착하게 입을 열었다.

"이제 조용히 여기서 떠나 주셨으면 감사하겠네요."

아사드가 그녀 앞으로 한 발자국 다가섰다.

"부인의 옛날 소득신고서를 보니까 1987년 가을에 갑자기 돈이 들어온 것이 있더군요. 그러니까, 당시에 부인은 유제품 회사에 취직하고 계셨죠. 그게 어디냐면……."

아사드가 공책을 보았다.

"헤셀라게르에 있었군요. 그러니까, 그때 돈이 들어왔어요. 3만5천 크로네. 맞죠? 그러니까, 그때 오덴세에서 처음 부티크를 열었고, 그다음엔 여기 코펜하겐에서 여셨죠."

칼은 놀라서 한쪽 눈썹이 추켜올라갔다. 아니, 아사드가 대체 어디서 이런 것을 알아냈지? 그것도 토요일에. 여기 오는 동안 이것에 대해 입 한번 뻥끗하지 않은 것은 또 뭐야? 시간도 충분했는데.

"그 돈이 어디서 생겼는지 설명해 주실 수 있나요, 그레테 소네 부인?"

칼은 추켜올린 눈썹을 그레테로 향하며 물었다.

"그 돈은……."

그레테는 그 오래전 설명을 다시 끄집어내려 했다. 하지만 잡지사진이 머리에 들어와 박히면서 그녀의 머리 회로를 꼬아 놓았다.

"아사드, 그 돈에 대해서는 어떻게 알아낸 건가?"

길을 따라 걸으며 칼이 물었다.

"오늘은 토요일이라 소득신고서 열람할 기회도 없었잖아. 안 그래?"

"당연하죠. 그냥 아버지께서 하시던 말씀을 떠올렸을 뿐입니다. '낙타가 어제 부엌에서 뭘 훔쳐 먹었는지 알고 싶으면 배를 갈라볼 필요는 없다. 그냥 똥구멍만 쳐다보고 있으면 된다.'"

이렇게 말하며 아사드가 환하게 미소를 지었다.

칼은 무슨 말인지 잘 이해되지 않았다.

"무슨 소리야?"

"그러니까, 상황을 굳이 더 어렵게 만들 필요가 있느냐는 겁니다. 전 그냥 뉘보르에 소네라는 사람이 있나 구글에서 검색해 본 것 밖에 없어요."

"그러고 나서 누군가에게 전화를 걸어서 그레테의 재정 상황에 대한 비밀을 무심코 털어놓게 만들었단 말이야?"

"아니죠, 수사관님. 그 속담을 이해 못 하시는군요. 그러니까, 이야기를 뒤에서 파고들어야 한다는 말 아닙니까, 아시겠어요?"

칼은 아직도 이해가 안 됐다.

"아, 진짜! 수사관님, 저는 제일 먼저 성이 '소네'인 가족 옆에 사는 사람에게 전화해 봤어요. 밑져야 본전이니까요. 그렇게 해서 일이 틀어져봐야 얼마나 잘못되겠어요? 그 소네가 그 소네가 아니라는 거요? 아니면, 그 이웃이 이사한 지 얼마 안 된 이웃이라는 거?"

아사드는 손을 펼쳐 보였다.

"알아들을 만한 분이 이거 왜 이러세요, 수사관님?"

"그랬더니 진짜 소네의 오랜 이웃한테 전화가 됐다는 거야?"

"네! 바로 연결된 것은 아니지만, 같은 아파트에 사는 사람들이 있더라고요. 그래서 전화번호 다섯 개 중에서 하나 골랐죠."

"그래서?"

"네, 그래서 3층에 사는 발데르 여사와 연결됐습니다. 발데르 여사가 말하길 거기서 40년이나 살았다고 하더라고요. 그레테 소네 여사가 구름치마를 입고 지내던 시절부터 알고 지냈대요."

"구름치마가 아니라, 주름치마일세, 아사드. 그리고 또?"

"그 사람이 다 말해 주더라고요. 그레테 소네가 운이 좋아서 그레테를 가엽게 여긴 푸넨 출신의 익명의 부자한테 돈을 받았대요. 3만5천 크로네요. 그레테 소네가 열고 싶었던 가게를 시작하기에 딱 적당한 돈이었죠. 그래서 발데르 여사가 아주 기뻐했었대요. 같은 건물에 사는 사람들 모두 기뻐했다는군요. 그레테가 폭행 사건 때문에 아주 수치스러워했었던 참이라서요."

"좋았어. 아주 잘했네, 아사드."

칼은 이것으로 수사가 중요한 새로운 국면으로 접어들었음을 알 수 있었다.

패거리가 희생자들을 학대하고 난 다음의 처리방식은 둘 중 하나였다. 그레테 소네처럼 넋이 나갈 정도로 겁을 먹으며 평생 두려움 속에 사는 것에 순응한 고분고분 말을 잘 듣는 희생자들은 돈으로 매수했다. 그러나 비협조적인 희생자는 아무것도 얻지 못 했다.

그들은 그냥 사라지고 말았다.

27

칼은 로즈가 그의 책상 위에 던져 놓고 간 패스트리를 우적우적 씹어 먹고 있었다. 대형 텔레비전에서는 버마 군사정권에 대한 뉴스가 나오고 있었다. 수도승의 짙은 진홍색 법복은 투우사가 황소에게 흔드는 빨간 망토와 같은 효과를 나타내나 보다. 덕분에 아프가니스탄에서 보급물자가 부족해 고생하고 있는 덴마크 병사들에 대한 뉴스는 목록에서 저 밑으로 밀려나 버렸다.

아마도 수상은 객지에서 고생하는 덴마크 병사들이 안쓰럽지도 않은가 보군.

칼은 몇 시간 후에 뢰도우레 고등학교로 가서 전직 기숙학교 선생 한 명을 만나기로 했다. 만프레드 슬로스의 말에 따르면 키미와 그렇고 그런 사이였던 그 선생이라고 한다.

논리로 설명하기 힘든 어떤 이상한 느낌이 칼을 훑고 지나갔다. 경찰들은 수사를 진행하다 보면 이런 느낌을 경험하는 경우가 많다.

키미가 어린 꼬마였을 때부터 알고 지냈던 계모와 얘기까지 나누어

보았지만, 칼은 지금 이 순간처럼 키미가 가깝게 느껴진 적은 없었다.

허공을 바라보며 칼은 키미가 지금쯤 어디에 있을까 생각했다.

텔레비전 화면이 다시 바뀌었다. 인게르슬레우스가데 근처 역구내에서 폭발한 집 얘기가 벌써 백만 번째 반복되고 있었다. 전철운행이 전면 중단되었고, 전철의 지상선 몇 개가 폭발로 완전히 산산조각이 났다. 철길 훨씬 아래쪽으로는 철도공사의 노란색 철도 수선용 차량이 몇 대 들어와있었다. 철길이 갈기갈기 찢어졌다는 뜻이다.

화면이 경찰부국장의 얼굴에 초점을 맞추자 칼은 볼륨을 높였다.

"저희가 아는 것은 이 집이 일정기간 동안 한 노숙자 여성의 거주지였을 가능성이 높다는 사실밖에 없습니다. 철도공사 노동자들이 지난 몇 달 동안 한 여성이 이 집에서 나오는 것을 가끔 본 적이 있다고 합니다. 하지만 그 여자나 다른 누군가의 흔적을 아직 찾아내지는 못 했습니다."

"이 폭발이 범죄로 일어났을 가능성이 있나요?"

여성 리포터가 과도하게 감정이입이 된 얼굴로 물었다. 별 것 아닌 뉴스거리를 마치 세상을 뒤흔든 얘기라도 되는 것처럼 보이게 하려는 수작이다.

"지금 시점에서 말씀드릴 수 있는 것은 교통당국이 아는 한, 그 건물 안에 자연적으로 그런 폭발을 일으킬 만한 물건은 없었다는 것입니다. 특히나 지금 보시는 규모의 폭발을 일으킬 수 있는 것은 더더욱 없었고요."

리포터는 다시 카메라를 향했다.

"군에서 파견된 폭발전문가가 몇 시간 째 현장을 조사 중입니다."

그리고 리포터가 다시 경찰부국장을 향해 돌아섰다.

"조사로 뭘 찾아냈나요? 지금 시점에서 알려진 것이 있습니까?"

"음, 이것이 원인이었는지 아직은 분명치 않습니다만 우리 군에 지급되는 것과 같은 종류의 수류탄 파편이 발견되었습니다."

"그러니까 이 집이 수류탄으로 폭발되었다는 말이군요?"

시간 끌기 한 번 잘하는군.

"가능한 얘기입니다."

"그 여성에 대해서는 뭘 알아냈나요?"

"그 여성은 이 근처에 정기적으로 나타났다고 합니다. 저기 알디에서 물건을 사기도 했었습니다."

그는 인게르슬레우스가데를 가리켰다.

"그리고 가끔씩 저쪽에 나타나서 목욕을 하고 가기도 했습니다."

그가 방향을 틀어 DGI 시티 쪽을 가리켰다.

"이 여성과 관련된 정보를 갖고 있는 분은 경찰에 연락 주시기 바랍니다. 여성의 인상착의는 아직 최종적으로 정리되지 않았습니다만, 백인 여성에, 나이는 35세에서 45세 사이, 키는 165센티미터쯤, 그리고 체격은 보통인 것으로 파악하고 있습니다. 옷은 다양하게 입고 다녔지만 거리에서 살다보니 아무래도 조금은 지저분한 상태였던 것같습니다."

칼은 입가에 패스트리 덩어리를 매단 채 할 말을 잃고 그저 우두커니 앉아 있었다.

"저하고 같이 온 사람입니다."

줄지어선 경찰과 군 기술자들 사이로 아사드와 함께 바리케이드 테이프를 지나며 칼이 말했다.

수많은 사람들이 철로 위를 걷고 있었고, 수많은 질문이 오가고 있었다. 전철을 폭파하기 위한 시도였나? 만약 그렇다면 특별히 목표로 삼은 전철이 있었나? 폭발 당시 이 건물을 지나쳤던 전철 중에 저명한 인물이 타고 있던 전철이 있었나? 질문과 추측들이 허공을 가득 채우고 있었고, 주변에는 귀를 곤두세운 기자들로 가득했다.

"아사드, 자네는 저기부터 시작하게."

칼이 집 뒤쪽을 가리키며 말했다. 거기에는 크고 작은 벽돌 조각들이 문과 지붕을 엮고 있던 나무 조각, 그리고 타르 종이와 지붕 물받이의 파편들과 뒤범벅되어 사방에서 나뒹굴고 있었다. 폭발 잔해 일부가 철책선을 바닥에 납작하게 뉘어 놓았고, 그 뒤로는 혹시나 사람의 유해가 발견될 때를 대비해서 사진기자들이 진을 치고 있었다.

"그 여자를 보았다는 철도공사 노동자들은 어디 있습니까?"

칼은 경찰 본부에서 나온 동료 중 한 사람에게 물었다. 그가 긴급 의료원처럼 형광 유니폼을 입고 무리지어 서 있는 몇몇 사람들을 어깨너머로 가리켰다.

칼이 경찰 배지를 보여 주자마자 두 사람이 동시에 입을 열었다.

"잠깐만요, 한 사람씩 차근차근 얘기해 주세요."

칼은 둘 중 한 사람을 가리키며 말했다.

"선생님이 먼저 말씀해 주시죠. 그 여자가 어떻게 보이던가요?"

먼저 지목된 남자는 상당히 만족스러운 듯했다. 한 시간 후면 일도 끝날 것이고, 오늘 하루는 아주 파란만장한 하루로 기억될 것이다.

"얼굴은 못 봤습니다만, 보통은 긴 치마에 누비 재킷을 입고 다녔습니다. 그러다가 어떨 때는 완전히 다른 옷을 입기도 했고요."

그의 파트너가 고개를 끄덕였다.

"맞아요. 그리고 길에 있을 때는 여행 가방을 같이 끌고 다니는 경우가 많았습니다."

"아하, 어떤 종류의 여행 가방이었습니까? 검은색? 갈색? 바퀴 달린 것이었나요?"

"네, 바퀴 달린 거요. 아주 컸어요. 색깔은 가끔씩 바뀌었던 것 같은데."

"맞아요."

첫 번째 사람이 말했다.

"전 검정가방도 보고 녹색가방도 봤던 것 같아요."

"무슨 사냥이라도 당하는 것처럼 매일 주위를 두리번거리면서 다니더라고요."

두 번째 사람이 덧붙여 말했다.

칼은 고개를 끄덕였다.

"아마도 그랬을 겁니다. 그런데 그 여자가 어떻게 이 집에서 살 수 있었죠? 여러분들이 그 여자가 여기 사는 것을 봤다면서요?"

첫 번째 남자가 발밑 자갈에 침을 뱉고 말했다.

"어차피 그 집은 사용하지도 않았는데요, 뭐. 이 나라 돌아가는 꼴을 봐요. 소외당하는 사람이 있다는 거 인정해야 하지 않습니까?"

그는 고개를 저었다.

"구태여 그런 사실을 알리고 싶지 않더라고요. 알려 봐야 저도 좋을 것 없고."

그의 파트너도 동의했다.

"여기서 로스킬데까지 이런 빈집이 적어도 50개는 됩니다. 거기에 그런 사람들 들어가서 살게 하면 좀 좋아요?"

칼의 생각은 달랐다. 술 취한 부랑자 두 명만 거기에 들여놔 봐라. 철길이 아주 난리가 날 것이다.

"그런데 그 여자가 어떻게 여기로 들어왔죠?"

두 사람은 소리 없이 씩 웃었다.

"알게 뭡니까? 혼자 알아서 문 열고 들어왔더라고요."

한 사람이 철문이 있던 곳을 가리키며 이렇게 대답했다.

"알겠습니다. 그럼 그 여자가 열쇠를 어디서 구했죠? 누가 열쇠를 잃어버리기라도 했나요?"

두 사람은 노란 헬멧 높이까지 한껏 어깨를 으쓱하더니 웃어댔다. 그 웃음이 나머지 사람들에게까지 퍼져나갔다. 하긴 이 사람들이 어찌 알겠나? 매일 철문을 확인하고 다니는 것도 아니고.

"다른 것은 뭐 없습니까?"

칼은 모인 사람들을 둘러보며 물었다.

"있습니다."

다른 사람들 중 하나가 대답했다.

"제가 얼마 전에 뒤뷜스브로 역에서 그 여자를 본 것 같습니다. 조금 늦은 시간이었는데 저는 저기 있는 트럭을 몰고 돌아가는 중이었죠."

그는 철도 수선용 차량 하나를 가리켰다.

"그 여자가 바로 저기 플랫폼에서 철길을 바라보며 서 있더라고요. 꼭 바다를 가르려는 모세처럼 팔을 벌리고 서 있었습니다. 전철이 들어오면 뛰어들 생각인가 싶어 아찔했는데, 그러지는 않더라고요."

"그 여자 얼굴을 봤습니까?"

"네, 경찰에 그 여자 나이를 말해 준 사람이 바로 접니다."

"서른다섯에서 마흔다섯 사이라고 한 게 선생님입니까?"

"맞아요. 그런데 지금 생각해 보니까 아무래도 마흔다섯보다는 서른다섯 쪽이 가깝지 않나 싶네요. 아주 슬퍼 보이더라고요. 사람이 슬플 얼굴을 하고 있으면 더 나이 들어 보이지 않습니까?"

칼은 고개를 끄덕이며 코트 주머니에서 아사드가 찍은 사진을 꺼냈다. 레이저 프린터로 뽑아낸 출력물은 살짝 색깔이 바래고, 접혔던 부분도 조금 너덜거렸다.

"이 사람이 맞습니까?"

칼이 사진을 그 사내의 얼굴에 갖다 대며 물었다.

"아, 맞네요, 맞아."

남자는 완전히 당황한 얼굴이었다.

"그땐 이렇게 안 보이던데. 그래도 틀림없어요, 이 여자 맞아요. 눈썹을 보니까 알겠네요. 여자 눈썹이 이렇게 넓은 경우가 드물거든요. 우와, 이렇게 보니까 사람이 달라 보이네. 사진이 훨씬 낫네요."

사람들이 사진 주변으로 몰려들어 한마디씩 던지고 있는 동안 칼은 무너진 건물 쪽으로 관심을 돌렸다.

'여기서 대체 무슨 일이 있었던 거야, 키미?'

칼은 생각했다. 키미를 하루만 빨리 찾았어도 지금쯤 수사에 큰 진척이 있었을 텐데.

"그 여자 누군지 내가 압니다."

칼이 검정코트를 입고 주위에 서 있는 동료들을 돌아보며 말했다. 검정코트는 갖춰 입었으되, 칼이 내뱉은 말을 자신 있게 말할 수 있는 사람은 그중 누구도 없었다.

"누구 스켈베크가데 경찰서로 전화해서 조사팀한테 여기 살던 여자가 키르스텐-마리 라센, 혹은 키미 라센이라고 하는 여자라고 말 좀 전해 주겠소? 그쪽 사람들한테 이 여자 주민등록번호하고 다른 정보들이 있습니다. 아무거나 뭐든 찾아내면 저한테 제일 먼저 전화 주셔야 합니다. 아시겠어요?"

칼이 자리를 뜨려다 멈췄다.

"한 가지만 더, 저기 하이에나 같은 인간들 말입니다."

칼이 기자들을 가리켰다.

"어떤 경우에도 기자들한테 그 여자 이름이 새어 나가면 안 됩니다. 아시겠어요? 만에 하나 그런 일이 일어나면 지금 진행 중인 수사 다 말아먹습니다. 다른 사람들한테도 전하세요."

칼은 아사드를 바라보았다. 아사드는 거의 무릎을 꿇다시피 하고 잔해를 뒤지고 있었다. 이상하게도 범죄 현장 전담반이 그를 혼자 내버려 두고 있었다. 보아하니 그들도 상황을 대충 파악하고 테러의 가능성은 배제한 것 같다. 이제 그들에게는 테러 가능성에 목매달고 있는 리포터들을 설득하는 일만 남아 있었다.

내 일이 아닌 것이 천만다행이로군.

칼은 건물 문이었던 것을 뛰어넘어 울타리에 뚫린 구멍을 통해 거리로 빠져나갔다. 그 건물은 절반 정도가 하얀 낙서로 뒤덮인, 넓고 육중한 초록색 건물이었다. 칼은 아연 도금된 울타리 기둥 하나에 아직도 걸려 있는 간판을 어렵지 않게 찾아냈다. '뢰그스트러프 철문제작공장'이라고 적혀있고, 전화번호 몇 개가 함께 나열되어 있었다.

칼은 핸드폰을 꺼내 적혀 있는 전화번호로 몇 군데 전화해 봤지만 주말이라 아무도 받지 않았다. 빌어먹을 주말 같으니라고. 칼은 주말이 싫었다. 사람들이 하나같이 다 놀고 있으면 경찰 노릇을 어떻게 해먹으라는 소리야?

'아사드한테 월요일에 전화해 보라고 해야겠군. 잘하면 거기 사람 중에 키미가 열쇠를 갖게 된 경위를 설명해 줄 사람이 있을지도 모른다.'

칼은 아사드를 손짓해 부르려 했다. 어차피 거기를 아무리 뒤져 봐야 범죄 전담반이 뭘 놓치고 지나쳤을 가능성은 거의 없다. 그런데 그 순간 자동차 브레이크 밟는 소리가 들렸다. 차가 도로경계석에 절반쯤 걸치다시피 멈추자마자 마르쿠스 반장이 차에서 내렸다. 남들처럼 마르쿠스 반장도 검정 가죽 재킷을 입고 있었다. 물론 반장의 재킷은 살짝 더 크고, 좀 더 반들거리고, 아마 비싸기도 더 비싸겠지만.

'아니, 저 양반이 여기는 웬일이지?'

칼이 눈으로 그를 쫓으며 생각했다.

"시신은 안 나왔습니다!"

마르쿠스 야콥센 반장이 뒤집어진 울타리 너머에 있는 몇몇 동료들과 목례를 나누고 있는데 칼이 그에게 소리쳤다.

"이봐, 칼. 자네 나하고 어디 좀 같이 가지."

서로 다가가 얼굴을 마주하자 마르쿠스 반장이 말했다.

"자네가 찾던 그 마약중독자 여자를 찾았어. 찾긴 찾았는데, 아주 심하게 죽어 있더군."

이런 장면을 처음 보는 것은 아니다. 시체 하나가 창백하고 애처로운 몰골로 몸을 웅크린 채 계단 밑에 쓰러져 있고, 성긴 머리카락이 은박지와 오물이 널려있는 바닥에 펼쳐져 있었다. 얼굴은 맞아서 퉁퉁 부어올라있었다. 나이는 스물다섯이나 넘겼을까.

엎질러진 초코 우유병이 하얀 비닐봉지 속에서 굴러다니고 있었다.

"약물 과잉투여입니다."

검시관이 딕터폰을 꺼내며 말했다. 물론 부검을 해 보아야겠지만, 검시관이 이미 익숙하게 보아온 상황이었다. 상할 대로 상한 여자의 발목 정맥에는 아직도 주사 바늘이 매달려 있었다.

"맞긴 맞는데, 과잉투여는 맞는데……."

마르쿠스 반장이 말했다.

마르쿠스 반장과 칼은 서로를 바라보며 고개를 끄덕였다. 마르쿠스 반장도 같은 생각을 하고 있었다. 약물 과잉투여는 맞다. 하지만 어쩌다가? 이 여자처럼 약에 닳고 닳은 경험 많은 약쟁이가?

"자네 이 여자하고 얘기했었다고 했지? 그게 언제인가?"

칼은 아사드를 돌아보았다. 아사드는 언제나처럼 조용한 미소를 지으며 서 있었다. 이상하게도 아사드는 계단통을 가득 채운 우울한 분위기에 전혀 영향을 받지 않는 것 같았다.

"화요일입니다, 수사관님."

아사드가 말했다. 공책을 펼쳐볼 필요도 없었다. 이 인간을 보면 어떨 때는 아주 겁이 난다.

"25일 화요일입니다."

아사드가 덧붙여 말했다. 이제 곧 아사드가 3시 32분이었다는 둥, 3시 59분이었다는 둥의 말을 꺼낼지도 모른다. 만약 피를 흘리는 것을 보지 않았다면 칼은 아사드를 로봇이라고 생각했을 것이다.

"꽤 지난 일이네. 그럼 그 사이에 많은 일이 일어날 수 있었겠군."

마르쿠스 반장이 말했다. 그가 여자의 얼굴과 목에 난 멍에 시선을 고정시키며 한쪽 무릎을 꿇고 앉았다.

그래, 칼과 만나고 난 후에 생긴 상처들이군.

"이 상처들은 죽기 바로 전에 생긴 게 아닌 것 같은데, 검시관 자네가 보기엔 어때?"

"제 생각으로는 죽기 하루 전에 생긴 것 같습니다."

검시관이 말했다.

계단에서 시끄러운 소리가 나더니 바크의 수사팀에 있었던 경찰관이 사람을 하나 데리고 계단을 내려오고 있었다. 가족 중에 저런 사람은 제발 없었으면 싶은 망나니 같은 사내였다.

"이쪽은 비고 한센이라는 사람입니다. 이 사람이 방금 저한테 한 말이 있는데 수사관님도 듣고 싶어 하실 것 같아서요."

이 기골장대한 사내가 아사드를 노려보자, 아사드도 그에 걸맞은 도도한 눈빛으로 응수했다.

"이 작자가 여기 꼭 있어야 됩니까?"

사내가 문신한 팔뚝을 내보이며 들으라는 듯 대놓고 말했다. 팔뚝에

는 배에 쓰는 닻, 나치 문양, KKK단(극단적인 백인 우월주의자들의 폭력단체
—옮긴이) 문양이 문신으로 새겨져 있었다. 인간쓰레기로군.

사내는 늘어진 뱃살로 아사드를 밀치며 지나갔다. 그것을 보며 칼의
눈동자가 휘둥그레졌다. 아사드, 제발 참아.

아사드는 고개를 끄덕이며 그냥 비켜 주었다. 저놈 운 좋았네.

"저 잡년이 다른 창녀하고 같이 있는 걸 어제 봤습니다."

사내가 그 여자의 생김새를 설명하자, 칼은 누더기가 된 레이저 프린
터 출력사진을 꺼내 보여 주었다.

"이 여잡니까?"

칼은 코를 찡그리며 물었다. 사내에게서 풍기는 땀내, 오줌내가 술주
정뱅이의 썩은 이빨에서 흘러나오는 알코올 냄새만큼이나 역했다.

사내는 흐리멍덩한 졸린 눈을 비비며 사진을 보고는 고개를 끄덕였
다. 그 바람에 그의 늘어진 이중 턱이 같이 출렁거렸다.

"그년이 저기서 저 약쟁이 년을 두들겨 팹디다. 저기 멍든 것 좀 보세
요. 하지만 제가 뜯어말리고 그년을 내쫓았죠. 아주 말도 많은 년이었어
요. 빌어먹을 년 같으니라고."

사내가 말했다.

어제 팼다고? 이 무슨 짓거리야? 빤히 보이는 거짓말을 왜 하지?

동료 하나가 와서 마르쿠스의 귀에 무언가를 속삭였다.

"알았네."

마르쿠스 반장이 말했다. 마르쿠스 반장이 손을 주머니에 넣고 이 바
보 같은 사내를 물끄러미 쳐다보았다. 얼굴을 보니 수갑을 언제 꺼낼지
모른다고 경고하는 듯한 표정이다.

"비고 한센, 이제 보니 우리하고 안면이 있구먼. 폭행과 성폭행 전과
로 10년 넘게 감방에서 썩었군. 이 여자가 저기 죽은 여자를 팼다고 주

장했는데, 경찰에 대해서 알 만큼 아는 사람이면 그래도 그거보다는 좀 더 똑똑하게 굴어야지. 안 그래?"

사내는 한숨을 내쉬었다. 마치 다시 적당한 출발점으로 시간을 다시 되감으려고 노력하는 모습 같았다. 마치 그게 가능하기라도 한 듯이.

"이제 무슨 일이 있었는지 까놓고 얘기해 봐. 두 사람이 여기 서서 얘기 나누는 것을 봤겠지. 좋아, 그거 말고 또 뭐 있어?"

사내는 바닥으로 고개를 떨구었다. 창피해하는 것이 확연히 느껴졌다. 어쩌면 아사드가 옆에 있어서 그랬는지도 모르겠다.

"없습니다."

사내가 말했다.

"그때가 몇 시였어?"

사내는 어깨를 으쓱했다. 알코올이 그의 시간 개념을 파괴해 버렸다. 그가 시간 개념을 잃어버린 지는 분명 한참 되었을 것이다.

"그 두 사람을 본 후로 지금까지 계속 술 마시고 있었어?"

"심심해서요."

사내가 씩 웃으려고 했다. 가히 유쾌한 장면은 아니다.

"비고가 여기 계단 아래 있던 맥주 몇 병을 슬쩍했다고 인정했습니다. 맥주 몇 병하고 과자 한 봉지 하고요."

사내를 아파트에서 이곳으로 데려온 경찰관이 말했다.

저 가엾은 티네가 이 사실을 알았다면 분명 좋아하지 않았을 것이다.

사내에게 오늘 하루 집에서 나오지 말고 술도 마시지 말라고 했다. 그 건물의 나머지 세입자들로부터는 건진 것이 없었다.

결국 한마디로 요약하자면, 티네 카를센이 사망했다. 아마도 티네가 가끔씩 '키미'라고 부르던 라소라는 배고픈 큰 쥐를 제외하면 누구 하나 그리워해 줄 사람도 없이 혼자 죽어 갔을 것이다. 티네는 인구 통계치에 보태진 숫자 하나에 불과했다. 경찰이 아니었다면 아침나절에 이미 사람들의 기억 속에서 완전히 사라져 버리고 없었을 것이다.

범죄 현장 전담반이 경직된 시체를 뒤집어 보니, 그 밑에는 짙은 소변 자국밖에 남아 있지 않았다.

"저 여자가 살아 있었다면 우리한테 무슨 말을 했을까요?"

칼이 중얼거렸다.

마르쿠스 반장은 고개를 끄덕였다.

"키미 라센을 찾아내야 할 이유가 더 분명해졌지."

다만 문제는 지금의 상황이 어떤 차이를 불러올 것인가 하는 부분이었다.

칼은 아사드를 폭발현장에 내려주며 여기저기 기웃거리면서 수사 과정에서 뭐라도 발견한 내용이 있는지 알아보라고 했다. 그리고 그 후에는 경찰 본부로 돌아가서 로즈를 도와줄 일이 없는지 확인해 보라고 했다.

폭발현장 주변에는 아직까지도 폭발 전문가와 범죄 현장 전담반 사람들이 모여 있었다. 그곳을 향해 단호한 발걸음으로 걸어가는 아사드 뒤로 칼이 소리쳤다.

"난 먼저 그 애완동물 가게에 갔다가 뢰도우레 고등학교로 가겠네."

노틸러스 트레이딩 A/S는 전쟁 전에 지어진 다른 빌딩들이 자리 잡고 있는 조금 구부러진 길가 위에 창백한 초록색 오아시스처럼 서 있었다. 이 길도 분명 머지않아 값비싼 사치품 가게들에게 자리를 내어 줄 것이다. 밝은 노란색 이파리를 달고 있는 커다란 나무들이 참나무 술통에 심어져 바깥에 서 있었고, 이국적인 동물들의 포스터가 건물 정면을 온통 뒤덮고 있었다. 칼이 상상했던 것보다 상당히 큰 사업체였다. 아마도 키미가 여기서 일했을 때보다도 훨씬 더 커졌을 것이다.

당연히 가게 문은 닫혀 있었다. 이곳에도 토요일의 평화로움이 내려 앉아 있었다.

칼은 건물을 돌아서 걷다가 우묵 들어간 곳에서 잠기지 않은 문을 발견했다. 문에는 '배송'이라고 적혀 있었다.

문을 열고 10미터 정도 들어가니 찝찝하기 그지없는 열대의 습한 공기가 그를 덮쳤다. 그의 겨드랑이에서 바로 땀이 흐르기 시작했다.

"누구 안 계십니까?"

수족관과 도마뱀 지역을 돌아다니며 칼은 20초 간격으로 소리쳤다. 더 깊숙이 들어가니 일반적인 슈퍼마켓 크기의 홀에 수천 개의 새장이 들어차 있었고, 새소리의 천국이 펼쳐졌다.

사람의 흔적을 못 찾다가 크고 작은 포유류들을 수용하는 우리가 있는 네 번째 홀에 들어가서야 겨우 사람을 만났다. 그 사람은 사자를 한두 마리쯤은 너끈히 수용할 수 있을 정도로 큰 우리를 박박 닦아 청소하느라 여념이 없었다.

가까이 다가서자 칼은 속이 느글거릴 정도로 향기로운 공기 속에 섞인 미묘하면서도 날카로운 포식자의 냄새를 맡았다. 어쩌면 정말 사자 우리인지도 모르겠군.

"실례합니다."

칼이 부드럽게 말했건만, 우리 속 남자는 심장마비라도 걸릴 듯이 깜짝 놀라며 양동이와 빗자루를 바닥에 떨어뜨리고 말았다.

남자는 팔꿈치까지 올라오는 고무장갑을 끼고 비눗물이 흥건한 바닥에 서서 마치 자기를 갈기갈기 찢어 놓으러 온 사람인양 칼을 쳐다보았다.

"실례합니다."

칼이 이번에는 경찰 배지를 내밀며 다시 말했다.

"경찰 본부 특별 수사반 Q에서 나온 칼 뫼르크 형사라고 합니다. 미리 전화를 드렸어야 하는데 그냥 가까운 곳이라 이렇게 불쑥 찾아왔습니다."

이 남자는 60세에서 65세쯤 되어 보였고, 백발머리에 눈가에는 잔주름이 있었다. 이 잔주름은 분명 작은 털북숭이 아기 동물들과 오랫동안 함께하면서 얻은 즐거움으로 새겨진 것이리라. 하지만 지금 당장은 그다지 즐거워하는 표정이 아니었다.

"이렇게 큰 우리를 청소하려면 고생 좀 하시겠네요."

분위기를 부드럽게 하려고 칼이 입을 열었다. 칼은 거울처럼 매끄러운 강철봉을 손으로 만져보았다.

"그렇소, 하지만 흠 잡을 데 없이 완벽해야 하오. 내일 회사 소유주한테 배송할 물건이니까."

칼은 동물들이 그다지 많지 않은 뒷방으로 가서 자신이 찾아온 이유를 설명했다.

"그러시군요."

그 남자가 말했다.

"물론 키미는 아주 잘 기억하고 있소. 키미가 이곳을 만드는 걸 도와줬지. 거의 3년 정도 우리랑 함께 일하지 않았나 싶소. 우리가 수입 및 조달 센터로 사업을 확장하던 시기였지."

"조달 센터요?"

"그렇소. 함메르의 한 농장에서 라마 40마리나 타조 10마리를 키우다가 그 동물들을 처리하고 싶어지면 우리가 뛰어들지. 아니면 밍크를 키우던 농장이 친칠라를 키우는 쪽으로 돌아서고 싶을 때도 우리가 나서고. 작은 동물원에서도 우리한테 접촉해오지. 우리 회사에는 사실 동물학자하고 수의사 둘 다 있소."

눈가의 잔주름이 다시 나타났다.

"공인된 동물은 종류를 막론하고 우리가 북유럽 최대 도매업자요. 그래서 낙타에서 비버까지 다루지 않는 동물이 없소. 사실 키미가 시작한 일이 그거였지. 당시에는 거기에 필요한 동물 관련 전문지식을 갖고 있는 사람이 키미밖에 없었으니까."

"키미가 수의사였죠? 맞나요?"

"거의 수의사나 마찬가지였소. 상업과 관련된 배경지식도 상당했지. 그래서 동물의 혈통 감정이나 무역경로 파악, 서류작업 같은 것들도 다 알아서 했소."

"그런데 왜 그만둔 거죠?"

남자는 머리를 양옆으로 갸우뚱거렸다.

"글쎄. 오래전 일이긴 하지만 토르스텐 플로린 씨가 여기서 동물을 사들이기 시작하면서 무언가가 변했소. 보아하니 두 사람은 이미 서로 알고 있는 눈치더군. 그러다 키미가 토르스텐 씨를 통해서 다른 남자를 만났던 것 같소."

칼은 애완동물 가게 관리인을 바라보았다. 믿을 만한 사람 같다. 기억력도 좋다. 설명도 아주 체계적이고.

"토르스텐 플로린이요? 그 패션계 거물 말입니까?"

"그렇소, 그분이오. 대단한 동물애호가지. 사실 그분이 우리 최고의 고객이오."

그는 다시 고개를 천천히 옆으로 기울였다.

"사실 고객이라는 말은 정확한 얘기가 아니군. 지금은 그분이 노틸러스의 최대주주니까. 하지만 그 당시에는 고객으로 찾아온 것이 맞소. 크게 성공했는데도 아주 예의바른 젊은이였지."

"잘 알겠습니다. 그 사람 정말 동물에 관심이 많은가 보군요."

칼은 동물 우리들을 다시 한 번 훑어보았다.

"두 사람이 이미 서로 아는 사이였던 것 같다고 하셨는데, 그건 어떻게 아셨습니까?"

"토르스텐 플로린 씨가 처음 여기에 왔을 때는 내가 그 자리에 없었소. 토르스텐 씨가 돈을 지불할 때 서로 인사를 나눴겠지. 키미가 카운터 담당이었으니까. 하지만 처음에는 키미가 토르스텐 씨를 다시 만났다고 특별히 좋아하는 것 같지는 않은 것 같소. 그 뒤로 무슨 일이 있었는지는 나도 모르지."

"아까 언급하신 그 남자 말입니다. 토르스텐 플로린이 안다던 그 사람이요. 혹시 비아르네 퇴르겐센은 아니었습니까? 기억나세요?"

남자는 어깨를 으쓱했다. 분명 기억나지 않는 듯했다.

"키미가 1995년 9월에 그 남자네 집으로 들어갔습니다. 그때 키미가 분명 여기서 일하고 있었을 것 같은데요."

칼이 말했다.

"음, 그럴지도 모르지. 사실 키미는 자기 사생활에 대해서는 절대로 얘기하지 않았소."

"절대로요?"

"절대로. 키미가 어디에 사는지도 몰랐소. 키미는 자기 인사서류도 본인이 직접 관리했지. 그래서 그 부분은 내가 도움을 못 드리겠소."

관리인이 한 우리 앞에 가서 섰다. 우리 안에서 움푹 들어간 작고 검은 눈동자 두 개가 한가득 신뢰를 담은 눈빛으로 관리인을 바라보고 있었다.

"내가 아끼는 놈이지."

그는 이렇게 말하며 엄지손가락만한 크기의 원숭이를 우리에서 꺼냈다.

"이놈한테는 내 손가락이 나무요."

그가 자기 손가락 두 개에 달라붙어있는 난쟁이 같은 생명체를 허공으로 들어올리며 말했다.

"키미가 노틸러스를 왜 그만두었죠? 이유를 말하던가요?"

"그냥 자기의 삶을 찾아 나서고 싶었던 것이 아니겠소? 특별한 이유는 없소. 내 말 이해하시겠소?"

칼이 하도 크게 숨을 내쉬는 바람에 원숭이가 손가락 뒤로 몸을 숨겼다. 에라, 모르겠다. 질문이나 심문이야 될 대로 되라지.

그래서 칼은 짜증이 섞인 표정을 지어보였다.

"아무래도 선생님께서는 키미가 그만둔 이유를 아시는 것 같은데요? 그냥 솔직하게 말씀해 주시죠?"

남자가 손을 우리 안에 넣어 작은 원숭이가 우리 깊은 곳으로 사라지게 두었다.

그러고 나서 칼을 향해 돌아섰다. 이제는 백설 같은 하얀 머리카락과 수염도 그를 더 이상 친절한 얼굴로 만들어주지 않았다. 지금은 그것이 오히려 완고한 저항의 표시처럼 보였다. 얼굴 표정은 여전히 부드러웠지만, 눈빛은 굳어지고 있었다.

"이제 그만 나가주셨으면 좋겠소."

그가 말했다.

"나로서는 나름 친절하게 대하려고 노력했소. 아무리 형사라지만 나를 여기 세워놓고 거짓말한다고 몰아세울 권리는 없는 거 아니요?"

'그렇게 빠져나가겠다 이 말씀이지?'

칼은 건방지기 이를 데 없는 미소를 지으며 생각했다.

"궁금해지는군요. 이런 사업체가 마지막으로 검사받은 게 언제였을까요? 이 우리들은 너무 다닥다닥 붙어있는 거 아닙니까? 환기 시스템은 제대로 작동하는지 모르겠네. 운송과정에서 실제로 죽는 동물은 얼마나 됩니까? 여기서 죽는 동물은 얼마나 되고요?"

칼은 우리를 하나씩 하나씩 들여다보기 시작했다. 우리 속에는 겁먹은 작은 동물들이 구석에서 가쁘게 숨을 몰아쉬며 앉아 있었다.

애완동물 가게 관리인이 틀니를 드러내며 미소를 지었다. 칼이 뭐라고 지껄이든 신경 쓰지 않는다는 태도가 분명했다. 노틸러스 트레이딩 A/S는 켕기는 부분이 없었던 것이다.

"키미가 왜 그만두었는지 알고 싶다고? 그럼 토르스텐 플로린 씨한테 가서 직접 물어보시오. 어쨌거나 여기서 제일 높은 사람은 그분이니까!"

28

무기력한 토요일 저녁이었다. 라디오 뉴스에서는 란데르스 열대 동물원에서 맥(중남미와 서남아시아에 사는, 코가 뾰족한 돼지 비슷하게 생긴 동물 —옮긴이)이 태어났다는 뉴스와 덴마크 보수당 의장이 자기가 직접 수립을 요구했던 새로운 국가 설계안을 폐지하겠다고 위협했다는 뉴스를 똑같은 비중으로 다루고 있었다.

칼은 핸드폰을 꺼내 번호를 누르고 수면에서 반사되는 아름다운 햇살을 바라보며 생각했다.

'아이고, 하느님, 감사합니다. 그래도 아직은 저 인간들이 망쳐 놓지 못 한 것이 남아 있었군요.'

수화기 저편에서 아사드의 목소리가 들렸다.

"수사관님, 어디 계세요?"

"뢰도우레 고등학교에 가는 길이네. 질란드 다리를 막 건넜어. 이 클라우스 예페센이란 사람 말이야, 내가 이 사람에 대해서 특별히 알아두어야 할 거라도 있나?"

아사드가 뭔가를 생각할 때는 무슨 생각을 하는지 다 들리는 것만 같았다.

"그 사람은 좌절 그 자체예요, 수사관님. 그 말밖에 할 말이 없네요."

"좌절?"

"네, 좌절 그 자체요. 말이 어찌나 느린지. 하지만 그건 어떤 감정이 자유로운 언어를 가로막고 있어서 그런 것 같습니다."

자유로운 언어를 가로막아? 이러다 이 친구 다음에는 문학 작품 쓴단 소리 나오겠군.

"그 사람은 내가 거기 왜 가는지는 알고 있나?"

"거의 그렇다고 봐야죠. 수사관님, 로즈하고 제가 오후 내내 그 목록을 조사하고 있었는데요. 그러니까, 로즈가 거기에 대해서 할 말이 있답니다."

됐다고 말하려는데 아사드는 벌써 사라지고 없었다.

어떤 면에서 보면, 일단 로즈가 그 독한 혓바닥을 놀리기 시작하면 칼도 딴생각하느라 정신이 다른 데 가있는 것은 마찬가지였다.

"저예요."

로즈의 목소리가 이런저런 생각이 꼬리를 물고 이어지던 칼을 흔들어 깨웠다.

"둘이 목록을 하루 종일 조사해 봤는데요, 제 생각에는 우리가 요긴하게 써먹을 수 있는 것을 하나 건진 것 같아요. 한번 들어 보시겠어요?"

도대체 무슨 생각을 하는 거야?

"어디 한번 말해 보게."

칼이 말했다. 통화하다 하마터면 폴레하벤으로 가는 좌회전 차선을 놓칠 뻔했다.

"요한의 목록 중에 랑엘란 섬에서 두 노부부가 사라진 사건 기억하세요?"

이 인간이 내가 무슨 치매라도 걸린 줄 아나?

"그래, 기억하지."

칼이 대답했다.

"다행이네요. 그 노부부는 키엘에서 왔어요. 그리고 사라졌죠. 린델세 코우에 근처에서 노부부의 것으로 추정되는 소지품 몇 개가 발견되었지만, 정말 그 부부의 소유품인지는 밝혀지지 않았어요. 그래서 제가 그 사건을 좀 만지작거리고 있었죠."

"무슨 말이야?"

"그 노부부의 딸을 찾아냈어요. 키엘에 있는 부모님 집에서 살더라고요."

"그런데?"

"서두르지 말고 좀 진득하게 들어 보세요, 수사관님. 저처럼 멋지게 한 건 올린 사람이면 이야기를 좀 길게 끌 권리가 있는 거 아닌가요?"

부디 내 깊은 한숨소리를 로즈가 못 들었기를 바랄 뿐이다.

"그 딸의 이름은 기셀라 니뮐러예요. 그리고 덴마크 경찰이 이 사건을 처리하는 모습을 보고 좀 충격을 받았고요."

"그게 무슨 말인데?"

"귀걸이요, 그 귀걸이 기억하세요?"

"로즈, 짜증나게 뭘 자꾸 물어보나? 오늘 아침에 다 얘기했던 거잖나."

"한 12년 전쯤에 그 딸이 덴마크 경찰에 연락해서 린델세 코우에에서 발견된 귀걸이가 엄마의 것이 백 퍼센트 확실하다고 했대요."

이 말에 칼은 온몸에 소름이 돋았다.

"뭐라고?"

칼은 급히 브레이크를 밟으며 소리 질렀다.

"잠깐만, 잠깐만 기다려 봐."

그가 차를 길가로 빼며 말을 이었다.

"예전에는 엄마의 귀걸이인지 확인을 못 하겠다고 했잖나. 그런데 이제 와서 어떻게 확인했다는 거야?"

"그 딸이 슐레스비그의 알베르스도르프에서 몇몇 친척들하고 파티를 했나 봐요. 그리고 가족모임에서 부모님의 옛날사진을 본 거죠. 그런데 그 사진에서 엄마가 귀에 뭘 하고 있었게요? 그냥 물어보는 거예요."

로즈는 즐거운 듯 킥킥거렸다.

"네, 맞아요. 그 귀걸이를 하고 있었어요. 아, 진짜!"

칼은 눈을 감으며 주먹을 움켜쥐었다.

"이거다!"

칼의 뇌가 비명을 질렀다. 테스트 파일럿 척 예거가 최초로 음속을 돌파했던 순간의 기분이 바로 이러했으리라!

"그렇지, 바로 이거야."

칼은 고개를 저었다. 이것이야말로 커다란 돌파구였다.

"이럴 수가! 로즈, 잘했어. 정말 잘했네. 엄마가 귀걸이를 하고 찍은 사진 복사본은 확보했나?"

"아니요, 하지만 그 딸 말로는 그 사진을 1995년쯤에 루드쾨빙 경찰서로 보냈대요. 그래서 거기로 전화해 봤는데, 그쪽 말로는 오래된 문서들은 지금 스벤보르에 있대요."

"설마 그 딸이 사진 원본을 보낸 것은 아니지? 그렇지?"

제발 그렇지 않았기를.

"아니요, 원본을 보냈어요."

이런 망할.

"그래도 복사본 하나쯤은 챙겨 놨을 거 아닌가. 아니면 네거티브 필름이라도. 본인한테 없으면 다른 누군가한테 있거나. 그렇지 않겠어?"

"아니요, 딸이 그러는데 그렇지 않대요. 그래서 그렇게 화가 난 거예요. 그 귀한 것을 보냈는데 답신 하나 오질 않아서요."

"그럼 지금 당장 스벤보르로 전화해 보게, 알았나?"

로즈가 칼을 무시하는 듯한 소리를 냈다.

"아무래도 우리 수사관 나리께서는 저를 몰라도 너무 모르시는 거 같아요."

그리고는 수화기를 쾅 내려놓았다.

칼은 바로 다시 전화를 했다.

"접니다, 아사드."

아사드의 목소리였다.

"로즈한테 뭐라고 하셨어요? 좀 이상한데요?"

"신경 쓸 거 없네, 아사드. 그냥 로즈한테 가서 내가 대단히 자랑스러워한다고만 전하게."

"지금이요?"

"그래, 지금 당장."

아사드는 수화기를 책상에 내려놓았다.

실종된 여인의 귀걸이 사진이 스벤보르 경찰서 문서 보관소에서 발견된다면, 그리고 린델세 코우에 근처 해변에서 발견된 귀걸이가 키미가 숨겨 놓은 금속 상자에서 발견된 것과 같은 짝이라는 것을 전문가가 밝혀내고, 그 두 개가 실제로 사진에 나와 있는 귀걸이와 같은 것이 밝혀지면 결정적인 증거가 된다. 이것만으로도 그들을 법정에 세울 수 있다. 수사가 제대로 선을 탔다는 얘기다. 비록 20년이나 걸리기는 했지만 토르스텐, 울릭, 디틀레우 모두 추잡한 재판 과정에서 이름을 더럽히게 될 것이다. 이제 키미만 먼저 찾아내면 된다. 결국 그 상자를 찾아낸 곳은 키미의 집이니까. 키미를 추적하는 일이 쉽지는 않겠지만, 그리고 키미의 약쟁이 친구가 죽는 바람에 상황이 더 힘들어지긴 했지만, 반드시 찾아내야 한다.

"여보세요."

갑자기 수화기 저편에서 아사드가 말을 꺼냈다.

"로즈가 좋아하네요. 로즈가 저를 귀여운 갯지렁이라고 불렀어요."

아사드가 칼의 귀에 거슬릴 정도로 웃어댔다.

아사드이기에 망정이지 누가 모욕이 분명한 저런 소리를 저렇게 농담으로 받아넘길 수 있을까?

"그런데요, 수사관님. 제가 알려드릴 소식은 로즈처럼 좋은 소식이 아니에요."

웃음이 잦아든 후에 아사드가 말했다.

"이제 비아르네 퇴르겐센하고 얘기하기는 힘들 것 같습니다. 그러니까, 그럼 우리 어떡하죠?"

"그놈이 우리 방문을 거절했나? 지금 그 소리야?"

"그러니까, 분명히 그런 의미였어요."

"상관없네, 아사드. 로즈보고 그 사진 꼭 확보하라고 해. 거기까지 하고 우리 내일은 쉬자고. 이건 내가 분명하게 약속하지."

칼은 헨릭스홀름 보울레바르로 진입하며 시계를 보았다. 약속 시간보다 이른 시간이었다. 하지만 상관없을 것 같다. 어쨌거나 클라우스 예페센은 약속 시간보다 빠르면 빨랐지 늦을 사람 같지는 않으니까.

뢰도우레 고등학교는 아스팔트 위에 상자들을 눌러 쌓아 놓은 것 같았다. 건물들이 서로 어지럽게 뻗어 있었고, 고등학교 교육이 노동자 계층에도 뿌리내리던 시기에 여러 번에 걸쳐 계속 확장한 것 같았다. 보도는 여기, 체육관은 저기, 그리고 노란색 벽돌로 쌓아 올린 새로운 건물들과 낡은 건물들이 여기저기 흩어져 있었다. 교외 청소년들의 교육 혜택 수준을 북쪽 해안가 청소년들이 이미 오래전에 도달한 수준까지 끌어올리려고 지은 건물들이다.

동문회 '라사쎕' 파티로 가는 길을 안내하는 화살표를 따라가니 강당 바깥에서 클라우스 예페센을 간신히 찾아낼 수 있었다. 팔에 종이 냅킨 상자들을 가득 들고 아주 귀엽고 제법 나이가 있는 두 여학생과 대화를 하고 있었다. 잘생긴 사람이었지만 선생님답게 코르덴 재킷과 풍성한 수염으로 멋대가리 없는 차림새를 하고 있었다.

"나중에 또 보자."

그가 자유로운 독신남이라는 인상을 풍기는 목소리로 이렇게 말하며 학생들과 헤어졌다. 그리고 칼을 교무실로 안내했다. 그곳에서는 다른 졸업생들이 향수에 젖어 이런저런 담소를 나누고 있었다.

"제가 여기 온 이유를 아십니까?"

칼이 물었다. 말이 서툰 외국인한테 대략 설명은 들었다는 대답이 돌아왔다. 아사드 말이로군.

"어떤 것이 궁금하십니까?"

예페센이 이렇게 말하며 칼에게 의자에 앉으라고 손짓했다.

"키미와 그녀가 어울리던 패거리에 관한 것은 모두 알고 싶습니다."

"형사님 동료가 암시한 내용으로 봐서는 뢰르비 사건이 재수사에 들어간 것 같던데. 그게 사실입니까?"

칼은 고개를 끄덕였다.

"그리고 그 패거리에서 하나나 그 이상이 다른 폭행 사건에도 연루되어있다고 의심할 만한 강력한 근거를 확보하고 있습니다."

이 말에 예페센의 코가 산소가 부족한 듯이 벌름거렸다.

"폭행 사건이요?"

그가 허공을 물끄러미 바라보았다. 동료 여선생 한 사람이 안으로 머리를 디밀었는데도 반응하지 않았다.

"예페셴 선생님, 선생님이 음악 담당인가요?"

여선생님이 물었다.

그는 마치 무아지경에 빠진 것처럼 위를 쳐다보며 건성으로 고개를 끄덕였다.

"저는 키미한테 홀딱 빠져 있었습니다."

다시 그와 칼만 남게 되자, 그가 입을 열었다.

"그 어떤 여자보다도 키미를 원했어요. 키미는 악마와 천사가 완벽하게 섞여 있는 여자였죠. 아기 고양이처럼 멋지고, 젊고, 온화하면서도 사람들 머리꼭대기에서 완벽하게 군림했지요."

"선생님께서 키미와 만나기 시작했을 때 키미는 17살이나 18살에 불과한 나이였습니다. 게다가 선생님께서 가르치는 학교의 학생이었고요. 그건 분명 원칙에 어긋나는 것 아니었나요?"

예페셴은 고개를 들지 않고 칼을 바라보았다.

"분명 자랑스러운 일은 아니지요. 그냥 저도 어쩔 수 없었습니다. 아직도 키미의 살결이 느껴집니다. 이해하시겠어요? 20년이나 지났는데도 말입니다."

"그렇지요. 그리고 키미와 다른 패거리들이 살인혐의를 받은 지도 마찬가지로 20년이 지났습니다. 거기에 대해서는 어떻게 생각하시나요? 그들이 함께 그 일을 저질렀을 수도 있다고 생각하십니까?"

예페셴은 얼굴을 찡그렸다.

"누구라도 그런 일을 할 수 있을 겁니다. 형사님은 그렇지 않겠습니까? 어쩌면 이미 사람을 죽여 보셨나요?"

그는 고개를 돌리고 목소리를 낮추었다.

"무슨 일인가 싶게 만드는 사건들이 몇 번 있었습니다. 제가 키미와의 일이 있기 전후로요. 특히 제가 아주 잘 기억하는 학생이 하나 있었습니다. 정말이지 오만불손하고 꼴불견인 놈이었는데, 아마 그래서 그 벌을 받은 것인지도 모르겠군요. 하지만 정황이 좀 이상했습니다. 어느 날그 녀석이 갑자기 학교를 떠나고 싶다는 겁니다. 그 애 말로는 숲에서 떨어졌다고 하는데, 맞아서 생긴 멍인지 아닌지는 저도 보면 알죠."

"그것이 패거리하고는 무슨 관련이 있을까요?"

"저도 그건 모릅니다만, 그 녀석이 학교를 떠난 후로 크리스티안 울프가 하루도 빠짐없이 찾아와서 그 녀석에 대해서 묻더군요. 그 애가 어땠는지, 그 애가 뭐라고 하지는 않았는지, 그 애가 돌아올 건지 등등이요."

"진짜 그 애한테 관심이 있어서 그럴 수도 있지 않습니까?"

예페센은 고개를 돌려 칼을 바라보았다. 이 사람은 품위 있는 사람들이 자기 자식들을 믿고 맡기는 고등학교 선생님이다. 그리고 학생들과 오랫동안 시간을 함께 보낸 사람이다. 하지만 그가 지금의 이 표정을 부모들의 저녁모임에 나가 한 번이라도 보여 주었다면 부모들은 아이를 학교에서 계속 보내야 하나 염려했을 것이다. 맙소사, 이렇게 복수심과 인간에 대한 혐오로 이글거리는 얼굴을 본 적이 없다.

"크리스티안 울프는 자기 밖에 모르는 놈이었습니다. 다른 사람한테 관심을 두는 놈이 아니었어요."

그는 경멸에 가득찬 눈빛으로 말했다.

"장담하지요. 그놈은 무슨 짓이라도 저지를 놈이었습니다. 하지만 자기가 저지른 짓을 들키는 것은 끔찍하게 무서워하더군요. 그래서 그 아이가 영원히 사라진 것이 맞는지 확인하고 또 확인한 겁니다."

"예를 좀 더 들어 주실 수 있겠습니까?"

"패거리는 그놈이 시작했습니다. 확실해요. 그놈은 활동가 타입이었어요. 사악함이 극에 달한 놈이었죠. 그리고 자기의 사악한 독을 빠른 속도로 퍼뜨리고 다녔습니다. 키미와 저와의 관계를 고자질한 것도 그놈입니다. 제가 학교를 떠나고 키미가 퇴학당한 것도 다 그놈 때문이죠. 괴롭히고 싶은 사내아이가 생기면 키미를 그 애한테 떠미는 것도 그놈입니다. 키미가 쳐놓은 거미줄에 사내아이들이 걸려들면 크리스티안은 다시 키미를 그 사내아이한테서 떼어놓습니다. 키미가 그놈의 암거미였던 셈이죠. 크리스티안은 그런 키미를 배후 조종했습니다. 형사님도 크리스티안이 죽은 건 당연히 알고 계시죠? 총기사고로 죽은 거요."

칼은 고개를 끄덕였다.

"그래서 제가 기뻐한다고 생각하시겠지만, 천만에요. 너무 편하게 죽었어요. 그렇게 쉽게 보내서는 안 될 놈이었습니다."

복도에서 웃음소리가 나자 예페센이 잠시 제정신으로 돌아왔다. 하지만 그의 얼굴에 다시 자리 잡은 분노가 그를 주저앉혔다.

"그놈들이 숲에서 그 학생을 공격한 겁니다. 그래서 그 학생도 멀리 달아나야 했던 것이고요. 그 학생을 한번 직접 만나서 물어보세요. 어쩌면 이미 아실지도 모르겠군요. 그 학생은 퀼레 바세트라고 합니다. 지금은 스페인에 삽니다. 찾기는 어렵지 않을 거예요, 'KB 건설'이라고 스페인에서 제일 큰 하도급 업체를 운영하고 있으니까요."

칼은 이름을 받아 적으며 고개를 끄덕였다.

"그놈들이 카레 브루노를 죽였습니다. 제 말을 믿으세요."

그가 덧붙여 말했다.

"저희도 그런 생각을 하기는 했습니다만, 선생님께서는 왜 그렇게 생각하십니까?"

"제가 학교에서 해고당하니까 브루노가 저를 찾아왔습니다. 저희는 키미를 두고 라이벌이었지만, 그때는 동지관계가 되었죠. 브루노와 저, 그리고 크리스티안 울프와 그 패거리로 갈린 거지요. 브루노가 크리스티안이 무섭다고 제게 고백했습니다. 예전부터 서로 알고 지냈다는 거예요. 크리스티안이 자기 할아버지네 집 근처에 살면서 틈만 나면 자기를 협박했다고 하더군요.”

예페센이 혼자 고개를 끄덕였다.

“대단한 내용이 아닌 것은 저도 압니다. 하지만 그것으로 충분하죠. 크리스티안 울프가 카레 브루노를 위협한 겁니다. 일이 그렇게 돌아갔어요. 그리고 브루노가 죽게 된 겁니다.”

“선생님께서는 이런 일들을 확신하고 계신 것 같은데, 하지만 사실 브루노가 죽었을 때 선생님은 이미 키미와는 헤어진 상태가 아니었습니까? 그리고 뢰르비 폭행 사건은 선생님이 학교를 떠난 다음에 일어났고요.”

“그건 사실이죠. 하지만 그전에도 그 패거리가 복도를 거들먹거리며 지나가면 학생들이 눈을 깔고 길을 비켜주는 모습을 봤습니다. 그 패거리가 같이 있을 때 사람들한테 어떻게 하는지 봤어요. 같은 반 아이들한테는 그러지 않았다는 점은 인정합니다. 그 학교에서 제일 먼저 배우는 것이 단결이었으니까요. 하지만 나머지 모든 아이들한테는 그랬습니다. 그놈들이 그 학생을 공격했습니다. 뻔해요.”

“그걸 어떻게 알 수 있습니까?”

“키미가 주말에 몇 번 저하고 밤을 보낸 적이 있습니다. 키미는 마치 내면의 무언가가 혼자 내버려 두지 않기라도 하는 것처럼 잠을 제대로 못 자더군요. 그렇게 자다가 그 학생의 이름을 불렀어요.”

“누구요?”

“그 학생이요, 퀼레!”

“키미가 정신적으로 충격을 받거나 고통스러워하는 것 같던가요?”

예페셴은 잠시 소리 내어 웃었다. 이 웃음은 방어에 가까운 웃음일 뿐, 악수를 하려고 뻗은 손 같은 것이 아니었다.

"키미는 괴로워하지 않았습니다. 아니, 천만에요. 그건 키미답지 않죠."

칼은 예페셴에게 테디 베어를 보여 줄까 했지만 꼬르륵대는 커피메이커 소리에 정신을 뺏기고 말았다. 저녁시간이 끝날 때까지 커피메이커가 계속 저러고 있다가는 물이 다 졸아 버릴 것 같다.

"커피나 한 잔씩 하면서 얘기할까요?"

칼이 물었다. 대답을 기대한 것은 아니다. 모카커피 한 잔이면 제대로 먹지 못 하고 지낸 지난 수백 시간을 보상해 주지 않을까 싶기도 했다.

예페셴이 자기는 됐다는 손짓을 했다.

"키미는 사악한 여자였습니까?"

칼이 커피를 따라서 들이붓다시피 하며 물었다.

대답은 들리지 않았다.

커피 잔을 입에 대고, 한때 컬럼비아 커피 농장의 들판을 달구던 태양의 향기를 코로 음미하며 돌아서는 순간, 칼은 클라우스 예페셴의 의자가 비어 있는 것을 보았다.

두 사람의 만남은 이렇게 끝났다.

29

키미는 천문관에서 보드로프스바이까지 열 가지 다른 방법으로 호수 주변을 따라 걸어갔다. 가멜 콩에바이와 보드로스프바이에서부터 호수까지 계단과 길을 오르내렸고, 사내들이 진을 치고 있을 버스 정류장에 가까워지지 않도록 하면서 테아테르파사겐을 가로지르며 왔다 갔다 했다.

가끔씩 키미는 천문관 테라스에서 유리창을 등지고 앉아 호수 분수대에서 펼쳐지는 현란한 빛의 공연을 바라보기도 했다. 키미 뒤에서 누군가가 그 장면을 보며 탄성을 내질렀지만, 키미는 그 장면을 보며 이보다 더 무심할 수가 없었다. 저런 것에는 신경 끄고 산 지 이미 오래다. 지금 키미가 원하는 것은 티네에게 그런 짓을 한 놈이 누군지 알아내는 것밖에 없었다. 자기를 쫓는 놈들이 어떤 놈인지, 그 인간들을 위해 일하는 놈들이 어떤 놈인지 감을 잡아야 한다.

키미는 그놈들이 반드시 되돌아올 거라고 확신했다. 티네가 두려워했던 것도 바로 그것이었고, 역시 키미가 옳았다. 키미를 잡고 싶어 한다면 놈들이 그렇게 순순히 포기하고 물러날 리가 없다.

그리고 티네가 그 연결고리였다. 하지만 이제 티네는 없다.

집이 수류탄에 날아가던 순간 키미는 재빨리 빠져나왔다. 키미가 수영장 앞을 서둘러 지나가는 것을 아이 둘 정도가 목격했을지도 모르겠다. 하지만 상관없다. 크베그토르브스가데에 있는 한 건물 뒤편에서 키미는 코트를 벗어 여행 가방 안에 쑤셔 넣고 스웨이드 재킷으로 갈아입은 후 머리에는 검정 스카프를 둘렀다.

십 분 뒤 키미는 콜비외른센스가데에 있는 안스가르 호텔의 조명 밝은 프런트 앞에서 몇 년 전에 훔친 여행 가방에서 찾아낸 포르투갈 여권을 내보이고 있었다. 사진이 자기 얼굴과 백 퍼센트 똑같은 것은 아니지만 6년이나 지난 사진이다. 그 시간이면 누구든 얼굴이 조금씩은 변하지 않겠나?

"영어 좀 하십니까, 테세이라 부인?"

포터가 친절하게 물었다. 그 후로 나머지는 그냥 형식적이었다.

약 한 시간가량 키미는 호텔 뜰에 있는 가스난방기 아래에 앉아 술을 몇 잔 마셨다. 호텔 직원들은 키미의 그런 모습을 머리에 담게 될 것이다.

그 후에는 권총을 머리맡 베개 밑에 두고 머릿속에는 부들부들 떨고 있는 티네의 모습을 담고서 거의 스무 시간을 내리 잤다.

그러고 나서 키미는 천문관으로 걸어가 여덟 시간 동안 기다린 끝에 그녀가 찾던 것을 발견했다.

마른 남자였다. 수척하다는 표현이 어울릴 것 같다. 그 남자의 시선이 5층 티네의 유리창과 테아테르파사겐으로 나 있는 출입문 사이를 오갔다.

"평생을 기다려 봐라. 내가 나타나나, 이 빌어먹을 놈아."

가멜 콩에바이의 천문관 정면 벤치에 앉아 키미는 중얼거렸다.

밤 11시쯤이 되자 그 남자는 감시업무에서 해방됐다. 그와 교대하러 오는 사람이 계급이 낮은 게 분명했다. 그 남자에게 다가서는 꼬락서니를 보면 알 수 있다. 밥그릇을 향해 다가가기 전에 먼저 주변으로 코를 킁킁거리며 눈치를 보는 개 같은 모습이다.

그럼 오늘 토요일 밤 근무를 서는 놈은 첫 번째 남자가 아니라 저놈이군. 그럼 지금 자리를 뜨는 사내를 쫓아가야 한다.

키미는 안전하게 거리를 두고 마른 남자를 쫓아가, 버스 문이 닫히려는 순간에 버스를 따라잡았다.

얼핏 보니 남자의 얼굴은 완전히 엉망이었다. 아랫입술은 찢어지고, 한쪽 눈썹 위에는 바늘로 꿰맨 상처가 있었고, 귀에서 목까지 머리 선을 따라 멍이 들어 있었다. 마치 헤나(적갈색 염료―옮긴이)로 머리를 염색하고 제대로 헹구지 않은 듯한 모습이었다.

키미가 버스에 올랐을 때 남자는 창밖을 바라보고 있었다. 마지막 순간까지 혹시나 목표물이 눈에 띄지 않을까 기대하며 마냥 좌석에 앉아서 인도를 노려보고 있었다. 버스가 페테르 방스바이에 도착하고 나서야 남자는 긴장을 풀기 시작했다.

'이제 일도 끝났고 한가한데 집에서 기다려 주는 사람이 없나보군.'

키미는 생각했다. 그의 태도를 보면 분명하게 알 수 있었다. 그 남자는 그냥 무심했다. 누군가 그를 기다리는 사람이 있다면, 딸이나 강아지, 혹은 여자 친구와 손잡고 서로의 한숨소리나 웃음소리에 귀 기울일 수 있는 따뜻한 거실이 기다리고 있었다면 남자는 호흡이 더 깊고 자유로웠을 것이다. 그런데 그렇지 않았다. 남자는 자신의 영혼과 뱃속에 꼬인 매듭을 차마 숨기지 못 했다. 그 남자의 집에서는 아무도 그를 기다리지 않는다. 서두를 이유가 없다.

키미가 그 기분을 모를까.

남자는 담후스 호텔에서 내렸다. 그는 저녁의 유흥 프로그램에 대해서 아무것도 묻지 않았다. 그는 너무 늦었고, 그도 그 사실을 이미 알고 있는 것 같았다. 객실 손님 대부분은 벌써 짝을 지어 하룻밤의 섹스를 위해 채비를 차리고 나갔다. 그래서 남자는 코트를 걸어 놓고 널찍한 바로 걸어 나왔다. 큰 기대는 없는 것 같다. 하긴 지금 그 꼴로 어디 감히 여자를 넘볼까? 그는 맥주를 시키고 바에 앉아 혹시나 여자가 있을까 해서 탁자에 앉은 사람들을 쳐다보았다. 눈만 맞을 여자라면 아무나 상관없었다.

키미는 머리 스카프와 스웨이드 재킷을 벗어 휴대품 보관소 직원에게 넘기며 핸드백을 잘 지키라고 했다. 그런 다음 그녀는 안으로 미끄러지듯 들어갔다. 쭉 펴진 그녀의 어깨에는 자신감이 넘쳤고, 그녀의 가슴은 그나마 아직 정신을 집중할 여력이 남은 덜 취한 사람들에게 부드럽게 추파를 던졌다. 무대 위에서는 삼류 밴드가 시끄럽게 음악을 울리고 있고, 댄서들이 조심스럽게 사람들의 몸을 더듬고 있었다. 유리관으로 만든 수정 같은 지붕 아래서 춤을 추는 사람들 중에 자기만의 특별한 누군가를 만난 사람은 없는 듯했다.

키미는 자기에게 집중된 사람들의 시선과 탁자와 바의 의자들 사이로 이미 번지기 시작한 긴장감을 느꼈다.

키미는 그 안에 있는 여자들 중에서 자기가 화장을 제일 옅게 했다는 것을 깨달았다.

'저놈이 나를 알아보려나?'

키미는 궁금했다. 그녀의 시선이 애원하듯 바라보는 사내들의 시선들을 지나 천천히 움직이다가 그 마른 사내에게 닿았다. 저기 있군. 다른 사내들과 다를 게 없다. 똬리를 틀고 있다가 살짝만 신호를 줘도 당장 달려들 기세다. 남자는 무심한 척 팔꿈치를 바 위에 걸치며 살짝 고개를 들었다. 그는 전문가다운 눈길로 키미가 누구를 기다리러 나온 것인지, 아니면 공짜 먹잇감을 찾아 나온 것인지 가늠하고 있었다.

탁자들을 반쯤 지나칠 때쯤, 키미가 그를 보고 미소를 흘렸다. 그러자 사내는 깊이 숨을 들이마셨다. 믿을 수가 없군, 이게 웬 떡이냐?

2분이 채 지나지 않아 키미는 몸이 단 그 땀투성이 사내와 함께 플로어에 나가 남들처럼 리듬에 맞추어 몸을 흔들고 있었다.

마른 사내는 키미의 눈빛을 눈치챘다. 그리고 이미 그녀가 자기를 선택했다는 것도. 사내는 어깨를 펴고 넥타이를 매만지며, 두들겨 맞은 삐쩍 마른 얼굴이 담배 연기 자욱한 조명 아래서 그나마 최대한 매력적으로 보이게 하려고 애썼다.

사내는 춤을 추다 키미에게 다가와 팔을 잡았다. 그리고 조금 서투르게 키미의 허리를 끌어안으며 몸을 밀착시켰다. 손이 서툴다. 키미는 느낄 수 있었다. 사내의 심장이 키미의 어깨에서 망치질하듯 두근거리고 있었다. 그는 미끼를 쉽게 물었다.

"여기가 내 방이오."

사내가 겸연쩍게 거실 쪽을 향해 고개를 끄덕였다. 거실 창문 밖으로 뢰도우레 전철역 5층 건물과 수많은 주차공간과 도로 등 밋밋한 풍경이 보였다.

사내는 승강기의 연보라색 문 옆 로비에 붙은 이름표를 가리켰다. '핀 올베크'라고 적혀있었다. 그는 곧 허물 건물이긴 하지만 안전하다고 힘주어 말했다. 올베크가 키미의 손을 잡고 5층 통로로 안내했다. 마치 소용돌이치는 강물 위에서 흔들리고 있는 현수교 너머로 그녀를 안전하게 인도하는 기사라도 된 듯한 태도였다. 올베크는 혹시나 자기의 사냥 감이 딴마음을 먹고 달아날까 봐 키미를 바짝 붙들고 있었다. 새로운 자 신감과 기대에 한껏 부풀어 오른 올베크는 이미 머릿속으로는 침대 깊 숙한 곳에서 키미의 몸을 더듬고 있었고, 그의 물건도 빳빳하게 준비를 마치고 있었다.

올베크는 키미에게 원하면 발코니로 나가 풍경을 구경해도 좋다고 말했다. 그리고 자기는 커피 탁자를 치우고, 장식용 라바 램프를 켜고, CD를 튼 다음 진 술병 마개를 땄다.

키미는 문득 이렇게 은밀하게 남자와 단둘이 방안에 있는 게 십 년만 이라는 생각이 들었다.

"이건 왜 이래요?"

키미는 호기심 가득한 손길로 올베크의 얼굴을 만지며 물었다.

그는 처진 눈썹을 추켜올렸다. 분명 거울 앞에서 혼자 열심히 연습했 던 동작이다. 아마도 그게 매력적으로 보일 거라 생각했겠지만, 천만의 말씀이다.

"아, 이거요? 누굴 좀 감시하다가 긴가민가한 두 놈하고 맞붙었죠. 내 가 이 정도였으니 그 두 놈도 멀쩡한 꼴로는 못 나갔지."

올베크가 삐딱하게 웃어 보였다. 심지어 저 미소까지도 상투적이다. 거짓말을 하고 있다.

"하는 일이 뭔데요, 올베크?"

마침내 키미가 물었다.

"나요? 사립 탐정이오."

그가 대답했다. 그의 말투 때문에 '사립 탐정'이라는 말이 천박하고, 꼴사납게 남의 사생활이나 캐고 다닌다는 어감으로 들렸다. 분명 본인 은 무언가 색다르고, 신비롭고, 위험한 존재라는 이미지를 주고 싶었겠지만 그런 느낌은 눈곱만큼도 들지 않았다.

키미는 올베크가 흔드는 술병을 바라보았다. 그리고 목이 조여 오는 느낌을 받았다.

'진정해, 키미. 정신 바짝 차려.'

목소리가 속삭였다.

"진 토닉 한 잔 줘요?"

올베크가 물었다.

키미는 고개를 저었다.

"혹시 위스키는 없나요?"

올베크는 살짝 놀란 것 같았지만 불만은 없었다. 위스키를 마시는 여자치고 까칠한 여자는 못 봤으니까.

"잘 넘기는군. 목은 안 마르오?"

키미가 원샷으로 위스키를 죽 들이키자 올베크가 물었다. 보조를 맞추려고 올베크는 키미에게 위스키를 한 잔 더 따라주고, 자기 잔에도 따랐다.

키미가 잇달아 세 잔을 더 들이킬 즈음, 올베크는 이미 술기운이 오르고 생각은 다른 데 가 있었다.

아랑곳하지 않고 키미는 그가 하는 일에 대해 물었다. 그리고 올베크가 술기운을 참지 못 하고 소파에 앉은 자기에게 더 가까이 다가오는 것을 보았다. 올베크가 꾸민 웃음을 지으며 손가락으로 키미의 허벅지를 더듬었다.

"여자를 찾고 있소. 아주 여러 사람 인생 종치게 만들 수 있는 여자지."

"아, 뭔가 재미있는 얘기가 있을 것 같네요. 산업스파이나 콜걸, 뭐 그런 여잔가요?"

키미는 이렇게 물으며 그의 손을 단호하게 자신의 허벅지 안쪽으로 더 깊숙이 끌어당겼다. 자기도 황홀을 느끼며 그의 손길에 점점 빠져들고 있음을 보여 주려 했다.

"뭐든 조금씩 다 하는 여자지."

키미의 다리를 살짝 벌리며 올베크가 말했다.

키미는 올베크의 입속을 보았다. 저 입으로 키스하려고 들면 당장에 토가 올라오겠군.

"그 여자가 누군데요?"

"그건 사업상의 비밀이지, 예쁜이. 그건 말해 줄 수 없어."

예쁜이? 예쁜이라고? 정말 토 나오겠군.

"대체 어떤 사람들이 그런 일로 당신 같은 사람을 고용해요?"

키미는 허벅지 더 깊숙한 곳으로 기어 올라오는 올베크의 손을 그냥 내버려 두었다. 그의 입김이 술냄새를 풍기며 키미의 목에 뜨겁게 와 닿았다.

"최상류층 사람들이지."

올베크는 마치 그렇게 말하면 여자들 꼬실 때 자기도 덩달아 지위가 올라갈 것처럼 속삭이며 말했다.

"한 잔 더 할까요?"

그의 손가락이 사타구니까지 더듬어 올라오자 키미는 올베크에게 한 잔을 더 권했다.

올베크는 살짝 뒤로 물러나며 부어오른 얼굴 위로 살짝 쓸쓸한 미소를 지었다. 그에게는 분명한 계획이 있었다. 키미는 마시고, 자기는 따라 준다. 키미의 안쪽이 촉촉이 젖어들어 준비를 마칠 때까지.

여자가 술에 취해 정신을 잃고 떡이 되도 상관없다. 여자가 어찌되든 그는 눈곱만큼도 상관할 바가 아니었다.

"오늘은 안 돼요."

키미가 말했다. 올베크의 입가가 찡그린 눈썹과 평행하게 처져 내려갔다.

"나 지금 생리 중이에요. 다른 날에 해요. 괜찮죠?"

물론 거짓말이다. 하지만 키미의 마음 깊은 구석에서는 이 말이 정말 사실이기를 바랬다. 키미가 마지막으로 생리를 한 지 11년이 지났다. 지금은 그저 생리통만 남아 있다. 그리고 이것은 생리학적으로 일어나는 현상이 아니었다. 분노와 깨진 꿈으로 채워진 기나긴 세월이 만들어낸 현상이었다.

키미는 유산을 하면서 거의 죽을 뻔했다. 그리고 지금은 불임이다.

그것이 키미의 현실이었다.

그렇지 않았다면 상황은 지금과 아주 달라졌을지도 모른다.

키미는 상처가 난 그의 눈썹을 집게손가락으로 조심스럽게 쓰다듬었지만 그의 억울하고 분한 마음을 가라앉히지는 못 했다.

키미는 올베크가 무슨 생각을 하는지 뻔히 보였다. 엉뚱한 년을 물고 왔군. 그냥 넘어갈 수는 없다. 아니, 생리하는 년이 기분 잡치게 홀아비 방에는 왜 따라왔어?

키미는 올베크의 표정이 굳어지는 것을 보았다. 그러자 키미는 핸드백을 자기 쪽으로 끌어당겨 일어선 후에 발코니 유리창으로 걸어가 계단식 주택들과 저 멀리 높이 솟아오른 삭막한 고층빌딩이 보이는 음울하고 황량한 풍경을 바라보았다. 불은 거의 다 꺼져 있었고, 블록 조금 위쪽으로 가로등의 차가운 조명만이 거리를 밝히고 있었다.

"티네를 죽인 게 너지?"

핸드백 속으로 손을 집어넣으며 키미가 부드럽게 말했다.

그가 소파에서 벌떡 일어나는 소리가 들렸다. 이제 곧 그가 키미에게 달려들 것이다. 올베크는 정신이 몽롱한 상태였지만 내면 깊숙한 곳에서 자기보호본능이 솟구쳐 올랐다.

키미는 몸을 틀며 소음기가 달린 권총을 꺼냈다.

올베크는 탁자를 돌아 나오려다 권총을 보고 그 자리에 멈췄다. 명색의 전문가라는 놈이 이런 망신이 있나. 자기 스스로에게 놀랐다. 키미는 그 모습을 보며 재미있어 했다. 키미는 이렇게 고요함 속에서 뒤섞인 충격이 좋았다.

"이건 아니지."

키미가 말했다.

"이런 멍청한 짓이 어디 있어? 누군지도 모르고 감히 나를 집안으로 끌어들여?"

올베크는 고개를 살짝 숙이며 키미의 얼굴을 자세히 살폈다. 분명 그가 머릿속에 그리고 있던 노숙자 여자의 황폐한 얼굴에 이런저런 이미지들을 덧대어보고 있으리라. 그는 혼란에 휩싸인 채 자기의 기억 속을 뒤지고 있었다. 내가 어떻게 저런 년 따위를! 어떻게 바보같이 옷만 보고 저 거지년을 매력적이라 생각했을까?

'어서, 키미.'

목소리들이 속삭였다.

'어서 처치해. 그들의 종에 불과한 놈이잖아! 지금 처치해 버려.'

"너만 아니었으면 내 친구 티네도 지금 살아 있었을 거야."

이제 뱃속에 들어간 술이 속을 뒤집는 게 느껴졌다. 키미는 술병을 바라보았다. 반병이 남았다. 한 잔만 더 마시면 이 성가신 목소리나 뱃속의 불도 가라앉을 텐데.

"난 아무도 안 죽였어."

올베크가 말했다. 그의 눈동자는 방아쇠를 잡은 키미의 손가락과 잠금장치 사이를 오가고 있었다. 키미가 뭐라도 하나 깜빡한 것은 없는지

실낱같은 희망이라도 찾아보려는 것이다.

"구석에 몰린 쥐새끼가 된 기분이지?"

키미가 물었다. 괜한 질문이었지만 올베크는 대답하지 않았다. 올베크는 인정하고 싶지 않았다. 하긴 누가 그것을 인정하고 싶을까?

티네를 두들겨 팬 사람은 올베크였다. 티네를 위험에 빠뜨린 것도 올베크였다. 티네를 키미에게 위험한 존재로 만든 것도 올베크였다. 그렇다. 어쩌면 키미는 위험한 무기 같은 존재일지 모르지만, 키미를 그 길로 이끈 손은 바로 올베크였다. 그것이 그들이 죗값을 치러야 할 이유다.

올베크, 그리고 올베크에게 이것을 명령한 놈들.

"디틀레우, 울릭, 토르스텐이 네 뒤를 봐주는 거 다 알아."

키미가 말했다. 술병이 가까이 있고, 그 속에 키미를 달래줄 술이 들어 있다는 사실이 자꾸만 키미를 유혹했다.

'하지 마!'

한 목소리가 말렸지만, 키미는 듣지 않았다. 키미가 술병으로 손을 뻗는 순간, 올베크의 몸뚱이가 허공에 어른거리더니, 주먹이 날아들고, 결국 키미는 올베크의 손에 붙잡히고 말았다.

올베크는 분노에 싸여 키미를 바닥에 거칠게 내동댕이쳤다.

"잘빠진 몸뚱이 하나 믿고 남자를 함부로 놀려? 그걸로 넌 평생의 적을 만든 거야."

키미도 익히 알고 있다. 맞는 말이었다. 이제 키미는 저 굶주린 눈길에 대해, 그리고 키미를 방으로 데리고 오려고 비위를 맞추며 굽실거리게 만들었던 것에 대해, 그리고 그를 위험한 처지에 노출시키고 나약하게 보이게 만들었던 것에 대해 대가를 치러야 할 것이다.

올베크가 키미를 방열기 쪽으로 다시 내동댕이쳤다. 키미가 머리를 방열기 코일에 세게 부딪혔다. 올베크가 바닥에 서 있던 커다란 목재 조각상을 쥐더니 키미의 엉덩이를 후려쳤다. 그리고 키미의 어깨를 움켜쥐고 몸통을 짓누르며 권총을 쥔 손을 등 뒤로 비틀었다. 하지만 키미는 권총을 놓지 않았다.

세게 움켜쥔 올베크의 손가락이 키미의 팔을 파고들었다. 예전에도 당할 만큼 당해 본 키미다. 이 정도 고통으로는 소리 지르지 않는다.

"이년이 어디 감히 나를 속여? 어디 감히 나한테 사기를 쳐?"

올베크는 이렇게 말하며 키미의 허리에 주먹을 날렸다. 그러고 나서야 키미의 손에서 권총을 빼앗아 구석으로 내던질 수 있었다. 그는 한 손을 키미의 옷 속으로 밀어 넣어 팬티스타킹을 찢고, 속옷을 한쪽으로 밀어냈다.

"이 빌어먹을 년, 생리도 아니잖아!"

그가 소리쳤다. 그는 키미를 세게 움켜쥐어 뒤집어 눕히더니 얼굴에 주먹을 날렸다.

두 사람이 서로의 얼굴을 똑바로 처다보고 있는 가운데 올베크는 키미를 이곳저곳 가리지 않고 난타했다. 닳고 닳은 폴리에스터 바지를 입은 마른 근육질의 넓적다리가 키미의 가슴 위에 올라탔다. 주먹을 날리는 그의 팔뚝에 혈관이 불뚝 솟아올랐다.

올베크는 키미의 방어가 무뎌지고 저항도 밋밋해질 때까지 키미를 때리고 또 때렸다.

"이제 포기했냐, 이년아?"

올베크가 다시 형벌을 이어갈 준비가 된 주먹을 키미 얼굴 앞에서 움켜쥐며 소리질렀다.

"아니면 네 그 약쟁이 친구처럼 너도 여기서 끝장내 줄까?"

포기? 포기라고 했어?

내 숨이 붙어있는 한 나에게 포기란 건 없어.

그건 세상 누구보다 내가 잘 알아.

키미를 제일 잘 아는 사람은 크리스티안이었다. 키미가 흥분에 휩싸일 때, 뱃속에서 시작된 욕망의 전율이 온몸의 세포들로 퍼지고, 마치 온몸이 붕 떠오르는 것 같이 느껴질 때, 그것을 제일 먼저 알아채는 사람은 바로 그였다. 그리고 불을 꺼 놓고 함께 앉아 〈태엽시계 오렌지〉를 볼 때 크리스티안은 키미에게 그 욕망이 어디로 이어질 수 있는지 보여 주었다.

크리스티안은 경험이 많은 남자였다. 그는 전에도 다른 여자들을 시험해 본 적이 있었다. 그는 여자들의 생각 깊숙한 곳까지 파고드는 암호들을 모두 알고 있었고, 여자들의 정조대 열쇠를 어느 쪽으로 돌려야 하는지 알고 있었다. 그리고 결국 어느 날 문득 키미는 패거리들의 한가운데 앉아 있었다. 무시무시한 장면들이 텔레비전 화면에 지나가는 가운데, 그 깜박이는 불빛에 비친 키미의 알몸을 패거리들이 음탕한 눈빛으로 지켜보고 있었다. 크리스티안은 키미와 다른 패거리들에게 여러 방향에서 동시에 쾌락을 얻는 방법을 보여 주었다. 그리고 폭력과 욕정은 늘 함께 따라다닌 것도 보여 주었다.

크리스티안이 아니었다면 키미는 자기 몸을 유혹의 미끼로 사용하는 법을 결코 배우지 못 했을 것이다. 오로지 사냥의 목적만을 위해서 말이다. 하지만 크리스티안이 미처 예상하지 못 한 것이 있었다. 키미는 생애 처음으로 자기 주변의 일들을 통제하는 법을 함께 배웠다. 처음부터 배운 것은 아닐지 모르지만 나중에는 점차 확실하게 배워 갔다.

그리고 스위스에서 집으로 돌아왔을 때, 그녀는 이 기술을 완벽하게 가다듬었다.

키미는 사내를 가리지 않았다. 그들을 파괴하고는 헤어졌다. 이것이 그녀가 밤을 보내는 방식이었다.

낮 동안에는 모든 것이 판에 박힌 일상이었다. 얼음처럼 냉담한 계모, 노틸러스 트레이딩에서 하는 동물 관련 일들, 고객들과의 접촉, 그리고 패거리와 함께 하는 주말, 그리고 이따금씩 폭행.

그러다가 비아르네가 다가왔고, 그는 키미에게 새로운 느낌을 일깨웠다. 비아르네는 키미에게 그녀가 지금보다 더 존중받아야 할 존재라고 말했다. 그녀가 가치 있는 사람이고, 자신과 타인의 마음을 풍요롭게 만들 수 있는 사람이라고 했다. 지난날의 행동은 그녀의 잘못이 아니며, 그녀의 아버지는 더러운 인간이고, 크리스티안을 경계해야 한다고 했다. 그리고 과거는 이제 죽었다고 했다.

올베크는 키미가 체념한 것을 눈치채고 바로 서투르게 바지를 내리기 시작했다. 키미는 올베크를 보며 잠깐 미소를 지었다. 올베크는 키미가 이런 방식의 섹스를 좋아해서 웃는 줄 알았을 것이다. 이제 보니 이모든 것이 저년의 계획대로 일어난 것이었군. 키미는 생각했던 것보다더 복잡한 방식의 섹스를 즐기는 여자였던 것이다. 이렇게 두들겨 맞는 것도 다 섹스를 위한 의식에 불과했어.

하지만 그것은 오해였다. 키미가 미소를 지은 이유는 올베크를 자기뜻대로 휘두를 수 있음을 알았기 때문이다. 올베크가 바지를 내려 물건을 꺼내자 키미가 웃었다. 허벅지에 그의 물건이 닿고, 물건이 아직 충분히 딱딱해지지 않은 것을 느끼고 키미가 웃었다.

"잠깐만 그대로 있어. 금방 딱딱해질 거야."

키미가 올베크의 눈을 바라보며 속삭였다.

"그 권총, 장난감이야. 그냥 겁 좀 주려고 했어. 어차피 알고 있었잖아, 안 그래?"

키미는 입술을 살짝 벌려 더 도톰해 보이게 만들었다.

"자기 나 좋아하게 될 거야."

키미가 올베크의 몸에 자기 몸을 비비며 말했다.

"아무래도 그럴 것 같군."

키미의 가슴골을 깊숙이 바라보며 올베크가 말했다.

"자기 정말 강해. 멋진 남자야."

키미가 어깨로 다정하게 올베크의 몸을 파고들었다. 키미를 죄고 있던 올베크의 다리에 긴장이 풀리자 키미가 팔을 빼서 올베크의 손을 자기 다리 사이로 가져갔다. 이것으로 올베크는 몸에서 완전히 긴장이 풀렸고, 키미는 나머지 한 손으로 올베크의 물건을 움켜쥘 수 있었다.

"지금 이 일은 디틀레우나 다른 사람들한테 말 안 할 거지?"

키미가 이렇게 말하며 올베크의 몸에 불을 붙였다. 올베크가 숨을 헐떡거리기 시작했다.

올베크가 디틀레우에게 죽는 일이 있어도 보고하지 않을 일이 하나 있다면, 바로 이것이다.

어느 누구도 감히 그들이 싫어할 일을 하지는 않는다. 올베크도 그 정도는 알고 있었다.

키미와 비아르네가 반년 정도 같이 살았을 무렵, 크리스티안은 더 이상 참고 보고만 있을 수가 없었다.

키미가 그것을 알아차린 것은 크리스티안이 패거리를 다시 폭행으로 끌어들였을 때였다. 그날의 폭행은 평소와 아주 다르게 전개됐다. 크리스티안은 멤버들에 대한 통제력을 상실한 상태였고, 그것을 다시 회복하려는 과정에서 나머지 패거리들이 키미에게 등을 돌리게 만들었다.

이렇게 해서 디틀레우, 크리스티안, 토르스텐, 울릭, 비아르네, 이들이 모두 하나로 똘똘 뭉쳤다.

그녀 위에 올라 탄 올베크가 더 이상 참지 못 하고 억지로 그녀를 취하려는 순간, 키미는 이 모든 것을 너무 생생하게 기억해 냈다.

키미는 이 기억을 증오하면서도 동시에 사랑했다. 증오처럼 그녀를 강하게 만드는 것은 없기 때문이다. 복수심만큼 그녀를 불타오르게 만드는 것은 없기 때문이다.

키미는 있는 힘을 다해 비틀거리며 뒤로 물러나, 벽에 대고 몸을 반쯤 일으켜 세웠다. 올베크가 그녀를 때릴 때 썼던 딱딱한 목재 조각상이 그녀 밑에 놓여 있었다. 키미가 다시 한 번 올베크의 반쯤 딱딱해진 물건을 움켜쥐었다. 그를 주저하게 만들기에는 충분했다. 키미는 올베크의 입에서 헉 소리가 나올 정도로 황홀하게 만들어 놓았다.

그리고 드디어 올베크가 키미의 허벅지에 올라탔을 때, 그는 숨이 막히는 줄 알았다. 올베크는 오늘밤 너무 여러 번 깜짝 놀랐다. 그는 남자로서의 호시절은 이미 넘긴 사내였고, 언젠가부터 혼자 하는 자위와 여자의 손길이 다르다는 것마저 잊어버리고 살아왔다. 하지만 지금 이 순간 그는 완전히 정신을 놓았다. 피부는 땀으로 뒤범벅이 되었지만, 바짝 마른 두 눈은 초점을 잃은 채 멍하니 천정 위 한 점을 바라보고 있었다. 하지만 천정을 아무리 보고 있어도, 키미가 어떻게 그에게서 빠져나가 아직도 고동치고 있는 자기의 사타구니에 직접 권총을 겨눈 채 다리를 벌리고 누워 있는지는 알 수 없는 노릇이었다.

"그 느낌 몸속에 잘 간직해 둬. 그게 마지막이니까, 이 개자식아."

키미가 이렇게 말하며 일어섰다. 다리에 묻은 정액이 질질 흘러내렸다. 키미의 마음은 경멸로 가득했고, 더럽혀졌다는 찝찝한 느낌이 쉽게 가시질 않았다.

그녀가 가장 믿었던 사람들이 그녀를 실망시켰을 때의 느낌이 이랬다.

행실이 바르지 않다며 아빠가 두들겨 패던 때의 느낌, 키미가 누군가에 대해 들떠서 얘기를 꺼내기만 하면 깜짝 놀랄 정도로 얼굴 표정이 싹바뀌며 뺨을 모질게 때리던 계모의 느낌, 떡이 되도록 술을 마신 채 어느 방향으로 주먹을 날려야 할지, 왜 때려려 하는지도 모른 채 손톱을 세우던 엄마의 느낌. 엄마는 '체면', '망신', '예의' 같은 말을 입에 달고 살았다. 키미는 이런 말들의 실제 의미를 이해하기 전에 그 단어가 중요하다는 것부터 먼저 깨달았다.

그리고 크리스티안과 토르스텐, 그리고 다른 패거리들이 그녀에게 한 짓이 주는 느낌이 그랬다. 그녀가 그토록 믿었던 그들이다.

그렇다. 키미는 더럽혀지는 느낌이 무언지 알았다. 그리고 그런 느낌을 오히려 갈망했다. 키미는 이제 그런 느낌 없이는 삶을 지탱할 수 없었다. 이런 느낌이야말로 그녀가 앞으로 나가는 방식이었고, 그녀가 행동에 나설 수 있게 해 주는 힘의 원천이었다.

"일어나."

키미가 발코니 문을 열면서 말했다.

조용하고 습한 저녁이었다. 길 건너 계단식 주택에서 외국어로 커다란 목소리들이 흘러나오고 있었다. 그 소리가 콘크리트 풍경 속에서 메아리처럼 울려 퍼졌다.

"일어나라니까."

키미는 올베크의 부은 얼굴 위로 번지는 미소를 지켜보며 권총을 흔들었다.

"그거 장난감이잖아?"

이렇게 묻고서 올베크는 바지 지퍼를 올리며 천천히 키미에게 다가섰다.

키미는 바닥에 누워 있는 조각상을 향해 총을 한 발 쏘았다. 총알이 나무에 날아가 박히면서도 어쩌나 조용한지 정말 놀라웠다.

놀라기는 올베크도 마찬가지였다.

올베크가 깜짝 놀라 뒷걸음질 쳤다. 하지만 키미가 다시 권총을 흔들었다. 이번에는 발코니 쪽이다.

"어쩌라고?"

발코니로 나오자 올베크가 물었다. 아까도 심각했지만, 지금은 심각함의 정도가 달랐다. 그는 난간을 꽉 붙들었다.

키미는 난간 너머로 아래를 내려다보았다. 짙은 어둠이 무엇이든 집어삼키는 심연처럼 입을 벌리고 있었다. 올베크도 그 의미를 알았다. 그는 몸을 떨기 시작했다.

"다 불어봐."

키미가 벽에 드리운 그늘로 몸을 숨기며 말했다.

올베크는 키미가 시키는 대로 고분고분 다 말했다. 말은 느렸지만, 순서는 제대로였다. 전문가답게 시간 순서대로 깔끔하게 정리되어 나왔다. 이 지경까지 왔는데 숨길 게 무엇인가? 결국 이 일도 다 먹고 살자고 한 일이었는데. 지금은 여기에 너무도 큰 것이 달려 있었다.

올베크가 목숨을 부지하겠다고 말을 잇는 동안 키미는 그녀의 오랜 친구들을 머릿속에 그려 보았다. 디틀레우, 토르스텐, 그리고 울릭. 권력자는 인간의 무기력, 그리고 심지어 자기 자신의 무기력 위에 군림한다는 말이 있지. 역사는 그것을 여러 번에 걸쳐 증명해 보였다.

자기 앞에선 사내가 이제 더 이상 할 말이 없어지자 키미는 냉정하게 말했다.

"두 가지 중에 맘에 드는 걸로 골라. 뛰어내리든가, 아니면 이 총을 한 방 맞든가. 여기는 5층이니까 뛰어내리면 살아남을 가능성도 꽤 있지. 알다시피 저기 아래는 덤불이 많잖아. 덤불을 괜히 건물에 바짝 붙여서 심어 놨겠어?"

올베크는 고개를 저었다. 세상에서 절대로 찾아오지 말아야 할 순간이 있다면, 바로 지금이다. 그는 살면서 볼꼴 못 볼꼴 다 보며 살아왔다. 하지만 이런 순간은 한 번도 없었다.

그가 딱한 미소를 지어 보였다.

"저기 아래는 덤불이 없는데. 그냥 콘크리트하고 잔디밭밖에 없다고."

"그래서 뭐? 나한테 자비를 베풀라고? 그러는 너는? 너는 티네한테 눈곱만큼이라도 자비를 베풀었어?"

올베크는 대답하지 못 했다. 그저 이마를 한가득 찡그리고 말없이 서서 키미의 말이 진심은 아닐 거라고 스스로를 안심시키는 일밖에 할 수 없었다. 어쨌거나 우리는 방금 사랑을 나누었던 사이가 아닌가. 사랑이 아니면 그 비슷한 것이었다 하더라도.

"빨리 뛰어내려. 아니면 가랑이 사이로 총알 한 방 박아 줄 테니까. 장담하는데 그거 맞고 살아남긴 힘들지."

올베크는 한 발 더 난간으로 다가서며, 키미가 자기한테 총을 겨누고 방아쇠에 손가락을 얹는 모습을 겁에 질린 시선으로 쫓았다.

올베크의 핏속을 휘젓는 알코올 기운이 없었더라면 이 일은 아마도 총알 한 발로 마무리되었을 것이다. 대신 그는 난간 너머로 뛰어내리는 척하며 난간에 매달렸다. 여차하면 아래층 발코니로 뛰어내리는 데 성공했을지도 모를 일이었지만, 키미가 권총 손잡이로 그의 손가락 마디들을 내리치는 바람에 그 시도는 물거품이 되고 말았다.

그가 땅바닥에 떨어지는 둔탁한 소리가 들렸다. 비명 소리는 없었다.

키미는 발코니 문을 향해 돌아서서 카펫 위에 누워 씩 웃고 있는 부서진 목재 조각상을 잠깐 동안 바라보았다. 키미는 자기도 미소로 화답

422

해 주고 난 후에 허리를 숙여 탄피를 주워 가방에 담았다.

키미는 한 시간 정도 꼼꼼하게 유리, 병, 그리고 다른 모든 것들을 치우고서 문을 쾅 닫고 나왔다. 만족이 밀려들었다. 목재 조각상은 허리에 멋지게 마른행주를 두른 채 방열기에 기대어 말없이 서 있었다.

마치 다음 손님을 받을 준비가 된 요리사처럼.

30

거실에서 천둥 같은 굉음 소리가 우르릉거리며 올라왔다. 마치 이 세상 모든 코끼리들이 한꺼번에 다 달려들어 칼의 거실 가구들을 씹어 대는 것 같았다.

'예스페르 이놈, 또 파티를 열었구나.'

칼은 양쪽 관자놀이를 비비며 일어났다. 아무래도 한마디 해 줘야지 안 되겠다.

그가 문을 열자 귀청 떨어지는 소리와 깜박거리는 텔레비전 불빛 속에서 모르텐과 예스페르가 소파 양쪽에 각각 자리 잡고 앉아 있었다.

"뭐야? 어떻게 된 거야?"

칼이 소리쳤다. 거실은 비교적 한가하게 비어 있는 데 사방팔방에서 소리가 날아드니 무슨 일인가 싶었다.

"서라운드예요."

모르텐이 리모컨으로 소리를 조금 줄이며 말했다. 목소리에서 살짝 자부심이 배어났다.

예스페르가 안락의자와 책 선반 뒤쪽에 자리 잡은 스피커들을 빙 둘러보며 가리켰다.

'죽이죠?'

예스페르가 눈빛으로 말했다.

칼 뫼르크 가족에게 있어서 이제 평화란 아득한 먼 옛날의 이야기가 되겠군.

두 사람은 칼에게 미지근한 투보그 맥주를 건네면서 그의 굳은 인상을 풀어 주려는 듯, 그 스테레오는 모르텐의 친구네 부모님이 사용할 수 없게 돼서 선물로 준 것이라고 했다.

'현명하신 분들이군.'

그 순간 칼은 이 둘도 깜짝 놀라게 해 줘야겠다는 생각이 들었다. 너희도 어디 당해 봐라.

"나도 너희한테 알려 줄 게 한 가지 있지. 모르텐! 하르뒤가 그러는데 자네가 여기서 자기를 좀 돌봐 달라더군. 이 집에서 말이지. 물론 간호비용은 따로 낼 거고. 그럼 하르뒤의 침대는 저기 근사한 베이스 스피커가 놓여 있는 곳에 들어오겠군. 베이스 스피커야 아무 때나 침대 뒤로 옮기면 될 것이고. 그 자리에는 하르뒤의 소변 주머니가 들어가야 하니까."

칼은 저 둔해빠진 머리들이 이 말을 이해했을 때 튀어나올 반응을 기대하며 미지근한 맥주를 홀짝거렸다.

"돈을 준다고요?"

모르텐이 말했다.

"하르뒤 아저씨가 여기 산다고요?"

예스페르가 입술을 뿌루퉁 내밀며 말했다.

"뭐, 그러든지요. 저는 상관없어요. 저는 최대한 빨리 가멜 암트스바이에 하숙집을 구해 보고, 안 되겠다 싶으면 엄마한테 들어가면 되죠, 뭐."

말은 저렇게 해도 그 꼴을 이 두 눈으로 직접 보기 전에는 믿을 수 없다.

"하르뒤 씨가 얼마나 줄까요?"

모르텐이 계속 물었다.

칼의 머리가 다시 지끈거리기 시작한다. 아, 싫다. 정말 싫다.

두 시간 반 후에 칼은 다시 잠에서 깨 라디오에 달린 시계를 보았다.

SUNDAY 01:39:09

그의 머릿속은 자수정과 은으로 만들어진 귀걸이와 퀼레 바세트, 카레 브루노, 클라우스 예페센 같은 이름들로 가득 차 있었다.

예스페르의 방에서는 갱스터 래퍼의 '뉴욕'이 다시 부활했고, 칼은 돌연변이 인플루엔자 바이러스를 한 움큼 들이마신 것 같은 기분이 들었다. 콧속은 바짝 마르고, 눈은 뻑뻑하고, 몸통과 팔다리에는 옴짝달싹 못 할 것 같은 피로감이 몰려들었다.

칼은 한동안 몸을 뒤척이며 그렇게 누워 있다가 마침내 다리를 침대 옆으로 내리고 앉았다. 김이 나는 뜨거운 물로 샤워라도 하면 이 악마 같은 것들을 털어낼 수 있으려나.

그 대신 칼은 라디오를 틀어 놓고 뉴스를 들었다. 또 한 여성이 반쯤 죽도록 얻어맞은 채 쓰레기 컨테이너에서 발견되었다. 이번에는 스토레 쇤데르볼스트레데에서 일어난 일이지만 세세한 부분은 스토레 카니케 스트레데에서 일어난 사건과 똑같다.

거리 이름이 양쪽 모두 두 단어로 되어 있고, 시작은 '스토레'로, 끝은 '스트레데'로 끝난다. 거참 희한한 우연이로군. 칼은 수사반 A의 구역에서 길거리 이름이 그와 비슷한 곳이 또 있는지 떠올려 보았다.

잠에서 깨어 이런 생각들을 하고 있는데 라르스 비외른한테서 전화가 왔다.

"자네 지금 당장 옷 챙겨 입고 여기 뢰도우레로 오는 게 좋겠어."

라르스가 말했다.

칼은 뭐라도 한마디 대놓고 날려 주고 싶었다. 이를 테면 뢰도우레는 우리 관할구역도 아니지 않느냐, 뢰도우레에서 전염병이 발생한 것도 아니지 않느냐고 말이다. 하지만 사설탐정 핀 올베크가 5층 발코니 아래 풀밭에서 죽은 채 발견되었다는 비외른의 말에 칼은 그대로 말문이 막히고 말았다.

"이 친구 얼굴은 멀쩡한데, 키는 10센티미터 넘게 짧아졌어. 틀림없이 두 발이 정통으로 땅에 먼저 닿았나 봐. 척추가 두개골을 절반 정도 뚫고 들어갔어."

비외른이 말했다. 더 이상 머릿속으로 상상해 볼 것도 없었다.

두통에는 도움이 되는 소식이었다. 어쨌거나 두통에 대한 생각 자체를 싹 다 잊어 버렸으니 말이다.

칼은 사람 키의 커다란 낙서들이 그려진 고층빌딩 앞에서 비외른을 찾아냈다. 요란한 데스 메탈 음악이 흘러나오고 있었지만, 그는 전혀 흥이 나 보이지 않았다. 그는 발뷔 바케 서쪽지역이 자신의 구역이 아니라는 사실을 굳이 숨기려 하지도 않았다. 그저 자신의 실수를 만회하려 노력하고 있을 뿐이다.

"라르스, 여기 나와서 뭐해요?"

칼이 아베되레 하우네바이 건너편을 바라보며 말했다. 100미터도 채 떨어지지 않은 그곳에는 이파리를 반쯤 떨군 나무들 뒤로 편평한 건물이 유리창을 반짝이고 있었다. 뢰도우레 고등학교다. 사실상 방금 전까지도 칼이 머물다 나온 건물이다. 학교 동문회 파티가 아직도 진행되고 있었다.

　이상한 기분이 들었다. 몇 시간 전까지만 해도 칼은 바로 저기서 클라우스 예페센과 대화하고 있었다. 그런데 지금 길 반대편 이곳에 올베크가 죽어서 누워 있다. 이게 도대체 무슨 우연의 조화야?

　라르스가 어두운 표정으로 칼을 바라보았다.

　"우리 경찰 본부에서 아주 신뢰 받고 있는 동료 한 사람이 최근에 이 사망자를 폭행한 혐의로 고발 당한 것 기억하겠지? 그래, 자네 얘기야. 그래서 마르쿠스 반장님하고 내 생각으로는 여기 직접 와서 무슨 일인지 확인해 봐야겠다 싶더군. 어쩌면 그것은 자네가 설명해 줄 수 있을 것도 같은데?"

　안 그래도 춥고 으스스한 9월 새벽에 말하는 꼬락서니하고는.

　"그러게 제가 이 인간한테 미행을 붙이자고 하지 않았습니까? 그랬으면 무슨 일인지 다 나오는 건데. 제 말이 틀렸어요?"

　칼은 이렇게 투덜거리며 10미터 옆 잔디밭에 떨어져 박힌 저 몸뚱이에 대체 무슨 일이 일어났던 것인지 해독하려 애썼다.

　"시체는 저기 있는 애들이 발견했어."

　라르스가 말했다. 그가 어린이집을 둘러싸고 있는 울타리를 가리킨 다음에 다시 줄무늬 운동복을 입고 있는 이민자 소년들과 착 달라붙는 청바지를 입은 창백한 덴마크 소녀들이 뒤섞인 무리를 가리켰다. 보아하니 모두가 이 상황을 재미있어 하는 것 같지는 않았다.

　"저 애들 할 일이 없어서 어린이집 운동장이나 유치원 같은 데서 빈둥거리고 있을 생각이었나 봐. 그런데 이 일 때문에 초를 친 거지."

　"언제 일어난 일입니까?"

　칼은 검시관에게 물었다. 검시관은 이미 장비들을 챙겨 떠날 준비를 하고 있었다.

"오늘 밤 날씨가 꽤 춥긴 하지만, 이 시신은 건물이 바람을 막아 주는 곳에 누워 있었어요. 그럼 한 시간에서 한 시간 반쯤 전에 일어난 일이라고 추측할 수 있겠네요."

검시관은 따뜻한 이불과 마누라의 엉덩이가 그리운 듯 피곤한 눈빛으로 말했다.

칼은 라르스를 돌아보며 말했다.

"하나 말씀드릴 게 있는데, 제가 어제 저녁에 여기에 있었습니다. 저기 뢰도우레 고등학교에 말입니다. 예전에 키미하고 사귀었다는 사람하고 얘기를 좀 했어요. 하지만 이건 순전히 우연입니다. 그래도 보고서에는 제가 이 부분을 언급했다고 좀 적어 주십시오."

비외른이 가죽 재킷 주머니에서 손을 꺼내 옷깃을 세워 올렸다.

"자네가 여기 있었다고?"

그가 칼의 눈을 똑바로 쳐다보았다.

"칼, 자네 그럼 올베크의 아파트에도 올라갔었어?"

"아니요. 맹세합니다, 안 올라갔어요."

"분명해?"

'아, 제발 좀.'

칼이 생각했다. 두통이 비밀 은신처에 숨어서 쌤통이라며 고소해하는 것이 느껴졌다.

"아, 제발 좀."

이 말밖에 나오지 않았다. 더 나은 얘기가 떠오르지 않는다.

"얼토당토않은 얘기 아닙니까? 라르스 부반장님은 저 아파트에 올라가 봤습니까?"

"사미르가 글로스트러프 경찰서에서 온 사람들을 데리고 지금 올라가 있어."

"사미르요?"

"사미르 가지, 바크의 대체요원이야. 뢰도우레 경찰서에서 여기로 발령 받았어."

'사미르 가지'라. 아사드에게 시럽 듬뿍 넣은 걸쭉한 차를 함께 마실 마음 맞는 친구가 생기려나 보군.

"유서 같은 건 안 나왔습니까?"

아파트로 올라간 칼이 어느 군살 박힌 손을 쥐고 악수를 한 다음에 물었다. 질란드에서 어느 정도 근무한 경찰이라면 그 손이 안톤센 형사의 손이란 것쯤은 바로 알아볼 것이다. 손힘이 어찌나 센지 그와 악수하고 나면 정신이 아찔하다.

"유서? 그런 거 없어요. 분명 누군가 올라와서 저지른 일입니다. 아니면 손에 장을 지져요."

"무슨 말입니까?"

"여긴 지문이 별로 없어요. 발코니로 나가는 손잡이에도 없고. 부엌 찬장 앞 유리에도 없고, 탁자 가장자리에도 없어요. 반면에 발코니 난간에는 지문들이 아주 선명하게 찍혀 있어요. 아마도 올베크의 지문이겠죠. 그런데 이미 뛰어내리기로 맘먹었다면 난간을 왜 그렇게 꽉 움켜쥐고 있었답니까?"

"생각이 바뀐 거 아닌가요? 그런 경우 종종 있잖아요."

안톤센이 낄낄 웃었다. 안톤센은 자기 구역 밖에서 온 형사들을 만나면 늘 저렇게 웃는다. 그에겐 아마도 저것이 겸손의 표현인가 보다.

"난간에 피가 묻어 있습니다. 뭐, 많은 건 아니고, 그냥 조금. 장담하는데, 내려가서 확인해 보면 올베크의 손에 분명 몸싸움으로 생긴 타박상이 있을 겁니다. 뭔가 구린 게 있어요."

안톤센이 범죄 현장 전담반 사람 둘을 시켜서 욕실을 확인하게 하고 쾌활해 보이는 까무잡잡한 사내를 칼과 라르스 앞에 데려왔다.

"제가 아주 아끼는 친굽니다. 최고죠. 그런데 보아하니 그쪽에서 이 친구를 빼 가시는 거 같던데. 어디 제 눈 똑바로 쳐다보면서 한번 말해 봐요. 사람이 염치라는 게 있어야지 이거 너무하는 거 아닙니까?"

"사미르라고 합니다."

그 사내가 자기를 소개하며 라르스에게 손을 내밀었다. 보아하니 두 사람도 처음 보는가 보군.

"제가 이거 하나는 분명히 말씀드리는데, 만약에 여러분이 사미르를 제대로 대하지 않는다면 저한테 험한 꼴 볼 줄 아십쇼."

안톤센이 이렇게 말하며 사미르의 어깨를 지긋이 움켜쥐었다.

"칼 뫼르크라고 합니다."

칼은 이렇게 말하며 안톤센처럼 세게 그와 악수했다.

"맞아, 그분이야."

사미르가 살짝 놀라는 표정을 짓자 안톤센이 고개를 끄덕이며 말했다.

"메레테 륑고르 사건을 해결한 그분이지. 듣자하니 올베크한테 멋지게 몇 방 날려 줬다는 그 사람도 이분이고."

안톤센이 이렇게 말하며 껄껄 웃었다. 보아하니 핀 올베크가 다른 구역에서도 절대 경찰들의 호감을 받는 인물은 아니었나 보다.

"카펫 위에 나무 조각이 있는데, 여기에 떨어진 지 별로 오래된 것 같지 않네요."

범죄 현장 전담반 사람 하나가 발코니 문 앞에 있는 아주 작은 조각들을 가리키며 말했다.

"먼지나 다른 것들보다 위에 올라와 있어요."

그 사람이 하얀 가운을 입고 쪼그려 앉아 가까이 있는 조각들을 살펴보고 있었다. 이 범죄 현장 전담반 사람들, 참 별난 사람들이긴 해도 똑똑하단 말씀이야. 인정할 건 인정해야 한다.

"나무 방망이나 그런 것에서 나온 것일 수도 있나요?"

사미르가 물었다.

칼은 아파트를 빙 둘러보았지만 발코니 문 옆에서 허리에 마른행주를 두르고 서 있는 뚱뚱한 목재 조각상을 빼고는 이상한 것이 보이지 않았다. 하르뒤가 중절모를 쓰고 서 있다면 딱 저 모양이겠다. 저 조각상과 짝을 이루는 또 다른 조각상은 방 한쪽 구석에 처박혀 있었다. 저 행주 두른 조각상처럼 밖에 나와 나대고 있지 않다. 무언가 이상하다.

칼이 허리를 숙여 행주를 벗겨 내고 조각상을 앞쪽으로 살짝 기울여 뒤쪽을 살펴보았다. 옳거니.

"여러분이 직접 오셔서 이거 한번 봐야겠네요. 제가 보기에는 이 조각상 등짝도 호시절은 다 보낸 것 같군요."

사람들이 주위로 모여들어 탄흔의 크기와 떨어져 나간 목재의 크기 등을 측정했다.

"총의 구경은 비교적 작군. 발사체가 반대편으로 뚫고 나오지도 않았어. 아직 안에 박혀 있을 거야."

안톤센이 말했다. 범죄 현장 전담반 사람들이 고개를 끄덕였다.

칼도 동의했다. 아마도 22구경일 듯하다. 하지만 총을 쏜 사람의 의도한 바가 사람을 죽이는 것이었다면, 충분히 치명적인 무기다.

"동네 사람들 중에 총소리나 고함소리 같은 것 들은 사람 없답니까?"

칼이 탄흔의 냄새를 맡아 보며 물었다.

모두들 고개를 저었다.

이상하군. 하지만 이상할 일도 아니다. 이 건물은 상태가 끔찍했고, 대부분의 방이 비어 있었다. 들어와 사는 사람도 몇 사람 되지 않을 것이다. 아마 위아래 층으로는 사람이 살지 않을 것 같고. 허물 날이 얼마 남지 않은 건물이다. 다음 폭풍에 이 흉측한 건물이 그대로 쓰러진다 해도 하나 아까울 것이 없겠다.

"냄새를 맡아 보니 얼마 안 되었군요."

칼은 탄흔에서 얼굴을 떼며 말했다.

"한 2미터 쯤 앞에서 쏜 것 같은데, 어떻소? 오늘 밤에 생긴 흔적으로 보이고."

"맞습니다."

범죄 현장 전담반 사람이 말했다.

칼은 발코니로 걸어가 난간 아래를 내려다보았다. 여기서 떨어지면 끔찍하겠군.

그는 거리 건너편 낮은 건물들 속에서 출렁이는 빛의 바다를 물끄러미 쳐다보았다. 유리창마다 사람들이 얼굴을 디밀고 있었다. 아직 칠흑 같은 이른 새벽인데도 사람들의 호기심을 막을 수는 없나보다.

그때 칼의 핸드폰이 울렸다.

그녀가 자기소개도 없이 다짜고짜 얘기했다. 하긴 그럴 필요도 없었다.

"수사관님, 지금 제가 하는 말 농담 아니니까 잘 들으세요."

로즈가 말했다.

"스벤보르 야간 당직 경찰이 그 귀걸이 사진을 찾아냈어요. 당직 경찰이 그게 어디 있는지 정확하게 알고 있더라고요. 이거 정말 기가 막히지 않아요?"

칼은 손목시계를 쳐다봤다. 이런 이른 시간에 내가 그 소식을 듣고 좋아할 거라고 생각한 네가 더 기가 막히다.

"혹시 주무시고 계셨던 건 아니죠?"

로즈가 물었다. 그리고 대답도 기다리지 않고 말을 이었다.

"저 지금 경찰 본부로 가는 중이에요. 그쪽에서 사진 스캔 떠서 이메일로 보내 준대요."

"날이라도 좀 밝은 다음에 하면 안 되나? 아니면 월요일에 하든가?"

칼의 머리가 다시 지끈대기 시작했다.

"누가 올베크를 난간 밑으로 떨어뜨렸는지 뭐 짚이는 거 없습니까?"

칼이 핸드폰을 닫자 안톤센이 물었다.

칼은 고개를 저었다. 그래, 누굴까? 분명 올베크의 염탐질 때문에 인생이 망가진 사람이겠지. 어쩌면 올베크가 너무 많은 것을 알고 있다고 생각한 사람의 짓일지도 모르고. 하지만 키미와 연관된 누군가의 짓일지도 모른다. 이런저런 생각들이 떠올랐지만 입 밖으로 내뱉을 만큼 근거가 있는 내용은 없었다.

"올베크의 사무실도 확인해 봤습니까?"

칼이 물었다.

"고객 파일, 약속 장부, 자동응답기에 남은 메시지나 이메일 같은 거요."

"거기도 사람을 보내 놓긴 했는데, 우편상자 하나 달랑 있는 낡은 창고 말고는 아무것도 없답니다."

칼은 이마를 찡그리며 주변을 둘러보고는 벽에 기대고 선 책상으로 걸어가 올베크의 명함을 집어 들고 거기 나온 흥신소 전화번호를 눌렀다.

3초도 지나지 않아 바깥 현관에서 전화벨이 울렸다.

"보아하니 올베크의 진짜 사무실이 거기가 아니었나 보군요."

칼은 주변을 돌아보며 말했다.

"바로 여깁니다."

얼핏 보아서는 사무실 형색이 아니다. 링 바인더 하나 보이지 않고, 영수증 서류철도 하나 없다. 그런 것들은 전혀 보이지 않았다. 그저 책과 몇몇 장식품, 그리고 헬무트 로티(벨기에 출신의 가수. 유럽에서 무척 인기가 높다—옮긴이)나 그와 유형이 비슷한 가수들의 음악 CD들밖에 없었다.

"아파트 전체를 다 들춰 보면서 샅샅이 조사해 봐."

안톤센이 말했다. 아무래도 시간이 꽤 걸리겠다.

침대에 누운 지 3분이나 지났을까. 알고 있는 독감 증상들이 다 튀어 나오고 있는데 로즈가 다시 전화했다. 혓바닥에 모터라도 달렸나. 이번 에는 아주 신이 나서 떠들어 댄다.

"귀걸이 맞아요, 수사관님. 린델세 코우에서 나온 귀걸이가 키미의 상자에서 발견된 거랑 짝이 맞아요. 이제 이 귀걸이를 랑엘란 섬에서 실 종된 두 노부부하고 확실하게 연결할 수 있겠어요. 정말 환상적이지 않 아요?"

물론 환상적이지. 환상적이기는 한데, 그렇게 숨도 안 쉬고 얘기하면 난 언제 얘기하라고?

"그게 다가 아니에요. 토요일 오후에 이메일을 몇 통 보내 놨는데 방 금 답장이 온 것을 확인했어요. 퀼레 바세트하고 얘기해 볼 수 있게 됐 어요. 멋지죠?"

칼은 어깨로 수화기를 귀에 밀착시키고 침대 머리맡으로 피곤한 몸 을 끌고 갔다. 퀼레 바세트? 기숙학교에서 패거리들한테 당했다는 그 아 이 말이로군. 그래. 참…….

"멋지군."

"오늘 오후에 시간이 난대요. 우리가 운이 좋았어요. 보통은 사무실 에 없는데, 어쩌다 이번 일요일 오후에는 사무실에 들를 일이 있다네요. 오후 2시에 약속 잡아 놨어요. 돌아오는 항공편은 오후 4시 20분으로 잡아 놨고요."

칼은 갑자기 스프링처럼 침대에서 벌떡 일어나 앉았다.

"항공편? 항공편이라니, 지금 무슨 소린가, 로즈?"

"마드리드요. 그 사람 사무실이 마드리드에 있거든요. 모르셨어요?"

칼의 눈이 휘둥그레졌다.

"마드리드라고? 난 절대로 마드리드 안 가! 자네가 직접 가든지!"

"비행기 표 벌써 다 예약해 놨어요, 수사관님. SAS 항공사 편으로 오전 10시 20분 비행기예요. 우리 둘은 그것보다 한 시간 반 일찍 공항에서 봐요. 수속도 다 마쳐 놨어요."

"아니, 아니, 안 간다니까. 난 비행기 타고는 아무데도 안 가!"

칼은 침을 꿀꺽 삼켰다.

"안 가! 절대로!"

"어머, 수사관님, 비행기 타는 거 겁나세요?"

로즈가 웃었다. 정말이지 저런 웃음소리를 들으면 점잖은 대꾸가 나오기가 힘들다.

솔직히 말해서 그는 비행기 타는 것이 무서웠다. 그는 딱 한 번 비행기를 타봤다. 올보르에서 열린 파티에 참가하려고 탄 비행기였다. 그때도 혹시나 싶어 갈 때나 돌아올 때나 일부러 아예 술을 먹고 뻗어 버렸었다. 덕분에 비가도 축 늘어진 그를 끌고 돌아다니느라 등골이 부러지는 줄 알았다. 그리고 그 후로 이 주일 동안은 잘 때마다 아예 비가 옆에 착 달라붙어 있었다. 이젠 대체 누구한테 달라붙어 있으란 말인가?

"여권이 없어. 그래서 못 간다고, 로즈. 그러니까 그 비행기 표 빨리 취소하게."

로즈가 다시 웃었다. 아, 정말 이런 끔찍한 조합이 어디 있나. 두통에, 신경을 갉아먹는 듯한 두려움에, 귓가에 윙윙대는 저 끔찍한 웃음소리까지.

"공항 경찰에 여권 발급도 다 요청해 놨어요. 수사관님 여권 발급에 필요한 서류들 오전 중으로 다 거기 가 있을 거예요. 긴장 푸세요, 수사관님. 푸리지움(신경안정제의 일종—옮긴이)을 좀 가져다 드릴게요. 출발 시간 한 시간 반 전에 3번 터미널로 나오기만 하면 돼요. 전철 타면 늦지 않게 도착할 거예요. 칫솔 같은 거 챙길 필요도 없이 몸만 나오면 되잖아요. 그래도 신용카드는 잊지 마시고요. 아셨죠?"

그리고 로즈는 전화를 끊었다. 칼은 다시 어둠 속에 홀로 남았다. 머릿속이 텅 비어 버렸다.

아닌데, 이게 아닌데!

31

"두 알씩 먹는 거예요. 갈 때 두 알, 올 때 두 알."

로즈는 이렇게 말하더니 작은 알약 두 개는 칼의 입속에 밀어 넣고, 나머지 두 개는 돌아오는 비행편 용으로 가슴주머니에 테디 베어와 함께 넣어 주었다.

칼은 당황스러운 표정으로 공항 터미널과 발권 데스크를 둘러보았다. 어디 까칠한 공항 경비라도 한 사람 없을까? 누가 와서 내가 뭐 잘못했다고 잡아가 줬으면 좋겠다. 옷을 트집 잡든, 행색을 트집 잡든, 무슨 이유든지 간에 지옥으로 가는 이 무서운 에스컬레이터에서 제발 나를 좀 꺼내 줬으면.

로즈가 그에게 자세한 일정표와 함께 퀼레 바세트의 회사 주소와 스페인어 포켓 사전도 같이 챙겨 주었다. 그리고 나머지 알약 두 개는 집으로 돌아오는 비행기에 탑승하기 전에는 절대로 먹지 말라고 신신당부했다. 당부 사항은 그것 말고도 한두 가지가 아니었다. 하지만 이제 몇 분 후면 칼은 절반도 기억하지 못 할 것이다. 당연한 일이다. 밤새 잠다운 잠 한번 자 보지 못 했고, 뱃속에서는 언제 터질지 모르는 설사가 부글부글 끓어오르고 있었다.

"약 때문에 조금 졸릴 수도 있어요."

로즈가 마지막으로 말했다.

"하지만 반드시 효과가 있으니까, 일단 제 말을 믿어 보세요. 그거 먹고 나면 세상에 겁나는 게 없어요. 살다보면 어쩌다 비행기가 추락할 수도 있죠. 하지만 비행기가 추락하는지도 모를 걸요?"

뱉은 말을 주워 담을 수도 없는 노릇이고, 로즈도 이 마지막 말은 괜히 했다 싶은 눈빛이 역력했다. 로즈는 칼의 임시 여권과 비행기 탑승권을 들고 칼을 에스컬레이터로 안내했다.

이제 겨우 활주로를 절반쯤 이동했을 뿐인데 벌써 땀이 줄줄 흘러내리기 시작했다. 셔츠가 눈에 띌 정도로 땀에 흠뻑 젖었고, 발바닥이 신발 속에서 미끄러지기 시작했다. 알약이 효과를 내기 시작한 것 같다. 하지만 지금 심장이 쿵쾅거리는 꼴을 보면 차라리 당장에 심장마비로 콱 죽어 버리는 것이 나을 것 같다.

"괜찮으세요?"

옆에 앉은 여성이 잡으라고 손을 내밀며 조심스럽게 물었다.

비행기가 고도 9,000미터까지 올라가자 칼은 마치 호흡이 멈춘 듯한 기분이 들었다. 그가 느낄 수 있는 것이라고는 난류로 인한 흔들림, 이유를 알 수 없는 삐걱 소리, 그리고 시도 때도 없이 무언가 동체에 날아와 부딪히는 소리밖에 없었다.

칼은 공기노즐을 열었다가 다시 닫았다. 그리고 좌석을 뒤로 젖혀 보기도 하고, 좌석 밑에 구명조끼가 있는지 만져 보기도 했다. 그리고 스튜어디스가 가까이 오면 그저 '노 땡큐'만을 연발했다.

그러다가 결국 그는 갑자기 곯아떨어졌다.

"보세요, 아래로 파리가 보이네요."

어느 순간 옆에 앉아 있던 여자의 목소리가 들려왔다. 마치 저 멀리 아득한 어디선가 들려오는 소리 같다. 칼은 눈을 뜨고 그 사이에 꾼 악몽과 탈진, 그리고 독감으로 생긴 온몸의 관절통을 기억해 냈다. 그리고 마지막으로 바깥을 가리키고 있는 손을 보았다. 아마도 에펠탑을 보라는 손짓인 것 같다.

칼은 고개를 끄덕였지만 그쪽으로는 조금도 신경이 가지 않았다. 파리라고? 엿이나 먹으라고 해. 칼은 그저 어서 빨리 비행기에서 나가고 싶을 뿐이었다.

그 여자가 칼의 기분을 이해했는지 다시 그의 손을 잡았다. 그리고 비행기가 바라자스 공항 활주로에 착륙하여 그가 깜짝 놀라 깰 때까지 그대로 붙잡고 있었다.

"완전히 곯아 떨어져 있더군요."

그 여자가 전철역 간판을 가리키며 말했다.

칼은 가슴주머니의 테디 베어 인형을 토닥거린 후에 안주머니를 더듬어 지갑을 확인했다. 아주 잠깐 칼은 피곤한 얼굴로 자기 비자카드가 이런 외국 땅에서 소용이 있을까 고민했다.

"간단해요."

칼이 자기 행선지를 설명하자 그 여자가 말했다.

"저기 가서 전철카드를 구입한 다음에 아래층으로 내려가는 에스컬레이터를 타세요. 그리고 누에보 미네스테리오로 가는 전철을 타요. 거기서 6호선으로 갈아탄 다음에 쿠아트로 카미노스까지 가요. 그리고 2호선으로 갈아타고 오페라까지 가세요. 거기서 5호선 타고 한 정거장만 가면 카야오가 나와요. 거기서 내려서 100미터 정도만 가면 약속장소가 나올 거예요."

어지럽다. 칼은 벤치가 없나 주위를 둘러보았다. 무거워진 머리와 다리를 잠시나마 쉬게 해 줄 자리가 간절했다.

"같은 방향으로 가시는군요. 제가 안내해 드리죠. 아까 비행기에서 보니까 아주 힘들어하시던데."

어느 친절한 사람이 완벽한 덴마크어를 구사하며 말했다. 칼의 시선이 목소리의 주인공에게로 움직였다. 동양인이었다.

"저는 빈센트라고 합니다."

그 사내가 가방을 뒤로 끌고 가며 말했다.

이게 아닌데. 칼이 몇 시간 전까지만 해도 따뜻한 이불 속에 몸을 누이고 머릿속에 그렸던 평화로운 일요일은 절대로 이런 것이 아니었다.

부드럽게 덜컹거리는 전철을 타고 비몽사몽 한참을 간 후에 칼은 드디어 카야오 역의 미로 같은 통로를 벗어나 그란 비아 길거리로 나왔다. 그리고 빙산처럼 거대한 구조물들을 쳐다보며 섰다. 누군가 이것에 대해 묘사해 보라고 한다면 신인상주의적, 기능주의적, 고전주의적 거상이라고 밖에 달리 표현할 방법이 없었다. 칼은 이런 풍경을 한 번도 본 적이 없었다. 소음, 냄새, 열기, 그리고 부산하게 오가는 검은 머리카락의 바쁜 사람들. 그중에서 딱 한 사람 그 풍경에 녹아들지 않는 사람이 있었다. 거의 이가 다 빠지다시피 한 거지 하나가 색깔 있는 뚜껑이 달린 바구니들을 펼쳐 놓고 칼 바로 앞의 인도에 앉아 있었다. 바구니의 뚜껑들은 적선을 바라며 모두 그 입을 벌리고 있었고, 바구니마다 동전과 지폐들이 들어 있었다. 여러 나라의 다양한 통화들이다. 칼은 도대체 뭐가 뭔지 종잡을 수 없었지만, 그 거지의 반짝이는 눈동자 속에는 그 자체의 아이러니가 도사리고 있었다. 그의 눈동자는 이렇게 말하고 있었다.

'골라 보슈. 뭘 적선할 거유? 맥주? 와인? 위스키? 담배?'

그 거지의 주변을 서성이는 사람들이 미소를 지었다. 그중 한 사람이 사진기를 꺼내더니 거지에게 같이 사진을 찍어도 되느냐고 물었다. 거지가 이빨 빠진 잇몸을 드러내며 활짝 웃더니 표지판 하나를 들어 보여 주었다.

거기에는 이렇게 적혀 있었다.

사진 촬영 280유로.

효과가 있었다. 주변에 모인 사람들한테만 효과가 있는 것이 아니라 거의 말라죽다시피 한 칼의 유머 감각에도 효과가 있었던 것이다. 갑자기 웃음이 터져 나오는 바람에 칼 자신도 깜짝 놀랐다. 이런 아이러니가 또 어디 있단 말인가. 심지어 그 거지는 그에게 '게으른 거지들(www.lazybeggars.com)'이라는 자신의 웹사이트가 담긴 명함을 건네기도 했다. 평소에는 길거리에서 구걸하는 사람들만 보면 경기를 일으키는 칼이었지만 이 순간만큼은 그도 고개를 절레절레 흔들며 깔깔거리며 웃을 수밖에 없었고, 자기도 모르게 지갑을 찾아 주머니로 손이 갔다.

그 순간 칼은 갑자기 현실로 되돌아왔다. 그의 존재 전체가 특별 수사반 Q에 있는 어느 여자의 엉덩이를 걷어차 주고 싶은 욕망으로 불타오르는 순간이었다.

그는 지금 제대로 알지도 못 하는 낯선 나라에 와서 병신이 된 기분이었다. 약에 취해 머리는 온통 뒤죽박죽이었고, 몸에서 일어나는 면역 반응 때문에 온몸의 관절이란 관절은 쑤시지 않는 곳이 없었다. 그리고 지금 어이없게도 그의 주머니는 텅 비어 있었다. 칼은 부주의한 여행객들 얘기를 들을 때마다 늘 비웃기 바빴다. 그리고 지금 다른 사람도 아니고, 사방에 도사린 위험과 의심스러운 인물들을 한눈에 알아본다는 명색이 형사인 그가 바로 그 꼴이 되고 말았다. 아니, 어떻게 사람이 이렇게 순식간에 바보가 될 수 있지? 그것도 일요일에.

현재 상황: 지갑 없음. 주머니에 보푸라기 실오라기 하나 없을 정도로 탈탈 털림. 이것이 발 디딜 틈 없는 전철에서 사람들 사이에 끼어 20분 동안 이동한 대가다. 신용카드 없음. 임시 여권 없음. 운전면허증 없음. 빳빳한 지폐 한 장 없음. 전철표 없음. 전화번호 목록 없음. 의료보험 카드 없음. 비행기 표 없음.

이보다 더 최악의 상황이 있을까?

KB 건설에 들어가니 사람들이 칼에게 커피를 한 잔 주고서, 그가 지저분한 유리창을 바라보며 한잠 자게 내버려 두었다. 15분 쯤 전에는 한 데스크 직원이 그란 비아 31번지 로비에서 칼을 세워 놓고 몇 분 동안 그의 약속 일정을 확인해 주지 않고 실랑이를 벌였었다. 칼이 자신의 신분을 밝힐 수 있는 것이 전혀 없었기 때문이다. 그 직원은 쉴 새 없이 주둥이를 놀렸지만 무슨 말을 하는지 도무지 이해할 수가 없었다. 칼은 마침내 화가 잔뜩 올라 고개를 저으며 덴마크 사람이 아니라면 도무지 발음할 수 없는 제일 어려운 덴마크 말을 찾아내 소리 질렀다.

"Rødgrød med fløde!(크림 없은 딸기 푸딩!)"

효과가 있었다.

"퀼레 바세트라고 합니다."

다시 졸고 있는데 아득히 먼 곳에서 목소리가 들려왔다.

머리며 온몸 구석구석이 쑤시지 않은 데가 없었다. 혹시나 내가 지금 지옥에 온 것은 아닐까? 걱정하며 칼은 조심스럽게 눈을 떴다.

바세트 사무실의 거대한 격자창 앞에서 칼은 커피 한 잔을 더 받아들었다. 머리가 그래도 조금은 맑아졌다. 지금 칼 앞에는 삼십대 중반 정도 되는 얼굴이 그를 바라보고 있었다. 자기의 얼굴이 무엇을 나타내고 있는지 아주 잘 알고 있는 얼굴이다. 부, 권력, 그리고 터무니없는 자신감.

바세트가 말했다.

"동료분께 간단하게 설명은 들었습니다. 기숙학교에서 저를 폭행한 사람들과 관련이 있을지 모를 일련의 살인 사건에 대해 수사하신다고요? 제가 맞게 들었나요?"

바세트는 사투리가 섞인 덴마크어로 말했다. 칼은 주변을 둘러보았다. 거대한 사무실이었다. 아래를 내려다보니 그란 비아에서 사람들이 스페라, 레프티스 같은 이름이 붙은 가게에서 우르르 몰려나오고 있었다. 이런 환경에서 살면서 덴마크 말을 아직도 알아듣는다는 것 자체가 사실상 기적이나 다름없었다.

"지금까지는 의심하는 단계입니다. 저희도 아직 정확히 모릅니다."

칼은 허겁지겁 커피를 들이켰다. 아주 진한 다크 로스트였다. 부글부글 끓어오르는 장을 달래줄 성질의 커피는 절대로 아니었다.

"방금 그 패거리가 선생님을 폭행했다고 아주 대놓고 말씀하셨는데요. 그 사람들한테 살인 혐의가 있었을 때 왜 그런 얘기를 꺼내지 않으셨습니까?"

바세트가 웃었다.

"했습니다. 그 살인 사건보다 훨씬 전에 했지요. 관련 당사자한테요."

"관련 당사자라면?"

"저희 아버지요. 저희 아버지가 키미의 아버지와 기숙학교 동기였거든요."

"그렇군요. 그래서 어떻게 됐습니까?"

바세트는 어깨를 으쓱하며 돋을새김 조각이 된 은색 담배상자를 열었다. 아직도 저런 물건이 나오나 보군. 그는 칼에게 담배를 권했다.

"우리가 대화를 나눌 시간이 얼마나 남았나요?"

"4시 20분 비행기가 잡혀있습니다."

바세트가 자기 시계를 보았다.

"저런, 그럼 시간이 별로 없네요. 그럼 공항까지는 택시를 타고 가시려나 보군요?"

칼은 깊숙이 담배를 한 모금 빨아들였다. 도움이 됐다.

"문제가 좀 생겼습니다."

칼은 살짝 멋쩍은 듯 입을 열었다.

칼은 지하철에서 소매치기 당한 사연을 들려주었다. 돈도 없고, 임시 여권도 없고, 비행기 표도 없다.

퀄레 바세트가 인터폰 버튼을 눌렀다. 명령조의 목소리가 가히 친근하게 들리지는 않는다. 칼이 경멸하는 사람들한테 말을 꺼낼 때의 목소리와 비슷했다.

"그럼 짧게 요약해서 말씀드리지요."

바세트는 길 건너편의 하얀 건물을 바라보며 말했다. 어쩌면 그의 눈동자 속에서 고통스러운 기억의 그림자가 스쳐갔을지도 모른다. 무언가 겁에 질린 눈빛 같기도 하지만 확실하지는 않았다.

"제 아버지와 키미의 아버지는 언제가 될지 모르지만 적절한 시기가 오면 키미에게 벌을 주는 것으로 합의를 봤습니다. 저는 그것으로 만족했죠. 키미의 아버지 윌리 K. 라센 씨가 어떤 사람인지 알았으니까요. 모나코에서 제 집과 겨우 2분 거리에 있는 아파트에 살고 계신데, 아주 단호하기 이를 데 없는 분입니다. 그 점은 아직도 여전하죠. 그분을 섣불리 건드렸다가는 큰코다칩니다. 그 당시에는 더했죠. 그런데 지금은 중병을 앓고 계세요. 아무래도 살날이 얼마 안 남은 것 같더군요."

바세트는 미소를 지었다. 참 이상한 반응이다.

칼은 입술을 굳게 다물었다. 키미의 아버지가 중병이란 말이지. 그가 티네에게 둘러댔던 얘기가 사실이 되고 말았군. 그것 참. 예전에도 여러 번 느꼈던 것이지만, 실제와 환상은 종종 뒤섞이는 경향이 있다.

"왜 하필 키미입니까? 키미의 이름만 언급하셨는데요, 다른 사람들도 마찬가지로 죄가 있는 것 아닌가요? 울릭 뒤벨 옌센, 비아르네 퇴르겐센, 크리스티안 울프, 디플레우 프람, 토르스텐 플로린, 이 사람들도 다 거기 같이 있지 않았습니까?"

바세트가 타들어가는 담배를 입술에 매단 채 손을 포겠다.

"그 사람들이 일부러 저를 희생의 제물로 선택했다고 생각하시는 건가요?"

"거기에 대해서는 전혀 모릅니다. 그 사건에 대해서는 제가 아는 부분이 별로 없군요."

"그럼 제가 말씀드리지요. 저는 순전히 우연히 걸려든 희생자에 불과했습니다. 그 점은 확실합니다. 그리고 그로 인한 결과도 그저 우연에 불과했습니다."

그는 손으로 가슴을 가리키며 몸을 앞쪽으로 살짝 기울였다.

"제 갈비뼈 세 대가 부러졌습니다. 나머지 갈비뼈들은 쇄골에서 떨어져 나왔고요. 그 후로 며칠 동안 소변에서 피가 나왔습니다. 그들은 나를 간단하게 죽일 수도 있었어요. 그들이 나를 죽이지 않은 것도 전적으로 우연한 일이었습니다. 그건 확실히 말씀드릴 수 있어요."

"음, 그렇다면 결론은 무엇인가요? 그것으로는 키미 라센에게만 복수하려고 하는 이유가 설명이 안 되는데요?"

"뫼르크 형사님, 그거 아십니까? 그들이 저를 공격하던 날, 제가 그놈들한테 배운 것이 있어요. 그래서 한편으로는 오히려 고마운 마음도 있습니다."

이렇게 말하고서 그다음 문장은 한 단어, 한 단어 말할 때마다 탁자를 손가락으로 두드리며 또박또박 말했다.

"'우연이든 아니든, 기회가 찾아오면 놓치지 말고 잡아라. 정당한 것인지 따지지 말고, 죄가 있는 사람인지 아닌지도 따지지 말고.' 이것이야 말로 비즈니스 세계의 처음이자 마지막입니다. 이해하시겠어요? 무기를 날카롭게 갈아서 기회가 닥치면 언제라도 휘두르라는 얘깁니다. 그렇게 계속 앞으로 나가란 얘기예요. 이 경우에는 키미의 아버지에게 영향을 미칠 능력이 있다는 것이 저의 무기였던 셈이죠."

칼은 숨을 깊숙이 들이마셨다. 그의 고루한 머리로는 그다지 공감이 가지 않았다. 칼은 눈을 가늘게 뜨며 말했다.

"그래도 저는 아직 완전히 이해가 되지 않는군요."

바세트는 고개를 저었다. 그럴 줄 알았지. 두 사람은 서로 다른 행성에서 온 사람들이나 마찬가지였으니까.

"그러니까 제 말은 키미에게 접근하기가 제일 쉬웠다는 뜻입니다. 그래서 키미가 제 복수의 대상이 됐죠."

바세트가 말했다.

"다른 사람들에 대해서는 상관 안 하신다는 말씀입니까?"

바세트는 어깨를 으쓱했다.

"기회만 있었다면 그놈들한테도 복수를 했겠죠. 그냥 기회가 없었던 것뿐입니다. 형사님이나 저나 각자 힘닿는 범위에 한계라는 것이 있지 않겠습니까?"

"그렇다면 키미가 다른 사람들보다 더 적극적으로 폭행에 뛰어들어서 그런 것은 아니로군요? 그 패거리에서 주동자는 누구였습니까?"

"물론 크리스티안 울프였죠. 하지만 그 악마들이 한꺼번에 달려든다면 제일 피하고 싶은 쪽은 키미입니다."

"무슨 뜻이죠?"

"그들이 나를 폭행하기 시작했을 때 키미는 아주 중립적인 태도였습니다. 토르스텐, 디틀레우, 크리스티안이 제일 적극적으로 달려들었었죠. 그놈들이 저를 팰 만큼 팼을 때는 제 귀에서 피가 나고 있었어요. 그걸 보고 아마 그놈들도 겁이 좀 났을 겁니다. 그런데 그때 키미가 저를 때리기 시작하더군요."

키미가 여전히 가까이 느껴진다는 듯 바세트가 코를 벌름거렸다.

"그놈들이 계속 키미를 약 올렸어요. 특히 크리스티안이 그랬습니다. 크리스티안과 디틀레우가 약 올리며 키미의 몸을 더듬어 흥분시키더니 내 앞으로 밀쳤습니다."

바세트가 주먹을 쥐었다.

"처음에 키미는 때리는 둥 마는 둥 시작했습니다. 그런데 점점 강도가 심해지더군요. 제가 얼마나 아파하는지 알아차리고서는 눈동자가 점점 커졌습니다. 그리고는 호흡이 점점 더 거칠어지면서 때리는 강도도 점점 더 세지더군요. 제 배를 발로 찬 사람이 바로 그년입니다. 뾰족한 신발 끝으로 찼어요. 아주 세게 찼죠."

바세트는 담배를 재떨이에 비벼 껐다. 길 건너편 지붕에 있는 청동상과 똑같은 모양의 재떨이였다. 바세트의 얼굴에 주름이 졌다. 선명한 햇빛 아래서 보니 이제야 그 주름살이 보인다. 젊은 사람치고는 참 이른 나이에 생긴 주름이다.

"크리스티안이 말리고 나서지 않았으면 키미는 아마 제가 죽을 때까지 팼을 겁니다. 분명해요."

"나머지 사람들도 같이 말렸습니까?"

"네, 그랬죠."

바세트는 혼자 고개를 끄덕였다.

"그놈들은 마치 투우를 구경하는 기분이었을 겁니다. 그게 어떤 기분인지는 제가 잘 알죠."

칼에게 커피를 가져다주었던 비서가 사무실로 들어왔다. 머리카락과 눈썹처럼 짙은 색깔의 옷을 입은 날씬하고 멋진 여성이었다. 비서는 한 손에 들고 있던 작은 봉투를 칼에게 건넸다.

"여기 현금 조금과 집으로 돌아가실 수 있는 비행기 표가 들어 있습니다."

비서는 친절하게 미소를 지으며 영어로 말했다.

그다음에 비서는 바세트를 향해 돌아서서 서류 한 장을 내밀었다. 바세트가 그 서류를 재빨리 훑어보더니 둑이 터진 듯 화를 내기 시작했다. 그 모습을 보니 바세트가 방금 설명했던 키미의 커진 눈동자가 떠올랐다. 바세트는 아무런 망설임 없이 서류를 갈가리 찢은 다음에 비서에게 욕설을 퍼부어 댔다. 그의 얼굴이 화로 일그러졌고, 주름살이 더욱 뚜렷해졌다. 이런 험악한 반응에 비서는 몸을 바들바들 떨며 수치심에 시선을 바닥으로 떨구었다. 분명 보기 좋은 광경은 아니었다.

비서가 문을 닫고 나가자 바세트가 칼을 보며 미소를 지었다. 별로 신경 쓰지 않는 모습이다.

"멍청한 년이 일하는 꼴이 꼴 같지 않아서 말이죠. 형사님께서는 신경 쓰실 거 없습니다. 그 정도면 형사님 덴마크로 돌아가시는 데는 문제 없으시겠죠?"

칼은 조용히 고개를 끄덕이며 어떤 형식으로든 감사의 표시를 하려 했지만 쉽지 않았다. 퀼레 바세트는 한때 그를 괴롭히던 사람들과 똑같은 사람이었다. 타인에 대한 공감이라고는 찾아볼 수가 없는 부류의 인간들. 바세트는 칼이 두 눈으로 똑바로 지켜보는 앞에서 그런 모습을 보여 주었다. 이런 인간들이야 어찌되건 내 알 바 아니다. 빌어먹을 놈들.

"그리고 키미에 대한 벌은 무엇이었나요?"

칼은 마침내 입을 열었다.

바세트가 웃었다.

"아, 그것도 순전한 우연이었습니다. 키미는 유산을 하고 아주 심하게 두들겨 맞았습니다. 몸이며 마음이며 여기저기 아주 망신창이가 되서 결국 아버지한테 도움을 요청하러 갔죠."

"하지만 도움을 못 받았나 보군요."

칼은 도움이 가장 절실하게 필요한 순간에 아버지로부터 외면당한 젊은 여자의 모습을 떠올려 보았다. 「가십」지의 낡은 사진 속에서 아빠와 계모의 틈바구니에 끼어 있던 어린 소녀의 표정은 이런 애정결핍이 이미 어린 시절부터 남겨 놓은 흔적이었나?

"듣기로는 아주 끔찍했다더군요. 당시에 키미의 아버지는 앙레테레 호텔에 살고 있었습니다. 집에 안 가고 늘 거기서 살았죠. 그런데 키미가 불쑥 쳐들어간 겁니다. 키미 그년이 도대체 뭘 기대하고 거기를 찾아갔는지 모르겠어요."

"그가 키미를 내쳤나요?"

"장담하는데 머리끄덩이부터 잡고 내동댕이쳤을 겁니다."

바세트가 낄낄대며 웃었다.

"하지만 그전에 그 아비가 바닥에 내던진 1,000크로네 지폐 몇 장을 주워 담을 시간은 있었나 보더군요. 결국 키미가 완전히 빈손으로 돌아간 것은 아니죠. 하지만 두 사람은 그 일로 완전히 갈라섰습니다."

"키미는 오르러프에 집을 갖고 있습니다. 그녀가 거기에 가지 않는 이유를 혹시 아시나요?"

"무슨 말씀을요, 갔었죠. 그리고 거기서도 똑같은 취급을 받았습니다."

바세트가 고개를 저었다. 그는 거기에 대해서는 분명 무관심했다.

"그나저나 칼 형사님, 말씀을 더 나누고 싶으시면 다음 비행기 편을 알아보셔야 할 거 같군요. 여기는 비행기 탑승 수속이 빨리 마감됩니다. 4시 20분 비행기를 타시려면 지금 나가셔야 합니다."

칼은 깊게 한숨을 들이쉬었다. 벌써부터 뇌의 불안중추를 자극하는 비행기의 난류가 느껴지는 듯했다. 그 순간 가슴주머니에 넣어 둔 알약이 떠올라서 테디 베어 인형을 꺼내고 그 밑에 들어 있던 알약을 꺼냈다. 칼은 테디 베어를 책상 가장자리에 올려놓고 커피 한 모금과 함께 알약을 목구멍으로 넘겼다.

손에 든 커피 잔 너머로 칼의 시선이 책상 위에 어지러이 놓인 서류들과 계산기, 만년필, 그리고 반쯤 채워진 재떨이, 그리고 마지막으로 퀴레 바세트의 움켜쥔 손으로 옮겨 갔다. 주먹을 어찌나 세게 쥐었는지 마디마디가 하얗게 변했다. 그제야 칼은 고개를 들어 바세트의 얼굴을 쳐다보았다. 너무나 오랜만에 떠오른 혹독한 고통의 기억에 어쩔 수 없이 굴복하고만 남자의 얼굴이 보였다.

바세트는 순진무구한 귀여운 봉제 동물인형을 뚫어져라 쳐다보고 있었다. 마치 억눌려 있던 어떤 느낌이 번개처럼 그를 내리친 것만 같은 모습이었다.

칼은 의자에 등을 기대어 앉았다.

"이 테디 베어 인형을 아십니까?"

칼이 물었다. 알약이 목구멍과 성대 사이 어딘가에 콱 막혀 버린 느낌이었다.

바세트는 고개를 끄덕이고서 그를 구원하려고 나선 분노의 기운을 잠시 빌렸다.

"알지요. 키미가 학교에서 그 인형을 늘 허리에 매달고 다녔습니다.

이유는 저도 모릅니다. 인형 목에 달린 붉은 색 실크 리본으로 허리에 묶고 다녔죠."

바세트는 잠시 금방이라도 울음을 터트릴 것 같았지만, 곧 얼굴이 다시 굳어지면서 아무것도 아니라는 듯 비서를 다른 사람 앞에서 망신 주던 모습으로 되돌아왔다.

"네, 기억하다마다요. 그년이 정신없이 저를 패는 동안에도 허리에 걸려 있었으니까요. 그걸 대체 어디서 구하셨습니까?"

32

키미가 안스가르 호텔 방에서 눈을 떠 보니 일요일 아침 거의 10시가 다 되어 있었다. 텔레비전은 침대 발치에서 계속해서 깜박거리고 있었다. 2번 뉴스 채널에서 전날 밤 일어났던 사건사고들을 다시 재방영하고 있었다. 엄청난 노력을 퍼부었음에도 불구하고 경찰에서는 뒤뷜스브로 역 근처에서 일어난 폭발 사고에 대해 아무런 설명을 내놓지 못 했고, 그래서 이 사건에 대한 관심도 조금은 시들해져 있었다. 이제 뉴스의 관심은 바그다드에서 일어난 미군의 반란군 폭격 사건과 러시아 대통령 후보로 나선 카스파로프의 출마 소식에 모아지고 있었지만, 가장 큰 관심은 뢰도우레의 금방 무너져 내릴 듯한 붉은 색 고층건물 정면에서 발견된 시신에 모아지고 있었다.

살인 사건으로 추정되고 있었다. 경찰 대변인에 따르면 살인 사건을 의심할 만한 몇몇 정황이 포착되었다고 한다. 그중에서도 특히 피해자가 아래로 떨어지기 전에 발코니 난간에 매달려 있었다는 점과 손가락을 무딘 물체로 가격 당했다는 점이 의심을 더하고 있었다. 손가락을 가격한 물체는 그날 밤 아파트에서 목재 조각상에 총알을 발사했던 그 권총일 가능성이 제기되고 있었다. 경찰은 사건 관련 정보들을 쉬쉬하고 있으며 아직 용의자를 지목하지 못 하고 있었다.

이 정도가 텔레비전에서 나오는 내용이었다.

키미는 옷감꾸러미를 끌어안았다.

"이젠 그놈들도 알 거야. 그치, 밀레? 이젠 그놈들도 내가 쫓고 있다는 것을 눈치챘겠지."

키미는 미소를 지으려 애썼다.

"지금쯤 그놈들 같이 모여 있지 않을까? 엄마가 자기들을 쫓고 있는 걸 알았으니 토르스텐, 울릭, 디틀레우도 지금쯤 함께 모여 대체 어떻게 해야 할지 머리를 맞대고 끙끙대고 있지 않을까? 어떻게 생각해, 밀레? 지금쯤 그놈들이 얼마나 겁을 먹고 있을지 궁금해."

키미는 옷감꾸러미를 품에 안고 흔들었다.

"우리한테 한 짓을 생각하면 당해도 싼 놈들이야. 너도 그렇게 생각하지? 그리고 너 그거 알아, 밀레? 이제 그놈들은 겁먹어야 할 이유가 생겼거든."

텔레비전 화면이 시신을 옮기고 있는 구급대원들의 모습을 당겨서 잡으려고 했지만 너무 어두워서 제대로 잡히지 않았다.

"있잖아, 그놈들한테 상자 얘기를 하지 말았어야 했어. 그러는 게 아니었는데."

키미가 눈물을 훔쳤다. 갑자기 쏟아진 눈물이었다.

"말하지 말았어야 했어. 내가 왜 그랬을까?"

키미는 비아르네 퇴르겐센의 집으로 들어갔다. 그리고 그것은 신성모독이나 마찬가지였다. 키미가 누군가와 섹스를 하려면 몰래 하거나,

아니면 패거리 전체와 함께해야 했다. 다른 선택의 여지는 없었다. 그리고 지금, 위험천만하게도 이 모든 황금률이 깨지고 만 것이다. 키미는 패거리의 다른 사람들을 제쳐 두고 한 멤버만을 골랐을 뿐 아니라, 그것도 서열이 가장 낮은 비아르네를 선택했다.

결코 용납될 수 없는 부분이었다.

"비아르네라고?"

크리스티안이 격분했다.

"네가 그 아무짝에도 쓸모없는 놈한테 대체 뭘 바라고?"

크리스티안은 모든 것이 원래대로 남아 있기를 원했다. 함께 사람들을 기습해서 폭행하는 일도 그대로 지속되기 원했고, 키미도 패거리 모두가 건드릴 수 있는, 그리고 패거리만이 건드릴 수 있는 여자로 남아 있기를 원했다.

하지만 크리스티안의 위협과 압박에도 불구하고 키미는 완고했다. 키미는 비아르네를 선택했다. 이제 나머지 패거리들은 그녀와의 추억을 떠올리며 사는 것으로 만족해야만 할 것이다.

그 후로도 한동안 패거리는 광란의 파티를 계속했다. 그들은 매달 넷째 주 일요일이면 함께 모여서 코카인을 들이마시고, 폭력적인 영화를 본 후에 토르스텐이나 크리스티안의 커다란 사륜구동 차를 타고 늘씬하게 패줄 사람을 찾아 길을 떠났다. 그들은 때로는 희생자와 합의를 보아 그들이 견뎌야 했던 굴욕과 육체적 고통을 피 묻은 위자료로 입막음하기도 했고, 어떤 때는 뒤에서 기습공격해서 미처 피해자가 그들의 얼굴을 목격하기도 전에 정신을 잃도록 패기도 했다. 그리고 드문 일도 있었다. 이를 테면 에스룸 호수에서 혼자 낚시를 하고 있는 노인을 찾아냈을 때, 그들은 그 희생자가 살아 돌아가지 못 할 것을 알고 있었다.

이 마지막 유형의 폭행이 그들에게는 딱 맞는 종류였다. 조건만 적절하고 모두가 끝까지 잘 마무리할 수만 있다면. 모두가 자신의 역할을 완벽하게 해낼 수만 있다면 말이다.

하지만 에스룸 호수에서는 뭔가 잘못되었다.

키미는 크리스티안이 어떻게 흥분하는지를 지켜봐 왔다. 이럴 때면 크리스티안은 늘 흥분했다. 하지만 이번에는 이상하게도 그의 얼굴이 아주 어두워졌고, 무언가 단단히 결심한 듯했다. 입술은 굳게 다물고, 눈에는 긴장감이 가득했다. 패거리들이 노인을 물가로 끌고 가는 동안 크리스티안은 불만을 안으로 삭히며 가만히 조용하게 서서 패거리들의 모습과 몸에 착 달라붙는 옷을 입은 키미를 지켜보고 있었다.

키미의 여름 원피스가 흘러내리고 있었다. 키미가 흥분에 휩싸여 무릎을 벌리고 쪼그려 앉아 호수 바닥으로 가라앉는 시체를 바라보고 있는데, 갑자기 크리스티안이 소리쳤다.

"울릭, 그년을 잡아!"

기회를 잡은 울릭의 눈이 번득였다. 그의 눈동자 속에는 이게 과연 잘하는 짓일까 하는 일말의 두려움도 함께 뒤섞여 있었다. 키미가 스위스로 돌아가기 전 울릭은 여러 차례 키미에게 삽입하려 했지만 이내 포기하고 다른 사람한테 차례를 넘겨야만 했다. 이런 폭력과 섹스의 칵테일이 다른 사람들과는 달리 울릭에게만은 효과가 없는 듯했다. 이 칵테일은 물건이 서기도 전에 그의 맥박수를 떨어지게 만들어 버렸다.

"뭐해? 어서 해, 울릭!"

패거리가 소리쳤다. 멈추라고 비아르네가 소리를 질렀지만 디틀레우와 크리스티안이 비아르네를 붙잡고 놔주지 않았다.

키미의 눈에 울릭이 지퍼를 내리는 모습이 들어왔다. 이번만큼은 그의 물건도 단단히 벼르고 있었다. 하지만 토르스텐은 눈에 들어오지 않았다. 그는 키미를 뒤에서 덮쳐 바닥에 짓누르고 있었기 때문이다.

비아르네가 욕설을 퍼부으며 마구잡이로 주먹을 휘둘러대는 통에 울릭의 물건이 쪼그라들지 않았다면 그날 부들 밭에서 그들은 키미를 강간했을 것이다.

하지만 곧 크리스티안은 점점 더 키미를 찾기 시작했다. 그는 비아르네나 나머지 패거리에 대해서는 조금도 신경 쓰지 않았다. 키미를 가질 수만 있다면 그뿐이었다.

비아르네는 달라졌다. 그는 키미와 대화할 때도 집중하지 않았다. 키미가 애무를 해도 반응이 없었고, 키미가 퇴근해서 집에 오면 집에 없는 때가 많았다. 어디서 생겼는지 돈 씀씀이가 커졌고, 키미가 잠들었다고 생각되면 누군가와 전화를 했다.

크리스티안은 장소를 가리지 않고 키미의 환심을 사려고 했다. 노틸러스 애완동물 가게에서도, 일을 마치고 집으로 돌아갈 때도, 그리고 비아르네가 편한 직장을 얻고 나서 자리를 비웠을 땐 비아르네와 키미가 함께 살던 아파트에서 그랬다.

키미는 그런 크리스티안을 조롱했다. 키미는 크리스티안의 의존적이고 현실과 동떨어진 태도를 비웃었다.

키미는 크리스티안의 분노가 쌓이는 것을 볼 수 있었다. 그의 눈빛은 나날이 냉혹하고 날카로워지고 있었다.

하지만 키미는 크리스티안이 두렵지 않았다. 그놈이 이미 그전에도 여러 차례 못 했던 일을 어떻게 나한테 할 수 있겠어?

하쿠다케 혜성이 덴마크 하늘 위로 보이던 3월의 어느 날, 마침내 그 일이 벌어졌다. 토르스텐이 비아르네에게 망원경을 주었고, 디틀레우는 자기 요트를 빌려 주었다. 그들의 계획은 비아르네가 맥주를 진탕 마시고 우주의 광활함을 헤아려 보려 애쓰는 동안 크리스티안, 디틀레우, 토르스텐, 울릭이 그의 아파트로 쳐들어가는 것이었다.

키미는 이들이 어떻게 현관문 열쇠를 손에 넣었는지 도저히 이해할수 없었지만, 갑자기 그들은 코카인에 취한 눈으로 아파트 안에 들어와서 있었다. 그들은 아무 말도 하지 않고 곧장 키미에게 달려들어 그녀를 벽에다 짓누르고 키미의 옷을 찢었다.

키미는 입도 뻥긋하지 않았다. 말을 해 봐야 그들을 더 거칠게 만들뿐이라는 것을 알았기 때문이다. 다른 사람들을 폭행하면서 키미도 이미 여러 번 보아온 터였다.

패거리들은 징징대는 것을 싫어했다. 키미도 마찬가지였다.

그들은 커피 탁자 위를 치우지도 않은 채 키미를 그 위에 내던졌다. 울릭이 키미의 배 위에 올라타 그 큰 손으로 키미의 무릎을 잡고 억지로다리를 벌렸다. 그렇게 강간이 시작되었다. 처음에 키미는 울릭의 등을세게 쳐보기도 했지만, 코카인에 취한 울릭의 광기와 두꺼운 비곗살을이겨내기에는 역부족이었다. 하긴 그게 다 무슨 소용인가. 울릭이 오히려 그런 것을 좋아한다는 것은 키미도 알고 있었다. 더럽히기, 굴욕감 주기, 강제로 하기. 상식적인 도덕에 엿을 먹이는 짓이면 그는 무엇이든 가리지 않고 좋아했다. 그에게 금기란 존재하지 않았다. 그가 시도해 보지않은 변태행위는 없었다. 결코. 하지만 이번에도 마찬가지로 그의 물건은 서지 않았다.

울릭이 내려오자, 크리스티안이 키미의 다리 사이에 자리 잡았다. 그리고 눈이 뒤집혀 흰자위만 드러나고 입술이 자기만족으로 말려 올라갈때까지 자신의 것을 키미의 몸속에 밀어 넣었다. 두 번째는 디틀레우였다. 그는 평소처럼 경련하듯 이상하게 몸을 떨면서 빨리 끝났다. 그리고그다음은 토르스텐이었다.

토르스텐이 그 마른 몸뚱이로 키미를 밀어붙이고 있는데, 현관문에 갑자기 비아르네가 나타났다. 키미는 그의 얼굴을 똑바로 쳐다보았다. 비아르네의 내면에서 열등감이 다시 고개를 들고, 패거리들의 동지애가 비아르네의 의지를 부수고 그를 완전히 장악하는 것이 보였다. 키미가 비아르네에게 나가라고 소리쳤지만, 비아르네는 그러지 않았다.

토르스텐이 키미에게서 내려오자 이번에는 비아르네가 그 위에 자리 잡았다. 그 순간 패거리의 거친 숨소리는 승리의 환희로 바뀌었다.

키미는 비아르네의 붉게 달아오른 무심한 얼굴을 물끄러미 바라보며, 자신의 인생이 이제 예전과 같을 수 없음을 처음으로 분명히 깨달았다.

체념 속에 키미는 눈을 감고 생각을 내려놓았다.

자신을 지켜 줄 무의식의 안개 속으로 완전히 사라지기 전 키미가 마지막으로 들은 것은 울릭이 한 번 더 시도했다가 또 발기에 실패하자 울려 퍼진 패거리들의 웃음소리였다.

키미가 모두 함께 모여 있는 패거리를 본 것은 이것이 마지막이었다.

"우리 아기, 엄마가 뭐 가져왔나 볼까?"

키미는 옷감꾸러미를 열어 그 안에서 조그만 사람을 꺼내 더할 나위 없이 다정한 눈빛으로 바라보았다. 이 얼마나 놀라운 신의 선물인가. 이 작고 귀여운 손가락이며 발가락이라니. 이 조그만 손톱은 어떻고.

그러고 나서 키미는 꾸러미 하나를 열어 그 안에 들어 있던 것을 말라버린 시체 위로 들어 보였다.

"이것 봐, 밀레. 너 이런 거 본 적 있니? 오늘 같은 날 우리한테 딱 필요한 거 아냐?"

키미는 손가락으로 시체의 작은 손가락 하나를 만졌다.

"엄마 따뜻하지? 그치?"

키미가 물었다.

"그래, 엄마는 아주 따뜻해."

키미가 웃었다.

"엄마는 정말 흥분하면 이렇게 따뜻해져. 하긴, 너도 잘 알지?"

키미는 창밖을 바라보았다. 9월의 마지막 날이다. 키미가 12년 전 비아르네의 집으로 들어갔을 때와 거의 같은 날짜다. 그날은 비가 오지 않았지만.

키미의 기억으론 그랬다.

강간을 끝낸 후 그들은 키미를 커피 탁자 위에 그대로 내버려 두고 마룻바닥에 둥글게 둘러앉아 약에 완전히 취할 때까지 코카인을 코로 들이마셨다. 그들은 폐가 밖으로 튀어나올 듯이 웃어댔고, 크리스티안이 키미의 벌거벗은 넓적다리를 손바닥으로 철썩철썩 몇 번 내리쳤다. 화해하자는 뜻인 듯했다.

"일어나, 키미. 그렇게 내숭떨 거 없잖아. 우리끼리 왜 그래?"

비아르네가 소리 질렀다.

"이제 다 끝이야."

키미가 으르렁거리며 말했다.

"다 끝이라고."

키미는 패거리가 자기 말을 믿지 않고 있음을 알 수 있었다. 그들은 키미가 자기들 없이는 못 산다고 생각했고, 머지않아 키미가 꼬리를 내릴 거라고 생각했다. 하지만 그녀는 그러지 않았다. 그런 일은 결코 일어나지 않을 것이다. 스위스에서도 키미는 그들 없이 잘 견디며 살았다. 다시 그러지 못 할 이유는 없었다.

키미가 몸을 일으켜 세우는 데는 시간이 걸렸다. 다리 사이가 화끈거렸다. 골반 인대가 삐었고, 목이 쑤셨다. 그리고 무엇보다 수치심이 그녀

460

를 무겁게 내리눌렀다.

키미가 오르르프의 집으로 가자, 카산드라가 경멸하듯 키미를 맞이하며 내뱉은 말에 그 수치심이 복수심과 함께 되살아났다.

"키미, 네가 이 세상에서 제대로 할 수 있는 게 하나라도 있니?"

다음 날 키미는 토르스텐이 노틸러스 트레이딩 A/S를 사들였고, 이제 자기는 직장에서 쫓겨났다는 것을 알게 되었다. 키미와 친했던 한 직원이 수표를 건네주며 안타깝지만 이제 여기서 나가야 한다고 말해 주었다. 그 동료는 토르스텐이 인사 이동을 지시했고, 불만을 제기하려면 토르스텐을 직접 만나 보라고 했다.

수표를 예금하려 은행에 갔더니 비아르네가 둘이 함께 사용하던 계좌를 싹 다 비우고 닫아 버린 상태였다.

어떤 경우에도 키미가 자기들의 손아귀에서 벗어나지 못 하게 하는 것. 이것이 그들의 계획이었다.

그 후로 몇 달 동안 키미는 오르르프 집의 자기 방구석에서 처박혀 지냈다. 밤이면 부엌으로 내려가 음식을 꺼내 방으로 들고 올라왔다. 낮 시간에는 작은 테디 베어 인형을 손에 움켜쥐고 다리를 접은 채 잠이 들었다. 때때로 카산드라가 문 밖에 서서 찢어지는 목소리로 욕을 퍼부었지만, 키미는 모든 것에 귀를 닫고 살았다.

키미는 누구에게도 빚진 것이 없었고, 또 임신 중이었기 때문이다.

"너를 가진 것을 알고 엄마가 얼마나 행복했는지 아니? 너는 상상도 못 할 거야."

키미는 그 작은 것에 미소를 보내며 말했다.

"엄마는 너를 갖자마자 네가 여자아이란 것을 알았어. 그리고 네 이름도 바로 떠올랐지. 밀레, 그게 네 이름이야. 아주 재미있고 신기한 이름 아니니?"

키미는 아기를 다시 옷감꾸러미로 감싸며 살짝 아기의 몸을 매만졌다. 이제 아기는 새하얀 천 위에 조그만 아기 예수처럼 누워 있었다.

"엄마는 하루 빨리 너를 낳아서 우리 집에서 같이 살 날만 기다렸어. 다른 사람들처럼 말이야. 엄마는 너를 낳자마자 직장을 잡으려고 했어. 그리고 일 끝내고 어린이집에서 너를 데려오면 너하고 한시도 떨어지지 않고 같이 있으려고 했어."

키미는 가방을 하나 꺼내 침대 위에 올리고, 호텔 베개 하나를 그 안에 쑤셔 넣었다. 아주 안락하고 따듯해 보였다.

"그래, 엄마하고 너는 그 집에서 살려고 했어. 우리 단 둘이서. 카산드라는 내보내고 말이야."

결혼하기 전 몇 주 동안 크리스티안 울프는 키미에게 전화를 걸어댔다. 결혼으로 족쇄가 채워진다는 생각과, 거듭되는 키미의 외면이 그를 미치게 만들었다.

그해 여름은 우울한 회색빛으로 가득한 여름이었지만, 키미에게는 축복의 시간이었다. 그녀는 자신의 삶을 스스로 통제하기 시작했다. 그리고 그때까지 저질렀던 끔찍한 짓들은 과거에 묻어 두기로 했다. 이제 키미에게는 책임져야 할 존재가 생겼고, 새로운 삶이 시작되었다.

과거는 이제 지나간 과거일 뿐이었다.

하지만 어느 날 디틀레우 프람과 토르스텐 플로린이 카산드라의 거실에서 키미를 기다리고 있었고, 키미는 과거로부터 탈출하는 것이 얼마나 어려운 일인지 깨달았다. 자기를 훑어보는 그들의 눈빛을 보며 키미는 그들이 얼마나 위험한 존재인지를 떠올렸다.

"네 옛날 친구들이 찾아왔다."

카산드라가 속이 거의 비치는 여름 가운을 입은 채 말했다. 카산드라는 자기 구역, 그녀가 말하는 '내 방'에서 나가 있으라는 말에 불만을 표시했지만, 지금 일어날 일은 그녀가 듣고 있을 성질의 것이 아니었다.

"너희가 지금 여기 왜 있는지 모르겠지만, 당장 떠나 줬으면 해."

키미가 말했다. 하지만 이것이 기나긴 협상의 시작일 뿐이라는 것은 키미도 알고 있었다.

"키미, 넌 모든 부분에서 너무 깊숙이 관여되어 있어. 이렇게 너만 빠져나갈 수는 없지. 혹시 네가 무슨 짓을 할지 어떻게 알아?"

키미는 고개를 저었다.

"무슨 소리야? 내가 자살하면서 끔찍한 유서라도 남기고 갈까 봐?"

디틀레우가 고개를 끄덕였다.

"뭐, 예를 들자면 그럴 수도 있겠지. 다른 짓도 상상해 볼 수 있겠고."

"이를 테면?"

"그게 중요해?"

토르스텐이 이렇게 말하며 키미에게 다가섰다.

만약 다시 그녀에게 손을 댄다면 키미는 구석에 서 있는 큼직한 중국 도자기로 그들을 내리칠 것이다.

"요점은 한마디로 이거야. 네가 우리와 함께 있으면 우리도 안심할 수 있다는 거지. 너도 우리 없인 못 살잖아. 인정할 건 인정하자고, 키미."

토르스텐이 말을 이었다.

키미는 삐딱한 미소를 지어 보였다.

"토르스텐, 어쩌면 너 이제 곧 아빠가 될지도 몰라. 아니면 디틀레우 너일지도 모르고."

이런 말을 꺼내려던 것이 아니었는데. 하지만 두 사람의 표정이 굳어지는 것을 보니 그럴 만한 가치는 있었다.

"내가 왜 너희하고 같이 가야 돼?"

키미는 배 위에 손을 얹었다.

"아마도 그게 아이한테 좋을 거라 생각하나 보지? 글쎄, 내 생각은 다르거든?"

토르스텐과 디틀레우가 서로 눈길을 교환했다. 그들이 무슨 생각을 하는지 키미는 알고 있었다. 둘 다 아이가 있고, 둘 다 몇 번씩 이혼도 했고, 스캔들도 겪어 봤다. 여기에 스캔들 하나가 보태진다고 해서 그들의 명성이 흔들릴 일은 없을 것이다. 그들을 괴롭히는 것은 그저 키미가 고분고분 말을 듣지 않는다는 것이다.

"그 아이는 지워."

디틀레우가 말했다. 예상치 못 했던 냉랭한 목소리다.

디틀레우의 입에서 '지워'라는 말이 나왔다. 이 한마디로 아이가 이제 치명적인 위험에 빠져들었음을 키미는 직감했다.

키미는 그들과 자기 사이의 거리를 보여 주려는 듯 두 사람을 향해 손을 들어 올렸다.

"너희들 계속해서 재미 보고 싶으면 나를 그냥 내버려 둬. 알겠어? 나한테는 아예 신경을 꺼. 그냥 혼자 있게 놔두라고."

싹 바뀐 키미의 말투에 두 사람의 눈에는 긴장감이 스쳤다. 키미는 그 모습에 만족했다.

"날 그냥 내버려 두지 않겠다면, 너희가 한 가지 알아 두어야 할 게 있어. 나한테 상자가 하나 있어. 그 안에는 너희들 완전히 망가뜨릴 수 있는 것들이 들어 있지. 그 상자는 내 생명보험이야. 분명히 알아 둬. 혹시나 나한테 무슨 일이라도 일어나면 그 상자는 세상에 나와 빛을 보게 될 테니까."

사실 그럴 생각으로 마련한 상자는 결코 아니었다. 상자를 숨겨 놓은 것은 사실이지만, 그것을 다른 누군가에게 보여 줄 생각이 있었던 것은 절대로 아니었다. 그것은 그저 전리품에 불과했다. 목숨을 하나씩 끝장낼 때마다 그들의 작은 소지품을 하나씩 챙겨 둔 것에 불과했다. 인디언들이 모은 사람의 머리 가죽이나 투우사가 모은 황소의 귀, 혹은 잉카인들이 모은 희생자의 심장 같은 존재였다.

"무슨 상자?"

토르스텐이 물었다. 그의 여우같은 얼굴에 주름이 더욱 도드라졌다.

"우리가 사람을 팰 때 모은 물건들. 그 상자 안에 들어 있는 것들이면 우리가 저지른 모든 일들이 만천하에 드러날 걸? 너희가 만약 나나 내 아이를 건드리면 철창 속에서 썩다 죽을 줄 알아. 그거 하나는 내 분명하게 약속하지."

디틀레우는 사실로 인정하는 눈치였지만, 토르스텐은 미심쩍은 듯했다.

"한 가지만 대 봐."

토르스텐이 말했다.

"랑엘란 섬에서 죽인 그 늙은 여자의 귀걸이 한 쪽, 카레 브루노가 차고 있던 고무 팔찌. 크리스티안이 카레를 잡고 다이빙대 아래로 민 거 기억하지? 그럼 크리스티안이 벨라호이 바깥에 나와 서서 그 고무 팔찌를 들고 웃던 모습도 기억할 거야. 하지만 그 고무 팔찌가 뢰르비에서 가져온 트리비알 퍼슈트 카드 두 장하고 같이 보관되고 있는 것을 알고 나서도 과연 크리스티안한테서 그런 웃음이 나올까? 내 생각엔 그렇지 않을 것 같은데."

토르스텐은 키미에게서 고개를 돌렸다. 문 바깥에서 누구 엿듣는 사람이 없는지 확인하고 싶은 것 같았다.

"그건 네 말이 맞아, 키미. 웃음이 나올 리가 없지."

카산드라가 술을 진탕 먹고 뻗어 버린 어느 날 밤, 크리스티안이 키미를 찾아왔다.

크리스티안은 침대 곁에서 서서 키미를 내려다보며 한마디, 한마디 강조하듯 천천히 말했다. 마치 단어 하나하나가 키미의 몸을 뚫고 들어오는 것만 같았다.

"어서 말해, 키미. 그 상자 어디 있어? 말 하지 않으면 지금 당장 널 죽여 버리겠어."

크리스티안은 지쳐서 팔을 들어 올리지도 못 할 때까지 잔인하게 키미를 두들겨 팼다. 키미의 복부와 사타구니를 때리고, 흉곽을 때려 뼈를 부러지게 만들었다. 하지만 키미는 상자가 어디 있는지 말하지 않았다.

그리고 마침내 크리스티안은 떠났다. 끓어오르던 공격성이 진이 빠져 완전히 떨어진 후에야 떠났다. 크리스티안은 자기가 완벽하게 마무리했다고 확신했다. 키미가 말하는 상자와 그 내용물에 관한 얘기는 순전히 꾸며낸 얘기다.

의식이 돌아온 키미는 간신히 수화기를 붙잡고 직접 구급차를 불렀다.

33

키미는 빈속으로 눈을 떴지만 뭘 먹고 싶은 생각이 들지 않았다. 일요일 오후였고, 키미는 여전히 호텔에 머물고 있었다. 한 시간짜리 꿈이 그녀에게 모든 것이 제자리로 돌아가게 되리라는 자신감을 심어 주었다. 키미의 기운을 북돋우는 데 그것 말고 다른 무엇이 필요하겠는가?

키미는 옷감꾸러미가 담긴 가방으로 고개를 돌렸다. 가방은 침대 위키미 옆자리에 놓여 있었다.

"오늘 네게 줄 선물이 있어, 우리 꼬맹이 밀레야. 오래 전부터 생각했던 거야. 엄마가 평생 가장 소중히 여긴 장난감을 너한테 주려고 해. 엄마의 귀여운 테디 베어를 말이야."

키미가 말했다.

"그 인형을 너에게 주려고 여러 번 생각했어. 오늘이 바로 그날이야. 행복하지, 그치?"

키미는 그녀가 실수하기를 기다리며 도사리고 있는 목소리의 존재를 느꼈다. 키미는 가방으로 손을 집어넣어 옷감꾸러미를 만졌다. 그리고 따뜻한 기분이 차오르기를 기다렸다.

"괜찮아, 아가. 엄마는 괜찮아. 오늘은 누구도 우릴 해치지 못 해."

키미가 복부의 과다출혈로 병원에 실려 오자 비스페비에르 병원의 직원들은 하나같이 키미에게 대체 어떻게 이런 일이 일어날 수 있느냐고 여러 번 되풀이해서 물었다. 의사 중 한 사람은 경찰을 불러야 한다고까지 했지만, 키미가 뜯어말렸다. 키미는 몸에 생긴 타박상은 아주 길고 가파른 계단에서 굴러 떨어지는 바람에 생긴 것이라고 말했다. 가끔씩 어지러워지는 때가 있는데, 하필 그때 계단 꼭대기에 서 있었노라고 했다. 누가 자기를 해치려한 것이 아니라고 거듭거듭 다짐해 말했다. 계모와 단둘이 사는데, 어쩌다 이런 바보 같은 사고가 일어났다고 말이다.

다음 날 간호사들은 아이가 무사할 거라는 소식을 전해 왔다. 하지만 간호사들이 오랜 기숙학교 친구들로부터 온 안부 메시지를 전하는 순간, 키미는 좀 더 조심해야 할 필요가 있음을 깨달았다.

나흘째 되던 날, 비아르네가 키미의 개인 병실로 찾아왔다. 비아르네가 패거리의 심부름꾼이 되어 찾아온 것은 우연이 아니었다. 우선 비아르네는 다른 이들과 달리 대중적으로 알려진 인물이 아니었다. 또한 키미를 만나서 아주 밑바닥 대화까지 나눌 수 있는 사람은 비아르네밖에 없었다. 두 사람 사이의 대화에서는 공허한 미사여구나 어설픈 거짓말이 뿌리를 내릴 틈이 없었다.

"키미, 듣자하니 우리한테 불리한 증거들을 가지고 있다던데, 그게 사실이야?"

키미는 대답하지 않았다. 그저 유리창 너머로 잘난 척 서 있는 황폐한 건물들만 바라보았다.

"크리스티안이 이번에 네게 한 일은 미안하다고 했어. 개인병원으로 옮겨 줄까 물어봐 달라던데. 아기는 괜찮은 거지?"

키미는 노기 어린 눈빛으로 비아르네를 노려보았다. 비아르네는 눈길을 피할 수밖에 없었다. 자기가 키미에게 이런 것을 물어볼 자격이 없다는 것은 그도 잘 알고 있었다.

"크리스티안한테 전해. 내 몸에 손대거나 무슨 일로든 나와 얽히는 것은 이번으로 마지막이라고. 알았어?"

"키미, 너도 크리스티안이 어떤 놈인지 알잖아. 순순히 물러날 놈이 아니야. 크리스티안이 뭐라는지 알아? 너한테는 변호사가 없다는 말까지 해. 그러니까 우리에 대해서 아무한테도 불지 않았을 거래. 그게 무슨 의미인지 알지? 생각이 바뀌었대. 이제는 그놈도 네가 말한 그 상자와 내용물들을 네가 진짜 가지고 있다고 믿어. 너라면 그런 짓을 하고도 남았을 거래. 나한테 그 얘기하면서 씩 웃기까지 하더라니까."

비아르네가 크리스티안이 지었던 표정을 흉내 내려고 했지만 헛수고였다. 키미는 별다른 느낌을 받지 않았다. 크리스티안은 자기를 위협할 수 있는 것을 앞에 두고 웃는 놈이 절대로 아니지.

"변호사도 없는 마당에 그럼 네가 누구하고 힘을 합칠 수 있겠냐는 거야. 넌 우리 말고는 친구도 없잖아, 키미. 그건 우리 모두가 아는 사실 아니야?"

비아르네가 키미의 팔에 손을 얹었지만 키미는 홱 뿌리쳤다.

"그냥 그 상자가 어디 있는지만 말해, 키미. 집에 있어?"

키미가 비아르네를 획 돌아보았다.

"너 내가 그렇게 멍청해 보여?"

이 말은 분명 먹혀든 것 같다.

"크리스티안한테 가서 전해. 나를 그냥 내버려 두면 너희가 어떻게 지지고 볶고 살든 난 상관할 바 아니라고 말이야. 나 임신했어, 비아르네. 너희는 그게 무슨 뜻인지도 몰라? 그 상자 속 물건들이 세상의 빛을 보는 날이면 나하고 내 아기라고 무사하겠어? 너희는 그런 생각도 안 해 봤어? 그 상자는 단지 비상용일 뿐이라고."

결코 해서는 안 될 말이었다.

비상용. 크리스티안을 위협할 수 있는 것을 딱 하나 들라면, 바로 이 말이었다.

비아르네가 다녀간 후로 키미는 밤잠을 이룰 수 없었다. 그저 신경을 곤두세우고 어둠속에 누워 한 손은 배에 올리고, 나머지 한 손은 언제라도 간호사를 호출할 수 있게 비상호출 코드 옆에 두었다.

8월 2일. 그는 한밤중에 하얀 의사 가운을 입고 나타났다.

깜박 잠이 든 순간, 키미는 누군가가 손으로 입을 막고 무릎으로 가슴을 강하게 내리누르는 것을 느꼈다. 그가 대놓고 말했다.

"네가 퇴원하면 어디로 내뺄지 누가 알겠어? 우린 늘 널 지켜보고 있지만, 그래도 모를 일이잖아? 상자가 어디 있는지 말해. 그럼 얌전하게 살게 내버려 둘게."

키미는 대답하지 않았다.

그는 나머지 한 손을 키미의 복부에 세게 휘둘렀다. 그래도 대답이 없자 그는 키미를 때리고 또 때렸다. 그러자 배에서 진통과 수축이 시작됐고, 다리가 거칠게 들썩이며 침대가 흔들렸다.

키미의 침대 옆 의자가 넘어지면서 쥐죽은 듯 조용한 병실에 와장창 소리가 울리지 않았더라면 그는 그 자리에서 키미를 죽였을 것이다. 구급차의 헤드라이트 불빛이 병실을 밝히는 바람에 그의 소름끼치고 비열한 모습이 적나라하게 드러나지 않았더라면, 키미가 쇼크에 빠져 고개가 뒤로 넘어가지 않았더라면.

어쨌든 저렇게 두면 키미가 곧 죽을 거라 확신하지 않았더라면.

키미는 체크아웃을 하지 않았다. 여행 가방은 그냥 호텔 안에 두고 작은 그 옷감꾸러미와 몇 가지 다른 것만 가방에 넣어 들고 나왔다. 그리고 중앙역까지 짧은 거리를 걸었다. 거의 오후 2시였다. 이제 키미는 밀레에게 약속한 대로 귀여운 테디 베어 인형을 가지러 갈 참이다. 그리고 그 후에는 자기가 해야 할 일을 마무리할 것이다.

맑은 가을날이었고 전철 안은 행복에 겨운 유치원생들과 선생님들로 만원이었다. 어쩌면 박물관 견학을 마치고 집으로 돌아가고 있는지도 모르고, 어쩌면 몇 시간 놀이공원에서 더 놀기 위해 가고 있는지도 모른다. 어쩌면 저 어린것들은 붉게 달아오른 뺨으로 오늘 저녁 집에 돌아가 아빠, 엄마한테 들뜬 목소리로 알록달록한 단풍잎들과 에레미타제 성 주변의 평원에 뛰어놀던 사슴 얘기를 꽃 피우겠지.

키미와 밀레가 마침내 다시 만나는 날은 그보다 훨씬 더 사랑이 넘치는 날이 되리라. 천국의 무한한 아름다움 속에서 두 사람은 서로 마주 보며 마음껏 웃게 되리라.

영원히. 그래, 영원히.

키미는 고개를 끄덕이며 스바네뮐렌의 판자촌 너머로 비스페비에르 종합병원 쪽을 물끄러미 바라보았다.

11년 전 키미는 병실 침대를 빠져나와 침대 발치에 놓인 금속 테이블 위, 시트에 덮여 있던 조그만 아이를 데리고 나왔다. 잠시 사람들이 키미를 혼자 내버려 둔 사이에 일어난 일이다. 옆 병실의 여자가 분만을 시작하면서 심각한 합병증에 생겼기 때문이다.

키미는 자리에서 일어나 옷을 챙겨 입고 아기를 시트로 감쌌다. 그리고 한 시간 후, 앙레테레 호텔로 아버지를 찾아갔다가 모욕을 당하고 나온 후에 키미는 지금 걷고 있는 길과 똑같은 길을 따라 오르러프까지 걸었다.

그 집에 머무를 수 없다는 것은 키미도 알고 있었다. 패거리가 그녀를 쫓을 것이고, 그들과 다시 마주친다는 것은 곧 죽음을 의미했다.

하지만 자신이 도움이 절실한 상황이란 것도 알고 있었다. 아직도 출혈이 멈추지 않았고, 복부의 통증도 어떻게 이럴 수 있을까 싶을 정도로 무섭게 느껴졌다.

그래서 키미는 카산드라에게 돈을 더 달라고 할 생각이었다. 계모에게 자신이 필요한 것을 얻어낼 생각이었다.

하지만 그날 키미는 이름이 'K'로 시작하는 사람들이 자기에게 어떤 짓을 할 수 있는지 다시 한 번 뼈저리게 느꼈다.

카산드라가 화를 내며 키미의 손에 던져 준 돈은 고작 이천 크로네였다. 카산드라로부터 이천 크로네, 그리고 윌리 K. 라센, 소위 아버지란 작자에게서 받은 일만 크로네가 그들이 뱉어 낸 전부였다. 턱도 없이 모자란 돈이었다.

옷감꾸러미를 가슴에 품고, 피가 흥건하게 넘쳐나는 생리대를 찬 채 집에서 쫓겨나 길거리로 다시 나온 키미는 언젠가 자기를 이렇게 막 대하고 무릎 꿇린 자들을 찾아가 그 대가를 치르게 하리라 마음먹었다.

제일 먼저 크리스티안, 그다음은 비아르네, 그다음엔 토르스텐, 디틀레우, 울릭, 카산드라, 그리고 아버지.

실로 몇 년 만에 처음으로 키미는 키르케바이의 집 앞에 섰다. 모든 것이 똑같아 보인다. 언덕 너머로 울려 퍼지는 교회 종소리는 분명 지금도 고리타분한 부르주아들을 일요일 예배로 불러 모으고 있었고, 동네 집들은 여전히 부끄러운 줄 모르고 하늘 높이 치솟아 있었다. 집 정문이 여전히 굳게 닫혀 있음은 물론이다.

카산드라가 문을 열자 방부제 처리한 듯한 그녀의 얼굴을 금방 알아볼 수 있었다. 뿐만 아니라 키미라는 존재가 불러일으키는 계모의 태도 또한 분명히 알아볼 수 있었다.

둘 사이의 적대감이 어떻게 시작되었는지 키미는 알지 못 한다. 어쩌면 카산드라가 부모 노릇을 한답시고 키미를 어두운 옷장 속에 가둬 놓고 잔인한 말들을 쏟아붓듯 내뱉었을 때 시작되었을지도 모르겠다. 어린 꼬마 소녀의 귀로는 절반도 알아들을 수 없는 말들이었다. 카산드라 자신도 그런 몰상식한 가정에서 고통 받으며 자랐다는 것을 고려하면 그녀의 행동을 어느 정도 이해할 수 있을지는 모르겠다. 하지만 그것이 변명이 될 수는 없었다. 카산드라는 악마였다.

"감히 어딜 들어오려고?"

카산드라가 화난 목소리로 낮게 말하며 문을 억지로 닫으려 했다. 키미가 유산한 다음에 꾸러미를 팔에 안고, 상처 입은 몸을 이끌고 깊은 절망과 필요 속에 그 자리에 와서 섰던 날, 그날과 똑같은 행동이다.

그날 키미는 지옥에나 가라는 소리를 들었다. 그리고 키미를 기다리고 있는 것은 정말 지옥 그 자체였다. 크리스티안에게 매 맞고 유산까지 해서 꼴이 말이 아니었지만, 키미는 며칠이고 정처 없이 길거리를 헤매다 통증이 찾아오면 길거리에 웅크리고 앉아 혼자 견뎌야 했다. 그 어떤 도움의 손길도 없었다. 아예 키미에게 접근하는 사람 자체가 없었다.

사람들 눈에는 키미의 갈라진 입술과 더러운 머리카락만 보였다. 키미의 손에 들린 역겨운 옷감꾸러미, 그리고 말라붙은 피에 갈색으로 변한 소매를 보며 사람들은 뒷걸음질할 뿐이었다. 사람들의 눈에는 고열로 망가져 절실하게 도움이 필요한, 산산이 부서져 내리는 한 인간의 모습이 보이지 않았다.

　키미는 그것이 자기에게 내려진 형벌이라 생각했다. 자기가 저지른 그 모든 끔찍한 악행을 속죄하기 위한 자기만의 지옥이라 생각했다.

　구원의 손길은 베스테르브로에서 온 한 약쟁이에게서 왔다. 옷감꾸러미에서 나는 역한 냄새를 무시하고, 키미의 입가에 딱딱하게 말라붙은 침 딱지를 무시하고 키미에게 다가온 사람은 말라깽이 티네밖에 없었다. 그보다 더한 꼴도 보며 살아온 티네였다. 티네는 쉬드하우넨의 한 골목에 사는 또 다른 약쟁이의 방으로 키미를 데리고 갔다. 까마득하게나마 한때는 의사 노릇을 했던 약쟁이였다.

　감염과 출혈을 멈출 수 있었던 것은 그 약쟁이가 준 알약과 자궁소파술 덕분이었다. 하지만 그 대가로 키미의 자궁은 두 번 다시 피를 흘리지 않게 되었다.

　그다음 주가 되어 꾸러미에서 악취가 흘러나오지 않자, 키미는 길거리에서 새로운 삶을 시작할 준비가 되었다.

　그리고 그 삶이 지금까지 이어져 왔다.

　카산드라의 향수 냄새가 짙게 드리운 방에 들어서니 방안을 떠도는 유령들이 언제나처럼 키미를 보며 비웃는 것 같고, 마치 악몽의 한가운데서 그대로 얼어붙어 버린 느낌이 들었다.

　카산드라는 담배 한 대를 입술에 물었다. 그 입술의 립스틱은 그전에 피워 문 열 개도 넘는 담배 필터에 배어들어 사라진 지 오래다. 손은 가볍게 떨리고 있었지만, 연기 사이로 카산드라의 눈동자는 키미가 마룻바닥에 가방을 내려놓는 모습을 유심히 관찰하고 있었다. 카산드라가 불편을 느끼고 있는 것은 분명했다. 이제 곧 카산드라의 눈빛이 여기저기 흔들릴 것이다. 이것은 그녀가 계획했던 시나리오가 아니었다.

"여긴 뭐하러 왔어?"

카산드라가 물었다. 11년 전과 똑같은 질문이다. 강간 당하고 찾아왔을 때, 그리고 유산한 다음에 찾아왔을 때와 똑같은 질문.

"여기 계속 엉덩이 붙이고 살고 싶어, 카산드라?"

키미가 맞받아쳤다.

계모는 고개를 뒤로 젖혔다. 하지만 그것을 뺀 나머지 부분은 꼼짝도 않고 그대로 둔 채 잠시 생각에 잠겼다. 손은 기운 없이 축 늘어져 있었고, 파란 담배 연기가 회색의 머리카락 주변을 싸고돌았다.

"그래서 왔어? 날 쫓아내려고, 그거야?"

카산드라가 냉정을 유지하려고 애쓰는 모습을 보니 왠지 기운이 났다. 이 여자는 기회를 노려 어린 소녀를 엄마한테서 떼어낸 여자다. 키미의 삶을 정서적 학대와 방치로 가득 채운, 스스로를 혐오하고 자기중심적인 딱한 여자다. 결국 키미를 지금의 모습으로 이끈 그 모든 것을 키운 여자다. 불신, 증오, 냉정한 무관심. 그리고 공감의 결여.

"질문 두 개만 할게. 똑 부러지게 제대로 대답하는 게 좋아, 카산드라."

"대답해 주면 얌전히 떠날 거냐?"

카산드라가 유리병에서 포트와인을 한 잔 따라서 조심스럽게 한 모금 마셨다. 분명 키미가 도착하기 전에 비우려고 했던 술병일 것이다.

"장담은 못 해."

키미가 말했다.

"질문이 뭐야?"

카산드라는 폐 속 깊숙이 담배를 빨아들였다. 어찌나 깊이 빨아들였는지 날숨에 아무것도 나오지 않았다.

"우리 엄마 어디 있어?"

카산드라는 입이 살짝 벌어지며 고개를 뒤로 젖혔다.

"맙소사, 질문이 고작 그거야?"

카산드라는 갑자기 키미를 향해 고개를 돌렸다.

"너희 엄마는 죽었어, 키미. 벌써 삼십 년 전에 죽었어, 이 딱한 것아. 우리가 말 안 해 줬나?"

카산드라는 다시 한 번 고개를 뒤로 젖혀 뭐라 뭐라 하며 중얼거렸다. 놀라움을 표현하는 소리 같았다. 그리고 다시 키미를 바라보았다. 이번에는 얼굴이 무자비한 표정으로 굳어있었다.

"네 아비가 그년한테 돈을 줬는데, 그년은 술 먹느라 그 돈을 다 날렸지. 더 얘기해야겠냐? 우리가 너한테 이 얘기를 안 했다니 진짜 놀랄 일이다. 이제 알았으니, 행복해?"

'행복'이라는 단어가 키미의 몸속 세포들을 구석구석 파고들었다. 행복?

"아빠는? 아빠 소식 들은 거 있어? 지금 어디 있는데?"

이런 질문이 튀어나올 줄 알았지. 카산드라는 역겨워졌다. '아빠'란 소리만 들어도 온몸에 소름이 돋는다. 이 세상에 윌리 K. 라센을 증오하는 사람이 딱 한 사람 있다면, 그것은 바로 카산드라일 것이다.

"그건 알아서 뭐하게? 네 아비가 지옥에서 불타 죽든 말든 네가 상관할 게 뭐야, 안 그래? 아니, 네 손으로 직접 그 인간을 지옥 불구덩이에 밀어 넣고 싶어서 온 거야? 이 멍청한 년아, 내가 이거 하나는 분명히 말해 줄 수 있는데, 네 아비는 지금 정말 지옥에서 불타고 있어."

"아파?"

키미가 물었다. 경찰이 티네에게 한 얘기가 어쩌면 사실인가 보군.

"아프냐고?"

카산드라가 담배를 비벼 끄고는 뾰족한 손톱이 달린 손가락을 쭉 펴며 팔을 벌렸다.

"그 인간은 지금 뼈라는 뼈마다 다 암이 퍼져서 지옥에서 불타는 중이야. 그 인간하고 직접 얘기해 본 적은 없지만, 듣자하니 아주 천벌을 받고 있나 보더라."

카산드라가 입술을 다물고는 코로 크게 숨을 내쉬었다. 마치 자기 내면의 사탄을 쫓아내려는 것 같다.

"아주 끔찍하게 고생 중이고, 크리스마스쯤에는 죽을 거란다. 잘됐지, 뭐."

카산드라가 가운의 주름을 살짝 펴고는 탁자 위에 놓인 와인 잔을 자기 쪽으로 끌어당겼다.

그렇다면 남은 사람은 키미(Kimmie), 그리고 귀여운 어린것, 그리고 카산드라(Kassandra)밖에 남지 않았다는 소리다. 저주 받은 두 명의 K와 작고 귀여운 수호천사 하나.

키미가 바닥에서 가방을 들어 탁자 위 카산드라의 와인병 옆에 올려놓았다.

"말해봐. 내가 여기서 아기 낳을 날을 기다리고 있을 때 크리스티안을 집안에 들인 사람이 당신이야?"

카산드라는 키미가 가방을 여는 것을 보았다.

"맙소사, 그 가방에 그 흉측한 것이 들어 있는 것은 설마 아니겠지?"

키미의 얼굴을 보니 들어 있는 것이 분명했다.

"이 미친년! 넌 미쳤어, 키미. 그거 저리 치우지 못 해!"

"크리스티안을 왜 집안으로 들였어? 그 인간이 나에게 오게 그냥 내버려 둔 이유가 뭐야, 카산드라? 내가 임신 중인 것을 알고 있었잖아. 내가 혼자 있고 싶다고 분명히 말해 두었는데."

"왜냐고? 너나 네 빌어먹을 아기가 어찌되든 말든 난 눈곱만큼도 신경 쓰지 않으니까! 나한테 뭘 바랬는데?"

"그리고 내가 두들겨 맞는 동안 당신은 이 거실에 그냥 앉아 있기만 했지. 분명 그 소리를 들었을 텐데 말이야. 그놈이 나를 얼마나 많이 두들겨 팼는지 분명 들어서 알고 있었을 거야. 왜 경찰에 알리지 않았어?"

"넌 그런 꼴을 당해도 싼 년이니까. 내 말이 틀렸어?"

'그런 꼴을 당해도 싼 년'이라고 했다. 목소리들이 키미의 머릿속에서 큰소리를 내기 시작했다.

주먹질, 어두운 방, 조롱, 질책. 이 모든 것들이 키미의 머릿속에서 어지러운 소음을 만들어 내고 있었다. 지금 멈추어야 한다.

키미는 단숨에 뛰어올라 카산드라의 머리채를 움켜쥐고 머리를 뒤로 젖혔다. 그리고 잔에 남아 있던 포트와인을 목구멍 속으로 쏟아 부었다. 와인이 기도로 넘어가 기침이 나는데도 카산드라는 혼란과 당혹 속에 어쩔 줄 모르고 천정만 바라볼 뿐이었다.

그러고 나서 키미는 카산드라의 입을 다물게 한 다음 팔로 목을 졸랐다. 카산드라는 발작하듯 기침이 터져 나왔고, 와인을 도로 뱉어 내려고 몸부림쳤다.

카산드라는 키미의 팔뚝을 붙잡아 밀쳐 내려고 했지만, 길거리 생활로 붙은 근력은 무시할 것이 아니었다. 주변 사람들을 부리면서 손 하나 까딱하지 않고 하루하루를 보내는 늙은 여자의 근력으로는 당할 수가 없었다. 위가 수축하며 위액이 기도와 식도가 갈라지는 곳까지 차올랐다. 카산드라의 눈빛이 필사적으로 변했다.

카산드라가 코로 몇 번 숨을 들이쉬려고 했지만 헛수고였다. 그 바람에 카산드라의 몸은 더욱 더 패닉 상태로 빠져들었다. 카산드라는 빠져 나가려고 팔다리를 닥치는 대로 흔들었다. 키미는 카산드라를 더 세게 조르며 산소가 들어갈 기회를 완전히 차단해 버렸다. 카산드라의 몸이 경련을 일으켰고, 가슴이 미친 듯이 들썩이며 그녀의 신음소리를 집어

삼켰다.

그리고 어느 순간, 갑자기 그녀가 조용해졌다.

키미는 카산드라를 몸부림치던 곳에 그대로 쓰러지게 놔두었다. 부서진 와인 잔, 넘어진 커피 탁자, 카산드라의 입에서 역류해 흘러나온 음식물들이 상황을 말해줄 것이다.

카산드라 라센은 평생 좋은 것만을 즐기며 살아왔다. 그리고 이제 그 좋은 것들이 그녀의 목숨을 앗아갔다.

어떤 이는 말할 것이다. 사고였다고. 어떤 이는 이렇게 한마디 더 보탤 것이다. 그럴 줄 알았다고.

크리스티안 울프가 롤란의 자기 사유지에서 넓적다리 동맥이 절단된 채 발견되었을 때 그의 한 오랜 사냥 동료가 내뱉은 말도 바로 이것이었다. 사고였다고. 하지만 그럴 줄 알았다고. 크리스티안은 자기 산탄총을 부주의하게 다루기로 유명했다. 저러다가 언젠가는 무슨 일이 벌어질 줄 알았지. 그 사냥 친구가 말했다.

하지만 그것은 결코 사고가 아니었다.

크리스티안은 키미를 처음 만난 날부터 그녀를 조종했다. 크리스티안은 키미와 다른 사람들을 자기의 게임 속으로 강제로 끌어들였고, 그 게임에 키미의 몸뚱이를 이용했다. 크리스티안은 키미가 다른 사람들과 관계를 맺게 하고, 또 나중에는 그 관계에서 키미를 다시 빼냈다. 크리스티안은 키미를 시켜 카레 브루노를 다시 사귀자는 약속과 함께 벨라호 이로 유인하게 만들었다. 크리스티안은 키미를 자극해서 크리스티안에게 카레를 아래로 밀어 버리라고 소리치게 만들었다. 크리스티안은 키미를 강간하고 때렸고, 두 번째 때렸을 땐 아기까지 죽게 만들었다. 크리스티안은 키미의 인생을 여러 번 바꾸어 놓았고, 그때마다 키미의 인생은 더더욱 내리막길로 빠져들었다.

노숙 생활을 시작한 지 6주가 되던 날, 키미는 타블로이드 일면에서 크리스티안의 얼굴을 보았다. 그 얼굴이 미소를 짓고 있었다. 몇 가지 사업적 거래를 성공적으로 마무리했고, 휴식을 위해 자신의 롤란 섬 사유지로 며칠간 떠난다는 기사였다.

"제 땅에 살고 있는 동물들은 아주 바짝 긴장해야 할 겁니다. 전 백발백중이니까요."

기사에서 그는 이렇게 말했다.

키미는 처음으로 여행 가방을 훔쳤다. 그리고 흠잡을 데 없이 말끔하게 차려입고서 쉴레스테드로 가는 전철에 올라탔다. 그리고 거기서 내린 다음에는 땅거미를 등지고 3킬로미터를 걸어 크리스티안의 저택에 도착했다.

키미는 집에서 끊임없이 들려오는 크리스티안의 고함소리를 들으며 덤불 속에서 밤을 지새웠다. 그 고함소리에 마침내 젊은 아내가 위층으로 달아나는 소리가 들렸다. 크리스티안은 거실에서 잠들었고, 몇 시간 후에는 자신의 개인적 결점과 짜증을 사정거리에 들어오는 연약한 꿩과 다른 동물들에게 화풀이할 준비를 완전히 마쳤다.

밤공기가 차갑기 이를 데 없었건만, 키미는 춥지 않았다. 이제 곧 크리스티안은 자신이 저지른 죄의 대가로 그 피를 땅위에 뿌리게 되리라. 그 생각만으로도 키미는 한여름의 폭염처럼 몸이 뜨거워졌다. 그 생각이 키미의 몸과 마음에 생명을 불어넣었다.

크리스티안은 늘 밤잠을 설치기 때문에 어느 누구보다도 잠자리에서 일찍 일어난다는 것을 키미는 기숙학교 시절부터 잘 알고 있었다. 사냥이 시작되기 2시간 전쯤, 그는 몰이꾼과 사냥꾼 사이에서 협조가 제대로 이루어질 수 있도록 사냥터를 거닐며 지형 파악에 나설 것이다. 그가 죽은 지도 몇 년이 지났건만, 사유지 문을 열고 나와 들판으로 걸어 나가는 크리스티안을 마침내 발견하던 순간을 키미는 아직도 똑똑히 기억하고 있다. 크리스티안은 상류계층이 생각하는 사냥꾼의 차림새로 완전무장하고 있었다. 티끌 하나 없이 말끔하고 맵시 나는 옷에, 끈으로 바짝 조인 반짝이는 부츠. 하지만 그들이 과연 진정한 사냥꾼의 모습을 알까?

키미는 신속하게 움직이며 방풍용 울타리를 따라 거리를 두고 그를 쫓았다. 가끔은 발아래 바스락거리는 낙엽과 나뭇가지들 때문에 크리스티안이 눈치챌까 두렵기도 했다. 나를 발견하면 저놈은 조금도 주저하지 않고 방아쇠를 당기겠지. 그리고는 사고라고 둘러댈 것이다. 실수였다고, 사슴이나 야생동물인 줄 알았다고 말이다.

하지만 크리스티안은 키미의 소리를 듣지 못 했다. 적어도 키미가 그에게 달려들어 그의 성기 깊숙이 칼을 쑤셔 넣기 전까지는 말이다.

크리스티안이 앞으로 고꾸라지며 괴로움에 몸부림쳤다. 휘둥그레진 그의 눈은 지금 자기를 내려다보고 있는 저 얼굴이 그가 이 세상에서 볼 마지막 것임을 알고 있었다.

키미는 산탄총을 빼앗아 들고, 크리스티안이 피를 모두 흘리고 죽을 때까지 기다렸다. 그리 오래 걸리지는 않았다.

그리고는 크리스티안의 시체를 뒤집은 후에 자기 옷소매 속에 손을 집어넣고 총 위에 묻은 지문을 닦아냈다. 그리고 총을 크리스티안의 손에 쥐어 준 후에 총구를 그의 사타구니에 대고 방아쇠를 당겼다.

경찰 보고서에서는 사고 경위는 총기 사고로, 사망 원인은 넓적다리 동맥 절단 후의 과다출혈로 결론이 났다. 이 사건은 그해에 사람들 입에 가장 많이 오르내린 사냥 사고였다.

이 사건은 우연한 사고로 분류되었지만, 키미는 그 진실을 알고 있었다. 보기 드문 평화가 키미의 마음속에 찾아들었다.

다른 패거리 멤버들과는 달리, 키미는 흔적 하나 남기지도 않고 사라졌다. 그리고 패거리들은 누군가의 소행이 아니고는 크리스티안이 그렇게 죽을 리 없다는 것을 잘 알고 있었다.

사람들은 크리스티안의 죽음을 정말 설명하기 힘든 사고라 불렀다.

하지만 키미의 오랜 친구들의 생각은 달랐다.

비아르네가 제 발로 자수해 들어간 것이 바로 이때였다.

아마도 다음 차례가 자기라는 것을 그도 알았을 것이다. 다른 패거리 멤버들과 협정을 맺었을지도 모른다. 어쨌든 상관없다.

키미는 신문에서 그 사건 소식을 읽었다. 비아르네가 뢰르비 살인 사건을 단독 범행으로 자백하고 감방에 들어갔다. 이것으로 키미도 과거와 평화롭게 살 수 있게 되었다.

키미는 디틀레우 프람에게 전화를 걸어 만약 그와 울릭, 토르스텐이 평화롭게 살기 원한다면 돈을 내놓으라고 했다.

그리고 돈을 전달할 방법을 합의 보았고, 패거리는 약속을 지켰다.

똑똑한 짓이었다. 운명이 그들의 발목을 붙잡기 전까지 적어도 몇 년은 더 벌 수 있었으니 말이다.

키미는 잠시 카산드라의 시체를 바라보며 궁금해했다. 왜 만족스러운 기분이 들지 않는 거지?

'아직 다 끝난 게 아니니까!'

한 목소리가 말했다.

'천국까지 절반밖에 가지 못 했는데 행복해할 사람이 어디 있어?'

또 다른 목소리가 말했다.

세 번째 목소리는 침묵했다.

키미는 고개를 끄덕이고 가방에서 옷감꾸러미를 꺼낸 후, 천천히 자기 방으로 올라가며 그 어린것에게 설명했다. 옛날에 엄마가 놀던 계단이야. 보는 사람이 없을 땐 난간에서 미끄럼을 타면서 놀았어. 카산드라하고 아빠 몰래 늘 한 가지 노래만 계속해서 흥얼거리며 놀았지.

어린 시절의 소소한 순간들이었다.

"엄마가 테디 베어를 찾아올 테니까 우리 아기는 여기서 조금만 기다려요."

키미가 옷감꾸러미를 조심스럽게 베개에 올려놓으며 말했다.

키미의 침실은 떠나던 날의 모습 그대로 남아 있었다. 불러 오는 배를 만지며 몇 달 머물렀던 곳이 바로 여기다. 이제 여기를 찾아오는 것도 이번이 마지막이 될 것이다.

키미는 발코니 문을 열고 희미해져 가는 불빛 속에서 손으로 길을 더듬어 느슨한 타일을 찾아갔다. 여기 있다. 기억하던 곳에 그대로 있다. 타일이 깜짝 놀랄 정도로 쉽게 움직였다. 전혀 예상하지 못 했던 부분이다. 마치 방금 전에 기름칠해 둔 문을 열고 들어가는 기분이다. 불길한 예감이 키미를 덮쳤고, 피부를 타고 싸늘한 한기가 퍼졌다. 그리고 빈 공간 속에 손을 넣어 비어 있음을 안 순간, 그 한기는 이글거리는 열기로 바뀌었다.

키미의 눈동자가 느슨한 타일 주위로 다른 타일들을 미친 듯이 훑었지만, 헛수고라는 것을 키미도 알고 있었다.

이 타일이 맞고, 그 공간이 맞다. 상자는 사라진 것이다.

목소리들이 키미 안에서 미친 듯이 비웃고 욕을 하며 울부짖는 동안, 키미가 살아오며 만났던 그 더러운 K들이 모두 키미 앞에 연이어 떠올랐다. 퀼레, 윌리 K., 카산드라, 카레, 크리스티안, 클라우스, 그리고 그녀의 삶을 가로질러 간 다른 모든 사람들. 이번에는 도대체 누가 내 삶을 가로질러 간 것인가? 누가 그 상자를 가져갔나? 증거를 없애려고 목구멍을 틀어막으려고 했던 바로 그들인가? 디틀레우, 울릭, 토르스텐, 살아남은 그놈들인가? 그놈들이 정말 그 상자를 찾아냈단 말인가?

몸이 떨려 온다. 목소리들이 하나로 합쳐지고 있었다. 손등의 핏줄이 불끈거렸다.

아주 오랫동안 일어나지 않았던 일이 일어나고 있었다. 목소리들의 뜻이 하나로 모아지고 있었다.

세 놈 다 죽여야 돼. 이번만큼은 목소리들도 한 목소리였다.

키미는 탈진한 채 침대로 돌아와 그 작은 꾸러미 옆에 누웠다. 과거의 치욕이 머릿속을 가득 채웠다. 처음 아빠에게 주먹으로 맞았던 날, 엄마의 새빨간 립스틱 뒤로 풍기던 술 냄새, 뾰족한 손톱, 키미를 꼬집던 손톱, 키미의 여린 머리카락을 쥐고 흔들던 손톱.

벌을 받고 난 다음이면 키미는 방구석에 앉아 떨리는 손으로 테디 베어를 안고 있었다. 테디 베어는 키미가 대화하고 위로 받을 수 있는 유일한 존재였다. 비록 작은 몸집이었지만 테디는 권위 있는 목소리로 말했다.

"진정해, 키미."

인형이 말했다.

"저들은 사악한 존재야. 언젠가는 모두 사라질 거야. 어느 날 갑자기 모두 사라져 버릴 거야."

키미가 자랐을 땐 말투가 바뀌었다. 이제 테디 베어는 말했다.

"너를 때리는 놈이 있으면 절대로, 절대로 그냥 두지 마. 때릴 일이 생기면 차라리 네가 때려. 너를 함부로 대하는 놈은 절대로 그냥 두면 안 돼."

그리고 이제 테디 베어는 사라지고 없다. 그녀의 삶에서 어린 시절,

짧은 순간의 행복이나마 엿보게 해 주었던 그 유일한 존재가 이제 사라지고 없다.

키미는 옷감꾸러미를 향해 돌아누워 부드럽게 쓰다듬었다. 약속을 지키지 못 했다는 죄책감이 키미를 사로잡았다.

"아가, 오늘은 테디 베어를 줄 수 없을 것 같아. 미안해, 정말 미안해."

34

늘 그렇듯 최신 뉴스를 제일 먼저 접하는 사람은 울릭이었다. 하지만 그것은 또한 그가 디틀레우처럼 주말 내내 석궁 연습에 열심이지 않았다는 뜻이기도 했다. 이것이 그 두 사람의 차이점이었다. 처음부터 언제나 그랬다. 울릭은 가능하면 되도록 태평하게 인생을 보내는 쪽을 좋아했다.

디틀레우의 핸드폰이 울렸다. 마침 그는 해협을 바라보고 서서 과녁에 석궁을 쏘고 있었다. 처음에는 화살이 과녁을 지나쳐 바닷물 속에 빠지는 경우가 많았지만 지난 이틀 동안은 과녁에 꽂히지 않은 화살이 거의 없을 정도가 되었다. 오늘은 월요일이었고, 디틀레우는 화살 다섯 발을 과녁에 십자가 모양으로 꽂아 놓으며 연습을 즐기고 있었다. 그런데 이때 겁에 질린 울릭의 목소리가 그 재미를 앗아가 버렸다.

"올베크가 키미한테 당했어. 뉴스에서 들었는데, 분명 키미의 짓이야. 딱 보면 알아."

순간 이 소식은 디틀레우를 집어삼키는 듯했다. 마치 죽음을 예감하는 듯한 기분.

울릭은 올베크의 추락 사고와 그 죽음을 둘러싼 세부사항에 대해 다소 일관성 없이 짧게 설명했고, 디틀레우는 꼼짝 않고 울릭의 설명에 귀를 기울였다.

경찰의 발표 내용은 두루뭉술하기 짝이 없었다. 언론이 해석한 내용을 울릭이 종합해 본 바로는 자살이라고 잘라 말하기가 힘든 죽음이었다. 살인의 가능성을 배재할 수 없다는 뜻이다.

정신이 번쩍 드는 뉴스였다.

"우리 셋이 빨리 만나야 돼. 내 말 듣고 있어?"

마치 벌써 키미에게 쫓기고 있기라도 한 듯이 울릭이 속삭이며 말했다.

"우리가 뭉치지 않으면 그년이 우리의 목을 하나씩 따러 올 거라고."

디틀레우는 자기 손목 줄에 매달려 있는 석궁을 바라보았다. 울릭이 맞다. 지금부터는 무언가 달라져야 한다.

"알았어, 지금 당장은 계획했던 대로 해. 내일 아침 일찍 토르스텐의 집에 사냥하러 모여. 거기서 만나서 얘기하자고. 이거 기억해 둬. 10년 넘는 세월이 지났지만 키미의 공격은 이제야 겨우 두 번째야. 아직은 시간이 있다고, 울릭. 내 직감으로는 그래."

디틀레우는 바다를 바라보았다. 눈의 초점이 흐려지고 있었다. 이제는 더 이상 무시하고 앉아 있을 수 없다. 그년이 죽든가 우리가 죽든가, 둘 중 하나다.

"내 말 잘 들어, 울릭. 토르스텐한테는 내가 전화해서 알릴 테니까, 그동안 너는 주변 사람들한테 연락해서 뭐 할 수 있는 일이 없나 알아봐. 키미네 계모한테도 전화해 봐. 키미가 그쪽으로 갈 가능성이 있으니까. 일이 어떻게 돌아가고 있는지 설명해 주라고. 알았어? 사람들한테 말해. 아무리 사소한 것이라도 뭐 들리는 게 있으면 바로 너한테 알려달라고."

"아, 그리고 울릭."

전화를 끊으려다 디틀레우가 다시 입을 열었다.

"우리 만나기 전에는 되도록 집안에 있어라, 알았어?"

핸드폰을 주머니에 넣기도 전에 다시 벨이 울렸다.

"형이다."

건조한 목소리. 디틀레우의 형, 헤르베르트다.

형은 원래 디틀레우에게 전화하는 법이 없었다. 경찰이 뢰르비 살인 사건을 수사할 당시에도 헤르베르트는 어린 동생이 한 짓임을 첫눈에 간파했지만, 아무 말도 꺼내지 않았다. 의심스럽다는 말 한마디 벙긋하지 않았고, 이 일에 관여하지도 않았다. 하지만 그렇다고 이 일로 두 형제 사이에 형제애가 싹튼 것은 아니었다. 형제애란 것은 애초에 존재하질 않았다. 감정 따위는 애초부터 프람 가문과는 어울리지 않았다.

하지만 그럼에도 불구하고 중요한 순간이면 헤르베르트는 어김없이 나타났다. 분명 스캔들에 휘말리는 것이 끔찍하게 무서웠기 때문일 것이다. 자신을 떠받치고 있는 모든 것들이 훼손될지 모른다는 두려움이 갑자기 감당할 수 없이 커진 탓이리라.

디틀레우가 특별 수사반 Q의 수사를 중지시킬 방법을 궁리할 때 형 헤르베르트가 완벽한 도구가 될 수 있었던 이유도 그것이었다.

그리고 헤르베르트가 지금 전화를 한 이유도 바로 그것이었다.

"다른 게 아니라, 특별 수사반 Q의 수사가 다시 재개되었다고 알려주려고 전화했다. 자세한 내막은 나도 몰라. 경찰 본부에 있는 내 연락책하고 접촉이 끊어졌어. 하여간 내가 수사에 손을 쓰려고 했었다는 것을 특별 수사반 Q의 반장 칼 뫼르크가 눈치챘어. 유감이다, 디틀레우. 튀지말고, 바닥에 바짝 엎드려 있어."

이제 디틀레우에게도 공황이 밀려왔다.

토르스텐 플로린이 브랜드네이션 주차장에서 차를 빼려는데 디틀레우에게서 전화가 왔다. 디틀레우와 울릭처럼 방금 그도 올베크 소식은 들었고, 분명 키미의 소행이라고 생각하고 있었다. 하지만 특별 수사반 Q와 칼 뫼르크가 다시 움직이기 시작했다는 소식은 이제야 들었다.

"젠장! 어떻게 일이 계속 꼬이기만 하나?"

수화기 저편에서 토르스텐의 짜증 섞인 목소리가 들려왔다.

"사냥은 취소할까?"

디틀레우가 물었다.

긴 침묵은 그 자체로 대답이었다.

"이제 와서 취소하는 게 의미가 있을까? 저대로 놔두면 쓸데없이 여우만 죽게 될 텐데."

마침내 토르스텐이 입을 열었다. 디틀레우는 상상할 수 있었다. 분명 토르스텐은 일주일 내내 미친 여우가 고통스러워하는 모습을 지켜보며 즐거워했을 것이다.

"네가 오늘 아침에 와서 그놈을 봤어야 하는데. 완전 제대로 미쳤거든. 어쨌거나 잠깐 고민 좀 해 보자."

토르스텐이 말했다.

디틀레우는 토르스텐을 잘 알았다. 지금 이 순간 토르스텐의 내면에서는 두 가지 생각이 서로 싸우고 있을 것이다. 피를 보고 싶은 본능, 그리고 스무 살 때부터 자신의 일과 제국의 몸집을 불리고 지탱해 준 이성 사이의 전투. 이제 곧 토르스텐은 조용히 기도를 올릴 것이다. 그것이 토르스텐의 또 다른 일면이었다. 문제를 스스로 해결할 수 없게 되면 그에게는 언제라도 의지할 수 있는 신이나 다른 존재가 대기하고 있었다.

디틀레우가 핸드폰의 헤드셋을 그대로 켜둔 채 석궁의 시위를 당겨 걸고, 화살통에서 화살을 새로 하나 꺼냈다. 그리고 화살을 석궁에 올린 후에 낡은 부둣가에 남아 있는 다리 교각을 겨냥했다. 그곳에는 방금 내려앉은 갈매기 한 마리가 깃털에 맺힌 바다 안개를 열심히 닦아내고 있었다. 디틀레우가 거리와 바람을 가늠한 후에 아기의 뺨을 어루만지듯 더할 나위 없이 부드러운 동작으로 석궁의 방아쇠를 당겼다.

갈매기는 자기를 향해 날아오는 것을 눈치채지 못 했다. 화살은 갈매기를 관통했고, 갈매기는 그대로 바다로 떨어져 둥둥 떠올랐다. 수화기 저편에서는 토르스텐이 소리도 없이 기도를 올리고 있었다.

놀라운 사격이었다. 이 한 발이 디틀레우를 결심으로 이끌었다.

"밀어 붙이자, 토르스텐."

디틀레우가 입을 열었다.

"오늘 밤에 소말리아인들을 다 불러 모아서 지금부터 키미가 나타나는지 한눈팔지 말고 감시하라고 교육시켜. 경계를 서게 하라고, 토르스텐. 그 사람들한테 키미 사진을 보여 줘. 무엇이든 본 사람에게는 큰 보너스를 주겠다고 약속하고."

"알았어."

토르스텐이 잠시 생각하더니 대답했다.

"사냥 모임 나머지 사람들은 어떻게 할까? 크룸이나 그 멍청이들이 여기저기 날뛰게 놔둘 수는 없잖아."

"그게 무슨 소리야? 누가 우리하고 같이 있든 그건 상관없어. 키미가 근처에 나타나서 우리가 석궁으로 쏘게 되면, 그 상황을 진술해 줄 목격자가 필요하잖아."

디틀레우가 자랑스러운 듯 석궁을 가볍게 두드리며 천천히 파도에 실려 멀어지는 하얀 점을 바라보았다.

그가 부드럽게 말을 이었다.

"그래, 키미가 제 발로 나타나 주면 오히려 고맙지. 안 그래, 토르스텐?"

카라카스의 테라스에서 비서가 소리를 지르는 바람에 디틀레우는 토르스텐의 반응을 듣지 못 했다. 여기서 보이는 바로는 비서가 한 손을 흔들며 다른 손은 귀에 대고 있는 것 같다.

"비서가 나한테 뭐 할 말이 있나 보다. 이만 끊자, 토르스텐. 내일 아침에 보자고, 알았어? 몸조심하고."

두 사람은 동시에 전화를 끊었다. 그리고 1초 후에 바로 다시 핸드폰이 울렸다.

"통화중 대기 기능 또 꺼 놓으셨어요, 회장님?"

그의 비서였다. 이제 비서도 움직이지 않고 그냥 병원 테라스에 서 있었다.

"그러시면 곤란해요. 급한 일이 생겨도 저희가 연락을 드릴 수가 없잖아요. 여기 문제가 좀 생겼어요. 방금 전에 칼 뫼르크라는 사람이 형사라면서 나타나 여기저기 들쑤시고 다녀요. 어떻게 할까요, 회장님? 회장님께서 한번 얘기해 보시겠어요? 영장을 보여 주지는 않았는데, 제 생각에는 아무래도 영장은 가져오지 않은 것 같아요."

디틀레우는 소금기 가득한 바다 안개가 얼굴에 내려앉는 것을 느꼈다. 그것 말고는 아무것도 느껴지지 않았다. 처음 폭행을 한 후로 20년이 넘는 시간 동안, 감질나게 자극해 오는 불편한 느낌과 마음속에 잠재된 불안감은 오히려 그에게 힘을 불어넣는 원천이 되어 주었었다.

하지만 지금 이 순간, 디틀레우는 아무것도 느낄 수 없었다. 아니, 느낌이 좋지 않았다.

"아니."

그가 입을 열었다.

"나 지금 시내에 없다고 해."

어두운 파도가 갈매기의 시체를 집어삼켰다.

"여행 갔다고 해. 그리고 당장 병원에서 내쫓아."

35

침대에 누운 지 십 분 만에 칼의 월요일은 이미 시작되고 말았다.

칼은 일요일 내내 정신을 못 차렸다. 비행기를 타고 돌아오는 내내 마치 통나무처럼 잠들어 있었고, 승무원이 무지막지하게 흔들어도 도무지 눈을 뜰 생각을 안 했다. 승무원들은 어쩔 수 없이 칼을 질질 끌다시피 해서 비행기에서 내려야 했고, 그 후로는 공항 직원들이 나와서 전기 카트에 그를 태우고 의무실로 데려갔다.

"푸리지움을 몇 알 드셨다고요?"

의사가 물었지만, 칼은 이미 다시 꿈나라에 가 있었다.

그리고 지금은 반대로 침대 위에 눕자마자 정신이 말똥말똥해졌다.

"오늘 하루 종일 어디 계셨어요?"

칼이 좀비처럼 휘청거리며 부엌으로 들어오자 모르텐 홀란이 물었다. '됐다'는 얘기를 꺼낼 새도 없이 식탁 위로 마티니 한 잔이 올라왔고, 그것으로 밤은 한없이 길어졌다.

"여자 친구 하나 찾아보세요."

모르텐이 말했다. 시계 종소리가 네 시를 알렸고, 예스페르가 그제야 집에 들어왔다. 들어오자마자 예스페르도 사랑이며 여자에 대해 충고랍시고 한마디 거든다.

이제 푸리지움은 적게 먹을수록 좋다는 것을 깨달았다. 어쨌거나, 머리에 피도 안 마른 열여섯 살짜리 사내 녀석과 동성애자에게 연애 문제로 충고를 들어야 한다는 것은 별로 좋은 징조가 아니다. 다음은 아마도 예스페르의 엄마, 비가의 차례일 것이다. 벌써부터 귓가에 들려온다.

"당신 뭐 잘못된 거 아니에요? 신진대사에 문제가 생긴 거면 장미뿌리를 한번 먹어 봐요. 그거 만병통치라니까요."

칼은 안내 데스크에서 라르스 비외른과 마주쳤다. 라르스도 그다지 상태가 좋아 보이지는 않는다.

"쓰레기 컨테이너 폭행 사건들 때문에 아주 죽겠어."

라르스가 말했다.

두 사람은 유리벽 뒤에 서 있는 경찰관에게 목례한 후에 건물 바깥 기둥까지 함께 걸어갔다.

"'스토레 카니케스트레데' 하고 '스토레 쇤데르볼스트레데', 두 곳의 이름이 맞아떨어지는 것은 눈치채셨죠? 다른 길거리들도 감시하고 있습니까?"

칼이 말했다.

"물론이지. '스토레 스트란스트레데'하고 '스토레 키르케스트레데'도 계속 감시 중이야. 사복 여경을 보내 놨어. 그렇게 하면 폭행범이 관심을 보이지 않을까 싶어서. 그것 때문에 자네 사건에 사람을 붙여 주기가 여의치 않아. 자네도 이런 사정은 알고 있겠지."

칼은 고개를 끄덕였다. 지금 같아서는 뭐가 어찌 되었건 신경 끄고 싶다. 온몸은 천근만근 무거웠고, 머리는 멍하다. 시차적응이란 것이 이런 것인가? 이런 것을 두고 '꿈같은 휴일'을 보냈다고 하는 인간들은 뭐냐? 아무래도 내가 그 의미를 잘못 이해하고 있나 보다. '꿈같은 휴일'이라고? 개뿔. '악몽 같은 휴일'이겠지.

로즈가 지하실 복도에서 활짝 웃으며 칼을 맞이했다. 이제 곧 저 얼굴에서 웃음기를 쏙 빼 주지.

"마드리드는 어떠셨어요, 수사관님?"

로즈의 첫마디였다.

"플라멩코 구경이라도 좀 하셨어요?"

칼은 대답할 힘도 없었다.

"어서요, 수사관님. 뭘 보셨냐니까요?"

칼이 무거운 눈꺼풀 너머로 로즈를 바라보며 말했다.

"뭘 봤냐고? 어디 보자. 에펠탑하고 파리, 아, 그리고 내 눈꺼풀 안쪽. 딱 그거 세 가지 봤군."

로즈의 표정이 이렇게 말했다.

'그럴 리가요.'

"까놓고 말하지, 로즈. 두 번 다시 그런 짓을 했다가는 특별 수사반 Q하고는 영원히 안녕이니까 그런 줄 알게!"

칼이 로즈 앞을 지나쳐 자기 의자로 갔다. 푹신한 의자가 그를 기다리고 있었다. 책상에 다리 올리고 네다섯 시간만 눈 붙이고 나면 다시 기운 차릴 수 있겠지.

이제 막 잠이 들려는 찰나였다.

"무슨 일 있어요?"

아사드의 목소리다.

칼은 어깨를 으쓱했다. 없어, 없다고. 미쳐 버리겠군, 정말. 이 인간은 눈을 어따 달고 다녀? 나 눈 붙이고 자는 것도 안 보이나?

"로즈가 단단히 화났던데요? 로즈한테 뭐 안 좋은 얘기라도 하셨어요?"

다시 한 번 짜증이 솟구치려는데, 아사드가 겨드랑이 밑에 끼고 있는 서류들이 눈에 들어왔다.

"그건 또 뭔가?"

칼이 피곤한 목소리로 말했다.

아사드가 로즈의 흉물스러운 금속덩어리 중 하나에 자리를 잡고 앉았다.

"아직 키미 라센을 못 찾았어요. 이 구석 저 구석 이 잡듯이 뒤지고 있으니까, 그러니까, 찾는 것은 시간 문제겠죠, 뭐."

"폭발현장에서 새로 날아든 소식은 없나? 다른 거 뭐 찾아낸 건 없대?"

"아니요, 없어요. 제가 알기로는 조사도 마무리한 것 같던데요."

아사드는 서류들을 꺼내 흘깃 살펴보았다.

"뢰그스트루프 철문 제작 공장 사람들한테 연락해 봤는데요, 그 사람들 정말 친절하더라고요. 부서 사람들을 하나하나 모두 붙잡고 물어봤어요. 그렇게 해서 철문 열쇠에 대해 알고 있는 사람을 찾아냈답니다."

"잘됐군."

칼은 눈을 감은 채 말했다.

"직원 중 한 사람이 열쇠 제작자를 인게르슬레우스가데로 보내서 철도공사에서 나온 여자를 도와주라고 했대요. 그러니까, 그 여자가 여분의 열쇠 제작을 의뢰했다는군요."

"그 여자가 어떻게 생겼는지도 물어봤나? 아마도 그 여자가 키미 라센이었을 것 같은데?"

"아니요. 그러니까, 그때 보낸 열쇠 제작자가 누구인지 못 찾겠대요. 그래서 어떻게 생긴 사람인지는 못 들었어요. 이 얘기는 위층에도 모두 말해 줬어요. 그러니까, 그 사람들도 폭파된 집에 드나들 수 있는 사람이 누구였는지 알고 싶을 것 같아서요."

"잘했군. 그럼 그 건은 이쯤에서 매듭짓자고."

"매듭짓다니요?"

"아니, 그 매듭이 아니라…… 하여간 됐고. 다음 임무를 말해 주지. 디틀레우, 울릭, 토르스텐, 이 세 사람에 대해서 각각 사건 파일을 작성해서 올리게. 정보란 정보는 빠짐없이 다 조사해. 세금내역서, 벤처 사업, 거주지, 혼인 및 배우자 관계 같은 거 전부. 하나둘씩 정보들을 수집해 보라고."

"그러니까, 뭐부터 시작할까요? 그 사람들에 대한 자료들은 벌써 조금씩 모아 둔 것이 있는데."

"좋았어, 아사드. 우리가 또 얘기해야 할 것이 남아 있나?"

"살인 사건 전담반에서 수사관님한테 전하래요. 올베크의 핸드폰에 디틀레우 프람과 통화한 기록이 많이 남아 있다네요."

당연한 일이지.

"좋았어, 아사드. 패거리와 이 사건이 어떻게든 연결되어 있다는 얘기로군. 그 사람들을 찾아갈 핑곗거리가 생겼네."

"핑곗거리요? 그런 길이 언제 생겼어요?"

칼은 눈을 뜨고서 아사드 머리 위에 둥실 떠오른 짙은 갈색의 의문부호 두 짝을 물끄러미 바라보았다. 솔직히 말해서, 가끔 이건 좀 너무한 게 아닌가 하는 생각이 든다. 몇 번만 덴마크어 개인강습을 받으면 저 두터운 언어장벽이 무너지지 않을까? 아니지, 그랬다가는 저 인간 입에서 갑자기 정부관료 같은 말투가 튀어나올지도 모를 일이다.

"클라우스 예페센도 찾아냈습니다."

칼이 자기 질문에 대답이 없자 아사드가 말했다.

"좋았어, 아사드."

가만있자, 지금 벌써 '좋았어'가 몇 번째더라? 너무 남발하지 말아야겠군.

"그 사람 어디 있는데?"

"병원에 있어요."

칼은 기댔던 등을 번쩍 일으켜 세웠다. 뭣이라, 병원?

"아시잖아요, 그거."

아사드가 칼로 손목을 긋는 시늉을 했다.

"아니, 대체 왜 그런 짓을? 생명에 지장은 없는 건가?"

"네, 제가 직접 가 봤어요. 벌써 어제 일이네요."

"잘했어, 아사드. 어땠나?"

"뭐 그냥 기운도 없고 맥이 빠져서 그렇지 큰 이상은 없어요."

기운이 있을 리 없지.

"그 사람 말로는 오래 전부터 여러 번 시도했던 일이래요."

칼은 고개를 절레절레 흔들었다. 그 사람 평생에 키미만큼 큰 흔적을 남긴 여자가 없었던 게지. 불행한 일이다.

"그 사람, 더 할 말이 있다던가?"

"그런 것 같지는 않더군요. 거기까지 얘기하고 간호사한테 쫓겨났어요."

칼은 지친 듯한 미소를 지었다. 지금쯤이면 아사드도 이런 표정에 적응이 됐겠지.

그런데 갑자기 아사드의 얼굴 표정이 달라졌다.

"오늘 아침에 보니까 3층에 안 보이던 사람이 보이던데요. 이라크 사람인가 싶던데, 그 사람 누군지 아세요?”

칼은 고개를 끄덕였다.

“알지, 바크 대체요원으로 온 사람이야. 뢰도우레에서 여기로 발령 받았다네. 일요일 새벽에 사건 현장에 나갔다가 만났지. 어쩌면 자네가 아는 사람일지도 모르겠네. 이름이 사미르라던가? 성은 기억이 안 나는군.”

아사드가 살짝 고개를 들었다. 그의 두툼한 입술이 살짝 벌어지면서 눈가 주변으로 살짝 주름이 졌다. 웃어서 생기는 주름은 아니었다. 잠시 아사드는 정신이 다른 데 가 있는 것 같았다.

“알겠습니다.”

아사드가 몇 번 고개를 천천히 끄덕이며 나직이 말했다.

“바크 대체요원으로 왔단 말씀이죠. 그럼 여기 계속 있을 거라는 뜻이로군요.”

“아마도 그렇지 않겠나? 그게 뭐 잘못 됐어?”

아사드의 표정이 갑자기 원래대로 되돌아왔다. 그의 표정에 긴장이 풀리면서 평소처럼 무심한 표정으로 다시 칼을 쳐다보았다.

“수사관님, 로즈하고 잘 좀 지내 보세요. 일도 저렇게 열심히 하는데……. 하는 짓도 예쁘잖아요. 로즈가 오늘 아침에는 저더러 뭐랬는지 아세요?”

대답하지 않아도 1초 내로 자기가 불겠지.

“귀염둥이 베두인족(아랍 사막의 유목민. 최근 외국인 납치 사건 등의 문제로 뉴스에 종종 등장한다―옮긴이)이래요. 그러니까, 말도 어쩜 저렇게 귀엽게 하는지.”

아사드가 앞니를 번뜩이며 즐거운 듯 고개를 절레절레 흔들었다.

저 인간, 분명 반어법이 무엇인지 못 배운 게지.

칼은 핸드폰을 충전기에 꽂아 놓고 화이트보드를 물끄러미 바라보았다. 다음 단계로는 패거리를 한 사람 이상 직접 만나 봐야 한다. 아사드도 꼭 데려가야지. 혹시나 그들이 자기들의 비밀을 누설하는 경우에는 목격자가 있어야 하니까.

그 외로 그들의 변호사도 만나 봐야 한다.

칼은 턱을 문지르며 입술 안쪽을 물어뜯었다. 크룸의 마누라한테 내가 왜 그런 짓을 했을까? 크룸이 내 아내와 바람이 났다고 주장하다니! 아니, 어떻게 그렇게 멍청한 짓을 할 수 있지? 그것 때문에 크룸과 약속을 잡기가 만만치 않은 일이 되어 버렸다.

칼은 화이트보드에서 변호사의 전화번호를 찾아내 핸드폰 버튼을 눌렀다.

"여보세요, 아그네테 크룸입니다."

칼은 헛기침을 한 번 한 후에 목소리 톤을 살짝 높여 말했다. 유명한 사람이라면 사람들이 자기를 알아보는 것이 좋은 일이지만, 그렇지 않은 경우에는 자기를 알아보는 것이 좋을 것이 없다.

"아니요, 그이는 이제 여기 안 살아요. 연락하고 싶으시면 핸드폰으로 직접 전화해 보세요."

아내가 크룸의 전화번호를 알려 주었다. 슬픈 목소리다.

칼이 바로 크룸에게 전화를 했지만, 벤트 크룸의 음성메시지가 흘러나왔다. 새 시즌을 대비해서 요트를 정비하러 나가 있으니 통화를 원하면 다음 날 9시에서 10시 사이에 같은 번호로 전화 달라고 한다.

'빌어먹을 놈 같으니.'

칼이 생각했다. 칼은 다시 크룸의 아내에게 전화했다. 요트는 디틀레우의 저택과 병원이 있는 룽스테드 항구에 있다고 한다.

놀랄 일도 아니지.

"아사드, 우리 지금 나갈 거니까, 차 빼놓게!"

칼은 복도 너머로 소리쳤다.

"나 전화 딱 한 통화만 더 하고 가겠네, 알았나?"

칼은 스테이션 시티에 있는 그의 오랜 동료이자 라이벌인 브란두르 이사크센의 전화번호를 눌렀다. 그는 절반은 페로스 제도(영국과 아이슬란드, 노르웨이 사이에 있는 대서양의 여러 섬으로 이루어진 제도. 덴마크령이다—옮긴이) 사람이자 절반은 그린란드 사람이었지만, 그 영혼만큼은 100퍼센트 북대서양 사람이었다. 오죽하면 별명이 '할름토르베트(덴마크 코펜하겐의 광장 이름—옮긴이)의 고드름'이었다.

"무슨 일로 전화를 다 했어?"

그가 물었다.

"너희 부서에서 우리 수사반으로 발령 받아서 온 여자가 있어, 로즈 크누센이라고. 어떤 사람인지 알고 싶어서. 듣자하니 스테이션 시티에서 마찰이 좀 있었다는 거 같던데, 무슨 일인지 알아?"

그러자 생각지도 않았던 배꼽 잡는 웃음소리가 들렸다.

"야! 그 여자가 너희 수사반으로 들어갔냐?"

이사크센이 불길한 웃음을 흘렸다. 이 인간이 웃을 때가 다 있다니, 이놈 입에서 상냥한 말 한마디 듣는 일만큼이나 보기 드문 일이었다.

"내가 대충 설명을 해 주지."

그가 말을 이었다.

"우선 그 여자, 자기 경차를 후진시키다가 동료 차 세 대를 그대로 들이박았어. 그리고 물이 줄줄 새는 차 주전자를 반장이 손으로 직접 쓴 주간보고서 위에 올려놨지. 그리고 그 여자, 수사관들을 쥐고 흔들면서 하는 일마다 다 참견하고 다녔다니까. 그리고 마지막으로 내가 알기로는 그 여자 크리스마스 파티에서 동료 두 명하고 같이 잤나 그래."

이 말을 하며 이사크센은 거의 숨이 넘어갈 뻔했다. 그 이야기가 그리도 재미있나?

"그 여자 어디 갔나 했더니 너한테 갔다고? 칼, 그 여자한테 술은 절대로 주지 마라. 나 분명히 경고했다."

칼은 한숨을 내쉬었다.

"그리고 뭐 다른 건 또 없어?"

"물론 있지. 쌍둥이 언니가 있어. 일란성 쌍둥이는 아닌데, 하여간 이상하기가 로즈보다 더하면 더했지, 덜하지는 않다고 보면 된다."

"하, 어떤데?"

"그 언니가 로즈가 일할 때 전화하기 시작할 테니까, 기다려 봐. 아무리 여자들이라지만 그렇게 수다 떨기 좋아하는 여자들은 생전 본 적이 없다. 한마디로 정리하면, 그 여자는 뭐든 어설프고 통제가 안 되고 가끔은 정말 싸가지 없어."

정리하자면, 술에 대한 것을 빼고는 내가 알고 있던 그대로군.

칼은 전화를 끊고서 허공을 바라보았다. 그리고 한편으로는 귀를 쫑긋 세우고 로즈의 사무실에서 지금 무슨 일이 일어나고 있는지 해독해 보려 했다.

칼은 자리에서 일어나 살며시 복도로 나갔다. 그래, 로즈가 전화를 하고 있군.

칼은 까치발로 살금살금 문 앞까지 가서 귀를 문에 가져다 댔다.

"네."

로즈가 부드럽게 대화를 나누고 있었다.

"그럼요, 그건 인정해야죠. 으흠. ……네, 물론이죠. ……진짜요? 어머, 어머. 멋지다……."

이런 얘기가 끝도 없이 이어졌다.

그때 칼이 문 사이로 불쑥 얼굴을 내밀고 로즈를 쏘아보았다. 이렇게 째려보는데 분명 효과가 있겠지.

하지만 로즈는 2분이나 더 통화를 하다 전화를 끊었다. 효과가 밋밋하군.

"거기 퍼질러 앉아서 친구하고 농담 따먹기나 하고 있는 건가?"

칼이 톡 쏘듯 말했다. 로즈를 살짝 떠보는 소리였다.

"친구요?"

로즈가 길게 숨을 내쉬며 말했다.

"흠, 수사관님 입장에서는 친구인 셈인가요? 법무부 부장이에요. 오슬로에서 이메일이 왔다는 말을 전하려고 전화했대요. 이메일에서 우리 수사반을 크게 칭찬하면서 지난 25년 동안 북유럽 범죄수사 역사상 가장 흥미로운 사건이었다고 했대요. 지금 법무부 장관님은 칼 수사관님이 지금까지 경정으로 승진하지 못 한 까닭이 무엇인지 알고 싶어 하신대요."

칼은 침을 꿀꺽 삼켰다. 아니, 또 저 허튼소리를 시작하는 건가? 경정으로 승진하려면 다시 교육 받으러 들어가야 하는데 그건 생각하기도 싫다. 칼과 마르쿠스 반장은 그런 생각은 이미 오래 전에 접은 상태였다.

"그래서? 뭐라고 대답했나?"

"저요? 화제를 돌려서 딴 얘기를 시작했죠. 그거 바라신 거 아니에요?"

'착하기도 하지.'

칼이 생각했다.

"있잖나, 로즈."

칼은 마음을 추스르며 말했다. 브뢴데르슬레우 같은 시골 출신의 무뚝뚝한 사내가 미안하다는 말을 꺼내는 일은 그렇게 쉬운 일이 아니었다.

"아까 내가 신경이 좀 날카로웠나 보네. 그 일은 잊자고. 마드리드 여행은 사실 좋았네. 다시 생각해 보니까 기대하지도 못 했던 재미있는 일이 많았더군. 어쨌거나, 이빨 빠진 거지도 구경했고, 신용카드도 모두 도둑맞았고, 적어도 120킬로미터 정도의 거리를 어느 이상한 여자의 손을 붙잡고 날아가야 했으니까. 하지만 다음번에는 나한테 미리 제대로 귀띔 좀 해 주라고. 알았나?"

로즈는 미소를 지었다.

"아, 그리고 방금 한 가지 더 생각난 게 있는데 말이야, 로즈. 카산드라 라센의 집에서 가정부가 전화한 거 받은 사람이 자네였나? 알다시피 그때 내가 경찰 배지가 없었을 때라 여기로 전화해서 내 신분을 확인해 보라고 했었는데."

"네, 제가 받았어요."

"그 가정부가 자네한테 내 외모를 설명해 달라고 부탁하던데. 혹시 그때 뭐라고 했는지 말해 줄 수 있나?"

로즈의 뺨에 배신자의 보조개가 깊숙이 새겨졌다.

"뭐라고 했더라? 아, 갈색 가죽벨트를 차고 있고, 닳을 대로 닳은 10½호 사이즈 검정 구두를 신고 있고, 얼굴에 평범함이 뚝뚝 묻어나는 사람이면 아마도 수사관님일 가능성이 꽤 높다고 말했네요. 그리고 만약에 머리꼭대기에 엉덩이 볼기짝 한 쌍처럼 생긴 머리 벗겨진 부위가 있으면 100퍼센트 수사관님이 맞다고 했죠."

'독한 것.'

칼은 머리카락을 뒤로 살짝 쓸어 넘기며 생각했다.

벤트 크룸은 11번 포구에서 새하얀 요트의 선미 갑판 위 푹신한 안락의자에 앉아 있었다. 분명 크룸 같은 사람이 값을 감당할 수 있는 요트가 아니었다.

"저기 저 요트 V42 모델이에요."

산책로의 태국 식당 앞에 서 있던 한 소년이 말했다. 분명 교육을 잘 받은 아이로군.

자신의 하얀 천국으로 들어서는 법의 수호자와 그 뒤를 따라오는 햇빛에 검게 그을린 머리카락 성긴 조수를 보며 크룸은 어떤 마음이었을까? 간파하기는 힘들었다.

하지만 그가 변호사로서 항의할 수 있는 핑계거리는 모기 발톱의 때만큼도 없었다.

"발데마르 플로린 씨하고 얘기했었습니다. 그분이 말씀하시길 선생님과 얘기해 보라고 하시더군요. 선생님께서 가족을 대변해 줄 적합한 인물이라고 하시던데, 한 5분 정도만 시간을 내주시겠습니까?"

벤트 크룸이 선글라스를 이마 위로 올렸다. 어차피 구름이 껴서 해도 안 떴는데 처음부터 저러고 있을 것이지.

"딱 5분입니다. 아내가 집에서 기다리고 있어서요."

칼이 활짝 웃어보였다.

'잘도 그러겠다.'

칼의 미소가 이렇게 얘기하는 듯했다. 늙은 쥐처럼 교활한 벤트 크룸이 그 웃음의 의미를 알아채지 못 할 리가 없다. 아마도 그는 다음 번 거짓말은 좀 더 신중하게 생각해서 할 것이다.

"1986년에 뢰르비 살인 사건에 대한 혐의로 그 젊은이들이 홀베크 경찰서에 들어왔을 때 선생님하고 발데마르 플로린 씨가 거기 함께 계셨다고 하던데요. 발데마르 플로린 씨의 말로는 그 젊은이들 중 두 사람 정도가 패거리의 다른 사람들보다 두드러졌었다고 하면서, 이 부분은 선생님이 더 자세하게 설명해 줄 수 있을 거라고 생각하시더군요. 발데마르 플로린 씨가 무슨 뜻으로 하신 말씀인지 혹시 아시겠습니까?"

햇빛 아래서 보니 크룸의 얼굴은 무척 창백해 보였다. 색소가 부족해서가 아니라, 빈혈 환자처럼 창백하다. 오랜 세월에 걸쳐 수많은 악행들을 변호하면서 지칠 대로 지쳐 안색이 바랜 얼굴이었다. 칼은 이런 얼굴을 여러 번 보았다. 해결 안 된 범죄들을 앙금처럼 마음속에 담아 두고 있는 경찰과 그런 범죄를 너무 많이 해결한 변호사의 공통점이라면 둘 다 얼굴이 그렇게 창백하게 보일 수 없다는 것이다.

"두드러졌다고 하셨습니까? 그렇게 따지면 모두들 그렇지 않았나요? 아주 훌륭한 젊은이들 아닙니까? 그 이후로 지금까지 활동한 모습을 봐도 그렇고. 그렇지 않나요?"

칼이 말했다.

"글쎄요. 그 부분은 제가 전문가가 아니라 평가하기가 좀 그렇군요. 가만있자, 한 사람은 자기 거시기에 자기가 총을 쏘아 죽었고, 한 사람은 여자들 몸에 보톡스 주사하고 실리콘 덩어리를 쑤셔 박아 먹고살고, 또 한 사람은 영양실조 걸린 젊은 여자들을 사람들 지켜보는 데서 엉덩이 살랑거리며 걷게 해서 돈 벌고, 또 한 사람은 감방에서 썩고 있고, 또 한 사람은 주식시장에서 순진한 개미들 등쳐서 부자를 더 부자로 만들어 주는 전문가고, 또 한 명은 11년 넘게 길바닥에서 노숙 생활하고 있으니. 글쎄요, 저는 판단이 잘 안 서네요."

"입 조심하셔야지 공개석상에서 그런 말을 함부로 하다가는 큰코다칩니다."

크룸이 말했다. 벌써 소송이라도 제기할 기세다.

"공개석상이라고요?"

칼은 요트 갑판 위를 둘러보며 말했다.

"세상에 이렇게 비공개적인 곳이 또 어디 있다고 그러십니까?"

칼이 팔을 벌리며 미소 지었다. 누가 들으면 요트 칭찬하는 소리인 줄 알 것이다.

"키미 라센은 어땠나요?"

칼은 말을 이어갔다.

"키미도 두드러졌습니까? 패거리 활동에서 키미가 핵심인물이었다는 게 사실 아닌가요? 토르스텐, 울릭, 디틀레우 이 세 사람은 키미가 세상에서 조용히 사라지는 모습을 보고 싶은 것 아닙니까?"

벤크 크룸의 얼굴에 수직으로 주름살이 나타났다. 딱히 보기 좋은 주름살은 아니었다.

"키미는 이미 사라졌다는 점을 알려드려야겠군요. 물론 자신의 의지로 사라졌고 말입니다."

칼은 아사드를 돌아보았다.

"들었나, 아사드?"

아사드가 확인하듯 펜을 들어 보였다.

"감사합니다. 그 말을 들으려고 왔거든요."

칼이 말했다.

칼과 아사드 두 사람이 자리에서 일어났다.

"잠깐, 잠깐. 듣다니, 뭘 들어요? 지금 무슨 얘기를 하는 겁니까?"

크룸이 말했다.

"패거리가 키미 라센이 사라지는 모습을 보고 싶어 한다고 말씀하시지 않았습니까?"

"아니지, 무슨 소리요? 난 그렇게 말한 적 없습니다."

"아사드, 이 분이 방금 그렇게 말하지 않았나?"

아사드가 격하게 고개를 끄덕였다. 역시 충성파다.

"패거리가 뢰르비에서 두 오누이를 살해했다는 온갖 증거를 다 확보하고 있습니다. 물론 비아르네 퇴르겐센만 지칭하는 소리는 아닙니다. 아마 우린 다시 만나게 될 겁니다, 크룸 선생님. 그리고 아마 선생님께서도 들어 봤을 사람들을 몇몇 만나 보게 될 겁니다. 못 들어 본 사람일 수도 있고요. 어쨌거나 모두들 기억력 좋고 재미있는 사람들이죠. 예를 들면 카레 브루노의 친구 만프레드 슬로스 같은 사람 말입니다."

크룸은 반응하지 않았다.

"그리고 기숙학교 선생님이었던 사람도 있습니다. 클라우스 예페센이라고. 제가 어제 마드리드에서 만나 본 퀼레 바세트르 씨는 굳이 언급할 필요 없을 것 같군요."

그제야 크룸이 반응을 보였다.

"잠깐만요."

크룸이 손으로 칼의 팔을 붙잡으며 말했다.

칼이 못마땅하게 그 손을 바라보자, 크룸이 재빨리 손을 놓았다.

"크룸 선생님, 선생께서 패거리의 안녕에 상당히 큰 이해관계가 걸려 있다는 것을 우리도 잘 알고 있습니다. 일단 프람의 개인병원인 카라카스 이사회 회장이 아니십니까? 이렇게 주변 환경이 으리으리한 곳에 앉아 있는 것도 다 그 덕이 아니겠습니까?"

칼이 항구 주변의 수많은 고급 레스토랑과 드넓은 해협을 가리켰다.

잠시 후면 벤트 크룸은 분명 미친 듯이 전화하고 있을 것이다.

그래서 칼이 방문할 때쯤이면 패거리 멤버들도 아주 잘 준비되어 있을 것이다. 훨씬 더 고분고분할지도 모르고.

아사드와 칼은 마치 지방흡입술을 하기 전에 재미삼아 건물을 둘러보는 자기도취증 커플처럼 카라카스 안으로 들어갔다. 물론 접수에서 두 사람을 막아섰지만, 칼은 행정사무실로 보이는 곳을 향해 과감하게 밀고 들어갔다.

"디틀레우 프람 씨는 어디 계십니까?"

칼이 비서에게 물었다. 그때 'CEO 디틀레우 프람'이라고 적힌 간판이 보였다.

비서는 경비를 부르려고 벌써 수화기를 들고 있었다. 하지만 그때 칼이 경찰 배지를 꺼내 보이며 칼의 엄마조차 뿌리치기 힘들 것 같은 미소를 비서에게 흘렸다.

"이렇게 갑자기 들이닥쳐서 미안한데, 디틀레우 프람 씨하고 꼭 얘기할 게 있어서요. 여기로 불러 주시면 그분이나 저희나 모두 기뻐할 것 같습니다."

비서는 넘어가지 않았다.

"유감입니다만 오늘은 자리에 계시질 않네요."

비서가 권위적으로 말했다.

"대신 약속을 잡아드리면 어떨까요? 10월 22일 오후 2시 15분이면 어떠세요? 그때 시간이 맞으시겠어요?"

그러니까 오늘은 못 만난다, 이 얘기로군. 제기랄.

"감사합니다만, 저희가 나중에 다시 연락드리지요."

이렇게 말하며 아사드를 데리고 나왔다.

비서가 디틀레우에게 경고하려고 연락할 것이다. 그건 분명하다. 비서가 이미 핸드폰을 들고 테라스로 걸어 나갔다. 아주 칼 같은 비서로군.

"여기 내려가 보라고 해서 왔습니다."

접수 카운터를 다시 지나면서 칼이 수술 준비 및 회복실 병동을 가리키며 말했다.

경계의 눈초리가 두 사람에게 따라붙었다. 두 사람은 시선이 마주칠 때마다 상냥한 목례로 답해 주었다.

수술 병동을 지난 다음에는 잠시 서서 혹시 디틀레우 프람이 나타나지 않나 지켜보기도 했다. 그리고는 클래식 음악이 흘러나오는 개인병실들을 지나 다용도실에 도착했다. 사람들이 일하고 있었다. 일하는 사람들의 얼굴은 관리를 못 받은 티가 나고, 유니폼도 손님을 접대하는 곳보다는 싼 티가 났다.

두 사람은 요리사들에게 가볍게 목례를 하고 결국에는 세탁실까지 들어갔다. 두 사람이 들어서니 동양인으로 보이는 많은 여성들이 크게 겁먹은 표정으로 두 사람을 바라보았다.

내가 여기 내려왔던 것을 디틀레우 프람이 알게 되면 이 여자들은 분명 한 시간 안으로 자취를 감출 것이다.

돌아오는 동안 아사드는 말없이 아주 조용했다. 그러다 클람펜보르에 다 와서야 칼을 돌아보며 입을 열었다.

"수사관님이 키미 라센이었다면 지금쯤 어디 가 있겠어요?"

칼은 어깨를 으쓱했다. 그걸 누가 알겠나? 키미는 도저히 종잡을 수 없는 여자였다. 보아하니 키미는 임시변통으로 사는 법을 완전히 터득한 것 같다. 어디든 키미가 못 있을 곳은 없다.

"키미는 올베크가 자기를 찾아다니지 못 하게 하려고 했다는 점은 수사관님이나 저나 인정하는 부분 아닙니까? 그러니까, 키미와 나머지 패거리는 절대로 잘친한 사이는 아니었으니까요."

"잘친한 사이가 아니라 절친한 사이일세, 아사드. 절친."

"살인 사건 전담반에서 그러는데 올베크가 토요일 저녁에 담후스크로엔이라는 곳에 들렀대요. 제가 그거 말씀드렸나요?"

"아니, 하지만 다른 사람한테 듣기는 했네."

"그리고 거기서 여자를 하나 데리고 나갔다는 것도요?"

"아니, 그건 못 들었는데?"

"그러니까 말씀입니다, 칼 수사관님. 만약 키미가 올베크를 죽인 거라면, 아마 그 사람들 별로 기분이 좋을 것 같지는 않아요. 패거리의 다른 사람들 말입니다."

기분만 나쁘겠나.

"그렇다면 지금 그 둘 사이에 전쟁이 일어났다는 소리로군."

칼은 피곤한 듯 고개를 끄덕였다. 지난 24시간이 머리만이 아니라 신경계 전체를 무겁게 내리누르는 것 같았다. 갑자기 액셀 페달을 밟고 있는 것조차 너무 힘들다.

"키미가 수사관님이 발견한 상자를 찾으려고 집으로 찾아오지 않을까요? 그러니까, 나머지 패거리에게 불리한 증거를 확보하려고 말이죠."

칼은 천천히 고개를 끄덕였다. 분명 가능성이 있는 얘기다. 그리고 지금 길옆에 차를 대고 잠깐 눈을 붙이는 것도 가능성이 큰 얘기고.

"아무래도 그 집에 한번 가 봐야겠죠?"

이것이 아사드가 내린 결론이었다.

집은 불이 꺼져 있고 문도 잠겨 있었다. 몇 번 초인종을 눌러 보고, 전화번호를 찾아내서 전화도 해 보았다. 안쪽에서 전화벨 울리는 소리가 났지만 아무도 받지 않았다. 아무래도 괜한 헛걸음을 한 것 같다. 나이든 여자라고 집구석에만 처박혀 있으란 법 있나. 이제 칼은 다른 무언가를 해볼 힘도 남아 있지 않았다.

"가자고, 아사드. 운전은 자네가 해. 난 옆에서 눈 좀 붙일게."

칼과 아사드가 경찰 본부에 도착했을 때 로즈는 집에 가려고 짐을 챙기고 있었다. 이제 이틀 동안은 얼굴 볼 일 없겠군. 금요일 밤부터 토요일, 그리고 일요일까지 나와서 일했으니 로즈도 지칠 만했다.

그건 칼도 마찬가지였다.

로즈가 입을 열었다.

"그건 그렇고, 베른대학교에 연락해 봤는데 그쪽에서 크리스텐-마리 라센에 관한 파일을 찾아 줬어요."

'그렇다면 목록에 적어 준 임무는 모두 완수한 셈이군.'

칼은 생각했다.

"스위스에 있는 동안에는 훌륭한 학생이었대요. 스키 사고로 남자 친구가 죽은 것을 빼면 별다른 문제도 없었고요. 학업 기록을 보면 학교생활을 아주 성공적으로 진행한 것 같네요."

"스키 사고?"

"네, 거기 사무실 여자가 그러는데 좀 이상한 사고였대요. 이 사고가 사람들의 관심을 꽤 끌었나보더라고요. 키미의 남자친구는 스키를 꽤 잘 타는 사람이었어요. 보통은 활강 코스를 벗어나서 그렇게 험한 바위투성이 지역에서 스키를 타는 일은 없었다고 하네요."

칼은 고개를 끄덕였다. 참 위험한 스포츠야.

칼은 경찰 본부 안마당에서 모나 입센과 마주쳤다. 모나 입센은 아주 커다란 가방을 어깨 위에 걸치고 있었고, 표정을 보아하니 칼이 말을 꺼내기도 전에 입에서 '노 땡큐'가 튀어나올 기세다.

"하르뒤를 저희 집으로 데려가서 살게 할까 심각하게 고려하고 있습니다."

칼이 목소리를 깔며 말했다.

"하지만 그렇게 하는 것이 하르뒤에게 정신적으로 어떤 영향을 미칠지 제가 아는 것이 너무 없네요. 집에 있는 다른 사람들한테 미칠 영향도 모르겠고 말이죠."

칼이 피곤한 눈빛으로 모나 입센을 바라보았다. 분명 효과가 있었다.

그런 표정을 지은 후에 밖에서 저녁이나 같이 하면서 그런 큰 결정이 관련된 모든 사람에게 어떤 영향을 미칠지 얘기를 나누고 싶다고 하자 긍정적인 대답이 돌아왔기 때문이다.

"정 그러시다면, 제가 시간을 내야지요."

모나 입센이 미소를 띠며 말했다. 저 미소만 보면 칼은 복부를 무언가로 한 대 얻어맞은 듯 묵직한 느낌이 들었다.

"마침 배도 고프던 참에 잘됐네요."

칼은 놀라서 말이 나오지 않았다. 무슨 말을 해야 할지도 몰랐다. 칼은 그저 그녀의 눈동자만 바라보며 자신의 매력이 그녀에게 어떤 마법을 걸어 주기만을 바랄 뿐이었다.

한 시간 정도 자리에 앉아 함께 식사를 하고나니 모나 입센의 뻣뻣했던 태도도 차츰 부드러워졌고, 칼은 더할 나위 없는 축복의 안도감에 완전히 젖어든 나머지, 쿵 소리와 함께 머리를 접시에 처박고 그대로 곯아떨어지고 말았다.

머리가 안심과 브로콜리 사이로 아주 기막힌 위치에 자리 잡았다.

36

월요일 아침, 목소리들이 잠잠하다.

키미는 천천히 잠에서 깨어 낡은 침실을 둘러보았다. 무언가 혼란스럽고 머리가 텅 빈 것 같았다. 잠시 열세 살로 되돌아가 늦잠을 잔 것이 아닐까 하는 생각이 들었다. 이렇게 늦잠을 잔 날이면, 아빠와 카산드라는 키미를 야단치며 내쫓고는 문을 쾅 닫아 버렸다. 그렇게 하루 종일 아무것도 못 먹고 보낸 날이 얼마나 많았던가? 꼬르륵거리는 배를 부여잡고 어디 머나먼 곳으로 떠나는 꿈을 꾸며 오르러프 학교 교실에 앉아 있었던 날이 얼마나 많았던가?

그 순간 어제 있었던 일들이 떠올랐다. 두 눈을 크게 부릅뜬 채 죽은 카산드라의 얼굴.

키미는 그 옛날의 노래를 다시 흥얼거리기 시작했다.

옷을 입은 후에 키미는 옷감꾸러미를 데리고 아래층으로 내려와 거실에 있는 카산드라의 시체를 잠깐 확인한 후, 부엌에 앉아 어린것에게 우리 뭘 먹을까 속삭이듯 물었다.

그렇게 앉아 있는데 전화기가 울렸다.

키미는 살짝 어깨를 으쓱하고는 머뭇거리며 수화기를 들었다.

"여보세요?"

키미가 목소리를 허스키하게 꾸미며 전화를 받았다.

"카산드라 라센입니다. 어디시죠?"

키미는 첫마디에 상대를 알아볼 수 있었다. 울릭이다.

"불쑥 전화 드려 죄송합니다, 라센 부인. 저 울릭 뒤벨 옌센입니다. 기억하시죠?"

그가 말했다.

"아무래도 키미가 부인을 보려고 그쪽으로 가는 것 같습니다. 그게 사실이라면 아주 조심하셔야 할 상황이라 전화 드렸습니다. 키미가 문을 열고 들어오기라도 하면 바로 저희한테 알려 주세요."

키미는 부엌 창밖을 바라보았다. 만약 그들이 저 방향에서 온다면, 문 뒤에 서 있는 나를 볼 수는 없을 것이다. 카산드라의 부엌칼들은 날이 제대로 서 있다. 아무리 질긴 고기라도 종이 베듯 쉽게 베어낼 수 있는 칼들이다.

"키미를 보면 조심, 또 조심하셔야 합니다, 라센 부인. 일단 키미의 기분을 맞춰 주는 척하면서 집안으로 들이신 다음에 어디 못 가게 붙들고 계세요. 그리고 저희한테 전화를 주세요. 저희가 구하러 가겠습니다."

울릭은 그럴듯해 보이려고 조심스럽게 웃어 보였다. 하지만 키미는 알고 있다. 키미가 나타난 이상, 카산드라 라센을 도울 수 있는 사람은 이 세상에 없다. 이미 증명해 보이지 않았던가?

울릭은 키미가 모르고 있던 핸드폰 번호 세 개를 알려 주었다. 디틀레우, 토르스텐, 울릭의 전화번호다.

"이렇게 미리 경고까지 다 해 주시고 고마워서 어쩌죠?"

키미가 전화번호를 받아 적으며 말했다. 진심이었다.

"실례지만 어디에 계시는지 여쭤 봐도 될까요? 혹시나 필요할 때 정말 여기 그렇게 빨리 오실 수 있나 살짝 걱정이 되네요. 그냥 경찰을 부르는 게 낫지 않겠어요?"

키미는 울릭의 얼굴이 눈앞에 보이는 듯했다. 월스트리트가 폭삭 주저앉기라도 하는 경우가 아니고서야 아마도 지금보다 더 걱정스러운 표정은 나올 수 없으리라. 경찰이라니! 이런 상황에서 그에게 이렇게 끔찍한 단어는 세상에 또 없을 것이다.

"아니요, 아니죠. 그건 안 됩니다. 경찰이 도착하려면 한 시간도 넘게 걸려요. 아시잖아요. 그것도 경찰에서 신경을 좀 쓴다고 썼을 때가 그 정도예요. 요즘 경찰이라는 사람들 하는 꼴이 그렇다니까요, 라센 부인. 옛날 같지 않아요."

울릭은 카산드라 라센, 아니 키미에게 경찰이 못 미덥다는 사실을 확신시켜 주려는 듯 경찰을 조롱하는 소리를 몇 마디 내뱉었다.

"저희가 댁에서 멀지 않습니다, 라센 부인. 오늘은 근무하고, 내일은 토르스텐 플로린이 사는 아일스트루프에 있을 겁니다. 그리브스코우 숲 근처에 토르스텐의 사유지에 딸린 과수원이 하나 있는데, 거기서 사냥을 하거든요. 하지만 세 사람 다 핸드폰은 가지고 갈 거니까 무슨 일 생기면 언제든 전화 주세요. 경찰보다 무조건 10분 먼저 도착하겠습니다."

'플로린의 아일스트루프'라고. 어딘지 키미가 정확히 알고 있는 곳이다.

세 명을 한꺼번에 처치할 수 있겠군. 이보다 더 좋을 수는 없다.

그럼 서두를 필요가 없겠군.

정문이 열리는 소리를 듣지 못 했는데, 갑자기 웬 여자가 소리치는 것이 들렸다.

"카산드라 여사님, 저 왔어요. 이제 일어나셔야죠!"

여자의 목소리가 쩌렁쩌렁 집안에 울리며 유리창을 흔들었고, 키미는 그대로 얼어붙었다.

홀에는 문이 네 개 있다. 부엌으로 이어지는 문, 지금 키미가 있는 화장실로 이어지는 문, 식당으로 이어지는 문. 그리고 식당은 다시 카산드라의 뻣뻣한 시체가 누워 있는 '내 방', 즉 거실로 이어진다. 그리고 마지막 네 번째 문은 지하실로 이어지는 문이다.

만약 자기 목숨을 귀하게 여길 줄 아는 여자라면 식당과 거실로 이어지는 문은 열지 않을 것이다.

"누구세요?"

키미가 화장실 안에서 속바지를 급히 올려 입으며 대답했다.

화장실 밖에서 들려오던 발자국 소리가 갑자기 멈추었다. 키미가 문을 열자 혼란에 빠진 두 눈동자와 시선이 마주쳤다.

키미가 처음 보는 여자다. 바쁘게 작업복과 앞치마를 입고 있는 것을 보아하니 간병인이나 가정부인 듯싶다.

"안녕하세요? 저는 키르스텐-마리 라센이라고 해요. 카산드라 여사님 딸이요."

키미가 손을 내밀며 말했다.

"어쩌죠? 카산드라 여사님은 지금 아파서 지금 병원에 입원했어요. 그래서 오늘은 일 안 도와주셔도 될 것 같아요."

키미는 가정부의 주저하는 손을 움켜쥐었다.

이 여자도 키미의 이름을 들어 본 적이 있는 것은 분명했다. 가정부는 악수를 하는 둥 마는 둥 하며 조심스러운 눈길로 키미를 바라보았다.

"샤를로테 닐센이라고 합니다."

가정부는 차갑게 대답하며 키미의 어깨너머로 식당 쪽을 엿보았다.

"엄마는 수요일이나 목요일쯤에 돌아오실 것 같아요. 그때 전화 드릴
게요. 그동안 집안일은 제가 알아서 할 거구요."

그 여자한테 '엄마'라는 단어를 말하다니, 입술이 타들어가는 것 같
다. 카산드라를 엄마라고 부른 적은 단 한 번도 없었다. 하지만 지금은
어쩔 수 없다.

"저쪽이 좀 어질러진 게 보이네요."

루이스 XVI 의자에 키미의 코트가 걸쳐져 있는 것을 보며 가정부가
말했다.

"그래도 제가 할 건 해야죠. 어쨌거나 오늘 하루는 여기 있으면서 집
안일 좀 하고 갈게요."

키미가 식당으로 들어가는 문을 막아섰다.

"말씀은 정말 고맙지만, 그래도 오늘은 정말 괜찮아요."

키미는 가정부의 어깨에 손을 얹고 그녀가 자신의 코트를 벗어 놓은
곳으로 유도했다.

가정부가 떠나는 모습을 보며 인사는 하지 않았지만, 키미의 눈썹이
추켜올라갔다.

'카산드라의 시체는 빨리 처리하는 게 낫겠어.'

이렇게 생각하며 키미는 정원에 무덤을 하나 파는 게 나을까, 시신을
토막 내는 것이 나을까 마음속으로 저울질을 해 보았다. 나나 카산드라한
테 차가 있었으면 질란드 섬 북쪽에 있는 호수로 싣고 가면 그만인데. 그
호수면 시체 하나쯤 더 들어갈 공간은 분명 넉넉하게 있을 텐데 말이지.

그러다 키미가 갑자기 하던 생각을 멈추고 목소리들의 얘기에 귀를
기울였다. 그리고 오늘이 무슨 날인지 기억해 냈다.

'귀찮게 뭐하러 그런 수고를 해?'

목소리들이 말했다.

'내일이면 모든 게 다 끝나.'

키미가 위층으로 올라가려는데 '내 방'에서 와장창 유리창 부서지는 소리가 들렸다.

눈 깜짝할 사이에 키미는 거실에 와 섰다. 키미는 무표정한 얼굴로 생각했다. 제멋대로 굴기만 해. 몇 초 안으로 너도 카산드라처럼 놀란 토끼눈을 하고 쥐 죽은 듯이 그 옆에 뻗게 해 줄 테니까.

가정부가 유리창을 깨고 들어올 때 사용한 쇠막대기가 다시 키미의 머리 위로 쌩 하고 지나갔다.

"네가 죽였지, 이 미친년아! 네가 죽였어!"

가정부가 눈물이 글썽이는 눈으로 고래고래 소리를 질렀다.

어떻게 카산드라처럼 썩을 대로 썩은 년이 사람의 마음속에 이런 헌신을 불러일으킬 수가 있는 거지? 이건 정말 도무지 이해할 수 없는 일이다.

키미는 난로와 도자기가 있는 쪽으로 물러섰다.

'한 판 붙고 싶다고? 그래, 그럼 상대를 아주 제대로 골랐어.'

키미는 생각했다.

폭력과 결단력은 늘 함께 다니는 법이다. 키미는 그것에 대해서는 너무도 잘 알고 있었다. 이 둘이야말로 키미가 완벽하게 통달한 삶의 두 가지 요소였다.

키미는 아르데코 풍의 청동 조각상을 들어 손으로 무게를 가늠해 보았다. 제대로 가서 맞기만 하면 이 조각상에서 우아하게 뻗어 나온 팔은 무엇이든 뚫고 들어갈 수 있다. 사람의 두개골 따위가 당할 수 없지.

키미는 잘 겨냥해 그 조각상을 던졌다. 하지만 가정부가 그 조각상을 쇠막대기로 옆으로 쳐내는 모습을 바라보며 충격을 받았다.

청동 조각상은 그대로 벽으로 날아가 꽂혔고, 키미는 잠금장치가 풀린 채 대기 중인 권총이 기다리는 위층으로 뛰어 올라갈 생각을 하며 문을 향해 뒤로 물러섰다. 권총, 그것이 감히 키미에게 대든 이 오만한 바보가 맞이할 운명이다.

그런데 여자가 키미를 따라오지 않았다. 부서진 유리조각을 밟는 소리와 흐느끼는 소리, 그것 말고 다른 소리는 들리지 않았다.

키미는 살금살금 거실 문으로 되돌아가 살짝 열린 문틈으로 안을 엿보았다. 가정부가 카산드라의 싸늘한 시체 앞에 털썩 무릎을 꿇고 앉는 모습이 보였다.

"저 괴물 같은 년이 대체 무슨 짓을 한 거예요?"

가정부가 흐느끼며 말했다. 심지어 눈물까지 흘리는 것 같다.

키미는 얼굴을 찡그렸다. 패거리와 함께 사람들을 폭행하고 다니는 내내 키미는 저런 비통함은 흔적조차 구경한 적이 없었다. 공포와 충격, 그래, 그것은 실컷 보았다. 하지만 비통함이라는 이 부드러운 감정은 자신의 내부에서 느껴지는 것 말고는 경험한 적이 없었다.

키미가 더 잘 보려고 문을 조금 더 열었다. 하지만 삐걱 소리에 여자가 고개를 번쩍 쳐들었다.

그 순간 가정부가 쇠막대기를 머리 위로 치켜들고 키미에게 달려들었다. 키미는 깜짝 놀라 문을 쾅 닫고 권총을 가지러 계단을 올라갔다. 상황을 여기서 멈춰야 한다. 죽이지는 말자, 그냥 꼼짝 못 하게 묶어 놓기만 하자. 그래, 총을 쏘는 일은 없을 것이다. 그냥 왠지 쏠 수가 없을 것 같다.

키미가 계단을 뛰어 올라가는데 가정부가 뒤에서 울부짖으며 쇠막대기를 키미의 다리에 휘둘렀다. 그 바람에 키미가 층계참에 얼굴을 찧고 말았다. 키미는 상황이 어떻게 돌아가고 있는지 바로 알아차렸지만, 이미 너무 늦었다. 체격 다부진 젊은 가정부가 이미 쇠막대기로 키미의 목을 누르며 그녀 위에 버티고 서 있었다.

여자가 말했다.

"여사님이 네 얘기는 자주 했지. '짐승 같은 년'이라더군. 내가 홀에서 너를 보고 기뻐할 줄 알았어? 네가 문제 많은 년이라는 걸 내가 모를 줄 알았어?"

가정부가 작업복 주머니에 손을 집어넣더니 핸드폰을 꺼냈다.

"칼 뫼르크라는 형사가 있어. 너를 찾더라. 그건 알고 있었나? 이 핸드폰에 그 사람 전화번호가 있어. 저장해 놨지. 그 형사가 친절하게도 나한테 자기 명함을 주더라고. 어때? 그 사람한테 여기 와서 너하고 얘기해 볼 기회를 줘야 하지 않겠어?"

키미가 고개를 저었다. 충격을 받은 것처럼 보이려고 했다.

"엄마가 죽은 건 제 잘못이 아니에요. 같이 앉아서 얘기하고 있는데 혼자 와인이 목에 걸려 질식해 죽었다고요. 사고였어요. 그냥 끔찍한 사고였다고요."

"아, 그래?"

여자는 분명 키미의 말을 믿지 않고 있었다. 대신 가정부는 키미의 가슴 위에 거칠게 발을 올려놓고, 쇠막대기 끝으로 키미의 목을 세게 누르며 칼 뫼르크의 전화번호를 찾았다. 여자가 키미의 목을 거의 찌르다시피 했다.

"그게 사실이라 쳐. 하지만 넌 그걸 보면서도 전혀 돕지 않았을 거 아냐? 그렇지, 이 나쁜 년아!"

여자가 말을 이었다.

"경찰에서 분명 네년이 뭐라는지 듣고 싶어 할 거야. 물론 그게 너한테 유리하진 않겠지, 네년이 무슨 짓을 했는지는 네 얼굴에 똑똑히 다

쓰여 있으니까."

가정부가 콧방귀를 꼈다.

"병원에 입원했다고? 그 말을 할 때 네 표정을 네 눈으로 직접 봤어야 하는데."

여자가 칼의 전화번호를 찾아냈다. 그리고 그 순간, 키미는 여자의 사타구니를 정면으로 걷어찼다. 키미가 또 다시 걷어차자 분노로 눈이 이글거리던 여자가 쇠막대기를 놓치면서 마치 등뼈가 부러지기라도 한 듯 몸이 앞으로 쏟아졌다.

핸드폰이 신호를 보내고 있어서, 키미는 한마디도 하지 않았다. 키미는 발굽으로 여자의 종아리를 거칠게 차고, 여자 손에 들려 있던 핸드폰을 쳐서 벽에 내동댕이쳤다. 그러고 나서 쇠막대기 아래서 빠져나왔다. 쇠막대기는 이제 여자의 손에 느슨하게 걸쳐져 있었다. 키미가 마침내 자리에서 일어나 막대기를 움켜쥐었다.

전세를 역전시키는 데는 5초도 채 걸리지 않았다.

여자가 분노로 일그러진 얼굴로 다시 몸을 일으켜 세우려 애쓰는 동안 키미는 잠시 숨을 멈추었다.

"해치지 않을게."

키미가 말했다.

"그냥 의자에 묶어 놓기만 할게. 그게 다야."

하지만 여자는 고개를 저으며 손으로 몰래 뒤쪽을 더듬더니 난간을 붙잡았다. 분명 무언가 휘두를 만한 것을 찾고 있었다. 여자가 눈을 여기저기 두리번거렸다. 아직 물러설 마음이 전혀 없다.

그 순간 여자가 팔을 뻗으며 키미에게 달려들어 목을 움켜쥐었다. 손톱이 목을 파고들었다. 키미는 층계벽을 등지고 서서 한쪽 무릎을 접어 올려 버티며 여자를 밀쳤다. 여자의 몸이 절반 정도 난간 뒤로 넘어갔다.

522

난간 너머로는 5미터 아래로 복도의 대리석 바닥이 펼쳐져 있었다.

키미는 여자에게 그만 저항하라고 소리 질렀지만, 여자는 포기하지 않았다. 키미는 몸을 뒤로 젖혔다가 머리로 여자의 머리를 들이받았다. 잠시 불이 나간 것처럼 아무것도 보이지 않았지만, 이내 키미의 머릿속에서 별이 맴돌았다.

키미가 눈을 뜨고 난간에 몸을 기대었다.

여자는 팔을 뻗고 다리를 꼰 채 마치 십자가에 못 박힌 사람처럼 대리석 바닥에 누워 있었다.

아무런 움직임도 없이, 완전한 침묵 속에 죽어 있었다.

키미는 십 분 정도 홀 의자에 앉아 뒤틀린 여자의 시체를 바라보았다. 평생 처음으로 키미는 희생자의 실체를 있는 그대로 정확히 바라보았다. 그 여자는 자신의 자유 의지와 살아갈 권리를 지니고 있던 한 인간이라는 존재였다. 이런 기분을 예전에는 느껴 본 적이 없었다는 것이 키미에게는 놀라움 그 자체였다. 키미는 이 기분이 싫었다. 그런 쓸데없는 생각을 한다며 목소리들이 그녀를 나무랐다.

그 순간 초인종이 울렸고, 사람들의 말소리가 들렸다. 사내 둘이다. 참을성이 없는 사람들 같았다. 문을 열려고 덜거덕거리더니, 잠시 후에는 전화벨이 울렸다.

'만약 저들이 집 주변을 돌아가면 부서진 유리창을 보게 될 거야. 위층으로 뛰어 올라갈 준비를 하고 있자. 권총이 필요해.'

키미는 스스로를 재촉했다.

'아니지, 지금 당장 가지고 와야겠다.'

키미는 소리를 내지 않고 계단을 올라가 권총을 꺼낸 다음 소음기를 장착하고 층계참으로 내려와 정문을 겨냥했다. 들어오기만 해라, 살아서 돌아가지 못 한다.

하지만 두 사람은 그대로 떠났다. 층계참 유리로 보니 두 사람이 차로 걸어가는 모습이 얼핏 보였다.

키 큰 남자는 성큼성큼 걸음을 내딛고 있었고, 키 작은 까무잡잡한 사내는 그 옆에서 발을 끌며 걷고 있었다.

37

전날 저녁의 일은 한마디로 끔찍한 악몽이었다. 양파가 잔뜩 묻은 칼의 얼굴을 보며 충격 받은 얼굴로 터져 나오는 웃음을 주체하지 못 하던 모나 입센의 모습이 아직도 칼을 괴롭혔다. 마치 장차 애인이 될 사람의 욕실을 처음 빌려 쓰는 데 하필 푸드득 설사가 나온 것처럼 망신스럽기 그지없었다.

'빌어먹을, 이 일을 어찌 수습한담?'

칼이 아침 담배에 불을 붙이며 생각했다.

칼은 그 생각을 떨치며 정신을 집중하기 시작했다. 어쩌면 오늘 검사들에게 최종적으로 결정적인 정보를 제공해서 체포영장을 발부 받을 수 있을지도 모른다. 린델세 코우에서 나온 귀걸이, 그리고 상자에서 나온 다른 내용물들. 이 정도면 증거는 충분하다. 적어도 올베크와 프람 사이의 연관성을 밝혀냈으니, 그것으로 나머지 패거리와의 관계도 입증이 가능하다. 그들을 취조실로만 불러들일 수 있다면 칼은 어떤 근거든 가리지 않고 사용할 생각이었다. 일단 거기로 데려오기만 하면 그들 중 한 사람은 중요한 내용들을 실토하게 만들 수 있다.

두 오누이의 살인 사건으로 시작된 수사가 다른 범죄들에 대한 실마리를 밝혀 줄지도 모른다. 심지어는 다른 살인 사건들까지도.

지금 칼에게 필요한 것은 패거리 일당과 직접 대면하는 것밖에 없었다. 정신없는 질문으로 그들을 공황상태에 빠뜨리면 그들의 우정에 틈을 벌려 놓을 수 있을지도 모른다. 만약 유치장에 잡아 놓고 그럴 수 없다면, 바깥에서라도 그렇게 되게 만들어야 한다.

제일 어려운 부분은 가장 약한 고리를 찾아내는 일이었다. 제일 먼저 누구에게 공격의 초점을 맞춰야 할까? 물론 비아르네 퇴르겐센이 제일 먼저 떠오르기는 하지만, 감방에서 몇 년 굴러먹다 보니 그놈도 입 닥치고 있는 법을 배웠다. 게다가 이미 그놈은 철장 뒤에 꽁꽁 숨어서 보호막을 쳐 놓았다. 비아르네에게는 이미 유죄 판결이 난 내용 말고는 더 털어낼 수 있을 것 같지 않다. 그놈에게 무엇이든 뽑아내려면 새로운 범죄에 대한 물샐 틈 없는 완벽한 증거가 필요할 것이다.

따라서 일단 비아르네는 아니다. 그럼 누구? 토르스텐 플로린? 울릭 뒤벨 옌센? 디틀레우 프람? 이 셋 중에 제일 만만한 인간이 누굴까?

이 궁금증을 제대로 해결하려면 먼저 각각의 사람들을 직접 만나 볼수 있어야 하지만, 쉽지 않을 거라는 느낌이 들었다. 어제 디틀레우의 개인병원에 괜히 서투르게 접근했다가 퇴짜를 맞은 일만 봐도 그렇다. 우리가 병원에 나타나는 순간부터 디틀레우는 우리의 존재를 알고 있었을 것이 당연하다. 우리와 가까운 곳에 있었을지도 모르고, 아닐지도 모르지만, 어쨌거나 우리가 나타났다는 사실은 분명히 알고 있었을 것이다.

그런데도 그는 우리와 거리를 두었다.

그런 방법으로는 안 된다. 이들 중 어느 누구에게 접근해서 말을 붙이려면 기습적으로 찾아가야 한다. 그와 아사드가 오늘 아침 그렇게 빨리 움직이기 시작한 것도 바로 그런 이유였다.

토르스텐 플로린에게 제일 먼저 접근해 볼 것이다. 우연한 결정은 아니었다. 여러 모로 보아 그는 말 그대로 제일 약해 보였다. 여윈 체형을 봐도 그렇고, 여성적인 직업을 봐도 그렇다. 패션과 관련해서 그가 언론에 등장하는 모습을 보면 그 얼굴 밑에 무언가 취약한 부분을 숨기고 있을 듯한 인상이 풍기기도 했다. 그런 면에서는 다른 사람들에 비해 그가 두드러져 보였다.

2분 정도 후면 칼은 트라이앵글에서 아사드를 차에 태울 것이고, 아마도 30분 정도 후면 아일스트루프에 있는 토르스텐의 사유지에 도착해 기습 방문으로 그를 아주 불편하게 만들 것이다.

"패거리 일당에 관한 정보들을 모두 모아 놨어요."

아사드가 조수석에 앉아 말했다.

"그러니까, 여기 토르스텐 플로린의 파일이 있어요."

아사드가 가방에서 사건 파일을 하나 빼며 말했다. 차는 시내를 빠져나와 룅뷔 고속도로로 접어들었다.

"토르스텐의 집은 아마 성처럼 보일 겁니다."

아사드가 말을 이었다.

"저택으로 이어지는 길을 가로막고 선 거대한 철문이 있어요. 어디서 읽었는데 그 사람이 파티할 때는, 그러니까, 사람들 차를 한 번에 한 대씩 들인다고 하더라고요. 사실일 겁니다."

칼은 고개를 돌려 아사드가 들고 있는 컬러프린터 출력물을 보려고 했다. 하지만 그리브스코우로 꼬불꼬불 이어지는 좁은 길을 운전하자니 한눈팔기가 쉽지 않았다.

"이것 좀 보세요, 수사관님. 항공사진으로 보면 한눈에 아주 잘 보여요. 여기가 토르스텐의 사유지예요. 토르스텐이 살고 있는 오래된 건물하고 여기 있는 목재건물을 빼면…….”

아사드가 지도에서 한 점을 가리켰다.

“……나머지는 모두 1992년에 지어진 거예요. 이 엄청 큰 건물하고 그 뒤로 있는 작은 집들까지 모두 다요.”

사실 조금은 이상해 보였다.

“저 집들이 모두 그리브스코우 안쪽에 들어와 있는 거 맞나? 이 사람 이거 허가 받고 숲 속에 건물을 올린 건가?”

칼이 물었다.

“아니에요, 숲 속에 지은 게 아닙니다. 그리브스코우하고 여기 토르스텐 소유의 숲지대 사이에 그게 있어요. 그 뭐냐, 방화…… 방화…… 수사관님, 그거 뭐라고 부르죠?”

“방화대? 산불 번지는 거 막으려고 불에 탈만 한 거 없애고 띠처럼 비워 놓은 지역 말인가?”

칼은 아사드가 자기를 바라보는 것이 느껴졌다. 그가 어리둥절해하는 모습이 느껴졌다.

“어쨌거나 항공사진으로 보면 그게 분명히 보여요. 한번 보세요. 아주 좁은 갈색 띠처럼 생겼어요. 그리고 자기 땅 주변으로 울타리를 쳐놨어요. 그러니까, 호수며, 언덕이며, 모두 다 빙 둘러서요.”

“그런 짓을 왜 했을까? 파파라치라도 들어올까 무서웠나?”

“아무래도 사냥꾼인 것하고 관련이 있지 않을까요?”

“그래, 그렇겠군. 자기 땅에 있는 동물이 국유림으로 달아나는 꼴을 보기 싫었나 보네. 그런 유형의 사람들을 내가 알지.”

칼의 고향인 벤쉬셀에서는 그런 짓을 하는 사람들은 놀림의 대상이었지만, 질란 섬 북부에서는 분명 사정이 달랐다.

두 사람은 하늘이 보이기 시작하는 지점에 도착했다. 처음에는 머리를 뒤덮은 숲 사이로 빈틈이 보이기 시작하더니, 밀을 베고 남은 밀단이 아직 남아 있는 밀밭이 눈앞에 멀리 펼쳐지기 시작했다.

"저기 스위스식 샬레 건물이 보이나, 아사드?"

그가 오른쪽에 낮게 자리 잡고 있는 집 하나를 가리켰다. 아사드의 대답을 기다릴 필요는 없었다. 못 보고 지나칠 리 없는 집이었다. 빙하가 깎아 놓은 계곡에 자리 잡은 오두막이었다.

"저 뒤로 카게루프 역이 있네. 한 번은 저기서 작은 여자아이를 발견한 적이 있지. 아이가 죽어 있는 줄 알았다네. 아이가 제재소에 숨어 있었는데. 아, 글쎄, 아빠가 집에 데리고 들어온 개가 무서워서 거기에 숨었다는 거야."

칼은 고개를 절레절레 흔들었다. 그런데 정말 그게 이유였을까? 지금 생각해 보니 갑자기 말이 안 된다는 생각이 든다.

"여기서 꺾으세요, 수사관님."

아사드가 '마룸'이라고 적힌 도로표지판을 가리켰다.

"저기 꼭대기에서 오른쪽으로 틀어야 돼요. 거기서 몇 백 미터만 더 가면 철문이 나와요. 그러니까, 간다고 미리 전화를 해 둘까요?"

칼은 고개를 저었다. 무슨 큰일 날 소리를. 어제 디틀레우 프람처럼 토르스텐 플로린도 사라져 버리라고? 어림없다.

토르스텐 플로린이 자기 땅을 울타리로 철저하게 둘러쌌다는 말은 사실이었다. 청동으로 큼지막하게 새겨진 '두에홀트'라는 이름이 방풍림 위로 솟아오른 철문 옆 화강암 위에 도드라지게 튀어나와 있었다.

칼은 유리창 높이로 기둥에 달려있는 인터폰 쪽으로 몸을 기울였다.

"저는 형사 부경정 칼 뫼르크라고 합니다. 어제 선생님의 변호사이신

벤트 크룸 씨와 얘기를 했었는데, 토르스텐 플로린 선생님께 몇 가지 좀 여쭐 게 있어서 찾아왔습니다. 간단히 몇 분이면 됩니다."

적어도 2분 정도가 흘렀을 무렵, 문이 열렸다.

울타리 반대편으로는 풍경이 넓게 펼쳐져 있었다. 오른쪽으로는 호수들과 굽이치는 언덕들이 무성한 초원 사이로 점점이 흩어져 있었다. 지금의 계절을 생각하면 초원은 아직도 놀라울 정도로 무성하게 우거져 있었다. 그 아래로는 과수원들이 여기저기 흩어져 숲을 이루고 있었고, 저 멀리로는 거대한 기둥처럼 그리브스코우를 떠받치고 있는 듯한 몇 백 년짜리 참나무들이 보였다. 나무 꼭대기의 가지들은 거의 잎을 떨군 상태였다.

'엄청난 땅이로군. 이 정도 땅이면 대체 얼마야?'

칼은 생각했다.

숲 근처에 둥지를 틀 듯 자리 잡고 있는 저택에 도착하고 보니, 엄청나게 부유해 보였던 인상이 그저 인상에 불과한 것이 아님을 확인할 수 있었다. 두에홀트의 저택은 세심하게 복원해 놓은 처마와 유약을 바른 검정 타일의 지붕이 이루는 아름다운 조화를 뽐내고 있었다. 아트리움 몇 개가 추가되어 있었고, 그 각각은 아마도 방위를 가리키고 있는 듯 했다. 그리고 마당과 차량 진입로도 너무나 잘 유지되어 있어 왕실 정원사도 여기를 보면 부끄러워질 듯했다.

저택 뒤로는 빨간 목재건축물이 있었다. 아마도 나라에서 국보 건축물로 지정해 놓은 건물일 것이다. 어쨌거나 역사가 적어도 200년이 넘는 건물이었고, 나머지 건물들과 비교되어 눈에 확 띄었다. 그 뒤로 우뚝 솟아있는 거대하고도 매력적인 금속 건축물과는 분명 큰 대조를 이루고 있었다. 그 건물을 둘러싸고 있는 유리와 반짝이는 금속들이 칼이 공항 포스트에서 보았던 마드리드의 오랑주리처럼 보였다.

아일스트루프만의 수정궁이로군.

숲 가장자리에 작은 집들이 몇 개 옹기종기 모여 있었다. 아마도 채소를 키우기 위한 것인 듯 쟁기질이 잘된 밭에 둘러싸여 있고, 미니어처처럼 작은 정원과 베란다가 딸린 모습을 보니 마치 마을 하나가 통째로 들어와 있는 듯 보였다. 밭에는 대파와 녹색 양배추가 아직도 많이 자라고 있었다.

'맙소사, 눈으로 보지 않았다면 믿지 못할 뻔했군.'

칼은 생각했다.

"이야, 여기 정말 대단하네요."

아사드가 말했다.

하지만 사람은 코빼기도 보이지 않았다. 초인종을 누르고 나서야 직접 문을 열고 나온 토르스텐을 볼 수 있었다.

칼이 손을 내밀며 자신을 소개했지만, 토르스텐은 집으로 들어가는 출입문을 돌덩이처럼 막고 서서 아사드만 바라볼 뿐이었다.

토르스텐 뒤로는 화려한 그림과 상들리에로 가득한 홀을 가로지르며 구불구불 올라가는 계단이 보였다. 유행 스타일을 팔아서 먹고 사는 사람치고는 살짝 천박해 보이는 모양새였다.

"키미 라센과 관련된 것으로 보이는 몇 가지 사건에 대해서 여쭤 볼 것이 있어서 왔습니다. 도움을 좀 청해도 될까요?"

"사건이라니요?"

토르스텐은 건조한 말투로 물었다.

"토요일 밤에 일어난 핀 올베크의 살인 사건입니다. 디틀레우 프람 씨와 올베크가 여러 번 통화를 했던 것으로 밝혀졌습니다. 올베크가 키미를 쫓고 있었다는 것도 알고 있고요. 혹시 여러분들 중 누군가가 올베크를 고용한 것인가요? 만약 그렇다면 이유는 무엇입니까?"

"지난 며칠 동안 그 이름을 몇 번 들은 기억은 있습니다만, 그것 말고는 이 핀 올베크라는 사람에 대해서 아는 것이 없습니다. 디틀레우가 그 사람하고 통화를 했었다니 차라리 디틀레우와 얘기해 보시는 것이 좋을 것 같군요. 그럼 안녕히 돌아가시기 바랍니다."

칼이 문틈에 발을 끼워 넣으며 말했다.

"잠깐만요. 80년대 후반에 랑엘란 섬에서 노부부에게 일어난 폭행 사건과 벨라호이에서 일어난 카레 브루노에 대한 공격 사건도 있습니다. 둘 다 키미 라센과 관련된 것들이죠. 세 사람 모두 살해되었을 가능성이 큽니다."

토르스텐이 빠르게 몇 번 눈을 깜박거렸지만, 표정은 여전히 돌덩이처럼 변화가 없었다.

"미안하지만 그 부분에 대해서는 제가 아는 것이 없군요. 그건 당사자인 키미 라센에게 직접 물어봐야 하지 않겠습니까?"

"키미 라센의 소재를 혹시 아십니까?"

토르스텐이 고개를 저었다. 얼굴에 이상한 표정이 어렸다. 칼은 살아오면서 별의별 표정을 다 보고 살아왔지만, 이 표정만큼은 도무지 그 의미를 파악하기가 어려웠다.

"정말 모르십니까?"

칼이 물었다.

"전혀요. 1996년 이후로는 크리스텐-마리를 한 번도 못 봤습니다."

"이 사건들과 키미를 연결해 주는 증거를 많이 확보하고 있습니다."

"네, 제 변호사가 그리 얘기하더군요. 하지만 형사님께서 말씀하시는 사건에 대해서는 저나 제 변호사나 아는 것이 없습니다. 그럼 이만 떠나주시면 감사하겠습니다. 오늘은 바쁜 날이라서요. 아, 그리고 또 다시 찾아오실 때는 영장 챙겨 오는 것을 잊지 않으셨으면 좋겠군요."

토르스텐의 미소는 믿기 어려울 만큼 도발적이었다. 칼은 몇 가지 질문을 더 퍼부으며 그를 압박했다. 하지만 토르스텐 플로린이 옆으로 비켜서자, 분명 문 뒤에서 대기하고 있었을 까무잡잡한 피부의 사내 세 사람이 앞을 막아섰다.

2분 후에 칼과 아사드는 다시 차로 돌아와 있었다. 죽고 싶냐, 인생 망가지고 싶냐, 언론에 알리겠다 등등 별의별 협박을 다 들었다.

내가 토르스텐을 약한 고리라 생각했던가? 아무래도 다시 생각해 봐야겠군.

38

여우 사냥이 있는 날 아침이다. 토르스텐 플로린은 평소처럼 클래식 음악을 들으며 잠에서 깼다. 가벼운 발걸음 소리가 젊은 흑인 여자의 도착을 알렸다. 여자는 상의를 입지 않은 채 손을 앞으로 뻗고 토르스텐의 앞에 와 서 있었다. 언제나처럼 여자의 손에는 은쟁반이 들려 있었다. 여자는 거짓으로 꾸민 굳은 미소를 하고 있었지만, 토르스텐은 신경 쓰지 않았다. 토르스텐에게는 애정이나 헌신 따위는 필요치 않다. 그의 삶에 필요한 것은 질서다. 그리고 질서는 일상의 의식을 글자 그대로 정확하게 따를 때 만들어지는 것이다. 이것이 그가 지금까지 11년 동안 살아온 방식이고, 앞으로도 이어갈 방식이었다. 일부 부자들에게 의식이란 자기 자신을 홍보하는 수단이다. 하지만 토르스텐은 일상생활에서 살아남기 위해 의식을 이용했다.

토르스텐은 쟁반에서 냅킨을 들어 그 향기를 즐긴 후 가슴 위에 두르고, 쟁반을 받아들었다. 쟁반 위에는 닭의 심장 네 개가 놓여 있었다. 방금 도살해서 꺼낸 장기들이다. 그는 이것을 먹지 않으면 몸이 약해진다고 확신했다.

토르스텐은 첫 번째 심장을 한입에 먹은 후 성공적인 사냥을 위해 기도했다. 그리고서 나머지 심장 세 개를 재빨리 먹어 치운 후에 여자에게 녹나무 향기가 나는 수건으로 얼굴과 손을 닦게 했다. 여자의 손은 능숙했다.

그러고 나서 토르스텐은 여자, 그리고 밤새 경계를 선 그 남편에게 그만 방에서 나가라는 손짓을 했다. 그리고 떠오르는 첫 아침 햇살이 숲을 비추는 모습을 물끄러미 음미했다. 이제 몇 시간 후면 시작된다. 아홉 시에는 사냥꾼들 모두 준비를 마치고 있을 것이다. 오늘은 동틀 녘에 사냥하지 않는다. 이번에 사냥할 동물은 너무 교활했고, 사냥을 위해 미친 상태로 만들어 놓았다. 밝은 대낮에 사냥해야 한다.

여우를 풀어 주면 그 여우 안에서 광견병과 생존본능이 미친 듯이 날뛸 것이다. 여우는 땅바닥에 배를 납작하게 깔고 누워 몰이꾼들이 가까워질 적당한 순간을 기다릴 것이다. 그러다가 사타구니를 향해 달려들면? 다시 예전과 같은 일이 일어나리라.

하지만 토르스텐은 소말리아인들을 잘 안다. 그들은 여우가 그렇게 가까이 오게 놔두지는 않을 것이다. 그는 오히려 사냥꾼들이 더 걱정이었다. 아니, 아무래도 '걱정'이라는 말은 가당치 않은 것 같다. 그들은 대부분 상황 판단이 충분히 빠른 사람들이고, 이 사냥 게임에 전에도 자주 참가했던 사람들이다. 아슬아슬하고 짜릿한 삶을 살고 싶은 욕망에 불타오르고, 모두들 세상에 이름을 떨친 영향력 있는 사람들이다. 일반인들보다 훨씬 크고 원대한 생각을 하는 사람들. 그들이 오늘 여기에 모이는 이유는 바로 모두 제대로 틀이 잡힌 사람들이기 때문이다. 그래, 이 사람들을 걱정할 필요는 없다. 오히려 그는 머리에서 좀처럼 떠나지 않는 다른 불편한 느낌에 사로잡혀 있었다.

키미, 그리고 벤트 크룸에게 접근했던 그 빌어먹을 형사만 아니었다면, 그리고 랑엘란 섬의 폭행이나 퀼레 바세트와 카레 브루노의 폭행 사건처럼 이미 오래전에 잊혔어야 할 그 사건들이 다시 열리지만 않았다면, 오늘은 완벽한 날이 되었을 것이다.

몇 시간 후면 그는 이런 생각들을 다시 고쳐 생각하고 있으리라.

현관문에 갑자기 나타난 그 시건방진 형사 놈은 대체 어떻게 이런 것들을 알아냈지?

토르스텐은 울부짖는 동물들의 소리에 둘러싸여 유리홀 안에 서 있었다. 그리고 소말리아 사람들이 여우가 들어 있는 우리를 구석에서 꺼내는 것을 보았다. 여우의 눈빛은 난폭했고, 계속 철창에 달려들어 마치 살아 있는 고깃덩어리라도 되는 듯 이빨로 갉아댔다. 그 이빨을 생각하고, 이 짐승을 천천히 죽이고 있는 치명적인 균들을 생각하니 토르스텐의 등골을 타고 한 줄기 전율이 흘렀다.

경찰이야 될 대로 되라지. 키미야 될 대로 되라지. 그런 사소한 문제들이야 어찌 되든 상관없다. 이 짐승을 자유롭게 풀어놓는 것으로 이제 곧 우리는 영원의 가장자리로 나서게 될 것이다. 지금은 그 외의 세상 다른 모든 것이 하찮게 느껴진다.

"이제 곧 너의 운명을 맞이하게 될 거다, 이 환상적인 여우 놈아."

토르스텐이 우리를 주먹으로 두드리며 말했다.

그는 홀을 둘러보았다. 신에게나 어울릴 법한 광경이었다. 우리만 백 개가 넘고, 그 안에는 상상 가능한 모든 동물들이 들어 있다. 최근에는 노틸러스에서 한 맹수의 우리를 들여왔다. 바닥에 놓여 있는 우리 안에서 분노에 휩싸인 등 굽은 하이에나가 그를 노려보고 있었다. 이놈은 곧 다른 이국적인 사냥감들과 함께, 여우가 들어 있던 구석자리를 차지하게 될 것이다. 지금부터 크리스마스 때까지의 사냥 계획은 이미 다 잡혀 있다. 토르스텐이 모든 것을 통제하고 있었다.

토르스텐은 안마당으로 차가 미끄러져 들어오는 소리를 듣고 웃으며 출입문 쪽을 돌아보았다.

울릭과 디틀레우가 평소대로 시간에 맞춰 도착했다. 다른 사람들과 저 두 사람의 차이를 말해 주는 또 다른 특성이다.

십 분 후, 세 사람은 주변을 감시하며 석궁을 들고 사격 터널로 내려 갔다. 키미와 그녀의 불확실한 행방에 대해서 얘기를 나누고 난 후에 울 릭은 마치 기쁨에 겨운 사람처럼 몸을 떨며 마조히즘적인 분위기에 빠 져 있었다. 아무래도 아침에 백색가루를 너무 많이 들이마신 듯했다. 반 면 디틀레우는 머리가 맑았고, 눈빛이 살아 있었다. 그가 팔에 들고 있는 석궁이 마치 몸의 일부인 듯 느껴졌다.

"그래, 고마워. 어젯밤에는 정말 잘 잤어. 키미든 누구든 다 덤비라고 그래."

토르스텐의 질문에 디틀레우가 말했다.

"난 무엇이든 마음의 준비가 되어 있으니까."

"그거 잘됐군."

토르스텐이 대답했다. 토르스텐은 괜히 칼 뫼르크라는 형사가 나타 나 과거에 대해 캐묻고 다녔다는 얘기를 꺼내 사냥 동료들의 좋은 기분 을 망칠 생각은 없었다. 그 얘기는 연습 사격을 한 다음으로 미루어도 늦지 않다.

"네가 무엇이든 마음의 준비가 되어 있다니 기쁘다. 그래야 할 상황 인 것 같거든."

39

두 사람은 길옆에 차를 세우고 토르스텐 플로린과 만났던 일에 대해 몇 분째 얘기를 나누고 있었다. 아사드는 다시 돌아가서 키미의 금속 상자 안에서 무엇을 찾아냈는지 까발려야 한다고 했다. 그렇게 하면 토르스텐의 자신감도 꼬리를 내릴 것이라고 믿었다. 하지만 칼은 완전히 생각이 달랐다. 그는 체포영장이 나오기 전에는 상자에 대해 언급하면 절대로 안 된다고 믿었다.

그러자 아사드는 투덜거렸다. 일반적인 상식과는 달리 아사드가 어린 시절에 샌들을 신고 걸어 다녔던 사막 지역에 퍼져 있는 것이 인내심만은 아니었나 보다.

칼의 눈에 제한속도를 넘는 빠르기로 그들을 향해 달려오는 차량 두 대가 보였다. 사륜구동 차량이었고 유리창은 코팅이 되어 있었다. 십대 사내아이들이 번들거리는 광고지에서나 그림의 떡 보듯 구경할 수 있는 그런 종류의 차량이었다.

"뭐야, 이거!"

앞차가 굉음을 내며 지나가자 칼이 소리 질렀다. 칼은 시동을 걸고 방향을 틀어 두 번째 차량을 뒤쫓았다.

두에홀트로 갈라지는 갈림길에 도착했을 때는 20미터 뒤까지 바짝 따라붙었다.

"앞차에 타고 있는 사람, 디틀레우 프람하고 비슷하게 생겼군. 그래, 분명 디틀레우였어. 아사드, 뒤차에 누가 있는지 혹시 봤나?"

두 차가 토르스텐의 저택으로 이어지는 자갈길로 들어서는 것을 보며 칼이 물었다.

"아니요, 얼굴은 못 봤는데 차량번호는 기억해 놨어요. 지금 확인해 볼게요."

칼은 손으로 얼굴을 문질렀다. 생각을 해 보자. 만약 그 두 사람이 지금 토르스텐을 만나러 가는 길이라면? 만약 방금 그 두 사람이 정말 맞다면, 세 사람이 함께 모인 것을 볼 수 있는 이런 기회가 또 언제 찾아올까?

만약 그런 기회가 정말로 찾아온 거라면, 거기서 무엇을 건질 수 있을까?

아사드가 차량번호를 조회하는 데는 시간이 별로 걸리지 않았다.

"앞차는 텔마 프람의 차로 등록되어 있네요."

빙고!

"그리고 뒤차는 UDJ 주식분석회사 소속 차량이고요."

또 다시 빙고!

"패거리가 모였군."

칼은 이렇게 말하며 시간을 확인했다. 아직 아침 8시도 채 되지 않은 시간이다. 이 이른 시간에 무슨 일로?

"수사관님, 아무래도 저들을 지켜봐야 할 것 같습니다."

"무슨 말인가?"

"무슨 말인지 아시잖아요. 안으로 들어가서 저 사람들 뭐하는지 지켜보자고요."

칼은 고개를 저었다. 하여간 이 친구 가끔은 너무 창조적이라서 탈이라니까.

"아까 토르스텐이 하는 말 들었지?"

아사드가 앉아서 큰 눈으로 고개를 끄덕였다.

"영장이 있어야 돼. 그리고 지금 확보한 증거만으로는 아직 영장 발부는 힘들다네."

"힘들겠죠. 하지만 좀 더 알아내면 발부 받을 수 있지 않을까요?"

"그야 물론이지. 하지만 저 안에 들어가서 몰래 킁킁거리고 다녀봤자 뭘 찾아낼 수는 없을 거란 말이지. 거기에 필요한 영장도 없지 않나. 그럴 권한이 없다고."

"만약 저 사람들이 자기들의 흔적을 지우려고 올베크를 죽인 거라면 어쩌시겠습니까?"

"무슨 흔적? 누군가를 미행하려고 사람을 고용하는 것은 불법이 아닐세."

"그건 물론 불법이 아니죠. 하지만 만약 올베크가 실제로 키미를 찾아냈고, 저 세 사람이 바로 지금 저기에 키미를 인질로 붙잡고 있는 거라면 어쩌시겠어요? 분명 가능성이 있는 얘기죠. 이건 수사관님이 늘 입에 달고 다니는 말 아닙니까? 이제 올베크는 죽었습니다. 그렇다면 키미를 잡았다는 사실을 아는 사람은 이 세상에 그 세 사람밖에 없는 셈이죠. 키미는 수사관님한테 제일 중요한 목격자 아닙니까?"

아사드가 머릿속으로 무슨 생각을 하고 있는지가 빤히 보였다. 그리고 그 생각이 이내 튀어나왔다.

"지금 저 사람들 키미를 죽이려고 모인 거라면 어떡하시겠냐고요?

저 안에 지금 들어가야 한다니까요."

칼은 무겁게 한숨을 내쉬었다. 무슨 질문이 이렇게 많나.

물론 아사드 말이 맞다. 하지만 틀리기도 했다.

두 사람은 두에모세 간이역 근처 뉘 마룸바이에 차를 대고 그리브스코우 철길에서 시작해서 숲을 두르고 있는 오솔길을 따라 방화대까지 걸어갔다. 거기에서 보니 습지를 가로질러 토르스텐 플로린의 숲 일부까지 한눈에 들어왔다. 숲은 무성하게 우거져 있었고, 저 멀리 언덕 위로 정문이 간신히 보였다. 저쪽으로는 가면 안 되겠군. 아까 거기서 보았던 수많은 감시 카메라가 떠올랐다.

더 흥미로운 곳은 안마당이었다. 거기에 아까 그 거대한 사륜구동 차량 두 대가 주차되어 있었다. 거기서는 모든 방향으로 길이 뚫려 있다.

"수사관님, 방화대 곳곳에 카메라가 설치되어 있을 거예요. 넘어가려면 이쪽으로 갈 수밖에 없어요."

아사드가 말했다.

그는 습지의 구덩이 하나를 가리켰다. 거기서는 울타리가 아주 낮게 가라앉아 있어서 눈에 띄지 않을 것 같았다. 들키지 않고 울타리를 건널 수 있는 것은 그곳밖에 없었다.

꼭 이렇게까지 해야 하나.

그 후로 두 사람은 진흙투성이가 된 젖은 바지를 입은 채 땅바닥에 누워 30분 정도 눈을 부릅뜨고 지켜보고 있었다. 그때 안마당에서 세 남자가 눈에 들어왔다. 그리고 여윈 흑인남자 둘이 석궁 비슷한 것을 들고 그 뒤를 따랐다. 그들의 대화가 칼과 아사드가 누워 있는 울타리까지 들려왔다. 목소리가 단조롭고 두 사람 주위를 차갑게 휘도는 미풍과 거리 때문에 잘 들리지는 않았다.

세 남자는 큰집으로 들어가 사라졌고, 흑인들은 작은 빨간색 집을 향해 계속 걸어갔다.

십 분 후에는 흑인이 몇 명 더 나타났다가 큰 홀로 사라졌다. 다시 몇 분 후에는 우리를 하나 들고 밖으로 나와 픽업트럭 짐칸에 실었다. 그런 다음 몇몇은 운전석에 올랐고, 몇몇은 우리 옆 짐칸에 자리 잡은 후 숲속으로 차를 몰고 갔다.

"좋아, 이때야."

이렇게 말하며 칼은 살짝 머뭇거리는 아사드를 끌고 울타리를 따라 곧장 작은 집들이 모여 있는 곳을 향해 움직였다. 안에서 사람들 소리가 들렸는데, 외국어로 얘기하고 있었다. 아기가 울고 있고, 그보다 나이 많은 아이들의 고함소리도 들렸다. 완전한 하나의 작은 사회를 구성하고 있었다.

첫 번째 집을 살금살금 지나며 보니 문 위에 이국적인 이름들이 적힌 문패가 있었다.

"저기도 있어요."

아사드가 옆집 문을 가리키며 속삭였다.

"토르스텐이 노예들을 부리고 있는 걸까요?"

그런 것은 아니겠지만, 그와 비슷한 무언가가 있는 것은 분명해 보인다. 저택 안에 아프리카의 마을을 하나 옮겨 놓은 것 같다. 아니면 남북전쟁이 일어나기 전 미국 남부지역 거대한 저택의 그림자 속에 자리 잡은 흑인 노예들의 판잣집을 보는 듯도 하다.

멀지 않은 곳에서 개 짖는 소리가 들렸다.

"토르스텐이 마당에 개를 풀어놓으면 어쩌죠?"

아사드는 벌써 그의 소리를 듣기라도 한 것처럼 걱정하며 속삭였다.

칼이 아사드를 돌아보았다.

'안심하라고, 이 친구야.'

칼은 표정으로 말했다. 그가 벤쉬셸의 밭에서 뒹굴며 한 가지 배운 것이 있다면, 성난 싸움개 열 마리가 한꺼번에 달려들지 않는 한, 주도권은 늘 사람에게 있었다. 타이밍을 잘 맞춰서 발길질 한 번만 제대로 보여 주면 개들은 바로 꼬리를 내린다. 그 개들이 소동만 일으키지 않는다면 말이다.

두 사람은 안마당 옆 열린 구간을 가로질러 뛰어갔고, 그렇게 계속 가면 큰집 뒤쪽으로 접근할 수 있음을 알게 되었다.

20초 후, 두 사람은 저택 유리창에 얼굴을 납작하게 눌러 붙이고 서 있었다. 눈에 보이는 것은 마호가니 가구들이 들어선 일반적인 사무실 풍경 뿐, 유리창 너머로는 아무 일도 일어나고 있지 않았다. 선반에는 머리 박제들이 줄지어 놓여 있었고, 별다른 것은 보이지 않았다.

두 사람은 돌아섰다. 근처에 무엇이든 부정한 것이 있다면 서둘러 찾아내야 한다.

"저거 보여요?"

아사드가 거대한 유리 홀에서 숲 쪽으로 뻗어 있는 거대한 원통형 구조물을 가리켰다. 길이가 적어도 50미터는 되어 보였다.

'뭐야, 저건?'

칼은 생각했다.

"이리 오게, 아사드. 가서 확인해 보자고."

칼이 말했다.

아사드가 홀 안으로 들어가며 짓던 표정은 절대로 잊지 못 할 것 같다. 칼도 그와 비슷한 느낌이었다. 동물 애호가들에게 노틸러스가 충격적인 장면이었다면, 이곳은 그보다 열 배는 더 지독했다. 끝도 없이 이어지는 우리마다 겁먹은 동물들이 들어 있었고, 온갖 크기의 피 묻은 동물 가죽들을 벽에 걸어 말리고 있었다. 햄스터부터 송아지까지 없는 게 없다. 사나운 싸움개가 짖고 있었다. 아까 들었던 그 소리인가보다. 도마뱀처럼 생긴 큰 짐승도 있고, 쉭쉭거리는 밍크도 있다. 집에서 키우는 야생동물들과 이국적인 동물들이 여기 한 곳에 모여 있었다.

하지만 이곳이 노아의 방주는 결코 아니다. 정반대였다. 이곳을 살아서 나가는 동물은 없을 것이다. 그 정도는 한눈에 알아볼 수 있었다.

칼은 홀 가운데 놓인 노틸러스의 동물 우리를 알아보았고, 그 안에는 하이에나가 그르렁대고 있었다. 구석에서는 커다란 원숭이가 울부짖고 있었고, 아프리카산 흑멧돼지가 꿀꿀대고, 염소가 음매하고 울었다.

"그러니까, 키미가 혹시 여기 있지는 않을까요?"

아사드가 홀 안쪽으로 몇 걸음 더 들어가며 물었다.

칼의 시선이 우리들 사이를 헤집고 다녔다. 대부분 사람이 들어가기에는 너무 작다.

"혹시 여기?"

아사드가 통로에서 웅웅거리며 줄 지어 서 있는 냉동고를 가리키며 말했다. 아사드가 첫 번째 냉동고를 열었다.

"윽!"

아사드가 소리를 질렀다. 그가 혐오감에 몸을 떠는 것이 보였다.

칼이 냉동고 안을 들여다보았다. 가죽을 벗긴 동물들이 차곡차곡 쌓여 공허한 눈빛으로 그를 바라보고 있었다.

"냉동고마다 모두 마찬가지네요."

아사드가 문을 일일이 다 열었다가 닫았다.

"동물들 먹이로 주는 게 아닌가 싶네."

칼이 하이에나의 크기를 가늠하면서 말했다. 저렇게 굶주린 짐승한테는 어떤 고기를 던져 주어도 눈 깜짝할 사이에 목구멍 너머로 사라질 것이다. 섬뜩한 생각이 들었다.

나머지 우리에 사람이 들어 있지 않다는 것을 확인하는 데는 5분 정도가 걸렸다.

"수사관님, 보세요!"

아사드가 밖에서 보았던 거대한 원통 내부를 가리키며 말했다.

"과녁, 과녁이 있어요."

사실이었다. 경찰 본부에 이런 것이 있었다면 한번 써 보겠다고 너도나도 하루 종일 그 앞에서 줄을 서고 있었을 것이다. 공기 분사기까지 설치된, 한마디로 최첨단 장비였다.

"그 안에는 들어가지 말게."

아사드가 원통 안을 기웃거리자 칼이 경고했다.

"거기 있다가 누가 들어오기라도 하는 날엔 숨을 곳도 없어."

하지만 아사드는 듣지 않았다. 그는 끝에 있는 커다란 과녁에 시선을 고정시키고 있었다.

"수사관님, 그러니까, 이건 뭔가요?"

그가 한 과녁 옆에서 소리쳤다.

칼은 힐끗 어깨너머로 뒤쪽을 살펴보았다. 경계할 만한 것은 없어 보인다. 그래서 칼도 아사드가 말한 것이 궁금해져 원통 안으로 들어갔다.

"이거 화살 아닌가요?"

칼이 과녁 중앙에 날아와 박힌 금속 막대기 하나를 가리키며 궁금해했다.

"그렇군. 화살은 맞는데, 석궁에서 사용하는 종류야."

칼이 말했다.

아사드가 혼란스러운 듯 칼을 바라보았다.

"방금 뭐라고 하셨죠? 뭐에 사용한다고요? 석궁이요?"

칼은 한숨을 내쉬었다.

"석궁은 활은 활인데 장착 방법이 좀 특별한 화살이야. 발사하는 힘이 아주 무지막지하지."

"아, 알겠습니다. 그거 조준이 아주 정확한가 보죠?"

"그럼, 아주 정확하지."

뒤를 돌아보는 순간, 두 사람은 자신들이 제 발로 덫에 걸어 들어왔음을 깨달았다.

원통 반대편에 토르스텐 플로린이 두 발을 벌리고 서 있었고, 그 뒤로는 울릭 뒤벨 옌센과 디틀레우 프람이 서 있었다. 디틀레우의 석궁이 정확히 두 사람을 겨냥하고 있었다.

'이거 지금 꿈이겠지?'

칼이 생각했다. 그가 소리쳤다.

"과녁 뒤로 숨어, 아사드! 당장!"

칼이 재빨리 견대에서 권총을 꺼내 그들을 겨냥하는 순간 디틀레우가 석궁의 방아쇠를 당겼다.

칼은 아사드가 과녁 뒤로 몸을 날리는 소리를 들었다. 그리고 그 순간 석궁의 화살이 칼의 오른쪽 어깨로 날아들었고, 권총은 자갈 위에 떨어졌다.

이상하게도 아프지 않았다. 그저 몸이 반 미터 정도 뒤로 휘청거리는 느낌밖에 없었다. 고개를 돌려보니 몸이 과녁에 못 박히듯 화살로 박혀 있었고, 피가 흐르는 상처 위로 튀어나온 화살 깃만 보였다.

"대체 왜 이러실까요, 여러분? 왜 우리를 이 지경까지 오게 만드는 겁니까? 두 분을 어떻게 처리해 드려야 할까요?"

토르스텐이 말했다.

칼은 방망이질치는 심장을 진정시키려고 애썼다. 그들이 칼의 몸에 박힌 화살을 빼고 그 상처에 어떤 용액을 뿌렸다. 그 바람에 칼은 고통으로 거의 기절할 뻔했지만, 적어도 그 덕에 출혈은 거의 멈췄다.

상황은 심각했다. 이 세 남자는 만만한 자들이 아니다.

한편 다시 홀로 끌려나와 우리 하나에 등을 대고 바닥에 무릎 꿇고 앉은 아사드는 옆에서 혼자 씩씩대고 있었다.

"근무 중인 경찰한테 이런 짓을 하고도 무사할 줄 알아?"

그가 소리 질렀다.

칼은 조심스럽게 아사드의 발을 툭 찼다. 그것으로 아사드는 잠시 잠잠해졌다.

"자, 아주 간단합니다."

칼이 말했다. 한마디 한마디 말을 뱉을 때마다 상체 전체가 욱신거렸다.

"지금 당장 우리를 풀어 주시오. 그다음 일은 나중에 생각합시다. 우리를 협박하고 인질로 붙잡아 봐야 그쪽에서 얻는 건 아무것도 없을 테니까."

"오호라, 그래?"

디틀레우였다. 그는 아직도 석궁을 손에 들고 있었다. 젠장, 저놈의 물건을 꼭 이쪽으로 겨냥해야 하나?

"우리가 바보인줄 알아? 당신이 우리한테 살인혐의 두는 거 우리가 모를 줄 알고? 당신 입으로 떠벌린 사건들이 있잖아. 우리 변호사도 접촉했고, 핀 올베크와 내가 연결되어 있는 것도 알아냈더군. 우리에 대해 모든 것을 안다고 생각하겠지. 그리고 어느 순간 갑자기 그놈의 진실이란 것이 이렇게 떡하니 눈앞에 나타났고 말이지."

디틀레우가 가까이 다가오더니 자신의 가죽 부츠를 칼의 발 앞에 내밀고 섰다.

"그 진실은 여기 우리 세 사람한테서 끝나는 게 아니야. 재수가 좋아서 사람들이 당신이 의심한 것을 믿어 준다고 쳐. 그럼 어떻게 되는 지 알아? 수천 명의 사람들이 밥벌이를 잃고 길거리로 나앉게 돼. 세상에 간단한 건 없어, 칼 뫼르크."

디틀레우가 홀을 빙 두르며 가리켰다.

"엄청난 자산들이 그대로 동결되겠지. 우리도, 다른 누구도 그런 일이 생기기를 바라지는 않는다고. 그럼 토르스텐의 질문을 내가 다시 한번 꺼내 보도록 하지. 당신네들을 어떻게 처리해야 할까?"

"아주 깨끗하게 처리해야 돼."

거구의 사나이가 말했다. 울릭 뒤벨 옌센이다. 목소리는 떨리고 있었고, 약 기운으로 동공이 커져 있었다. 그가 한 말의 의미는 분명했다. 하지만 토르스텐 플로린의 망설임을 칼은 눈치챘다. 그는 망설이며 머리를 굴리고 있었다.

"당신네 두 사람한테 백만 크로네씩 주고 여기서 풀어 주면 어떨까? 사건에서 손을 떼는 순간 그 돈은 당신들 거야. 어때?"

당연히 좋다고 말해야 한다. 뭘 어쩌자고 싫다고 하겠나? 거절했을 때의 결과는 생각만 해도 끔찍하다.

칼은 아사드를 쳐다보았다. 그가 고개를 끄덕였다. 역시 똑똑한 친구야.

"그리고 당신은 어때, 칼 뫼르크? 당신도 여기 있는 무스타파처럼 고분고분하게 말 들을 생각인가?"

토르스텐이 물었다.

칼은 토르스텐을 차갑게 바라보았다. 그리고 그도 역시 고개를 끄덕였다.

"눈치를 보아하니 그 정도로는 충분하지 않다, 이거로군. 좋아, 두 배로 올려주지. 입을 다무는 대신 각각 이백만 크로네씩. 물론 쥐도 새로 모르게 전달해 줄 것이고. 그럼 우리 합의된 건가?"

두 사람 모두 고개를 끄덕였다.

"그런데 한 가지 분명히 해 둘 것이 있어. 이것은 솔직하게 대답해 줬으면 해. 거짓말은 곤란해. 나도 눈치란 게 있으니 거짓말할 생각은 말라고. 그럼 더 이상의 협상은 없어, 알았나?"

토르스텐은 대답을 기다리지 않았다.

"오늘 아침에 나한테 랑엘란 섬의 노부부 얘기는 왜 꺼냈지? 카레 브루노 얘기가 나온 것은 이해를 하겠는데, 생뚱맞게 그 노부부는 왜? 그게 우리하고 무슨 상관인데?"

"꼼꼼한 수사 덕분이지."

칼이 말했다.

"경찰 본부에 이런 사건들을 오랫동안 추적한 사람이 있어."

"그 사건은 우리하고는 상관없어."

토르스텐이 주장했다.

"솔직하게 답하라며. 꼼꼼한 수사가 그 답이야."

칼은 되풀이해서 말했다.

"폭행의 특성, 장소, 방법, 시간. 모두가 너희들하고 맞아떨어져."

그 순간, 패거리는 자기들의 장기가 무엇인지 떠올렸다.

"대답해!"

디틀레우가 석궁의 손잡이로 칼의 상처를 내리치며 소리 질렀다.

칼은 고통 때문에 비명조차 지르지 못 했다. 그러자 디틀레우는 칼을 때리고 또 때렸다.

"어서 대답해! 우리가 랑엘란 폭행 사건과 관련되었다고 생각한 정확한 이유가 뭐야?"

디틀레우가 고함쳤다.

디틀레우가 더 세게 칼을 내리치려는 순간 아사드의 말이 그를 멈추었다.

"키미에게 귀걸이가 있었어."

아사드가 소리쳤다.

"그 귀걸이가 랑엘란에서 찾은 것과 짝이 맞아. 키미의 상자 안에 들어 있었어. 그 안에 너희들의 폭행에서 나온 다른 물건들도 함께 들어 있었지. 그게 무엇인지는 너희도 알 텐데?"

칼에게 젖 먹을 힘이라도 남아 있었다면 당장에 아사드의 주둥이를 틀어막았을 것이다.

하지만 너무 늦어 버렸다.

토르스텐의 얼굴을 보며 두 사람은 동시에 깨달았다. 세 남자가 두려워하는 모든 것이 갑자기 현실이 되어 버린 것이다. 그들에게 불리한 증거가 경찰의 손으로 넘어갔다. 구체적이고 확실한 증거가.

"경찰 본부에 그 상자에 대해 알고 있는 사람이 더 있단 말이지? 그 상자가 지금 어디 있지?"

칼은 아무 말 없이, 그저 주변만 둘러보았다.

지금 앉아 있는 곳에서 문까지는 약 10미터 정도다. 거기서 숲 가장자리까지 다시 적어도 50미터를 가야 한다. 그리고 숲을 가로지르는 것은 거의 1.5킬로미터 정도이고, 그 뒤로는 그리브스코우에 숲이 어렴풋하게 나타난다. 숨기에는 최고의 장소가 될 것이다. 하지만 너무 멀다. 그리고 지금 주변에는 무기로 쓸 만한 것이 한 개도, 단 한 개도 없다. 그리고 두 남자가 석궁을 들고 우리를 노려보고 있다. 대체 어떻게 해야 할까?

정말 할 수 있는 것이 아무것도 없었다.

"지금 당장 여기서 끝내야 돼. 깨끗하게 처리해 버리자고."

울릭이 콧물을 훌쩍이며 말했다.

"내 다시 한 번 얘기하는데, 난 저 두 놈 못 믿어. 우리가 돈으로 협상 본 사람들하고는 종자가 다르다고."

이 말에 디틀레우와 토르스텐의 얼굴이 천천히 울릭을 향했다. 두 사람의 표정이 의미하는 바는 분명했다.

'그 말이 여기서 왜 나오냐, 이 멍청아!'

세 남자가 얘기하는 동안, 아사드와 칼은 눈빛을 주고받았다. 아사드는 사과했고, 칼은 용서했다. 죽느냐 사느냐가 양심이라고는 눈곱만큼도 없는 세 남자에 의해 결정되려는 이 절체절명의 순간에 그따위 작은 실수가 도대체 무슨 상관이란 말인가?

"좋아, 그렇게 하자. 하지만 시간이 별로 없어. 5분 후면 다른 사람들도 여기 다 도착한다고."

토르스텐이 말했다.

기색도 없이 갑자기 울릭과 디트레우가 칼을 덮쳤다. 토르스텐이 몇 미터 떨어진 거리에서 석궁으로 두 사람을 엄호했다. 그들의 동작이 얼마나 효율적인지, 칼은 눈치도 못 챈 상태에서 순식간에 당했다.

둘은 청테이프를 칼의 입에 붙이고, 팔을 뒤로 꺾어 손을 마찬가지로 청테이프로 칭칭 감았다. 그리고 그의 고개를 뒤로 확 잡아당긴 다음 눈 위에도 청테이프를 붙여 놓았다. 칼이 몸을 뒤트는 바람에 눈썹에 달라붙은 테이프가 눈썹을 살짝 위로 들어 올렸다. 칼은 이 좁은 틈으로 상황을 지켜보았다. 잠시 후에는 아사드가 주먹을 휘두르고 발길질을 하며 격렬하게 저항하기 시작했다. 그 바람에 한 사람이 쿵 소리를 내며 바닥에 그대로 넘어졌다. 울릭 뒤벨 옌센이었다. 그가 아사드의 손날치기 한 방에 완전히 뻗어 버렸다. 토르스텐이 석궁을 내려놓고 울릭을 도우러 달려왔다. 나머지 두 사람이 아사드를 진압하려고 애쓰는 동안 칼은 일어나 출입문에서 들어오는 불빛을 향해 달리기 시작했다.

이렇게 묶인 채로는 그들과 싸우는 아사드를 도울 길이 없었다. 여기서 달아나는 것이 그를 도울 유일한 방법이었다.

그리 멀리 달아나지 못 할 것이라고 그들이 서로에게 외치는 소리가 들렸다. 일꾼들을 시켜서 다시 잡아들이면 된다고, 하이에나 우리 속에 던져져 아사드와 똑같은 운명을 맞이하게 만들 것이라고 말이다.

"하이에나가 널 기다리고 있어!"

그들이 소리쳤다.

'미친놈들이다. 완전히 미쳤어.'

칼은 생각했다. 좁은 틈으로 새어 들어온 빛만 가지고 방향을 잡으려니 어지러웠다.

그 순간 정문에서 다른 차들이 도착하는 소리가 들렸다. 한두 대가 아니었다.

저 차에 타고 있는 사람들이 저 홀 안에 있는 놈들과 비슷한 놈들이라면 난 이제 죽은 목숨이다.

40

무거운 바퀴를 천천히 움직이며 기차는 역을 빠져나왔다. 철도 침목의 덜커덩 소리가 규칙적인 리듬으로 자리 잡자, 키미의 머릿속 목소리들이 소리를 내기 시작했다. 목소리는 시끄럽지도, 고집스럽지도 않았다. 오히려 참을성 있고 자신감이 넘쳤다. 이제는 키미도 거기에 익숙해졌다.

기차가 유선형으로 아주 잘 빠졌다. 아주 오래 전에 키미와 비아르네를 마지막으로 여기에 데려다 주었던 낡은 빨강색 그리브스코 '레일 버스'와는 비교가 되지 않는다. 많은 것이 변했다.

신 나는 시간들이었다. 그들은 술을 마시고, 마약을 하고, 하루 종일 파티를 했다. 그때부터 이곳의 풍경이 달라졌다. 토르스텐이 숲, 습지, 호수, 평야를 새로 사들여 패거리에게 자랑스럽게 보여 주었다. 사냥에는 완벽한 장소였다. 다친 사냥감이 국유림으로 넘어가지 못 하게 막을 수만 있다면 이보다 더 좋을 수가 없었다.

사람들이 그와 키미, 비아르네를 보고 웃었다. 사람들에게는 남자가 끈 달린 녹색 고무 부츠를 신고 걸어 다니는 것보다 웃기는 일이 없었다. 하지만 토르스텐은 신경 쓰지 않았다. 숲은 그의 소유였고, 여기서 그는 덴마크 시골 지역에서 사냥감으로 쓸 만한 온갖 종류의 야생 동물들을 자신의 발아래 둘 수 있었다.

두 시간가량 그들은 노루, 꿩, 그리고 결국은 키미가 토르스텐을 위해 노틸러스에서 직접 조달해 온 너구리를 사냥해 죽였다. 토르스텐이 고마워했던 점이다. 그리고 그 후에는 의식을 진행하고서 토르스텐의 홈시어터에서 〈시계태엽 오렌지〉를 관람했다. 지루하고 평범한 날이다 보니 코카인을 너무 많이 했다. 그리고 거기에 술까지 많이 마신 바람에 동작이 굼뜨고, 기운도 없어서 새로운 희생자를 찾으러 밖으로 나갈 생각도 들지 않았었다.

키미가 토르스텐의 집에 찾아간 것은 그날이 처음이자 마지막이었다. 키미는 그날을 마치 어제처럼 생생히 기억했다. 목소리들도 확실히 기억하고 있었다.

'오늘은 세 놈 모두 여기에 모여, 키미. 무슨 뜻인지 알지? 기회가 온 거야. 드디어 기회가 온 거라고.'

목소리들이 끊임없이 외쳤다.

키미는 잠시 기차에 함께 탄 승객들을 살폈다. 그리고 더플 백에 손을 넣어 수류탄, 권총, 소음기, 숄더백, 그리고 사랑하는 꾸러미를 만져보았다. 키미에게 필요한 모든 것이 이 캔버스 천 가방에 들어 있었다.

두에모세 간이역에서 키미는 다른 아침 승객들이 픽업하러 온 차에 올라타거나, 빨간색 보관대에 세워 둔 자전거를 타고 사라질 때까지 기다렸다.

한 운전자가 태워주겠다고 했지만, 키미는 그냥 미소만 지었다. 미소를 이렇게도 쓸 수 있군.

역 플랫폼에 붐비던 사람들이 모두 사라지고, 길거리도 기차가 도착하기 전처럼 사람의 흔적 없이 한산해지자, 키미는 플랫폼 끝으로 걸어가 자갈길로 뛰어내린 다음, 숲 가장자리를 따라 철길을 계속 걸어갔다. 그리고 더플 백을 놓아둘 장소를 찾아냈다.

그런 후 숄더백을 따로 꾸려 어깨에 걸치고 바짓단을 양말 속에 집어넣고 큰 가방은 덤불 뒤에 숨겨 놓았다.

"아가, 엄마 금방 올 거야. 겁먹을 필요 없어."

키미가 말했다. 목소리들이 키미에게 빨리 좀 서두르라고 애원했다.

국유림은 길 찾기가 쉬웠다. 길 위로 몇 미터만 올라가면 작은 사업소가 나오고, 거기서부터는 토르스텐의 사유지 뒤쪽으로 이어지는 길이 있었다.

시간은 여유가 있었다. 물론 목소리들은 생각이 달랐지만. 키미는 고개를 들어 나뭇가지마다 형형색색으로 물든 단풍을 보았다. 그리고 신선한 가을 공기와 함께 가을의 강인함과 아름다움을 실컷 들이마셨다.

이렇게 해 본 지도 정말 오랜만이다. 너무도 오랜만이다.

방화대에 도착해 보니, 예전에 왔을 때보다 분명 더 넓어져 있었다. 키미는 숲 가장자리에 자리를 잡고 앉았다. 그리고 나무를 베어낸 지역 너머로 토르스텐의 숲과 국유림을 가르고 있는 울타리를 바라보았다. 코펜하겐 거리에서 오래 살다보니, 키미는 감시용 카메라가 얼마나 은밀하게 설치될 수 있는지 잘 알고 있었다. 키미는 나무와 울타리를 차례로 훑으며 카메라를 찾았다. 지금 있는 곳에서는 카메라가 모두 4대가 보인다. 두 대는 고정식이었고, 두 대는 180도 계속 회전하며 감시 중이었다. 고정식 카메라 하나가 키미를 정면으로 향하고 있었다.

키미는 덤불 쪽으로 후퇴해서 현재의 상황에 대해 생각해 보았다.

방화대 자체의 너비는 9미터에서 10미터 정도다. 풀을 깎아 낸 지가 얼마 되지 않아서 공간이 확 트이고 편평해져 있었다. 키미는 좌우 양쪽을 둘러보았다. 어느 쪽이나 다 마찬가지다. 발각되지 않고 방화대를 건너가는 방법은 한 가지 밖에 없었다. 풀밭으로 건널 수는 없다.

나무에서 나무로, 가지에서 가지로 뛰어넘어야 한다.

키미는 골똘히 생각했다. 방화대 공터 이쪽의 참나무들은 저편에 있는 너도밤나무보다 키가 컸다. 가지가 작고 가는 너도밤나무에 비해 참나무 가지는 굵기도 굵고 옹이도 많았다. 그런 가지들이 방화대 위로 5, 6미터 정도 뻗어나와 있었다. 키 큰 나무에서 낮은 나무로 뛴다면 낙하 높이는 약 2미터 정도. 하지만 한편으로는 너도밤나무의 몸통에 더 가깝게 착륙할 수 있도록 뛰는 거리도 신경을 써야 한다. 너도밤나무의 몸통이 아니라 가지에 떨어진다면 가지만으로는 몸무게를 감당하지 못 할 것이다.

키미는 나무를 못 탄다. 엄마는 혹시라도 옷이 더러워질 수 있는 놀이는 절대로 못 하게 했다. 그리고 엄마가 사라지고 난 다음에는 나무에 오르고 싶던 욕심도 함께 사라져 버렸다.

저 나무가 좋겠다. 아주 커다란 참나무다. 가지들이 구불구불하게 먼 거리까지 뻗어 있었고, 껍질이 거칠어서 미끄러지지도 않겠다. 올라가기도 무척 쉬웠다.

껍질의 촉감이 좋다.

"너도 나중에 꼭 한번 만져 봐, 밀레."

키미가 속삭이듯 말하고, 나무를 오르기 시작했다.

나뭇가지 위에 올라 앉자, 다른 생각이 들기 시작했다. 갑자기 땅까지의 거리가 실감나기 시작했고, 미끄러운 너도밤나무 가지 위로 뛰어내리기가 겁이 났다. 정말 할 수 있을까? 밑에서 볼 때는 만만해 보이더니, 여기서 보니 결코 만만하지가 않다. 행여 땅으로 떨어지는 날에는 그 것으로 끝장이다. 뼈가 부러지고 말 것이다. 그리고 감시용 카메라가 키 미를 찾아낼 것이다. 그럼 붙잡힐 수밖에 없고, 모든 것이 키미의 손아귀 에서 빠져나가고 만다. 키미도 잘 알고 있었다. 그럼 복수는 나의 것이 아니라, 그들의 것이 되고 만다.

어떻게 해야 뛸 용기가 생길까 고민하며 키미는 잠시 앉아 있었다. 그리고 드디어 참나무 가지에 기대어 조심스럽게 일어섰다.

뛰어내리는 순간 아차 싶었다. 너무 세게 뛰었다. 허공에 몸을 맡긴 동안 키미의 눈에 나무의 몸통이 너무 가까이 달려드는 것이 보였다. 충 돌을 피하려다 키미의 손가락 하나가 부러지는 것이 느껴졌지만, 반사 작용이 키미를 살렸다. 손가락 하나쯤 일을 못 해도 상관없다. 나머지 손 가락 아홉 개는 멀쩡하지 않은가. 아픈 것은 나중에 해결하자. 나무에 매 달려 아래를 보니, 너도밤나무는 참나무보다 나무 아래쪽에 가지가 성 겼다.

제일 아래 나뭇가지까지 내려왔건만, 아직도 높이가 3, 4미터 정도 다. 키미는 건너편 가지로 몸을 내던진 다음 잠시 거기에 매달려 있었다. 그리고 나무 몸통에 제일 가까운 가지를 붙잡은 후 부러진 손가락의 고 통이 가라앉을 때까지 기다렸다가 가지를 팔로 최대한 끌어안고 미끄러 지기 시작했다. 땅까지 미끄러져 내려오는 동안 팔뚝과 목이 나무껍질 에 긁혀 피가 났다.

키미는 뒤틀린 손가락을 살핀 후에 힘껏 당겨 제자리로 되돌려 놓았 다. 고통이 파도처럼 온몸을 훑고 지나갔지만 키미는 소리 내지 않았다. 필요했다면 키미는 총을 쏘아 손가락을 날려버렸을 것이다.

그런 다음 키미는 목에 묻은 피를 닦아내고 울타리 반대편 그늘진 숲 속으로 들어갔다.

나무들은 이것저것 다양하게 섞여 있었다. 예전에 사냥 했던 때의 기억이 났다. 상록수들이 무리 지어 있었고, 공터에는 새로 활엽수들이 심어져 있고, 자작나무, 검은딸기나무, 너도밤나무들이 길게 펼쳐져 있고, 참나무들이 흩어져 있었다.

썩은 낙엽 냄새가 강하게 올라왔다. 아스팔트 정글에서만 십 년 넘게 살다보니 이런 종류의 냄새에 극도로 민감해졌다.

이제 목소리들이 서둘러 일을 마무리하라고 다그치고 있었다. 하지만 키미는 듣지 않았다. 시간은 여유 있다. 이 유혈낭자한 게임을 즐길 때 토르스텐, 울릭, 디틀레우는 만족하기 전에는 결코 게임을 끝내는 법이 없었다. 그리고 그놈들은 그렇게 빨리 만족하는 놈들이 아니다.

"난 숲과 방화대 가장자리를 따라 걸어갈 거야."

키미가 큰소리로 말하자 목소리들이 주춤거렸다.

"길은 멀어도 거기까지 갈 수 있어."

그 순간 멀지 않은 곳에 서 있는 흑인들이 키미의 눈에 들어왔다. 그들은 숲을 바라보며 기다리고 있었다. 우리 안에는 분노에 찬 동물 한 마리가 있었고, 사내들은 바지 위로 사타구니까지 올라오는 가죽 각반을 차고 있었다.

키미는 숲으로 들어가 상황이 어떻게 전개되는지 지켜보기로 했다.

드디어 사냥꾼의 땅에 들어온 것이다.

41

칼은 고개를 뒤로 젖히고 눈에 난 좁은 틈 사이로 발아래 땅을 살피며 달렸다. 마른 낙엽지대와 나뭇가지 무더기들이 번갈아 나타났다. 나뭇가지에 발이 걸려 넘어지기라도 하면 큰일이다. 뒤쪽 멀리에서 아사드의 성난 저항의 소리가 들렸다. 하지만 거리가 멀어지면서 모든 것이 잠잠해졌다.

칼은 속도를 늦추었다. 손을 묶고 있는 테이프를 벗기려고 애써 보았다. 숨을 하도 헐떡거리다 보니 코 속이 바짝 말라 있었다. 칼은 상황을 보려고 목을 길게 뺐다.

무엇보다 우선 눈에 붙어 있는 테이프를 먼저 떼어 내야 한다. 잠시 후면 사방팔방에서 사람들이 달려들 것이다. 사냥꾼들은 저택 쪽에서 올라올 것이고, 몰이꾼들이 어디서 나타날지는 신만이 알겠지. 칼은 몸을 빙 돌리며 주변을 살펴보았지만, 테이프 밑 좁은 틈으로는 나무밖에 보이지 않았다. 그리고 다시 달리다가 몇 초 만에 낮게 드리운 나뭇가지에 머리를 박고 뒤로 자빠지고 말았다.

"빌어먹을."

그가 신음소리를 내뱉었다. 빌어먹을, 빌어먹을!

칼은 힘겹게 일어나 나무에 붙은 나뭇가지를 몸으로 더듬어 보았다. 어깨높이에서 부러져 있었다. 칼은 나무 몸통에 몸을 바짝 붙이고 부러진 나뭇가지 끝이 코 바로 옆 청테이프 아래쪽에 오게 위치를 잡았다. 그리고 천천히 몸을 아래로 내렸다. 이렇게 하니 목을 감고 있는 테이프가 빽빽해졌지만 눈에 달라붙은 테이프는 떼어지지 않았다. 테이프가 눈썹에 너무 세게 달라붙어 있었다.

칼은 눈을 감은 채 머리를 다시 아래로 끌어내렸지만, 테이프는 눈썹에 착 달라붙어 좀처럼 떼어지지 않았고, 까뒤집힌 눈썹 아래로 흰자위만 드러났다.

"젠장, 젠장, 젠장!"

칼은 욕을 퍼부으며 머리를 양옆으로 흔들기 시작했다. 그 바람에 나뭇가지에 눈썹 한쪽이 긁혔다.

그때 처음으로 몰이꾼들의 외침소리가 들렸다. 그들은 칼의 바람처럼 멀리 있지 않았다. 어쩌면 겨우 몇 백 미터밖에 떨어지지 않았는지도 모른다. 숲 속에 있으니 거리를 판단하기가 쉽지 않았다. 칼은 고개를 들었다. 청테이프가 나뭇가지에서 떨어졌다. 지금 보니 그래도 한쪽으로는 비교적 자유롭게 볼 수 있었다.

칼 앞에 숲이 무성하게 펼쳐져 있었다. 햇빛이 여기저기 들쭉날쭉 들어오고 있었고, 솔직히 칼은 어디가 어디인지 방향을 종잡을 수 없었다. 천하의 칼 뫼르크도 여기서 이렇게 끝인가?

첫 총성은 칼이 첫 번째 공터를 지난 다음에 날아왔다. 이제 몰이꾼들이 너무 가까워져서 칼은 어쩔 수 없이 바닥에 배를 깔고 엎드려야 했다. 방화대가 바로 가까이에 있는 것은 분명했다. 그 방화대 뒤로는 국유림으로 이어지는 길이 있다. 차를 주차해 놓은 곳은 기껏해야 700미터나 800미터 정도 떨어져 있을 것이다. 하지만 방향을 모르면 그게 다 무슨 소용인가?

새들이 나무 꼭대기 위로 날개를 퍼덕이며 흩어지고, 덤불 속에서 부스럭거리는 소리가 들렸다. 몰이꾼들이 소리를 지르며 나무 막대기를 두드려대는 통에 동물들이 달아나는 소리다.

'개를 데리고 왔다면 나를 찾아내는 것은 문제도 아니겠지.'

칼은 생각했다. 눈을 아래로 떨구니 땅 위로 튀어나온 나뭇가지가 몇 개 있고, 낙엽들이 바람에 날아와 그 나뭇가지 곁에 두텁게 쌓여 있는 것이 보였다.

갑자기 노루가 튀어나오자 칼은 깜짝 놀라 자기도 모르게 몸을 움찔했고, 본능적으로 낙엽 더미 속으로 파고들기 시작했다.

'자, 이제 침착하게, 천천히 숨을 쉬자.'

칼은 부엽토 냄새가 나는 낙엽 더미 속에 누워 혼잣말을 했다. 제기랄. 토르스텐 플로린이 몰이꾼들한테 핸드폰을 줬을까? 안 그랬어야 하는데. 핸드폰이 있으면 탈출한 경찰이 그쪽으로 가고 있으니 절대로 도망가지 못 하게 하라고 말해 놓았을 것이 아닌가? 칼은 그렇게 하지 않았기를 빌었다. 하지만 가능성이 있는 얘기인가? 토르스텐처럼 신중한 사람이 그런 예방조치를 게을리했을 리는 없다. 어림없는 얘기다. 몰이꾼들은 자기가 누구를 쫓고 있는지 분명 알고 있을 것이다.

낙엽 더미 아래 누워 있으니 상처가 다시 벌어진 것이 느껴졌다. 상처에서 나온 피 때문에 셔츠가 몸에 찰싹 달라붙었다. 개가 주변에 있었다면 단번에 그의 존재를 냄새로 알아챘을 것이다. 그리고 이 상태로 오래 누워 있다가는 출혈로 죽게 될 것이 분명했다.

아사드를 도와야 한다. 만에 하나 그는 살아남고 아사드는 죽는다면, 두 번 다시 거울에 비친 내 모습을 쳐다볼 수는 없을 것만 같다. 도무지 그럴 자신이 없다. 전에도 이미 동료를 잃었었다. 쓰러지는 동료를 보면서 손 하나 쓸 수 없었던 적이 있었다. 기억하기 싫지만 엄연한 사실이다.

칼은 무거운 한숨을 내쉬었다. 두 번 다시 그런 일이 일어나게 내버려 두지는 않을 것이다. 지옥불에 떨어지는 일이 있더라도, 이 몸이 감방에 들어가는 일이 있더라도, 내 목숨을 바치는 일이 있더라도, 다시는 그런 일이 일어나게 하지 않을 것이다.

칼은 입으로 바람을 불어 눈을 덮고 있는 낙엽을 치웠다. 그때 어디선가 쉭쉭거리는 소리가 천천히 커지더니 나지막하게 으르렁거리는 소리로 변했다. 심장이 방망이질 치면서 어깨의 상처가 더 세게 욱신거리기 시작했다. 개인가? 개라면 이제 모든 게 끝이다.

저 멀리서 몰이꾼들의 발자국 소리가 점점 커졌다. 그들은 웃으며 소리를 지르고 있었다. 자기들이 해야 할 일을 정확하게 알고 있었다.

그 순간 덤불 속에서 바스락거리던 동물 소리가 멈췄다. 그리고 갑자기 칼 앞에 서서 똑바로 그를 쳐다보는 동물의 모습이 보였다.

칼은 눈에 붙은 낙엽 몇 개를 다시 입으로 불어 날렸다. 여우의 부풀어 오른 코와 주둥이가 정면으로 보였다. 여우의 눈은 충혈되어 있었고, 입에서 거품이 뚝뚝 떨어지고 있었다. 금방이라도 죽을 것처럼 숨을 헐떡이고 있었고, 마치 몸이 추위에 얼어붙기라도 한듯 온몸의 근육들을 심하게 떨고 있었다.

칼이 낙엽 더미 사이에서 눈을 깜빡거리는 것을 본 여우가 또 다시 쉭쉭거리는 소리를 냈다. 그리고 칼이 호흡을 멈추자 다시 한 번 쉭쉭거렸다. 여우가 그르렁거리며 이빨을 드러냈다. 그리고 머리를 낮춘 채로 그를 향해 천천히 다가오기 시작했다.

그러다 갑자기 여우가 그 자리에 그대로 얼어붙어 위험을 감지하기라도 한듯 고개를 들어 뒤를 돌아보았다. 그리고 다시 칼을 향해 고개를 돌리더니, 마치 무슨 생각이라도 있는 것처럼 갑자기 배를 땅바닥에 깔고 칼을 향해 기어와 그 발치에 자리를 잡았다. 그리고 콧물이 떨어지는 코로 낙엽을 헤치고 들어가 그 안에 몸을 묻었다.

여우는 그 자리에 누워 얕게 호흡하며 기다렸다. 칼과 마찬가지로 여우의 몸도 낙엽으로 완전히 가려져 있었다.

조금 떨어진 곳에서 희미한 햇살 아래 자고새 한 무리가 모여 있었다. 숲 속에 울려 퍼지는 몰이꾼들의 소리에 놀라 새들이 날아오르자, 총들이 일제히 불을 뿜는 소리가 요란하게 울려 퍼졌다. 총성이 한 발, 한 발 터질 때마다 칼은 몸서리쳤다. 여우도 그의 발아래서 사시나무 떨듯 떨고 있었다.

칼은 사냥개들이 새를 물어가는 모습을 지켜보았다. 그리고 잠시 후에는 사냥꾼들이 눈에 들어왔다. 이파리가 떨어진 잡목을 배경으로 그들의 실루엣들이 보인다.

사냥꾼은 아홉에서 열 명 정도였고, 끈으로 매는 부츠를 신고, 헐렁한 반바지를 입고 있었다. 가까이 다가왔을 때 보니 그들 중 일부는 칼도 낯이 익은 사회 엘리트들이었다. 지금 일어나서 내 신분을 밝힐까? 잠시 고민하는데, 토르스텐과 두 친구의 모습이 눈에 들어왔다. 두 사람의 손에는 석궁이 들려 있었다. 토르스텐, 울릭, 디틀레우가 그의 모습을 보면 지체 없이 바로 석궁을 날릴 것이다. 그리고는 사고였다고 주장하겠지. 사냥에 참가한 사람들하고 말을 맞추려고 할 것이다. 그들 사이의 연대감이 끈끈하다는 것은 칼도 알고 있었다. 이들은 칼의 몸에서 청테이프를 제거한 다음에 사고처럼 보이게 만들 것이다.

칼의 호흡이 여우와 마찬가지로 점점 더 얕아졌다. 아사드는 어떻게 되었을까? 이제 나는 어떻게 될 것인가?

이제 그들은 낙엽 더미에서 겨우 몇 미터 떨어져 있다. 개들은 으르렁대고 있고, 그의 발치에서는 여우가 귀에 들릴 정도로 크게 숨을 헐떡이고 있었다. 그 순간, 갑자기 여우가 낙엽 더미에서 뛰어올라 제일 가까이 있던 사냥꾼을 덮쳐 힘을 다해 그의 사타구니를 물어뜯었다. 젊은 사냥꾼이 끔찍한 비명을 질렀다. 죽음의 공포에서 솟구친 울부짖음이었다. 개들이 여우에게 달려들어 물었지만, 여우의 저항도 만만치 않았다. 여우가 벌린 다리 사이로 오줌을 지렸다. 디틀레우가 석궁으로 여우를 조준했다.

허공을 가르는 화살 소리는 들리지 않았지만, 멀리서 여우의 울부짖음 소리가 들렸다. 그리고 죽음과 함께 찾아온 마지막 신음소리가 들렸다.

개들이 여우가 지린 오줌 냄새를 킁킁거렸다. 그리고 그중 한 마리가 여우가 누워 있던 칼의 발치에 와서 코를 처박고 킁킁거렸지만, 칼의 냄새를 맡지는 못 했다.

'여우하고 오줌이 날 살리는구나.'

개들이 다시 주인들 곁으로 모여드는 것을 바라보며 칼이 생각했다. 다친 사냥꾼은 두 다리에 찾아온 경련으로 괴로워하며 몇 미터 떨어진 땅바닥에서 비명을 지르고 있었다. 동료 사냥꾼들이 그를 굽어보며 상처에 응급처치를 하려 했다. 그들은 스카프를 찢어 붕대를 만든 후에 상처 부위에 묶고 부상자를 일으켜 세웠다.

"나이스 샷, 디틀레우!"

피 묻은 칼과 여우꼬리를 손에 들고 돌아서는 디틀레우를 보며 토르스텐이 말했다. 토르스텐이 뒤쪽에 서 있는 사내들을 향해 돌아섰다.

"여러분, 죄송합니다만 사냥은 여기서 끝내야겠습니다. 삭센홀트를 지금 당장 병원으로 데려가세요. 몰이꾼들을 불러서 도우라고 하겠습니다. 혹시 모를 일이니 꼭 광견병 백신을 맞히도록 하세요. 아시겠습니까? 동맥을 손으로 계속 누르고 계세요. 절대로 손을 떼면 안 됩니다. 동맥 놓치면 이 사람 죽습니다."

토르스텐이 숲 속으로 뭐라고 고함을 지르자 그늘에서 흑인 몇 명이 나타났다. 그는 네 사람을 나머지 사냥꾼들한테 붙여 주고, 나머지 넷은 남으라고 했다. 그중 둘은 토르스텐의 것과 똑같은 날씬한 사냥용 소총을 들고 있었다.

훌쩍이는 삭센홀트를 데리고 사냥꾼들이 사라지자 세 사람의 기숙학교 동창생들과 네 명의 흑인이 둥글게 모였다.

"시간이 많지 않아, 알지?"

토르스텐이 말했다.

"그 경찰놈은 힘도 만만치 않고, 몸도 튼튼해. 우리보다 나이도 별로 많지 않다고. 과소평가하다가는 큰코다쳐."

"그놈을 찾으면 어떻게 하지?"

울릭이 물었다.

"여우를 만났다고 생각해."

칼은 오랫동안 주변 소리에 귀를 기울이며 꼼짝 않고 있었다. 그리고 마침내 그들이 모두 숲 반대편을 향해 흩어졌다는 확신이 들었다. 그럼 이제 저택으로 돌아가는 길이 뚫렸다는 뜻이다. 사냥꾼들을 쫓아갔던 나머지 흑인들이 돌아와 합류하지만 않았다면 말이다.

'뛰자!'

이렇게 생각하며 그는 자리에 일어나 고개를 젖히고 비교적 자유로워진 한쪽 눈으로 무성한 덤불을 피해 움직이기 시작했다.

'동물원으로 들어가면 칼을 찾아서 테이프를 풀 수 있을 것이다. 어

쩌면 아사드도 살아 있을 지도 모른다. 어쩌면.'

그의 머릿속에서 별의별 생각들이 모두 맴돌고 있었다. 덤불의 가지들이 옷을 잡아당기고, 어깨 상처에서는 피가 계속해서 흘러나온다.

이제 몸에서 추위가 느껴진다. 등 뒤로 묶인 손이 떨려 왔다. 벌써 피를 너무 많이 흘렸나? 너무 늦은 것인가?

그 순간 그는 SUV 차량 몇 대가 굉음을 내며 어딘가 가까운 곳을 지나는 소리를 들었다. 길에 가까워지고 있다는 뜻이다.

여기에 생각이 미친 순간, 석궁 화살 하나가 획 하고 그의 머리 바로 뒤를 스쳐 지나갔다. 하도 가까이 지나가서 화살이 느껴질 지경이다. 칼은 앞에 있던 나무 몸통에 거의 박히다시피 몸을 던졌다.

그는 몸을 틀며 주위를 둘러보았지만 아무것도 보이지 않았다. 어디 있는 거야? 그 순간 두 번째 화살이 나무껍질을 찢으며 들어와 박혔다.

갑자기 몰이꾼들의 외침소리가 선명해졌다.

'뛰어! 뛰어야 돼, 뛰어!'

그의 머리가 소리 질렀다.

'넘어지면 안 돼. 덤불 뒤로 숨어. 그리고 그다음 덤불로. 그렇게 하면 사정권에서 벗어날 수 있다. 숨을 곳, 어디 숨을 곳이 없을까?'

칼은 이제 곧 붙잡힐 것을 알았다. 그리고 그놈들이 자기를 그렇게 간단하게 죽이지 않을 것도 알았다. 그 재미로 사는 놈들이니까. 빌어먹을 놈들.

그의 심장이 소리가 들릴 정도로 세게 방망이질 치고 있었다.

칼은 개울을 뛰어넘었다. 신발이 거의 진흙 속에 꼼짝없이 빠져 버릴 뻔했다. 신발 바닥이 납덩어리처럼 무거워졌다. 다리에 힘이 풀리기 시작한다.

'뛰자. 그저 뛰고 또 뛰는 수밖에 없다.'

그 순간 옆쪽으로 공터가 나왔다. 개울이 칼 바로 뒤쪽에 있는 것을 보니 아마도 그와 아사드가 들어올 때 지나갔던 그 공터인 것 같다. 그럼 오른쪽으로 방향을 틀어야 한다. 이제 멀지 않다.

그다음 화살이 한참 거리가 있는 곳에 떨어졌다. 그 순간 칼은 자신이 안마당에 서 있음을 깨달았다. 완전히 혼자였고, 심장은 방망이질을 하고, 홀의 넓은 출입문까지는 겨우 10미터 거리다.

문까지 절반 정도 걸었을까? 그다음 화살이 그의 바로 옆쪽 땅에 날아와 박혔다. 화살은 그를 못 맞힌 것이 아니라, 안 맞힌 것이었다. 계속해서 달리지 않으면 다음 화살이 날아오리라는 경고일 뿐이다.

칼의 방어기제가 모두 멈추어 버렸다. 칼은 달리기를 멈추고 땅바닥을 물끄러미 바라보며 그들이 덮치기만을 기다렸다. 자갈이 깔린 이 아름다운 안마당이 내 제단이 되어 주겠군.

칼은 숨을 깊숙이 들이쉬고 천천히 뒤돌아섰다. 거기에 서서 조용히 그를 바라보는 사람은 세 사냥꾼과 네 명의 몰이꾼만이 아니었다. 흑인 어린이 몇몇이 호기심 어린 눈으로 함께 쳐다보고 있었다.

"잘했어. 거기 너희들, 이제 가도 좋아."

토르스텐이 명령했다. 흑인들이 아이들을 데리고 자리를 떴다.

드디어 칼과 세 사람만 남았다. 세 사람은 모두 땀투성이가 되어 이상한 미소를 짓고 있었다. 여우 꼬리가 디틀레우 프람의 석궁에 매달려 있었다.

이것으로 사냥은 끝났다.

42

그들이 앞으로 가라고 칼을 쿡 찔렀다. 칼은 바닥을 보며 걸었다. 홀 내부가 밝아 눈이 부시기도 했고, 아사드의 끔찍한 모습을 차마 눈으로 보고 싶지 않았다. 칼은 하이에나의 강력한 턱이 인간의 몸을 어느 지경으로 만들어 놓을 수 있는지 목격하고 싶지 않았다.

사실 칼은 그 무엇도 보고 싶지 않았다. 이들은 이제 자기들 좋을 대로 칼을 처리하려 들 것이다. 칼은 그들이 하는 짓거리를 보고 싶지 않았다.

그런데 갑자기 그들 중 한 사람이 웃기 시작했다. 속 깊숙한 곳에서 터져 나온 웃음소리였다. 그러자 나머지 두 사람도 따라 웃었다. 섬뜩한 웃음소리가 합창처럼 홀 안에 울려 퍼지자 칼은 테이프가 허용하는 한도 내에서 최대한으로 두 눈을 질끈 감았다.

'어떻게 다른 사람의 불행과 죽음 앞에서 이렇게 웃음이 나오나? 도대체 이놈들은 어떡하다 이렇게 미쳐 버린 거야?'

그 순간, 아랍말로 뱉어 낸 거친 욕지거리가 들렸다. 화를 돋우려고 내뱉은 듣기 싫은 후두음 소리였다. 하지만 끔찍했던 상황은 일순간에 차마 말로 표현하기 힘든 기쁨으로 바뀌었고, 마침내 칼도 고개를 들었다.

살아 있구나. 아사드가 살아 있어.

처음에는 소리가 어디서 나는지 알 수 없었다. 그저 반짝거리는 철창과 노려보는 하이에나만 보일 뿐이었다. 목을 길게 빼고 보니 그제야 아사드가 보였다. 아사드는 원숭이처럼 우리 꼭대기에 몸을 틀어박고 있었다. 눈길은 사나웠고, 팔과 다리에 피 묻은 상처가 보였다.

칼은 그제야 하이에나가 심하게 절뚝거리고 있음을 알아챘다. 마치 뒷다리를 한 방 크게 얻어맞은 듯한 모습이었다. 하이에나가 절뚝거리며 걸음을 옮길 때마다 낑낑거리자 세 사람의 웃음소리도 침묵으로 잦아들었다.

"이 돼지 같은 짐승 놈아!"

위에서 아사드의 경멸에 찬 고함소리가 들렸다.

청테이프 밑으로 칼의 미소가 흘러나왔다. 죽음이 코앞인데도, 저 인간은 변한 게 없군.

"네가 거기서 안 떨어지고 얼마나 버티나 보자. 다음번엔 하이에나도 네놈이 어떤 놈인지 더 잘 알고 있겠지."

토르스텐이 화난 목소리로 말했다. 동물원의 간판 스타를 아사드가 저 꼴로 만들었으니 기분이 상하고 화가 나는 것도 당연했다. 하지만 어쨌거나 저놈의 말이 옳다. 아사드가 그 위에 영원히 매달려 있을 수는 없다.

"모를 일이야."

디틀레우가 말했다.

"저 원숭이 같은 놈은 겁대가리를 상실한 것 같군. 저 큰 몸뚱이가 위에서 떨어져 덮치면 하이에나도 어떻게 될지 모른다고."

"그럼 뒈지라고 그래. 저 짐승의 존재 이유가 뭐야? 자기 할 일 하나 제대로 못 한 놈이니 죽어도 싸."

토르스텐이 말했다.

"저 두 놈을 어떻게 할 거야?"

부드러운 소리로 질문이 날아들었다. 나머지 두 사람의 목소리와는 완전히 다른 목소리였다. 이번에도 역시 울릭 뒤벨 옌센이었다. 약기운이 아까보다 떨어진 것 같았다. 약해진 모습이었다. 코카인에 한껏 취했다가 약기운이 떨어지면 저런 일이 자주 생긴다.

칼은 그를 향해 돌아섰다. 입을 열 수만 있다면 어서 그와 아사드를 놓아주라고 말했을 것이다. 우리를 죽이는 것은 의미도 없고 위험천만한 일이라고 말이다. 내일까지 두 사람이 나타나지 않으면 로즈가 이 나라에 있는 모든 수사반을 총출동시킬 것이다. 경찰들이 토르스텐의 집을 새카맣게 뒤덮을 것이고, 필요한 증거들을 모두 찾아낼 것이다. 그들이 선택할 수 있는 것은 딱 한 가지밖에 없다. 지구 반대편으로 날아가 영원히 숨어 사는 것.

하지만 칼은 아무것도 말할 수 없었다. 청테이프가 아직도 그의 입에 너무 단단히 달라붙어 있었다. 게다가 그들이 이 말에 넘어갈 리도 없다. 토르스텐 플로린은 자기가 관여했던 흔적을 지우기 위해서라면 무슨 일이든 서슴지 않을 것이다. 필요하다면 이 저택을 송두리째 불태우고도 남을 인간이다.

"저놈도 저 우리 속에 같이 집어넣어. 그다음 일어나는 일은 내가 알 바 아니야."

토르스텐이 태연히 말했다.

"오늘 밤에 다시 와서 보자고. 그때까지도 살아 있으면 우리에 다른 동물들을 풀어놓지, 뭐. 동물들이야 얼마든지 있어."

칼이 발길질을 하며 소리 지르기 시작했다. 이번에는 절대로 싸움 한 번 못 해 보고 쉽게 당하지는 않을 것이다. 두 번 다시 그런 일 없다.

"무슨 짓이야, 칼 뫼르크? 뭐 불편한 거라도 있나?"

디틀레우 프람이 칼의 어설픈 발길질을 피하며 그 바로 옆에 섰다. 그가 석궁을 들어 올려 칼의 눈앞에 정면으로 갖다 댔다.

"가만히 있어."

그가 명령했다.

칼은 다시 발길질을 해서 차라리 질질 끌 거 없이 깔끔하게 최후를 맞이할까 싶기도 했다. 하지만 아무것도 하지 않았다. 프람이 반대쪽 손을 뻗어 칼의 눈을 덮고 있는 테이프를 잡아 획하고 떼어냈다.

마치 눈꺼풀도 같이 떨어져 나간 것만 같다. 갑자기 눈이 안구에서 튀어나와 주렁주렁 매달린 것만 같았다. 빛이 쏟아져 들어와 잠시 그는 아무것도 보이지 않았다.

그리고서 칼은 세 사람을 바라보았다. 그들은 마치 포옹이라도 하려는 듯 팔을 넓게 벌리고 서 있었다. 이것이 마지막이라는 눈빛과 함께.

출혈도 심하고 몸도 약해질 대로 약해졌지만 칼은 그들을 향해 발길질을 하며 입을 막고 있는 테이프 너머로 모두들 천벌을 받으라고 으르렁거리며 말했다.

그때, 그림자 하나가 홀을 가로질렀다. 토르스텐도 눈치챈 것 같았다. 그러고 나서 홀 저편에서 철커덕거리는 소리가 계속해서 이어졌다. 그러더니 고양이들이 그들 앞을 지나 햇살 속으로 쏟아져 나왔다. 처음엔 고양이가, 그다음엔 너구리와 족제비들이, 그다음엔 새들이 날개를 치며 날아올라 유리 천장 아래에 있는 알루미늄 버팀대에 앉았다.

"뭐야? 무슨 일이야?"

토르스텐이 소리쳤다. 울릭은 배가 축 늘어진 다리 짧은 돼지 한 마리가 통로를 지나 우리를 돌아가는 것을 두 눈으로 쫓았다. 디틀레우의 몸짓도 달라졌다. 눈이 더욱 날카로워지면서 바닥에서 조심스럽게 석궁을 집어 들었다.

칼은 뒤로 물러섰다. 홀 안에 온갖 소리들이 점점 더 커지고 있었다. 우리에서 풀려나온 동물들의 소리가 점점 더 커졌다.

아사드가 우리 꼭대기에서 웃는 소리가 들렸다. 세 사내의 욕이 들렸고, 타닥거리는 소리, 꿀꿀거리는 소리, 컹컹 짓는 소리, 씩씩대는 소리, 날개 치는 소리들이 점점 커졌다.

그때, 아무런 소리도 없이 갑자기 그녀가 나타났다. 바짓단을 양말 속에 말아 넣고 한손에는 소음기를 장착한 권총을, 다른 손에는 얼린 고깃덩어리를 엉거주춤하게 들고 있었다.

그나마 그녀가 어깨에 가방을 걸치고 서 있는 모습은 그래도 봐 줄 만했다. 사실 꽤 멋진 가방이다. 그리고 그녀의 눈동자가 빛나고 있었다.

그녀를 보고 세 남자는 침묵에 빠졌다. 동물들이 홀 안을 이리저리 돌아다니는데도 신경 쓰지 않았다. 모두들 그 자리에 그대로 얼어붙어 버린 것 같았다. 권총 때문도 아니고, 여자의 모습 때문도 아니다. 그 여자가 왜 왔는지 알기 때문이다. 그들의 공포가 손에 잡힐 듯 생생히 느껴졌다. 마치 KKK단의 손아귀에 붙잡힌 희생자 같은, 종교재판 법정에 선 이단자 같은 겁에 질린 표정이다.

"오랜만이야."

그녀는 모두에게 차례로 돌아가며 고개를 끄덕였다.

"그거 내려놔, 디틀레우."

그녀가 디틀레우의 석궁을 향해 권총을 흔들며 세 사람에게 뒤로 물러나라고 했다.

"키미……!"

울릭이 입을 열었다. 키미의 이름을 부르는 목소리 속에는 애정과 불안이 담겨 있었다. 어쩌면 불안보다는 애정이 더 묻어나는 목소리 같다.

날쌘 수달 두 마리가 한 사람의 다리에 코를 대고 킁킁거리다가 자유를 찾아 달아났다. 그 모습을 보며 키미가 웃었다.

"오늘은 우리 모두 자유로워지는 날이야. 이렇게 좋은 날이 또 있을까?"

키미가 말했다.

"거기 당신!"

키미가 칼을 똑바로 쳐다보며 말했다.

"거기 있는 가죽끈 나한테 차요."

키미가 끈이 있는 곳을 가리켰다. 그리고 그 가죽끈을 하이에나 우리로 반쯤 밀어 넣었다.

"여기로 와 봐. 착하지, 여기야."

키미가 우리 안으로 속삭였다. 다친 하이에나가 우리 안에서 거칠게 숨을 몰아쉬고 있었다. 그 와중에도 키미는 세 사람에게서 단 한 번도 눈을 떼지 않았다.

"이리 와, 간식 먹자."

키미는 고기를 우리 안으로 집어던지고, 동물의 허기가 두려움을 극복하여 다가오기를 기다렸다. 하이에나가 접근하자, 키미는 바닥에 놓여 있던 가죽끈을 들어 올려 조심스럽게 철창 사이로 집어넣었다. 이렇게 해서 올가미가 고기 조각을 둘러쌌다.

사람들의 갑작스런 침묵에 혼란스러워진 하이에나가 잠시 머뭇거렸다.

마침내 하이에나가 주저하며 고기를 향해 머리를 내밀자 키미는 올가미로 하이에나를 낚아챘다. 그 순간 디틀레우가 나머지 두 사람을 뿌리치고 문을 향해 달리기 시작했다.

키미는 권총을 들어 방아쇠를 당겼다. 디틀레우의 머리가 돌바닥에 그대로 꼬꾸라졌고, 그는 큰소리로 신음했다. 키미는 힘들게 가죽끈을 철창에 묶었다. 하이에나는 빠져나가려고 고개를 이리저리 격하게 흔들었다.

"일어나, 디틀레우."

키미는 조용히 말했다. 그가 일어나지 못 하자. 나머지 두 사람을 시켜 그를 데려오게 했다.

칼은 달아나는 남자를 총알로 쓰러트리는 장면을 전에도 수없이 보았지만, 디틀레우의 고관절을 두 개로 쪼개 놓은 이 총상처럼 깨끗하고 효과적인 한 발은 본 적이 없었다.

디틀레우의 얼굴이 백지장처럼 하얗게 변했지만, 그는 아무 말도 하지 않았다. 마치 키미와 세 사내가 누구도 빠져나갈 수 없는 은밀한 의식을 거행하고 있는 듯한 모습이었다. 그 누구도 말을 하지 않지만, 모두가 이해하고 있는 의식.

"우리 문을 열어, 토르스텐."

키미가 아직도 우리 꼭대기에 매달려 있는 아사드를 보며 말했다.

"당신은 중앙역에서 만났던 그 사람이군요. 이제 내려와도 좋아요."

"알라신이여, 감사합니다."

아사드가 철장에 걸어 놓았던 발을 빼며 말했다. 우리 바닥에는 어떻게 내려왔지만 일어설 수도, 걸을 수도 없었다. 몸을 어느 한 곳 꼼짝할 수가 없었고, 한동안은 그 상태로 있어야 했다.

"저 사람을 꺼내, 토르스텐."

아사드가 우리에서 나와 바닥에 누울 때까지 키미는 토르스텐의 동작을 하나도 빠짐없이 지켜보고 있었다.

"이제 너희 세 사람이 저기 들어가."

키미가 조용히 말했다.

"맙소사, 안 돼. 나 좀 살려 줘, 키미."

울릭은 속삭이듯 말했다.

"난 절대로 널 안 건드렸잖아, 키미. 기억 안 나?"

울릭이 딱한 얼굴을 하며 동정심을 이끌어 내려고 했지만, 키미는 눈썹 하나 까딱하지 않았다.

"어서 들어가래도."

이 말이 전부였다.

"차라리 우릴 죽여."

디틀레우 프람을 우리 안으로 끌어당기며 토르스텐이 말했다.

"감옥에 들어가면 어차피 우린 못 살아."

"알아, 그러려고."

디틀레우와 토르스텐은 아무 말도 하지 않았다. 하지만 울릭이 우는 소리를 했다.

"키미가 우릴 죽이려고 하잖아. 모르겠어?"

우리 문이 쾅 닫히고 나자, 키미는 미소를 지으며 권총을 최대한 멀리 뒤로 집어던졌다.

총이 바닥에 부딪히며 금속끼리 부딪히는 소리를 냈다.

칼이 아사드를 내려다보았다. 그는 미소를 지으며 다리를 문지르고 있었다. 그의 손에서 아직도 천천히 흘러내리는 피를 제외하면 상황이 아까와는 정말 백팔십도 달라져 있었다.

그 순간 세 사내가 동시에 소리쳤다.

"이봐요, 거기요. 그년을 잡아요, 어서!"

한 사람이 아사드에게 소리쳤다.

"그년을 믿으면 안 돼요!"

토르스텐은 그들을 설득하려 했다.

하지만 키미는 눈 하나 깜짝하지 않았다. 그저 서서 그들을 지켜볼 뿐이었다. 오랫동안 잊고 있던 낡은 영화 필름이 주저하듯 조금씩 다시 떠올라 머릿속에서 상영되고 있는 듯했다.

키미는 칼에게 다가와 입에 붙은 테이프를 떼어 냈다.

"당신이 누군지 알아요."

키미가 말했다. 다른 말은 없었다.

"나도 당신이 누군지 압니다."

칼은 이렇게 말하며 크게 숨을 들이쉬었다. 해방감이 느껴졌다.

두 사람이 대화를 주고받는 모습을 보며 세 남자도 잠잠해졌다.

그러더니 토르스텐이 철장에 바짝 다가서며 말했다.

"거기 경찰 두 분, 지금 당장 무언가 조치를 취하지 않으면 5분 후에 숨을 쉬고 있는 사람은 저년 하나밖에 없을 겁니다. 모르겠어요?"

그는 칼과 아사드의 눈을 한 사람씩 똑바로 쳐다보았다.

"키미는 우리하고 달라요. 모르겠어요? 사람을 죽인 건 우리가 아니라 키미입니다. 좋아요. 우리가 사람들을 폭행한 것은 사실입니다. 기절할 때까지 두들겨 팼죠. 하지만 죽이지는 않았어요. 그 사람들을 죽인 것은 키미 혼자서 한 일입니다."

칼은 고개를 절레절레 흔들며 웃었다. 참 대단한 인간이다. 토르스텐 같이 질기게 살아남는 사람들의 유형이 딱 저렇다. 저들은 어떤 위기가 닥쳐도 그것을 또 다른 성공의 시작으로 삼으려 한다. 하늘이 무너져도 솟아날 구멍이 있다 이거지. 토르스텐은 싸움에 이골이 난 사람이었다. 그리고 싸울 때는 양심의 가책 따위는 없는 사람이었다. 방금 전까지만 해도 친구들과 작당하고 칼을 죽이려던 사람이 아닌가? 아사드를 하이에나 우리에 집어던진 것은 또 어떻고?

칼은 키미를 돌아보았다. 미소를 짓고 있을 거라 생각했지만, 이렇게 즐거워하면서도 얼음장처럼 차가운 얼굴을 하고 있을 줄은 몰랐다. 키미는 마치 무아지경에 빠진 사람처럼 귀를 기울이며 거기에 그렇게 서 있었다.

"보세요, 저년 얼굴을 보라고요. 저게 어디 사람 얼굴입니까? 감정이란 게 있는 얼굴이에요? 손가락을 보세요. 부러져서 저렇게 대롱대롱 매달려 있는 거 보이죠? 그런데도 신음 소리 하나 내질 않아요. 징징대는 소리 한 번 안 내는 여자예요. 우리가 다 죽어도 눈 하나 깜짝 안 할 여자라고요."

우리 바닥에서 들려온 목소리였다. 그곳에는 디틀레우 프람이 주먹으로 끔찍한 상처를 틀어막고 누워 있었다.

패거리들이 일깨워 준 끔찍한 사건들이 잠시 칼의 머릿속에 떠올랐다. 저들이 하는 소리가 사실일까? 아니면 그저 살아남으려고 지어내는 소리인가?

그때 토르스텐이 다시 입을 열었다. 이제 그는 더 이상 왕도 아니고, 리더도 아니었다. 그냥 한낱 힘없는 인간에 불과했다.

"우린 그냥 크리스티안 울프가 지시하는 대로 따랐을 뿐입니다. 네? 그냥 크리스티안이 하라니까, 희생자들을 찾아낸 거라고요. 그런 다음에는 재미가 없어질 때까지 같이 그 사람을 때렸습니다. 그 와중에 저 악마 같은 년은 뒤로 물러서서 자기 차례가 올 때까지 기다렸어요. 당연히 가끔씩은 저년도 같이 끼어들었죠."

토르스텐은 마치 그 장면들이 눈앞에 아직 생생하다는 듯 말을 멈추고 고개를 끄덕였다.

"하지만 사람을 죽인 건 언제나 저년이었어요. 저희 말을 믿으세요. 크리스티안이 저년 남자 친구였던 카레와 얽혔을 때를 빼고는 늘 키미였어요. 우리는 그냥 저년한테 길을 열어 준 죄밖에 없다고요. 저년이 살인자예요. 저년이, 저년이 저지른 짓이라고요."

"맙소사."

울릭이 흐느끼며 말했다.

"제발 저 여자 좀 막아 주세요. 토르스텐의 말이 모두 사실입니다. 모르시겠어요?"

갑자기 방안 분위기가 달라지는 것이 느껴졌다. 키미는 숄더백을 천천히 열었다. 칼은 아무것도 할 수 없었다. 묶여 있는 데다, 완전히 탈진해 있었기 때문이다. 세 사내는 숨을 멈추었다. 아사드는 앞으로 생길 일들을 예상하며 주의 깊게 살피고 있었다. 그리고 젖 먹던 힘을 다해 무릎을 대고 일어섰다.

키미는 원하는 것을 가방에서 찾아서 꺼냈다. 수류탄이었다. 키미가 수류탄 안전핀을 뽑았다.

"미안해, 넌 아무 짓도 안 했는데."

키미가 하이에나의 눈을 쳐다보며 말했다.

"하지만 그런 다리로는 제대로 살기 힘든 거, 너도 알지?"

우리 안에서 울릭이 칼과 아사드에게 이번 한 번만 도와주면 자기가 받아야 할 벌은 달게 받겠다고 약속하며 살려달라고 애원했다. 키미가 칼과 아사드 쪽으로 돌아보았다.

"목숨이 아까우면 뒤로 물러서요. 어서요!"

키미가 말했다.

칼은 말려 보고 싶었지만, 손이 등 뒤로 묶여 있는 상태에서 다른 선택의 여지가 없었다. 심장이 미친 듯이 고동치기 시작했다.

"자네도 어서 피해."

아사드가 게걸음으로 뒤로 물러났다.

두 사람이 충분히 멀어지자 키미는 수류탄을 든 손을 숄더백에 집어넣고 가방을 통째로 우리 구석 제일 먼 곳으로 집어던진 후에 옆으로 몸을 피했다. 토르스텐이 몸을 날리며 가방을 우리 철창 밖으로 다시 내던지려 했지만, 결국 헛수고였다. 수류탄은 폭발했고, 홀은 화염에 휩싸였다. 그리고 겁에 질린 동물들이 울부짖는 소리가 메아리처럼 끊임없이 울려 퍼졌다.

폭발음과 함께 작은 동물 우리 몇 개가 칼과 아사드의 머리 위로 쏟아져 내렸고, 그것이 잠시 후에 비처럼 쏟아진 유리조각들로부터 두 사람을 보호해 주었다.

자욱한 먼지가 가라앉고 동물들이 내는 소리만 남자, 칼은 아사드가 어질러진 금속 우리들 사이로 팔을 뻗어 자기 다리를 만지는 것을 느꼈다.

아사드는 칼을 자기 쪽으로 끌어당겨 그가 괜찮은 것을 확인하고서 자기도 괜찮다고 보고했다. 그러고 나서 칼의 손목을 묶고 있던 테이프를 떼어 냈다.

눈앞에는 끔찍한 광경이 펼쳐져 있었다. 하이에나 우리가 있던 곳에 지금은 금속조각들과 찢겨진 신체 조각들이 널려 있었다. 몸통은 여기, 팔다리는 저기. 죽은 얼굴들은 말없이 굳은 표정이었다.

칼은 지금까지 볼꼴 못 볼꼴 다 보며 살아왔지만, 이런 광경은 처음이다. 그와 범죄 현장 전담반이 사건현장에 도착하는 시간은 보통 흐르던 피도 멈추고, 사람들도 이미 죽어서 쓰러진 다음이었다.

하지만 지금 이곳에서는 삶과 죽음을 가르는 경계선이 아직도 생생하게 눈앞에 펼쳐져 있었다.

"키미는 어디 갔지?"

세 남자를 가둔 하이에나 우리가 있던 곳에서 눈을 떼며 칼이 말했다. 뒤져 볼 것이 많아 과학수사대 사람들 아주 신이 나겠군.

"모르겠습니다. 아마도 여기 어디쯤 누워 있을 것 같은데요."

아사드가 칼을 일으켜 세웠다. 칼은 팔이 자기 팔이 아닌 것 같았다. 욱신거리는 것을 보니 그래도 이 어깨는 내 어깨가 맞군.

"여기서 나가지."

칼이 문 쪽을 향하며 말했다. 아사드가 부하가 아니라 친구처럼 느껴졌다.

그때 두 사람은 키미가 자기들을 기다리며 거기에 서 있는 것을 보았다. 머리는 먼지가 잔뜩 끼어 헝클어져 있고, 눈동자는 이 세상의 모든 슬픔과 불행을 담고 있는 듯 깊었다.

두 사람은 흑인들에게 물러나라고 했다. 그들에게 이번 일에 대한 책임을 묻지 않을 것이며, 위험한 상황도 모두 끝났다고 말했다. 그리고 건물에 난 불을 끄고, 건물에서 동물들을 어서 꺼내라고 말했다. 여자들은 아이들을 가까이 끌어당겼고, 남자들은 홀을 바라보고 있었다. 홀은 박살난 유리 지붕 위로 시커먼 연기를 무섭게 쏟아내고 있었다.

그때 그들 중 하나가 큰소리로 몇 마디 하니 갑자기 모두가 일사분란하게 움직이기 시작했다.

키미는 자진해서 아사드와 칼과 함께 걸었다. 두 사람에게 방화대로 이어지는 길을 가르쳐 주고, 햇살 쏟아지는 숲길을 따라 말없이 두 사람을 철길로 안내해 준 사람도 키미였다.

키미는 길을 나서기 전에 이렇게 말했었다.

"이제 나를 죽이든 살리든 두 분 맘대로 하세요. 난 이제 살아도 산 사람이 아니니까. 전 죄인이에요. 기차역까지 같이 가죠. 내 가방이 거기 있어요. 거기에 내가 기억하는 것은 모조리 적어 놓았어요."

칼은 키미의 발걸음에 보조를 맞추려 애쓰며 자기가 찾아낸 상자 얘기, 오랫동안 끔찍한 불확실성 속에 살아오다 이제야 드디어 마음의 평안을 찾을 수 있게 된 희생자 가족들의 이야기를 꺼냈다.

칼은 사랑하는 사람을 잃고 슬픔에 빠진 사람들에 대해 얘기하고, 자기의 자식을 죽인 사람이 누군지 모르고, 자기 부모가 어떻게 사라지게 된 것인지 모르는 바람에 그 가족들이 평생 안고 살아야 했던 마음의 상처에 대해 얘기했다. 희생의 당사자가 아닌, 키미가 알지 못 하는 그 주변 사람들이 겪어야 했던 고통에 대해서 말이다.

이런 얘기들이 키미의 귀에 들리지 않는 것 같았다. 키미는 양팔을 축 늘어뜨리고 그저 앞장서서 숲길을 걸어갈 뿐이었다. 부러진 손가락이 뒤틀려 튀어나와 있었다. 예전의 친구 세 사람의 죽음은 분명 그녀도 이제 마지막임을 함께 의미하는 것이었다. 그녀 스스로도 그렇게 말했었다.

'키미 같은 사람은 감옥에서 오래 살아남지 못 해.'

칼은 생각했다. 왠지 그럴 것 같았다.

세 사람은 기차역 플랫폼에서 꼬박 100미터 정도 떨어진 철길에 도착했다. 여기부터는 철길이 마치 자로 줄을 긋듯 숲을 가로지르기 시작했다.

"내 가방이 어디 있는지 보여 줄게요."

키미는 이렇게 말하며 철길 근처에 있는 한 덤불을 향했다.

"그냥 놔두세요. 내가 할게요."

아사드가 키미 앞으로 나서며 말했다.

아사드는 더플 백을 챙긴 후에 플랫폼까지 20미터 정도 남은 길을 걸어갔다. 너무 흔들면 안에서 어떤 장치가 작동해 그를 찌르기라도 할 것처럼 가방을 몸에서 멀찌감치 떨어트려서 들고 갔다.

잘한다, 아사드.

플랫폼 끝에 도착하자, 키미가 말릴 새도 없이 아사드는 더플 백 지퍼를 열어 거꾸로 뒤집어 쏟아냈다.

아니나 다를까, 그 안에는 공책이 들어 있었다. 재빨리 종이를 넘기며 살펴보니 첫 몇 페이지에는 사건의 장소와 시간 등이 깨알 같은 글씨로 적혀 있었다.

믿기 어려운 장면이었다.

그때 아사드가 작은 옷감꾸러미로 손을 뻗어 옷감을 젖혔다. 그 모습을 보며 키미는 숨이 턱 막히며 손으로 머리를 감쌌다.

그 안에 들어 있는 것을 본 아사드도 놀라기는 마찬가지였다.

안구가 비어 있는 작은 미라가 들어 있었다. 머리는 완전히 검게 변해있고, 뻣뻣한 손가락이 밖으로 튀어나와 있었다. 인형보다 살짝 클까 말까한 옷이 입혀져 있었다.

키미가 달려들어 아기의 시체를 낚아채더니 부여안았다. 두 사람은 키미를 막지 않았다.

"우리 꼬맹이 밀레야, 괜찮아. 이제 다 괜찮아. 엄마가 다시 왔어. 엄마는 이제 절대로 네 곁을 떠나지 않을 거야."

키미가 흐느꼈다.

"이제 우린 늘 같이 있는 거야. 엄마가 테디 베어를 찾아줄게. 이제 우리 셋이서 매일 같이 놀자."

칼은 자식이 태어나자마자 품에 안을 때 찾아드는 하나 된 느낌을 느껴 본 적이 없었다. 하지만 막연하게나마 그런 느낌이 결여되어 있다는 허전한 느낌은 느끼며 살아왔다.

지금 칼은 키미를 바라보며 후회와 상실의 날카로운 고통을 느꼈다.

마음속 깊숙이 찾아온 고통에 그도 키미의 기분을 이해할 수 있을 것 같았다. 칼은 다친 팔을 들어 손을 가슴주머니에 넣었다. 그리고 금속 상자에서 찾아낸 작은 테디 베어 인형을 꺼내어 키미에게 내밀었다.

키미는 아무 말도 하지 않았다. 온몸이 얼어붙은 듯 인형을 물끄러미 바라보며 서 있을 뿐이었다. 키미의 입이 천천히 벌어지며 머리가 옆으로 기울어졌다. 눈에서는 당장이라도 눈물이 쏟아져 나올 것 같다. 웃어야 할지, 울어야 할지 모르겠다는 듯한 표정이었다.

키미의 옆에는 아사드가 서 있었다. 그답지 않게 완전히 경계를 푼 모습이었다. 이마에는 주름이 지고, 내면의 정적이 함께 하고 있었다.

키미는 조심스럽게 테디 베어로 손을 뻗었다. 인형이 손에 닿는 순간 몸에 긴장이 풀리면서 키미가 크게 숨을 들이 쉬며 고개를 뒤로 젖혔다.

칼은 코에서 흐르기 시작한 콧물을 닦으며 눈물을 참으려 고개를 돌렸다. 그리고 철길을 따라 여행객 몇 명이 기차를 기다리고 있는 곳으로, 그리고 다시 차를 주차해 둔 간이역 옆으로 눈길을 돌렸다. 다시 고개를 돌리니 반대편에서 기차가 서서히 다가오고 있었다.

칼은 다시 키미에게로 눈을 돌렸다. 키미는 이제 차분한 호흡으로 테디 베어와 아기의 시신을 가까이 끌어안고 있었다.

키미는 수십 년 묵은 감정의 매듭을 풀어내듯 깊은 한숨을 내뱉으며 말했다.

"이제 목소리가 완전히 조용해졌어."

키미는 뺨 위로 눈물을 흘려보내며 짧게 소리 내어 웃었다.

"목소리가 조용해졌어. 사라졌다고."

키미는 눈을 들어 하늘을 보았다. 키미에게서 칼이 이해할 수 없는 어떤 평화로운 기운이 뿜어져 나왔다.

"꼬맹이 밀레야, 이제 너하고 나, 이렇게 둘만 남았어. 드디어 우리 둘만 남았어."

차오르는 해방감에 키미는 아기의 시신을 안고 춤을 추듯 빙글빙글 돌았다. 마치 몸이 공중으로 붕 떠오르는 것만 같았다.

기차가 10미터 앞까지 다가왔을 때, 칼은 키미의 발이 플랫폼 가장자리 옆으로 빠지는 것을 보았다.

아사드가 조심하라고 외치는 순간 칼과 키미의 시선이 정면으로 마주쳤다. 키미의 눈동자는 감사의 마음이 가득했다. 그녀의 마음도 이제 평화를 되찾은 것 같았다.

"우리 둘만 남았어, 내 사랑, 우리 아가."

키미는 한쪽 팔을 뻗으며 말했다.

그리고 잠시 후, 키미의 모습은 보이지 않았다.

비명을 지르듯 끼익 거리는 기차 브레이크 소리만 남았다.

에필로그

철도 건널목에서 나온 파란 불빛의 기둥이 저택으로 이어지는 길을 따라 깜빡이며 땅거미를 비추었다. 사방이 온통 이런 파란 불빛으로 뒤덮였고, 허공은 소방차와 경찰차의 울부짖는 사이렌 소리로 가득했다. 곳곳에 경찰 배지와 구급차, 기자와 카메라가 넘쳐났고, 사람들이 위기 상담을 받고 있는 가운데 호기심에 찬 지역 주민들이 나와 상황을 지켜보고 있었다. 철길 위에서는 범죄 현장 전담반과 긴급 의료원들이 바삐 움직이고 있었다. 모두가 각자의 일로 바빴다.

칼은 아직도 어지러웠지만 어깨 상처는 의료반의 확실한 조치 덕에 이제 출혈이 멈추었다. 아직도 피가 나는 곳은 안쪽이었다. 목구멍에 아직도 커다란 덩어리가 걸려 있었다.

칼은 두에모세 간이역 나무 벤치에 앉아 키미가 남긴 공책을 넘기고 있었다. 키미의 공책에는 패거리가 저질렀던 일들이 잔인할 정도로 솔직하게 폭로되어 있었다. 뢰르비에서 오누이에게 저질렀던 폭행에 대해 나와 있었다. 무작위로 그들을 폭행 대상으로 삼게 된 경위와 그 오빠를 욕보이고 죽인 후에 옷을 벗겨낸 일들이 자세히 나와 있었다. 손가락을 부러뜨린 쌍둥이 형제 이야기도 있었다. 그리고 바다에서 사라진 두 노부부 이야기, 카레 브루노와 퀼레 바세트 이야기, 그리고 동물과 다른 사람들의 이야기가 하나씩 차례로 이어졌다. 모든 것이 낱낱이 적혀 있었다. 거기에 더해서 살인을 저지른 것은 언제나 키미였다는 것도 나와 있었다. 모두 다른 방법으로 죽였고, 그 각각의 방법이 자세히 적혀 있었다. 칼은 믿기지 않았다. 칼과 아사드의 목숨을 살려 준 사람이 바로 이 사람이라니. 죽은 아기의 시신과 함께 기차 아래 깔려 누워 있는 저 여자였다니.

칼은 담배에 불을 붙여 물고 마지막 페이지를 읽어 내려갔다. 거기에는 회한이 적혀 있었다. 올베크의 사건에 대한 것이 아니라, 티네에 대한 것이었다. 마약을 너무 많이 주고 오는 것이 아니었다는 후회였다. 어휘는 여전히 거칠었지만, 그 안에는 따뜻함이 배어 있었다. 앞서 나온 다른 극악무도한 행위들을 적을 때와는 사뭇 다른 느낌이다. 여기서 키미는 '작별', '천국 같았을 티네의 마지막 순간' 같은 단어들을 사용했다.

이 공책이 언론을 통해 공개되어 그 세 사람이 연루되었던 사건들이 밝혀지고 나면 사람들은 충격에 빠질 것이고 주식은 땅바닥으로 곤두박질칠 것이다.

"아사드, 이 공책을 경찰 본부로 가져가서 당장 복사를 떠 놓게. 알았나?"

아사드는 고개를 끄덕였다. 이 일의 여파로 당분간은 정신이 없겠지만, 오래가지는 않을 것이다. 이미 감옥에 들어가 있는 한 사람을 제외하면 이 세 사람 말고 다른 사람은 연루되지 않았기 때문에 디틀레우, 토르스텐, 울릭의 유족들에게 이 사실을 제대로 알리고, 그들이 남긴 유산에 초래된 막대한 손실을 적절히 분배하는 것만 처리하면 마무리될 일이었다.

칼은 아사드와 가볍게 포옹했다. 위기 상담 심리학자가 칼에게 상담을 받으라고 알려왔지만, 칼은 손을 흔들어 사양했다.

이런 순간에 칼에게는 자신만의 위기 상담 심리학자가 따로 있었다.

"난 지금 로스킬데로 가겠네. 그러니까 자네는 범죄 현장 전담반하고 같이 경찰 본부로 돌아가, 알았지? 이번 사건 해결하면서 섭섭했던 일이나 다른 부분들은 내일 만나서 얘기하자고, 아사드."

아사드는 고개를 끄덕였다. 그는 이미 섭섭했던 마음이 다 풀려 있었다.

지금 두 사람 사이에는 어떤 앙금도 남아 있지 않았다.

로스킬데 파산바이의 집은 불이 꺼져 있었다. 블라인드가 쳐져 있고, 너무도 조용했다. 자동차 라디오에서는 아일스트루프에서 있었던 끔찍한 일들과 중심가 쓰레기 컨테이너 폭행 사건의 용의자로 지목되어 체포된 한 치과의사에 대한 뉴스가 흘러나오고 있었다. 이자는 스토레 키르케스트레데 근처의 니콜라이 광장에서 위장 근무를 서고 있던 여자 경찰을 공격하려 들었다가 체포되었다고 한다. 아니, 이 바보는 대체 무슨 생각을 하고 있었을까?

칼은 손목시계를 보고, 다시 불이 꺼진 집을 바라보았다. 나이든 분들이 일찍 잠자리에 드는 것은 그도 알았지만, 지금은 겨우 저녁 일곱 시 반이다.

그는 '옌스-아르놀과 위베테 라르센' 그리고 '마르타 외르겐센'이라고 적힌 명패를 보고 고개를 끄덕인 후 초인종을 눌렀다.

아직 손가락으로 초인종을 누르고 있는데 여윈 여성이 얇은 가운으로 한기를 가리며 문을 열었다.

"누구요?"

그 여성이 졸린 듯 어리둥절한 눈으로 칼을 올려보며 말했다.

"주무시는데 깨웠나 봅니다, 위베테 라르센 부인. 저는 칼 뫼르크라고 합니다. 얼마 전에 찾아왔던 경찰인데 기억하시겠어요?"

그 여성이 미소를 지었다.

"아, 맞아. 이제 기억나네."

"좋은 소식을 가지고 왔습니다. 마르타 부인께 직접 알리고 싶어서 이렇게 찾아왔습니다. 부인의 자식들을 살해한 살인자들을 찾아냈습니다. 그리고 그 사람들, 정의의 심판을 받았습니다. 그 말씀 전하려고요."

"저런!"

그녀가 손을 가슴에 얹으며 말했다.

"이런 딱한 일이."

그러더니 특이한 미소를 지어 보였다. 그냥 슬픔의 미소라기보다는 미안함이 배어나는 미소였다.

"전화해 줄 것을 그랬네. 미안해서 어쩌나? 그럼 이렇게 먼 길을 달려오지 않아도 됐을 텐데. 마르타는 죽었수. 여기 왔던 그날 세상을 떴지. 물론 형사님이 찾아왔던 것 때문에 그런 것은 아니고, 그냥 더 이상은 버틸 기운이 남아 있질 않았던 게지."

그녀는 칼의 손을 잡았다.

"어쨌든 고마우이. 이제 마르타도 하늘에서 편하게 눈을 감겠네."

칼은 오랫동안 차 안에 앉아 로스킬데 피오르드 해안을 물끄러미 바라보았다. 도시에서 나온 불빛이 어두운 수면 위로 먼 곳까지 빛을 드리우고 있었다. 다른 상황이었다면 그 모습을 바라보며 평온함이 찾아들었을 테지만, 지금은 그렇지 못 했다.

'오늘 할 일을 내일로 미루지 말라.'

칼의 머릿속에는 이 문구만이 끊임없이 맴돌고 있었다. 오늘 할 일을 내일로 미루지 말라. 어느 날 갑자기 더 이상 내일이 찾아오지 않는 날이 찾아온다.

몇 주만 빨랐어도 마르타 외르겐센은 자기 자식을 죽인 살인범들이 죽었음을 알고 눈을 감을 수 있었을 것이다. 그럼 얼마나 평화롭게 눈을 감았을까? 그럼 칼도 지금처럼 마음이 불편하지는 않았으리라.

"오늘 할 일을 내일로 미루지 말자."

칼은 손목시계를 들여다보고서 핸드폰을 꺼내 들었다. 그리고 액정 디스플레이를 오랫동안 물끄러미 바라보다 드디어 번호를 눌렀다.

"척추 클리닉입니다."

목소리가 흘러나왔다. 수화기 저편에서 크게 틀어 놓은 텔레비전 소리가 들렸다. '아일스트루프', '두에홀트', '두에모세', '동물 구출 작전' 등의 단어들이 칼의 귀에 들어왔다.

뉴스가 벌써 저기까지 퍼졌군.

"저는 칼 뫼르크라고 합니다. 하르뒤 헤닝센의 가까운 친구인데요. 제가 내일 찾아가겠다고 좀 전해 주시겠습니까?"

"네, 전해 드릴게요. 그런데 지금은 주무시고 계세요."

"네, 그럼 내일 아침 일어나자마자 좀 전해 주십쇼."

바다를 다시 바라보며 칼은 입술을 깨물었다. 그는 지금까지 살아오면서 이렇게 큰 결정은 내려 본 적이 없었다.

불안감이 마치 배를 찌르고 들어온 칼처럼 그의 마음속에 자리 잡았다.

칼은 크게 숨을 들이마셨다. 그다음 전화번호를 누른 후, 몇 초를 마치 일 년처럼 기다렸다. 그리고 드디어 모나 입센이 전화를 받았다.

"여보세요? 저 칼입니다. 그게…… 지난번 일은 정말 죄송하게 됐습니다."

"그건 신경 쓰지 마세요."

진심으로 들렸다.

"오늘 일어난 일에 대해서는 들었어요, 칼 수사관님. 텔레비전마다 난리예요. 수사관님도 화면에 여러 번 나오던데, 심하게 다치셨어요? 뉴스마다 다들 그 걱정이던데. 지금 어디 계세요?"

"로스킬데 피오르드예요. 차에 앉아서 바다 구경하고 있습니다."

모나 입센은 잠시 말이 없었다. 아마도 그가 지금 얼마나 위험한 상황인지 파악하려 애쓰는 듯했다.

"괜찮아요?"

그녀가 물었다.

"아니요."

칼이 말했다.

"솔직히 괜찮다고는 말 못 하겠네요."

"제가 지금 당장 그리로 갈게요. 어디 있는지만 말씀하세요. 그 자리에서 꼼짝 마세요. 바다를 보면서 마음을 차분하게 가라앉히려고 해 보세요. 제가 금방 갈게요. 지금 있는 곳이 정확히 어디에요? 바로 출발할게요."

칼은 한숨을 내쉬었다. 정말 친절하기도 하지.

"아니, 아닙니다."

칼이 살짝 웃으며 말했다.

"그런 뜻이 아닙니다. 제 걱정은 안 하셔도 돼요. 저 괜찮습니다. 그냥 의논할 게 있어서 한 말입니다. 저 혼자 감당할 자신이 없는 일이라서요. 혹시 제 집에 들려 주시면 정말, 정말 기쁘겠네요."

집으로 돌아온 칼은 바빠졌다. 예스페르에게는 피자집과 극장에서 놀 돈을 주어 내보냈다. 두 사람이 실컷 먹고 놀아도 남을 돈을 주었다.

이 돈이면 영화를 본 다음에 역에 들러서 샤와르마 샌드위치도 덤으로 맛볼 수 있을 것이다. 그리고 비디오 대여점에 전화를 걸어 모르텐에게는 일이 끝나면 거실 쪽은 들르지 말고 곧바로 지하로 내려가라고 당부해두었다. 그리고 커피를 내리고 차를 우릴 물도 준비해 놓고 소파와 커피 탁자는 그 어느 때보다도 깔끔하게 치워 났다.

모나 입센은 손을 무릎 위에 포개고 칼 옆에 앉았다. 그녀의 눈은 진지했다. 칼이 내뱉는 말을 하나도 놓치지 않고 듣고 있었고, 칼이 말이 끊긴 동안에는 천천히 고개를 끄덕여 주었다. 하지만 칼이 자기 얘기를 하나도 남김없이 모두 꺼낼 때까지 본인은 듣고만 있었다.

"하르뒤 씨를 집으로 데려와서 보살피고 싶은데, 겁이 난다는 말씀이세요?"

모나 입센이 다시 한 번 고개를 끄덕이며 말했다.

"칼 수사관님, 그거 아세요?"

칼은 자신의 존재 자체가 영화 속 슬로우 모션으로 빠져드는 기분이 들었다. 마치 자기가 영원토록 고개를 젓고 있는 것처럼 느껴졌고, 허파에서 바람이 빠져나간 기분이었다. 모나 입센이 '그거 아세요?'라고 말했다. 그녀가 꺼낼 질문이 무엇인지는 알 수 없지만, 어쨌거나 칼은 뭐라 대답해야 할지 모를 것이다. 칼은 그저 그녀가 영원히 거기에 앉아 있기만을 바랐다. 키스할 수만 있다면 죽어도 여한이 없을 저 입술에, 아직 튀어나오지 않은 그 질문을 매단 채 영원히 저렇게 앉아 있었으면 좋겠다. 일단 그녀의 질문에 대답하고 나면 그녀의 향기는 단지 추억으로만 남을 것이고, 그녀의 눈동자도 아득한 꿈속으로 사라져 버릴 것이다.

"아니요, 모르겠는데요."

칼은 주저하며 말했다.

모나 입센이 칼의 손을 잡았다.

"수사관님은 정말 너무너무 훌륭한 분이에요."

이렇게 말하며 모나 입센이 그에게로 몸을 기울였다. 그녀의 숨결이 칼의 숨결에 와 닿았다.

'정말 멋진 여자다.'

이런 생각이 든 순간, 핸드폰이 울렸다. 모나 입센이 자꾸 받아 보라고 했다.

"여보세요? 나예요, 비가!"

도망간 아내, 비가의 도발적인 목소리다.

"예스페르가 방금 전화했어요. 그 애 말이 나한테 들어와 같이 살고 싶다던데, 그게 무슨 소리에요?"

칼의 몸속에 막 자리 잡기 시작했던 천국의 기분이 갈기갈기 찢겨나 갔다.

"내가 그럴 상황이 안 되는 거 당신도 알잖아요, 칼. 우리 집에 못 들어온다고요. 우리 얘기 좀 해요. 지금 거기로 가는 길이니까, 20분 정도면 도착할 거예요."

칼이 말려 볼 새도 없이 비가는 이미 전화를 끊었다.

칼은 모나 입센의 유혹의 눈길을 바라보며 미안한 듯 미소를 지었다.

내 팔자가 이렇지, 뭐.

감사의 말씀

늘 따듯한 격려와 뛰어난 통찰로 도와준 제 아내 한네 아들레르 올센에게 감사의 뜻을 전합니다. 그리고 값진 조언을 아끼지 않은 Elsebeth Wæhrens, Freddy Milton, Eddie Kiran, Hanne Petersen, Micha Schmalsteig, Henning Kure에게도 감사드립니다. 아울러 상담자 역할을 해준 Jens Wæhrens, 문제 해결을 예리한 눈으로 도와준 Anne C. Andersen에게도 아울러 감사드립니다. Gitte와 Peter Q. Rannes와 덴마크 작가 및 번역가 센터가 보여준 따듯한 환대에도 감사의 마음을 전합니다. 그리고 타협하지 않는 단호한 모습을 보여 준 Poul G. Exner에게도 감사드립니다. 그리고 특히 사냥에 관한 지식으로 도와준 Karlo Andersen에게 감사드리고, 경찰 업무 진행 과정에 대해 경험과 조언을 아낌없이 공유해 준 Leif Christensen에게 감사드립니다.

그리고 제 웹사이트를 방문하여 제가 글을 계속 써 나갈 수 있도록 격려해 준 환상적인 모든 독자 여러분께도 감사드립니다.

도살자들

펴낸날	초판 1쇄 2013년 8월 30일

지은이	유시 아들레르 올센
옮긴이	김성훈
펴낸이	심만수
펴낸곳	(주)살림출판사
출판등록	1989년 11월 1일 제9-210호

주소	경기도 파주시 문발동 522-1
전화	031-955-1350 팩스 031-624-1356
기획·편집	031-955-1392
홈페이지	http://www.sallimbooks.com
이메일	book@sallimbooks.com

ISBN	978-89-522-2723-2 03890

※ 값은 뒤표지에 있습니다.
※ 잘못 만들어진 책은 구입하신 서점에서 바꾸어 드립니다.

이 도서의 국립중앙도서관 출판시도서목록(CIP)은 서지정보유통지원시스템 홈페이지
(http://seoji.nl.go.kr)와 국가자료공동목록시스템(http://www.nl.go.kr/kolisnet)에서
이용하실 수 있습니다.(CIP제어번호: CIP2013014956)

책임편집	이남경, 장선영